W0391116

KNAUR

Über die Autorin:
Birgid Hanke arbeitete nach ihrem Studium als Reiseleiterin und Übersetzerin, bevor sie sich in Hamburg als freie Autorin und Journalistin selbständig machte. Sie schrieb zahlreiche Sachbücher und historische Biografien, unter anderen über Theodor Fontane, Fritz Reuter und Karl Friedrich Schinkel. Bei ihren Recherchen stieß sie auf die Figur der Eleonora Prohaska, die sie sofort in ihren Bann zog. Birgid Hanke lebt und schreibt in Bremen.

BIRGID HANKE

Flamme der Freiheit

Roman

KNAUR

Besuchen Sie uns im Internet:
www.knaur.de

FSC
www.fsc.org
MIX
Papier aus verantwortungsvollen Quellen
FSC® C083411

Originalausgabe Juli 2013

Ein Unternehmen der Droemerschen Verlagsanstalt
Th. Knaur Nachf. GmbH & Co. KG, München.

Umschlaggestaltung: ZERO Werbeagentur, München
Umschlagabbildung: © Mondadori Portfolio/UIG, GettyImages
Satz: Adobe InDesign im Verlag
Druck und Bindung: CPI – Clausen & Bosse, Leck
Printed in Germany
ISBN 978-3-426-50877-0

2 4 5 3 1

Für meine Mutter und Regina B.,
die mir einen Sommer lang unermüdlich
auf den Fersen blieb …

Prolog

Ausgelassen hüpfte Rieke den Feldweg entlang. Ob die Weidenkätzchen schon so weit waren? Ein paar Zweige mit zartem Grün dazu würden sich in der hohen, schlanken Vase bestimmt gut machen. Ein kostbares Stück aus der Königlich Preußischen Manufaktur und Großvaters ganzer Stolz, ein Erbstück, das nur an ganz besonderen Feiertagen aus der Glasvitrine in der Wohnstube geholt wurde. Großvater hatte ihr noch niemals erlaubt, sie überhaupt anzufassen. Irgendein Geheimnis umgab diese Vase. Dieser Verdacht war Rieke letzte Weihnachten gekommen, als sie mit dem Ärmel ihres Kleids an einem Tannenzweig hängengeblieben war und die Vase beinahe umgestoßen hätte. Fuchsteufelswild war der Großvater geworden, so, wie sie ihn nur ganz selten erlebte. Dann hatte er die Vase oben auf den Schrank gestellt, außer Reichweite seiner Enkelin. Rieke kam es vor, als wollte er das kostbare Stück vor ihr schützen. Nun jedoch stand Ostern vor der Tür.

Viel zu lang war dieser Winter gewesen, aber heute schien zum ersten Mal die Märzsonne mit ihrer ganzen Kraft. Endlich. Ein kristallklarer Himmel wölbte sich über dem Havelland. In der Feldmark tirilierten bereits die ersten Lerchen hoch oben in der Luft.

Es war für Friederike Ulrika gar nicht einfach gewesen, Großvater am frühen Morgen die Erlaubnis für diesen Ausflug abzuringen.

»So ganz alleine, Riekekind?« Bedenklich zog er die Augenbrauen zusammen.

»Aber Großvater, ich bin doch schon ein großes Mädchen und komme bald in die Schule«, hatte Rieke versucht ihn zu überzeugen. Nur widerwillig erteilte der »olle Prohaska« schließlich seine Genehmigung. Andererseits hatte er volles Verständnis, wenn es das Kind jetzt mit aller Macht nach draußen zog.

Am liebsten hätte er seine Enkelin ja begleitet, aber in einer halben Stunde erwartete er seinen nächsten Schüler. Emil war der Sohn des Schusters vom Ende der Straße, der nun schon das zweite Jahr dreimal die Woche zum Musikunterricht erschien. Bis zu dessen Ankunft konnte er ja noch ein bisschen vor der Tür stehen bleiben und die ersten Sonnenstrahlen genießen. Hinter dem Gartenzaun entdeckte Prohaska seinen Nachbarn, der bereits den Pflug angespannt hatte. Langsam zog sein schweres Kaltblut die ersten Furchen durch den sandigen Acker.

»Frühling«, sagte der Großvater und sog die frische Luft tief in sich ein. Schon fast außer Sichtweite entdeckte er seine fröhlich hüpfende Enkelin. »Zum Mittagessen bist du pünktlich zurück«, rief er ihr hinterher. »Hör auf den Glockenschlag der Turmuhr.« Rieke nickte und versetzte damit ihre blonden Locken in einen wilden Tanz. Es war ihr wieder einmal gelungen, sich vor dem obligatorischen morgendlichen Flechten zu drücken. Friederike Ulrika war ein kleiner Wildfang mit großem Freiheitsdrang und einem eisernen Willen. Wie Eleonora.

Prohaska durchzuckte es wie ein Schlag. Da waren sie wieder, der Schmerz, die immer noch unbewältigte Trauer um seine Tochter, die sich bei ihm sogar körperlich bemerkbar machten. Mit beiden Händen fuhr er sich ins Kreuz. Heute war es wieder besonders schlimm. »Verfluchtes Zipperlein«, schimpfte er. Tief gebeugt, mit zusammengepressten Lippen

schlurfte er zurück in die bescheidene Wohnstube seines winzigen Häuschens. Das Alter machte ihm mittlerweile doch ganz schön zu schaffen.
Fast ein Vierteljahrhundert war es her, dass er schwer verwundet aus dem Krieg zurückkehrte. Als ein junger unternehmungslustiger Mann war er damals gen Frankreich gezogen, hatte fest daran geglaubt, dass es Preußen und Österreich gelingen würde, der jakobinischen Blutherrschaft jenseits des Rheins ein Ende zu setzen. Als Invalide kehrte er zurück, dennoch weiterhin gezwungen, seinen Lebensunterhalt zu verdienen. Auf seine Gesine konnte er nicht bauen. Sie liebte den Branntwein mehr als den ihr angetrauten Mann und ihre leiblichen Kinder. Kaum war der Vater im Felde eingerückt, hatte sie sie in das Potsdamer Militärwaisenhaus abgeschoben. Ein Jahr nach seiner Rückkehr verstarb sie im Delirium tremens. Niemand weinte ihr eine Träne nach.
Lang, lang war all das her. Nun lebte er schon über zwanzig Jahre am Rande der preußischen Garnisonsstadt, städtisch genug, um aus den umliegenden Kasernen noch seine Schüler zu rekrutieren, nah genug, sich zum Unterrichten persönlich in eine der Villen des preußischen Adels zu begeben, dabei immer noch so ländlich, seiner geliebten Enkelin eine unbeschwerte Kindheit in freier Natur zu ermöglichen. Der Sacrower See lag nicht fern, aber Rieke hatte striktes Verbot, sich seinem Ufer zu nähern.
Beim Gedanken an seine Enkelin stieß Prohaska einen tiefen Seufzer aus. Sieben Jahre alt war sie im Januar geworden. In wenigen Wochen sollte sie eingeschult werden. Rieke konnte es kaum mehr abwarten. Lesen und Schreiben hatte er ihr schon beigebracht. Besser gesagt, sie hatte es sich selbst beigebracht, indem sie ihm bei der Bibel- oder Zeitungslektüre immer über die Schulter geschaut und nach den einzelnen

Buchstaben gefragt hatte. Sie war ein aufgewecktes kleines Mädchen, sehr hübsch dazu, mit glänzend blonden Haaren und riesigen strahlend blauen Augen. Hübsch und klug zugleich war seine Rieke.

»Zu hübsch, zu klug, gar nicht gut für ein Mädchen dieser Herkunft«, murmelte Prohaska missgelaunt. Nein, er war weniger missgelaunt als besorgt. Was für eine Zukunft konnte er seiner Enkelin bieten? Wie lange würde er noch leben, um für sie zu sorgen und sie beschützen zu können? Was kam nach der Schule auf sie zu? Sollte er sie in Stellung geben? Kein Problem, bei ihrer Flinkheit und Geschicklichkeit würde sie ganz schnell etwas finden. Die alte von Zedlitz stellte ihre Dienstmädchen bereits im Kindesalter ein. »Damit ich sie nach meinem Willen erziehen, nach meinen Vorstellungen prägen und so anständige Zofen aus ihnen machen kann«, hatte sie ihm einmal erklärt. Sein Befremden beim Anblick eines kleinen Mädchens, das ihm beflissen eine Tasse Tee einschenkte, war wohl zu offenkundig gewesen. Als ehemaliger Unteroffizier der Preußischen Armee hatte Prohaska begrenzten Zutritt beim höheren Adel. Die unkonventionelle von Zedlitz trank nach dem Musikunterricht gerne einmal eine Tasse Tee mit dem Trompetenlehrer ihres jüngsten Sohnes. Insofern wäre es Prohaska auch ein Leichtes gewesen, seine Enkelin entsprechend zu protegieren und ihr eine gute Stellung in einem angesehenen Hause zu verschaffen. Allein, schon der Gedanke an eine Trennung machte ihm das Herz schwer.

»Sie ist doch erst sieben geworden und kommt zunächst einmal in die Schule«, versuchte Prohaska sich selbst zu beschwichtigen. Er griff nach der Pfeife und dem Tabaksbeutel, die stets griffbereit neben dem Notenstapel auf dem hölzernen Tisch in der kleinen Wohnstube bereitlagen. Er stopfte

den weißen Tonkopf und zündete sie an. Im Nu war er von dichten Tabakwolken umhüllt. Die würden Emil wieder zum Husten bringen. Egal, wenn er ein richtiger Soldat werden wollte, musste er noch Schlimmeres ertragen.
Ob er mal ein ernsthaftes Wort mit Heinrich redete, überlegte Prohaska. Emils Vater war wie er ein Kriegsveteran, aber glücklich verheiratet mit seiner Marie. Zehn Kinder hatte sie ihm geboren. Drei von ihnen waren früh verstorben, die anderen mittlerweile alle schon groß und aus dem Haus, bis auf den Jüngsten, Emil, der seine Musterung kaum erwarten konnte. Ziemliche Flausen hatte der Junge im Kopf.
Bei einigen Gläsern Branntwein im Dorfkrug hatten Prohaska und Emils Vater Enkelin und jüngsten Sohn im Geiste schon einmal miteinander verkuppelt. Ob Heinrich sich daran noch erinnerte? Marie hätte bestimmt nichts dagegen, die kleine Rieke unter ihre Fittiche zu nehmen, wenn er einmal nicht mehr war. Ärgerlich wischte sich Prohaska über die Stirn, um seine trüben Gedanken zu verscheuchen. Was war heute nur los mit ihm? Er neigte doch sonst nicht dazu, Trübsal zu blasen, und nun gerade heute, am ersten richtigen Frühlingstag des Jahres. Warum war er nur so bedrückt? Todesahnungen?
»Quatsch!«, sagte er laut und vernehmlich. Seine Kriegsverletzung war längst verheilt. An den Phantomschmerz seines amputierten rechten Fußes hatte er sich seit Jahren gewöhnt, und mit der Gicht musste er leben wie alle anderen Menschen seines Alters auch.
War es Riekes bevorstehende Einschulung, die ihn so belastete? Dabei freute sie sich so sehr, endlich häufiger mit anderen, mit gleichaltrigen Kindern zusammenzukommen. Bislang hatte er es geschickt verstanden, sie von jeglichen Außenkontakten abzuschirmen. Wenn sie jetzt zur Schule kam,

war es damit vorbei. Dann würde ihr auch bewusst werden, dass sie bislang noch nie eine gleichaltrige Freundin gehabt hatte. Ihre ersten sieben Lebensjahre hatte Rieke fast ausschließlich zwischen Erwachsenen verbracht. Doch weil sie es nicht anders kannte, war sie sich dessen gar nicht bewusst. Bislang. Aber wenn sie sich bald mit ihren Klassenkameraden verglich, würde ihr rasch auffallen, dass diese ein ganz anderes Leben führten, in einer Familie mit Mutter, Vater, Brüdern und Schwestern, alle viel jünger als ihr Großvater, der »olle Prohaska«. So nannte ihn das ganze Viertel. Rieke kannte es nicht anders, hatte keine Ahnung, dass ihr Familienleben sich von dem der anderen unterschied, wusste nicht, was es hieß, richtige Eltern zu haben. Sie vermisste diese auch nicht, denn sie wurde geliebt, aus tiefstem Herzen geliebt von ihrem Großvater, einem Invaliden des Koalitionskrieges. Wie ein undurchdringlicher schützender Kokon hatte diese fürsorgliche Liebe Rieke seit ihrer Geburt umgeben und sie zu einem selbstbewussten, glücklichen kleinen Mädchen heranwachsen lassen.

Ja, Rieke war glücklich, an diesem Tag besonders glücklich. Nicht einen Gedanken verschwendete sie an Großvater, hatte keine Ahnung, dass dieser zu Hause im Lehnstuhl saß und sich ganz schrecklich grämte. Rieke sang und hopste fröhlich den Feldweg entlang, immer weiter, immer weiter. Die Häuser ihrer Straße waren schon lange hinter der letzten Biegung des Wegs verschwunden. Sie war allein auf weiter Flur, doch das machte ihr überhaupt nichts aus. Im Gegenteil, sie genoss es, endlich einmal dem stets gegenwärtigen Großvater entronnen zu sein. War dieser erste Ausflug nicht ein Zeichen dafür, was für ein großes Mädchen sie mittlerweile war? Fast ein Schulmädchen.

»Ich freu mich so, ich freu mich so, ich freu mich auf die

Schule«, sang Rieke und hopste weiter. »Lesen lernen, schreiben lernen und das Rechnen auch dazu, juhu, juhu!«
Stolz auf ihren selbst erfundenen Reim, machte Rieke einen besonders hohen Luftsprung und quietschte vor Vergnügen. Das Leben war doch einfach schön, wunderschön. In einer Woche war Ostern. Großvater hatte versprochen, am Wochenende mit ihr Eier auszublasen und zu bemalen. Das hieß jede Menge Pfannkuchen und Rührei für alle beide, endlich Abwechslung auf dem eintönigen Speisezettel. Dazu der Spaß am Bemalen der Eier, die Freude an den Farben und den Mustern. Wäre es nicht schön, jetzt ein paar Frühlingszweige zu finden, an denen sie ihre Kunstwerke aufhängen konnten? Rieke wünschte sich für ihren Strauß Weidenkätzchen und Haselnusszweige, deren gelbe Puschelschwänzchen sie so lustig fand. Bei einem ihrer Winterspaziergänge im knirschenden Schnee hatte Großvater sie auf die Kopfweiden am Wegrand aufmerksam gemacht.
»Die halten jetzt ihren Winterschlaf, und wenn es Frühling wird, stecken die kleinen Weidenkätzchen an den dünnen Zweigen ihre weißen Köpfchen hinaus, um ihn zu begrüßen.«
Nun war es endlich so weit. Aber wo standen die Weiden? Im gleißenden Sonnenlicht sah die Landschaft so anders aus als in den langen grauen Wintertagen. Schützend legte Rieke ihre Hand über die Augen und ließ den Blick über Felder und Wiesen schweifen. War da soeben nicht ein Rebhuhn vorbeigehuscht oder ein Fasan oder gar eine der seltenen Trappen? Dank Großvater kannte sie sich gut in der freien Natur aus und wusste allerlei Pflanzen und Getier zu benennen. So erkannte sie die kleinen blassgelben Blumen, die sich büschelweise im Winde wiegten, auf der Stelle.
»Schlüsselblumen«, jauchzte Rieke. Mit einem Sprung war sie mitten auf der Wiese gelandet. Sie stolperte und verlor das

Gleichgewicht. »Parbleu, jetzt ist mon arrière nass geworden«, stellte sie sachlich fest und beließ es dabei. Sie kniete nieder und begann die Schlüsselblumen zu pflücken. Sie vergaß Ort und Zeit um sich her, sah immer nur den nächsten Blütenstengel, den sie pflücken musste. Es war wie ein Rausch. Längst reichten ihre kleinen Hände nicht mehr aus, um die vielen Blumen zusammenzuhalten. Den ersten Bund legte sie auf die Wiese beiseite, um den nächsten zu pflücken und noch einen und noch einen. Aus der Ferne schlug die Turmuhr zwölf Uhr Mittag. Rieke hörte es nicht. Bestürzt stellte sie fest, dass sie außer ihren zwei Händen nichts dabeihatte, womit sie ihre überreiche Ernte nach Hause bringen konnte. Das war ja ganz schön dumm. Ratlos steckte sie den Finger in den Mund und überlegte. Ob sie ihren Rock einfach schürzte?

Sie kam nicht dazu, ihren Gedanken zu Ende zu denken, hatte sich aber so auf diesen konzentriert, dass sie das sich nähernde Geräusch galoppierender Pferdehufe nicht wahrnahm. Auch das helle Klirren, das erklang, wenn Metall auf Stein traf, überhörte sie. Erst als der riesige schwarze Hengst wiehernd querfeldein auf sie zugaloppierte, schreckte Rieke aus ihren verträumten Überlegungen hoch. Sie schrie vor Entsetzen angesichts des durchgegangenen Pferds. So schnell sie konnte, rannte sie davon. Ein unscheinbarer Feldstein wurde ihr zum Verhängnis. Sie stolperte, knickte mit dem Knöchel um und schlug der Länge nach hin. Glück im Unglück, denn das wild schnaubende Pferd sprang einfach über sie hinweg, ohne sie mit den gefährlichen Hufen zu berühren, und raste blindlings weiter über die Flur.

Benommen starrte Rieke in den blauen Himmel. Sie stand unter Schock. Oder bin ich ohnmächtig? Eine feine Dame würde jetzt in Ohnmacht fallen, dachte sie. Feine Damen fallen nämlich andauernd in Ohnmacht.

»Das tun sie meistens, wenn ihnen was nicht passt«, hatte Großvater erzählt. »Wenn sie anders ihren Willen nicht durchsetzen können, fallen sie eben in Ohnmacht. Die Kaiserin Joséphine, die erste Frau von Napoleon, war eine wahre Künstlerin in der Beherrschung dieser Kunst.«
»Nee, Prohaska, die Frauenzimmer sind immer viel zu fest geschnürt«, hatte Nachbarin Marie ihm widersprochen. »Denen fehlt einfach die Luft zum Atmen, und dann kippen sie eben um.«
Ich bin weder zu fest geschnürt noch eine feine Dame, also bin ich auch nicht ohnmächtig, sagte sich Rieke und richtete sich auf. Sie wollte aufstehen, aber das rechte Bein knickte einfach unter ihr weg. Der Knöchel tat höllisch weh. Mit einem lauten Schrei sank sie in sich zusammen. Jetzt setzte der Schmerz erst richtig ein. Und was für ein Schmerz! Das war ja kaum zum Aushalten. Sie begann zu weinen. Weit und breit war kein Mensch zu sehen, nirgendwo Hilfe in Sicht.
»Hilfe!«, rief Rieke. »Hilfe!« Ihr Ruf verhallte. Sie versuchte noch mal sich aufzurichten. Sie musste probieren, auf einem Bein vorwärtszukommen. Oder besser auf allen vieren? »Großvater, Großvater, so hilf mir doch!«, schluchzte sie und kroch unbeholfen auf dem Boden.
»Nicht bewegen, nicht weiter bewegen. Um Himmels willen, Kind, bitte halt still!«, vernahm Rieke plötzlich eine fremde Männerstimme. Sie wischte sich die Tränen aus den Augen, um besser sehen zu können. Vor ihr stand ein hochgewachsener, schlanker Mann, der jetzt neben ihr niederkniete. Behutsam betastete er ihren Knöchel.
»Aua«, schrie Rieke, »das tut weh, das tut so weh!« Sie begann erneut zu schluchzen.
»Bitte halt still, du musst jetzt stillhalten«, beschwor sie der Fremde. »Du hast wahrscheinlich den Knöchel gebrochen. Es

ist meine Schuld, dass Sultan dich überrannt hat. Er ist mir einfach durchgegangen. Aber der kann was erleben, wenn mein Bursche ihn wieder eingefangen und in den Stall zurückgebracht hat.«
Suchend schaute er um sich. Direkt an der Böschung fand er einen passenden Stock. Mit einigen geschickten Schnitten eines aus der Hosentasche hervorgezauberten Messers hatte er ihn blitzschnell auf passende Länge gebracht.
Rieke stöhnte vor Schmerz.
»Bitte halt still, du darfst dich jetzt nicht bewegen, sonst wird es nur noch schlimmer. Ich werde dir das Bein bandagieren, damit es fixiert ist«, beschwor er das verletzte Kind. Dabei wickelte er sich seinen langen Schal, den er mehrfach um den Hals geschlungen trug, hastig ab und über der eigenen Hand wieder auf. Er legte den Stock an Riekes Bein und wand in Windeseile mit geschickten Fingern den weichen Stoff um Stock und Bein. Mit den Zähnen riss er das letzte Stück in der Mitte durch, so dass er mit den beiden Stoffstreifen eine Schleife binden konnte.
»Sieht jetzt aus wie ein richtiger Verband«, sagte Rieke und wischte sich mit dem Handrücken die Tränen von den Wangen.
»Na ja, mein Feldscher wäre nicht zufrieden«, meinte der Fremde, »aber zur Not muss es eben gehen.« Er lächelte. Es war ein sehr nettes Lächeln. Rieke konnte gar nicht anders, als es zu erwidern.
»Danke«, krächzte sie.
»Hast du schlimme Schmerzen?«, erkundigte sich der Fremde.
»Es geht«, log Rieke unter Tränen.
»Du hast höllische Schmerzen«, stellte der Fremde fest, »aber willst es nicht zugeben. Bist ein tapferer kleiner Kerl.«
»Ich bin ein Mädchen«, begehrte Rieke auf.

»Bei der Blumenpracht, die du um dich herum drapiert hast, wäre ich darauf niemals gekommen«, erwiderte der Fremde lachend und betrachtete sie eingehend. »Wie alt bist du?«, wollte er wissen.

»Sieben geworden, im Januar«, sagte Rieke.

»Du kommst mir irgendwie bekannt vor. Haben wir uns schon irgendwo mal gesehen?«

»Ich habe Sie in meinem ganzen Leben noch niemals gesehen«, verkündete Rieke.

»Wie heißt du?«, fragte der Fremde.

»Friederike Ulrika«, sagte Rieke stolz.

»Oh, was für ein schöner Name. Du machst den preußischen Prinzessinnen mit deiner Tapferkeit tatsächlich auch Ehre«, lobte der Fremde sie lächelnd.

»Das sagt Großvater auch immer, ich muss meinem Namen Ehre machen«, erzählte Rieke.

»Du scheinst einen sehr klugen Großvater zu haben«, stellte Riekes barmherziger Samariter immer noch lächelnd fest. »Und wo wohnst du?«

»Dahinten, am Ortsrand.« Rieke deutete vage in die Richtung, aus der sie gekommen war.

»Dann werde ich dich nach Hause bringen«, sagte der Fremde, hob sie einfach hoch und stieg über die morastige Wiese zu dem Feldweg, der zurück nach Potsdam führte.

»Wollen Sie mich wirklich den ganzen Weg bis nach Hause tragen?«, erkundigte sich Rieke neugierig und ignorierte ihren puckernden Knöchel.

»Was bleibt mir denn anderes übrig?«, fragte der Fremde zurück. »Oder sollte ich dich auf der grünen Wiese einfach deinem Schicksal überlassen?«

»Neeee«, erwiderte Rieke gedehnt. »Das wäre nicht nett gewesen, überhaupt nicht comme il faut.«

»Absolument überhaupt nicht comme il faut«, bestätigte der Fremde überrascht. »Du sprichst auch Französisch?«

»Mon grand-père était dans la guerre«, plapperte Rieke auswendig, genauso, wie es ihr der Großvater beigebracht hatte.

»Oh hoooo, o, là, là«, machte der Fremde beeindruckt. »Et quelle guerre?«, wollte er dann wissen.

Das verstand Rieke nun nicht mehr.

»Touché«, sagte der Fremde lachend. Trotz seiner Last, die er nun schon fast zwei Kilometer durch die Gegend schleppte, schien er sich köstlich zu amüsieren. Oder lachte er Rieke aus? Das hätte sie wiederum nicht ertragen können.

»Mein Großvater kann Napoleon nicht leiden«, erzählte Rieke weiter, um die Scharte von eben auszuwetzen.

»Damit ist er nicht alleine«, entgegnete der Fremde kurz. »Mittlerweile ist der alte Wolf jedoch auf St. Helena längst zahnlos geworden«, setzte er geistesabwesend hinzu. Er schien mit seinen Gedanken irgendwo ganz anders. Grübelnd starrte er Rieke ins Gesicht. »Ich kenne dich von irgendwoher. Wenn ich nur wüsste, woher. Du kommst mir so bekannt vor.«

»Ich habe Sie noch niemals in meinem Leben gesehen«, wiederholte Rieke.

Fast zwei Stunden lang dauerte es, bis der hilfsbereite Fremde Rieke über Felder, Wiesen und holprige Feldwege getragen hatte. Endlich stand er mit seiner Last auf der Schwelle von Prohaskas bescheidenem Häuschen, aus dem heller Trompetenklang schmetterte.

»Oh, hier wird musiziert«, stellte Riekes Retter erfreut fest und ließ sie vorsichtig zu Boden gleiten, hielt sie aber immer noch am Ellbogen fest.

»Mein Großvater unterrichtet Trompete, Posaune und manchmal auch Flöte«, erzählte Rieke stolz.

»Querflöte?«, fragte der Fremde.

»Nein, Piccolo, die passt besser in einen Soldatentornister«, antwortete Rieke.
»Da hast du völlig recht, mein Kind, und wie recht du hast«, pflichtete er ihr bei. Er lachte schallend. Und wieder wusste Rieke nicht, ob er sich amüsierte oder sie auslachte, und wieder nicht, ob sie mitlachen oder sich ärgern sollte.
Dieser Mann war so anders als all die Männer, die sie bislang kennengelernt hatte. Vielleicht, weil er ein vornehmer Herr war? Ein richtiger Monsieur? Ein vornehmer älterer Monsieur? Nein, so alt war er gar nicht, er war viel jünger als Großvater und auch viel größer.
Nun zog er die Klingel an der Tür. Ihr Klang schepperte durch das ganze Haus. Das Trompetengeschmetter verstummte. Im Flur war Großvaters schlurfender Schritt zu hören, dann öffnete er. Beim Anblick seiner Enkelin riss er die Haustür sperrangelweit auf.
»Rieke, na endlich, wo bleibst du denn?«, rief er empört. »Du solltest doch mit dem Zwölfuhrläuten zu Hause sein. Jetzt haben wir fast schon vier Uhr Nachmittag. Wo treibst du dich denn so lang herum? Und wer sind Sie?«, wandte er sich an Riekes Begleiter.
»Darf ich eintreten? Ich möchte Ihnen alles in aller Ruhe erklären«, bat dieser. Prohaska nickte unwillig.
Der Fremde hob Rieke kurzerhand wieder hoch und trug sie auf beiden Armen in die Wohnstube, wo er sie vorsichtig auf das an der Stirnwand stehende kleine Sofa gleiten ließ. Mit offenem Mund beobachtete Großvaters Schüler dieses Manöver.
»Die Stunde ist für heute beendet, Emil«, sagte Prohaska und entließ diesen mit einer befehlenden Kopfbewegung Richtung Tür. Immer noch staunend, räumte Emil das Feld. »Wer sind Sie, was ist passiert?«, wollte Prohaska nun wissen.

»Darf ich mich vorstellen, mein Name ist Alexander August von Prewitz zu Kirchhagen«, sagte der Fremde, legte seine Hand an das Revers, schlug leicht die Hacken zusammen und verbeugte sich formvollendet.

Prohaska wurde kreidebleich. »Ich hätte Sie erkennen müssen«, sagte er tonlos. Mit beiden Händen umklammerte er die Rückenlehne eines Stuhls. Es schien, als müsste er sich daran festhalten. Weiß traten die Knöchel an seinen Handgelenken hervor. »Herr Graf, ich muss Sie ersuchen, mein Haus auf der Stelle zu verlassen.«

»Graf, wieso denn Graf?« Rieke hob erstaunt den Kopf. Der schmerzende Knöchel war vergessen. Fragend schaute sie von einem zum anderen. Nicht minder überrascht schien der fremde Herr zu sein.

»Sie kennen mich? Woher kennen Sie mich?«, erkundigte er sich verblüfft.

Prohaska antwortete nicht, sondern schaute ihn nur zornig an.

»Seltsamerweise kommt mir Ihre Enkelin irgendwie bekannt vor«, sagte der Graf nach einigen Sekunden unbehaglichen Schweigens. »Könnten Sie mir denn nicht ein bisschen auf die Sprünge helfen?« Er lächelte Prohaska an. Es war ein sehr charmantes, dennoch von Herzen kommendes Lächeln. Trotz ihrer Schmerzen und obwohl es ihr gar nicht galt, musste Rieke es spontan erwidern, im Gegensatz zu ihrem Großvater, dessen Miene sich jetzt noch mehr verdüsterte.

»Ich möchte Sie bitten zu gehen, Herr Graf von Prewitz zu Kirchhagen«, wiederholte er unerbittlich. Noch niemals hatte Großvater so schmale Lippen gehabt. Wie blass er war. Und warum zitterte er so?

»Großvater!«, rief Rieke erschrocken und machte Anstalten, vom Sofa zu rutschen.

»Du bleibst sitzen«, befahl der Fremde streng. Unwillkürlich gehorchte Rieke.
Mit einem ächzenden Laut griff sich Prohaska an die Brust und ließ sich schwer auf den hölzernen Stuhl fallen. »Bitte gehen Sie, tun Sie mir einen Gefallen und verlassen Sie mein Haus«, keuchte er.
Der Graf trat einen Schritt zurück, ratlos, leicht verwirrt. »Brauchen Sie Hilfe?«, fragte er.
»Nein«, stöhnte Prohaska. »Tun Sie mir nur diesen einen Gefallen und verlassen Sie mein Haus. Dann wird es mir von ganz alleine wieder bessergehen.« Er richtete sich mühsam auf, lehnte sich auf seinem Stuhl zurück, legte den Kopf in den Nacken, schloss die Augen und atmete tief durch. »Bitte gehen Sie«, wiederholte er mit seiner tiefen, normalen Stimme.
Fragend schaute der Graf nun auf Rieke.
»Ja, bitte gehen Sie«, schloss sich diese nun der Bitte ihres Großvaters an.
Graf Alexander von Prewitz zu Kirchhagen trat noch einen weiteren Schritt zurück, legte die Rechte auf die Brust und verneigte sich. »Ihrer beider Wunsch sei mir Befehl«, sagte er in einer Mischung aus Ironie, bemühter Belustigung, aber auch leichter Verärgerung. »Ich weiß leider nicht, womit ich Ihren heiligen Zorn und Ihre Abneigung hervorgerufen habe, aber ich werde mich um Ihrer Gesundheit und Ihrer Enkeltochter willen fügen.« Er verneigte sich elegant, schenkte Rieke noch ein ganz bezauberndes Lächeln, drehte sich um und schritt davon.
Wenige Sekunden später war zu hören, wie die Haustür hinter ihm ins Schloss fiel.
»Endlich!« Prohaska stieß einen tiefen Seufzer der Erleichterung aus. Er rieb sich die schmerzende Brust. »Parbleu, wirst

du nun endlich aufhören zu klabastern«, schimpfte er mit seinem Herzen. »Hast die vergangenen Jahre doch stets ruhig und regelmäßig deinen Dienst getan.«
»Großvater, war das ein richtiger Graf?«, wollte Rieke wissen.
»Das war er wohl«, knurrte er.
»Woher weißt du das, woher kennst du ihn? Warum warst du so unfreundlich zu ihm?«
»Sind das nicht ein bisschen viele Fragen auf einmal?«, wich Prohaska aus.
»Du bist doch sonst nicht so unhöflich, Großvater. Dieser Mann hat mich gerettet. Er hat mich den ganzen weiten Weg aus der Feldmark bis hierher nach Hause geschleppt, und anstatt dich bei ihm zu bedanken, weist du ihm die Tür. Das war überhaupt nicht comme il faut, überhaupt nicht.« Rieke hatte sich richtig in Rage geredet, begann mit den Händen zu fuchteln und erregt auf dem Sofa hin und her zu hopsen. Ja, sie wollte sogar aufspringen, um Großvater in aufrechter Haltung ihre Meinung zu sagen. Aber plötzlich schrie sie »Autsch, aua, aua!« und rieb sich über den schmerzenden Knöchel. Wie weich sich das Tuch des provisorischen Verbands anfühlte. Es musste aus reiner Seide sein.
»Du sollst sitzen bleiben. Hast doch gehört, was der Graf gesagt hat, du hast einen verletzten Knöchel«, donnerte der Großvater prompt. Wie rasch er zur gewohnten Energie und Stärke zurückgefunden hatte. »Ich werde gleich mal nach Marie schicken, die kennt sich mit so was aus. Sie wird dir das rechte Kraut auf den Knöchel legen, sie hat bestimmt die richtige Medizin.«
»Erst wirfst du ihn raus, dann soll ich tun, was er gesagt hat. Du bist komisch, Großvater.« So schnell war Rieke nicht der Mund zu stopfen.

»Du bist wirklich ein Fräulein Naseweis.« Unwillkürlich musste er lachen. »Willst immer alles wissen und meinst schon klüger als dein oller Opa zu sein.«
»Das stimmt doch gar nicht, Großvater«, erwiderte Rieke gekränkt. »Ich möchte nur wissen, warum du so unhöflich zu dem Grafen warst und ihn sogar weggeschickt hast.«
»Jetzt zeig mir erst mal deinen Knöchel«, versuchte Prohaska seine Enkelin abzulenken. Schwerfällig erhob er sich von seinem Stuhl und beugte sich über das bandagierte Bein. »Sieht wirklich gar nicht so schlecht aus. Vom Bandagieren scheint er ja was zu verstehen«, musste er zugeben. »Sollte er ja aber mittlerweile auch, nach all diesen Feldzügen, die er in den vergangenen Jahren mitgemacht hat«, murmelte er in sich hinein. Gespannt hatte Rieke ihren Großvater beobachtet und noch aufmerksamer zugehört.
»Du bist gar nicht mehr so blass wie eben. Was hattest du überhaupt?«, wollte sie nun wissen. »So aufgeregt habe ich dich noch niemals vorher gesehen. Und wie du gezittert hast.«
Prohaska brummelte unwillig.
»Warum weißt du so viel über den Grafen?«, setzte Rieke nach. »Warum weiß er nichts über dich?« Ihr kam das alles sehr merkwürdig vor. Nachdenklich runzelte sie die Stirn. Genau wie Eleonora. Es war schon verblüffend, wie sie ihrer Mutter in manchen Momenten ähnelte. Aber heute hatte Prohaska eine weitere Ähnlichkeit feststellen müssen, die ihn zutiefst bestürzte.
»Ach, Riekekind!«, seufzte Prohaska. Schwerfällig ließ er sich neben ihr auf dem Sofa nieder, legte den Arm um ihre Schultern und zog sie an sich. Ermattet kuschelte Rieke sich an ihn. Sie war auf einmal unheimlich müde. Es war wirklich ein aufregender, anstrengender Tag gewesen. Mittlerweile begann es draußen schon zu dämmern. Im kahlen Birnbaum hinten auf

der Wiese stimmte eine Amsel ihr Abendlied an. Sie schien mit aller Kraft gegen den Einbruch der Dunkelheit tirilieren zu wollen.

Riekes Augenlider wurden schwerer und schwerer. Ihr Kopf fiel an die Brust des Großvaters. Hinter dem rauhen Zwirn seiner Weste klopfte es stet und zuverlässig, so wie sie es ihr Leben lang gewohnt war. Wie oft war sie auf Großvaters Schoß eingeschlafen, den Kopf an seine Brust gelehnt, umhüllt vom Tabakdunst seiner kleinen Pfeife, eingelullt von seinem Räuspern, dem Rascheln der Zeitung oder dem feinen Geräusch beim Blättern der Seiten, wenn er in der alten Bibel las.

»Warum komme ich ihm so bekannt vor?«, murmelte Rieke schläfrig. Großvaters tiefen Seufzer hörte sie schon nicht mehr.

Die Amsel, die Rieke am Abend zuvor in den Schlaf geflötet hatte, begleitete am nächsten Morgen ihr Erwachen. Die Sonne schien sich heute selbst übertreffen zu wollen und tauchte ihre kleine Kammer in ein goldenes Licht. Eigentlich war es ja mehr ein Alkoven als ein richtiges Zimmer. Großvater hatte ihr selbst ein passendes Bett gezimmert. Ursprünglich hatte Rieke gar nicht verstanden, warum sie nun auf einmal nicht mehr bei Großvater im selben Zimmer schlafen sollte.

»Aber Riekekind, siehst du nicht selbst, dass das alte Kinderbett mittlerweile viel zu klein für dich geworden ist. Wie oft hast du dich schon oben mit dem Kopf angestoßen oder deine langen Beine zwischen den Gittern rausgestreckt.«

»Das macht doch nichts, ich kann mich doch auch einrollen und habe dann wieder genug Platz«, wehrte sich Rieke gegen den Auszug aus dem vertrauten Raum.

»Wie oft hast du dich in den letzten Monaten beschwert, dass ich zu laut schnarche und du davon wach geworden bist.

Wenn du jetzt bald ein Schulkind sein wirst, brauchst du deinen ungestörten Schlaf, damit du in der Schule aufpassen kannst und richtig was lernst.« Prohaska wusste schon, wie er seine Enkelin überzeugen konnte. Rieke war von einer schon fast beängstigenden Lernbegierde. Wie ein Schwamm sog sie alle Neuigkeiten und Informationen in sich auf, um sie für sich zu verarbeiten und die Erwachsenen irgendwann mit ihren eigenen Erkenntnissen und Schlussfolgerungen nicht nur zu überraschen, sondern geradezu zu verblüffen.

Der Pfarrer im Kindergottesdienst hatte es schon längst mitbekommen und setzte Rieke nur zu gerne bei Krippenspielen und sonstigen Aufführungen ein. Dabei musste er sich fast mit Gewalt gegen ihren Großvater durchsetzen, bis dieser endlich seine Erlaubnis erteilte, dass Rieke eine wichtige Rolle übernahm.

»Ich habe meine Gründe, ich habe schwerwiegende Gründe, ich will nicht, dass sich das Kind so in die Öffentlichkeit stellt«, sagte er immer nur wieder.

»Herrgott, Prohaska, was ist das denn für eine Öffentlichkeit, wenn Rieke im Weihnachtsgottesdienst den Verkündigungsengel und einen Hirten spielt? Unsere kleine Kirche fasst gerade einmal zweihundert Besucher, das ist doch keine große Öffentlichkeit. Etwas anderes wäre, wenn sie in der Potsdamer Nikolaikirche aufträte«, versuchte Pfarrer Gramkow ihn zu überzeugen. Prohaska war bei seinen letzten Worten zusammengefahren. »Was haben Sie denn plötzlich?«, erkundigte er sich verdutzt. »Womit habe ich Sie so erschreckt, Prohaska, habe ich etwas Falsches gesagt?«

»Schon gut, schon gut, denn lassen Sie meine Rieke mal den Hirten und den Erzengel Michael spielen«, murmelte Prohaska. Mit fahrigen Händen glitt er sich durch die Haare, strich eine graue Strähne aus der Stirn und wich dem forschenden

Blick des Pfarrers aus. Dieser ließ ihn jedoch nicht aus den Augen.

»Ich ahne schon lange, dass es um Ihre Enkelin ein Geheimnis gibt«, sagte er zögernd. »Ihre Rieke ist etwas Besonderes. Sie ist nicht wie die anderen Kinder. Das habe ich von der ersten Sekunde an gespürt. Mit drei Jahren saß sie schon hellwach bei meiner Frau im Kindergottesdienst. Sie hat sie sehr ins Herz geschlossen. Auch unser Kantor freut sich schon richtig darauf, Rieke zum neuen Schuljahr in der Bank der ersten Klasse sitzen zu haben.«

Prohaska staunte. Wohlweislich versuchte er doch seit Jahr und Tag seine Enkelin von der Außenwelt abzuschotten. Aber als tiefgläubiger Christ war es ihm wiederum ein Herzensanliegen, seiner Enkelin den Weg zu Religion und Glauben aufzuzeigen. Dazu gehörte nun einmal der regelmäßige Besuch des Gottesdienstes. Er selbst saß doch auch jeden Sonntagmorgen pünktlich um zehn Uhr auf der harten Kirchenbank, sang mit brummendem Bass die ihm vertrauten Lieder und lauschte aufmerksam der Predigt seines Pfarrers.

Wie sehr hatte er sich gewünscht, Eleonora eines Tages in dieser Kirche einmal vor dem Traualtar zu sehen. Wie gerne hätte er den Brautführer gespielt und sie im weißen Brautkleid ihrem künftigen Ehemann zugeführt.

Aber Eleonora war ihm niemals so richtig nahe gewesen. Damals, als er 1792 in den Krieg zog, war sie noch ein kleines Kind gewesen. Als er zurückkehrte und sie samt ihrem Bruder sofort aus dem Potsdamer Waisenhaus geholt hatte, war Eleonora ein verschlossenes, fast verstörtes Kind gewesen. Sie schien zwar froh, dem Drill und der Lieblosigkeit des Heims entronnen zu sein, war aber nicht fähig, dem Vater ihre Dankbarkeit zu zeigen. Richtig kennengelernt hatten sie einander eigentlich nie.

Ihre eigene Mutter hatte Eleonora gehasst. Die hatte sich nie um die Kinder gekümmert, sondern verbrachte die meiste Zeit des Tages am Tresen des Dorfkrugs, wo sie als Kellnerin arbeitete. Fast jeden Abend oder spät in der Nacht kam sie angetrunken nach Hause, häufig in Begleitung eines genauso betrunkenen Soldaten. Beide nahmen keinerlei Rücksicht auf die in der Stube schlafenden Kinder. Wie oft hielt sich Eleonora die Ohren zu, kniff die Augen ganz fest zusammen und zog sich Kissen und Bettdecke über den Kopf. Aber das abstoßende Stöhnen, Wimmern und Ächzen des betrunkenen Paars war nicht zu überhören.

Eleonora fand das, was sich zwischen Mann und Frau abspielte, widerlich und abstoßend. So war sie zunächst mehr erleichtert, von ihrer Mutter mit ihrer jüngeren Schwester und dem älteren Bruder in das Potsdamer Waisenhaus abgeschoben zu werden.

Dabei war sie vom Regen in die Traufe gekommen. Schwestern und Bruder wurden getrennt. Die Schlafsäle waren riesig und kalt, die Betten hart und unbequem, das Essen karg, wenig abwechslungsreich und manchmal kaum genießbar. Aber was auf den Teller kam, musste auch aufgegessen werden, sonst setzte es etwas.

Es setzte häufig etwas. Der Rohrstock war ein höchst gebräuchliches Erziehungsmittel, auch im Unterricht. Die Lehrer bestanden zum größten Teil aus ehemaligen Soldaten. Diese Kriegsveteranen, kaum selbst des Schreibens und Lesens richtig kundig, waren mehr darauf bedacht, ihre Schüler zu drillen, als ihnen Wissen zu vermitteln. Manchmal schien es, als wollten sie sich für all die Demütigungen und die Schmach, die sie während ihrer Dienstzeit erlitten hatten, an ihren Schützlingen rächen. Am berüchtigtsten war der einbeinige Otto, dem es ein sadistisches Vergnügen bereitete, die

demütigende Zeremonie des Spießrutenlaufs mit seinen Schülern nachzuexerzieren. Sie hassten ihn dafür aus tiefstem Herzen.
Bei den drakonischen Strafen kamen die Mädchen kaum glimpflicher weg als die Jungen. So machte auch die kleine Eleonora einige Male Bekanntschaft mit dem gefürchteten Rohrstock. Einziges Zugeständnis war, dass die Schülerinnen nicht ihr Hinterteil entblößen mussten. Sehr schnell schaute sich Eleonora den Trick ihrer älteren Mitschülerinnen ab und polsterte sich unter dem knöchellangen Rock vorsorglich schon immer mit einem kleinen Kissen aus.
Aber wie hatte sie mit ihrem Bruder Johannes gelitten, als dieser tagelang nicht hatte sitzen können. Mit zusammengebissenen Zähnen hatte er seinem Peiniger Rache geschworen, und seine jüngere Schwester hatte ihm aus tiefstem Herzen zugestimmt.
Einzige Abwechslung von der schulischen Pein boten die Stunden der religiösen Unterweisung bei Pfarrer Ackermann, die einmal wöchentlich in der Sakristei der in unmittelbarer Nähe gelegenen Nikolaikirche stattfand.
Anschließend mussten die Jungen auf dem Kirchhof oder im Garten des Pfarrers arbeiten, während die Mädchen von Madame Blanche in Handarbeiten unterwiesen wurden. Madame Blanche hielt sich sehr viel ob ihrer hugenottischen Herkunft zugute und lehrte die Mädchen nicht nur die Kunst der Petit-Point-Stickerei, sondern weihte sie auch in die Anfangsgründe der französischen Sprache ein. So brachte sie ihnen unter anderem einige französische Kinderlieder bei. Acht Jahre war Eleonora, als erstmals ihr glockenklarer Sopran erklang. Madame Blanche war so begeistert, dass sie nicht umhinkam, der befreundeten Pfarrersfrau Mitteilung zu machen. Die stahl sich eines Nachmittags in den Handarbeitsunterricht, um sich

selbst einen Eindruck zu verschaffen, und schickte ihrerseits sofort nach ihrem Gatten, damit er sich den von Madame Blanche eingeübten Kanon der kleinen Waisenmädchen anhörte.

Der Pfarrer setzte sich mit dem Kantor in Verbindung, damit Eleonora ihm vorsänge. In Sekundenschnelle konnte sie ihn von ihrer außerordentlichen Begabung überzeugen. »Sie muss unbedingt regelmäßig geschult werden«, sagte Kantor Braun. Spontan bot er an, das arme Waisenkind sogar umsonst zu unterrichten. Innerhalb kurzer Zeit gelang es ihm, Eleonora mit seiner Musikbegeisterung anzustecken und mit seinem Enthusiasmus mitzureißen.

Nachdem sie ihre Scheu gegenüber dem jungen Musikus verloren hatte, freute sie sich sogar auf ihre Gesangstunden, die zweimal in der Woche stattfanden. Das war doch tausendmal schöner als die stupide Stickerei bei Madame Blanche oder gar das Fußbodenschrubben im Waisenhaus.

Dessen Leitung, insbesondere die Oberin, sah es gar nicht gerne, dass Eleonora eine Sonderrolle zukam. Aber nachdem sich Pfarrer und Kantor für sie starkgemacht hatten, blieb Schwester Sybilla nichts anderes übrig, als sich deren Verdikt zu fügen.

»Wie soll das Kind jemals wieder zurück in seine ihm gebührende Stellung finden, wenn es zuvor bereits vor Fürsten, Grafen und sogar dem König gesungen hat«, murmelte die Oberin nur noch missmutig vor sich hin. Sie wagte jedoch keine Widerrede mehr.

»Großvater, Großvater, bist du zu Hause?«, riss eine helle Stimme Prohaska aus seinen Erinnerungen. Er zuckte zusammen und fuhr sich mit der Rechten über die Stirn.

»Ja, ich bin da, mein Kind, ich mache dir gerade einen frischen Kräutertee«, rief er in Richtung von Riekes Zimmer

und nahm den pfeifenden Wasserkessel vom Küchenherd. In der Frühe hatte er ihn wie üblich entfacht. Er war mit der Wohnstube verbunden, wo er den dort stehenden kleinen Kachelofen mit beheizte. Wenn auch draußen die Märzsonne mit all ihrer Kraft schien, war es noch nicht an der Zeit, auf die heimelige Wärme des häuslichen Herds zu verzichten.
Prohaska goss das kochende Wasser in die alte, abgesplitterte Emaillekanne, in die er zuvor getrocknete Kräuter geworfen hatte. Marie hatte ihm noch am Vorabend ein wohlriechendes Bündel vorbeigebracht.
»Alles selbst bei Vollmond gesammelt und bis zum Neumond in unserer Räucherkammer getrocknet«, hatte sie ihm erklärt.
Wie ein Lauffeuer musste sich die Kunde von Riekes Unfall inzwischen im Dorf herumgesprochen haben. Mittelpunkt der brodelnden Gerüchteküche bildete Emil, der mit Wonne immer wieder und wieder den Auftritt des Unbekannten mit der verletzten Rieke auf dem Arm beschrieb. So war es auch gar nicht notwendig gewesen, nach Marie zu schicken, denn die Neugierde hatte sie von selbst zum Haus des Nachbarn und alten Freundes getrieben. Gemeinsam verfrachteten sie die tief schlummernde Rieke in ihr Bett. Eigenhändig wickelte Marie ihr den provisorischen Verband vom Knöchel und legte eine frische Kräuterkompresse auf. Rieke bekam von alldem nichts mit. Sie schlief den Schlaf der Gerechten und Erschöpften.
»Ein feines Stöffchen, echte Seide«, bewunderte Marie den Schal von Riekes edlem Retter.
»Gib her, ich schmeiß ihn gleich ins Feuer«, fuhr Prohaska auf und wollte ihr das Tuch entreißen.
»Du bist wohl verrückt geworden, so einen Schal verbrennt man doch nicht. Ich werde ihn mit nach Hause nehmen, ihn mit der Hand vorsichtig waschen und noch vorsichtiger mit

dem Plätteisen glätten, nur lauwarm, damit die Falten rausgehen«, wehrte Marie ihn ab. Mit einer flinken Bewegung ließ sie das kostbare Stück in den Tiefen ihrer Schürzentasche verschwinden. »Stell dir vor, der Graf kommt wieder und möchte seinen Schal zurückhaben. Was willst du ihm dann sagen? Dass du ihn verbrannt hast?« Herausfordernd schaute sie ihn an.

»Den habe ich doch hochkantig rausgeschmissen, der kommt bestimmt nicht wieder«, behauptete Prohaska im Brustton der Überzeugung.

Marie schaute ihn an und lächelte. Es war ein mitleidiges und zugleich belustigtes Lächeln. »Da bin ich mir längst nicht so sicher wie du, Prohaska«, erwiderte sie.

»Ich bin mir da ganz sicher«, beharrte Prohaska störrisch.

»Ach, ihr Männer«, sagte Marie nur wissend und lachte. Nachdem sie ihm noch einige Ratschläge bezüglich der Versorgung der kleinen Patientin gegeben hatte, war sie im Dunkel der Vorfrühlingsnacht verschwunden.

Ludwig Prohaska hatte in seiner Küche noch eine Pfeife geraucht, ehe er sich zur Nachtruhe begab. In seinem Alter benötigte er nicht mehr viel Schlaf. Mit den allerersten Flötentönen der Amsel erhob er sich schon wieder. Während er sich in der Küche rasierte, fiel ihm die Begegnung vom Vortag wieder ein.

»Großvater, ich habe Hunger!«, kam es kläglich aus Riekes Schlafkammer.

»Warte einen Moment, ich gieß dir nur rasch einen Tee auf und mache dir einen Haferbrei fertig«, beschwichtigte er Rieke.

Aufmerksam schaute sie ihm entgegen.

»Hast du gut geschlafen?«, erkundigte er sich. Er stellte den alten Emaillebecher zum Abkühlen auf das Fensterbrett

und drückte ihr die Haferbreischüssel in die ausgestreckten Hände.
»Danke, Großvater, ich habe so einen Hunger«, sagte Rieke und begann zu löffeln.
Prohaska holte sich einen Stuhl aus der Stube, stellte ihn neben das Bett und nahm darauf Platz. Minutenlang sah er ihr beim Essen zu und erfreute sich ihres guten Appetits. Zeitweilig hatte er sogar vergessen, was er sich in dieser schlaflosen Nacht vorgenommen hatte. Er wollte endlich mit ihr reden. Ehe sie eingeschult wurde, wollte er sie über ihre Herkunft aufklären. Zumindest, was ihre Mutter anbelangte, Eleonora Prohaska.
»Was ist eigentlich ein Bastard?«, unterbrach Rieke seine Gedanken.
Prohaska verschluckte sich fast. »Wie kommst du denn darauf?«, fragte er erschrocken. »Wo hast du dieses Wort denn aufgeschnappt.«
»Ein paar ältere Jungs haben es mir neulich nach dem Gottesdienst hinterhergerufen«, erzählte Rieke. »Bin ich denn ein Bastard?«
»Nein!« Prohaska schrie es fast. Erstaunt schaute Rieke ihn an.
»Die sagen, ich wäre ein Bastard, weil ich weder Mutter noch Vater habe«, fuhr sie fort.
»Du hast eine Mutter!«, widersprach Prohaska heftig.
»Und wo ist die?«, wollte Rieke wissen.
Prohaska seufzte abgrundtief. »Genau darüber wollte ich heute mit dir sprechen«, sagte er. »Du kommst jetzt in die Schule und bist auch alt genug, dass ich dir die Geschichte deiner Mutter erzählen kann.«
»O ja, Großvater, erzähl sie mir«, rief Rieke begeistert. »Ist es eine schöne Geschichte?« Erwartungsvoll schaute sie zu ihrem Großvater empor. Der räusperte sich.

»Es ist eine lange Geschichte«, erwiderte er mit belegter Stimme. »Ich werde einige Tage benötigen, um sie dir ganz zu erzählen.«

»Wir haben ja bis Ostern Zeit, so lange muss ich im Bett liegen, hat Marie gestern gesagt«, erklärte Rieke eifrig. Sie klopfte auf ihre Bettkante. »Komm, setz dich richtig nah zu mir, damit ich dir besser zuhören kann.«

»Einen Augenblick, ich bin gleich wieder da«, entgegnete er. »Ich muss nur noch etwas holen.«

Er erhob sich, ging in die Stube und zog die unterste Schublade der dort stehenden Kommode auf. Ganz tief unten hatte er den Brief versteckt. Er hatte ihn bisher nur ein einziges Mal gelesen.

Prohaska hatte Graf Alexander sofort wiedererkannt, auch wenn mittlerweile schon etliche Jahre zwischen ihrer letzten und der gestrigen Begegnung lagen. Er rechnete nach. Sechzehn Jahre war es her, dass er ihn am Hofe seiner Großmutter gesehen hatte, Seite an Seite mit seiner geliebten Tochter. Nebeneinander standen Eleonora und Alexander auf der Bühne, sangen mit Inbrunst von Liebe und Leid, stellten die perfekte Verkörperung des Liebespaars Orpheus und Eurydike dar. Fast geplatzt wäre er damals vor Stolz und Freude ob der herausragenden gesanglichen Leistung seiner blutjungen Eleonora. Natürlich klatschte er wie alle anderen Zuschauer begeistert Beifall. Er war noch am Applaudieren, als wie aus dem Nichts ein Diener des Hauses vor ihm stand und sich vor ihm verneigte.

»Frau Gräfin lassen zu sich bitten«, sagte er gemessen und bedeutete, ihm zu folgen. Unter den verstohlenen, teilweise aber wohlwollenden und anerkennenden Blicken der adeligen Gesellschaft durchschritt Prohaska den Gartensaal von Schloss Sophienhof.

»Nun, mein lieber Prohaska, ist das nicht ein unglaublicher Triumph für Sie?«, empfing ihn die Gräfin. »Nun werden Sie es bestimmt nicht mehr bereuen, Ihre Tochter vor fünf Jahren meiner Obhut überlassen zu haben.«
»Nein, Erlaucht, wie könnte ich dies jemals bereuen«, erwiderte Prohaska höflich und verneigte sich formvollendet. Er wusste schon, wie man sich in höchsten Kreisen bewegte und ausdrückte. Mit dem Schliff beim Militär hatte man ihm auch Manieren eingebleut.
»Nehmen Sie Platz, mein Lieber«, lud ihn Gräfin Dorothea ein und wies mit ihrem Fächer auf einen neben ihr stehenden leeren Stuhl. Prohaska gehorchte. »Sind Sie denn wenigstens stolz auf Ihre Tochter?«, wollte sie wissen.
»So stolz, dass es mir fast das Herz zu sprengen drohte«, gestand Prohaska aufrichtig.
»Nicht nur Ihnen, Prohaska, nicht nur Ihnen«, pflichtete ihm die Gräfin bei. Sie klappte ihren Fächer auf und begann zu fächeln. »Ich muss Ihnen gestehen, ich habe bei dem großen Duett sogar geweint.« Über den Rand des Fächers warf sie ihm einen koketten Blick zu. Sie mochte Anfang siebzig sein, aber sie wusste noch ganz genau, wie ein Mann in Wallung zu bringen war.
Prohaska stieg das Blut zu Kopfe. Diese spontane Reaktion überraschte ihn selbst. Bisher hatte er in Gräfin Dorothea immer nur die Gräfin, eine hohe preußische Adlige, aber niemals eine Frau gesehen. Sie musste einmal eine sehr schöne Frau gewesen sein. Aber war sie es nicht immer noch? Mit ihren feinen Zügen, der glatten Haut und einer mädchenhaft schmalen Taille. Das Alter war bislang sehr gnädig mit ihr umgesprungen. Wenn sie wollte, konnte sie immer noch einen unwiderstehlichen Charme entfalten. Neben ihr wirkte Schwiegertochter Gräfin Elisabeth stets wie eine unförmige

Matrone, die mit ihrem Gatten die Neigung zur Korpulenz teilte. Darin kam Wilhelm wiederum nach seinem Vater, den man auch leicht mit Friedrich Wilhelm II. hätte verwechseln können, von seinen Untertanen liebevoll spöttisch auch »dicker Willem« oder »dicker Lüderjahn« genannt.
Die Gräfin und der ehemalige Feldwebel schwiegen. Sie beobachteten die Tanzenden, die sich im Takt der Musik wiegten. Eleonora und Alexander waren beide nicht zwischen ihnen zu entdecken.
»Großvater, wo bleibst du denn?«, rief es ungeduldig aus dem Nebenzimmer.
»Ich komme ja schon«, rief er zurück. Er hatte den Brief aus der Schublade genommen. Beim Aufrichten fiel sein Blick auf die hohe Vase, in der schon ein österlicher Strauß aus Haselnuss- und Forsythienzweigen steckte. Kurz entschlossen nahm er die Vase mit. Ganz vorsichtig stellte er sie auf die Fensterbank von Riekes winzigem Zimmer. Verwundert beobachtete sie ihn dabei.
»Warum stellst du die Vase da hin, ist sie nicht viel zu wertvoll, um bei mir auf der Fensterbank zu stehen?«, fragte sie.
»Sie ist wertvoll, sogar sehr wertvoll, aber sie hat auch etwas mit deiner Mutter zu tun. Diese Vase hat mir Gräfin Dorothea zur Erinnerung an den ersten großen Auftritt deiner Mutter geschenkt.«
Prohaska zog einen Schemel heran und setzte sich neben das Bett seiner Enkelin.
»Meine Mutter war eine Sängerin?«, staunte Rieke. »Und wer war Gräfin Dorothea?«
»Das sollst du jetzt endlich erfahren, mein Kind«, versprach Prohaska.

TEIL I

1

Schon beim Erwachen war Eleonora an diesem Morgen von einem Gefühl prickelnder Erwartung erfüllt. Aber es dauerte ein Weilchen, ehe ihr wieder einfiel, warum sie so aufgeregt war.

Nach wochenlangen Proben sollte heute Abend endlich die Aufführung von *Orpheus und Eurydike* stattfinden. Auf der eigens für diesen Abend errichteten kleinen Freilichtbühne mitten im Park von Neu-Prewitz. Dass man ausgerechnet ihr die Hauptrolle in Christoph Willibald Glucks *Orpheus und Eurydike* anvertraute! Eleonora konnte es bis heute noch nicht so ganz begreifen. Welch eine Ehre, aber auch was für eine Herausforderung! Eine große Bewährungsprobe für die blutjunge Sängerin. Natürlich hatte sie diese Besetzung auch der Protektion ihrer Gönnerin Gräfin Dorothea zu verdanken.

»Aber nicht ausschließlich, nicht ausschließlich, mein Kind«, betonte diese ihr gegenüber stets. »Glaubst du wirklich, der Maestro hätte sich darauf eingelassen, wenn er nicht von deiner Stimme überzeugt wäre. So, wie wir alle von deiner Stimme und deiner Begabung überzeugt sind.«

Eleonora wusste, dass ihrer Musikalität und außergewöhnlichen Stimme vieles, wenn nicht alles zu verdanken war. So auch das Solo der Kantate, das sie damals in der Nikolaikirche zu Potsdam gesungen hatte. Hingerissen von der Interpretation einer zwölfjährigen Sängerin, bestand Gräfin Dorothea darauf, die kleine Solistin persönlich kennenzulernen. Nur sehr unwillig hatte der Vater seine Eleonora zum Palais Prewitz begleitet, wohin sie die Gräfin eingeladen hatte, besser gesagt, dem Veteranen des Koalitionskrieges und seiner Tochter eine Audienz gewährte. Noch unwilliger hatte der Vater auf den Vorschlag reagiert, dieser Dame des preußischen Hochadels seine Tochter zur Erziehung zu überlassen.

»Bedenken Sie, welche Entfaltungsmöglichkeiten sie bei Ihnen hat und was ich ihr für eine Zukunft bieten könnte«, hatte ihn die Gräfin zu überzeugen versucht. »Wir beide wissen, dass Ihre Tochter über eine außergewöhnliche Begabung verfügt, mit der sie den jetzigen Primadonnen eines Tages den Rang streitig machen könnte. Unter der Voraussetzung, dass Eleonora fortan entsprechend geschult wird. Sie hingegen können sich doch noch nicht einmal einen vernünftigen Gesangslehrer für sie leisten. Sie wissen doch selbst, dass Sie Ihr eigenes Pulver längst verschossen haben.«

Harsche Worte.

Gräfin Dorothea von Prewitz zu Kirchhagen war schon mehr berüchtigt als berühmt dafür, kein Blatt vor den Mund zu nehmen. Bei Hofe hatte es ihr schon häufig Ärger eingetragen. Aber darum scherte sie sich nicht. Ihr lag sowieso nichts an dieser verlogenen Gesellschaft. Nur zu den offiziellen Terminen, bei denen ihre Anwesenheit als Angehörige des hohen Adels obligatorisch war, konnte man sie in großer Robe im Berliner Stadtschloss zwischen den Reihen der alten preußischen Familien entdecken. Auch das Prewitzsche Palais in der preußischen Hauptstadt gehörte nicht zu ihren bevorzugten Aufenthaltsorten. Am liebsten residierte Gräfin Dorothea auf dem Sophienhof in Neu-Prewitz, einem Landsitz der Familie, südlich von Potsdam an einem der Havelseen gelegen.

Das kleine Barockschloss war schon vom Verfall bedroht, als Friedrich der Große es ihrem Vater für seine Verdienste im Schlesischen Krieg als Geschenk überließ. Der kümmerte sich jedoch niemals darum, da er als alter Haudegen lieber in die nächste Schlacht zog. Seine Tochter hingegen bewahrte das Anwesen vor dem endgültigen Verfall. Sie betraute den genialen jungen Architekten Friedrich Gilly mit der Rettung dieses architektonischen Kleinods. Sie überließ ihm auch die Inneneinrichtung des Schlösschens und die Gestaltung der kleinen Freilichtbühne im Park, der nach englischem Vorbild angelegt war. Einer der ersten Landschaftsparks überhaupt im ganzen Königreich Preußen.

Mittlerweile hatte sich der Sophienhof zu einem Anziehungspunkt ganz eigener Art entwickelt. Besonders im Sommer logierte man sich gerne für ein paar Tage im Schloss ein, um den Charme des ruhigen Landlebens zu genießen. Es war gar nicht so einfach, Zugang zu diesem exklusiven Zirkel zu finden. Eine Einladung nach Neu-Prewitz war eine Auszeichnung, die Gräfin Dorothea von Prewitz zu Kirchhagen erst nach sorgfältiger Prüfung der Kandidaten und langen Erwägungen aussprach. Nach welchen Kriterien ihre Entscheidungen erfolgten, blieb ihr persönliches Geheimnis. Das Prinzip des alten Königs, »jeder nach seiner Façon«, war ihr heilig, Standesdünkel ihr ein Greuel. Dabei war die Gräfin eine hervorragende Gastgeberin. Mit diplomatischem Geschick verstand sie, Menschen verschiedenster Herkunft, Charaktere, Eigenschaften, Religionen, Anschauungen und Nationalitäten zusammenzuführen.

»Vor Gott sind alle Menschen gleich, warum dann nicht auch schon auf Erden?«, lautete ihre rhetorische Frage, eine fast ketzerische Infragestellung des herrschenden Ständestaates. Gräfin Dorothea liebte es geradezu, sich über dessen Konventionen hinwegzusetzen. Eine Folge daraus war, vor wenigen Jahren die blutjunge Eleonora Prohaska in ihrem Haushalt aufzunehmen. Nein, nicht als Scheuermagd, Dienstmädchen oder künftige Zofe, sondern als gleichaltrige Gesellschafterin für ihre beiden Enkelinnen. Zum Entsetzen ihrer Schwiegertochter ließ die Gräfin der kleinen Potsdamerin die gleiche Erziehung angedeihen wie den jungen Komtessen. Charlotte und Sophie hatten ihre neue Gefährtin selbstverständlich akzeptiert, während ihre Mutter Elisabeth sich auch nach Jahren immer noch nicht mit der ständigen Anwesenheit einer »Person nicht standesgemäßer Herkunft« abgefunden hatte. Schließlich war sie doch nur die Tochter eines einfachen Unteroffiziers. Entsprechend pikiert war sie natürlich, als Maestro Farini Eleonora die Rolle der Eurydike überließ. »Je suis désolé, Madame, Ihre beiden Töchter haben entzückende Stimmen, deren Umfang aber nicht für diese Partie ausreicht«, hatte der Hofkapellmeister seine Entscheidung höflich, aber bestimmt Gräfin Elisabeth gegenüber begründet.

Trotz persönlicher Eitelkeiten verfügte diese glücklicherweise über die Einsicht, selbst überhaupt nicht für diese Partie in Frage zu kommen. Gräfin Elisabeth war absolut unmusikalisch. Jahrzehnte nach der Einheirat in die hochmusikalische Sippe der Prewitzens gestaltete sich dies für sie noch immer quälend.

Ganz im Gegensatz zu Eleonora. Mit zwölf Jahren, auf der Schwelle vom Kind zum jungen Mädchen, war sie im Hause Prewitz aufgenommen worden. Nach einer dreitägigen Bedenkzeit hatte sich ihr Vater tatsächlich zu der Erkenntnis durchgerungen, die Zukunft seiner begabten Tochter nicht mit einem Veto verbauen zu dürfen. Die Gräfin hatte recht, er konnte Eleonora nichts mehr beibringen. Nachdem er sie aus dem Potsdamer Waisenhaus zurück nach Hause geholt hatte, erteilte er ihr einige Monate Flötenunterricht. Aber erst der Kantor der Nikolaikirche hatte Eleonoras außergewöhnliche

Stimme entdeckt und ihr den Solopart einer Bachkantate zugesprochen.
Gräfin Dorothea sorgte dafür, dass sich Prohaska und seine Tochter auch weiterhin regelmäßig sahen. In den Wintermonaten, die sie meist im Berliner Palais in der Nähe des Berliner Stadtschlosses verbrachten, bot sich ihnen genügend Zeit und Gelegenheit, einander nicht fremd zu werden.
So war Prohaska selbstverständlich zu der heutigen Aufführung eingeladen. Da einer der Trompeter des Hoforchesters sich den Mittelfinger brach, hatte ihn Maestro Farini kurzerhand als Ersatz angeheuert. Der temperamentvolle alte Herr hatte sogar einige lobende Worte für den Kriegsveteranen übrig, Balsam auf die Seele eines verhinderten Künstlers, der seit Jahr und Tag sein kärgliches Dasein mit schlecht bezahltem Musikunterricht fristete.
Wie gerne wäre auch Vater ein richtiger Künstler geworden, hätte er doch niemals in den Krieg ziehen müssen, dachte Eleonora an diesem Morgen. Er wird genauso aufgeregt sein wie ich. Mit behender Leichtigkeit schwang sie ihre Beine über die Bettkante. Sie bewohnte eines der Zimmer im ersten Stock, deren hohe Sprossenfenster direkt auf die großflächige Terrasse vor dem mittleren Schlossflügel zeigten. Dahinter erstreckte sich der Park von Schloss Neu-Prewitz, der in einem welligen Waldgelände endete. Eleonora reckte sich, streckte die Arme weit von sich, erhob sich auf die Zehenspitzen und atmete durch. Ganz tief, genau so, wie es sie Maestro Farini gelehrt hatte.
Eleonora liebte den kleinen alten Italiener, dessen Temperament ihn zu unberechenbaren Wutausbrüchen hinreißen konnte. Sie liebte auch ihre beiden »Seelenschwestern«, wie sich Sophie und Charlotte mit der romantischen Überschwenglichkeit ihrer jungen Jahre nannten. Aber am meisten

liebte sie wohl die Gräfin, nein, Gräfin Dorothea liebte sie nicht nur, diese verehrte, ja, vergötterte sie. Ihrer hochmütigen Schwiegertochter Elisabeth hatte sie im Lauf der Jahre gelernt aus dem Weg zu gehen. Die bemühte sich ohnehin, sie zu ignorieren. Ein schier unmögliches Unterfangen, hallte doch der Klang von Eleonoras glockenklarer Stimme seit Jahr und Tag durch die hohen Gemächer des Berliner Stadtpalais oder von Schloss Sophienhof.

Zu den männlichen Mitgliedern der Familie hatte Eleonora kaum eine Beziehung entwickelt. Wie einst sein Schwiegervater zog auch Graf Ludovic die Gesellschaft seiner Offiziere und Soldaten vor, anstatt an der Seite seiner musisch interessierten Gattin zu weilen. Alexander August war gleichfalls für die militärische Laufbahn bestimmt. Ob er nach dem Vater schlug?

Wie überrascht war Eleonora gewesen, als ihr der Maestro vor zwei Wochen eröffnete, dass der junge Graf die Partie des unglücklichen Orpheus singen würde. Da bislang kein einziger Sänger für »la Signorina Nora« gut genug gewesen war, hatte sich Farini wochenlang mehr oder minder mit ihr durch die Glucksche Partitur gekrächzt. Sehr zur heimlichen Verzweiflung seiner jungen Partnerin.

Farini liebte seine »Signorina Nora« heiß und innig. Unauffällig hatte er die verunsicherte Zwölfjährige die ersten Wochen und Monate nach ihrer Ankunft durch die Klippen und Unabwägbarkeiten ihres neuen Lebens auf Neu-Prewitz geleitet. Das würde Eleonora ihm niemals vergessen. So akzeptierte sie unwidersprochen seine Autorität und damit auch seinen schrecklichen Gesang.

Eleonora reckte und streckte sich noch einmal, band ihre auf die Schultern fallenden blonden Locken mit einem seidenen Band zusammen, trat an die hohe Fensterfront und schob die

Vorhänge beiseite. Gleißendes Sonnenlicht füllte den Raum. Sie stieß die beiden Fensterflügel auf und lehnte sich weit hinaus. Was für ein wunderschöner Tag. Wie geschaffen für eine Theateraufführung unter freiem Himmel. Hinter einer hohen Hecke am Ende des Parks schien das Orchester bereits auf der Freilichtbühne zu proben. Nur verzerrt drangen die barocken Melodiefolgen bis zu ihr durch. Aber dann erkannte Eleonora ihr Motiv. Spontan summte sie mit, zunächst verhalten, schließlich mit der ganzen Kraft ihrer Stimme.
»Brava, brava«, ertönte begeistertes Lob zu ihr empor. Aber es kam nicht von Maestro Farini. Es dauerte ein bisschen, bis Eleonora den jungen Graf zu ihren Füßen entdeckte. Seit Tagen machte dieser sich einen Spaß daraus, Akzent und Gebaren des kleinen Italieners zu imitieren. Sehr zum Vergnügen seiner jüngeren Schwestern und natürlich auch Eleonoras. Jetzt stand Alexander unten auf der Terrasse, legte die Hand schützend vor die Augen und schaute lächelnd zu ihr empor. »Cara Signorina Nora, que bella voce, una voce italiana!«, rief er nach oben.
Jemanden einer italienischen Stimme zu rühmen war das größte Kompliment, das Maestro Farini zu vergeben hatte. Bei Eleonora tat er es gerne und immer wieder.
»Grazie, grazie«, bedankte sich diese und knickste. Der junge Graf grinste und machte einen altmodischen Kratzfuß. Übermütig warf er ihr einen Handkuss zu. Eleonora schoss das Blut in die Wangen.
Obwohl er es aus dieser Entfernung gar nicht mitbekommen konnte, zog sie sich rasch vom Fenster zurück. Warum war sie auf einmal so verlegen? Warum klopfte ihr Herz plötzlich so viel schneller als sonst? Seit Tagen irritierten ungewohnte Regungen und unbekannte Gefühle sie. Lag es an der Anwesenheit des jungen Grafen?

Wie ein Wirbelwind war der Sohn des Hauses vor zwei Wochen in das geruhsame Leben des Sophienhofs eingebrochen. Als junger preußischer Offizier hatte er im Heer der befreundeten Österreicher an der Schlacht von Marengo teilgenommen. Im Februar 1801 waren im Frieden von Lunéville die zuvor getroffenen Vereinbarungen des Friedens von Campo Formio endgültig bekräftigt worden. Unbarmherzig lauteten sie: Abtretung des gesamten linksrheinischen Gebietes an Frankreich. Eine Folge, mit der sich der junge Graf nicht abfinden konnte und schon gar nicht abfinden wollte. Aus dieser seiner Meinung machte er auch kein Hehl, im Gegenteil. Tagelang verwickelte er sich in erhitzten Debatten mit seinen Eltern und seiner Großmutter, steigerte sich immer wieder in einen Furor der Erregung und erging sich in nicht enden wollenden Tiraden gegen Napoleon Bonaparte, »diesen Diktator in seiner lächerlichen Konsulrobe«, bis ihm die Gräfin schließlich das Wort entzog.
»Mein lieber Alexander, du hast dich die letzten Tage nun genügend echauffiert. Es wird Zeit, dass du an etwas anderes denkst und dich einer neuen Herausforderung stellst. Ich denke, unser Maestro hat da die richtige Aufgabe für dich«, wies sie ihren Enkel energisch an der abendlichen Tafel zurecht. »Du wirst morgen an den Proben für unsere sommerliche Opernaufführung teilnehmen. Die Partie des Orpheus liegt dir ausgesprochen gut. Du hast dich deshalb morgen früh um sechs Uhr bei Maestro Farini zum Einsingen im Musikpavillon einzufinden.«
Wenn Gräfin Dorothea so sprach, war es wie ein Befehl, dem sich kein Mensch zu widersetzen wagte, auch nicht ihr temperamentvoller Enkel.
Nun ging Eleonora auf, dass die Entscheidung für die Besetzung ihres Bühnenpartners ein lange zwischen der Gräfin

und dem Maestro abgekartetes Spiel darstellte. Der Besuch des jungen Grafen hatte bereits seit Monaten festgestanden. Erst jetzt verstand sie, warum der Maestro niemals ernsthaft nach einem geeigneten Sänger des Orpheus Ausschau gehalten hatte.

Die energischen Worte von Gräfin Dorothea bekräftigte Maestro Farini mit einem bestätigenden Kopfnicken. »Spero, Sie haben nicht dimenticato troppo«, sagte er und verneigte sich vor dem jungen Grafen.

Dieser lachte. »Wie werde ich Ihre Lektionen vergessen können, Maestro? Nach dem jahrelangen Säbelrasseln tut mir das Singen sogar ganz gut«, räumte er überraschend bereitwillig ein. Wie seine Schwestern hatte auch Alexander von Kind auf regelmäßigen Musikunterricht erhalten und wie diese immer viel und gerne gesungen.

Pünktlich erschien er am nächsten Morgen zu den Proben im Musikpavillon, wo der große Flügel des Maestro stand.

Welch ein Unterschied, welch eine Umstellung für Eleonora, beim Singen nicht mehr die weiße, verrutschte Perücke, die der Maestro, in hartnäckiger Verbundenheit zum Ancien Régime, noch immer trug, anstarren zu müssen. Ihr reichte der kleine Neapolitaner gerade mal bis zur Schulter. Ganz anders hingegen Alexander, zu dem Eleonora trotz ihres hohen Wuchses immer noch aufschauen musste.

Als sie zum ersten Mal sein flehendes »Eurydike« vernahm, schnitt es ihr tief ins Herz.

Alexander ging voll in seiner Rolle auf. Seine Stimme war nicht groß, aber angenehm, von einem samtigen Klang, der in Eleonoras Innerem eine Saite zum Schwingen brachte, von der sie bislang nichts ahnte. Die Unvollkommenheit seiner Stimme verstand der junge Graf mit erstaunlich schauspielerischem Können hervorragend auszugleichen. Er spielte nicht den tragischen griechischen Helden, sondern er verkörperte Orpheus mit Leib und Seele. Schon bei den Proben rührte er seine Schwestern, ja, sogar den alten Maestro zu Tränen. Auch Eleonora fühlte sich innerlich von seiner Darstellung zutiefst aufgewühlt und erschöpft zugleich. Dieser Abend hatte alles von ihr verlangt, was eine Sechzehnjährige zu geben vermochte. Am liebsten hätte sie sich nach der fünften Zugabe und der letzten Verneigung auf der Bühne auf ihr Zimmer zurückgezogen. Aber nach der Aufführung hatte es ein aufwendiges Dinner gegeben, dem sich jetzt noch der Mitternachtsball anschließen würde.

Gräfin Dorothea war nach der letzten Zugabe persönlich in der provisorischen Künstlergarderobe des Gartenpavillons aufgetaucht, um Eleonora zu ihrer gelungenen Leistung zu beglückwünschen. Als besondere Überraschung hatte sie ihr ein wunderschönes cremefarbenes Ballkleid mitgebracht. Eigenhändig half sie Eleonora dabei, sich einzukleiden.

»Nach dem neuesten Pariser Schnitt von einer jungen französischen Schneiderin angefertigt«, erzählte sie begeistert. Behutsam zupfte sie den weich fallenden Mousselinestoff zurecht. »Jetzt noch ein Band in die Haare geschlungen, und du könntest Königin Luise Konkurrenz machen«, schmeichelte sie ihrem Schützling und trat bewundernd einen Schritt zurück. »Weißt du eigentlich, wie schön du bist, Eleonora?«

»Jetzt übertreiben Sie aber, Madame«, wehrte Eleonora errötend ab. Die junge schöne Königin Luise war eine der wenigen hohen Damen, die vor den kritischen Augen der Gräfin Bestand zu halten vermochte.

An diesem Abend schien jedoch ihr Schützling der jungen preußischen Königin den Rang abzulaufen. Sie bestand darauf, dass Eleonora den Ehrenplatz an ihrer Seite erhielt. Prompt runzelte ihre Schwiegertochter verärgert die Stirn.

Gräfin Dorothea ignorierte wie üblich Gräfin Elisabeths Verärgerung. Immer wieder nötigte sie Eleonora, doch etwas zu essen, ließ es sich nicht nehmen, ihr die leckersten Bissen persönlich auf dem Teller vorzulegen.

Aber Eleonora war immer noch zu aufgewühlt, um mit gewohnt gesundem Appetit diese Delikatessen zu genießen. Irgendwie gelang es ihr schließlich, im Getümmel der sich auflösenden Tafel zu entschlüpfen. Sie wollte allein sein. Es war alles zu viel für sie gewesen, die anstrengenden Proben der letzten Wochen, die überraschende Ankunft des jungen Grafen, die aufregende Generalprobe, bei der alles schiefgegangen war, und heute Abend die lang ersehnte, aber genauso gefürchtete Aufführung.

Eleonora wusste, dass sie nicht nur gut, sondern hervorragend gesungen hatte. Ein rauschender Erfolg, wie auch die zahlreichen Da-capo-Rufe des anspruchsvollen Publikums ihr bewiesen.

»Du hast eine große Zukunft vor dir«, hatte Gräfin Dorothea zu ihr gesagt. Neben ihr stand Alexander und lächelte bestätigend zu den Worten von »grand-mère«. Natürlich hatte Eleonora später bemerkt, wie er während des Essens immer wieder zu ihr hingeschaut hatte. Auch vermeinte sie immer noch die Berührung seiner Hand, als sie sich vor dem tobenden Publikum verneigten, auf ihrer Haut zu spüren.

Orpheus' wehes Klagen, als er Eurydike für immer verloren hatte, klang noch in ihr nach.

Fröstelnd zog Eleonora die Stola, die sie sich rasch beim Verlassen des Speisesaals übergeworfen hatte, fester um die Schultern. Der Park von Schloss Sophienhof war festlich illuminiert, eine verwunschene Märchenlandschaft, die ihr das Geschehen der letzten Stunden noch unwirklicher erscheinen ließ. Sie wusste selbst nicht, wohin sie ihre Schritte lenkte. Erst als sie im Schatten einer dunklen Hecke stand, bemerkte sie, dass es sie wie magisch zurück zur Bühne gezogen hatte.

Die Stühle des Orchesters waren verlassen. Die Musiker ließen es sich bei Essen und Trinken in dem eigens für sie errichteten Zeltpavillon schon längst gutgehen. Eine einsame Fackel loderte noch auf der Bühne. Sonst war ringsumher alles dunkel.

Keine drei Stunden war es her, dass sie Hand in Hand mit ihrem Orpheus dort oben gestanden hatte. Mit tiefen Verneigungen nahmen sie beide die Ovationen des Publikums entgegen. War es wirklich so geschehen oder alles nur ein Traum? Eleonora seufzte vor Erleichterung, alles so gut hinter sich gebracht zu haben. Warum war sie aber dann von so einer unbestimmten Traurigkeit erfüllt, die sie sich nicht erklären konnte?

»Eleonora«, rief es leise hinter ihr. Sie erkannte seine Stimme sofort.

»Ja«, erwiderte sie kaum vernehmbar. Langsam drehte sie sich um. Sie zitterte am ganzen Körper.

»Eleonora«, wiederholte Alexander und trat aus dem Dunkel der Nacht.

»Sie haben mich erschreckt«, sagte Eleonora.

»Das wollte ich nicht«, entschuldigte er sich sofort. »Du zitterst ja. Ist dir so kalt?«

»Ja, ich friere«, gab sie zu und versuchte vergeblich ihr Zittern zu unterdrücken.

»Oder hast du Angst vor mir?«, erkundigte er sich lächelnd.

»Warum sollte ich Angst vor Ihnen haben«, protestierte sie schwach.

Alexander trat einen weiteren Schritt auf sie zu. »Das frage ich mich auch.« Jetzt stand er unmittelbar vor ihr. Mit jeder

Faser ihres Körpers war sich Eleonora seiner Gegenwart bewusst. Eine magische Anziehung ging von ihm aus. Sie musste schlucken. »Meine Eurydike«, sagte er zärtlich. Er streckte die Hand aus und umfasste behutsam ihr Kinn. Sachte hob er ihr Gesicht zu sich empor. Er betrachtete sie konzentriert. »Wie schön du bist!«, stellte er fest.
Wie gebannt schaute Eleonora zu ihm empor. Was für einen sinnlichen Mund er hatte. Und diese großen Augen, in deren glänzender Tiefe sie sich zu verlieren drohte. Sie zitterte noch mehr. Alexander neigte sich über sie.
»Bitte nicht«, flehte sie. Da hatten seine Lippen schon die ihren berührt. Erst durchfuhr es sie wie ein Blitzschlag. Als sie sich dem sanften Druck seiner Lippen öffnete, durchströmte sie ein heißes Gefühl, angenehm und brennend zugleich, ein Feuerstrahl, in dem sie zu verglühen drohte. Das unbeherrschbare Zittern war vorbei. Eleonora hob sich auf die Zehenspitzen. Mit beiden Armen umschlang sie Alexander und erwiderte seinen Kuss mit ungekannter Leidenschaft. Zeit und Raum versanken um das junge Paar. Wie lange dauerte dieser Kuss? Eine selige Ewigkeit.
»Eleonora, wo bist du?«, war plötzlich schwach aus der Ferne zu vernehmen.
Eleonora zuckte zusammen. »Das muss mein Vater sein«, sagte sie erschrocken.
Behutsam löste sich Alexander aus ihrer Umarmung. »Antworte ihm«, befahl er ihr. »Nein, warte, bis ich mich versteckt habe, dann antworte erst.«
Verwundert schaute sie ihn an. Im flackernden Licht der einsam brennenden Bühnenfackel wirkte sein Gesichtsausdruck fast drohend, hatte sein Verhalten etwas ausgesprochen Dramatisches.
»Man darf uns hier nicht zusammen sehen. Das wäre ver-

hängnisvoll für dich. Ich kann und will dich auf keinen Fall kompromittieren«, erklärte er hastig. »Ich werde jetzt verschwinden, dann gehst du zurück Richtung Terrasse. Wenn man dich fragt, wo du warst, sagst du, du hättest noch einmal die Stätte deines heutigen Triumphs besuchen wollen. Niemand darf wissen, dass wir uns hier begegnet sind und sogar geküsst haben.« Alexander ergriff sie an beiden Schultern und schüttelte sie sacht. »Hast du verstanden, Eleonora?« Eindringlich schaute er sie an.
Sie nickte betäubt.
»Es muss unser Geheimnis bleiben, Eleonora«, beschwor er sie. »Nicht um meiner, sondern um deiner willen, verstehst du mich?«
Wieder nickte sie stumm. Alexander atmete auf. Er küsste sie nochmals auf die Stirn.
»Leb wohl, meine süße Eurydike, und hüte unser Geheimnis«, befahl er ihr ein letztes Mal und war im Dunkel der Nacht verschwunden. Sein leises zärtliches Lachen würde sie niemals vergessen. Eleonora warf den Kopf in den Nacken, schloss die Augen und lauschte dem Geräusch des knirschenden Kieses unter seinen Schritten nach.
»Eleonora, wo bist du?« Ja, es war der Vater, der nach ihr rief. In seiner Stimme mischten sich Besorgnis und Ärger.
Eleonora zog die Stola wieder um ihre bloßen Schultern, senkte den Kopf und huschte durch das dichte Gebüsch über den Kiesweg Richtung Schlossterrasse.
»Hier bin ich, Vater!«, rief sie, als sie schließlich das Rasenrondell unmittelbar vor der Terrassentreppe erreicht hatte.
»Wo treibst du dich denn herum? Die Gräfin hat sogar schon die Diener ausgeschickt, um nach dir Ausschau zu halten«, schimpfte Prohaska aufgebracht.
Mit wenigen Schritten war Eleonora bei ihm. Mit ungewohnt

vertraulicher Geste hakte sie ihn unter und zog ihn sachte, aber unnachgiebig wieder Richtung Ballsaal, wo sich die festliche Gesellschaft immer noch im Tanze tummelte.
»Wo warst du?«, insistierte Prohaska.
»Mon cher papa, ich konnte nicht widerstehen und bin zurück durch den Park zur Bühne gegangen, um noch einmal alleine die Stätte meines heutigen Triumphs zu erleben«, erklärte Eleonora und hielt sich getreulich an Alexanders Worte. Prohaska brummelte unwillig. So richtig schien ihn diese Erklärung nicht zu befriedigen.
»Und wo ist Graf Alexander, der wird nämlich gleichfalls von seiner Großmutter vermisst?«, erkundigte er sich misstrauisch. Eleonora biss sich auf die Lippe und senkte den Kopf. »Eleonora, warst du mit dem jungen Grafen da draußen in der Nacht?« Wie schneidend Vaters Stimme klingen konnte.
»Ich weiß nicht, wo Graf Alexander ist«, log Eleonora.
»Eleonora!« Schmerz und Wut ihres Vaters trafen sie wie ein Peitschenhieb.
»Monsieur, der junge Graf ist von seinem Burschen in den Stall gerufen worden.« Aus der dunklen Silhouette des Schlosses löste sich die Gestalt eines Dieners und trat vor Vater und Tochter. »Die Lieblingsstute des jungen Herrn soll heute Nacht fohlen, und es haben sich Komplikationen bei der …« Er hob die Hand an den Mund und hüstelte diskret. In Gegenwart einer jungen Dame war es eigentlich nicht comme il faut, sich in den Details eines solch biologischen Vorgangs zu ergehen.
Eleonora atmete auf. Alexander hatte seine Dienerschaft wirklich gut im Griff. Wie schnell es ihm gelungen war, den alten Jean zu informieren und ihn mit dieser Notlüge zu beauftragen.

»Der junge Herr bat mich, ihn bei der Gesellschaft zu entschuldigen, er wird den Rest der Nacht wohl im Stall ...« Wieder die Hand zum Mund und ein diskretes Hüsteln.

Eleonora suchte den Blick des alten Dieners, der ihr väterlich zublinzelte. Wie gut, dass dieser dem jungen Grafen und auch ihr so wohlgesinnt war. So war Eleonora sich sicher, dass er niemals ein Sterbenswörtchen über diese kleine Kabale verlieren würde. Loyalität zu seinen Herrschaften ging diesem Faktotum tausendmal über das Vergnügen eines saftigen Küchentratsches im Souterrain von Schloss Sophienhof. Ein tiefer Seufzer der Erleichterung entwich ihr.

»Soso, na ja«, brummelte Prohaska, immer noch nicht so ganz zufrieden.

»Es ist seine Lieblingsstute, aus einem ganz edlen Arabergestüt«, setzte Jean noch einen drauf. Er verbeugte sich beflissen. »Entschuldigen Sie mich, ich habe versprochen, dem jungen Grafen einen kleinen Imbiss und einen Stärkungstrunk in die Stallungen bringen zu lassen.«

Er verzog sich, und Prohaska schien endlich überzeugt. Widerstandslos ließ er sich nun von Eleonora in Richtung des Festsaals ziehen.

»Carissima, da sind Sie ja. Ich habe Sie ja so vermisst«, kam Eleonora der Maestro entgegengestürzt. »Madonna mia, wie können Sie es wagen, Ihren alten Maestro so lange Ihrer entzückenden Gegenwart zu berauben.«

Eleonora lachte hellauf. Diesem alten Charmeur war einfach nicht zu widerstehen. Wie oft hatte er sie in den vergangenen Jahren gequält, getriezt mit endlosen Tonleitern, gepiesackt mit langwierigen Übungen. Er hatte sich nicht mal gescheut, ihr mit dem Taktstock eins über die Wange zu ziehen oder gar mit spitzem Finger in ihr Zwerchfell zu piksen. »Da sitzt der Ton, von da unten musst du singen!« Aber heute Abend war

er ganz »Cavaliere«, bestand darauf, mit seinem Schützling »la Signorina Nora« einen Extratanz zu wagen. Er war stolz auf sie. Es war kaum auszumachen, wer an diesem Abend stolzer auf das schöne junge Mädchen, Tochter eines Kriegsveteranen aus Potsdam und begnadete Sängerin, nach dieser Premiere war, der eigene Vater, Maestro Farini oder Gräfin Dorothea.
Und Alexander? Hatte dieser nicht auch vor Stolz und Bewunderung gestrahlt, als er sich neben ihr auf der Bühne verbeugte?

2

Herbst 1801

Ungeduldig zog Gräfin Dorothea an der seidenen Klingelschnur ihres kleinen Salons. Es war bereits eine Viertelstunde über der gewohnten Zeit, und Jean war immer noch nicht aufgetaucht.
»Wo bleibt er denn?«, schimpfte sie leise vor sich hin und zog erneut an der Klingelschnur. Im selben Moment öffnete sich die hohe Flügeltür ihres Salons, und ihr alter Diener schob sich mit einer tiefen Verneigung in den Raum. Vor sich trug er das Tablett mit dem silbernen Teeservice, aus dem ihr täglich um dieselbe Zeit der »five o'clock tea« kredenzt wurde. Von einem durchreisenden englischen Earl, einem ganz entfernten Verwandten, hatten die Prewitzens dieses nachmittägliche Ritual schon vor Jahren in ihrem Haushalt eingeführt.
»Bitte die Verspätung vielmals zu entschuldigen«, sagte Jean,

verneigte sich erneut und stellte das Tablett auf das Tischchen vor dem marmornen Kaminsims.
»Schon gut, schon gut«, winkte die Gräfin ungeduldig ab. »Viel mehr interessiert mich, wo die jungen Damen bleiben.«
»Demoiselle Sophie liegt leider unpässlich in ihrem verdunkelten Zimmer, Charlotte ist von ihrem Ausritt noch nicht zurückgekehrt«, hub Jean zu einer langatmigen Erklärung an.
»Wo ist Eleonora?«, unterbrach ihn die Gräfin. Das war es, was sie am meisten interessierte. Sie machte sich große Sorgen um ihren Schützling.
Fast ein Vierteljahr lag ihr triumphaler Auftritt als Eurydike nun schon zurück. Aber dass Eleonora ihren Erfolg in vollen Zügen genossen und ausgelebt hatte, konnte man ihr nicht nachsagen. Das Gegenteil schien der Fall zu sein. So strahlend schön die junge Sängerin sich noch auf der Bühne verneigt, so liebreizend sie an der Seite der Gräfin beim anschließenden Souper gewirkt und mit einem schüchternen Lächeln all die Komplimente und Lobpreisungen entgegengenommen hatte, so erschien sie in den unmittelbar darauffolgenden Tagen zunächst verwirrt und schließlich zunehmend verstört.
Gräfin Dorothea sah sie noch vor sich, wie sie mit Maestro Farini spät nach Mitternacht ein traditionelles Menuett tanzte. Der verklärte Ausdruck ihres Gesichts passte überhaupt nicht zu dem um ihre schlanke Figur hopsenden alten Musiker, der sich spreizte wie ein alter Gockel. Den ganzen Abend prahlte er damit, der einzig wahre und alleinige Entdecker von »Signorina Nora« zu sein. Das hatte wohl auch ein bisschen mit dem ungewohnten Champagnergenuss zu tun, den er sich in dieser Nacht gegönnt hatte.
Zum Schluss war er so beschwipst gewesen, dass er vorsorglich von Jean und einem der jungen Pagen in sein Zimmer geleitet werden musste. Der Glanz in Eleonoras Augen

hingegen rührte keineswegs von dem Genuss ungewohnten Champagners. Was diesem beseelten Lächeln vorausgegangen war, konnte sich Gräfin Dorothea nur zu gut denken. Das Wissen darum, die genaue Kenntnis des Verursachers behagten ihr gar nicht. Eleonora Prohaska stand unter ihrer Obhut. Sie hatte noch Großes mit ihr vor und würde sich deren Zukunft nicht von einer leichtfertigen Laune zerstören lassen. Auch wenn es sich dabei um die Laune ihres eigenen, über alles geliebten Enkels Alexander handelte.

So vernarrt Gräfin Dorothea auch in ihren Enkelsohn war, machte sie sich über seinen Charakter keine Illusionen. Alexander war klug, charmant, in vieler Hinsicht begabt, würde einmal ein hervorragender hoher preußischer Offizier werden, aber er war gleichfalls leichtfertig. Tiefer Gefühle, aufrichtiger Zuneigung und Treue zu einer Frau hielt ihn seine eigene Großmutter für unfähig.

Die modische Strömung der romantischen Bewegung der jungen Generation nötigte der Gräfin nur ein nachsichtiges Lächeln ab.

Die ersten Keime dieser exaltierten Gefühlsseligkeit sprossen zunächst im fernen Jena. Nach anfänglicher Euphorie waren sie bestürzend schnell in das Kraut einer höchst unerfreulichen Entwicklung geschossen. Liebeswirren, Intrigen, Neid und Streit zwischen den beteiligten Paaren führten schließlich zu Hass und unversöhnlicher Feindschaft. Auch Klatsch und Tratsch über die unglückliche Liebesbeziehung zwischen der klugen Rahel Levin und dem unschlüssigen Grafen von Finckenstein waren ungefiltert bis draußen an den Sophienhof gedrungen. Bei einem ihrer Berlinbesuche war Gräfin Dorothea sogar einmal persönlich zum Teetrinken in Rahels berühmtem Salon gewesen. Die dort herrschende ungezwungene Atmosphäre hatte ihr zugesagt. Selbst mehr unkonventionell gesinnt, schätzte sie ein langes Gespräch mit ihrem alten erfahrenen Gärtner tausendmal mehr als die gestelzte Konversation anlässlich einer offiziellen Zeremonie bei Hofe. So waren es auch weniger Standesdünkel gewesen als das Bedürfnis, die junge Eleonora zu schützen, die sie dazu bewogen, Alexander unmittelbar nach der Opernaufführung zur sofortigen Abreise zu zwingen.

»Du hast deine Aufgabe zufriedenstellend erfüllt, du warst ein wirklich passabler Orpheus, aber nun wirst du hier nicht mehr gebraucht«, hatte sie ihrem Enkel am frühen Morgen, der auf die lange Ballnacht folgte, kühl mitgeteilt.

Im Gegensatz zu Prohaska hatte die Gräfin die Lüge von der fohlenden Lieblingsstute nicht geglaubt, sondern Alexander noch im Morgengrauen in seinem Zimmer aufgesucht, um ihm die sofortige Abreise nahezulegen. Nein, sie befahl sie ihm. Und Alexander gehorchte, mit blasser Miene, zusammengepressten Lippen und glühenden Augen. Widerspruch wagte er nicht.

Die übrigen Gäste schliefen noch süß und selig, als Alexander über den Hof ritt, noch einmal vor dem Portikus des Schlosses innehielt, seinen Zweispitz vom Kopf nahm und der Großmutter Abschied nehmend zuwinkte. Er wusste ganz genau, dass sie hinter dem Vorhang ihres Schlafzimmers stand, um sich seiner Abreise zu vergewissern. Mit einem Aufatmen hatte sich die Gräfin daraufhin auch wieder zur Ruhe begeben. Das nachlassende Geräusch klappernder Hufe auf den Pflastersteinen der Landchaussee begleitete sie in einen unruhigen Morgenschlummer.

All das lag nunmehr ein Vierteljahr zurück.

Natürlich war man beim späten Frühstück überrascht ob des Nichterscheinens von Alexander. Mit einer resoluten Handbewegung schnitt Gräfin Dorothea jedoch alle weiteren erstaunten und neugierigen Fragen nach dem Verbleib ihres Enkels ab. Ihre Autorität war so groß, dass jegliche Spekulationen und Mutmaßungen bei Tische sich von selbst verboten. Umso heftiger erging sich die Dienerschaft im Souterrain in Klatsch und Tratsch.

»Nun sag doch mal, Jean, du weißt doch bestimmt viel mehr, was ist denn passiert?«, bestürmte Kochmamsell Babette den alten Diener. Der schüttelte jedoch nur den Kopf und schwieg. Er hätte einiges erzählen können, hatte er doch eigenhändig noch den Koffer des jungen Grafen gepackt und seinen verschlafenen Burschen geweckt. Aber Jean war diskret. Nicht zuletzt seine absolute Diskretion war es, die ihm diese Lebensstellung mit der damit verbundenen Wertschätzung eingetragen hatte. Gräfin Dorothea wusste, dass sie sich auf ihn verlassen konnte. Niemals würde Jean ihr Vertrauen missbrauchen. Sie kannten einander gut. So, wie es eben ist, wenn man von Jugend auf nebeneinander aufwächst. Ursprünglich der Reitbursche ihres Vaters, war Jean Gräfin Dorothea nach ihrer Heirat in den neuen Haushalt, dem Anwesen von Graf Ludovic, gefolgt und hatte sich im Verlauf der Jahrzehnte zum unentbehrlichen Faktotum entwickelt.

»So schenke Er mir ein, damit ich mich gütlich tun kann an diesem Drachengift aus China«, forderte die Gräfin ihren alten Diener auf. Jean verneigte sich und goss die goldene Flüssigkeit in eine durchsichtige Porzellantasse. Echtes Chinaporzellan.

Friedrich der Große war zwar schon fünfzehn Jahre tot, aber beide erinnerten sich noch ganz genau an dessen schnarrenden Tonfall. Der Alte Fritz war einige Male in den verschiedenen Häusern der Prewitzens zu Gast gewesen und hatte laut darüber räsoniert, dass man hier diesem »Teufelsgesöff« durchaus Genuss abzugewinnen verstand. Im Jahre 1777 hatte der König sogar versucht die neue Unsitte des Teetrinkens gänzlich zu verbieten und war damit kläglich gescheitert. Am hartnäckigsten in ihrem Widerstand waren dabei seine im äußersten Westen ansässigen Untertanen gewesen. Zu schnell hatten die Ostfriesen ihren Tee schätzen gelernt, als dass sie sich von dem fernen Preußenkönig die Freude an Kluntjes und Sahnewulkjes hätten verbieten lassen. Die Gräfin nippte vorsichtig an dem zerbrechlichen Tassenrand und beobachtete Jean.

»Jünger wird Er auch nicht«, setzte sie ihr Spiel fort.

»Im Gegensatz zu Ihnen. Erlaucht wird von Tag zu Tag jünger«, erwiderte Jean galant und verbeugte sich. Ein verschmitztes Lächeln glitt über sein faltiges Gesicht.

»Schmeichler«, sagte Gräfin Dorothea nachsichtig. Nur Jean durfte sich derlei Vertraulichkeiten erlauben. »Nun schicke Er mir die Demoiselle Eleonora, ich habe mit ihr zu reden. Der Maestro soll sie gehen lassen«, befahl sie. »Seit Stunden quält er sie ja schon wieder mit diesen ewigen Koloraturen.«

Nachdenklich schaute Gräfin Dorothea auf die hinter dem alten Diener ins Schloss gezogene Flügeltür. Was wollte sie eigentlich mit Eleonora bereden? Dass ihr Aussehen ihr gar nicht gefiel. Dass sie aufhören sollte, von Woche zu Woche blasser und dünner zu werden? Schon seit Oktober war das kindliche Rund ihrer Wangen verschwunden. Der unschuldige Liebreiz ihres Gesichts schien dem einer klassischen Schönheit zu weichen. Aber war das nicht viel zu streng? Eleonora wurde im März des folgenden Jahres erst siebzehn. Die tiefen Ränder unter ihren Augen und ein melancholischer Zug um den vollen Mund ließen sie älter erscheinen. Eleonora hatte Kummer, Liebeskummer, und darüber wollte sie heute mit ihr reden. Sie musste mit ihr reden. Sie wollte nicht,

dass sich ihr Schützling noch weiterhin nach ihrem Enkel verzehrte.
Alexander war längst zu seiner Garnison zurückgekehrt. Ganz Preußen und seine Verbündeten beobachteten mit Argusaugen den französischen General Napoleon aus der Ferne. Sein Erfolg war nicht nur beeindruckend, sondern bedrohlich. Der Ehrgeiz dieses Korsen schien grenzenlos, sein Charakter unberechenbar. Man musste sich vor ihm in Acht nehmen und ihn genau im Auge behalten. Sein Expansionsbestreben verhieß nichts Gutes für das Preußische Königreich und erst recht nicht für das Heilige Römische Reich Deutscher Nation.

Der Klang des Cembalos aus dem Musikzimmer und die trällernden Tonleitern von Eleonoras klarem Sopran waren verstummt. Maestro Farini hatte seine Schülerin entlassen.
Bestimmt nicht ohne Murren, dachte Gräfin Dorothea amüsiert.
Es klopfte leise an die Tür.
»Komm nur herein, Eleonora!«, rief sie freundlich. Die Tür öffnete sich. Geschmeidig glitt die schlanke Gestalt des jungen Mädchens in den Raum. In der Mitte blieb sie stehen, senkte den Kopf und knickste förmlich.
»Bitte nimm Platz und trink einen Tee mit mir«, forderte Gräfin Dorothea sie auf. »Das warme Getränk wird dir guttun. Du solltest aufhören, deine Stimme überzustrapazieren.«
Aufatmend ließ sich Eleonora auf die dem Sessel der Gräfin gegenüberstehende Ottomane sinken. Sie schenkte sich aus dem silbernen Kännchen eine Tasse ein, versenkte ein Stückchen Zucker in der dampfenden Flüssigkeit und rührte herum. Der kleine silberne Löffel klirrte leise. Nachdenklich schaute sie auf den Grund ihrer Tasse und schwieg.

Gräfin Dorothea beobachtete sie aufmerksam. Die Proben schienen sehr anstrengend gewesen zu sein. Sie bemerkte die Zeichen der Erschöpfung in Eleonoras Zügen. Aber die Anstrengung der Tonübungen hatte sie erhitzt, wie die roten Wangen verrieten. Eleonora lehnte sich zurück und atmete tief durch. Winzige Schweißperlchen standen auf ihrer Oberlippe. Die Röte ihrer erhitzten Wangen ließ sie wesentlich frischer und lebendiger erscheinen als die vergangenen Tage. Ob sie dabei war, Alexander zu vergessen? »Er malträtiert dich ganz schön, der gute Maestro«, stellte die Gräfin fest. »Was probt ihr denn gerade?«

»Die Zauberflöte«, erklärte Eleonora.

»Welche Partie!«, wollte die Gräfin wissen. »Eine von den drei Damen? Das ist eine gute Anfängerrolle.«

Hoch musikalisch und interessiert, wie die Gräfin selbst war, hatte sie sich von dem Maestro schon vor langem Partitur und Libretto der Mozartoper zeigen lassen. Vor zehn Jahren war das Singspiel in Wien aufgeführt worden und hatte danach seinen Siegeszug durch die Opernhäuser Europas angetreten. »Eine Schande, dass wir hier in Berlin immer noch nicht in den Genuss der *Zauberflöte* gekommen sind«, grollte sie. »Sogar in St. Petersburg wurde sie kürzlich aufgeführt. Es soll ein rauschender Erfolg gewesen sein, schrieb mir die Herzogin von Kurland.«

»Es ist ja auch eine wunderbare Musik«, bestätigte Eleonora und nippte an ihrem Tee. »Ich singe die Pamina.«

»Ist diese Rolle nicht noch ein bisschen früh für dich?«, erkundigte sich die Gräfin besorgt. »Solltest du es nicht erst einmal mit einem der drei Knaben oder der drei Damen bewenden lassen?«

»Damit bin ich schon lange durch«, entgegnete Eleonora lächelnd. »Seit drei Tagen proben wir die Pamina. Es ist eine wunderschöne Partie.« Sie seufzte und starrte versonnen vor sich hin.

Der Gräfin wurde unbehaglich zumute. Sie wusste, an wen Eleonora dachte.

»Hängst du in deinen Gedanken immer noch meinem Enkel nach?«, fragte sie brüsk. Es war das erste Mal seit dem Sommer, dass sie die Sprache auf ihn brachte.

Eleonora zuckte zusammen. Ein verräterischer Glanz trat in ihre Augen.

»Du kannst ihn nicht vergessen«, stellte Gräfin Dorothea seufzend fest. Eleonora biss sich auf die Lippe und schüttelte den Kopf. Um ihre Mundwinkel begann es verdächtig zu zucken. »Ach, Kind, ach, Kind! Was haben wir da nur angestellt! Farini und ich tragen die Verantwortung für diese Entwicklung«, klagte die alte Dame.

»Welche Entwicklung?«, fragte Eleonora überrascht.

»Komm, setz dich zu mir«, forderte die Gräfin sie auf. Einladend deutete sie auf den Schemel zu ihren Füßen. Wie oft hatte Eleonora in den vergangenen Jahren auf diesem Schemel gekauert. Den Kopf an die Knie ihrer Gönnerin gelehnt, hatte sie andächtig deren Erzählungen aus vergangenen Zeiten gelauscht und gemeinsam mit ihr große Pläne für die eigene Zukunft geschmiedet.

Nicht nur die Gräfin war von der außergewöhnlichen Begabung der kleinen Potsdamerin überzeugt, nicht nur gleichfalls Farini seit dem ersten Tag ihrer Ankunft, sondern seit dem Sommer auch eine große Anzahl anderer Grafen und Gräfinnen, Herzöge, Freiherrinnen und Barone. Vor einigen Wochen war sogar eine diskrete Anfrage direkt vom preußischen Hof eingegangen. In einem im gewohnt herzlichen Ton getragenen Billett an die Gräfin hatte Königin Luise persönlich angefragt, ob es denn möglich sei, in einem intimen

Kreise einige ausgewählte Kostproben der außergewöhnlichen Stimmbegabung von Demoiselle Prohaska erhalten zu können. Die Sommermonate während ihres Aufenthalts auf Schloss Paretz böten doch eine gute Gelegenheit.

»Allein die Bescheidenheit der baulichen Gegebenheit gebietet die Schlichtheit einer solchen Darbietung«, hatte Königin Luise geschrieben.

Eine Einladung nach Schloss Paretz war eine besondere Auszeichnung.

Gräfin Dorothea hatte noch niemandem davon erzählt, war sie doch selbst noch unschlüssig, wie sie damit verfahren sollte. Wenn Eleonora sich weiterhin so mit ihrer Sehnsucht und ihrem Liebeskummer quälte, würde das über kurz oder lang auch auf Kosten ihrer Stimme und ihrer künstlerischen Leistungsfähigkeit gehen.

»Du bist so jung, eigentlich noch viel zu jung für die Eurydike gewesen«, fuhr die Gräfin mit ihrer Selbstanklage fort. »Der Maestro und ich hätten ahnen müssen, dass du Bühne und Wirklichkeit auf verhängnisvolle Weise miteinander verknüpfen und eines Tages nicht mehr auseinanderhalten würdest.«

Eleonora schüttelte abwehrend den Kopf. Mit zittriger Hand strich ihr die Gräfin über den blonden Scheitel und hob ihr Gesicht zu sich empor.

»Schau mich an!«, befahl sie.

Eleonora schluckte und zwinkerte nervös.

»Schau mich an!«

Eleonora gehorchte. Es fiel ihr schwer, dem intensiven Blick der Gräfin standzuhalten.

»Du musst Alexander vergessen!«, beschwor diese sie. »Er ist kein Orpheus, der seine Eurydike nicht vergessen kann. Er ist auch kein Tamino, der bereit ist, für seine Pamina tausend

Feuerproben zu bestehen.« Sie kannte sich im Handlungsverlauf deutscher Opern gut aus, und sie kannte ihre Pappenheimer. »Und Maestro Farini spielt bereits mit dem Gedanken, meinen Enkel mit der Rolle des Prinzen zu besetzen?« Es war mehr eine Feststellung als eine Frage. Forschend schaute sie Eleonora an.

Ein unwillkürliches Lächeln zuckte um deren Lippen, als sie nickte.

»Ach, Kind! Verstehen kann ich es ja!« Aufseufzend lehnte sich die Gräfin in ihrem Sessel zurück. »Ihr seid ja auch einfach ein wunderschönes Paar. Auf der Bühne!«, setzte sie hinzu. »Nicht für das Leben! Alexander würde dich niemals heiraten«, sagte sie hart. »Genauso wenig wie Graf von Finckenstein die kleine kluge Rahel Levin. Ein Jammer um diese junge Frau, die sich seit Jahren in vergeblichen Hoffnungen ergeht. Genau das will ich dir ersparen, mein Kind.«

»Er hat mich geküsst«, hauchte Eleonora.

Die Gräfin lachte. »Was meinst du, wie viele Frauen und Mädchen mein Enkel schon geküsst hat«, entgegnete sie erbarmungslos. »Allein seit dem vergangenen Sommer!«

Eleonora schluckte. »Ich liebe ihn«, sagte sie erstickt.

»Das schlag dir ganz schnell aus dem Kopf, lieber heute als morgen!«, versetzte die Gräfin hart.

Eleonora begann zu schluchzen. »Ich werde ihn niemals vergessen.«

»Auch das wirst du tun«, behauptete die Gräfin mitleidlos.

»Niemals!«, beharrte Eleonora. »Niemals, niemals, niemals!«

»Du musst es!«, befahl die Gräfin.

»Ich kann es aber nicht!«

»Du musst es können, und du wirst es können.«

»Wie können Sie nur so hart zu mir sein?«, klagte Eleonora.

»Es geschieht um deiner selbst willen, ich verlange es nur zu deinem Besten.«
»Sie sind grausam! Niemals hätte ich gedacht, dass gerade Sie …« Eleonora weinte nun hemmungslos. »Sie haben mich doch hierhergeholt. Sie haben mir eine adelige Erziehung angedeihen lassen, und nun zeigen Sie genau dieselben Dünkel wie Ihre Schwiegertochter. Die hat mich niemals als ein menschliches Wesen betrachtet.«
Der Vergleich mit ihrer ungeliebten Schwiegertochter traf Gräfin Dorothea. Sie erhob sich von ihrem Sessel, zog das Mädchen zu sich empor und schob es auf die Ottomane, auf der sie beide nebeneinandersitzen konnten. Sie legte den Arm um ihre Schultern, bettete Eleonoras Kopf in die Beuge ihres Halses und streichelte ihr zärtlich über die Wangen.
»Eleonora, jetzt hör mir mal genau zu. Was ich dir jetzt zu sagen habe, habe ich noch niemandem erzählt und werde es auch niemandem wieder erzählen.« Eleonora hörte auf zu schluchzen und entspannte sich. Den Blick in die Ferne gerichtet, geistesabwesend die Wange ihres Schützlings liebkosend, fuhr Gräfin Dorothea Maria Sophie Charlotte Aurelia von Prewitz zu Kirchhagen fort: »Bitte glaube nicht, dass es Standesdünkel ist, der mich dazu brachte, dich vor Alexander zu warnen. Nein, du bist mir einfach zu schade für ihn, Eleonora. Er ist zwar mehr als zehn Jahre älter als du, aber in seinem Gemüt ist er noch ein unreifer junger Bursche, dem es Spaß bereitet, auf die Jagd nach schönen Frauen zu gehen. Er hat so manches Herz im Lauf der Jahre erobert, so manch schöne Blume geknickt. Du weißt doch, wie es in unseren Kreisen so üblich ist. Auch mein Ludovic hat sich erst einmal die Hörner abgestoßen, ehe er bei meinem Vater um meine Hand anhielt. Nur mein Sohn Wilhelm ist gleich an seiner Elisabeth hängengeblieben. Aus purer Bequemlichkeit.« Sie

lachte höhnisch. »Alexander wiederum hat den Jagdinstinkt seines Großvaters, meines Gatten, geerbt. Ich habe nichts dagegen, wenn er auf die Pirsch geht, aber solange ich lebe, wirst du nicht zu seinen Opfern gehören! Hast du mich verstanden?«
Sie rüttelte Eleonora sanft. Diese schniefte und nickte widerwillig.
»Eleonora, weißt du eigentlich, wie gerne ich dich habe?«, sagte die Gräfin eindringlich. »Schon beim ersten Ton, als ich dich als kleines Mädchen in der Potsdamer Kirche singen hörte, traf es mich bis in die Tiefe meines Herzens. Und als ich dich dann erst gesehen hatte, mit deinen großen grauen Augen, deinen blonden, streng geflochtenen Zöpfen und dem tiefernsten Gesichtsausdruck, viel zu ernst und unkindlich, fasste ich einen spontanen Entschluss.«
»Ich weiß, ich weiß«, flüsterte Eleonora. »Aber …«
»Nein, weißt du nicht, kannst du gar nicht wissen, weil ich es dir noch niemals erzählt habe. Hast du jemals etwas von Goethe gelesen?«, unterbrach sie die Gräfin.
»Aber natürlich, wer hat denn *Die Leiden des jungen Werther* nicht gelesen?«, erwiderte Eleonora empört.
»Den meine ich nicht«, entgegnete die Gräfin nachsichtig. »Ich spreche jetzt von den *Wahlverwandtschaften.* Dieser Humbug mit der Stimme des Blutes, ich kann es gar nicht mehr hören. Kaum ein Mensch ist mir fremder als mein eigener Sohn Wilhelm. Über meine Enkelinnen kann ich mich eigentlich nicht beklagen. Es sind zwei harmlose Schnattergänschen. Und meine Schwiegertochter Elisabeth ist eine dumme Gans!«
»Frau Gräfin, so dürfen Sie nicht über Erlaucht reden«, sagte Eleonora erschrocken.
»Papperlapapp«, versetzte diese ungerührt. »Was wahr ist,

muss wahr bleiben. Und du bist mir mit deiner Begabung, deiner Ernsthaftigkeit, deinem Ehrgeiz, deiner Entschlossenheit von Charakter und Wesen tausendmal näher als alle Prewitzens zusammen. Deshalb habe ich dich sozusagen zu meiner Wahltochter oder nenne es von mir aus auch Wahlenkelin erkoren.«

»Dafür werde ich Ihnen bis an mein Lebensende dankbar sein.«

»Bis da ist noch weit hin«, erwiderte die Gräfin und erhob sich. »Mein Ende ist da wesentlich näher.«

»So dürfen Sie nicht reden«, rief Eleonora entsetzt.

»Mein liebes Kind, ich bin über siebzig und werde nicht ewig leben«, erwiderte die Gräfin gelassen. »Ich habe keine Angst vor dem Tod. Ich habe nur Angst, dass ich dich danach nicht mehr beschützen kann. Das wird dann jemand anders übernehmen müssen. Wollen wir einmal schauen, was ich in dieser Hinsicht vor meinem Ableben für dich tun kann.« Sie trat zu dem winzigen Sekretär in der Ecke des Salons, an dem sie ihre Korrespondenz erledigte, und zog eine seiner Schubladen auf. Ihr entnahm sie das Billett, das ihr vor Wochen von einem königlichen Kurier zugestellt worden war, und drückte es Eleonora in die Hand. »Lies diesen Brief, lies ihn langsam und sorgfältig. Ich will erst morgen wissen, was du dazu zu sagen hast.« Mit einer ausladenden Handbewegung entließ sie Eleonora. »Du darfst jetzt gehen«, sagte sie lächelnd. »Ich möchte meine Ruhe haben.«

3

Eleonora huschte in ihr Zimmer unter dem Dach. Hastig schloss sie die Tür hinter sich zu und ließ sich auf ihr Bett fallen. Sie zog den Brief, den sie spontan in den Ärmel ihres Kleides geschoben hatte, hervor und entfaltete ihn. Ohne zu lesen, starrte sie lange Zeit grübelnd auf die geschwungenen Schriftzüge der preußischen Königin. Nie hätte sie geglaubt, jemals einen selbstgeschriebenen Brief von Königin Luise in der Hand zu halten. Fast zärtlich strich sie über den leise knisternden Briefbogen. In der Ferne waren die hellen Stimmen der beiden jungen Komtessen zu vernehmen. Sophie schien sich von ihrem Migräneanfall erholt zu haben, Charlotte musste von ihrem nachmittäglichen Ausritt zurückgekehrt sein. Beide hatten heute den five o'clock tea bei ihrer Großmutter versäumt. Wenn sie aber Eleonora nicht mehr in deren Salon antrafen, würden sie sich umgehend auf die Suche nach ihr machen. Wie Schwestern waren Charlotte, Sophie und Eleonora in den vergangenen Jahren erzogen worden und mittlerweile fest miteinander verwachsen.

»Die drei Unzertrennlichen«, hatte Alexander sie im vergangenen Sommer häufiger aufgezogen. Sehr zum Ärger seiner Mutter, die bei dieser Spöttelei stets unwillig die Augenbrauen runzelte.

Eleonora erhob sich eilig, ging zur Zimmertür und schob den schweren Riegel vor. Sie wollte jetzt nicht gestört werden. Einen Brief der preußischen Königin las man nicht in der Gegenwart aufgeregt plappernder junger Mädchen, die ihr das Schreiben am Ende sogar noch neugierig aus der Hand

rissen. Eleonora kannte das Temperament ihrer beiden Freundinnen. Wie alle anderen jungen Mädchen und Frauen des preußischen Königreichs waren auch die beiden Komtessen leidenschaftliche Verehrerinnen der schönen jungen Luise. Da deren Hofdame, die Gräfin von Voss, eine alte Freundin ihrer Großmutter war, waren sie über etliche Details des höfischen Lebens wesentlich genauer informiert als die übrigen Untertanen.
Eleonora erinnerte sich ganz genau, mit welcher Leidenschaft Charlotte schon als kleines Mädchen das Verhalten der damaligen Verlobten des Kronprinzen verteidigt hatte. Es war in den ersten Wochen ihres Aufenthalts im Prewitzschen Haushalt gewesen, als mehr als drei Jahre nach dem denkwürdigen Ereignis in Potsdam nochmals die Rede darauf kam, dass die junge Luise bei ihrem triumphalen Einzug in Berlin ganz spontan ein kleines Mädchen geküsst habe, nachdem es ihr einen Blumenstrauß überreicht hatte.
Noch Jahre später echauffierte sich Gräfin von Voss in einem Brief an ihre Freundin Dorothea ob dieses unmöglichen Verhaltens. Dabei war diese 1793 doch bei dem Einzug selbst dabei gewesen.
»Und ich fand diese Geste ganz reizend. So spontan, so natürlich«, meinte sie. »Es ist doch gerade ihr natürlicher Liebreiz, der Luisen die Herzen der Berliner so zufliegen lässt.«
»Schade, dass ich nicht das kleine Mädchen war, das von ihr geküsst wurde«, hatte daraufhin Charlotte bedauert. »Ich finde das richtig lieb von ihr, dass sie sich mit einem Kuss bedankte.«
Mit ihren damals zwölf Jahren hatte Eleonora nicht so recht verstanden, worum es eigentlich damals ging. In ihrem bisherigen Leben hatte es nicht viel Zärtlichkeit gegeben. Sie konnte sich nicht erinnern, jemals geküsst worden zu sein. Ehe sie

Mitglied des Prewitzschen Haushalts wurde, wusste sie gar nicht, dass man sich auch unabhängig von offiziellen Anlässen einmal küssen konnte.

Was sich einst in der Dunkelheit zwischen den betrunkenen Soldaten und ihrer Mutter in der muffigen Schlafkammer abgespielt hatte, brachte Eleonora nicht damit in Verbindung, hatte sie doch seit Jahren die Erinnerung an dieses abstoßende Geschehen in den verborgenen Tiefen ihres Gedächtnisses versenkt. Der eigene Vater hatte ihr höchstens mal brummend über den Scheitel gestrichen. Vom Bruder war sie als allerhöchstes Zeichen seiner verwandtschaftlichen Zuneigung eigentlich immer nur in die Seite geknufft oder an den Zöpfen gezogen worden.

Wenn sich Eleonora so recht besann, war es eigentlich Gräfin Dorothea gewesen, von der sie zum ersten Mal Zärtlichkeit erfuhr. Geradezu stürmisch hatte sie das zwölfjährige Mädchen nach ihrem herzzerreißenden Solo der Bachschen Kantate in die Arme gerissen und geküsst.

»Du hast mich zum Weinen gebracht, mein Kind«, hatte sie gerufen und sie erneut geküsst. Eleonora wusste gar nicht, wie ihr geschah, spürte nur das Kratzen des gräflichen Spitzenjabots auf ihrer Wange und blickte hilflos zu dem in der Sakristei stehenden Pastor empor. Der nickte ihr lächelnd zu. Hinter ihm entdeckte sie das strahlende Gesicht der jungen Frau Pastor, die gleichfalls lächelte. Beide schienen sehr stolz auf sie zu sein.

»Du hast gesungen wie ein Engel«, behauptete Gräfin Dorothea und tupfte mit ihrem Spitzentaschentuch die Augenlider. »Ich würde am liebsten gleich noch mal vor Rührung weinen.«

»Je vous en prie, belle-mère!«, murmelte die neben ihr stehende etwas dickliche Dame. Zu diesem Zeitpunkt wusste

Eleonora noch nicht, dass es die Schwiegertochter Elisabeth war. »Contenance«, setzte sie mahnend hinzu.

»Papperlapapp, was schert mich jetzt die Contenance?«, widersprach Gräfin Dorothea energisch und erhob sich zu ihrer stattlichen Höhe. »Wenn mir nach Weinen ist, dann will ich weinen und werde weinen«, sagte sie entschieden.

Dergleichen war etwas völlig Neues für die kleine Eleonora. In ihrem bisherigen traurigen kleinen Leben war für Gefühle kein Platz. Nur ganz verstohlen hatte sie in ihr hartes Strohkissen im Waisenhaus geweint. Seit Vaters Rückkehr vom Militär hatte sie sich aus lauter Dankbarkeit, dass er sie und ihren Bruder zu sich nach Hause geholt hatte, niemals Tränen erlaubt.

Nun war sie fast siebzehn Jahre alt und tat sich immer noch schwer, ihre Gefühle offen zu zeigen. Umso peinlicher, dass sie vorhin beim Tee im Salon der Gräfin in Tränen ausgebrochen war. Ein sehr verräterisches Verhalten. Aber nachdem die Gräfin sie so offen auf Alexander angesprochen hatte, war sie völlig überrumpelt gewesen. Sie selbst war sich über die Tiefe ihrer Gefühle zu Alexander noch überhaupt nicht klar gewesen. Eigentlich war sie nur verwirrt. Dieser Kuss im Dunkel einer sommerlichen Nacht hatte ein unbeschreibliches Gefühlschaos in ihr ausgelöst, über dessen Konsequenzen nachzudenken ihr widerstrebte. Zu tief schmerzte die Kränkung, dass Alexander schon am nächsten Morgen spurlos verschwunden war. Ohne ein Wort des Abschieds, ohne eine einzige Zeile, ohne Gruß, ohne alles. Vergeblich hatte sie die Wochen darauf auf eine Nachricht des Geliebten gehofft, vergeblich gewartet, gebangt und war darüber immer blasser und dünner geworden. Sogar Charlotte und Sophie, die die Gründe ihres Kummers nicht kannten, war es aufgefallen.

»Deine Taille ist so schmal geworden, dass ein Mann sie mit beiden Händen umfassen könnte«, stellte Charlotte eines Tages fest.
»Niemals würde ich erlauben, dass ein Mann mich so berührt«, entgegnete Eleonora steif. Aber tief innen drin vermeinte sie noch Alexanders Berührung zu spüren, wie er beide Hände auf ihre knabenhaften Hüften legte und sie vorsichtig an sich zog.
»Eleonora wird immer dünner und ich immer dicker«, meinte Sophie. Sie saß vor dem Spiegel ihrer kleinen Schlafzimmerkommode und betrachtete missmutig ihr pausbäckiges Gesicht.
»Dann solltest du nicht immer bis zum Mittag im Bett liegen bleiben und dir mindestens vier Kannen Kakao als petit déjeuner servieren lassen«, sagte Charlotte. »Warum reitest du eigentlich gar nicht mehr aus?«
»Ich hasse Pferde, ich habe Angst vor ihnen«, erwiderte Sophie.
»Papperlapapp, das ist doch nur eine Ausrede«, entgegnete Charlotte im burschikosen Ton ihrer Großmutter. »Du bist doch von Kind auf immer geritten.«
»Ich habe eben keine Lust mehr«, behauptete Sophie und blies ihre Backen auf.
»Die Freude am Gesang hast du auch verloren«, mischte sich Eleonora ein. »Maestro Farini fragt schon gar nicht mehr nach dir.«
»Mir macht der Unterricht auch keinen Spaß mehr. Eleonora, du hast so eine wunderbare Stimme, da komme ich mir immer nur vor wie eine alte krächzende Krähe«, gestand Sophie.
»Papperlapapp«, zitierte nun Eleonora Gräfin Dorothea, und alle drei Mädchen lachten, wie sie früher so oft gemeinsam gelacht hatten.

Was war es doch für eine unbeschwerte Zeit gewesen. Eleonora sehnte sich danach zurück. Wie frei und unbefangen sie doch die vergangenen Jahre gewesen war. Natürlich hatte sie sich dem Zeremoniell bestimmter Rituale und unumstößlicher Regeln eines adeligen Haushalts zu fügen. Aber was war das im Vergleich zu dem unbarmherzigen Drill des Potsdamer Waisenhauses?

Die regelmäßigen Musikstunden bei Maestro Farini waren Eleonora niemals eine lästige Pflicht, sondern stets Freude gewesen.

»Carissima, du bist die beste Schülerin, die ich jemals hatte. Aus dir wird einmal eine Primadonna assoluta!« Wie oft hatte sie diesen Ausruf zu hören bekommen. Bislang war es ihr Selbstverständlichkeit gewesen, die in sie gesetzten Erwartungen zu erfüllen. Aber in den letzten Wochen hatte ihr die Stimme häufiger versagt, war einfach weggebrochen.

»Carissima, du wirst eine Frau, wir müssen deine Stimme schonen und ganz, ganz vorsichtig mit ihr umgehen«, hatte Farini gesagt. Ja, er hatte sogar eine dreiwöchige Unterbrechung der Gesangstunden anberaumt. »Aber ich erwarte von dir, dass du in dieser Pause die Partitur der *Zauberflöte* studierst und die Rolle der Pamina auswendig lernst«, verlangte er.

Heute war die erste Stunde danach gewesen.

»Du brauchst noch Schonung, wir machen weiter Pause«, hatte der Maestro jedoch heute die Stunde abgebrochen. Nur deshalb war Eleonora so pünktlich zur Teestunde erschienen.

Die Stimmen von Charlotte und Sophie kamen immer näher. Nun schienen die beiden direkt vor ihrer Tür zu stehen.

»Eleonora, bist du in deinem Zimmer?«, fragte Sophie. Sie sah, wie die Klinke der Tür langsam niedergedrückt wurde. Gut, dass sie den Riegel vorgeschoben hatte.

»Abgeschlossen«, hörte sie Charlotte sagen.

»Das ist so gar nicht ihre Art«, meinte Sophie verwundert.
Sie rüttelten an der Tür.
»Eleonora, bist du da drinnen?«, rief Charlotte. »So mach doch auf, warum öffnest du nicht?«
Mit angehaltenem Atem kauerte Eleonora auf ihrem Bett und schwieg.
»Vielleicht hat sie sich hingelegt, um sich ein bisschen auszuruhen«, mutmaßte Sophie.
»Dann wollen wir sie nicht weiter stören. Lassen wir sie schlafen«, sagte Charlotte. »Sie hat Ruhe und Erholung nötig. Grand-mère hat die letzte Zeit schon häufiger festgestellt, wie angegriffen sie aussieht.«
»Ein Badeaufenthalt würde ihr guttun«, meinte Sophie nun ernsthaft. Die Stimmen der beiden Mädchen entfernten sich.
Aufatmend lehnte sich Eleonora in ihr Kopfkissen zurück. Ein Badeaufenthalt? Was hatten die Komtessen für Vorstellungen?
Nun ja, Prohaska hatte, nachdem er sich schweren Herzens durchgerungen hatte, sein Kind der gräflichen Obhut zu überlassen, auf Zahlung eines Kostgelds bestanden. Es handelte sich dabei mehr um einen symbolischen Betrag. Aber die Gräfin hatte Prohaskas Angebot nach anfänglichem Sträuben akzeptiert. Sie erkannte, dass es das Ehrgefühl eines preußischen Soldaten zutiefst verletzen würde, wenn sie dieses Kostgeld nicht annahm. Von alldem wusste Eleonora nichts, genauso wenig, wie sie ahnte, dass die Gräfin dieses Geld niemals verbraucht, sondern für ihren Schützling gespart hatte. So Eleonora nun doch eines Tages heiraten sollte, kann ich ihr eine kleine Mitgift geben, hatte sich die Gräfin gedacht.
Aber eigentlich sollte die Tochter des Potsdamer Feldwebels ja eine Primadonna assoluta, ja, eine würdige Nachfolgerin der hochverehrten Madame Mara werden.

»Lieber lasse ich mir von einem Pferd eine Arie vorsingen, als dass eine deutsche Sängerin eine Berliner Bühne betritt«, hatte der Alte Fritz mit seinen grundsätzlichen Vorbehalten gegenüber jeglichen Künstlern und Künstlerinnen deutscher Herkunft verächtlich geschnaubt. Schließlich hatte er, zunächst hinter einer Wand verborgen, heimlich ihrem Gesang gelauscht. La Mara gelang es, ihn von ihrer Kunst zu überzeugen. Friedrich der Große war schließlich so begeistert, dass er sein Inkognito lüftete und die Sängerin fast nötigte, ihm stundenlang vom Blatt vorzusingen. Nur während seiner Flötenstunden mit dem geliebten Lehrer Quantz sei der preußische König jemals so entspannt und gelöst gewesen, wurde fortan bei Hofe kolportiert.

Mit dem ihr eigenen Stimmumfang von drei Oktaven lag bei Eleonora gleichfalls die notwendige Eignung vor. Ihr die erforderliche Schulung und Erziehung zu gewähren, hatte sich Gräfin Dorothea zu einem Herzensanliegen gemacht und den alten italienischen Musiker mit dieser Aufgabe betraut. Andrea Farini war ein Schüler Händels gewesen, hatte sich aber aufgrund seines heftigen Temperaments mit dem Meister überworfen und war aus London zurück auf den Kontinent geflüchtet. Jahrelang war er kreuz und quer durch Europa gereist, ehe er Aufnahme und dauerhaftes Lebensrecht bei den Prewitzens erhielt.

Sein größter Wunsch war es, Eleonora eines Tages am preußischen Königshof vorstellen zu dürfen. Dabei ahnte er nicht, wie nahe er schon an der Erfüllung seines Herzenswunsches war. Genauso wenig, wie bislang Eleonora den Inhalt des Briefs, den sie jetzt zu studieren begann, kannte.

Mit angehaltenem Atem las sie die wenigen Zeilen des königlichen Billetts. Ihr Herz begann zu klopfen, das Blut in ihren Ohren zu rauschen.

Mit wohlgesetzten Worten fragte die junge preußische Königin bei Gräfin Dorothea von Prewitz zu Kirchhagen an, ob »denn Demoiselle Eleonora die Güte habe, einer Einladung nach Schloss Paretz zu folgen«.
»Die Güte!«, ächzte Eleonora erschüttert und fuhr sich verwirrt durch das Gesicht. »Königin Luise fragt, ob ich die Güte hätte …«
Sie konnte es kaum fassen. Atemlos ließ sie sich auf ihr Bett fallen. Sie lehnte den Kopf in das Kissen zurück und schloss die Augen. Der Brief entglitt ihrer Hand und flatterte zu Boden.
Schloss Paretz. Natürlich wusste sie von der sommerlichen Residenz des königlichen Paars. Noch als Kronprinz hatte Friedrich Wilhelm dem königlichen Baumeister den Auftrag erteilt. »Und möge Er immer dabei bedenken, Er baue für einen armen Gutsherrn«, lautete die Order an David Gilly, der gleichzeitig noch mit der Errichtung der kleinen Dorfkirche betraut wurde.
»Das spricht doch mal wieder für die Bescheidenheit und Anspruchslosigkeit unseres Königs«, hatte Gräfin Dorothea kommentiert. »So etwas lob ich mir.«
Nicht alle Mitglieder des preußischen Hofstaats wussten die mittlerweile sprichwörtliche Bescheidenheit des jungen Königs zu schätzen. Etliche Angehörige des nicht nur preußischen Adels trauerten der ausschweifenden Hofhaltung von Friedrich Wilhelm II. noch nach. Vor den Augen des alten Schadow hatte aber genau diese überhaupt keine Gnade gefunden.
»Es herrschte größte Liederlichkeit, alles besoff sich in Champagner, fraß die größten Leckereien, frönte allen Lüsten«, hatte der Bildhauer wütend geschimpft. »Ganz Potsdam war ein Bordell. Frauen und Töchter bot man um die Wette an.«

Gräfin Dorothea hatte laut gelacht, als ihr diese deftigen Worte zu Ohren kamen. »Der alte Schadow, das ist mir einer«, amüsierte sie sich.

Umso empfänglicher war der preußische Bildhauer wiederum für den Liebreiz der Luise von Mecklenburg-Strelitz und deren Schwester Friederike gewesen. Aber wer konnte diesen wunderschönen jungen Prinzessinnen überhaupt widerstehen? Der dicke Wilhelm war schon bei der ersten Begegnung in Frankfurt von beiden Mädchen so begeistert gewesen, dass er alles getan hatte, um eine Heirat zwischen ihnen und zwei seiner eigenen Söhne zu forcieren. Sein Plan sollte gelingen. Was in ganz Europa, quer durch alle Bevölkerungsschichten, geradezu mit Rührung beobachtet und wohlwollend konstatiert wurde, war die Tatsache, dass es sich bei der Heirat von Luise mit dem spröden Friedrich Wilhelm um eine Liebesheirat handelte. Ganz im Gegensatz zu der zwischen ihrer Schwester Friederike und dessen Bruder Louis geschlossenen Ehe. Nur zwei Tage nach der Trauung des Kronprinzenpaars waren diese und der preußische Prinz getraut worden. Es wurde eine kurze, unglückliche Ehe.

Der dicke Wilhelm war aber so glücklich, diese schönen jungen Frauen vom Darmstädter Hof ihrer Großmutter nach Preußen geholt und seinem eigenen Hofstaat einverleibt zu haben, dass er beim alten Schadow die Schaffung einer doppelten Skulptur der beiden Prinzessinnen in Auftrag gab. Der Bildhauer wiederum war so begeistert von seinen beiden Modellen, an denen er sogar »nackt, wie Gott sie schuf«, Maß nehmen durfte, dass er darob vollständig vergaß, seinen Auftraggeber derzeit »Sodom und Gomorrha« geziehen zu haben.

Eleonora kannte natürlich die Skulptur der beiden Prinzessinnen, stand sie doch in winziger, aber vollendeter Kopie auf dem Kaminsims von Gräfin Dorothea. Sie wusste auch, dass Friederike mittlerweile in zweiter Ehe mit einem Prinzen zu Solms-Braunfels verheiratet und seit Januar 1799 vom preußischen Hof ins bayerische Ansbach verbannt war.

»Aufgrund ihres angeblich liederlichen Lebenswandels«, hatte Gräfin Dorothea verächtlich geschnaubt. »Ist es ein Wunder, wenn eine schöne junge Frau sich anderweitig die Zuneigung sucht, die ihr eigener Ehemann so missen lässt.«

Tatsächlich pfiffen es die Spatzen von den Berliner und Potsdamer Dächern, dass Prinz Louis seiner Frau nur mit kalter Verachtung begegnete. Auch nach der Heirat hatte er sich niemals von seiner Geliebten getrennt. Gräfin Dorothea betrachtete seinen frühen Tod als eine verdiente Strafe des Schicksals. Seit Jahr und Tag erfreute sie sich jedoch aus der Ferne des ehelichen Glücks, das mit der Heirat von Luise und Friedrich Wilhelm am preußischen Hofe Einzug gehalten hatte.

»Diese kleine Prinzessin hat diesen Tropf erst zu einem richtigen Menschen gemacht«, sagte sie oft, am liebsten laut und unüberhörbar in Gegenwart ihres Sohnes und ihrer Schwiegertochter, die bei diesen resoluten Worten stets schmerzlich zusammenzuckten.

»Mais, belle-mère, je vous en pries!«, lautete stets die geflüsterte Replik von Gräfin Elisabeth, dem unweigerlich das herzhafte »Papperlapapp« von Gräfin Dorothea folgte.

Eleonora kannte die kleinen Zwiste und Rituale dieses Dauerkonflikts nun bereits seit Jahr und Tag, und sie liebte sie.

Sie erhob sich von ihrem Bett und trat an das Fenster. Es war ein stürmischer kalter Abend im Spätherbst. Tagsüber hatten die Wolken sehr tief gehangen, so dass der Kutscher bereits den ersten Schneefall verkündet hatte.

»Oh, dann können wir ja wieder Schlitten fahren«, hatte

Charlotte gejubelt und war aufgesprungen. »Dann will ich aber ganz schnell noch einmal ausreiten, ehe die Wege vereisen.«

Inzwischen war es ganz dunkel geworden. Der Sturm rüttelte an den Fensterläden des Schlosses. Eleonora lehnte die Stirn an die Kühle des Fensterglases und schaute hinaus. In der Ferne war nur umrisshaft die Silhouette der Stallgebäude erkennbar. Aber aus den winzigen Fenstern der Stallungen leuchtete es in einem hellen, warmen Gelb. Eleonora wusste, dass die zahlreichen Knechte und Burschen im Lichte der Stalllaternen jetzt ihre Arbeit verrichteten, die Pferde putzten und striegelten, deren Hufe auskratzten und das Sattelzeug polierten. Vielleicht war einer von ihnen sogar bereits dabei, die Kufen des großen Winterschlittens zu schleifen. So still der Gebäudekomplex auch in der Dunkelheit stand, schien aus seinem Innern etwas von einer verheißungsvollen Betriebsamkeit auszugehen. Die winterlichen Festtage standen unmittelbar bevor. Vielleicht würde Gräfin Dorothea ja zu Neujahr wieder ein Schlittenrennen veranstalten?

Ein tiefer Gong ertönte durch das Schloss. Er rief zur Abendtafel.

Zwischen den kahlen Ästen einer entlaubten Eichenkrone stieg über dem Dachfirst der Stallungen die silberne Sichel des Mondes auf. Ein zweiter Gongschlag ertönte. Eleonora löste sich vom Anblick des winterlichen Stilllebens. Sie fröstelte unwillkürlich und trat an ihre Kommode. Irgendwo musste in einer der Schubladen doch noch ihre Stola liegen.

4

Eleonora musste ein bisschen suchen, ehe sie das gute Stück wiedergefunden hatte. Sie entfaltete das weiche Stoffbündel und schüttelte es aus. Ein verwelktes Rosenblatt fiel zu Boden. Seine Farbe war verblasst. Der Anblick dieses winzigen Sommergrußes stimmte Eleonora melancholisch. Sie breitete die Stola auf ihrem Bett aus und versuchte sie mit bloßen Händen zu glätten. Ein ganz sachter Duft nach Sandelholz und Leder stieg aus dem feinen Gewebe empor. Niemals würde Eleonora diesen Duft vergessen, unwiderruflich war er mit dem Namen Alexander und der Erinnerung dieser lauen Sommernacht verknüpft. Der dritte Gongschlag ertönte. Allerhöchste Zeit, in den Speisesaal zu eilen. Auf Pünktlichkeit wurde bei den Prewitzens allerhöchster Wert gelegt.
»Pünktlichkeit ist die Höflichkeit der Könige«, betonte Gräfin Dorothea stets. Als sich Gräfin von Voss in einem ihrer Briefe bitterlich über die chronische Unpünktlichkeit ihrer jungen Herrin beklagte, hatte sie die Stirn gerunzelt. »Dergleichen geziemt sich aber gar nicht für eine preußische Königin«, stellte sie unwillig fest. Ja, bei aller zutage getragenen Nonchalance hatte die Gräfin durchaus ihre Prinzipien, von denen sie nicht abwich. Niemals! So setzte Eleonora nun auch alles daran, so schnell wie möglich im Speisesaal zu erscheinen.
Gräfin Dorothea präsidierte bereits am oberen Ende der Tafel. Gegenüber am anderen Ende saß ihr Sohn Wilhelm, der kürzlich aus Potsdam angereist war. In den nächsten Tagen wurde sogar Graf Ludovic erwartet, der seine Sauenhatz in

den Karpaten beendet hatte und nun gedachte, den Winter auf einem seiner preußischen Wohnsitze zu verbringen. Es war nur noch nicht klar, wo genau.

Offiziell diente Schloss Sophienhof ja nur als Sommerresidenz, aber in diesem Jahr war dem heißen Sommer ein langer, sehr milder Herbst gefolgt. Noch Ende Oktober hatte man im Schutze einer Pergola auf der Schlossterrasse den five o'clock tea im Freien einnehmen können. Erst in den vergangenen Wochen hatten schwere Herbststürme das letzte Laub von den Bäumen gerissen und den Winter in das Land gefegt. Da auch die märkischen Sommer sehr kühl ausfallen konnten, war das gesamte Schloss mit etlichen hohen Kachelöfen versehen, die nun schon seit mehreren Tagen angezündet worden waren.

»Es ist wohl endgültig so weit, dass wir unsere Zelte hier ab- und gen Berlin aufbrechen sollten«, eröffnete die Gräfin das Gespräch.

»Da mögen Sie wohl recht haben, chère maman, wir sollten es alsbald tun, ehe der erste richtige Schnee fällt und wir noch mit den Kutschen fahren können«, pflichtete ihr Sohn Wilhelm bei.

»Och, so eine Schlittenfahrt durch den verschneiten Wald ist doch auch was Feines«, rief Sophie aus. »Das hat so was Romantisches!«

»Du mit deiner ewigen Romantik«, meinte ihr Vater ungeduldig. »Eine Schlittenfahrt kann man als eine kleine Lustpartie veranstalten, aber nicht, um von hier bis nach Berlin zu kommen.«

»Die Herzogin vor Kurland schrieb mir in ihrem letzten Brief, dass sie sogar mit dem Schlitten über die zugefrorene Daugava zu ihren Bällen nach Riga fährt«, erzählte die Gräfin. Es machte ihr einfach zu großen Spaß, ihrem Sohn das

Wasser abzugraben. »Aber du hast recht, nach Berlin fahren wir besser mit der Kutsche«, lenkte sie ungewohnt rasch ein.
»Werden wir dieses Jahr den Winter in Berlin oder in Potsdam verbringen?«, wollte Charlotte nun wissen. »Ich wäre ja für Potsdam.«
»Das ist bislang noch nicht so richtig geklärt. Ich warte auf die Nachricht, ob die Reparaturarbeiten am Stadtpalais noch rechtzeitig beendet werden konnten. Ihr alle wisst, was davon abhängig ist.«
Gräfin Dorothea hob ihr Lorgnon und schaute bedeutungsvoll in die Runde. Ihre Schwiegertochter seufzte. Sohn Wilhelm tupfte sich mit der Serviette die Mundwinkel ab, und Eleonora überlegte, worauf sie anspielte.
»Unser Debüt, unser Debüt«, riefen Charlotte und Sophie aus einem Mund.
»Werden wir dieses Jahr gemeinsam debütieren?«, erkundigte sich Charlotte.
Wegen der aufwendigen Renovierungsarbeiten, die sich viel länger hinzogen als ursprünglich geplant, hatte ihr eigentliches Debüt im vorletzten Jahr ausfallen müssen. Obwohl die Gräfin Baumeister Gilly die Hölle heißgemacht hatte, war das Palais in der Nähe des Berliner Stadtschlosses auch im nächsten Jahr nicht fertig geworden. Und dann?
»Gilly kann den frühen Tod seines Sohnes einfach nicht verwinden«, meinte die Gräfin nachsichtig.
»Sollten wir nicht den jungen Schinkel mit den weiteren Arbeiten betrauen?«, schlug ihr Sohn beflissen vor.
»Es wäre eine Überlegung wert, schließlich lebt er ja im Hause Gilly und war mit dem jungen Friedrich eng befreundet«, dachte die Gräfin laut nach.
»Bitte, bitte, grand-mère, nicht zu lange überlegen«, rief Charlotte. »Ich bin schon neunzehn und immer noch nicht

offiziell in der Gesellschaft eingeführt. Ich habe Angst, eine alte Jungfer zu werden, ehe ich mein Debüt feiere.«
»Ich werde auch schon achtzehn im Februar«, unterbrach sie ihre Schwester.
»Und bist auch auf dem Wege, eine alte Jungfer zu werden?«, sagte ihre Großmutter ironisch.
»Ich fühle mich bereits so«, behauptete Sophie keck.
»Alors, ma petite, il ne faut pas exagérer«, rügte prompt ihre Mutter.
»Meine Güte, Elisabeth, junge Mädchen neigen nun einmal zu Überschwang und Übertreibung«, entgegnete die Gräfin genauso prompt.
Eleonora, die bislang der Konversation mit höflicher Aufmerksamkeit gefolgt war, senkte den Kopf und lächelte verstohlen in ihre Suppentasse. Es war mal wieder so weit. Sie liebte diese kleinen Plänkeleien. Mit Genuss löffelte sie ihre Suppe aus. Eine ausgezeichnete Bouillon hatte Babette wieder gezaubert. Die Kochkünste der Mamsell hatten einen Ruf wie Donnerhall. Die Gräfin hatte sie schon als junges Mädchen von einem märkischen Bauernhof geholt und sie durch die harte Schule ihres damaligen französischen Kochs gehen lassen. Der Aufwand hatte sich gelohnt. Nach Monsieur Legrands Tod hatte Babette das Zepter in der Küche übernommen und schwang es nun schon seit fast zwei Jahrzehnten mit wachsender Autorität und Reputation. Graf Hardenberg hatte sie schon einmal abwerben wollen, war aber kläglich gescheitert. Auch dem einfachsten Abendessen, wie es heute serviert wurde, verstand Babette einen Hauch von Delikatesse zu verleihen. So war auch das Omelett mit Waldpilzen und Wildkräutern von duftiger Leichtigkeit.
»Dürfte ich Mademoiselle noch ein bisschen nachlegen?«, flüsterte der junge Diener, der erst seit wenigen Wochen am

Sophienhof war, über ihrer Schulter. Er war der Sohn eines Fischers, der mit seiner Familie am nahegelegenen See wohnte. Noch vor wenigen Jahren hatte er gemeinsam mit den jungen Komtessen die dicken Zuchtkarpfen im Schlossteich geärgert. Anton war immer ein hübscher Bengel gewesen, der der Gräfin durch seine Schlagfertigkeit auffiel. Seine Aufgewecktheit hatte ihm die Stelle bei Hofe eingetragen. Wenn er sich bewährte, sollte er sogar mit nach Potsdam und Berlin gehen, vielleicht sogar eine Ausbildung zum Kutscher machen. Seine ersten Meriten hatte er sich bereits als Küchenjunge verdient.

»Danke, Anton, ich nehme noch eine ganz kleine Portion«, sagte Eleonora freundlich. Sie warf einen Blick auf Jean, der mit auf dem Rücken verschränkten Händen neben der Tür des Speisesaals stand und das Ballett der Domestiken unauffällig dirigierte. Er beobachtete den jungen Anton mit Argusaugen, aber alles funktionierte reibungslos. Eleonora suchte Jeans Blick, schaute bedeutungsvoll auf Anton und nickte beifällig. Jean strahlte auf.

Seit dem ersten Tag herrschte zwischen ihr und dem alten Diener ein stilles Einvernehmen. Neben Maestro Farini hatte auch er das verunsicherte kleine Mädchen nach seiner Ankunft unauffällig unter seine Fittiche genommen. Mit ihrer kindlichen Würde und ihrer stillen Zurückgenommenheit hatte Eleonora Prohaska schnell die Herzen des Prewitzschen Haushalts gewonnen. Sogar der wortkarge Graf Ludovic hatte sich ab und an ein paar freundliche Fragen abgerungen und der absolut unmusikalische Wilhelm ihre musikalische Begabung gelobt. Nur Elisabeth hatte sich bis heute nicht an ihre Anwesenheit gewöhnt und bemühte sich seit Jahr und Tag, das Kind und nun das junge Mädchen wie Luft zu behandeln. Zu Beginn hatte Eleonora diese Hochnäsigkeit, gepaart mit schneidender Arroganz, tief verletzt. Aber mittlerweile hatte sie längst gelernt, damit zu leben, weil erkannt, dass sich hinter diesem Verhalten eigentlich nur eine tiefe Unsicherheit verbarg. Elisabeth fühlte sich vom Leben stiefmütterlich behandelt. Keiner mochte sie so richtig, einschließlich ihres eigenen Mannes und ihrer Töchter.

Im Gegensatz dazu hing Elisabeth an ihren beiden Töchtern mit wahrer Affenliebe, bildete sich ein, dass diese ihre Zuneigung mit der gleichen Heftigkeit erwiderten, und tat alles, um sie im besten Licht erscheinen zu lassen. Dazu gehörte natürlich, Charlotte und Sophie angemessen bei Hofe einzuführen. Dass es bislang noch nicht geschehen war, bereitete ihr großes Unbehagen.

»Chère belle-mère, mir wäre wirklich sehr daran gelegen, meine beiden Töchter auf jeden Fall in dieser Saison bei Hofe einzuführen«, nahm sie daher den Gesprächsfaden von soeben wieder auf. »Was meinst du, Wilhelm«, wandte sie sich an ihren Gatten.

Der zuckte gleichmütig mit den Schultern und stocherte in seinem Gemüsefrikassee herum. Wahrscheinlich verdross es ihn, dass es kein Wildschweinbraten war. Die Gewohnheit seiner Mutter, am Abend, wenn keine Gäste an der Tafel saßen, auf eine leichte Kost und Küche zu bestehen, hielt er für eine wahre Unsitte. Noch schlimmer fand er, dass an solchen Abenden auch nur ein ganz leichter Mosel kredenzt wurde. Viel mehr wäre ihm jetzt nach einem schönen schweren Burgunder gewesen. Oder einfach ein ganz normales Bier? Im Dorfkrug von Neu-Prewitz war der dunkle Weihnachtsbock gerade angestochen worden. Er beschloss, nach dem Essen noch zu einem kurzen Plausch in die Stallungen zu schlendern. Der Kutscher Erwin hatte in seiner Kammer stets eine volle Kruke stehen und ein Glas Bier für

Herrn Grafen übrig und dazu natürlich auch einen schönen Klaren.

5

Bei dem Gedanken an ein Gespräch unter Männern erhellte sich die verdüsterte gräfliche Miene. Er lehnte sich entspannt zurück und schenkte seiner Frau ausnahmsweise einmal geduldig Gehör.

»Du bist doch auch der Auffassung, dass es an der Zeit ist, Charlotte und Sophie nun endlich bei Hofe einzuführen?«, wiederholte diese.

»Gewiss, gewiss, da kann ich dir nur beipflichten«, erwiderte Graf Wilhelm zuvorkommend.

Im Familienkreise war es üblich, auf die förmliche Anrede zu verzichten. Nachdem sich Luise und ihr Gemahl, der damalige preußische Kronprinz, zum Entsetzen der Gräfin von Voss nach der Hochzeitsnacht in aller Öffentlichkeit duzten, hatte sich diese Sitte mit überraschender Schnelligkeit bei Adels verbreitet. Fünfzehn Jahre nach dem Tod des Alten Fritz war die hölzerne Anrede in der dritten Person fast in Vergessenheit geraten. Eigentlich siezte man sich untereinander, aber mittlerweile war das Du in der engeren Verwandtschaft immer gebräuchlicher geworden.

»Du wirst doch bestimmt schon einige Ideen haben, wie wir unsere beiden schönen Töchter angemessen in die Gesellschaft einführen«, sagte er galant.

Die erwähnten Töchter kicherten geschmeichelt. Deren Mutter errötete vor Freude. Gräfin Dorotheas Augenbrauen fuhren in die Höhe. Eine ironische Bemerkung schien ihr auf den Lippen zu liegen, die sie sich jedoch heldenhaft verkniff. Eleonora lächelte in sich hinein. Sie freute sich schon auf das nächste Geplänkel, das unmittelbar bevorstand. Auf den Mund gefallen war keines der Mitglieder dieser Familie. Man sprach ein geschliffenes Französisch dank der französischen Erzieherinnen, die schon seit Generationen bei Prewitzens zum Haushalt, ja, fast zur Familie gehörten. Wegen der englischen Verwandtschaft beherrschte man auch diese Sprache und wegen der geliebten Musik Italienisch sowieso. Fast unmerklich hatte sich Eleonora so im Lauf der Jahre solide Fremdsprachenkenntnisse angeeignet und war stolz darauf, Walter Scott oder die französischen Philosophen im Original lesen zu können.

Gräfin Dorothea hielt sehr viel auf Bildung und erwartete auch von der jungen Generation, sich mit den alten Griechen und Römern, aber auch mit aktueller Zeitgeschichte, sogar Philosophie auseinanderzusetzen. Sehr zum Leidwesen ihrer beiden Enkelinnen, die sich gerne mit der Lektüre der beliebten Romane von Sophie la Roche begnügt hätten. Auch ihre Mutter Elisabeth konnte sich an deren Werken ergötzen, während Gräfin Dorothea höchstens einmal in den vergilbten Ausgaben von *Pomona* blätterte. Sie hatte einst die Erscheinung der ersten Frauenzeitschrift sehr begrüßt und zollte deren Herausgeberin Sophie la Roche den ihr gebührenden Respekt.

»Auf jeden Fall müssen sie zu dem großen Ball bei Hofe erscheinen«, meinte Gräfin Elisabeth.

»Dann müssen wir aber bald die Schneiderin bestellen, damit sie für unsere Ballroben Maß nehmen kann«, rief Sophie.

»Schon im Sommer hat uns Demoiselle Durand erzählt, dass sie für den Herbst wieder ballenweise Seide aus Lyon bestellt hat«, fiel ihr Charlotte ins Wort. »Mit dem nächsten Kurier sollten wir ihr Bescheid geben, dass sie …«

»Ich glaube kaum, dass Mademoiselle Durand jetzt Zeit haben wird, hinaus auf den Sophienhof zu kommen. Für eine Südfranzösin ist das eine Zumutung in dieser Jahreszeit. Ein scharfer Windstoß, und Demoiselle ist umgepustet«, unterbrach sie ihre Großmutter.

»Ist die Schwester von unserer Mamsell Babette nicht auch eine geschickte Schneiderin?«, schlug Graf Wilhelm vor. »Und sie verlangt bestimmt nur einen Bruchteil dessen, was dieses französische Frauenzimmer verlangt.« Er nahm einen tiefen Schluck aus seinem Weinglas und lehnte sich gemütlich zurück.

»Papaaaa, Papaaa!«

»Alors, mon cher, c'est vraiment impossible!«

Entsetzen und Empörung von Gemahlin und Töchtern schienen ihm stilles Vergnügen zu bereiten.

»Ich sehe nicht ein, für so ein paar luftige Stofffetzen, die nur eine Nacht halten, so viel Geld auszugeben.«

Erstaunt schaute seine Mutter ihn an. Hatte ihr Sohn plötzlich die preußische Tugend der Sparsamkeit entdeckt? Es entsprach so gar nicht seinem Naturell.

»Das gesellschaftliche Debüt bildet einen Höhepunkt im Leben eines jungen Mädchens, eigentlich den wichtigsten vor der Hochzeit«, erklärte Gräfin Dorothea bedeutungsvoll. Enkelinnen und Schwiegertochter atmeten auf. Großmutter sprang für sie in die Bresche. Charlotte und Sophie würden ihre Roben bekommen.

»O Gott, o Gott, verehrte Maman, erinnern Sie mich nur nicht an Hochzeiten und Mitgift«, stöhnte ihr Sohn. Vor Schreck war er sogar in die förmliche Anrede zurückgefallen.

»Bis dahin hat es ja noch Zeit«, beruhigte ihn seine Mutter.

»Weder für Charlotte noch für Sophie habe ich bislang auch nur den Schatten eines Bewerbers erahnen können.«

»Weil wir noch nicht offiziell bei Hofe eingeführt wurden«, rief Charlotte.

»Und hier draußen in der Diaspora«, fügte Sophie hinzu.

»Was hast du da soeben gesagt?« Mit betonter Langsamkeit drehte sich die Gräfin zu ihrer Enkelin herum und musterte sie durchdringend.

Sophie sank in sich zusammen. Am liebsten wäre sie unter den Tisch gekrochen. »Du hast doch eben selbst gesagt, dass man zum Beispiel Demoiselle Durand auf keinen Fall die Reise hinaus zu uns zumuten kann«, verteidigte sie sich schwach.

»Das stimmt, aber du bist auch wesentlich robuster als dieses zarte Pflänzchen aus Südfrankreich«, erwiderte ihre Großmutter.

»Auch ich habe schwache Nerven und bin empfindlich, ich habe mich gerade von meinem Migräneanfall erholt.«

»Papperlapapp, eingebildete Kopfschmerzen und Langeweile«, schnaubte die Gräfin verächtlich. »Ich gebe ja zu, dass es hier in der dunklen Jahreszeit nur wenig Abwechslung für euch jungen Leute gibt, aber deshalb meinen geliebten Sophienhof als Diaspora zu bezeichnen, dulde ich nicht!« Mit erhobener Stimme beendete sie ihren Satz und schaute auf ihre Enkelin hinab.

»Es tut mir so leid, grand-mère, pardonnez-moi, je vous en pries«, flüsterte Sophie. Sie war den Tränen nahe.

»Schon gut, schon gut«, lenkte die Gräfin unerwartet rasch ein. »Ihr sollt eure Ballkleider bekommen, und zwar von Mademoiselle Durand aus neuester Lyoner Seide angefertigt.«

»Was das kostet!«, ächzte Graf Wilhelm.

»Die Kosten für die Ballkleider übernehme ich!«, sagte die Gräfin fest und fixierte ihn.
»Das kann ich aber nicht annehmen«, protestierte dieser wenig überzeugend.
»Und ob du kannst, weil du wirst«, erwiderte die Gräfin.
Da waren ihr beide Enkelinnen auch schon um den Hals gefallen. »Grand-mère, grand-mère, wie können wir dir jemals danken! Du kannst dir kaum vorstellen, wie wir uns freuen!«
»Oh, das kann ich durchaus, ich bin schließlich auch einmal jung gewesen«, widersprach ihre Großmutter lächelnd. »Und ich kann mich sogar noch sehr gut an mein Debüt erinnern. Ich trug eine smaragdgrüne Robe mit einem weiten Reifrock.«
»Du musst wunderschön ausgesehen haben«, schmeichelte ihr Charlotte.
»Ich kam mit diesem Reifrock kaum mehr durch die Türe des Ballsaals«, erinnerte sich die Gräfin. »Voltaire war gerade in Sanssouci eingetroffen.«
»Oh, du bist in Sanssouci bei Hofe eingeführt worden!«
»In Sanssouci?« Fast entgeistert schaute Gräfin Dorothea ihre Enkelin an. Dann warf sie den Kopf in den Nacken zurück und lachte schallend. »Auf Sanssouci hat zu meiner Zeit nicht ein einziger Hofball stattgefunden, bei dem die jungen Damen des preußischen Adels debütierten. Frauen waren dort draußen in Potsdam kaum geduldet. Der König zog die Gesellschaft seiner Windhunde oder junger Offiziere bei weitem der Anwesenheit junger schöner Frauen vor. Seine eigene Gemahlin hat Sanssouci niemals gesehen. Die arme Elisabeth Christine war damals bereits nach Hohenschönhausen verbannt. La pauvre reine!« Sie versank in ihren Erinnerungen.
»Wo hast du denn dein Debüt gehabt?«, fragte Sophie, ehe ihre Großmutter sich in weiteren Reminiszenzen ob des tra-

gischen Schicksals der Elisabeth Christine von Braunschweig, ungeliebter Gemahlin Friedrich des Großen, damit Königin von Preußen, erging. »Sag schon, wo hast du ein smaragdgrünes Ballkleid getragen?«

»Im Berliner Stadtschloss, und es war eisig kalt in dem riesigen Saal.«

»Das war es bei mir damals auch.« Noch in der Erinnerung an ihr eigenes Debüt schauderte es Gräfin Elisabeth.

»Müssen wir am Ende bei unserem Debüt frieren?«, rief Sophie entsetzt.

»Du kannst dir ja ein Paar wollene Unaussprechliche unter den Rock deiner Robe ziehen«, schlug Graf Wilhelm vor.

»Mais, Guilleaume«, rügte ihn seine Gattin.

»Papa, du bist scheußlich«, empörte sich Charlotte. Und Gräfin Dorothea amüsierte sich. Manchmal konnte ihr langweiliger Sohn durchaus Ansätze von Witz zeigen.

Die von Esprit immer noch weit entfernt waren.

Eleonora hatte dem ganzen Gespräch nur mit halbem Ohr zugehört. Das Debüt ihrer beiden Freundinnen interessierte sie kaum, genauso wenig das wichtige Thema der passenden Ballroben. Obwohl? Wie sehr hatte sie sich im Sommer über das schöne Sommerkleid gefreut, das ihr Gräfin Dorothea nach der Opernpremiere geschenkt hatte. Weit von einer aufwendigen, repräsentativen Ballrobe entfernt, war es dennoch das schönste Kleid gewesen, das sie jemals getragen hatte. Es hing in ihrem Schrank unter einer schützenden Leinenhülle versteckt. Ob sie jemals Gelegenheit haben würde, es noch einmal anzuziehen? Es war auch von Demoiselle Durand geschneidert worden.

»Wird Eleonora denn mit uns debütieren?«

Sophies Frage schlug ein wie eine Bombe. Eleonora fuhr zusammen. Ein unbehagliches Schweigen breitete sich zwischen den Anwesenden aus. Jean begann unmerklich auf den Füßen zu wippen und schaute zur Decke. Anton warf Eleonora einen mitfühlenden Blick zu. Gräfin Elisabeth war von dieser Frage peinlich berührt. Sie zeugte von einer ungeheuren Naivität und Unreife ihrer jüngeren Tochter. Und davon, dass sie kein Gefühl für die unsichtbaren, aber dennoch unüberwindbaren Schranken, die zwischen ihr und der Tochter eines Potsdamer Feldwebels standen, hatte. Zeugte es aber nicht von der tiefen Zuneigung, ja, fast geschwisterlichen Liebe, die die junge Baroness für Eleonora verspürte?

»Ja, eigentlich könnte Eleonora doch auch bei Hofe eingeführt werden, warum eigentlich nicht?«, meinte nun auch deren Schwester Charlotte.

»Warum eigentlich nicht?«, wiederholte die Gräfin die Frage ihrer Enkelin und schaute ihren Schützling nachdenklich an. Eleonora fühlte sich unbehaglich unter diesem intensiven Blick.

»Mais, belle-mère, je vous en pries!« Es war mehr ein entsetztes Quieken als ein Aufschrei des Protestes, der dem wogenden Busen der Gräfin Elisabeth entwich.

»Maman, Sie wissen selbst, dass dies unmöglich ist«, ließ sich auch Graf Wilhelm vernehmen.

»Scheinbar unüberwindbare Hindernisse zu bewältigen haben mir mein Leben lang das größte Vergnügen bereitet«, behauptete die Gräfin und ließ Eleonora nicht aus den Augen.

»Ich lege gar keinen Wert darauf, bei Hofe eingeführt zu werden«, sagte diese leise.

»Aber warum denn nicht, Eleonora. Das wäre doch nett, wir drei zusammen werden dem jungen Königspaar vorgestellt«, bestürmte sie Sophie, und ihre Schwester nickte.

»Aber das geht doch einfach nicht«, protestierte deren Mutter verzweifelt.

»Nein, das geht wirklich nicht«, pflichtete ihr Graf Wilhelm bei.
»Und ich möchte es auch nicht«, sagte Eleonora fest. »Ich würde mich bei Hofe nicht wohl fühlen, denn es würde ein fürchterliches Geraune und Getuschel geben. Frau Gräfin«, wandte sie sich nun an ihre Gönnerin, »der Sophienhof und Ihre Familie sind mir im Verlauf der vergangenen Jahre so etwas wie Heimat und ein Zuhause geworden, aber ich bin mir meiner tatsächlichen Herkunft stets bewusst geblieben. Ich habe niemals vergessen, dass ich nur die Tochter eines einfachen Feldwebels aus Potsdam bin.«
Die kleine Abendgesellschaft hatte Eleonora in Ruhe ausreden lassen.
»Braves Kind, so ist es recht«, lobte der Graf, während sich seine Gattin auf ihrem Stuhl zurücklehnte und erleichtert aufatmete.
Wie gut, dass ihrer Schwiegermutter Protegé keine falschen Ambitionen hegte. Jemand anders an ihrer Stelle hätte die sich bietenden Möglichkeiten schamlos ausgenutzt. Aber dazu war Eleonora zu integer. Eigentlich war sie doch ein sehr nettes und hübsches junges Mädchen. Ungewohnt wohlwollend nickte Gräfin Elisabeth ihr zu. Ja, sie tätschelte ihr sogar die Hand, eine vertrauliche Geste, zu der sie sich niemals zuvor herabgelassen hatte.
»Sehr klug, sehr klug, Eleonora, dass Sie wissen, wo Sie hingehören«, sagte sie lächelnd. Erstaunt ob der ungewohnten Vertraulichkeit, schaute diese zu ihr auf.
»Und wo gehört Eleonora tatsächlich hin?«, erkundigte sich nun ihre Schwiegermutter interessiert.
»Zu uns natürlich, zu uns«, riefen Charlotte und Sophie wie aus einem Mund. Mit der Überschwenglichkeit ihrer jungen Jahre umfassten sie ihre Wahlschwester von beiden Seiten und

küssten sie stürmisch. Gerührt erwehrte sich diese der ungestümen Zärtlichkeiten.
»Ich weiß, wo mein Platz ist und wohin ich gehöre«, sagte sie fest.
»Und das wäre?«, erkundigte sich Gräfin Dorothea gespannt.
»Es ist die Opernbühne«, sagte sie noch fester.
»Brava, brava, la Signorina, brava!«, ließ sich überraschend die krächzende Stimme von Maestro Farini vernehmen. Kein Mensch hatte seinen leisen Eintritt bemerkt. Zum Essen war er nicht erschienen. Es geschah häufiger, dass er den Beginn einer Mahlzeit verpasste. Pünktlichkeit gehörte nicht zu seinen Tugenden. Aber kein Mensch nahm es ihm auf dem Sophienhof übel. Er musste sich nach dem Unterricht zu seinem gewohnten Mittagsschlaf, der sich auch einmal bis in die frühen Abendstunden strecken konnte, hingelegt haben. Wahrscheinlich hatte er mal wieder den Gong überhört, so dass er sich erst jetzt der Tischgesellschaft zugesellte.
»Ach, Maestro, gerade war ich schon dabei, die Tafel aufzuheben«, begrüßte ihn die Gräfin lächelnd. »Mögen Sie denn noch etwas speisen?«
Genüsslich schnuppernd sog er den Duft des Hühnerfrikassees, das noch auf einer silbernen Platte über einem Rechaud auf der großen Anrichte sanft vor sich hin köchelte, in sich ein. Schon stand Anton davor, nahm einen Porzellanteller vom bereitstehenden Stapel und richtete gefällig eine verspätete Mahlzeit für den Maestro an. Formvollendet mit einer tiefen Verbeugung, selbstverständlich von der linken Seite serviert. Genauso zuvorkommend schenkte er ihm ein Glas Mosel ein, dabei mit Argusaugen von Jean beobachtet, der sich aber kaum ein triumphierendes Lächeln verkneifen mochte.
»Ich glaube, du hast eine gute Wahl mit Anton getroffen«,

wandte sich die Gräfin nun an ihren alten Diener. »Er stellt sich sehr geschickt an, ein richtiger Zauberlehrling. Wir sollten ihn wirklich mit nach Berlin nehmen und bei Christian in eine Kutscherlehre geben.«

Anton errötete vor Freude.

Jean verneigte sich. »Ich bin überzeugt, dass Anton unsere Erwartungen nicht enttäuschen wird«, sagte er gemessen.

»Formidable, formidable, dann kann er uns im Winter zum Schlittschuhlaufen begleiten«, begeisterte sich Charlotte.

Anton war ein vorzüglicher Schlittschuhläufer, der sich in Kinderzeiten mit allen drei Mädchen in wilden Wettläufen gemessen hatte, bis es Gräfin Elisabeth verbot, weil sich dergleichen für die jungen Komtessen nicht geziemte. Auch jetzt runzelte sie unwillig die Stirn. Schon wieder ein Zeichen, dass sich ihre Töchter nicht ihres Standes bewusst und so nicht in der Lage waren, die gebotenen gesellschaftlichen Schranken einzuhalten. Wo sollte das einmal hinführen? Ihre Liebe zu Eleonora war ja auch viel mehr als Sympathie. Na, und wie Alexander seine Bühnenpartnerin nach der sommerlichen Bühnenaufführung angeschaut hatte, war ihr keineswegs entgangen. Natürlich konnte sie sich auch einen Reim auf das plötzliche Verschwinden ihres Sohnes machen. Ihre Schwiegermutter sollte sie nicht für dümmer halten, als sie war. Dass diese hinter der unangekündigten Abreise von Alexander steckte, war ihr klar. Und sie befürwortete diese Entscheidung, ihn für das Erste vom Sophienhof zu verbannen. Selten genug kam es ja vor, dass sie und Dorothea einer Meinung waren. So wie heute Abend. Ihre Schwiegermutter schien wirklich kurzfristig mit dem Gedanken gespielt zu haben, Eleonora bei Hofe einzuführen. Die Tochter eines Potsdamer Feldwebels sollte debütieren können wie eine Angehörige des preußischen Hochadels? Unmöglich!

»Es gibt nur einen Platz auf dieser Welt, wo Signorina Nora hingehört, und das ist die Opernbühne«, nahm der Maestro den Gesprächsfaden wieder auf. Er gönnte sich einen tiefen Schluck aus seinem Weißweinglas. »Und zwar auf die großen Opernbühnen dieser Welt. Sie könnte eine neue Mara werden. Sie müsste nur einmal richtig auf einer großen Bühne debütieren können«, setzte er hinzu.
»Schon wieder ein Debüt?«, ächzte der Graf.
»Hat sie nicht ihr Debüt im vergangenen Sommer hier auf dem Sophienhof gehabt?«, erkundigte sich Gräfin Elisabeth spitz.
Der Maestro schnaubte verächtlich. »Das war eine wohl gelungene Aufführung, aber doch kein Debüt für eine Primadonna assoluta.«
»Und wo, meinen Sie, könnte Eleonora richtig debütieren«, erkundigte sich Gräfin Dorothea.
Maestro Farini nahm noch einen Schluck aus seinem Weinglas. Er setzte es ab und begann an seinem Fuße zu drehen. »Wien, Prag, Paris, St. Petersburg, es gibt viele Möglichkeiten. Warum nicht auch Berlin?«
»Warum nicht auch Berlin?«, wiederholte sie nachdenklich.
»Oder London?«, schlug der Maestro vor.
»Das sagen Sie?«, wunderte sich die Gräfin.
»Ich bin nicht nachtragend«, behauptete der Maestro.
Alle bei Tisch wussten, dass er einst im bitteren Streit die britische Hauptstadt verlassen hatte.
»Für meine Signorina Nora ist mir nichts gut genug.«
»Aber die Berliner Oper hat sich mittlerweile doch auch einen guten Ruf erworben«, wagte Eleonora sich einzumischen. »Denken Sie an die erfolgreiche Uraufführung des *Tamerlano* von Johann Friedrich Reichardt im vergangenen Herbst.«
O ja, Eleonora war auf dem Laufenden. Das hatte sie der eif-

rigen Lektüre der regelmäßig auf Sophienhof eintreffenden Zeitschriften zu verdanken.

»Jo'ann Frrrrrrriedrich Rrrrrreikart, wer ist Jo'ann Frriedrich Rrreikart«, explodierte der Maestro prompt.

Außer Mozart gab es keinen deutschen Komponisten, der Gnade vor des Italieners Ohren fand. In einer schwachen Stunde war er bereit, seinem Altfeind Georg Friedrich Händel großes kompositorisches Können zuzugestehen. Aber seine wahren Götter waren nun einmal die Italiener, seine Landsleute. »Cherubini muss sie singen, Salieri und natürlich Mozart, immer wieder Mozart. Eigentlich ist er ja auch ein Italiener. Die Rolle der Pamina beherrscht sie schon, und in drei Jahren ist ihre Stimme auch reif für die Königin der Nacht.«

»Na, vielleicht ist dann die Direktion der Berliner Oper endlich so weit, die *Zauberflöte* aufzuführen. Sogar in Paris wurde dieses bezaubernde Singspiel bereits gegeben. Ich musste eigens nach Dresden reisen, um es zu sehen«, unterbrach ihn die Gräfin. »Glauben Sie wirklich, dass Eleonora mit knapp zwanzig schon reif genug für die Königin der Nacht ist?«, wollte sie dann von ihm wissen.

»Eigentlich ja, aber ...« Er hielt inne und schwieg bedeutungsvoll.

»Was aber?«, fragte die Gräfin. »Sie ist doch zu jung?«

»Nein, das ist es nicht, aber la Signorina Nora hat Kummer. Und Kummer ist nicht gut für die Stimme.«

»Lorchen, du hast Kummer? Ja, was hast du denn für einen Kummer?«, rief Sophie entsetzt aus. Unwillkürlich hatte sie ihre Freundin mit ihrem alten Kindernamen belegt und schaute sie besorgt an.

Eleonora errötete. Sie biss sich auf die Lippe und senkte den Kopf. Nur gut, dass zumindest den beiden Komtessen ihre Verstörung entgangen war. Obwohl ...

»Ich finde auch, dass Eleonora in der letzten Zeit immer dünner wird«, meinte nun Charlotte. »Sophie könnte ihr gut und gern zehn Pfund abgeben.«
»Tu es méchante!«, kreischte ihre jüngere Schwester auf. »Ich komme nun einmal mehr nach meiner Mutter.«
In Sekundenschnelle gelang es Gräfin Elisabeth, noch beleidigter auszuschauen. Um Gräfin Dorotheas Mundwinkel zuckte es verdächtig.
Es stimmte tatsächlich. Komtess Sophie hatte die untersetzte Gestalt ihrer Mutter vererbt bekommen. Auch Gräfin Dorotheas Sohn Wilhelm zeigte bereits seit geraumer Zeit eine Neigung zum Embonpoint, die er wiederum von seinem Vater Ludovic geerbt hatte. Einzig die Gräfin hatte sich ihre jugendliche Figur bis ins Alter bewahrt. So passte Eleonora von ihrer Erscheinung her viel besser zu ihr als die eigenen Enkelinnen. War es also nicht nur eine Wahlverwandtschaft, sondern auch eine äußere Ähnlichkeit, die das junge Mädchen und die Gräfin einander so nahe brachte? Ja, sie liebte ihren Potsdamer Schützling aufrichtig und hatte ein feines Gespür für den emotionalen Aufruhr und die Turbulenzen, die sich seit Monaten in Eleonoras Innerem abspielten.
»Ich habe Signorina Nora nach den heutigen Proben empfohlen, noch eine weitere Woche Unterrichtspause einzulegen«, meldete sich der Maestro wieder zu Wort.
»Gingen denn auch zwei Wochen?«, fragte die Gräfin. »Denn dann hätte Eleonora noch gut eine Woche Zeit, sich in Berlin zu akklimatisieren.«
»Soll das heißen, dass wir uns endlich in unser Winterdomizil begeben?«, wollte Gräfin Elisabeth wissen.
»Ist das Stadtpalais endlich fertig geworden, oder ziehen wir ins Gartenhaus?«, fiel ihr Charlotte ins Wort.
»Oder gehen wir ins Hotel St. Petersburg? Da ist es immer so

lustig, man trifft so viele andere interessante Leute dort«, sagte ihre Schwester aufgeregt.

Da das Stadtpalais der Prewitzens in den vergangenen beiden Wintern nicht bewohnbar gewesen war, hatte die Familie eine Suite in dem Hotel mieten müssen. Dergleichen war durchaus üblich. Nur die reichsten Familien des preußischen Adels konnten sich neben einer Residenz in Potsdam auch noch den Unterhalt eines Stadtpalais in der Nähe vom Berliner Stadtschloss überhaupt leisten. In der Regel bezog man, wenn man von einem seiner ostelblischen, brandenburgischen oder gar schwäbischen und fränkischen Sommersitze zurückkehrte, eine Suite in einem der großen Hotels Unter den Linden. Sophie und Charlotte hatten die beiden vergangenen Winter mitten im Zentrum Berlins durchaus genossen. Die Möglichkeit, regelmäßig über die breite Allee zu flanieren, wann immer es sie gelüstete, in eine der kleinen Konditoreien oder Kaffeestuben einzukehren, um eine heiße Schokolade oder einen kleinen Mokka zu genießen, hatte sie über die Tatsache, immer noch nicht bei Hofe eingeführt worden zu sein, hinweggetröstet. Dass sie mit Eleonora zu dritt ein Zimmer hatten teilen müssen, fanden sie sogar ausgesprochen nett.

Maestro Farini residierte nicht im Hotel. Ihm hatte ein befreundeter Dirigent, der sich gerade auf eine längere Italienreise begeben hatte, sein Gartenhaus zur Verfügung gestellt. Die gewohnten Musikstunden fanden also zwei Winter lang am Flügel dieses Gartenhauses statt. Hell und licht war der Unterrichtsraum gewesen, aber nur mit Schaudern erinnerte sich Eleonora an dessen unbarmherzige Kälte, gegen die auch ein in der Mitte stehendes bollerndes Kanonenöfchen nicht ankam.

»Bei meinem letzten Kontrollbesuch am Palais konnte der Baumeister mir noch nicht sagen, ob die Arbeiten pünktlich

bis zum Beginn der Wintersaison beendet sein würden«, ließ sich nun Graf Wilhelm vernehmen. Er begann seine Pfeife zu stopfen. Als er den mahnenden Blick seiner Mutter bemerkte, ließ er sie sofort sinken.
»Gehen wir in den Salon«, sagte Gräfin Dorothea und hob damit die Tafel auf.

6

Durch die zugezogenen Vorhänge der hohen Fenster war aus der Ferne das Rollen von Kutschenrädern und Klappern von Pferdehufen zu vernehmen. Ein ungewöhnliches Geräusch auf Sophienhof um diese Jahreszeit und vor allen Dingen um diese Uhrzeit.
»Ich glaube, nun werden wir gleich erfahren, ob wir diesen Winter nochmals in das Hotel St. Petersburg oder in unser renoviertes Palais ziehen«, sagte Gräfin Dorothea und lauschte mit geneigtem Kopf hinunter in den Hof.
Rauhe Stimmen, die nach den Pferdeburschen riefen, waren zu hören, das aufgeregte Wiehern der Pferde und schließlich das zufriedene Schnauben, nachdem man ihnen den Hafersack umgehängt hatte. Jean verzog sich mit einer Verbeugung, auf dem Fuße gefolgt vom jungen Anton.
»Wer mag denn noch um diese ungewöhnliche Zeit den Weg zu uns heraus gefunden haben?«, wunderte sich Gräfin Elisabeth. Sie nahm den Arm ihres Mannes, den er ihr galant reichte, und ließ sich von ihm in den Salon geleiten.
»Na, wer wohl?«, fragte ihr Gatte zurück. »Da kann es eigentlich nur einen geben.«

»Grand-père, grand-père«, riefen die beiden jungen Komtessen und stürzten schon hinaus in die Eingangshalle.
Kopfschüttelnd schaute ihnen Gräfin Dorothea hinterher. »Ehe die beiden bei Hofe eingeführt werden, müssen sie noch eine Menge lernen«, sagte sie.
Gräfin Elisabeth seufzte resigniert, ihr Gatte grinste verlegen und amüsiert zugleich.
Gräfin Dorothea streckte den Arm aus und winkte Eleonora zu sich heran. »Dann geleite du mich wenigstens hinüber in den Salon, damit ich dort meinen Gatten Ludovic empfangen kann«, befahl sie. Diese sprang auf, um der Anweisung Folge zu leisten. »Es ist wirklich an der Zeit, dass wir nach Berlin zurückkehren, meine Enkelinnen sind in der Tat drauf und dran, hier draußen zu verwildern. Na, wenigstens du weißt dich zu benehmen. Offenkundig sind die Lektionen von Madame Hortense bei dir auf wesentlich fruchtbareren Boden gefallen als bei Sophie und Charlotte.«
Gräfin Elisabeth presste die Lippen zusammen und griff nach der angefangenen Stickerei, die in Reichweite auf einem Tischchen neben ihrem Sessel lag.
»Es mag auch an ihrem Temperament liegen. Vielleicht bringt ja das Blut ihrer französischen Ururgroßmutter sie so in Wallung«, mutmaßte Graf Wilhelm und sog an seiner Pfeife. Noch lange vor den Hugenotten hatte sich ein Urahn der Prewitzens einmal in ein feines französisches Fräulein aus dem Burgund verliebt und es aus seiner Heimat in die karge Mark Brandenburg gebracht. Irgendwo in den weitläufigen Sälen des Stadtpalais hing sogar noch das Porträt dieses blassen, großäugigen jungen Mädchens, das jedoch über ein ungezügeltes Temperament verfügt haben sollte. Über ihre unberechenbaren Ausbrüche wurde heute noch gemunkelt und dass ihr Mann ihr bedingungslos ergeben war. Im Vergleich dazu war das Ver-

halten von Sophie und Charlotte doch noch als sehr zivilisiert zu bezeichnen. Aber eben nicht comme il faut.
Vor den Augen ihrer Freundin, der gestrengen Gräfin von Voss, würden die beiden kaum Gnade finden. Eher schon die schöne, zurückhaltende Eleonora. Unwillkürlich drückte Gräfin Dorothea den Arm ihres Schützlings. Überrascht schaute das hochgewachsene Mädchen auf sie hinunter.
»Kannst du mir einen Gefallen tun und unten in der Küche Babette Bescheid sagen, dass sie meinem Gatten einen kräftigen Grog zubereitet«, bat sie Eleonora. »Eigentlich könnten wir ja alle einen schönen heißen Punsch vertragen.«
»Das ist eine hervorragende Idee, ma chère maman«, lobte und freute sich ihr Sohn gleichzeitig. Seine Mutter lächelte huldvoll und nahm auf einer vor dem Kamin stehenden Récamiere Platz. Zuvorkommend drapierte Eleonora noch eine dicke Häkelstola um ihre Schultern, ehe sie sich zur Tür begab.
Obwohl im Kamin ein zünftiges Feuer knisterte, war es dennoch empfindlich kalt in dem Salon. Schloss Sophienhof war eben doch eigentlich nur eine Sommerresidenz. Das machte sich an diesem Abend besonders deutlich bemerkbar.
Leichtfüßig eilte Eleonora die Treppe hinunter bis ins Souterrain. Sie war sich sicher, dass Babette auch noch einen herzhaften Imbiss für den Grafen bereithielt. Mit einem leichten Hühnerfrikassee, wie es seine Gattin am Abend bevorzugte, durfte man diesem alten Haudegen nicht kommen. Und schon gar nicht nach so einer langen, anstrengenden Kutschfahrt durch die dunkle Herbstnacht. Oder war der Graf am Ende sogar noch geritten? Zuzutrauen wäre es ihm gewesen.
Eleonora huschte die zweite Treppe hinunter zur großen Küche hinab. Im Vestibül war lautes Hundegebell und auch schon die rauhe tiefe Stimme des Grafen zu vernehmen.

»Parbleu, war das ein Ritt!«, tönte er.
Also doch geritten, umso größer wird sein Hunger sein, dachte Eleonora und lächelte unwillkürlich. Sie mochte den alten Herrn. Ja, sie hatte ihn wirklich gern, nicht auf diese tiefe, anbetungsvolle Art, die sie Gräfin Dorothea entgegenbrachte, sondern mehr auf eine fast belustigte Weise, gemischt mit einer gehörigen Portion Respekt, denn er war ein hoher preußischer Offizier und damit eine Autorität.
Eleonora schlüpfte in den dunklen Gang, der zur Küche führte. Nein, hier unten gab es selbstverständlich keine Beleuchtung. Sie tastete sich an der Wand entlang, orientierte sich an dem Lichtstreifen, der durch die Türritze der Küche drang. Natürlich gab es dort Licht. Wie anders hätte Mamsell Babette ihre Köstlichkeiten sonst zubereiten können? Es war aber ein großes Privileg, dass man ihr mehrere große Petroleumlampen gewährt hatte. Eleonora suchte nach der Klinke, da wurde die Tür schon aufgerissen.
»Vorsicht, Junge, Vorsicht, nicht dass etwas aus der Suppenterrine auf das Tablett überschwappt«, hörte sie die mahnende Stimme der Köchin. Im Gegenlicht erkannte Eleonora die Silhouette des jungen Anton, der ein großes Tablett vor sich trug. Der Umriss einer Riesensuppenschüssel war auch erkennbar. Ein verheißungsvoller Duft stieg daraus empor. Oh, Mamsell Babette hatte Pichelsteiner Eintopf gemacht.
»Ach, Lorchen, schön, dass de kommst, kannste gleich den Punsch und den Grog für den Grafen mit nach oben nehmen«, nahm Babette das junge Mädchen in Empfang. Sie klopfte Anton auf die Schulter. »Nun mach schon, Junge, der alte Graf hat Hunger.«
»Wo soll ich denn servieren, Erlaucht hat die Tafel schon aufgehoben?«, erkundigte sich Anton grinsend.

»Ach, im Salon ist doch ein Kartentisch. Ausnahmsweise wird Erlaucht wohl erlauben, dass ihr Mann daran sein Essen zu sich nimmt«, erwiderte Babette und gab Anton noch einen sanften Schubs. Immer noch grinsend, setzte er sich in Bewegung. Als er an Eleonora vorbeikam, zwinkerte er ihr verschmitzt zu. Sie erwiderte sein Lächeln.
Wahrscheinlich hätte Gräfin Elisabeth auch dieses Lächeln wieder viel zu vertraulich gefunden. »Keine Vertraulichkeiten mit den Domestiken«, predigte sie ihren beiden Töchtern immer wieder. Ihr war es zur Gewohnheit geworden, Eleonora mit in ihre Vorhaltungen einzubeziehen. Ein Zeichen dafür, dass sie den Schützling ihrer Schwiegermutter nicht zu den Domestiken zählte, was aber noch lange nicht hieß, diese als gleichrangig zu betrachten.
»Nun komm schon rein, Kindchen, ehe die ganze Wärme in den kalten Kellergang zieht«, riss sie Babette aus ihren Gedanken und zog sie resolut in die Küche. Mit dem Fuß stieß sie die Tür zu und wandte sich dem riesigen Küchentisch zu. Er war gedeckt, tiefe Suppenteller und Brettchen standen darauf. Das sah nach einer zünftigen Vesper aus.
Jean und Anton hatten noch keine Gelegenheit gehabt, ihr verdientes Abendessen zu sich zu nehmen. Sie mussten inzwischen einen Bärenhunger haben. Na ja, Babette würde sie nicht darben lassen, dessen war sich Eleonora gewiss.
Babette begann mit einer Gabel in einem hohen Gefäß zu schlagen.
»Zum Aufwärmen mache ich für den Grafen erst mal einen kräftigen Eiergrog«, erzählte sie eifrig unter emsigem Aufschlagen einer schaumigen Eiermasse. »Die Essenz für den Punsch habe ich bereits vor Stunden angesetzt. Ich gieße ihn jetzt nur noch mit dem Rotspon auf und werde ihn nochmals vorsichtig aufwärmen.« Unter fortwährendem Reden hatte

sie bereits den Eierschaum in ein hohes Glas umgefüllt und stellte es auf ein bereitstehendes Tablett. »Magst du den Eiergrog für den Grafen schon mal nach oben bringen? Ich komme mit dem Punsch für die Übrigen gleich nach.«

Mamsell Babette dachte gar nicht daran, sich gegenüber Eleonora einer förmlichen Anrede zu befleißigen. Das tat sie noch nicht einmal bei den Komtessen. Die waren und blieben für sie seit Jahr und Tag Charlottchen und Sophiechen, hatte sie ihnen doch im Kleinkindalter oft genug die mit Brei verschmierten Mäulchen gesäubert oder sie im Falle eines Sturzes oder sonstiger Blessuren mit einem Stück Kuchen, einer kleinen Schüssel Pudding oder einer anderen Leckerei getröstet. Auch Eleonora war in der Vergangenheit häufig in den Genuss von Babettes Fürsorglichkeit gekommen. Wie oft hatte sie ihr nach den anstrengenden Gesangstunden eine heiße Milch mit Honig oder Tee mit frisch gepflückter Kamille aus dem Küchengarten auf das Zimmer gebracht.

»Det is doch nicht zum Anhören, wie der olle Kerl deine Gurgel quält. Trink, Kindchen, trink, damit sie sich erholen kann«, pflegte sie zu sagen, wenn sie Eleonora die großen Trinkbecher brachte.

Mamsell Babette war nicht nur eine begnadete Köchin, sondern wusste auch gegen jedes Wehwehchen ein passendes Mittel.

Sie verfügte über eine hervorragende Menschenkenntnis und hatte einen scharfen Blick. In dieser Hinsicht konnte sie sich fast mit Gräfin Dorothea messen. Während sie nochmals die Essenz aus Zitronensaft, Pomeranzenlikör und anderweitigen Zutaten, die ihr Geheimnis blieben, aufkochte, unterzog sie nun Eleonora einer genauen Betrachtung.

»Langsam wirste mir zu dürre«, stellte sie sachlich fest. »Muss mir wirklich was einfallen lassen, um dich wieder ein bisschen aufzupäppeln. Ich könnte diesem Alexander die Hammelbeine langziehen.«

»Babette, wie kommst du denn jetzt darauf?«, rief Eleonora entsetzt. Niemals zuvor hatte die Köchin ihr gegenüber so eine Bemerkung gemacht.

»Meenste, ick hab keene Oogen im Koppe«, erwiderte Babette in ihrem breitesten Dialekt, als wollte sie so ihren Worten ihre Schärfe nehmen. »Grießbrei, als Kind mochtest du immer Grießbrei mit geraspelter Schokolade und zerlassener Butter darüber«, sprach sie vor sich hin, während sie eine Flasche Rotspon entkorkte. »Ich bringe dir vor dem Schlafengehen noch einen Teller aufs Zimmer.«

»Babette, ich bin wirklich noch satt vom Abendessen, das ist wirklich nicht nötig«, widersprach Eleonora.

Babette hatte die Weinflasche inzwischen entkorkt und goss den Inhalt in einen brodelnden Kupfertopf. Voller Behagen sog Eleonora den aufsteigenden Duft nach Zimt, Zitrone, Pomeranzen und Kardamom auf.

»Es riecht mal wieder köstlich, Babette, ich werde auch ein Glas probieren.«

»Das tu man, Kindchen, umso besser wirst du heute Nacht schlafen und deinen Kummer vergessen. Und nun bring schon den Eiergrog für den Grafen weg, ehe er kalt wird«, befahl sie ihr.

»Sehr wohl, Madame, zu Ihren Diensten!« Eleonora machte einen Knicks, nahm das Tablett hoch und ging vorsichtig aus der warmen Küche, deren Tür ihr Babette zuvorkommend aufhielt.

»Pass auf, dass de nicht über die holprigen Fliesen stolperst. Ich warte, bis de im Hochparterre bist«, rief ihr Babette besorgt hinterher.

»Ich kenne hier jede Delle und Scharte bis hoch unters Dach«, behauptete Eleonora und machte sich auf den Weg nach oben.

Der Auftrieb im Vestibül des Schlosses hatte sich immer noch nicht aufgelöst. Die Komtessen waren schon wieder verschwunden. Aber es dauerte eben seine Zeit, ehe sich Graf Ludovic seiner winterlichen Garderobe entledigt hatte. Besondere Schwierigkeiten musste er heute Abend mit dem Ausziehen seiner Reitstiefel haben. Er saß in dem großen Sessel der Empfangshalle. Neben ihm stand Jean, der bereits einen bequemen Hausmantel für ihn bereithielt.

»Am liebsten ließe ich sie ja an«, dröhnte Graf Ludovic und zerrte an dem engen Schaft.

»Da wird Erlaucht aber ihre Einwände haben«, gab Jean zu bedenken.

»Da magst du wohl recht haben, mein Lieber«, sagte der Graf lachend. »Mit diesen verkoteten Dingern käme ich niemals über die Schwelle ihres Salons. Dabei habe ich so einen Hunger.« Jetzt erst bemerkte er Eleonora, die gerade aus dem Souterrain emporstieg. »Und Durst auch. Du kommst wie gerufen, mein Kind. Was haben wir denn da Schönes?«

»Babette hat Ihnen einen Eiergrog zubereitet«, erwiderte Eleonora. »Sie meinte, Sie könnten erst einmal etwas Heißes zum Aufwärmen gebrauchen.«

»Wie recht sie hat, wie recht sie doch wieder hat«, freute sich Graf Ludovic. »Komm her, mein Kind, gewähre mir den kräftigen Trunk, ehe er kalt wird.«

Eleonora warf Jean einen fragenden Blick zu. Der nickte unmerklich. Sie trat an den hohen Sessel, in dem sich der Graf mit ausgestreckten Beinen nicht gerade comme il faut herumfläzte, und hielt ihm vorsichtig das Tablett mit dem hohen Glas entgegen. Er nahm es mit beiden Händen, wärmte sich

sekundenlang die Finger und setzte es an. Mit einem tiefen, kräftigen Schluck hatte er es in einem Zug entleert.
»Aaaaaah, das tut gut, gibt mir Wärme und Kraft zurück«, sagte er.
Er stellte das Glas auf das Tablett und lehnte sich aufatmend zurück. In diesem Moment klappte im ersten Stock die Flügeltür des Salons zu. Anton kam behende die hohe Treppe hinuntergelaufen. Vor dem Grafen blieb er stehen und verneigte sich ehrerbietig.
»Ihr Abendessen ist im Salon vor dem Kamin angerichtet«, sagte er. »Die Gräfin erwartet Sie bereits.«
»Eine große Huld, dass meine Gattin mir das erlaubt«, meinte der Graf. »Normalerweise hätte sie mich ja zu einem einsamen Mahl im Speisesaal verbannt. Umso wichtiger ist es, mich meiner Reitstiefel zu entledigen.« Erneut begann er am Schaft herumzuzerren, aber die Stiefel bewegten sich nicht einen Zentimeter. »Dabei habe ich sie beim teuersten Schuster Londons maßschneidern lassen. Am Ende bin ich nun in einem Alter, dass mir tatsächlich die Beine anschwellen«, schimpfte er ungehalten.
»Gestatten, Erlaucht«, sagte Anton. Mit einer raschen Bewegung war er über die ausgestreckten Beine des Grafen gesprungen, wandte diesem den Rücken zu und ergriff das rechte Bein. Er beugte sich nieder und nahm dessen Fuß zwischen beide Knie und Hände. »Und nun kräftig in meinen Podex treten«, forderte er den Grafen auf. Ob dieser ungeschliffenen Ausdrucksweise zuckte Jean schmerzlich zusammen, aber der Graf lachte.
»Ich mache das wirklich«, warnte er.
»Nur zu, nur zu, anders kriegen Sie die Dinger nicht von den Beinen«, ermunterte ihn Anton. Graf Ludovic zog das linke Bein an und holte aus. Er versetzte Anton einen heftigen Tritt

in den Allerwertesten. Dieser schoss förmlich durch den ganzen Raum, ehe er an dessen Ende stolperte und auf seinen Hintern fiel. Triumphierend hielt er den rechten Stiefel empor. »Wir haben ihn, wir haben ihn!«, rief er. »Und jetzt der andere!«

»Parbleu, Er ist der perfekte Stiefelknecht«, fiel der Graf in den Jargon seiner frühen Militärjahre zurück. »Wie lange dient Er schon in diesem Haus?«

»Aber, Herr Graf, Sie kennen mich doch, ich bin der Anton, der Sohn vom Fischer unten am See. Erinnern Sie sich nicht, wie oft ich Ihnen die Reusen aus dem Wasser geholt oder die Krebse für das Sommeressen ins Schloss gebracht habe?«

Anton schien richtig empört ob der Vergesslichkeit des alten Grafen. Jean räusperte sich warnend. Der Graf lachte.

»Potz Blitz, bist du aber groß geworden. Ich meine, es sei gestern gewesen, dass du mir als kleiner Rotzbengel beim Fischen behilflich warst.«

»Oder Ihnen die Unterwasserritter von den Bäumen geschüttelt habe«, ergänzte Anton grinsend. Bis vor wenigen Jahren hatte das Hochwasser der Flüsse in der Mark die Stein- und Flusskrebse tatsächlich so hoch an Land gespült, dass die schmackhaften Tiere nach Rückgang des Wassers nur noch von Bäumen und Büschen zu pflücken oder zu schütteln gewesen waren. »Die letzte Saison haben Sie ja versäumt«, setzte Anton hinzu und beugte sich nun über das linke Bein des Grafen. »Auf ein Neues«, forderte er ihn auf.

»Nicht nur die letzte Saison«, meinte der Graf und zog nun das rechte Bein an. Ohne Stiefel, nur mit Socken am Fuß fiel der zweite Tritt wesentlich glimpflicher als beim ersten Mal aus. So musste die Prozedur mehrmals wiederholt werden, ehe Anton erneut an das Ende des Saals schoss, hinpurzelte,

aber unbeirrt seine lederne Beute über dem Kopf schwenkte und sein fröhliches »Ich habe ihn, ich habe ihn!« trompetete. Eleonora hatte alles, das Tablett noch immer vor sich haltend, mit stillem Vergnügen beobachtet.
»Aaaah, das tut gut«, stöhnte der Graf. Er erhob sich ächzend, rieb sich die Hände und tapste auf den Fliesen der Eingangshalle herum. Eleonora kam er vor wie ein alter, unbeholfener Tanzbär.
»Herr Graf sollten in die Pantinen schlüpfen und den Hausmantel überziehen«, mahnte Jean. Die Lederpantinen waren das Meisterwerk eines venezianischen Schusters. O ja, im Hause Prewitz wusste man schon, was Qualität bedeutete, und stellte an Garderobe und auch sonstige Ausstattung allerhöchste Ansprüche.
»Sag mal, Anton, nachdem du dich bei mir so hervorragend als Stiefelknecht bewährt hast, interessiert mich, warum du nicht beim Militär bist.«
»Ich habe ihn vor einem Jahr ins Haus geholt«, mischte sich Jean diskret ein. »Er soll in Berlin bei unserem Kutscher Christian eine Ausbildung machen. So das Haus Prewitz seine Dienste beansprucht, muss er nicht zum Militär.«
»Ach so, hm, na ja«, meinte Graf Ludovic. »Aber eigentlich schade um so einen kräftigen, gutgebauten Kerl.«
»Ich kann ja später immer noch zum Militär, gute Kutscher sind da doch auch gefragt«, erklärte Anton eifrig.
»Da hast du auch wieder recht, mein Junge, und bei unserem Christian kannst du wirklich etwas lernen.«
Graf Ludovic hatte sich mittlerweile den Gürtel seines Hausmantels um seinen stattlichen Bauch geschnürt, war in die Pantinen geschlüpft und machte sich nun ächzend daran, die Treppe zum ersten Stockwerk zu erklimmen.
»Potz Blitz, meine ollen Knochen«, schimpfte er. »Ich werde

auch nicht jünger. Es war ja auch ein ganz schöner Ritt bis hierher.«

»Vielleicht solltest du auf deine alten Tage endlich vernünftig werden und einsehen, dass mittlerweile die Kutsche das richtige Transportmittel für dich ist«, meldete sich die helle Stimme von Gräfin Dorothea zu Wort. Über der Balustrade war ihr graugelockter Kopf zu sehen. Als sie ihren Gatten entdeckte, der sich am Geländer der Treppe Stufe für Stufe in das erste Stockwerk schleppte, bezog sie am oberen Absatz ihrerseits Stellung. »Du wirst alt, mein lieber Ludovic«, begrüßte sie ihn, streckte ihm beide Hände entgegen und hielt ihm die rechte Wange hin. Er hauchte ihr rechts und links zwei »bises« auf die dezent gepuderte Haut und küsste ihr anschließend die Hand, ganz Kavalier der alten Schule.

»Was man von dir nicht behaupten kann«, entgegnete er galant. »Du scheinst mir von Jahr zu Jahr jünger zu werden, meine liebe Dorothea.«

Seine Gattin lächelte geschmeichelt. Sie hakte ihn unter und zog ihn mit sich in den Salon. »Komm, mein Lieber, du musst dich am Kamin aufwärmen, das wird deinen alten Knochen guttun.« Sie bemerkte das schmerzliche Zucken in Ludovics Gesicht. »Und noch mehr der Pichelsteiner Eintopf, der davor auf dich wartet.«

Graf Ludovic strahlte entzückt auf. »Eleonora, sag doch der Mamsell, dass ich dazu gerne unseren Rotspon trinken möchte«, rief er nach unten. »Sie möge mir eine Flasche dekantieren und nach oben bringen.«

»Schon passiert, schon passiert, Erlaucht«, meldete sich Mamsell Babette prompt zu Wort. Sie kam gerade aus dem Souterrain emporgestiegen. Neben der großen Schüssel Punsch entdeckte Eleonora eine Karaffe mit dunkelrotem Wein. Hundertprozentig war er genau richtig temperiert. Babette kannte ihren Pappenheimer, den Grafen, und musste die Rotweinflasche bereits vor Stunden geöffnet und dekantiert haben. »Wie sieht es hier denn aus?«, schimpfte sie, als sie das Vestibül passierte.

»Beruhig dich, Babette, wir räumen schon auf«, beschwichtigte sie Jean. Er schüttelte die schwere Pelzjacke des Grafen aus, ehe er sie auf einen Bügel in der Garderobe hängte. Anton war schon dabei, die Stiefel zu spannen und zum Trocknen in den Windfang zu stellen. Mit hechelnder Zunge beobachtete Jagdhund Beowulf das gesamte Geschehen, nachdem er jaulend den Abzug von Herrchen erduldet hatte. Große Hunde hatten in Gräfin Dorotheas Gemächern absolutes Zutrittsverbot. Aber nicht in der Küche.

»Wenn ihr fertig seid, könnt ihr hinunter in die Küche gehen. Der Tisch ist gedeckt, ich habe euch im Rohr etwas Leckeres warm gestellt«, sagte Babette. Die Gesichter von Jean und Anton leuchteten auf. »Habt euch euer Essen redlich verdient, alle drei«, setzte sie hinzu und kicherte.

Anton grinste, nahm Beowulf am Halsband und zerrte ihn Richtung Treppe. Gemeinsam machten sie sich auf den Weg in das Souterrain, gefolgt von dem mittlerweile schon etwas steifbeinigen Jean.

Kritisch beobachtete Babette diesen Abzug. »Der wird auch nicht jünger«, stellte sie lakonisch fest. Mit einem Seufzer wandte sie sich Eleonora zu. »Was stehst du hier eigentlich so unnütz herum, du musst doch schon völlig durchgefroren sein. Das ist gar nicht gut für deine Stimme. Komm mit ins Warme und schenke mit mir den Punsch aus. Und dann trinkst du selbst einen.«

Mit lauten »Aaaah« und »Oooooh« wurden Eleonora und Babette bei ihrem Eintritt begrüßt.

Babette setzte das Tablett auf dem Kaminsims ab, rührte noch einmal vorsichtig mit einer gläsernen Kelle die Flüssigkeit um und griff nach einem der Bowlengläser, die schon in Reih und Glied auf dem Sims bereitstanden. Sie schenkte ein Glas ein, stellte es auf einen silbernen Untersetzer und nickte Eleonora zu.

»Charlotte, Sophie, bitte seid Eleonora behilflich und verteilt die Gläser mit«, forderte Gräfin Dorothea ihre Enkelinnen auf.

Graf Ludovic hatte sich an dem kleinen Kartentisch mittlerweile an dem Pichelsteiner Eintopf gütlich getan.

»Hervorragend, hervorragend wie immer, Babette«, lobte er die Köchin und lehnte sich in dem kleinen Sessel zurück. Dessen Holz begann bedenklich zu knarzen. »Kein Wunder, dass man immer wieder versucht hat dich unserem Haus abzuwerben. Der olle Hardenberg war ja richtig pikiert, als wir sein Angebot rigoros ablehnten. Weeßte noch, Babette? Dabei würden wir unser Goldstück niemals hergeben, nicht wahr, meine verehrte Dorothea?«

Seine Gattin nickte gemessen, Babette kicherte geschmeichelt, und Gräfin Elisabeth litt noch ein bisschen mehr ob der Vertraulichkeit ihres Schwiegervaters mit einer Domestikin.

Eleonora trat auf ihn zu, um ihm ein Glas Punsch zu kredenzen. Er griff danach, rührte mit dem silbernen Löffel in der heißen Flüssigkeit und schnupperte.

»Na, mit dem Rum scheinst du ja gespart zu haben im Gegensatz zu vorhin«, stellte er fest.

»In einen Punsch gehört nun einmal kein Rum, sondern nur feine Liköre und leichte Weine. Rum würde das ganze Pomeranzenaroma zerstören«, erklärte Babette gemessen.

»Dann halte ich mich an den Rotspon«, verkündete Graf Ludovic. »Wilhelm, magst du mir ein Glas bringen?«, wandte er sich an seinen Sohn, dem er bislang nur wenig Beachtung

geschenkt hatte. »Schenk dir selbst doch auch einen Schluck ein.«
Nichts tat der Angesprochene lieber als das. Vergessen war seine Absicht, sich in die Stallungen zu begeben, um dort mit dem Kutscher eine Kruke Schwarzbier und einen Korn zu teilen. Nein, weniger vergessen als aufgeschoben.
Nachdem alle Gläser verteilt und die Punschschüssel halb leer wieder auf dem Kaminsims abgestellt war, verabschiedete sich Babette mit einem angedeuteten Knicks.
»Falls die Herrschaften noch anderweitige Wünsche haben«, sagte sie.
Eine behagliche Stille verbreitete sich im Raum. Minutenlang war nur noch das leise Klirren der Silberlöffel in den Punschgläsern und das Knacken der Holzscheite im Kamin zu hören. Versonnen verfolgte Eleonora den Tanz der kleinen Flammen. Ihr Glas war fast leer. Das Getränk erfüllte sie mit einer wohligen Wärme. Ob sie Babettes Empfehlung befolgte und sich noch ein zweites Glas erlauben konnte?
»Nun, mein lieber Ludovic, was hast du uns an Neuigkeiten aus Berlin mitgebracht?«, unterbrach Gräfin Dorothea nach geraumer Weile das Schweigen und schaute ihren Mann aufmerksam an.
»Ist das Stadtpalais fertig, können wir es nun endlich beziehen, oder müssen wir wieder ins Hotel?«, rief Sophie aufgeregt.
Der Graf nahm einen tiefen Schluck von dem Rotspon. »Gemach, gemach, junge Dame, nicht so stürmisch«, sagte er und kniff der auf seiner Sessellehne hockenden Enkelin in die Nasenspitze. »Du bist ein neugieriges Frollein Naseweis.«
»Ach, grand-père, nun spann uns nicht länger auf die Folter«, sprang Charlotte für ihre Schwester sofort in die Bresche.
»Noch so ein Frollein Naseweis«, meinte er lachend und

wandte sich nun seiner Gattin zu. »Meine verehrte Dorothea, ich habe das Vergnügen, dir mitteilen zu dürfen, dass die Renovierungsarbeiten unseres Stadtpalais im Verlauf der vergangenen Woche endlich abgeschlossen wurden.«

Gräfin Dorothea atmete tief durch. »Das ist schön zu erfahren«, sagte sie gemessen.

»Wann fahren wir dann endlich nach Berlin?«, rief Sophie.

»Wir werden Jean und Anton vorausschicken, damit sie dort alles für unsere Ankunft vorbereiten. Emma und Paula werden sie begleiten, um gleich als Zimmermädchen eingewiesen zu werden.«

Emma und Paula waren zwei junge Bauernmädchen vom Vorwerk, die sich Gräfin Dorothea schon vor Monaten als Kandidatinnen für künftige Dienste im Hause der Prewitzens ausgeguckt hatte. Auf Sophienhof hatten sie bislang Babette in der Küche geholfen und für den regelmäßigen Nachschub von Kaminholz gesorgt.

»Oh, dann werden sie wohl in die harte Schule von Madame Hortense genommen«, meinte Graf Wilhelm mitfühlend. Madame Hortense war die Hausdame des Berliner Stadtpalais, die seit Jahrzehnten für die Prewitzens tätig war und ein strenges Regiment führte.

Eleonora wurde von einer bleiernen Müdigkeit übermannt. »Ich bin müde, ich würde mich gerne zurückziehen«, sagte sie.

Gräfin Dorothea warf ihr einen kurzen abschätzenden Blick zu. »Du siehst in der Tat sehr abgespannt und müde aus, mein Kind. Es ist vernünftig, dich jetzt zur Ruhe zu begeben. Und grüble nicht wieder zu viel«, mahnte sie mütterlich.

Eleonora zuckte unmerklich zusammen. Woher wusste sie? Die Gräfin schien bis auf den Grund ihrer Seele schauen zu können.

»Zu viel Nachdenken in deinem Alter schadet der Schönheit.« Gräfin Dorothea lächelte und hielt ihr Abschied nehmend die Hand entgegen. Eleonora hauchte den angedeuteten, aber dennoch obligatorischen Handkuss darauf und knickste. Sie knickste noch einmal in die ganze Runde, winkte Sophie und Charlotte zu und wandte sich zum Gehen.
In diesem Moment gab Maestro einen tiefen Schnarcher von sich, wachte aber nicht auf. Seine Perücke war verrutscht, die wärmende Decke zu Boden geglitten.
»Ach, Eleonora, dann richte den Maestro doch wieder her«, bat Gräfin Dorothea nachsichtig.
Eleonora ging wieder zurück, schob vorsichtig die weißgepuderte Perücke gerade und zog ihm die zu Boden geglittene Decke bis hoch zu den Schultern. Niemals zuvor war ihr aufgefallen, wie schmächtig er war. Und alt geworden war er in den vergangenen Wochen. Im Tiefschlaf war ihm das Kinn hinuntergeklappt. Dezent, fast zärtlich schob Eleonora es wieder nach oben und verschloss so seinen Mund. Farini grunzte einmal und ließ den Kopf zur Seite sinken. Das Schnarchen war verstummt. Verstohlen warf Eleonora einen Blick in die Runde, die schon wieder eifrig am Debattieren war. Ob jemand dieses Manöver mitbekommen hatte? Das war ja kein besonders ehrerbietiges Verhalten gegenüber dem alten Maestro gewesen.
»Gute Nacht, mein Kind, wünsche dir wohl zu ruhen«, verabschiedete die Gräfin ihren Schützling für diesen Abend.

7

Nachdem Eleonora sich durch die nur spärlich erleuchteten Gänge zu ihrem Zimmer getastet hatte, stellte sie erfreut fest, dass irgendjemand ihr bereits vor dem Spiegel der Waschkommode eine Kerze entzündet hatte. Vor Umfallen und Brandgefahr schützte ein Glasschutz die offene Flamme. Daneben lagen noch weitere Kerzenstummel. Einige davon nur bis auf die Hälfte niedergebrannt, so dass genug Vorrat vorhanden war, um sich in aller Ruhe auszuziehen und in das Bett zu schlüpfen. Erst jetzt entdeckte sie auch die große Emaillekanne, aus deren weiter Tülle leichter Wasserdampf emporstieg. Sie konnte sich heute Abend sogar den Luxus einer warmen Wäsche gönnen.

Welcher gute Geist hatte so liebevoll für sie vorgesorgt? Aber damit nicht genug. Als sie sich auf das Bett setzte, um ihre Stiefeletten aufzuschnüren, spürte sie einen harten Gegenstand hinter sich im Kreuz. Sie fuhr mit den Händen nach hinten über die Bettdecke und tastete die Wölbung ab. Viereckig, und wohlige Wärme strahlte sie aus.

»Ach, Babette, was bist du doch für ein Schatz«, seufzte Eleonora dankbar und schlüpfte aus den engen Lederstiefeletten. Welch eine Wohltat, sie endlich loszuwerden. Im Gegensatz zum Grafen Ludovic war es den jungen Damen des Hauses nicht gestattet, sich in legerer Kleidung vor der Gräfin zu präsentieren, was auch bequemes Schuhwerk wie die weichen Pantoletten einschloss, in die sie nun aufatmend schlüpfte. Für einen Moment streckte sie sich auf dem Bett aus und legte ihr Gesicht auf die angenehm warme Ausbuchtung ihrer

Bettdecke. Da hatte es sich Babette nicht nehmen lassen, ihr einen im Ofenrohr vorgeheizten Ziegelstein ins Bett zu legen. Aber damit war es immer noch nicht getan, denn nun bummerte es heftig an der Tür.

»Kann ich reinkommen, Lorchen?« Es war Babette, die sich nach Eleonoras »Ja« nun durch die Tür schob, mit einem vollbeladenen Tablett. »So, Grießbrei mit geraspelter Schokolade und zerlassener Butter für meene Kleene«, verkündete sie und setzte ihre Last auf dem Nachttischchen auf der Bettseite ab.

»Babette, wie kannst du nur? Jetzt um diese Zeit«, wehrte Eleonora fast entsetzt ab.

»Genau jetzt um diese Zeit, damit es auch wirklich ansetzt«, entgegnete die stattliche Babette ungerührt. Sie hob die Cloche, die normalerweise bei Tisch zum Servieren von Kapaun und Krammetsvögeln benutzt wurde, und es kam ein tiefer Suppenteller zum Vorschein. Daneben stand eine kleine Sauciere, aus der Babette nun goldgelbe, zerlassene Butter über den dampfenden Grießbrei goss. »Das isst du jetzt, noch bevor du dich gewaschen hast«, befahl sie resolut.

»Ach, Babette«, stöhnte Eleonora. Aber dann griff sie nach der Serviette, die Babette ihr entgegenhielt, breitete sie auf ihrem Schoß aus, stellte den Suppenteller darauf und betrachtete dessen Inhalt. Es sah köstlich aus.

»Als du damals zu uns ins Haus kamst, habe ich dich damit auch hochgepäppelt«, erzählte Babette.

Eleonora probierte einen Löffel. »Köstlich«, sagte sie mit vollem Mund und blickte lächelnd zu dem guten Geist der Küche empor.

»Noch einen! Ich werde dir schon wieder zu Fleisch auf die Rippen verhelfen«, versprach Babette. »Jean und Anton wissen auch Bescheid, die werden in Berlin dafür sorgen, dass dir jeden Abend eine Leckerei auf den Nachttisch gestellt wird.«

Unter dem gestrengen Blick von Babette löffelte Eleonora brav ihren Teller leer.

»Gut so«, lobte diese nach einem kritischen Beäugen des blitzeblanken Tellers. »Jetzt kannste dich waschen, und wirst sehen, heute Nacht schläfste wie ein Säugling an der Mutter Brust. Dir werden die Augen von alleine zufallen, keine Zeit mehr zum Grübeln und sonstigen Simmelieren.«

Was hatte nun auch noch Babette plötzlich mit dieser Grübelei?

Beim Waschen betrachtete sich Eleonora aufmerksam im Spiegel. Auch in der spärlichen Beleuchtung des Kerzenlichts fiel ihr nun selbst auf, wie schmal ihr Gesicht geworden war. Richtig abgezehrt sah sie aus. Offenkundig verriet ihr Aussehen über ihr inneres Befinden mehr, als sie jemals von sich aus bereit gewesen wäre, preiszugeben.

Babette hatte recht gehabt, so wohlig satt und müde hatte sie sich schon lange nicht mehr gefühlt. In Sekundenschnelle war sie eingeschlafen.

Ehe sie in den seligen Schlummer glitt, nahm Eleonora sich ganz fest vor, sich von ihrem Kummer nicht aufzehren zu lassen. Sie beschloss, die Erinnerung an Alexander und damit auch an den leidenschaftlichen Kuss für immer aus ihrem Gedächtnis zu streichen.

Es war noch stockdunkel, als Eleonora am nächsten Morgen erwachte. Irgendetwas war anders als in den vergangenen Wochen. Sie konnte nicht sofort ausmachen, was es war. Anders waren die Geräusche, die von draußen zu ihr durch das Fenster und die fest zugezogenen Vorhänge durchdrangen. Sie wirkten noch gedämpfter als sonst. Eleonora tastete mit der Rechten über ihren Nachttisch nach den Streichhölzern. Die hatte sie sich gestern Abend vor dem Einschlafen noch mit einem Kerzenstummel bereitgelegt. Sie entfachte ein

Zündholz. Auf Anhieb gelang es ihr auch, den Kerzenstummel zu entzünden. Die Hand schützend vor das schwache Flämmchen haltend, tapste sie zum Fenster und zog den Vorhang zurück.

»O nein!«, rief sie aus. Im fahlen Morgenlicht des späten Herbstes sah die dichte Schneedecke mehr grau als weiß aus. Unablässig tanzten dicke Flocken zur Erde. »Dann werden wir nicht so schnell nach Berlin kommen«, seufzte sie resigniert und begann mit ihrer Morgentoilette, die dieses Mal den Luxus des warmen Wassers entbehren musste. Babette hatte unten mit der Vorbereitung von Frühstück und Mittagessen genug zu tun. Ihre beiden Helferinnen Emma und Paula waren bei diesen Temperaturen mit dem Entzünden von Öfen und Kaminen mehr als ausgelastet. »Hoffentlich ist wenigstens im Frühstückszimmer schon geheizt«, sagte sie fröstelnd zu sich. Sie griff nach der Stola, die sie gestern Abend achtlos auf den Stuhl neben ihrem Bett geworfen hatte, und zog sie um ihre Schultern.

Eleonoras Hoffnung hatte sie nicht getrogen. Im Frühstückszimmer war es richtig schön warm. Brennende Buchenscheite knisterten im Kamin. Mehrere Petroleumlampen waren im Raum verteilt, und auf dem Tisch stand ein silberner Leuchter mit frisch aufgesteckten Kerzen, die Geschirr und Besteck funkeln ließen.

Am Kopf der Tafel saß bereits Gräfin Dorothea, munter und ausgeschlafen, im Gegensatz zu ihren beiden Enkelinnen, die vergeblich ihr Gähnen zu unterdrücken versuchten.

»Ihr könnt wenigstens die Hand vor den Mund halten, wenn ihr ihn schon so weit aufreißen müsst«, rügte sie den hoffnungsvollen Nachwuchs. Lächelnd hielt sie Eleonora ihre Rechte entgegen, die flüchtig den Handkuss darauf hauchte, ehe sie sich auf ihrem Stuhl niederließ.

Wie Babette es immer schaffte, diese leckeren Brötchen so frisch und kross auf den Frühstückstisch zu bringen, war ihr ein Rätsel. Kein Vergleich zu der zähen grauen Grütze, die sie im Potsdamer Waisenhaus in aller Herrgottsfrühe immer voller Ekel in sich hineinstopfen musste. Auch das Frühstück zu Hause später beim Vater war alles andere als üppig gewesen. Meist bestand es nur aus einem Kanten trocken Brot mit Pflaumenmus und einem Schluck Wasser aus der Tonkruke.
Eleonora hatte ihre kargen Jahre niemals vergessen. Noch vor kurzem hatte sie jede Mahlzeit an der Tafel genossen. Bis es ihr vor Kummer den Appetit verschlagen hatte. Aber heute Morgen war es anders. Zum ersten Mal konnte sie wieder herzhaft in das frische Brötchen beißen und sich an dessen Geschmack erfreuen. Babettes selbstgemachte Himbeerkonfitüre war aber auch ein Genuss. Dafür lohnten sich die vielen Kratzer, die sie sich jeden Sommer in der Hecke holte, wenn Babette sie einmal wieder zum Pflücken aufgefordert hatte. Auch von den jungen Komtessen wurde diese Hilfe erwartet, denn sie sollten ja später ihren eigenen Haushalt führen, und »man kann keine Arbeit kontrollieren, wenn man sie nicht kennt, das gilt für alle Bereiche«, lautete das Verdikt von Gräfin Dorothea. Sie ließ es sich in der Erntezeit nicht nehmen, selbst die reifen Früchte zu pflücken, tauchte mit breitrandigem Hut und Gazeschleier höchstpersönlich im Küchengarten auf, um sich zwischen die dichtbepflanzten Reihen des Erdbeerbeets zu kauern. Sehr zum Ärger der Waschfrauen, die hinterher stundenlang ihre Sommerkleider auf dem Waschbrett zu schrubben hatten, bis die roten Flecken aus dem hellen Leinenstoff endlich wieder entfernt waren.
Gräfin Dorothea griff zu dem Stapel für sie bereitgelegter Zeitungen. Graf Ludovic hatte die neuesten Ausgaben aus Berlin mitgebracht. Selbstverständlich hatte Jean den Stapel

noch gestern Abend mit hinunter ins Souterrain genommen, um das zerknitterte Papier mit dem heißen Plätteisen zu bügeln, um Ihre Erlaucht so der Gefahr zu entheben, sich mit Druckerschwärze zu beschmutzen.

»Interessant, interessant«, murmelte sie während ihrer Lektüre. »Napoleon möchte Joséphine den Umgang mit ihren alten Freundinnen untersagen.«

»Warum das denn?«, wollte Sophie wissen.

»Als Ehegattin des ersten Konsuls betrachtet dieser eine Madame Tallien oder Madame Hamelin nicht mehr als standesgemäß«, erklärte die Gräfin. »Er will, dass sich seine Ehefrau nur noch mit Damen aus den alten Adelsgeschlechtern umgibt.«

»Aber der ist doch selbst nicht standesgemäß«, behauptete Charlotte. »Er ist doch nur der Sohn eines korsischen Advokaten.«

»Der es bis zum ersten Konsul gebracht hat«, mischte sich Eleonora ein.

»Ja, und ich frage mich wirklich, ob er sich damit begnügen wird«, sagte Gräfin Dorothea nachdenklich und blätterte eine Seite weiter.

Charlotte hatte auch ein Blatt ergriffen und begann zu lesen. »Er soll ein Verhältnis mit seiner Stieftochter haben«, quietschte sie aufgeregt.

»Ja, man munkelt ja schon seit Jahren, dass Hortense de Beauharnais hoffnungslos in ihren Stiefvater verliebt sei.« Auch Sophie kannte sich in Klatsch und Tratsch der europäischen Prominenz gut aus.

»Woher wisst ihr das denn alles immer so genau?«, wunderte sich Eleonora.

»Das steht doch in den Zeitungen. Du musst nur zwischen den Zeilen lesen können«, klärte sie Charlotte auf.

»Im Gegensatz zu euch studiert Eleonora lieber ihre Partituren oder liest in richtigen Büchern, anstatt nur in Zeitungen zu blättern, um nach Klatsch und Tratsch zu suchen«, rügte Gräfin Dorothea die Lesegewohnheiten ihrer Enkelinnen. Eleonora mochte es gar nicht, wenn ihre Gönnerin sie immer wieder als leuchtendes Beispiel voranstellte. Bislang hatte es der Zuneigung der beiden jungen Mädchen nichts anhaben können, aber auf Dauer?
»Du studierst doch auch regelmäßig die Berliner und Wiener Zeitungen, ja, lässt dir sogar den *Moniteur* aus Paris anliefern«, sagte Charlotte vorlaut.
»Als Angehörige meines Standes bin ich verpflichtet, mich stets au courant zu halten«, entgegnete Gräfin Dorothea würdevoll. »Und wenn du das Leseverhalten deiner verehrten Frau Großmama etwas genauer beobachten würdest, könntest du feststellen, dass sich deren Lektüre eben nicht nur auf Zeitungen und Magazine beschränkt.«
Charlotte biss sich auf die Lippe und schwieg beschämt. Die Gräfin griff nach der über der Mitte des Tisches hängenden Seidenschnur und zog. Ein schepperndes Klingeln ertönte durch das ganze Gebäude. Keine Minute später stand auch schon Anton im Raum und verneigte sich beflissen.
»Zu Diensten, Erlaucht«, sagte er.
»Der Graf wird sich wohl jeden Moment zu uns gesellen. Bitte bring ihm doch seine gewohnte Kanne Kaffee und seine geliebte Portion Rührei.«
»Die hat Babette schon aufgeschlagen und muss sie nur noch in die Pfanne geben. Zehn Stück hat sie heute nehmen müssen, weil die Hühner gerade so kleine Eier legen«, erzählte Anton eifrig.
Die Gräfin lächelte milde. Sie kannte den guten Appetit ihres Mannes. Und sie kannte ihre Enkelin.

»Bring gleich noch ein Kännchen Schokolade für die Komtesse mit«, befahl sie, und nach einem Blick auf Eleonora: »Und eine heiße Milch mit Honig für unsere Sängerin.«

»Bitte nein, Madame!«, versuchte diese zu protestieren.

»Deine Stimme braucht das«, fegte die Gräfin jeglichen Einwand beiseite.

Die großen Hände reibend, betrat nun Graf Ludovic den Raum.

»Eine Hundskälte ist das da draußen. Und dann noch der Schnee, der passt mir gar nicht«, sagte er und pustete in seine blaugefrorenen Hände.

»Wir brechen noch diese Woche auf«, verkündete seine Frau entschlossen. »Ich habe Jean bereits mitgeteilt, dass wir in drei Tagen fahren und er alles in Küche und Keller vorbereiten soll.«

»Dann sage ich gleichfalls dem Stallmeister Bescheid, dass er die große Berline fertig machen soll«, fiel ihr Graf Ludovic ins Wort.

»Mon cher, ich war noch nicht am Ende«, rügte ihn die Gräfin.

»Pardon, pardon, das ist nun einmal mein Temperament«, entschuldigte sich der Graf sofort. Verzeihung gewährend, hielt ihm seine Gemahlin ihre Hand entgegen, die er pflichtschuldig küsste.

»Ich möchte dich bitten, einen deiner Burschen als Kurier vorauszuschicken, um in Berlin anzuordnen, das Stadtpalais gut vorzuheizen«, sagte sie gemessen.

»Dein Wunsch sei mir Befehl«, erwiderte der Graf. Dann wandte er sich den jungen Mädchen zu. »Eurer Mutter habe ich schon Bescheid gesagt, auch ihr solltet zusehen, euch die wärmsten Sachen zusammenzusuchen und anzuziehen. Diese Rückfahrt wird kein Zuckerschlecken.«

Die nächsten drei Tage war man in Schloss Sophienhof mit der Vorbereitung für den Aufbruch nach Berlin beschäftigt. Das gesamte Gebäude schien wie ein Bienenkorb kurz vor dem Ausschwärmen der Königin zu summen. In der großen Schlossküche war Babette mit ihren dienstbaren Geistern unablässig mit der Vorbereitung des Abschiedsessens zugange, die selbstverständlich neben der Vorbereitung des Reiseproviants erfolgte. Der Dorfschmied tauchte im Stall auf, um die Hufeisen der Pferde zu kontrollieren, im Bedarfsfall beschädigte Eisen auszutauschen und Nägel nachzuschlagen. Der Duft verbrannten Horns stieg bis hoch in Eleonoras Zimmer und ließ diese ihre Nase krausen. Die Stallburschen hängten die Felldecken auf den im Hof stehenden Teppichstangen aus und untersuchten sie auf Motten und andere Schädlinge.
Ein ganzer Schwarm Waschfrauen war in die riesige Waschküche eingezogen und schrubbte mit fröhlichem Gesang die aufgelaufene Wäsche der vergangenen Wochen. Drei Bügelfrauen standen in der Plättstube und versuchten, die über eine große Walze gezogene Weißwäsche zu trocknen und die feinen Fältchen von Plissee, Jabots, Volants und Spitzenblusen besonders akkurat hinzubekommen. Die fertigen Kleider wurden zum Aushängen auf einen Ständer gepackt und dann von Jean und Anton in die Damengemächer gebracht.
Unter Anleitung von Gräfin Dorothea mussten die drei Mädchen sie sorgfältig mit Seidenpapier polstern und ihnen danach linnene Säcke überziehen, ehe sie in die großen Reisekoffer gelegt werden durften.
»Ist das nicht eigentlich Aufgabe der Zimmermädchen?«, jammerte Sophie. »Du hast doch selbst gesagt, dass Emma und Paula zu Zofen ausgebildet werden sollen.«
»Richtig, mein Kind, und diese Ausbildung wirst du unter

meiner Anleitung vornehmen. Und das kannst du erst tun, wenn du es selbst gelernt hast. Und so, wie du das Seidenpapier in die Falten meines Negligés geknäult hast, wirst du noch eine Menge lernen müssen.« Gräfin Dorothea verlangte wirklich etwas. »Und du, bring deinen Reisekoffer hierher, damit ich mich überzeugen kann, dass du es wenigstens richtig machst«, wandte sie sich an Eleonora, die gerade dabei war, einem sommerlichen Morgenkleid der Gräfin einen Leinensack überzustülpen. Der frische Bügelduft war angenehm. Eilig lief sie auf ihr Zimmer, schleppte den von Anton schon bereitgestellten Reisekoffer hinüber in das große Ankleidezimmer der Gräfin, hastete wieder zurück, um den Inhalt ihres Kleiderschranks zu holen. Natürlich konnte sich ihre Garderobe nicht mit dem üppigen Bestand der Gräfin vergleichen. Was besaß sie schon groß – ein Kleid für die Woche, eines für den Sonntag, ein Küchenkleid und ein etwas dickeres Reitkostüm, das ihr Gräfin Dorothea vererbt hatte. Und dann natürlich das duftige Ballkleid von der Opernaufführung.

Behutsam zog Eleonora es aus dem leinenen Sack und unterzog es einer genauen Musterung. Nein, die Motten hatten sich noch nicht daran gütlich getan. Das lag wohl auch an dem Kampfer, den sie auf Babettes Empfehlung beigelegt hatte.

Gräfin Dorothea reichte ihr einige Bogen von dem weichen Seidenpapier. Es knisterte kaum. Ein kleines welkes Rosenblatt tanzte auf dem grauen Stoff ihres Ärmels.

»Entschuldige bitte, du hast da was«, sagte nun die Gräfin und zupfte ihr das Blatt vom Arm. Sie zerrieb es zwischen den Fingern. Ein intensiver Rosenduft stieg auf.

Blitzartig ward Eleonora in die laue Sommernacht zurückversetzt. Sie vermeinte den Arm Alexanders um ihre Taille zu fühlen, seine lockende Stimme zu hören, den weichen Druck

seiner Lippen auf den ihren zu verspüren. Alles war wieder da, all das, was sie sich doch gerade vorgenommen hatte für immer zu vergessen.
Eleonora wusste nicht, dass sie zuerst blutrot geworden war, ehe sie erbleichte. Aber Gräfin Dorothea hatte sie genau beobachtet und jede ihrer Reaktionen ganz genau registriert.
»Eleonora«, sagte sie leise.
Diese zuckte zusammen.
»Eleonora, ich weiß, wie schön Erinnerungen sind, aber sie können auch zerstörerisch sein, nämlich dann, wenn sie zu trügerischen Bildern und zu falschen Illusionen führen.«
»Wie meinen Sie das, Madame?«, stellte sich Eleonora unwissend.
»Du weiß es ganz genau, denn du bist klug, Eleonora. Ich will dir deine schönen Erinnerungen an den vergangenen Sommer auch nicht kaputt machen, aber es war ein Traum, ein kurzer flüchtiger Sommertraum, der mit dem wahren Leben nichts zu tun hat. Verstehst du mich, Eleonora?« Eindringlich sah die Gräfin sie an.
»Ich habe Sie sehr gut verstanden und schon vor Tagen beschlossen, die Erinnerung an diesen Sommer ganz fest unter Verschluss zu halten.«
Sichtlich erleichtert atmete die Gräfin auf. »Das ist gut so, mein Kind.«

8

Es vergingen noch drei hektische Tage voller Arbeit, Aufregung und Auseinandersetzungen, gekrönt von einem formidablen Abendessen. Bei diesem sechsgängigen Menü war Babette zu Hochform aufgelaufen. Schließlich und endlich erfolgte der tränenreiche Abschied am übernächsten Morgen.

»Mit dem Morgengrauen wollen wir aufbrechen«, hatte Gräfin Dorothea am späten Abend beim letzten Likörchen anberaumt. »Nur gut, dass der Schnee schon wieder verschwunden ist und wir klares Frostwetter haben.«

»Ja, die Straßen und Wege sind trocken, so dass wir zügig vorankommen werden und unsere müden Häupter schon morgen Abend auf unsere Berliner Kopfkissen betten können«, ergänzte Graf Ludovic.

Sämtliches Personal von Schloss Sophienhof hatte, um von der Herrschaft gebührend Abschied zu nehmen, auf der Schlosstreppe Aufstellung genommen, von der fülligen Babette über den würdigen Jean, den spitzbübisch grinsenden Anton bis zum jüngsten kleinen Küchenmädchen, den Wasch- und Bügelfrauen, einschließlich des über den Winter die Stellung haltenden Stallmeisters und seiner Burschen. Hinzu kamen die Eltern und Geschwister der beiden künftigen Zofen Paula und Emma, die vor Aufregung, zum ersten Mal in das große Berlin zu kommen, das Weinen vergaßen. Das wiederum glichen deren Mütter und Schwestern aus, die wahre Krokodilstränen vergossen und vor Schluchzen kaum sprechen konnten.

»Aber, meine Lieben, nun beruhigt euch, es ist doch kein Abschied für immer«, versuchte die Gräfin sie zu beruhigen. »Spätestens im nächsten Juni habt ihr eure beiden Töchter wieder, und wartet es ab, ihr werdet sie kaum wiedererkennen.«

Das Schluchzen der schlichten Frauen vom Vorwerk erhob sich nun zu lautem Wehklagen. Prompt war es auch um die Fassung ihrer Töchter geschehen. Sie schlugen ihre Schürzen vor die Gesichter und weinten laut auf.

Bei diesem Anblick wagte Eleonora zu bezweifeln, dass diese beiden Mädchen es eines Tages zu diensteifrigen, beflissen knicksenden Zofen im großen Stadtpalais bringen würden.

»Emma, Paula, ihr nehmt nun die beiden Proviantkörbe und setzt euch in die zweite Kutsche«, unterbrach Gräfin Dorothea das Heulen und Zähneklappern und gab Jean einen Wink. Dieser nickte nun wiederum Anton zu, der nach zwei riesigen, am Fuß der Treppe bereitstehenden Flechtkörben griff und sie zu einer hinter der Berline stehenden Kutsche trug. Diese war für das Begleitpersonal gedacht, während im ersten Wagen die gräfliche Familie Platz nehmen würde, genauer gesagt, die Damen des Hauses und der Maestro, denn Graf Ludovic und sein Sohn Wilhelm wollten reiten.

»Ruhig, Stella, ruhig!« Das war Anton, der die unruhige junge Stute von Graf Wilhelm beruhigte. Zuvor hatte er die Reisekörbe in der zweiten Kutsche verstaut.

Drei Jahre war es her, als er sich keckerweise auf die noch nicht zugerittene junge Stute gesetzt hatte. Der Stallmeister hatte ihn während seines wilden Ritts ohne Zügel und natürlich ohne Sattel auf der Sommerweide erwischt und ihm nach einer saftigen Strafpredigt erlaubt, das junge Tier zu zähmen und zuzureiten. Nicht zuletzt deshalb war man im Hause Prewitz auf die Idee gekommen, Anton zum Kutscher auszubilden, denn »die wichtigste Voraussetzung für einen Kutscher ist ein guter Pferdeverstand«, pflegte Graf Ludovic zu predigen. Den bewies Anton gerade einmal wieder, indem er Stellas Zügel packte, ihr über die schmale weiße Blesse strich und ihr etwas ins Ohr flüsterte. Die Stute spitzte die Ohren, zuckte ein paarmal damit, ehe sie stocksteif stehen blieb und Graf Wilhelm die Ruhe und Zeit bot, bis dieser seine korpulente Gestalt im Sattel zurechtgeruckelt hatte und endlich Gnade vor den Augen seines Vaters fand.

»Können wir?«, fragte Graf Ludovic und schnalzte mit der Zunge. Sein Araberhengst setzte sich langsam in Trab, gefolgt von der schnaubenden Stella, die noch einmal zum Abschied wieherte.

»Können wir?«, wiederholte Gräfin Dorothea die Worte ihres Gatten und drehte sich nach der Schar ihrer Domestiken um. Das Heulen und Wehklagen war verstummt. Gespannt harrte man der Worte der Schlossherrin. »Ihr werdet hier über die kalten Monate die Stellung halten. Ich weiß meinen geliebten Sophienhof bei euch in guten Händen und freue mich auf unser Wiedersehen im nächsten Jahr. Ich wünsche dir eine gute Erholung bei deiner Schwester in Jüterbog«, wandte sie sich an Babette. »Wir sehen uns dann zu Beginn des nächsten Jahres in Berlin wieder.«

So war es seit Jahr und Tag der Brauch. Mit Ende der Sommersaison ward Babette eine verdiente Pause gegönnt. Sie verbrachte diese Zeit immer bei ihrer Schwester, die mit einem Schuster in Jüterbog verheiratet war. Vier Kinder hatten diese beiden, und Babette freute sich stets darauf, Nichten und Neffen über die Feiertage tüchtig verwöhnen zu können.

»Es wird alles nach Ihren Anweisungen und Ihrem Sinne geschehen. Frau Gräfin wissen doch, dass Sie sich auf mich verlassen kann«, erklärte Jean gemessen.

»Ja, das weiß ich wohl«, bestätigte die Gräfin und erklomm die Stufen hinauf in die hochrädrige Reisekutsche.

Mit viel Ächzen und Gestöhne und Zurechtzupfen von Schleifen und Spitzen ihrer Kleidung nahm Gräfin Elisabeth neben ihr Platz. Den beiden Damen gegenüber ließen sich die jungen Mädchen nieder.
Ein Ruck ging durch den Wagen. Schwerfällig setzte er sich in Bewegung. Oben vom Kutscherbock war das Peitschenknallen und Rufen des Kutschers zu hören.
Sie fuhren schon eine ganze Weile, ehe Gräfin Dorothea ihren Blick nachdenklich über die Anwesenden schweifen ließ.
»Wir sind noch gar nicht vollzählig«, stellte sie fest. »Da fehlt doch jemand.«
Ratlos sahen sich die anderen an.
»Der Maestro«, stöhnte Eleonora auf. »Wir haben Farini vergessen. Ich fürchte, er hat uns und die Abfahrt vergessen. Oder hat jemand ihn heute Morgen beim Frühstück gesehen?«
Gräfin Elisabeth und ihre Töchter schüttelten die Köpfe.
»Er hat mal wieder verschlafen«, stellte die Gräfin trocken fest.
»Wir müssen umkehren, wir müssen umkehren«, sagte Eleonora gehetzt.
»Das wird nicht nötig sein«, meinte die Gräfin. Mit dem Rücken zur Fahrtrichtung sitzend, hatte sie die der Berline folgende Kutsche durch das winzige Rückfenster im Auge gehabt. »Emma und Paula müssen das Fehlen von Farini auch gerade bemerkt haben.«
Eleonora und die beiden Komtessen drehten sich um und spähten durch das stumpfe Glas. Es war die rote Rücklaterne der anderen Kutsche, die ihnen bewies, dass diese gerade kehrtmachte und wieder Richtung Sophienhof fuhr.

Nach etwa vier Stunden Fahrt legte die Reisegesellschaft eine Pause ein. Die Pferde wurden abgespannt, abgerieben, umhergeführt, gefüttert und getränkt.

Die Damen begaben sich in die schlichte Postkutschenstation, wo der Inhaber sie ehrerbietig begrüßte und sich nach ihren Wünschen erkundigte. Er hoffte wohl auf ein größeres Geschäft. Seine Erwartungen wurden jedoch von Gräfin Dorothea sehr schnell zunichtegemacht.

»Wenn Sie uns nur einen großen Kessel heißes Wasser bringen könnten, um unseren Tee aufzugießen«, sagte sie. »Unsere Speisen haben wir dabei. Sie kommen mit der zweiten Kutsche.«

Fast eineinhalb Stunden mussten sie jedoch warten. Endlich sprang die riesige Tür der Poststation auf, und auf der Schwelle erschienen Emma und Paula, die ächzend die beiden schweren Proviantkörbe in den Raum schleppten. Mit einem erleichterten Seufzer setzten sie diese auf den blankgescheuerten Tischen vor den Damen Prewitz ab.

»Das hat ja ganz schön lange gedauert«, stellte Gräfin Dorothea fest.

»Wir mussten den Maestro noch aus dem Bett holen, ihm selbst beim Ankleiden helfen«, erklärte Paula fast gekränkt.

»Ja, wir haben ihn sogar rasieren und die Perücke pudern müssen, weil er sich so aufgeregt hatte, dass man ihn vergessen hatte«, berichtete Emma kichernd.

»Wir haben ihn vergessen? Er hat uns und den Aufbruch vergessen«, widersprach Gräfin Elisabeth empört.

Wütend polterte in diesem Moment der Maestro in den Gastraum der Poststation. »Dieser Tonino hat mich einfach nicht geweckt, und auch alle anderen haben heute Morgen nicht an mich gedacht«, schimpfte er. »Und dann kamen diese beiden frechen ragazze und haben mir einfach die Bettdecke weggezogen«, beschwerte er sich mit einem bitterbösen Blick auf die beiden Mädchen. Die kicherten umso lauter und machten sich am Verschlussdeckel der Proviantkörbe zu schaffen. Ein verheißungsvoller Geruch nach Schinkenbraten, gesottenen Hühnern und Leberpastete stieg aus dem Weidengeflecht in den dunklen Raum der Postkutschenstation. Eine Weile herrschte Schweigen.

»Hoffentlich ist das Haus in Berlin auch richtig durchgeheizt«, meinte Sophie fröstelnd. Sie mochte die Winterkälte nicht.

Aber wer von den Damen des Hauses liebte sie überhaupt? Dabei hatten sie keine Ahnung, was richtige Kälte bedeutete. Nur mit Grauen erinnerte sich Eleonora an die durchgefrorenen Nächte des riesigen Schlafsaals im Potsdamer Waisenhaus. Die Decke war klamm und des Morgens sogar häufiger gefroren. Das stachelige Strohkissen war ebenfalls feucht gewesen, roch muffig und pikste in die empfindlichen Wangen der Kinder. Die Folgen waren Ausschlag, ja, manchmal kleine Wunden, die sogar zu eitern begannen. Warme Kleidung und feste Schuhe gab es auch nicht. Sommer wie Winter musste sie mit ollen Holzpantinen durch die Gegend klappern. Erst der Vater hatte ihr das erste Paar richtig feste Schuhe geschenkt. Verstohlen streckte sie nun einen Fuß unter dem Saum ihres Kleides hervor und unterzog die dunkelbraune Stiefelette einer liebevollen Betrachtung. Und wenn es auch eine leichte Sommerstola war, die sie jetzt um die Schultern liegen hatte, war es doch immer noch mehr als damals im Waisenhaus, wo das ständige Frieren der grausamste und unerbittlichste Begleiter des trostlosen Alltags war. Wie gut es ihr hingegen mittlerweile ging! Und wie so oft schaute Eleonora ihre Gönnerin voller Zuneigung und Dankbarkeit an.

Kaum wieder in die Kutsche eingestiegen, war Gräfin Elisabeth bereits eingeschlafen. Eleonora konnte gar nicht so rasch mitdenken, wie die anderen drei schon in ein Gespräch über die zu schneidernden Ballroben verwickelt waren. Welche Farbe stand wem am besten, welcher Stoff, ob Mademoiselle Durand überhaupt Kapazitäten frei hatte, ob die Lieferung der Seidenballen aus Lyon wohl schon eingetroffen war, ob die hohe Empiretaille für die mollige Sophie nicht doch etwas ungünstig war, ob mit oder ohne Haube und Halsband oder dem Kinnband, das Königin Luise als modisch letzten Schrei vor wenigen Jahren in Preußen eingeführt hatte. Der alte Schadow hatte unter der Hand verraten, dass sie sich diesen Trick erdacht hatte, um so eine leichte, aber lästige Schwellung in der Kinnbeuge zu kaschieren.

Eleonora verstand nicht so richtig, wie man sich über dergleichen Themen so echauffieren konnte. Sie schaute suchend um sich. Ach, da lag sie ja zu ihren Füßen, eine kleine lederne Reisetasche, die ihr Gräfin Dorothea vergangenes Frühjahr, als es hinaus nach Sophienhof gegangen war, geschenkt hatte. Sie beugte sich nieder und zog die Partitur von *Cosi fan tutte* hervor.

»Nur zum Anschauen, nur einfach mal zum Lesen«, hatte ihr Farini vor einigen Tagen das Studium dieser Mozartoper ans Herz gelegt.

Eleonora hatte zwar nicht das absolute Gehör, aber doch die seltene Gabe, Noten so lesen zu können wie andere Leute Buchstaben. Und nicht nur das, sondern sie genoss das Privileg, dass sich aus den gelesenen Noten in ihrem Kopf bereits die von dem Komponisten geschaffenen Melodien formten und erklangen. So gelang es ihr sogar noch im schwindenden Tageslicht, einige Noten der Partitur zu entziffern. Im Geiste summte sie nun die fröhlichen Melodien Mozarts mit, während Gräfin Elisabeth leise dazu schnarchte.

9

Irgendwann nahm auch einmal diese Fahrt ihr Ende. Das laute Klappern von Pferdehufen auf Pflastersteinen verriet, dass man die Stadtgrenze erreicht hatte.
Es dauerte noch eine Dreiviertelstunde, dann war endlich das erlösende »Brrrrrrr« vom Kutschbock zu hören. Die Kutsche verlangsamte ihre Fahrt und kam schließlich genau vor dem Eingangsportal des Stadtpalais zum Stehen.
Gräfin Elisabeth erwachte aus ihrem Schlummer und schaute verwirrt um sich. »Wo sind wir?«, fragte sie orientierungslos.
»In Berlin, in Berlin, direkt vor unserem Palais«, klärte Sophie sie eifrig auf.
Die Tür der Berline wurde aufgerissen. Eine Laterne beleuchtete die steilen Stufen. Dahinter wurde Graf Ludovics Gesicht erkennbar. Er reichte seiner Gattin den Arm, die behende aus der Kutsche stieg. Ihre beiden Enkelinnen kletterten ihr hinterher.
»Nun, geleitet mich in das Innere des Hauses«, sagte sie zu den jungen Mädchen, die ihr sofort zur Seite sprangen.
»Na komm, meine Liebe, du willst doch nicht bis Mitternacht in der Kutsche sitzen bleiben und deine Kleidung ordnen«, forderte hinter ihnen Graf Ludovic seine Schwiegertochter burschikos auf.
Mit einer zweiten Laterne eilte Graf Wilhelm seinem Vater zu Hilfe, während Kutscher Christian die aufgeregt scharrenden Pferde im Zaum hielt. Sie spürten den heimischen Stall, der am Ende des langgezogenen Grundstücks in Richtung Spreeufer stand, und waren kaum zu bändigen.

Die Flügeltür des Palais war weit geöffnet. In dem hellen Lichtschein, der nach draußen auf die Treppe fiel, wurde eine schmale schwarze Silhouette erkennbar.
»Madame Hortense«, rief die Gräfin entzückt. Sie zog ihre Arme aus den angewinkelten Ellbogen ihrer Enkelinnen und eilte die Stufen empor. Unmittelbar vor der dünnen Gestalt blieb sie stehen und streckte die Hand aus. Die Silhouette versank in einem tiefen Hofknicks. Im Schattenriss zeichnete sich nun die scharfe Linie eines spitznasigen Profils ab. Der Kopf neigte sich nieder, um der Gräfin einen ehrerbietigen Handkuss zu geben.
»Na, da können sich Emma und Paula ja gleich heute auf etwas gefasst machen«, raunte Charlotte den beiden anderen zu. Eleonora erfasste beinahe so etwas wie Mitleid mit den beiden jungen Mädchen. Schon den ganzen Sommer über hatten sie unter Babettes Fuchtel gestanden, aber das war nichts im Vergleich zu dem, was sie nun erwartete. Vor zwei Jahren hatte Gräfin Dorothea ihr und auch ihren beiden Enkelinnen eine nur zweiwöchige »Behandlung« bei Madame Hortense verordnet, an die sich alle drei nur mit Grausen erinnerten.
Aber sie hatten auch viel bei ihr gelernt, vom richtigen Eindecken der Tafel bis zu einer leichten französischen Tischkonversation hatten ihre Lektionen gereicht. Nicht dass die Gräfin dergleichen nicht selbst beherrschte, aber sie war der Auffassung, gegenüber ihr nahestehenden Personen, gar ihren Enkelinnen und ihrem Schützling Eleonora einfach zu weich zu sein. Ganz im Gegensatz zu Madame Hortense, deren Argusaugen nichts entging, die nichts, aber auch gar nichts durchgehen ließ, nicht den kleinsten Fehler, den winzigsten Fleck in der Garderobe, nicht ein verrutschtes Obstmesser oder einen falschen Kniff in der Serviette. Genauso gnadenlos war sie, was den Gebrauch ihrer Muttersprache anbelangte.

Selbstverständlich war sie eine leidenschaftliche Anhängerin des Ancien Régime. Mit ihrer Herrschaft war sie den Wirren der Französischen Revolution nach Deutschland entkommen. Die alte Marquise war eine Jugendfreundin von Gräfin Dorotheas Mutter gewesen und wohl auch irgendwie mit deren Familie verwandt. Niemals hatte sich diese zarte Französin von den Strapazen der Flucht erholen können und war noch in Mainz, wo der dortige Erzbischof so vielen Angehörigen des hohen Adels aus dem Nachbarland Schutz und Asyl gewährte, in einem Hospital verstorben.
Irgendwie war es Madame Hortense gelungen, sich bis nach Berlin zum Palais der Prewitzens durchzuschlagen. Eines Abends hatte sie an die Tür geklopft, und für Gräfin Dorothea war es eine Selbstverständlichkeit gewesen, die in Not geratene Gesellschafterin der verstorbenen Marquise bei sich aufzunehmen. Mittlerweile war sie aus dem Prewitzschen Haushalt kaum mehr wegzudenken. An Ergebenheit gegenüber der Gräfin war sie nicht zu überbieten, wie auch jetzt ihre geradezu demütige Begrüßung bewies. Umso hochfahrender, ja geradezu hochmütig konnte sie gegenüber der Dienerschaft des Hauses sein, ja, sogar gegenüber Gästen der Prewitzens, wenn sie deren Herkunft nicht als standesgemäß erachtete. Etliche Male hatte Gräfin Dorothea sie auch ins Gebet nehmen müssen, bis sie sich endlich mit der Ankunft und ständigen Anwesenheit der kleinen Eleonora aus Potsdam abfand. Viele verborgene Tränen hatte diese die ersten zwei Jahre im Hause Prewitz vergossen, weil sie den heimlichen Schikanen von Madame Hortense ausgesetzt war. Wären da nicht Jean und Babette, aber auch die Zuneigung von Sophie und Charlotte gewesen, hätte Eleonora ihren heimlichen Gedanken an Flucht eines Tages vielleicht doch in die Tat umgesetzt.

Nein, trotz der Protektion von höchster Stelle seitens der Gräfin, der Anerkennung ihrer Begabung und steten Förderung vom alten Farini waren die ersten Jahre im Hause Prewitz für Eleonora alles andere als ein Zuckerschlecken gewesen. So richtig gewendet hatte sich das Blatt eigentlich erst seit ihrem großen Erfolg als Eurydike in der Sommeraufführung auf dem Sophienhof.

Sogar Gräfin Elisabeth hatte ihr so etwas wie widerwillige Anerkennung bezeugt, obwohl sie absolut unmusikalisch war. Das lag wohl an der Begeisterung, die Eleonora bei den Besuchern der Vorstellung, eben all den Gästen und Freunden des Hauses Prewitz zu Kirchhagen ausgelöst hatte. Aber ob Gräfin Elisabeth diese Haltung hier in Berlin im Stadtpalais, wo es doch wesentlich förmlicher und zeremonieller zuging, beibehielt? Eleonora hatte da ihre Zweifel.

»Mademoiselle Eleonora«, begrüßte sie nun auch Madame Hortense mit unverkennbar französischem Akzent und deutete einen Knicks an.

Oh, die Kunde von Eleonoras Erfolg war wohl bis zu ihr vorgedrungen. Diese Ehrerbietung hatte sie ihr zuvor niemals bezeugt. Erstaunt schaute Eleonora in Madame Hortenses Gesicht. Sie zeigte die gewohnte strenge Miene, aber Eleonora vermochte keine Heuchelei in diesen Zügen zu entdecken. Diese Erfahrung war neu für sie. Aber sie erkannte in diesem Moment: Madame Hortense hatte Dünkel, sie war unerbittlich streng, doch sie war nicht falsch und würde in Zukunft auch sie in ihre den Prewitzens bezeugte Loyalität mit einbeziehen. Eleonora atmete tief durch. Wieder eine Gegnerin weniger in diesem Hause.

»Ich habe Ihre gesamte Wintergarderobe schon oben im Ankleidezimmer bereitgehängt«, sagte sie nun wieder an die Gräfin gewandt.

»Das ist gut so, Hortense«, erwiderte die Gräfin. »Haben die Winterpelze alles unbeschadet überstanden?«
»Alle im besten Zustand, der Zobel vom kurländischen Herzog sieht noch so aus wie am ersten Tag«, erzählte Madame Hortense bereitwillig. »Für das heutige Souper können Frau Gräfin die Nerzstola umlegen.«
»Und mein Hermelin?«, dröhnte Graf Ludovic dazwischen. Irritiert schaute Madame Hortense ihn an. »Welcher Hermelin?«, fragte sie unsicher.
»Der Graf beliebt zu scherzen«, sagte Gräfin Dorothea.
»Der Herzog von Kurland hat mir auch einmal einen Hermelin geschenkt«, behauptete er.
»Den du noch im selben Jahr bei einem scharfen Jeu an den guten Herzog von Bayreuth verloren hast«, versetzte seine Gattin. Er grinste beschämt.
»Ich habe alle Pelze der Familie, die in Ihren Kleiderkoffern im Hotel St. Petersburg eingelagert waren, ins Stadtpalais kommen lassen«, erklärte Madame Hortense nun ein bisschen pikiert. »Die Diener haben sie ausgepackt. Ich habe sie im großen Kaminzimmer aushängen lassen und auf Ungezieferbefall untersucht. Bis auf eine Kaninchenweste aus den Kindertagen von Graf Alexander und eine Schlittendecke waren alle übrigen Pelze in einwandfreiem Zustand und können von den Herrschaften sofort getragen werden.«
»Das ist gut zu wissen, meine Liebe. Und was haben Sie sich heute Abend für uns zum Essen ausgedacht?«, erkundigte sich Gräfin Dorothea.
»Sollten wir nicht auf die Ankunft der zweiten Kutsche mit den Proviantkörben warten, da gibt es doch noch genug für uns zu essen?«, schlug Charlotte vor.
»O ja, der Schinkenbraten hat ja schon gestern verheißungsvoll durch das Haus gerochen«, sagte Graf Ludovic begeistert.

»Ich habe eigentlich im Hotel St. Petersburg frische Austern, Lachs und Sterlet bestellt.« Nun schien Madame Hortense fast beleidigt. »Ein Botenjunge des Hotels wartet in der Küche darauf, bis er loslaufen kann, um von der Ankunft der Herrschaften drüben Bescheid zu geben.«
Das Hotel St. Petersburg befand sich nur wenige Gehminuten vom Prewitzschen Stadtpalais direkt Unter den Linden.
»Dann eben beides«, schlug Graf Wilhelm vor und leckte sich die Lippen. »Dazu frischen Champagner zur Feier des Tages.«
»Gute Idee, mein Sohn«, lobte ihn sein Vater. »Dann werde ich schon mal rasch in den Weinkeller gehen und ein paar schöne Flaschen für uns aussuchen.«
»Ich habe mit Monsieur Legrand zuvor eine Auswahl getroffen«, entgegnete Madame Hortense spitz. »Der Rotwein ist bereits dekantiert, der Weißwein und der Champagner im Weinschrank der Kühlkammer kalt gestellt.«
»Na, dann werde ich mal nachschauen, welche Auswahl Sie mit Monsieur Legrand getroffen haben«, meinte Graf Wilhelm und begab sich auch schon Richtung Küche, die in einem Seitentrakt des Gebäudes lag.
Monsieur Legrand war der Chefkoch des Hotels St. Petersburg, einst geschätzter Koch am Hofe von Versailles, bis auch ihn die Revolution 1790 bis nach Berlin getrieben hatte, wo er mit seinen Kenntnissen der raffinierten französischen Küche sehr schnell Anstellung und Anerkennung gefunden hatte. Er war der einzige Koch, von dem Babette nach ihrem alten Lehrmeister noch irgendwelche Ratschläge annahm.
Nachdem sich Gräfin Elisabeth auch der übrigen Reisegesellschaft zugesellt hatte, fehlte eigentlich nur noch Maestro Farini. Ja, tatsächlich die ganze Kutsche mit allen Insassen und den beiden immer noch gut gefüllten Proviantkörben.

»Ich schlage vor, dass wir uns nun auf unsere Zimmer begeben und uns dort ein wenig frisch machen und umziehen«, erklärte Gräfin Dorothea. »Ich glaube, wir sind alle ein bisschen neugierig, wie nun unsere frisch renovierten Zimmer gestaltet wurden.« Sie wandte sich den Mädchen zu. »Für euch dürfte es besonders interessant sein, da ihr die ganze Etage über den Seitenflügel nun für euch alleine habt«, sagte sie lächelnd.

»Das ist wirklich sehr großzügig von Ihnen, belle-mère, unseren jungen Damen so viel Platz zu überlassen«, bedankte sich Gräfin Elisabeth.

»Es ist ja genügend da, und diese niedrigen Kammern unter dem Dach waren wirklich nicht mehr zumutbar«, entgegnete die Gräfin.

Bis zu Beginn der Renovierung vor zwei Jahren hatten die drei Mädchen in direkter Nachbarschaft zu den Domestiken unter dem Dach gehaust. Keiner von ihnen hatte dies etwas ausgemacht, denn die Küchenmädchen und die jungen Diener hatten immer etwas zu erzählen gehabt. Hätten Babette und Jean, die gleichfalls Zimmer unter dem Dach bewohnten, nicht stets energisch für Ruhe gesorgt, wäre das fröhliche Gekreisch und Getrampele von Kissenschlachten und Versteckspielen so manches Mal bis hinunter zu den vornehmen Gesellschaften von Gräfin Dorothea in den Salon, wo förmliche Mitternachtssoupers oder auch nächtliche Kartenspiele stattfanden, durchgedrungen.

Gaben die Prewitzens einen großen Ball, standen Charlotte, Sophie und Eleonora auch stets oben auf der Treppe und spähten hinunter in die große Eingangshalle, um einen Blick auf die eleganten Roben der Gäste zu erhaschen. Dann war es meist Madame Hortense gewesen, die die neugierigen Kinder zurück in ihre Zimmer gescheucht hatte. Diese Zeiten waren vorbei. Charlotte und Sophie würden in dieser Saison bei Hofe debütieren. Das hatte dann auch noch einige eigene Hausbälle im Stadtpalais zur Folge. Noch vor wenigen Tagen war es den beiden Komtessen gelungen, ihrer Großmutter die Zusage für einen Maskenball während der Karnevalssaison abzuringen.

»Wenn die Komtessen und auch Demoiselle Eleonora mir bitte folgen würden?« Eleonora fuhr zusammen. Vor ihnen stand ein junger Diener. Er hielt eine Petroleumleuchte in der Rechten und verneigte sich ehrerbietig.
»Komm, Charlotte, komm, Eleonora, ich kann es gar nicht abwarten, unsere neuen Zimmer zu sehen«, rief Sophie aufgeregt und zog ihre Schwester mit sich in Richtung Treppe, auf der der junge Diener bereits voranstieg. Eleonora knickste in Richtung der Gräfin und folgte den dreien.
Die neuen Zimmer der jungen Damen lagen im zweiten Stock über dem rechten Seitenflügel des Stadtpalais, in dem Küche und sonstige Wirtschaftsräume untergebracht waren. Im ersten Stock residierte das alte Grafenpaar, während Gräfin Elisabeth und Graf Wilhelm das erste Stockwerk des linken Seitenflügels zugewiesen war. Kein Mensch wusste so genau, wie viele Zimmer das Palais tatsächlich besaß. Genug, um den zahlreichen Besuchern aus der nahen und fernen Verwandtschaft und den Gästen der Bälle auch tagelang ein standesgemäßes Quartier zu gewährleisten. Entsprechend groß war natürlich der Personalaufwand. Nur die Dienerschaft des engeren Familienkreises wie Jean, Babette und Madame Hortense genossen das Privileg, direkt im Haus in unmittelbarer Nähe ihrer Herrschaft wohnen zu dürfen.
Das einfache Personal hauste in primitiven Kammern über

den Stallungen oder kam tagtäglich in aller Herrgottsfrühe aus ihren schlichten Behausungen der umliegenden Stadtteile zu Fuß anmarschiert.

Wo man Emma und Paula wohl unterbringen würde und den jungen Anton? Vielleicht doch in den Dachkammern, da die Mädchen ja zu Zofen ausgebildet werden sollten. Und Anton? Der landete bestimmt in der Sattelkammer.

Aber gar nicht so schlecht, dachte Eleonora, denn da war es eigentlich immer schön warm und roch so gut nach Leder, dem Kampfer der Pferdesalbe und Lederfett. Unter dem Dach juchhe konnte es in den Wintermonaten empfindlich kalt werden. Aber im Gegensatz zum Potsdamer Waisenhaus hatte es für die Kinder dicke Federbetten gegeben, und ein guter Geist hatte stets dafür gesorgt, dass in jedem Bett der Kinder eine Wärmflasche lag. In unbeobachteten Momenten waren die drei Mädchen zu gerne in ein Bett geschlüpft, hatten sich eng aneinandergeschmiegt, einander Märchen oder schöne Gruselgeschichten erzählt und waren dicht aneinandergekuschelt eingeschlafen. Einmal hatte Madame Hortense sie am frühen Morgen in Charlottes Bett erwischt. Ihre Strafpredigt war ellenlang gewesen, nachdem sie sie auseinandergescheucht hatte. Aber sie hatte die Kinder nicht in der Beletage verraten. Unter ihrer harten Schale schlummerte letztendlich doch ein weicher Kern.

»Ich bin ja so gespannt auf unsere neuen Zimmer«, quietschte Sophie aufgeregt und stapfte ihrer Schwester ein wenig keuchend hinterher. Sie kam wirklich nach ihrer Mutter. Der junge Diener lächelte bedeutungsvoll und hob die Petroleumlampe etwas höher, um den langen Gang besser auszuleuchten. Vor einer Flügeltür blieb er stehen. Er wartete, bis alle hinter ihm standen, und öffnete sie.

Eleonora hörte, wie Charlotte tief Luft holte, und vernahm

den Entzückensschrei ihrer jüngeren Schwester. Sie selbst musste auch erst einmal tief durchatmen beim Anblick des riesigen elfenbeinfarbenen Flügels, der mit aufgeklapptem Deckel schräg im Raum stand. Sie kannte dieses Instrument. Bislang hatte er immer im Salon der Gräfin gestanden. Er war ein Geschenk ihres Onkels, des Grafen von Schwerin, zur Hochzeit gewesen.

»Schau mal, die schönen Vorhänge!«, rief Sophie begeistert und lief zum Fenster. Vorsichtig strich sie über den schweren dunkelblauen Stoff. »Der lässt bestimmt keine Kälte von draußen durchdringen.«

»Wenn die Damen noch irgendwelche Wünsche hätten«, sagte der junge Diener und verneigte sich. »Soll ich einem der Mädchen Bescheid geben, dass es nun das heiße Wasser bringen darf?«

Fragend schauten sich die drei an.

»Den Reisestaub bekommen wir mit warmem Wasser bestimmt besser von Händen und Gesichtern«, meinte Eleonora.

»Gut, dann sagen Sie Bescheid«, sagte Charlotte zu dem jungen Diener. Mit einer Verneigung zog dieser sich zurück.

Sophie stellte sich in die Mitte des Raums und drehte sich einmal um die eigene Achse. Mit ausgestrecktem Finger zählte sie die Türen durch. »Fünf Türen mit der zum Flur«, stellte sie fest.

»Dann lass uns doch einmal schauen, was sich jeweils dahinter versteckt«, schlug ihre Schwester vor.

»Seht doch mal, das wird doch schon von außen erkennbar«, sagte Eleonora.

»Wieso denn das?«, fragte Sophie.

»Du musst eben etwas genauer hinschauen«, befahl ihr Eleonora lächelnd. Nun erst entdeckten die Schwestern die kleinen Schilder, die diskret über den Türklinken angebracht waren.

»Das kann ja nur auf mich gemünzt sein«, rief Sophie und trat auf die Tür zu, auf deren Schildchen ein großer Hut aufgemalt war.

»Und die für mich«, meinte Charlotte und freute sich über das galoppierende Pferd auf ihrem Schild.

»Und was hast du, Eleonora, ein Klavier?«, wollte Sophie neugierig wissen und spähte ihr über die Schulter.

»Nein, ein Notenschlüssel tut es doch auch«, erwiderte diese lächelnd.

»Bei dir wäre ein Schokoladenkännchen eigentlich auch angebrachter gewesen«, ärgerte Charlotte einmal mehr ihre jüngere Schwester.

»Du bist gemein!«, erfolgte prompt die übliche Replik, aber es war mehr rhetorisch, denn Sophie war längst in ihr Zimmer getreten, um es einer ausgiebigen Betrachtung zu unterziehen. Die beiden anderen taten es ihr nach.

»Ist es nicht herrlich warm bei uns?«, rief Sophie aus ihrem Gemach.

Das hatte seinen Grund. Im Salon der jungen Damen stand nämlich ein riesiger Kachelofen, der den gesamten Raum mit wohliger Wärme erfüllte. Aber nicht nur das, in jedem Zimmer der jungen Damen stand ein kleiner Heizkörper, der mit einem Rohr mit dem großen Kachelofen des Salons verbunden war und so auch diese Räume wärmte.

»Endlich nicht mehr frieren müssen!«, rief Sophie begeistert und riss sich ihr seidenes Brusttuch aus dem Dekolleté. Ein makelloser voller Busen kam zum Vorschein, der im Licht der Petroleumleuchter an den Wänden wie Perlmutt schimmerte.

»Mais, ma chère sœur, je vous en pries!«, rügte sie ihre ältere Schwester im Ton ihrer Mutter. Und nun kicherten sie alle

beide, ehe sie sich gemeinsam an die Inspektion ihrer neuen Zimmer begaben.
So blieb Eleonora genügend Zeit und Ruhe, ihr eigenes Zimmer zu besichtigen. Bei der Auswahl von Farben und Möbeln konnte nur Gräfin Dorothea ihre Finger im Spiel gehabt haben. »Edles Smaragdgrün, fast ins Türkis spielend, und Elfenbein, das sind deine Farben!«, sagte sie oft zu Eleonora. »Merk dir das, das Grün bringt das helle Grau deiner Augen noch besser zur Geltung, und das Elfenbein betont deinen wunderbaren Teint.« Und der krönende Baldachin über ihrem Bett trug nun genau jene Farbe, genauso wie die Bezüge des Betts, das mit dem Kopf zur Wand mitten in den Raum ragte.
Es gab einen kleinen Sekretär in der Ecke, der Eleonora irgendwie bekannt vorkam, zwei Stühle und einen Teetisch. Schlicht, dennoch vornehm und zweckmäßig zugleich. Nicht zu vornehm für die Tochter eines Feldwebels aus Potsdam?
Eleonoras Blick fiel auf einen zierlichen Notenständer, den wohl jemand nicht ohne Absicht direkt neben den Sekretär gestellt hatte. Und eine aufgeschlagene Partitur lag auch bereits darauf.
Welche Partitur es wohl war? Neugierig trat Eleonora näher. Wie waren die Noten für *Cosi fan tutte* so schnell hier oben auf ihr Zimmer gelangt? Sie hatte sie doch gerade noch unmittelbar vor der Ankunft in ihrer Reisetasche verstaut. Aber die stand ja auch schon auf ihrem Bett. Eleonora schüttelte ungläubig den Kopf. Es gab nicht nur gute Geister im Haushalt der Prewitzens, sondern richtige Zauberkräfte. Ja, Madame Hortense war eine zwar unerbittliche, dabei aber meisterhafte Lehrerin. Das würden Emma und Paula alsbald zu spüren bekommen.
»In meiner Lieblingsfarbe Rosé, Großmutter hat wirklich daran gedacht!«

»Und ich habe mein geliebtes Bleu bekommen!«
Die Begeisterungsschreie der beiden Komtessen rissen Eleonora aus ihren Gedanken. Mit beiden Händen strich sie noch einmal über die schwere Bettdecke, ehe sie zurück in den Salon trat. Eine Tür hatten sie noch nicht geöffnet. Sie enthielt auch kein Symbol. Was sich wohl dahinter verbarg?
Die Antwort erhielten die drei prompt von einem Zimmermädchen, das gerade mit einer schweren Kanne nach höflichem Anklopfen in den Salon trat. Sie grüßte nur kurz.
»Das heiße Wasser für die jungen Damen«, ächzte sie kurzatmig und schleppte die Kanne quer durch den Raum. Sie öffnete die Tür, die schmaler als die anderen war. Ein hell gekachelter Raum kam zum Vorschein, durchzogen von einer schmalen Schmuckbordüre mit winzig kleinen Rosen.
»Ein Waschraum, ein richtiger Waschraum«, jubelte Sophie.
Das Mädchen nickte nur und schleppte die Kanne zu einem Waschtisch, der am Kopf des Raums stand. In dessen Marmorplatte war ein tiefes Waschbecken eingelassen, in das das Zimmermädchen nun das heiße Wasser goss. Auf der Platte lagen drei Schalen Seife, jede in einer anderen Farbe, rosé, hellgrün und violettblau. So waren auch hier jegliche Missverständnisse ausgeschlossen, genauso wie bei den dicken Handtüchern, die sich in diesen drei Farben in einem Regal an der Wand nebeneinander stapelten.
»Ein eigenes Waschzimmer! Nur für uns drei!« Sophie konnte gar nicht aufhören zu jubeln.
Bislang hatten sie sich alle immer nur mit einem einfachen Waschtisch begnügen müssen. Aber Gräfin Dorothea war der gerade aufkommenden neuen Hygienebewegung gegenüber sehr aufgeschlossen. Zum Entsetzen ihrer Schwiegertochter hatte sie sogar neulich bei Tisch den Einbau einer Badewanne erörtern wollen.

Mit so einem neumodischen Kram durfte man Gräfin Elisabeth nicht kommen. Sie gehörte noch zu jener Fraktion, die glaubte, je größer der Parfumverbrauch, desto besser den Ansprüchen der Körperpflege und Sauberkeit Genüge zu tun.

»Darf ich zuerst, darf ich zuerst?«, rief Sophie und hopste aufgeregt wie ein kleines Kind auf und nieder.

»Nur zu, lass dir ruhig Zeit, dann gehe ich mittlerweile meine Reisetasche auspacken«, sagte Eleonora und zog die Tür des Waschzimmers hinter sich zu. Sie schritt durch den Raum. Vor dem geöffneten Flügel blieb sie stehen. Andächtig strich sie über dessen glänzenden Lack. Spielerisch schlug sie eine kleine Melodie auf den Tasten an. »Wie bist du nur hierhergekommen?«, murmelte sie vor sich hin und spielte versonnen weiter.

»Das war in der Tat ein schwieriges Unterfangen«, ertönte die helle Stimme der Gräfin. Erschrocken fuhr Eleonora aus ihren Gedanken hoch. »Wenn wir unseren Christian mit seinen kräftigen Stallburschen nicht hätten, wäre dieses Instrument wohl niemals hier oben angekommen«, sagte sie fröhlich. »Graf Ludovic hat mir gerade erzählt, dass Christian sich bei ihm noch tagelang bitterlich über diese Zumutung beschwert habe. Schließlich sei er unser Kutscher und kein Lastesel. Recht hat er, auch ein Kutscher hat seine Berufsehre, aber ich wollte dir doch unbedingt eine Freude machen.«

»Mir eine Freude machen?«, wiederholte Eleonora fassungslos. »Es ist doch Ihr Flügel.« Sie war fast entsetzt.

»Ja, mein Kind, es ist immer noch mein Flügel und wird auch immer mein Flügel bleiben«, erwiderte die Gräfin. »Aber warum soll er bei mir unbenutzt herumstehen, während du ihn doch viel besser gebrauchen kannst.«

»Aber ich kann doch gar nicht spielen«, erwiderte Eleonora.

»Dann wirst du es eben lernen«, versetzte Gräfin Dorothea. »Selbstverständlich wird deine Gesangsausbildung weiterhin im Vordergrund stehen bleiben, aber eine jede gute Sängerin muss auch in der Lage sein, sich selbst auf dem Klavier zu begleiten. Deshalb habe ich angeordnet, meinen Flügel in diesen Salon zu bringen.«

»Werden Sie ihn nicht vermissen?«, fragte Eleonora immer noch fassungslos. »Wollen Sie denn selbst gar nicht mehr spielen?«

»Schau dir meine Hände an!« Gräfin Dorothea hielt ihr die gepflegten Hände entgegen.

Zum ersten Mal fiel Eleonora auf, dass nur sie das wahre Alter der Gräfin verrieten. Ein Geäst von feinen Falten und Runzeln überzog Handrücken und die schlanken Finger. Und zum ersten Mal fiel ihr auf, dass diese gekrümmt waren. Betroffen betrachtete sie sie und schaute zu ihrer Gönnerin empor.

»Ja, mein Kind, musst gar nicht so bekümmert schauen, das ist nun einmal der Lauf der Welt. Ich kann nicht mehr Klavier spielen, ich habe keine Kraft mehr in den Händen, kann die Tasten nicht mehr anschlagen. Der Schmerz ist einfach zu groß. Warum soll der Flügel dann unbenutzt bei mir herumstehen, wenn er dir hier oben doch viel bessere Dienste leisten kann?«

»Ich weiß gar nicht, wie ich Ihnen danken soll«, erwiderte Eleonora mit gepresster Stimme. »Ich frage mich sowieso immer wieder, wie ich Ihnen jemals danken kann für all das, was Sie für mich getan haben. Ich werde niemals in der Lage sein, dies angemessen zu tun.« Eleonora schluchzte unwillkürlich auf. »Diese Frage lässt mir einfach keine Ruhe, sie beschäftigt mich immer wieder und wieder und lässt mich so manche Nacht nicht schlafen.«

»Mein liebes Kind, das darfst du nicht tun, du hast mir doch schon so viele Male gedankt.«
»Aber wie denn?«
»Mit deinem Gesang, mit deinem Verhalten, mit deinem Anblick, mit deinem liebreizenden Wesen«, behauptete die Gräfin.
»Sie müssen nicht übertreiben, Madame«, wehrte Eleonora ab.
»Ich übertreibe nicht, Eleonora«, sagte die Gräfin fest. »Du bist eine Bereicherung für mein Leben und kannst mir nur angemessen danken, indem du konsequent den dir vorgezeichneten Weg weitergehst. Versprichst du mir das, Eleonora?«
»Ich verspreche es«, entgegnete diese mit fester Stimme.
Ein tiefer Gong ertönte durch das Palais. Er war noch viel lauter und tiefer als der von Schloss Sophienhof.
Gräfin Dorothea zog den Arm, den sie zuvor tröstend um Eleonoras Schultern gelegt hatte, wieder fort. Sie richtete sich auf und atmete tief durch.
»Das Abendessen!«, sagte sie und wandte sich zum Gehen.
»Oh, ich habe mich noch gar nicht waschen können«, rief Eleonora bestürzt. »Charlotte und Sophie halten die ganze Zeit das Waschzimmer belegt.«
»Charlotte, Sophie!«, rief die Gräfin streng. In Sekundenschnelle sprang die schmale Tür des Waschzimmers auf, und ein brauner und ein blonder Schopf ihrer Enkelinnen kamen zum Vorschein.
»Was belieben, grand-mère?«, erkundigten sie sich beflissen.
»Ihr gebt jetzt sofort das Waschzimmer für Eleonora frei«, befahl ihre Großmutter. »In zehn Minuten erwarte ich euch drei frisch gewaschen und gekämmt, also mit frisch geflochtenen Zöpfen bei Tisch.«

»Wirklich frisch geflochten?«, jammerte Sophie prompt und nestelte an ihrem dicken Zopf. »Das schaffe ich doch gar nicht, und Emma ist auch noch nicht da.«
»Die Kutsche ist bereits vor einer Viertelstunde vorgefahren«, unterrichtete sie ihre Großmutter. »Aber du wirst die nächsten Tage auf die Dienste von Emma oder Paula verzichten müssen. Madame Hortense hat die beiden sofort in Beschlag genommen.«
»Oh, die Ärmsten«, riefen alle drei wie aus einem Mund.
Sie wussten zu genau, was den beiden bevorstand.

»Ich weiß nicht, ich weiß nicht!« Voller Skepsis unterzog Charlotte ihre jüngere Schwester von Kopf bis Fuß einer intensiven Betrachtung.
»Was weißt du nicht?« Komtesse Sophie Maria Helena von Prewitz zu Kirchhagen stand vor einem langen schmalen Spiegel. Bislang hatte sie unbefangen mit ihrem eigenen Spiegelbild kokettiert, fuhr bei den Worten ihrer Schwester aber empört herum.
»Findest du das Dekolleté nicht wirklich ein bisschen zu gewagt?«, erkundigte sich diese maliziös.
»Mais non, Mademoiselle la comtesse, das trägt man doch jetzt so. Eine 'ohe Büste über der Empiretaille ist immer noch en vogue«, mischte sich Mademoiselle Durand ein.
War das vor drei Wochen eine Überraschung für die jungen Komtessen gewesen, als die französische Schneiderin nur wenige Tage nach ihrer Ankunft in Berlin mit Sack und Pack im Prewitzschen Stadtpalais Einzug gehalten hatte. Schier außer sich vor Entzücken waren die beiden jungen Mädchen geraten, nachdem ihnen Gräfin Dorothea eines Abends an der gemeinsamen Tafel verkündete, dass es ihr mit viel Überredungskunst, Geschick und noch mehr Geld

gelungen sei, die begehrte Schneiderin noch kurzfristig zur Anfertigung der Ballroben für die beiden Debütantinnen anzuwerben. Dafür war der französischen Demoiselle eigens ein großer heller Raum im Parterre des linken Seitenflügels als Atelier zur Verfügung gestellt worden. Normalerweise diente dieser für Theateraufführungen, Scharaden oder Lesungen, zu denen Gräfin Dorothea gerne während der Wintermonate einlud. Nunmehr residierte hier Mademoiselle Durand. Besser gesagt, sie regierte hier, führte ein erbarmungsloses Zepter über ihre Gehilfin und zwei junge Lehrmädchen, und nicht nur über sie, sondern auch über die jungen Damen des Hauses Prewitz zu Kirchhagen.

Die Komtessen hatten fortan nichts anderes mehr im Kopf als die Anfertigung ihrer Ballroben, ein Unterfangen, das ihren gesamten Tagesablauf bestimmte.

Da Eleonora nicht debütieren würde, musste sie sich auch nicht der langwierigen Prozedur der täglichen Anproben unterziehen. Stattdessen nahm sie ihre Musikstunden beim Maestro wieder auf.

Diese fanden im Salon der jungen Damen statt, weil dort mittlerweile der große Flügel stand. Maestro Farini war fast so überwältigt wie Eleonora selbst, als er erfuhr, dass Gräfin Dorothea bis auf weiteres dieses wertvolle Instrument seiner geliebten Signorina Nora zur Benutzung überlassen hatte. Genauso überzeugte ihn der Vorschlag, ihr Klavierunterricht zu erteilen, damit sie sich auch einmal selbst begleiten konnte.

Eleonora war sehr überrascht, als der Maestro sich an den Flügel setzte und mit eleganter Leichtigkeit seine Finger über die Tastatur tanzen ließ. Sie hatte gar nicht gewusst, dass er auch dieses Instrument beherrschte. Er spielte eine ihr ungewohnte Melodie für sie, die nichts von der barocken Gefällig-

keit und tonalen Berechenbarkeit seiner sonst bevorzugten Musik beinhaltete.
»Was war das denn für ein Stück, Maestro?«, erkundigte sich Eleonora erstaunt und beeindruckt zugleich.
Ein fast beschämtes Lächeln zeigte sich auf Farinis Zügen. »Das war eine Klaviersonate von Beethoven«, gestand er.
»Wirklich?«, vergewisserte sich Eleonora. Sie hatte über den ungestümen Komponisten aus Bonn, der seit einigen Jahren in Wien lebte, zwar schon einiges gelesen, sogar Klatsch vernommen, aber noch niemals seine Musik gehört.
»Er ist ein Genie«, behauptete der Maestro. »Ich hoffe, dass er eines Tages auch noch Opern schreibt. Mit den passenden Partien für Sie, carissima Nora«, fügte er fast zärtlich hinzu. Er ließ einen perlenden Lauf auf dem Flügel ertönen. So nach und nach setzte er die Noten zu einer Eleonora bekannten Folge zusammen. Aufmunternd nickte er ihr zu. »Wollen wir es einmal versuchen?«, schlug er vor.
Vorsichtig setzte Eleonora ein. Ein wenig schwach und verhalten kamen die ersten Töne, aber dann bemerkte sie plötzlich, wie sie eine neue Energie durchströmte. Fest und klar, hell und stark war ihre Stimme wieder geworden. Mühelos erklomm sie die vom Maestro vorgegebenen Tonleitern, konnte den Ton in höchster Lage halten und kehrte sicher wieder bis in die Mezzolage zurück. Nach einer guten Viertelstunde hielt Farini inne.
»Das genügt für heute«, erklärte er. »Wir wollen deine Stimme auch nicht überstrapazieren. Und nun setz dich neben mich.« Einladend klopfte er auf die Klavierbank, die genügend Platz für eine zweite Person bot. Er begann in dem Stapel der vor ihm liegenden Noten zu blättern, stieß ihn aber dann ungeduldig beiseite. »Schau mir auf die Finger und versuche es nachzumachen«, forderte er Eleonora auf. Und

so erhielt sie ihre erste Klavierstunde. Sie würde im Winter genug zu tun haben, wenn sie auch dieses Instrument einigermaßen beherrschen wollte. Das Gleiche schien auch der Maestro zu denken. »Während die Komtessen sich die Schuhe auf den Bällen durchtanzen, wirst du reichlich Zeit haben, hier zu üben. Carissima, du wirst eines Tages eine Königin der europäischen Opernbühnen sein.«
Der Maestro verströmte so viel Überzeugung und Zuversicht bei seiner Prophezeiung, dass Eleonora gar nicht anders konnte, als ihm Glauben zu schenken.
Die Tage und Wochen gingen ins Land. Nach einer besinnlichen Adventszeit, einem harmonischen Weihnachtsfest mit einer riesigen Tanne in der Eingangshalle und einigen stillen Tagen zwischen den Jahren begnügte sich das Haus von Prewitzens zu Kirchhagen in diesem Jahr mit einer kleinen intimen Silvesterfeier en famille, da für die Monate Januar und Februar eine turbulente Saison bevorstand. Der ersehnte Termin des Debütantinnenballs rückte immer näher. Die beiden jungen Komtessen wurden von Tag zu Tag aufgeregter.
Mitte Januar hielt Babette Einkehr im Stadtpalais, um wieder das Zepter in der Küche zu übernehmen. Mit frisch gestärkten Schürzen und adretten Zofenhäubchen standen Emma und Paula am großen Küchentisch zu ihrem Empfang bereit. Beim Anblick der alten Köchin versanken sie mit einem spitzbübischen Grinsen in einen tiefen Knicks. Die strenge Schule von Madame Hortense stellte sich unter Beweis, denn Babette erkannte ihre beiden ehemaligen Schützlinge aus der Küche von Sophienhof erst auf den zweiten Blick. Sie schlug die Hand vor den Mund und sah die beiden hübschen jungen Zofen staunend an.
»Eure Eltern und Geschwister würden euch kaum wiedererkennen«, sagte sie und wanderte bewundernd um sie her-

um. »Was für eine Überraschung. Wie ich mich freue, euch wiederzusehen. Nein, Kinder, ist das eine Freude. Erst die Überraschung, dass mich Christian persönlich aus Cottbus mit der Berline abholte und tatsächlich schon dem Anton die Zügel für eine Weile übergab, und jetzt zwei so hübsche junge Kammerzofen.«
Babette kam aus dem Staunen kaum heraus, denn nun stürmten auch noch die Komtessen in die Küche. Sie konnten sich doch die Begrüßung der geschätzten alten Köchin nicht entgehen lassen.
Mitten in den temperamentvollen Empfang ertönte die Klingel, die mit einem langen Zug bis hoch in den Salon von Gräfin Dorothea verbunden war.
»Zeit für den Nachmittagstee«, sagte Babette geschäftig, entledigte sich ihres Hutes und des dicken Wintermantels und band sich hastig eine von Paula schon bereitgehaltene Schürze um.
Es dauerte nur Minuten, da ertönte das vertraute Geklapper vom Metall des Wasserkessels durch die Küche. Das Wasser zischte, als es in die Kanne gefüllt wurde, das Porzellan der fast durchsichtigen Teetassen klirrte sachte, als sie auf das Teetablett gestellt wurden.
»Wer von euch wird das Tablett nach oben tragen?«
»Wir haben doch jetzt einen Speiseaufzug. Er führt sowohl in den Speisesaal als auch in das Frühstückszimmer und den Salon der Gräfin«, erklärte die etwas vorwitzigere Paula.
»Ein Speiseaufzug, was ist das denn?«, fragte Babette verdutzt.
Da trat Jean, der sich bislang dezent, aber dennoch unübersehbar im Hintergrund gehalten hatte, an die Stirnwand der Küche, öffnete eine unauffällige Klappe und trat zurück. »Voilà, Madame Babette, hier ist der neue Speiseaufzug, der

uns fortan die schweren Lasten in die oberen Stockwerke abnehmen wird«, sagte er und verneigte sich vor seiner alten Kollegin.
Misstrauisch trat Babette näher und unterzog den Aufzugsschacht einer kritischen Musterung.
Paula eilte mit dem Tablett herbei, stellte es in den Aufzug, Jean schloss die beiden Klappen und zog an einem seitlich befindlichen Seil. Mit viel Gequietsche, rumpelnd und klappernd setzte sich der Aufzug in Bewegung.
»Und oben muss dann nur noch die Tür geöffnet werden, und alles ist servierbereit«, erzählte er eifrig.
»Und wer öffnet die Klappe und serviert?«, erkundigte sich Babette.
»Wir sind schon unterwegs«, riefen Paula und Emma, knicksten noch einmal kichernd vor Babette und eilten davon.
»Wir kommen mit, wir kommen mit«, schlossen sich die beiden Komtessen an. An der Tür drehte sich Sophie noch einmal um.
»Schön, dass du wieder da bist, Babette«, sagte sie. »Du machst nämlich die beste Schokolade auf der ganzen Welt.«
»Habe schon verstanden.« Babette lachte. »Ich werde dir gleich ein Kännchen nach oben bringen lassen«, versprach sie.
»Nein, du musst es nur in den Aufzug stellen, ich nehme es oben schon in Empfang«, sagte Sophie und zog die Tür hinter sich ins Schloss.
Kopfschüttelnd schaute Babette ihr nach. »Hoffentlich hat Gräfin Elisabeth das alles nicht mitbekommen. So ein herzlicher Empfang seitens der Komtessen für eine olle Mamsell ist doch überhaupt nicht comme il faut.« Sie äffte den gezierten Ton der ungeliebten Gräfin nach.
Jean grinste verhalten. »Das wird sie kaum, denn sie liegt mit zugezogenen Vorhängen im Bett und hat Migräne«, sagte er.

»Ach, die Ärmste!« Babette hatte ein butterweiches Herz. »Dann werde ich gleich einmal eine kühlende Minzkompresse herstellen.«

»Ich glaube, sie hätte auch nichts gegen ein klitzekleines Schaumomelettchen mit ein paar fein gehobelten Trüffelscheibchen«, meinte Jean.

»Trüffel, also mein Lieber, Trüffel?« Babette stemmte die Arme in die fülligen Hüften und schaute Jean fast entsetzt an. »Wo sollen wir denn jetzt Trüffel herbekommen?«

»Ein kleiner Willkommensgruß aus der Küche vom Hotel St. Petersburg«, klärte Jean die verdutzte Babette auf. Er wies mit ausladender Geste auf die Tür, hinter der sich die große Speisekammer befand. »Du findest den Schatz hinten in der Kühlkammer.«

»Dieser Jean Pierre, das ist doch ein ganz Verrückter!« Babette schüttelte den Kopf, aber es war nicht zu übersehen, dass sie sich sehr über das kleine Präsent des französischen Kochs von Berlins erstem Hotel am Platze freute. »Komisch, dass Eleonora gar nicht zu meiner Begrüßung erschienen ist«, wunderte sie sich, während sie mit wieselflinker Geschwindigkeit die Vorbereitungen für eine lindernde Kompresse traf und parallel dazu auch schon zwei Eier für das »Omelettchen« aufschlug.

»Die übt oben am Flügel im Salon der jungen Damen«, plauderte Jean.

»Klavier, Salon der jungen Damen, wo ist der denn?«, wunderte sich Babette erneut.

Nun holte Jean zu einem langen Vortrag aus, was sich seit der Renovierung des Berliner Stadtpalais alles an Neuerungen ergeben hatte. Es war ein längerer Vortrag, und als er ihn beendete, lag ein goldgelbes, duftig schaumiges Omelett in der großen gusseisernen Pfanne und harrte seiner Verzierung.

»Ich hole den Trüffel und bringe die Cloche gleich mit«, sagte Jean eilfertig und verschwand hinter der Tür zur großen Vorratskammer, in der auch ein riesiger Geschirrschrank stand. Gemeinsam machten sich die beiden dann daran, das Omelett zum Verzehr vorzubereiten, dekorierten es liebevoll, ehe es unter der riesigen Cloche verschwand. Jean öffnete den Speiseaufzug.
»Oh, hat Gräfin Elisabeth denn auch einen Zugang von ihrem Zimmer aus?«, fragte Babette.
»Ach nein, das habe ich ja ganz vergessen? Natürlich nicht.« Jean schien fast ein bisschen beschämt. Aber dann erhellte sich seine verdüsterte Miene. »Ich gehe in den Speisesaal und öffne dort die Klappe. Dann gebe ich dir ein Klopfzeichen, wenn du das Essen hochschicken kannst.«
Sein Vorschlag löste wieder einmal ein verständnisloses Kopfschütteln bei Babette aus. »Das sind mir fast zu viele Neuerungen. Ob ich mich daran gewöhnen kann?«, sagte sie skeptisch.
Leises Klavierspiel und dann der Ton einer hellen klaren Stimme erklangen plötzlich in der Küche.
Babette lauschte. »Horch, was ist das?« Sie legte den Kopf zur Seite. »Klingt ja ganz genau wie mein Eleonorchen«, stellte sie erstaunt fest. Ein fast zärtliches Lächeln glitt über ihre Züge.
»Das ist Eleonora«, erwiderte Jean und öffnete die beiden Klappen des Speiseaufzugs. Klavierspiel und Gesang wurden lauter. »Du hörst sie durch den Schacht des Speiseaufzugs«, erklärte er und stellte das Tablett mit der Cloche hinein.
Babette lauschte noch hingebungsvoller.
Jean klopfte ihr sacht auf die Schulter. »Vergiss nicht, mir das Essen hochzuschicken, wenn ich oben klopfe«, ermahnte er sie und entschwand.
»Mein Lorchen, es hat seine Stimme wiedergefunden«, sagte

Babette glücklich. »Vielleicht sollte ich ihr einen Grießbrei kochen und mit dem Aufzug nach oben schicken. Ein kleiner Gruß aus der Küche.« Sie gluckste vor Vergnügen und wartete auf das Klopfen aus dem Speisesaal im ersten Stock.

10

Endlich, endlich war es so weit. Schon am frühen Morgen warf das große gesellschaftliche Ereignis seine Schatten voraus. Zur Feier des Tages durften die Komtessen so lange schlafen, wie sie wollten. Daher musste Eleonoras Musikunterricht entfallen, oder besser gesagt, auf den Abend verlegt werden.

»Carissima, dann werden wir eben einen kleinen Spaziergang Unter den Linden machen«, schlug der Maestro vor. »Mir ist das heute alles sowieso viel zu unruhig hier. Lass uns lieber fare una piccola passagiata.«

Für einen kleinen Bummel Unter den Linden war Maestro Farini immer zu haben. Auch Eleonora war nicht abgeneigt, sich dem Trubel der Ballvorbereitungen auf diese Weise zu entziehen.

»Fa fredo, fa fredo«, klagte der Maestro, kaum dass sie das Haus verlassen hatten, und zog den Pelzpaletot noch fester um seine dünnen Schultern. Vor Jahren hatte Graf Wilhelm ihm den Paletot überlassen, da er ihn selbst aufgrund seiner wachsenden Leibesfülle nicht mehr tragen konnte. Dennoch versank Farini fast in diesem Kleidungsstück und drohte sich ständig mit seinen dünnen Beinchen im unteren Saum zu verheddern.

Eleonora lachte und schlug den Kragen ihres Pelzmantels hoch, ehe sie ihren Lehrer unterhakte und mit sich zog. Auch sie trug ein abgelegtes Kleidungsstück. Aber im Gegensatz zu Farini passte ihr dieses Erbteil wie angegossen.

»Du siehst wie eine Königin aus«, hatte der Maestro bewundernd gesagt, als sie in der Eingangshalle, wo er bereits auf sie wartete, auf ihn zugeschritten war. »Deine Größe wird dir auf den Bühnen Europas einmal zugutekommen.«

Eleonora hatte es gar nicht so gerne, wenn man sie auf ihre Größe ansprach. Viel lieber wäre sie so klein und zierlich wie Gräfin Dorothea oder Komtesse Charlotte gewesen.

So hing der schmächtige Maestro mehr oder minder an ihrem Arm, als sie sich an diesem wunderschönen Wintertag auf den Weg machten.

»Carissima, du bist einfach zu schnell für mich«, stöhnte Maestro Farini, der mit seinen winzigen Trippelschritten kaum mithalten konnte.

»Oh, entschuldigen Sie, Maestro«, sagte Eleonora lachend. »Ich hatte Ihr Schuhwerk vergessen. Es ist der Witterung nicht unbedingt angemessen.«

Während Eleonora ganz bewusst heute in ein Paar bequeme Pelzstiefeletten geschlüpft war, bestand der Maestro eigensinnig nach wie vor auf das Tragen seiner uralten Pumps mit den abgelaufenen Absätzen, ein Relikt aus vergangenen Zeiten.

Wir müssen schon ein etwas komisches Bild abgeben, dachte Eleonora, als sie Maestro Farini vorsichtig über die glatte Schneedecke des breiten Trottoirs geleitete.

»Langsam, Carissima, piano, piano«, beschwor er sie und blieb stehen. Zum ersten Mal bemerkte Eleonora den pfeifenden Atem, der aus der Tiefe seiner Brust entwich. Der rasselnde Husten, der daraufhin folgte, gefiel ihr gar nicht.

»Maestro, fühlen Sie sich nicht wohl?«, erkundigte sie sich besorgt.
Abweisend schüttelte Farini den Kopf, so heftig, dass seine alte Perücke verrutscht wäre, hätte er nicht einen ausgebleichten Zweispitz fest auf den Scheitel gedrückt. »Das Londoner Klima hat mir für immer meine Gesundheit ruiniert«, keuchte er. »Immer nur Regen, Regen und dann noch dieser fürchterliche Nebel, der einen keine drei Schritte weit sehen ließ.«
Es war ein frostklarer, aber bitterkalter Wintertag. In einem kristallinen Blau wölbte sich der Himmel über Berlin. Der Maestro schauderte. Er hängte sich noch ein bisschen schwerer in Eleonoras Arm.
»Maestro, wird es Ihnen nicht zu viel? Wollen wir in einer der Confiserien eine kleine Pause einlegen?«, schlug Eleonora besorgt vor. »Eine heiße Schokolade oder ein schöner Tee würde Ihnen jetzt guttun, am besten mit einem kräftigen Schluck Rum«, setzte sie verschmitzt hinzu.
»Lieber nach Hause, Carissima, lieber nach Hause ins Warme«, sagte er. »Es tut mir wirklich leid, Norina, aber ich habe mich überschätzt, meine Kräfte sind so einem Ausflug in die winterliche Kälte nicht mehr gewachsen.«
So machten Meister und Schülerin noch vor dem Kronprinzenpalast kehrt, um in winzigen Trippelschritten zum Stadtpalais der Prewitzens zurückzugelangen. Der kleine Ausflug hatte keine Dreiviertelstunde gedauert. Entsprechend erstaunte Miene zeigte Jean, der auf Eleonoras Klopfen hin an der Tür öffnete.
»Schon zurück?«, konnte er sich nicht verkneifen.
»Der Maestro ist erschöpft, er benötigt etwas Heißes zu trinken und eine kleine Stärkung«, erklärte Eleonora und knöpfte ihren Mantel auf. Beflissen kam Jean dem Maestro zu Hilfe

und schälte ihn aus Graf Wilhelms abgelegtem Pelz. »Ich werde Babette Bescheid sagen, dass sie ihm etwas zu trinken und zu essen zubereitet.« Und schon war Eleonora in die Küche geeilt.

Eine halbe Stunde später saßen sich der Maestro und seine Schülerin in dessen Zimmer gegenüber. Eleonora nippte an ihrem Tee mit Milch und Zucker, der Maestro trank seinen mit viel Zucker und noch mehr Rum. Schmerzlich verzog er das Gesicht, als er einen weiteren Schluck zu sich nahm.

»Schmeckt es Ihnen nicht, Maestro?«, erkundigte sich Eleonora besorgt.

»Überhaupt nicht, das ist doch Medizin, das kann doch gar nicht schmecken«, behauptete Farini. Mit angewiderter Miene lehnte er sich in seinem hochlehnigen Armsessel zurück und versank in tiefes Grübeln. Eleonora glaubte schon, er wäre wieder in eins seiner üblichen plötzlichen Nickerchen gefallen, als plötzlich ein spitzbübisches Lächeln über sein faltiges Gesicht glitt. »Ich habe da noch etwas für uns, das wird uns beiden schmecken«, verkündete er strahlend.

»Was denn?«, erkundigte sich Eleonora höflich.

»Schau mal da drüben in den Schrank mit dem Glasaufsatz, da findest du eine hohe, schmale Flasche. Sie wird dir sofort ins Auge stechen, denn der Inhalt muss dir einfach entgegenleuchten. Bitte bring auch gleich zwei Likörgläser mit«, fügte er überraschend energisch hinzu.

Eleonora leistete seinen Worten Folge. Im fahlen Licht dieses beginnenden Winternachmittags leuchtete ihr das intensive Gelb des Flascheninhalts aus dem Dunkel des Schranks richtig entgegen.

»Was ist das?«, fragte sie erstaunt.

»Zieh den Korken heraus und riech daran, dann schenk uns beiden ein Gläschen ein«, forderte der Maestro sie auf.

Es war nicht einfach, den Korken aus dem klebrigen Flaschenhals zu lösen, aber es gelang. Eleonora beugte sich über die Öffnung und schnupperte. Ein betörender Geruch nach frischen Zitronen stieg ihr entgegen.
»Was ist das, das riecht ja wunderbar?«, fragte sie entzückt.
»Limone«, erklärte der Maestro besonnen. »Echter Limone aus meiner sizilianischen Heimat. Meine Nichte hat ihn eigens für mich hergestellt und meinem Freund Orlando auf die weite Reise nach Berlin mitgegeben. Nun schenk uns doch ein!«
Eleonora nahm zwei Gläser aus dem Schrank, stellte sie auf den kleinen Teetisch neben Maestro Farinis Armsessel und schenkte vorsichtig ein. Die durchsichtige gelbe Flüssigkeit hatte eine fast ölige Konsistenz und schmeckte noch besser, als sie roch.
»Das schmeckt ja, also ich kann gar nicht beschreiben, wie gut das schmeckt. Noch niemals habe ich so einen intensiven Zitronengeschmack erlebt«, sagte Eleonora begeistert.
»Der Geschmack meiner Heimat, der Geschmack von bella sicilia, von Zitronenbäumen an den Hängen des Vesuv.«
Maestro Farini nahm noch ein Schlückchen, schloss die Augen und lehnte sich in seinem Sessel zurück. »Nostalgia fa male«, murmelte er.
So viel Italienisch verstand Eleonora schon lange, um zu begreifen, dass ihr Lehrer unter Heimweh litt.
»Aber ich dachte, Sie fühlen sich schon längst hier wie zu Hause«, sagte sie bestürzt.
»Carissima, ich werde niemals die Gastfreundschaft, die mir la Comtessa so großzügig seit Jahren gewährt, angemessen vergelten können, aber meine Heimat kann auch sie mir nicht ersetzen«, erwiderte er müde. Er hielt die Augen immer noch geschlossen, faltete die Hände vor der Brust und lehnte den

Kopf in den Nacken zurück. »Carissima, ich will nicht unhöflich sein, aber ich möchte jetzt alleine sein und ein bisschen schlafen«, sagte er. »Wenn die anderen alle zum Ball gegangen sind, können wir ja die versäumte Stunde nachholen. Ich werde dann zu dir in den Salon der jungen Damen kommen. Sieh zu, dass du vorher noch ein bisschen üben kannst.«
Eleonora gehorchte, aber nicht ohne vorher den Maestro wie gewohnt mit einem Plaid zugedeckt zu haben. Farini seufzte noch einmal wohlig, ehe er in tiefen Schlummer versank.

Eleonora zog sich in ihr Zimmer zurück. Es war ungewohnt still im Gemach der jungen Damen. Normalerweise herrschte hier um diese Zeit ein temperamentvolles Reden, Klatschen, Tratschen und lebhaftes Schnattern, untermalt von den Übungsstückchen, die Eleonora mittlerweile beherrschte. Auch beim heftigsten schwesterlichen Streit war sie in der Lage, diese Tonfolgen hoch und runter zu spielen. Und wenn sie sich verspielte, wiederholte sie unbeirrt die fehlerhafte Passage, bis sie makellos war. Dann hatten Charlotte und Sophie auch meist ihre Auseinandersetzung bereinigt. Wenn der Gong zum Abendessen rief, begaben sich die drei stets einträchtig und in vorbildlicher Toilette zu Tisch.
Ganz anders verlief das jedoch am Tag des Debüts der beiden Komtessen von Prewitz zu Kirchhagen. Der ungewohnte Likörgenuss hatte auch Eleonora schläfrig gemacht. Statt ihre Notenpartituren zu studieren oder am Flügel zu üben, legte sie sich auf ihr Bett. Nur ein bisschen ausruhen, dachte sie. Schon im Halbschlaf griff sie nach der dicken Bettdecke, um sich richtig fest einzumummeln.
Sie erwachte, als jemand an ihrem Kopfkissen zupfte. Mit einem leisen Schrei fuhr sie hoch.
»Pscht, ich bin es doch nur, nicht erschrecken!«, beruhigte sie

Paula. Eleonora hatte sich immer noch nicht an deren Zofenaufmachung gewöhnt, obwohl sie ihr ausgezeichnet stand.
»Was ist denn, Paula?«, erkundigte sie sich und gähnte ausgiebig. Natürlich nicht, ohne sich dezent die Hand vor den Mund zu halten. Alte Schule von Madame Hortense, die Paula und Emma nun schon seit vier Monaten durchliefen. Nicht ohne Erfolg, wie sie dem geradezu perfekt angemessenen Auftreten Paulas entnehmen konnte.

»Komtesse Charlotte und Komtesse Sophie lassen Mademoiselle Eleonora hinunter in das Atelier bitten«, sagte diese nun und knickste artig. »Sie wünschen, dass Mademoiselle Eleonora sie vor ihrem Aufbruch zum Ball noch einmal anschauen und bewundern kommt.«
»Sag ihnen, dass ich sofort komme, ich muss nur noch meine Schuhe anziehen und mich rasch kämmen«, erwiderte Eleonora und erhob sich.
Sie schlüpfte in die seidenen Ballerinas, die vor ihrem Bett standen, und fuhr sich vor dem Spiegel hastig mit einer Bürste über ihre blonden Haare. Sie musste sehr ruhig geschlafen haben, denn sie waren kaum verwuschelt. Keine vorwitzige Strähne hatte sich aus dem im Nacken geflochtenen Zopf gelöst. Charlotte und Sophie würden heute die edlen, der griechischen Antike entlehnten Hochsteckfrisuren tragen. Sophie wollte sogar ein Kinnband um den Hals schlingen, so, wie es Königin Luise bei ihrer Ankunft aus Darmstadt getragen und damit zur Mode gemacht hatte.
»Papperlapapp, das lässt du schön sein«, hatte Gräfin Dorothea das jedoch rigoros abgelehnt. »Der alte Schadow hat mir schon vor Jahr und Tag verraten, dass dieses Kinnband nur dazu diente, eine kleine Schwellung am Hals zu kaschieren.«

Sophie schmollte, aber ergab sich in ihr Schicksal.
»So ein Band würde bei dir nur den Effekt deines Doppelkinns verstärken«, konnte sich Charlotte mal wieder nicht beherrschen zu piksen. Es dauerte drei Tonleitern und sieben Kadenzen, bis sich die darauf folgenden schwesterlichen Turbulenzen im Gemach der jungen Damen beruhigt hatten. Das lag aber auch schon wieder einige Tage zurück.
»Seid ihr schön, ihr seid wunderwunderschön!« Eleonora trat einen Schritt zurück, um ihre beiden Freundinnen in ihrer ganzen Pracht und Schönheit bewundern zu können. »Schier unglaublich, wie schön ihr seid«, wiederholte sie andächtig. Die drei Mädchen standen voreinander in dem hell erleuchteten Atelier der Schneiderin, die mit ihren Gehilfinnen noch geschäftig um die beiden Komtessen herumwuselte und dabei ständig mit Monsieur Louis ins Gehege geriet. Gräfin Dorothea hatte den alten Friseur ihres Vertrauens für diesen Abend engagiert. Und nun überschütteten sich die beiden dienstbaren Geister jedes Mal, wenn sie aneinandergerieten, mit einem Schwall französischer Tiraden, von denen Eleonora nichts verstand. Wahrscheinlich war es auch besser so, denn das, was die beiden so wechselweise ausstießen, hörte sich nicht nach der gepflegten Hochsprache bei Hofe an.
»Mademoiselle la Comtesse, Sie müssen aber auch einmal still'alten, damit ich diese eine Strähne noch feststecken kann«, flehte Monsieur Louis verzweifelt und hüpfte um die sich ausgelassen im Kreise drehende Sophie herum.
»Wenn du so weitermachst, wird dir schon schwindlig sein, ehe du überhaupt den Ballsaal betrittst«, sagte Charlotte.
»Ach, Charlotte, ich bin so aufgeregt. Glaubst du, dass wir heute Abend auch Walzer tanzen werden?«, plapperte Sophie.
»Das denke ich schon, so gerne, wie unsere junge Königin

selbst walzt«, kam die fröhliche Stimme der Gräfin von der Tür.

»Oh, Madame la Duchesse, darf ich Ihnen vielleicht noch ein bisschen Rouge auflegen«, begrüßte sie ihr alter Friseur und machte einen formvollendeten Kratzfuß.

»Aber ganz dezent, ganz dezent«, willigte Gräfin Dorothea ein und hielt ihm mit leicht geneigtem Kopf ihre Wange entgegen. Monsieur tupfte ihr aus einem silbernen Döschen links und rechts einen winzigen Klecks Rouge auf die Wangen und verrieb es rasch.

»Ach, wie gerne ich jetzt noch ein paar mouches verteilen würde«, seufzte er erinnerungsselig.

»Die Zeit der Schönheitspflästerchen ist endgültig vorbei«, erwiderte die Gräfin würdevoll.

»Ich finde das ja irgendwie schade«, meinte Charlotte und betrachtete wohlgefällig ihr Spiegelbild. Sie griff sich an eine winzige rote Stelle am Kinn. »Vor allen Dingen, weil man unter so einer mouche hervorragend einen störenden Pickel kaschieren könnte.«

»Grand-mère, ist es eigentlich wahr, dass es so etwas wie eine Sprache der mouches gab?«, wollte die stets neugierige Sophie nun wissen.

»Mais oui, mais oui, Mademoiselle la Comtesse, naturellement gab es diese Sprache, es war eine sehr dezente Sprache«, versicherte Monsieur Louis eilfertig. »Wenn isch misch so erinnere, mon Dieu, in dieser Sprache wurde alles gesagt und doch nichts verraten.« Er seufzte.

»Erzählen Sie mehr, Monsieur Louis«, rief Sophie.

»Dazu wird jetzt keine Zeit sein«, unterbrach die Gräfin sie. »Christian und Anton sind bereits mit der Kutsche vorgefahren. Ich habe gehört, wie eure Eltern schon die Treppe hinuntergekommen sind. Wahrscheinlich sitzen sie draußen

in der Kälte und warten auf uns. Alors depechez vous, mes filles!«
Wie herbeigezaubert standen auch schon Paula und Emma hinter den drei Damen von Prewitz zu Kirchhagen und hielten ihnen ihre Pelze entgegen.
Eleonora warf noch einen letzten Blick auf die wunderschönen Ballroben. Charlotte in ihrem geliebten Violettblau, das ihre blonden Haare fast golden erscheinen ließ. Ihre Schwester in einem sanften Rosé, durchzogen von kaum wahrnehmbaren schmalen anthrazitfarbenen Biesen, die ihre Figur jedoch erstaunlich streckten. Die kleine pummelige Komtesse wirkte richtig schlank an diesem Abend. Ihre dunklen Haare trug sie aufgesteckt zu einem weich geschlungenen Nackenknoten. Ausnahmsweise hatte Monsieur Louis den widerspenstigen Locken erlaubt, sich vorwitzig herauszuringeln, was der gesamten Erscheinung der jungen Komtesse etwas liebenswert Verspieltes verlieh, was ja auch ihrem eigentlichen Charakter entsprach. Genauso wie die Robe der Gräfin, deren dunkles, fast schwarzes Moosgrün den edlen Silberton ihrer Haare besonders gut zur Geltung brachte.
»Alle drei wunderwunderschön!«, wiederholte Eleonora und warf einen letzten, fast wehmütigen Blick auf die eleganten Roben, ehe sie unter den dicken Pelzmänteln verschwanden.
»Mademoiselle, Sie sind wirklich eine Künstlerin«, wandte sie sich an die Schneiderin. »Ich muss es Ihnen einfach noch einmal sagen, auch wenn ich mich damit wiederhole«, fügte sie hinzu.
Mademoiselle Durand lächelte stolz. »Ach, Mademoiselle Eleonora, wie gerne würde ich auch einmal wieder etwas für Sie schneidern«, entfuhr es ihr. »Erinnern Sie sich an Ihr Kleid vom vergangenen Sommer? Sie 'aben so eine wunderschöne figure. Ich glaube, Ihnen könnte ich ohne Schnitt

wieder etwas auf den Leib schneidern, mais …« Erschrocken hielt sie inne und blickte beschämt zur Gräfin, die sich gerade anschickte, das Atelier zu verlassen. Auf der Schwelle drehte sie sich noch einmal nach den Zurückbleibenden um.

»Noch ist nicht aller Tage Abend, ma chère!«, verkündete sie, lächelte geheimnisvoll und entschwebte.

»Was will sie damit sagen?«, wunderte sich Mademoiselle Durand und schickte sich an, ihre Utensilien zusammenzusuchen. Eine ganze Weile war sie schweigend damit beschäftigt. Plötzlich stieß sie einen spitzen Schrei aus. Erschrocken zuckte Eleonora zusammen.

»Mademoiselle Durand, was ist denn?«

Monsieur Louis begann nervös mit den Augen zu plinkern. Die beiden Lehrmädchen starrten ihre Chefin mit aufgesperrten Mündern an, während Gehilfin Angélique in Tränen ausbrach.

»Mais qu'est-ce qu'il ya?«, rief Eleonora im strengsten Ton von Madame Hortense.

»Le réticule, le réticule«, jammerte Mademoiselle Durand und schwenkte anklagend ein rundes Stoffbeutelchen hin und her. Es war aus dem gleichen Stoff wie die Robe von Gräfin Dorothea angefertigt. »Madame la Duchesse 'at ihren réticule vergessen.« Nun begann sie zu schluchzen.

»Oh, oh«, machte Eleonora und krauste die Stirn.

»Das wird sie mir niemals verzeihen«, schluchzte Mademoiselle Durand. »Jamais, jamais, jamais.« Sie wurde fast hysterisch.

»Calmez vous, calmez vous«, flehten Friseur und Assistentin unisono, während die beiden Lehrmädchen ihre Mundwinkel schon verdächtig nach unten zogen.

»Ja, bitte, Mademoiselle Durand, beruhigen Sie sich, das ist doch kein Weltuntergang«, mischte sich auch Eleonora ein.

»Geben Sie mir bitte den réticule, ich werde ihn der Gräfin bringen«, verkündete sie.
Der Entsetzensschrei, der nun aus fünf Mündern ertönte, müsste eigentlich bis zum Berliner Stadtschloss zu hören gewesen sein. Er rief natürlich prompt die beiden jungen Zofen auf den Plan. Und hinter ihnen tauchte der alte Jean auf.
»Was ist denn hier los?«, wollte er wissen und baute sich im Türrahmen des Ateliers auf. Er wurde von dem Katastrophenfall in Kenntnis gesetzt und runzelte prompt die Stirn.
»Gräfin Dorothea den ganzen Abend ohne ihren réticule, das geht gar nicht«, sagte er bedächtig. Er kannte seine Dienstherrin am längsten und wusste wohl auch am ehesten, was der moosgrüne Beutel für die Gräfin anlässlich des Debüts ihrer Enkelinnen für unentbehrliche Utensilien enthielt. Vielleicht sogar noch ein altmodisches Riechfläschchen?
Natürlich nicht für die alte Gräfin bestimmt, beileibe nicht, sondern für deren Schwiegertochter. Gräfin Elisabeth pflegte sich des Öfteren, wenn ihr etwas unangenehm oder zu viel wurde, in eine erlösende Ohnmacht zu flüchten. Unverzichtbares Utensil, sie daraus zu wecken, stellte nun einmal das Riechfläschchen dar.
»Du wirst den Retikül zum Stadtschloss bringen«, befahl Jean und drehte sich zu Emma um.
»Aber ich fürchte mich draußen in der Dunkelheit!«, wand diese ein.
»Dann wird dich Paula begleiten«, erwiderte Jean unbeirrt.
»Aber wir beide kennen den Weg doch gar nicht«, jammerte Paula prompt.
»Dann werde ich euch begleiten«, sagte Eleonora entschieden. So entschieden, dass niemand der Anwesenden eine Widerrede wagte.

Doch! Jean murmelte nämlich noch etwas vor sich hin. »Sie hat schon ganz schön viel von Gräfin Dorothea übernommen«, stellte er bei sich fest.
»Was haben Sie gesagt, Jean?«, erkundigte sich Eleonora.
»Gar nichts, gar nichts, ich habe mich nur ein bisschen geräuspert«, behauptete er und verbeugte sich beflissen vor der energischen jungen Dame. Und nur Eleonora bemerkte das belustigte Zwinkern seiner Augen und zwinkerte diskret zurück.
»Oh, Mademoiselle Nora, Sie würden mir damit einen unglaublichen Gefallen erweisen«, sagte Mademoiselle Durand dankbar. Sie schlug den Retikül in ein Stück Seidenpapier ein und umwickelte ihn noch mit Leinenstoff. Dann drückte sie das kleine Bündel Eleonora in die Hand.
»Kommt ihr?«, sagte diese und nickte den beiden Zofen zu. Die banden hastig ihre gestreiften Schürzen ab und verließen gleichfalls das Atelier. In der Eingangshalle stand bereits Jean und hielt Eleonoras Pelz bereit. Aus den Tiefen des Hauses tauchte zeternd Babette auf.
»Bei der Dunkelheit und der Kälte noch hinaus auf die Straße, warum kann das nicht Anton erledigen?«, schimpfte sie.
»Weil der mit Christian zum Schloss gefahren ist und mit der Kutsche auf die Herrschaften warten wird«, erklärte Jean und half Eleonora in ihren Mantel. Babette warf den beiden Zofen ihre dicken Umschlagtücher zu, in die sie sich hastig einhüllten.
»Weißt du den Weg wirklich?«, vergewisserte sich Babette nochmals.
Eleonora nickte schweigend. Jean drückte der etwas mutigeren Emma eine Laterne in die Hand.
»Du wirst euch den Weg leuchten«, befahl er.
Hintereinander stiegen die drei Mädchen die Stufen des Ein-

gangsportals hinab und begaben sich hinaus in Kälte und Dunkelheit.

Wann hatte denn der Schneefall eingesetzt? Dichte schwere Flocken, die tanzend zur Erde sanken, erschwerten die Sicht. Aber Eleonora kannte den Weg zum Stadtschloss auswendig. Normalerweise war die Strecke in einer Viertelstunde zu Fuß zu bewältigen. Aber heute Abend?

»Wir müssen nach rechts, bitte halte die Laterne etwas höher, damit ich besser sehen kann«, rief Eleonora der vor ihr stolpernden Emma zu.

Nach einer halben Stunde öffnete sich die enge Straße zu einem weiträumigen Platz, an dessen Stirnseite die riesige Fassade des Stadtschlosses leuchtete.

In einer langen Schlange, die sich in Zweierreihen um das Gebäude zog, reihten sich die Kutschen der bereits anwesenden Gäste hintereinander. Das Schnauben und Wiehern der Pferde, das beruhigende Schnalzen und die Rufe der Kutscher bildeten eine eigenartige Geräuschkulisse. Bis weit nach Mitternacht hatten sie heute Abend hier auszuharren, um ihren Herrschaften auf Zuruf sofort zur Abfahrt zur Verfügung zu stehen.

»Vielleicht können wir ja irgendwo Christian und Anton entdecken?«, sagte Paula. Sie reckte sich auf die Zehenspitzen und spähte in das Getümmel von Pferden, Kutschen und dick eingepackten Männern.

»Das wird wohl unmöglich sein«, entgegnete Eleonora. Unschlüssig blieb sie vor dem Portal stehen. Der flackernde Schein von Hunderten von Fackeln, die den Eingangsbereich beleuchteten, verlieh der Fassade des imposanten Gebäudes in der Dunkelheit etwas besonders Dramatisches, ja, fast bedrohlich Einschüchterndes. Der Anblick der zahlreichen Lakaien, die in strammer Haltung auf der oberen Stufe standen und der immer noch eintreffenden Gäste harrten, schüchterte sie ein. Vor ihr würden sie sich bestimmt nicht so ehrerbietig verneigen wie vor den Ballgästen in ihren schweren bodenlangen Pelzen. »Lasst uns den Hintereingang suchen«, sagte sie hastig. Nein, ehe sie eine brüske Abweisung dieser hochmütigen Diener riskierte, wollte sie lieber einen anderen Zugang zum Schloss finden. Unverrichteter Dinge zurückkehren? Das kam für sie überhaupt nicht in Frage. Wenn sie sich einmal etwas in den Kopf gesetzt hatte, dann setzte sie das auch um.

Sie machte auf dem Absatz kehrt und versuchte einen Weg Richtung Hinterfront des Stadtschlosses zu finden. Hinter dem Schloss war es erheblich dunkler als vorne.

»Halt die Lampe höher!«, befahl sie.

»Ich musste sie runterschrauben, sonst reicht sie für den Rückweg nicht mehr«, jammerte Emma, gehorchte aber dennoch.

Die drei Mädchen mussten jetzt das Ende der Kutschenschlange erreicht haben. Aber wo war hier ein Hintereingang zu finden?

In diesem Moment bog in erstaunlich rasantem Tempo eine elegante Kutsche um die Schlossecke. Anstatt sofort am Ende der Schlange haltzumachen, musste sie noch einen großen Bogen schlagen, ehe sie langsam ausrollte.

»Das ist ja eine Kutsche von den Marwitzens«, rief Paula. Sie kannte sich inzwischen hervorragend mit den Wappen des preußischen Adels aus.

Die Kutsche kam zum Halten, die Tür flog auf. Noch ehe die Treppe ausgezogen war, sprang ein hochgewachsener Mann heraus. Diese Silhouette kannte Eleonora doch. Ihr Herz begann zu schlagen, das Blut stieg ihr zu Kopfe, ihre Hände wurden feucht. Sie umklammerte den Retikül, den sie in die Tiefen ihres Pelzmuffs geschoben hatte.

»Alexander«, flüsterte sie unhörbar. Hatte er sie gehört, denn er wandte den Kopf in ihre Richtung?

»Hallo! Ist da jemand?«, rief er in das Schneegestöber der Nacht.

Eleonora trat einen Schritt auf ihn zu. Sie hatte nicht die rutschige Glätte des Trottoirs bedacht und verlor den Halt. Sie wäre zu Boden gefallen, hätte nicht ein Paar starker Männerarme sie aufgefangen.

»Eleonora!«, rief Alexander. »Was machst du denn hier? Das ist ja eine Überraschung, dich heute Abend hier anzutreffen!« Er schien wirklich überrascht, freudig überrascht. Er zog sie in Richtung der Laterne, die neben dem Kutscherbock baumelte. »Eleonora?«, wiederholte er. »Oder besser gesagt, meine Eurydike?« Mit spontaner Unbefangenheit hauchte er ihr einen Kuss auf die Wange, erst links und dann rechts. Es fühlte sich an wie die Berührung eines Schmetterlings an einem heißen Sommertag.

Eleonora begann am ganzen Körper zu zittern.

»Ist dir kalt?«, erkundigte sich Alexander besorgt.

Sie nickte zähneklappernd.

»Ach, wie gerne würde ich dich jetzt mit hinein in den Ballsaal nehmen und einen Walzer mit dir tanzen«, sagte er. »Da würde dir ganz schnell wieder warm werden.«

»Das ginge doch gar nicht«, flüsterte Eleonora.

»Nein, das geht nicht«, bestätigte Alexander. »Obwohl du dich an Schönheit mit allen anderen messen könntest«, fügte er hinzu.

»Da haben Sie Ihre Schwestern aber noch nicht gesehen, sie sind wunderschön«, erwiderte Eleonora. Beim Gedanken an ihre beiden Freundinnen gewann sie etwas von ihrer Unbefangenheit zurück.

»Ich bin doch eigens für das Debüt meiner Schwestern nach

Berlin gekommen. Als großer Bruder muss ich doch dabei sein, wenn Charlotte und Sophie dem Königspaar vorgestellt werden. Aber was hat dich heute Abend hierher verschlagen?«, wollte er wissen.
Eleonora zog den mit Papier und Stoff umwickelten Retikül aus ihrem Muff. »Das hier«, sagte sie und hielt Alexander das Bündel entgegen.
Verständnislos starrte dieser darauf. »Und was ist das, bitte schön?«
»Gräfin Dorothea hat bei ihrem Aufbruch im Stadtpalais ihr Retikül vergessen«, erklärte Eleonora.
»Und da hast du dich bei Eis und Schnee auf den Weg gemacht, um meiner Großmutter ihr vergessenes Handtäschchen nachzubringen«, vergewisserte sich Alexander ungläubig.
Eleonora nickte.
»Alexander, wo bleibst du denn? Ich brauche deinen Arm, wenn ich hier aussteigen soll«, rief eine ungeduldige Stimme aus dem Innern der Kutsche. Der Angerufene wandte sich um. »Alexander, kommst du nun bitte?« Schon schlich sich ein schärferer Ton in den hellen Ruf.
»Ich komme schon, meine Liebe, hab etwas Geduld!«, bat Alexander.
Hinter ihm wurde auf der ausgezogenen Treppe ein zierlicher Frauenfuß sichtbar, der unsicher Halt auf einer steilen Stufe suchte. Dienstbeflissen eilte einer der begleitenden Lakaien der Marwitzens herbei, um der Aussteigenden seine Hilfe anzubieten. Eleonora beobachtete, wie ein schlanker Frauenarm die ausgestreckte Hand des Dieners ungeduldig mit dem Ellbogen beiseitestieß.
»Alexander!«
Alexander verneigte sich hastig vor Eleonora und nahm ihr kurzerhand das Stoffpäckchen aus der Hand.

»Gib mir den Retikül. Ich werde dafür sorgen, dass meine Großmutter ihn sofort erhält. Und du machst dich auf den Nachhauseweg. Du darfst dir doch keine Erkältung holen. Das bekommt deiner Stimme nicht. Adieu, meine unvergessliche Eurydike«, sagte er überraschend zärtlich, beugte sich nochmals über sie und küsste sie auf die Stirn. Dann eilte er zu der Kutsche der Marwitzens und reichte der dort Wartenden galant den Arm. »Verehrte Karoline, Sie sollten lernen, Ihre Ungeduld etwas zu zügeln.« Es klang charmant, ironisch, aber auch ein bisschen ärgerlich zugleich.

Wie Eleonora an diesem Abend den Weg zurück zum Palais gefunden hatte, wusste sie im Nachhinein nicht mehr. Nur vage erinnerte sie sich an das aufgeregte Tuscheln von Emma und Paula hinter ihr.

»Er hat sie geküsst, der junge Graf hat sie geküsst, dreimal hat er sie sogar geküsst, auf beide Wangen und einmal auf die Stirn.« Die beiden Zofen hatten genau mitgezählt.

»Und wer war diese Dame, die so ungeduldig nach ihm gerufen hat?«

»Hast du gesehen, wie schön sie war?«

»Wunderschön«, erwiderte Paula auf diese Frage fast andächtig.

»Hast du jemals so schöne rote Haare gesehen?«

»Sie waren nicht rot!«

»Was denn sonst?«

»Sie waren braun, kastanienbraun und dazu dieses hellgelbe Kleid!«

»Wo hast du das denn gesehen?«, wunderte sich Emma.

»Na, als sie nach dem Arm des Grafen griff, blitzte doch ihr Arm aus dem Pelz hervor. Das war aber kein Griff mehr, die hat sich regelrecht festgekrallt. Hast du die langen Fingernägel gesehen?«

Eleonora lag schon im Bett, als sie sich das Gerede der beiden Zofen vergegenwärtigte. Es schmerzte sie. Aber nicht nur deren Worte, sondern auch die Mitteilung, die ihr Babette zum Gutenachttrunk servierte.

»Du scheinst überrascht«, stellte sie fest, als sie Eleonoras Befremden bemerkte. »Das steht doch bereits seit Jahr und Tag fest. Die alte Marwitz und Gräfin Dorothea sind alte Freundinnen«, fuhr sie fort. »Bei der Taufe von Karoline haben die beiden bereits beschlossen, dass die zwei einmal heiraten werden. Nun wäre es ja bald so weit. Nur, dass Alexander sich einfach nicht erklären will.« Sie kicherte in sich hinein und zog die Tür hinter Eleonoras Zimmer zu, um diese ihren Gedanken, Erinnerungen und einer unbeschreiblichen Verwirrung zu überlassen.

Natürlich hatte diese unverhoffte Begegnung mit Alexander sie durcheinandergebracht. Sie war doch schon fast überzeugt gewesen, ihn vergessen zu haben. Aber nun?

Noch Stunden später spürte sie den Druck seiner Lippen auf ihren Wangen und der Stirn. Es dauerte lange, ehe Eleonora endlich den erlösenden Schlaf fand. Als sie schließlich mit einem wehmütigen Lächeln auf den Lippen entspannte, hatte sie völlig vergessen, dass die vereinbarte Musikstunde mit Farini ausgefallen war.

Sie hörte auch nicht, wie die Kutsche in tiefer Nacht erst heimkehrte. Sie bekam auch nichts mehr von den aufgeregt plappernden Komtessen mit, die noch eine ganze Weile benötigten, ehe sie ihrerseits zur Ruhe fanden und sich endlich friedliche Stille über das Stadtpalais der von Prewitzens zu Kirchhagen senkte.

Die hielt dann auch nicht nur bis zum nächsten Morgen, sondern bis in den frühen Nachmittag an.

In Kenntnis der Lage hatte Gräfin Dorothea wohlweislich auf

Frühstück und übliches Mittagessen verzichtet, sondern um vierzehn Uhr einen gemeinsamen Lunch im Speisesaal anberaumt, zu dem nur leichte Speisen, Tee und stilles Mineralwasser aufgetragen wurden.

»Ihr habt beide gestern Abend genug getrunken«, sagte die Gräfin, als sie das unwillige Stirnrunzeln und den suchenden Blick von Ehemann und Sohn bemerkte.

»Ein Bier würde mir jetzt dennoch guttun«, brummelte Graf Ludovic. Graf Wilhelm nickte beifällig, Gräfin Dorothea schüttelte energisch den Kopf. Die beiden Männer gaben sich geschlagen.

»Also der Champagner war gestern wirklich köstlich«, erzählte Charlotte begeistert.

»Mir hat er auch hervorragend gemundet«, plapperte Sophie aufgeregt. »Er hat mir beim Walzer so richtig Schwung gegeben.«

»Beinahe wärst du hingefallen, weil du zu viel Veuve cliquot getrunken hast.«

»Mir war vom Drehen schwindlig, aber Prinz Louis Ferdinand hat mich aufgefangen«, erzählte Sophie.

»Das war nicht Louis Ferdinand, das war dein Bruder. Da kann man mal sehen, wie betrunken du warst«, widersprach Charlotte.

»Mais, Charlotte, je t'en pries!«, ließ Gräfin Elisabeth pikiert verlauten.

»Sophie hat wohl einen winzigen Schwips gehabt, aber Alexander hat früh genug eingegriffen und seine Schwester erst einmal zum Büfett geführt und ihr etwas Kräftiges zu essen gegeben«, meinte Gräfin Dorothea begütigend.

»Er hat mich gezwungen zu essen, regelrecht gezwungen, aber die Entenstopfleberterrine war wirklich köstlich und danach noch Königinpastetchen. Und anschließend hat er

mir seinen Freund, den Herzog von Lichtenfels, vorgestellt.«
Über Sophies Gesicht glitt ein Strahlen, das einer stillen Versunkenheit wich.
»Aha!«, machte Charlotte nur bedeutungsvoll. »Ich habe mich sehr gefreut, dass Alexander eigens aus Straßburg zu unserem Debüt angereist kam«, setzte sie hinzu. »Wo ist er eigentlich? Wollte er nicht heute mit uns speisen?«
Bei der Nennung seines Namens begann Eleonoras Herz schon wieder zu klopfen. Sie fühlte, wie ihr das Blut zu Kopfe stieg. Da, wo es am meisten brannte, hatten seine Lippen sie berührt. Sie bemerkte, wie Gräfin Dorothea sie beobachtete.
»Vielen Dank, dass du mir mit den beiden Mädchen den Retikül ins Schloss gebracht hast«, sagte sie.
»Gern geschehen«, murmelte Eleonora.
»Das war ja ein Zufall, dass du ausgerechnet Alexander direkt an der Kutsche der Marwitzens über den Weg gelaufen bist«, setzte die Gräfin bedeutungsvoll hinzu.
»Ja, ein Zufall war es wirklich«, wiederholte Eleonora lahm.
»So konnte er mir den Retikül direkt geben. Dass er mich in dem Ballgetümmel so schnell entdeckt hat, war auch ein Zufall. Das heißt, Karoline hat mich entdeckt. Sie hat die scharfen Augen meiner Freundin geerbt. Ein hübsches Mädchen«, sagte die Gräfin, »und so klug.«
»Ich kann sie nicht leiden«, platzte Sophie hervor. »Sie hat mich als Kind schon immer geärgert.«
»Ich finde sie auch arrogant«, pflichtete ihr ihre Schwester ausnahmsweise bei.
»So viel Einigkeit zwischen euch ist ja außergewöhnlich«, dröhnte Graf Ludovic.
»Besteht denn auch Einigkeit bezüglich des Grafen Lichtenfels?«, witzelte Graf Wilhelm.
»Ich finde ihn langweilig«, verkündete Charlotte. »Da würde

mir Louis Ferdinand viel besser gefallen, aber der soll ja was mit Friederike haben.«
»Mais, Charlotte, je t'en pries!«, schrie Gräfin Elisabeth auf.
»Wenn ich eine Frau wäre, würde ich diesen feschen Preußenprinzen auch allen anderen blutlosen Kerlen am Hofe vorziehen«, tat nun der alte Graf kund.
Und das verschlug nun allen die Sprache. Es dauerte eine Weile, bis die Konversation wieder einsetzte, denn man war ja auch mit dem Essen beschäftigt.
»Dass Alexander nicht kommt«, wunderte sich seine Mutter.
»Er hat es nicht so mit der Pünktlichkeit«, meinte sein Vater.
»Vielleicht musste er ja auch bei Karoline zum petit déjeuner erscheinen«, mutmaßte Charlotte.
Eleonora verspürte einen schmerzhaften Stich in der Nähe ihres Herzens. Sie wurde blass.
»Alexander musste schon wieder zurück zu seiner Garnison reisen«, erklärte die Gräfin. »Aber er lässt alle herzlich grüßen. Besonders dich, Eleonora. Ich soll dir ausrichten, dass du deine Stimme schonen und schulen sollst. Und …« Sie hielt inne, machte eine kleine Kunstpause, ehe sie fortfuhr: »Ich soll dir sagen, dass du noch schöner geworden bist.«
Es war ein leises Klopfen, das Eleonora aus ihrer unbeschreiblichen Verlegenheit erlöste. Behutsam trat Jean ein, ging mit vorsichtigen Schritten zu Gräfin Dorothea, beugte sich über sie und flüsterte ihr etwas ins Ohr.
»Oh«, machte diese betroffen, tupfte sich die Mundwinkel ab und faltete ihre Serviette sorgfältig zusammen. Minutenlang starrte sie grübelnd darauf, ehe sie den Blick wieder hob und in die Runde schaute. »Ich habe euch leider die traurige Mitteilung zu machen, dass unser verehrter Maestro Farini heute Nacht verschieden ist.« Ihre Stimme war ruhig und beherrscht, aber sie war außergewöhnlich blass in diesem Augenblick.

TEIL II

11

Eleonora saß am großen Flügel des »neuen Musiksalons« und spielte verträumt vor sich hin. Eigentlich gab es ja schon einen Musiksalon im ersten Stock. Aber seit Gräfin Dorothea veranlasst hatte, ihr geliebtes Instrument Eleonora zur Verfügung zu stellen und damit auch seinen weiteren Verbleib im Salon der Enkelinnen und Eleonoras, hatte sich im Verlauf der Jahre diese Bezeichnung im Berliner Stadtpalais fest eingebürgert.

Das war nun aber auch schon eine Weile her. Wie oft hatten die drei Mädchen in trauter Runde in dem Musiksalon lange nach der offiziell verkündeten Bettruhe noch zusammengesessen. Während Eleonora im Lichte einer Petroleumlampe die Notenblätter ihrer nächsten musikalischen Herausforderung studierte, steckten Charlotte und Sophie die Köpfe zusammen, um sich über den neuesten Tratsch und Klatsch der feinen Berliner Gesellschaft auszutauschen. In den Wochen nach dem offiziellen Debüt der Komtessen fiel selbst Eleonora auf, dass der Name des jungen Herzogs zu Lichtenfels sehr häufig Erwähnung fand. Und noch sogar im schwachen Licht der meist blakenden Petroleumlampe war nicht zu übersehen, dass Sophies niedliches Pausbackgesicht sich bei der Erwähnung dieses Namens stets verdächtig rötete.

Sophie und der Herzog waren sich beim Debüt der Schwestern am Preußischen Hof zum ersten Mal begegnet und sofort füreinander entflammt. Der plötzliche Tod von Maestro Farini hatte einem schnellen Wiedersehen der beiden zum großen Bedauern der jüngeren Komtesse entgegengestanden.

»Er ist zwar kein Prewitz, aber eine angemessene Trauerzeit steht ihm einfach zu«, hatte Gräfin Dorothea kategorisch verkündet. Zum größten Kummer ihrer beiden Enkelinnen erklärte sie sogar die im Berliner Stadtpalais bereits geplanten Festivitäten einschließlich des großen Maskenballs für hinfällig. »Über zwanzig Jahre hat der Maestro bei uns im Hause gelebt. Ja, er gehörte doch fast schon zur Familie. Da geziemt es sich nicht, hier keine zwei Monate nach seinem Tod einen Maskenzauber zu veranstalten, zu dem ihr das Tanzbein schwingt.«
»Der Maestro liebte Bälle über alles, er hätte bestimmt nichts dagegen«, wagte Charlotte aufzumucken.
»Doch ich habe etwas dagegen«, erwiderte ihre Großmutter. »Aber ich erlaube euch, einige Einladungen außer Hause anzunehmen«, lenkte sie rasch ein, als sie die langen traurigen Gesichter ihrer Enkelinnen sah.
Eleonora fand die Entscheidung der Gräfin richtig. Obwohl sie es nach außen hin nicht zeigte, hatte sie der Tod des Maestros sehr getroffen. Sie hatte mehr als nur einen Lehrer verloren. Ihr war, als wäre eine wichtige Säule ihres Lebens weggebrochen. Der Maestro war ihr musikalischer Förderer und liebevoller Betreuer gewesen. Ab der ersten Minute ihrer Begegnung von ihrer Begabung überzeugt, hatte er ihr eine große musikalische Zukunft prophezeit und sogar für die Zeit nach seinem Tode an seine Lieblingsschülerin gedacht. Wie würde es mit ihr weitergehen? Wo könnte sie einen neuen Lehrer finden. War Gräfin Dorothea überhaupt weiterhin bereit, ihr die Stunden bei einem neuen Lehrer zu finanzieren?
Farini schien seinen Tod schon seit Wochen vorausgeahnt zu haben, denn man fand einen fast zwei Monate alten Brief auf seinem Schreibtisch, in dem er ein kleines Testament verfasst hatte.
Eindringlich bat er Gräfin Dorothea darum, nicht im kalten

Deutschland beigesetzt zu werden, sondern man möge ihn verbrennen und eine Urne mit seiner Asche nach Italien überführen.

Eleonora war zutiefst gerührt zu erfahren, dass er ihr sein Notenarchiv vermacht hatte und einen Teil seiner Ersparnisse. Die Apanage, die er von den Prewitzens bezogen hatte, war keineswegs üppig gewesen. In dieser Hinsicht war die Gräfin Preußin durch und durch, also sparsam, aber niemals geizig. Was Logis und Verköstigung anbelangte, hatte Farini keinerlei Grund zur Klage, nicht zu vergessen die Wertschätzung, die ihm in diesem Haus entgegengebracht wurde. Im Alter, nachdem er der holden Weiblichkeit resigniert abgeschworen hatte, war es ihm daher gelungen, ein erkleckliches Sümmchen beiseitezulegen, das er zur einen Hälfte seiner Schwester und ihrer Familie auf Sizilien und zur anderen Hälfte seiner »Signorina Nora« vermachte.

»Das legst du zunächst einmal schön beiseite, vielleicht kannst du es später einmal gut gebrauchen«, befahl Gräfin Dorothea und behielt dabei wohlweislich für sich, dass sie ihrerseits das von Vater Prohaska gezahlte Kostgeld auch seit Jahr und Tag angespart hatte. Für eine einfache Unteroffizierstochter war Eleonora schon fast als vermögend zu bezeichnen.

Nur, dass sie selbst nichts davon ahnte. Aber Gräfin Dorothea dachte an die musikalische Zukunft ihres Schützlings. Wollte sie eines Tages auf den großen Opernbühnen Europas brillieren, benötigte sie auch die entsprechend aufwendigen Kostüme. Dafür hatten die Sängerinnen stets selbst aufzukommen. Sie erinnerte sich noch gut an das Gespräch mit der Castegnetti, der Primadonna assoluta der Prager Oper, die sich einmal bei einem nächtlichen Souper im Palais des Fürsten Schwarzenberg über die immensen Kosten für ihre Bühnenkostümierung beklagte.

Farinis Testament hatte noch einen Wunsch enthalten. Eleonora möge bei seiner Trauerfeier singen.
Es war eine kleine, aber sehr würdige, bewegende Feier gewesen, mit der Maestro Farini in der Hauskapelle des Prewitzschen Stadtpalais verabschiedet wurde. Er hatte sich die Arie der Eurydike gewünscht. Unter Auferbietung ihrer ganzen Selbstbeherrschung war es Eleonora gelungen, diesen letzten Wunsch ihres alten Lehrers zu erfüllen. Kollegiale Hilfestellung bot ihr dabei der junge Konzertmeister Balduin Schilling, der sie auf dem eigens in der Kapelle aufgestellten Cembalo begleitete.
Diesen jungen Musiker, der einst sein Schüler gewesen war, hatte Farini auch als seinen Nachfolger bei Eleonora bestimmt. Mittlerweile war dieser zum Konzertmeister an der Berliner Oper aufgestiegen. Seine Zeit war daher nur sehr spärlich bemessen und erlaubte ihm nicht, regelmäßig im Stadtpalais zu erscheinen, um Eleonora zu unterrichten. Nach langem Hin und Her hatte die Gräfin schließlich eingewilligt, dass ihr Schützling dreimal in der Woche zum Opernhaus ging, um dort in einem der Übungszimmer von Konzertmeister Schilling Unterricht erteilt zu bekommen. Natürlich stets in Begleitung, meist war es eine der beiden Zofen, Emma oder Paula.
Die hatten sich mittlerweile zu zwei vorbildlichen, unverzichtbaren guten Geistern des Hauses entwickelt, fühlten sich schon fast mehr als Berlinerinnen denn als märkische Fischerstöchter und trugen ihre Näschen bei den Sommerbesuchen auf Schloss Sophienhof entsprechend hoch. Das dauerte aber nur immer knapp eine Woche, bis ihnen Geschwister und Eltern den Kopf wieder gerade auf die Schultern gesetzt hatten. Bei ihrer Rückkehr in das Stadtpalais hatte dann Madame Hortense ihre liebe Not, diese beiden im märkischen Sand

etwas stumpf gewordenen Perlen wieder glatt zu polieren. Aber es gelang ihr jedes Mal erfolgreich von neuem.
So waren die Jahre ins Land gegangen.
Eleonora war inzwischen zwanzig Jahre alt, kein blutjunges Mädchen mehr, sondern eine wunderschöne junge Frau, die über ein beachtliches musikalisches Repertoire verfügte. Sie spielte mittlerweile sogar ganz passabel Klavier. Eigentlich saß sie jeden Tag an dem großen Flügel, um die Partituren, die sie mit Balduin Schilling einstudierte, schon einmal zu üben.
Aber an diesem Nachmittag ertappte sie sich dabei, dass sie plötzlich etwas ganz anderes spielte, als auf dem Notenblatt stand. Eleonora neigte den Kopf und lauschte den von ihr unbewusst erzeugten Tonfolgen nach. Das war ja die Klaviersonate von Beethoven, die Maestro Farini bei einer ihrer letzten Begegnungen gespielt und fast verschämt bekannt hatte, ein Bewunderer dieses jungen stürmischen Genies zu sein.
Wie die stets so redselige Rebecca Friedländer neulich beim Tee im Salon der Gräfin als neueste Nachricht aus Wien mitbrachte, war der Komponist mittlerweile mit dem Schreiben seiner dritten Symphonie beschäftigt und hatte tatsächlich auch schon eine Oper komponiert. *Fidelio* lautete der bisherige Name dieses Werks.
Hatte Maestro Farini also das richtige Gespür gehabt, obwohl Beethoven kein Italiener war? Eleonora lächelte ein bisschen wehmütig bei der Erinnerung an ihren verstorbenen Lehrer.
Nach seinem Tod war es stiller im Hause Prewitz geworden.
Noch stiller wurde es, als auch die beiden Komtessen gingen.
Schon unmittelbar nach dem Debüt und trotz der offiziell angesetzten Trauerzeit für Farini war den Komtessen erlaubt worden, weiterhin Bälle, Soireen und Theateraufführungen zu besuchen. Kein halbes Jahr nach dem Debüt der Komtessen am Preußischen Hof und der denkwürdigen Begegnung

zwischen Sophie und dem jungen Grafen von Lichtenfels waren diese auch schon verlobt. Nach einer angemessenen Verlobungszeit von einem Jahr wurde geheiratet, im fernen Bayreuth, wo der große Familiensitz der Lichtenfels' sich befand, wo die Familie auch in einem trutzigen Schloss hoch auf einem Berg über der fränkischen Schweiz residierte.

»Es muss schon eine ganz große Liebe sein, die Sophie dazu bewegen konnte, ihrer preußischen Heimat den Rücken zu kehren«, erklärte Gräfin Dorothea nach der Rückkehr von den Hochzeitsfeierlichkeiten.

»Diese Bayern sind wirklich ein besonderer Schlag«, sagte Gräfin Elisabeth.

»Ja, ein besonderer Schlag sind die Menschen in der neuen Heimat deiner Tochter«, pflichtete Gräfin Dorothea ihr verdächtig bereitwillig bei. »Nur dass es sich bei ihnen nicht um Bayern, sondern um Franken handelt.« Mit einem mokanten Lächeln führte sie ihre Teetasse zum Mund und beobachtete ihre Schwiegertochter über deren Rand. Natürlich zog Gräfin Elisabeth die üblich beleidigte Miene, was die alte Gräfin mit einer tiefen Befriedigung zu erfüllen schien.

Alle Prewitzens waren eigentlich sehr angetan und zufrieden mit der Verbindung, die durch Sophies Heirat mit dem süddeutschen Adel geknüpft wurde. Alle bis auf eine, nämlich ihre Schwester Charlotte.

»Das ist doch eigentlich ein Unding, dass die jüngere vor ihrer älteren Schwester heiratet«, jammerte sie unentwegt. »Quelle blamage! Ich fühle mich bis auf die Knochen blamiert. Erst das zweimal verschobene Debüt, so dass ich fast zwanzig war, als ich endlich bei Hofe vorgestellt wurde, und nun …«

Eigentlich hatte Charlotte überhaupt nicht nahe am Wasser gebaut, aber diese Kränkung, dass die fast zwei Jahre jüngere

Sophie vor ihr geheiratet hatte, verletzte sie zutiefst. So begann sie verdächtig zu schniefen, so, wie es eigentlich immer nur Sophie an sich gehabt hatte.

»Alors, ma chère, je t'en pries. Du wirst doch jetzt nicht die Contenance verlieren«, rügte sie ihre Großmutter. Sie konnte derlei Gefühlsausbrüche nicht gut ertragen. Normalerweise begegnete sie diesen mit schneidendem Sarkasmus, zumindest bei ihrer Schwiegertochter und ihren alten, manchmal ein bisschen zu exaltierten Freundinnen. Bei ihrer Enkelin Charlotte schien sie jedoch gewillt, eine Ausnahme zu machen.

»Ich komme mir vor wie eine vertrocknete alte Jungfer«, klagte Charlotte. »Im Herbst werde ich schon dreiundzwanzig, und es ist weit und breit kein Verehrer in Sicht, der mir den Hof macht.«

»Vielleicht solltest du dich mit Karoline zusammentun, die ist schon fast vierundzwanzig und immer noch nicht unter der Haube«, schlug ihr ihre Großmutter vor.

Erstaunt schaute Charlotte sie an. »Aber ist sie nicht so gut wie mit Alexander verlobt? Zumindest sind sie einander doch seit Jahr und Tag versprochen.«

Die Gräfin wiegte nachdenklich den Kopf. »Sind sie eigentlich schon, wären schon längst verheiratet und würden uns mit einer Enkelschar erfreuen, wenn es nach meiner Freundin Johanna und mir ginge. Aber wenn Alexander sich partout nicht erklärt!«

»Vielleicht liebt er sie gar nicht«, mutmaßte Charlotte. So schnell war sie von ihrem eigenen Kummer abzulenken.

»Liebe, papperlapapp, was heißt schon Liebe?«, schnaubte Gräfin Dorothea verächtlich. »Das ist so ein neumodisches Zeug, das sich die jungen Leute heute in den Kopf gesetzt haben. Sie haben ihre Gefühle entdeckt, suchen die Seelenverwandtschaft, träumen von einem Ineinanderaufgehen, dem

Verschmelzen von Mann und Frau, wollen im Mann das Weibliche, in der Frau das Männliche entdecken. So ein Firlefanz!« Sie hatte sich richtig in Rage geredet.

»Aber, grand-mère, hast du denn Großvater nicht geliebt, als ihr geheiratet habt?« Nun war Charlotte entsetzt.

»Ich war gerade sechzehn, als ich heiratete, noch ein halbes Kind«, erwiderte Gräfin Dorothea leise. »Ich war gar nicht gefragt worden. Nein, ich war nicht gezwungen worden. Ich wusste schon von Kind an, wen ich einmal heiraten würde. Es war eine arrangierte Ehe, aber ich wäre niemals auf die Idee gekommen, mich dagegen aufzulehnen. Ich habe euren Großvater nur einmal vor unserer Hochzeit gesehen.«

»Das ist ja schrecklich, da hast du ihn ja kaum gekannt!« Charlotte schüttelte es fast vor Entsetzen.

»Nein, ich habe ihn nicht gekannt, ich habe ihn erst kennenlernen müssen. Das hat seine Zeit gedauert. Schon ein knappes Jahr später kam unser erstes Kind zur Welt, ein kleines Mädchen, das nur drei Tage nach der Geburt starb«, erzählte Gräfin Dorothea.

»Da waren Sie doch erst siebzehn!«, entfuhr es Eleonora.

»Richtig, und bekam mein zweites Kind mit achtzehn. Das starb, als es zwei Jahre alt war. Insgesamt habe ich vier Kinder geboren, bis dann dein Vater Wilhelm kam, der als Einziger überlebte. Da war ich mittlerweile dreiundzwanzig, so alt wie du jetzt«, wandte sie sich Charlotte zu. »Ich halte nur wenig von diesem ganzen neumodischen Romantikfirlefanz, der jetzt gerade so à la mode ist, aber wenn meine Töchter überlebt hätten, hätte ich niemals zugelassen, sie so früh zu verheiraten. Ich bin zwar eine Anhängerin arrangierter Ehen, aber ich würde niemals jemanden von euch zu einer Ehe zwingen.«

»Jetzt redest du ja nicht von mir, sondern von Alexander«, entgegnete Charlotte. Eleonora schaute ihre Freundin bewundernd an. Sie war so scharfsinnig.
»Richtig!«, bestätigte ihre Großmutter lächelnd. »Und der erklärt sich einfach nicht.«
»Irgendwie gönne ich das ja dieser schnippischen Karoline«, sagte Charlotte schadenfroh.
»Ob ich einfach mal mit ihm rede«, dachte die Gräfin laut. »Es ist eigentlich an der Zeit, dass er sich endlich mal wieder seiner alten Großmutter besinnt. Aber dieser Napoleon lässt unserem armen Preußen einfach keine Ruhe.«

Schneller, als alle geglaubt hatten, war dann aber auch Charlotte unter der ersehnten Haube. Ein junger schwedischer Gesandter entflammte bei den Proben zu einer Scharade im Marwitzschen Palais innerhalb nur weniger Stunden für immer für die Komtesse Charlotte von Prewitz zu Kirchhagen, hielt schon eine Woche später um ihre Hand an und entführte nach nur drei Monaten eine strahlende Charlotte hoch in den fernen Norden. Das junge Paar wurde in Potsdam getraut, genau in der Kirche, in der Eleonora von Gräfin Dorothea das erste Mal gehört worden war. Charlotte hatte sich genau diese Kantate von Friedemann Bach als Hochzeitslied gewünscht, sozusagen als Verbeugung vor ihrer geliebten Großmutter und als Referenz für ihre Freundin und Wahlschwester.
Eleonora stand oben auf der Empore. Dort konnte sie auf die gesamte Hochzeitsgesellschaft niederschauen, ohne dass diese es bemerkte. Sie zuckte zusammen, als sie Alexander entdeckte. Langsam schritt er den Gang der Kirche hinab, um in der ersten Reihe Platz zu nehmen. Und die junge schöne Dame an seiner Seite? Das konnte nur Karoline von der Marwitz sein. Sie trug ihr kastanienbraunes Haar zu einer eleganten Frisur

nach antikem Vorbild hochgesteckt und natürlich ein Kleid im Empirestil. Durch die helle, weich fallende Mousseline ließ sich nur der Schimmer eines zarten Türkis erahnen. Eng schmiegte sich der Stoff an die hochgewachsene Gestalt der jungen Herzogin. Sie zitierte die Blöße der Damen Recamier und Beauharnais, ohne sich selbst nackt zu zeigen.

Wie schön sie ist, stellte Eleonora schmerzlich fest. Und so jung sah sie aus, noch lange nicht wie dreiundzwanzig, sondern wie gerade achtzehn Jahre geworden. Eleonora schob sich unauffällig näher an das Geländer der Kirchenempore, um Karoline von der Marwitz etwas genauer zu betrachten. Wenn man richtig hinschaute, zeichnete sich da nicht doch schon ein feiner, aber dennoch scharfer Zug um ihre Mundwinkel ab? Besitzergreifend lag ihre weiß behandschuhte Hand auf Alexanders Arm. Nun beugte sich dieser zu ihr hinunter und sagte etwas. Ein charmantes Lächeln erhellte sekundenschnell das Gesicht der Karoline von der Marwitz und ließ sie in diesem Moment von strahlender Schönheit erscheinen.

Wäre da nicht die überglückliche junge Braut gewesen. Die hübsche Charlotte wirkte an der Seite ihres schwedischen Hünen wie ein kleines Mädchen. Anbetend schaute sie zu ihrem Wikinger, wie Gräfin Dorothea ihn liebevoll spöttisch zu nennen pflegte, empor und schien ihr Glück kaum fassen zu können. Sie war so selig, dass sie die Tatsache, dass Sophie mit einem fröhlich krähenden jungen, dicken Herzog namens Albert aus Bayreuth angereist war, kaum zu berühren schien. Doch, sie freute sich, ihren vier Monate alten Neffen endlich kennenzulernen, drückte ihn pflichtschuldig sekundenlang an sich, gab ihm einen Kuss und wandte sich wieder wichtigeren Dingen zu.

Es versetzte Eleonora einen Stich, ihre beiden Freundinnen so

glücklich in ihren neuen Rollen als Mutter und Ehefrauen zu sehen.
Niemals würde sie so etwas erleben. Ob sie überhaupt jemals heiraten, jemals Kinder bekommen würde? Würde sie überhaupt einen Mann lieben können? Würde sie sich überhaupt wieder küssen lassen wollen? Niemals!
Diese schmerzliche Erkenntnis traf Eleonora wie ein Schlag. Umso mehr Gefühl legte sie nun in den Choral, den sich Charlotte zum Ausklang ihres Hochzeitsgottesdienstes gewünscht hatte.
»Wo du hingehst, da will auch ich hingehen«, hub Eleonora voller Inbrunst an.
Die Hochzeitsgesellschaft hatte sich bereits erhoben und schritt gemessen Richtung Kirchenportal. Unwillkürlich trat Eleonora an das Geländer der Empore, um noch einen Blick auf Charlotte werfen zu können. Den langen Schleier ihres Hochzeitskleides hatte sie doch noch niemals in seiner ganzen Pracht gesehen.
»Wo du bleibst, da will auch ich bleiben«, sang Eleonora.
Erst jetzt bemerkte sie Alexander, der sich zwar von seinem Sitz erhoben hatte, aber unbeweglich stehen blieb. Er lauschte ihrem Gesang, voller Konzentration und Hingabe. Kein anderer Mensch in der Kirche hörte in diesem Moment so genau zu wie Alexander.
»Dein Volk ist mein Volk, und dein Gott ist mein Gott«, sang Eleonora.
Alexander hob den Kopf, schien nach der Sängerin zu suchen. Ihre Blicke trafen sich, hielten aneinander fest, konnten sich nicht voneinander lösen.
»Wo du stirbst, da sterbe ich auch, da will ich auch begraben werden«, sang Eleonora und legte noch mehr Kraft in ihre Stimme.

Sie sah, wie nun Karoline von der Marwitz Alexanders Blick folgte und sie oben auf der Empore entdeckte.
»Der Herr tue mir dies und das, der Tod muss dich und mich scheiden«, beendete Eleonora unbeirrt das Lied.
Erst als sie geendet hatte, löste sie ihren Blick von Alexander. Sie faltete die Hände und senkte den Kopf. So verharrte sie in stiller Andacht oben auf der Empore, bekam aber aus dem Augenwinkel genau mit, wie Karoline Alexander jetzt unterhakte und den noch immer den Klängen Bachs Nachlauschenden energisch durch das Kirchenschiff Richtung Ausgang zog.
Völlig erschöpft ließ Eleonora sich auf die Orgelbank fallen und schlug die Hände vors Gesicht. Sie begann am ganzen Körper zu zittern. Mühselig unterdrückte sie ein aufsteigendes Schluchzen. Wäre sie alleine gewesen, hätte sie ihren Tränen freien Lauf gelassen. Aber sie war nicht alleine. Nur hatte sie die Anwesenheit von Balduin Schilling, der sie ja die ganze Zeit auf der Orgel begleitet hatte, vollständig vergessen. Nun aber spürte sie einen sanften Druck um ihre Schultern.
»Sie haben wunderbar gesungen, wie ein Engel«, sagte ihr Lehrer und rüttelte sie sanft. »Ich bin stolz darauf, Sie heute begleitet zu haben. Es war auch für mich ein Erlebnis.«
»Sie haben auch ganz wunderbar gespielt. Ohne Sie hätte ich niemals so gut singen können«, erwiderte Eleonora mit erstickter Stimme.
Sie spürte, wie er vorsichtig die Hände von ihrem Gesicht wegzog. Sie ließ ihn gewähren und schlug die Augen auf. Balduin Schilling kniete jetzt vor ihr, so dass sich ihre Gesichter auf gleicher Höhe befanden.
»Mademoiselle Prohaska, wahrscheinlich bin ich der Einzige von all diesen vielen Menschen, der soeben dieses kleine Interludium mitbekommen hat«, sagte er vorsichtig.

»Was für ein Interludium?«, fragte Eleonora unwillig.

»Mademoiselle, ich bin Künstler, ein sensibler Musiker mit einem feinen Gespür für Schwingungen jeglicher Art. Mir können Sie nichts vormachen«, erwiderte Schilling gelassen. »Sie empfinden etwas für den jungen Grafen Alexander, etwas mehr sogar, um nicht zu sagen, zu viel, und wie ich beobachtet habe, scheinen auch Sie ihm nicht vollständig gleichgültig zu sein.«

»Wirklich?«, vergewisserte sich Eleonora atemlos.

Schilling schüttelte unwillig den Kopf. »Eine Laune des Augenblicks, ein kurzes aufflackerndes Interesse. Diese Art Mensch ist zu tieferen Gefühlen überhaupt nicht fähig«, behauptete er verächtlich.

»Sie kennen Graf Alexander doch gar nicht«, widersprach Eleonora.

»Ach, Mademoiselle Prohaska, wenn Sie wüssten, wie gut ich diesen Schlag Menschen kenne, leider nur zu gut«, seufzte Schilling. »Seit Jahren gehe ich in deren Häusern ein und aus, weil ich als Musiklehrer gefragt bin. Bei aller Begabung, die es auch in den Häusern des hohen Adels gibt, fehlt es diesen Menschen doch stets an der Tiefe und Beharrlichkeit, so auch Ihrem Alexander.«

»Er ist doch gar nicht ›mein‹ Alexander«, widersprach Eleonora traurig. »Und wird es auch niemals sein«, setzte sie leise hinzu.

Schilling strich ihr väterlich über die Wange. »Das sehen Sie vollkommen richtig, Demoiselle Prohaska«, sagte er. »Er würde sich niemals zu Ihnen bekennen, und außerdem sind Sie viel zu schade für ihn.«

»Wie kann die Tochter eines einfachen Potsdamer Unteroffiziers des Zweiten Königlichen Gardebataillons zu schade für einen Grafen von Prewitz zu Kirchhagen sein?«

»Weil Sie eine Berufung haben und der junge Graf nur einen Beruf«, erwiderte der Konzertmeister der Berliner Oper.

»Graf Alexander ist ausgesprochen musikalisch. Er hat einen vortrefflichen Orpheus abgegeben«, verteidigte Eleonora ihren einstigen Bühnenpartner.

»Ich habe davon gehört. Ist ja schon einige Jahre her. Er soll sich wacker geschlagen haben, aber die Entdeckung dieses Abends waren Sie, Eleonora, Sie, die blutjunge Sängerin, die nun kurz vor ihrem ersten echten Operndebüt steht. Denken Sie immer daran, und denken Sie daran, dass Sie das Vermächtnis Ihres alten Maestro Farini zu erfüllen haben«, beschwor sie Schilling.

»Ob ich das überhaupt kann«, bezweifelte Eleonora, plötzlich mutlos geworden.

»Sie können es, und ich werde Ihnen dabei helfen. Sie müssen sich nur immer an das halten, was Farini Ihnen sagte und ich Ihnen in Zukunft sagen werde«, versprach Schilling und richtete sich wieder auf.

12

So hatte sich Eleonora in der folgenden Zeit tatsächlich an Farinis Vermächtnis und Schillings Empfehlung gehalten, stets diskret, aber unnachgiebig unterstützt und gefördert von Gräfin Dorothea.

»Eigentlich könntest du dich selbst mittlerweile ›von‹ schreiben bei all der Protektion, die du schon jahrelang bei den Prewitzens genießt«, hatte ihr Vater anlässlich einer ihrer seltenen Besuche bei ihm in Potsdam gebrummelt. Es war

eine Mischung aus Stolz und Ärger, die in seiner Stimme mitschwang. Er war stolz auf seine wunderschöne Tochter, aber ärgerte sich auch, dass er sich seiner bescheidenen Behausung ihr gegenüber schämte. Eigentlich passte sie in ihrer vornehmen Aufmachung überhaupt nicht mehr hierher.
So empfand es zumindest Prohaska. Eleonora hingegen fühlte sich auch nach all den Jahren im Haushalt der Familie von Prewitz zu Kirchhagen immer noch nicht fremd bei ihrem Vater und in ihrem ehemaligen Zuhause in Potsdam. Es entsprach nicht ihrer Art, ihre eigentliche Herkunft zu vergessen oder sie gar zu verleugnen. Andererseits wurde sie sich ihrer Berufung als Künstlerin immer bewusster und arbeitete konsequent an ihrer Weiterentwicklung.
So eindringlich und herzerweichend hatte Eleonora gesungen, dass die Hochzeitsgäste noch Tage danach bewundernd von diesem Auftritt sprachen. Einzig und allein der an der Orgel sie begleitende Balduin Schilling wusste, woher das besondere Gefühl des Ausdrucks rührte. So war er auch unfreiwillig Zeuge von Eleonoras emotionaler Verstörung nach ihrem Vortrag geworden. Selbst gerade frisch vermählt, war er für gefühlsmäßige Aufwallungen sehr empfänglich. Der Psalm der Ruth ließ kaum einen Menschen kalt. Schilling war es jedoch noch oben auf der Kirchenempore gelungen, die kurz vor einem Nervenzusammenbruch stehende Eleonora aufzufangen und zu beruhigen. Nicht zuletzt sein dringender Appell an die Verantwortung gegenüber ihrer außergewöhnlichen künstlerischen Begabung hatte das verstörte junge Mädchen wieder zu sich gebracht. So fanden nach der Hochzeit der jungen Komtesse von Prewitz zu Kirchhagen Schülerin und Lehrer künstlerisch zueinander, denn dieses Erlebnis hatte ein unsichtbares Band zwischen ihnen geknüpft.
Und genau auf Balduin Schilling wartete Eleonora an diesem

dunklen Winternachmittag des Jahres 1805 im »neuen Musiksalon« des Prewitzschen Stadtpalais mitten in Berlin. Es war eine Ausnahme, dass Schilling sie zu Hause aufsuchte, aber Gräfin Dorothea hatte ihn darum gebeten, Eleonora diese Woche in den Privaträumen zu unterrichten, da diese leicht indisponiert war.

»Nicht krank genug, um zu pausieren, aber zu krank, um den Weg durch Schnee und Kälte bis zur Oper zu wagen. Ich werde Schilling bitten, dich diese Woche im neuen Musiksalon zu unterrichten. Anschließend darf er mir beim five o'clock tea Gesellschaft leisten, denn ich habe etwas mit ihm zu bereden«, hatte die Gräfin zu Beginn der Woche verlauten lassen, nachdem sie Zeugin von mehreren Niesattacken und dem unterdrückten Schniefen ihres Schützlings geworden war. Ein Bote wurde mit einer Nachricht in die Oper geschickt und kehrte mit einem Billett des Herrn Konzertmeisters zurück, in dem dieser höflich für die Einladung dankte und sich mit der Ausnahme einverstanden erklärte, »gleichwohl es mich mit all der Kraft meines Herzens zu Frau und Kind nach Hause zieht, wo diese noch im Wochenbett liegt«, lautete ein Postskriptum.

»Ist er nun endlich Vater geworden, dann wollen wir ihm auch eine kleine Freude bereiten und für die Kräftigung der jungen Mutter sorgen«, meinte die Gräfin lächelnd. Eleonora lächelte gleichfalls, wusste sie doch, was das bedeutete. Zum einen würde die Gräfin den Bestand ihres wertvollen Silber- und Porzellankabinetts in Augenschein nehmen und bestimmt ein passendes Geschenk für die jungen Eltern finden. Zum anderen würde in spätestens einer Stunde einer der Prewitzschen Domestiken, mit einem schweren Kochtopf beladen, sich Richtung Jägerstraße schleppen, wo Schilling mit seiner jungen Frau in einer bescheidenen Dreizimmerwohnung lebte, um die kulinarische Morgengabe für die junge Mutter vor Ort zu übergeben. Die kräftigende, gar heilende Wirkung von Babettes Geflügelbouillon genoss in Berlin einen legendären Ruf. Eleonora selbst hatte heute zum zweiten Frühstück auf gemeinsame Anordnung von Gräfin und Köchin eine Tasse zu sich nehmen müssen und wusste daher, dass bereits seit gestern Abend wieder ein riesiges Suppenhuhn in den Topf gewandert war.

Zweimal pro Woche erreichte eine Lieferung von Geflügel, Fleisch und Wild vom Sophienhof mit pünktlicher Zuverlässigkeit das Stadtpalais in Berlin und wurde von Babette verarbeitet. Obwohl Gräfin Dorothea die junge Frau Schilling noch niemals in ihrem Leben gesehen hatte, gehörte es für sie einfach zum guten Ton, der Gattin von Eleonoras Musiklehrer auf diese Weise ihre Reverenz zu erweisen und zur Geburt des ersten Kindes zu gratulieren.

Es stand auch schon eine winzige Figur aus der Porzellansammlung der Prewitzens auf dem kleinen Teetisch bereit.

Gräfin Dorothea zog an der seidenen Klingelschnur. Drei Minuten später knickste Paula vor ihr. Die Gräfin wies auf das winzige porzellanene Schäferpaar.

»Nimm es mit zu Madame Hortense, damit sie es als schönes Präsent einpackt«, befahl sie der Zofe. »Du wirst derweil im Wintergarten schauen, ob die Kamelien schon so weit sind, dass der Gärtner einen kleinen Blumengruß binden kann.«

Paula nahm vorsichtig die Figurine aus der Königlich Preußischen Manufaktur in die Hand, knickste erneut und entschwand.

Pünktlich zum five o'clock tea würde ein geschmackvoll mit vielen Bändern verschnürtes und edlem Seidenpapier umhülltes Geschenkpäckchen auf dem Teetisch ihres Salons liegen,

das die Gräfin beim Abschied dem Musikus mit huldvollen Worten zu überreichen gedachte.
Wo nur Balduin Schilling blieb? Unpünktlichkeit war so gar nicht seine Art. Eleonora blätterte in dem sich auf dem Flügel türmenden Notenstapel. Irgendwie war sie heute auch nicht so richtig bei der Sache. Seit Tagen schwirrten die wildesten Gerüchte durch Stadt und Land und beunruhigten die Menschen.
Wo war Napoleon? Noch in Ulm oder bereits in Wien? Der französische Kaiser schien immer noch unbesiegbar, marschierte kreuz und quer durch Europa, tauchte unerwartet auf den verschiedenen Schlachtfeldern auf, verstand es mit seinem Charisma seine Soldaten immer wieder von neuem zu motivieren, war stets in vorderster Linie zu sehen und kümmerte sich im Notfall selbst um die Verarztung eines Verwundeten.
Das Bündnis von England, Österreich und Russland hatte zum dritten Koalitionskrieg geführt, der mittlerweile den ganzen Kontinent überzog. Dem politischen Überlebenskünstler Talleyrand war es gelungen, Preußen zu zwingen, Neutralität zu bewahren. Eine Haltung, die dem zögerlichen Charakter Friedrich Wilhelms nur entgegenkam, während seinen Vetter Louis Ferdinand der massive Druck aus Paris mit flammender Wut und Empörung erfüllte. Damit stand er nicht alleine. Selbst Königin Luise sollte die Fügsamkeit, mit der sich ihr königlicher Gemahl dem napoleonischen Diktat beugte, mit Unbehagen erfüllen. Diplomatisch und bislang dezent hatte sie auch bereits ihre Kritik geäußert. Natürlich ausschließlich im innersten höfischen Kreise und mit der einer preußischen Königin geziemenden Contenance. Kunde davon war auch bis in den Prewitzschen Haushalt gedrungen, was wiederum der uralten Freundschaft zwischen der Gräfin

von Prewitz und der Oberhofmeisterin Sophie Marie Gräfin von Voss zu verdanken war. Ihrer jungen Königin in absoluter Loyalität ergeben, hegte sie eine tiefe Abneigung gegen Napoleon, die wiederum ihre alte Freundin von Prewitz mit ihr teilte. In ganz Deutschland war die dem französischen Eroberer gegenüber manchmal unverhohlene, manchmal widerwillig gezollte Bewunderung inzwischen in Ablehnung, sogar in Hass umgeschlagen. Die Zeitungen bezeichneten ihn als Imperator, dessen Expansionswillen unberechenbar war, und fielen nach dem Druck solcher Artikel prompt der Zensur zum Opfer.

Als Bewahrer der Französischen Revolution, der die Ideale von Gleichheit, Freiheit und Brüderlichkeit stets erhalten wollte, stellte sich Napoleon nach wie vor gerne gegenüber dem französischen Volk, aber noch lieber gegenüber seinen Soldaten dar. Der Geist der Französischen Revolution schien wie eine kleine Flamme, die noch verhalten im Inneren seiner Untertanen glimmte. Aber Napoleon gelang es stets, diese von neuem zu einem Feuersturm zu entfachen. Der Ruf vom unversiegbaren Kampfgeist der französischen Armee war mittlerweile legendär.

Und dann hatte sich dieser geniale Armeeführer, der erste Konsul auf Lebenszeit, vor einem Jahr in der Notre-Dame von Paris eigenhändig zum französischen Kaiser gekrönt. Vor den Augen des überrumpelten Papstes Pius, den er gezwungen hatte, eigens aus Rom anzureisen, dem er einfach die Krone aus den alten zittrigen Händen genommen hatte, um sie sich selbst aufs Haupt zu setzen.

Ein Skandal!

Damit nicht genug, denn danach hatte der frisch gekrönte Kaiser seiner Gemahlin Joséphine die Krone auf deren anmutig gesenkten Kopf gedrückt und sie damit zur Kaiserin aller

Franzosen gemacht – Joséphine Bonaparte, verwitwete Beauharnais, Mutter zweier fast erwachsener Kinder, ehemalige Geliebte von Barras, bekanntermaßen Lebedame und Freundin der Mesdames Récamier und Tallien, Inhaberin des beliebtesten Salons während der Jahre des Direktoriums.
Als noch der süßlich schwere Geruch des Blutes zwischen hohen Mauern der engen Gassen von Paris, Lyon und Marseille hing, das gnadenlose Klappern der eisernen Schwerter der Guillotinen längst nicht vergessen war, da trugen die modisch bewussten Damen bereits eine schmale rote Seidenschnur um ihre Schwanenhälse, die sie als der Hinrichtung gerade noch entkommene Opfer der Revolution auswies.
Auch Joséphine hatte mit diesem modischen Attribut kokettiert und den blutjungen General aus Korsika mit ihrem Charme, dem sich niemand entziehen konnte, auf Anhieb betört.
»Eine Kokotte wird die Kaiserin von Frankreich«, hatte Sophie Marie von Voss an ihre Freundin geschrieben. »Und das nur wenige Jahre, nachdem man die arme unglückliche Marie Antoinette ermordet hat.«
»Ich bin beileibe keine Verfechterin der Französischen Revolution, aber dass nur fünfzehn Jahre nach deren Ausbruch in Notre-Dame ein korsischer Aufsteiger sich selbst zum Kaiser krönt, ist doch mehr als absurd«, kommentierte Gräfin Dorothea die Zeilen aus dem Berliner Stadtschloss.
»Er will eine neue Dynastie begründen«, erzählte Gräfin Elisabeth eifrig.
»Mit dieser abgetakelten Fregatte?«, hohnlachte Graf Ludovic.
Die Schlacht von Trafalgar lag noch nicht so lange zurück und mochte zu der maritimen Ausdrucksweise des Grafen geführt haben.

»Mais, Louis, je vous en pries!« Der verbale Ausrutscher ihres Gatten führte prompt zu einer Rüge der verschärften Art. Je formeller im Ausdruck, desto größer der Unmut der Gräfin.

»Pardonnez-moi, pardonnez-moi!«, entschuldigte sich der Graf sofort. »Aber es ist nun mal kein Geheimnis, dass Joséphine bei ihrer Krönung bereits einundvierzig Jahre zählte, ein Alter, in dem du bereits Großmutter warst, ma chère. Obwohl man es dir keineswegs ansah. Genauso wenig, wie man jetzt glauben mag, dass du bereits dreifache Urgroßmutter bist.« Charmant beugte sich der Graf über die Hand seiner Gattin und hauchte die Andeutung eines galanten Kusses auf den Handrücken.

Mit einem Lächeln entzog sich die Gräfin dieser Berührung, aber sie schien besänftigt.

In der Tat stand der neue Kaiser Frankreichs mit seinen sechsunddreißig Jahren in der Blüte seiner Jahre. Und in seinem ersten Kaiserjahr fielen ihm die Siege weiterhin so zu wie in den Zeiten zuvor als junger General oder späterer Konsul. Sein Eroberungshunger schien unersättlich. Das führte auch in dem zur Neutralität gezwungenen Preußen zu höchster Beunruhigung.

Eleonora spielte noch einen letzten Lauf auf dem Flügel und warf einen Blick auf die kleine Pendule, die auf dem Kamin stand. Halb vier schlug sie genau in diesem Moment.

Wo nur der junge Maestro blieb? In den letzten Monaten hatte sich diese Bezeichnung für den Konzertmeister Balduin Schilling in ganz Berlin eingebürgert, war er doch dabei, sich auch als hoffnungsvoller Komponist einen Namen zu machen. Eigentlich war es für Eleonora eine große Ehre, von ihm unterrichtet zu werden. Heute auch noch privat.

Aber mittlerweile war es schon nach halb vier. Draußen

begann es dunkel zu werden. Die ersten Laternenanzünder tauchten unten auf der Straße auf, um die Straßenlampen zu entzünden. In Berlin war man sehr stolz darauf, zu den ersten europäischen Städten zu gehören, wo zumindest die Straßen des Zentrums beleuchtet waren.

Es klopfte an die Tür.

»Herein, bitte treten Sie doch ein!«, rief Eleonora.

Aber es war nicht ihr Lehrer, der nun den Raum betrat, sondern die junge Zofe Emma. Sie wirkte ziemlich aufgelöst.

»Sie mögen bitte sofort in den Salon der Gräfin kommen. Der Maestro ist gerade angekommen, aber er wird Sie nicht unterrichten können«, stieß sie hervor und eilte davon.

Mit leiser Verwunderung leistete Eleonora dieser Aufforderung Folge. Sie lief die große Treppe hinunter in den ersten Stock, klopfte an die hohe Flügeltür des Salons und trat ein.

Zwei Augenpaare schauten ihr entgegen. Hoch aufgerichtet saß Gräfin Dorothea in ihrem großen Armsessel. Vor dem Kaminsims stand Balduin Schilling. So hatte sie ihren Lehrer noch niemals gesehen. Er war kreidebleich und lehnte sich an das Sims, als müsste er sich daran mit dem Ellbogen abstützen.

»Maestro, wie sehen Sie denn aus, ist Ihnen nicht gut, ist etwas mit Ihrer Frau oder dem Kind passiert?«, erkundigte sich Eleonora alarmiert.

Balduin Schilling schüttelte nur stumm den Kopf.

»Der Maestro wird dir heute keinen Unterricht erteilen können. Er möchte sich dafür jedoch persönlich entschuldigen. Das rechne ich Ihnen wirklich hoch an.« Gräfin Dorothea schaute Schilling sorgenvoll an. Dieser presste die Lippen zusammen und verneigte sich stumm.

»Was ist denn passiert?«, wollte Eleonora wissen.

»Die Ereignisse überschlagen sich«, sagte die Gräfin dumpf.

Verständnislos schaute Eleonora sie an.
»Ich habe soeben Nachricht direkt aus Wien erhalten«, fuhr die Gräfin fort. Eleonora verstand immer noch nicht und schwieg. »Der Maestro ist auf dem Weg zu uns einem Kurier begegnet, der sich verlaufen hatte und nach unserer Adresse fragte. Der Einfachheit halber hat er den Brief an mich gleich mitgenommen.«
»Und wurde so Überbringer der schlechten Nachricht«, sagte der Maestro heiser. »In der Antike wurde man dafür geköpft.«
Gräfin Dorothea unterbrach ihn mit einer abwehrenden Handwegung. »Die Fürstin Schwarzenberg hat mir geschrieben. Die russische und die österreichische Armee sind am 2. Dezember in einem kleinen Dorf in Mähren vernichtend geschlagen worden«, erklärte sie tonlos. »Es hat Tausende von Verletzten und Verwundeten gegeben. Die Franzosen sollen mehr als zwölftausend gegnerische Soldaten gefangen genommen haben.«
»Oh!«, entfuhr es Eleonora.
»Das war am 2. Dezember. Zwei Tage später«, berichtete die Gräfin weiter, »ist Napoleon mit dem österreichischen Kaiser zusammengetroffen. Am 6. Dezember hat man auf Schloss Austerlitz einen Waffenstillstand geschlossen unter der Bedingung des sofortigen Abzugs der Russen.«
Eleonora verspürte einen schmerzhaften Stich in der Brust.
»Wo Alexander jetzt sein mag?«, stellte die Gräfin genau die Frage, die Eleonora seit Monaten im Verborgenen quälte. Seit der Hochzeit seiner Schwester Charlotte war er aus Berlin verschwunden. Ab und an drangen ein paar vage Nachrichten bis nach Berlin durch, so auch die, dass er sich kürzlich als Freiwilliger den Truppen des russischen Generals Kutusow angeschlossen hatte.
Aus alter Gewohnheit glitt Eleonora an die Seite der Gräfin

und ließ sich wie früher auf dem Hocker zu ihren Füßen nieder. Wie als kleines Mädchen legte sie den Kopf an deren Knie. Fast automatisch fuhr ihr die Gräfin durch die dichten Haare, eine liebevolle, vertraute Geste.
»Das ist das Ende!«, murmelte sie tonlos.
Eleonora ahnte nicht, dass sie damit nicht nur das Ende des Heiligen Römischen Reiches Deutscher Nation meinte. Alle drei schwiegen und starrten vor sich hin. Nach geraumer Weile löste sich Balduin Schilling vom stützenden Halt des Kaminsimses und trat mit schweren Schritten vor Gräfin Dorothea hin.
Er räusperte sich. »Ich bitte mich jetzt zu entschuldigen«, sagte er mit belegter Stimme und machte eine tiefe Verneigung.
»Selbstverständlich, Maestro«, erwiderte die Gräfin. Sie hob ihre immer noch auf Eleonoras Scheitel ruhende Rechte und hielt sie dem Maestro entgegen. Ehrerbietig hauchte er den zeremoniellen Handkuss darauf und wollte sich zurückziehen. »Warten Sie, ich habe noch etwas für Sie«, hielt sie ihn zurück. Sie stand auf, und zum ersten Mal bemerkte Eleonora, dass sie es nicht mit der gewohnten Leichtigkeit und Grazie tat. Ihre Bewegungen wirkten fast schwerfällig, glichen denen einer alten Frau. Eleonora erschrak, als sie nun beobachten musste, wie sich Gräfin Dorothea langsam zu ihrem Sekretär in der Ecke des Salons schleppte, auf dem ein schmuckvoll eingewickeltes Päckchen lag. »Hier, nehmen Sie das mit einem herzlichen Gruß und meiner Empfehlung an Ihre junge Frau Gemahlin«, sagte sie und überreichte dem überraschten Maestro das Geschenk. Er verneigte sich erneut.
»Und nun machen Sie sich endlich auf den Weg nach Hause zu Frau und Kind. Vielleicht hat sie Ihnen ja sogar noch etwas von Babettes legendärer Hühnerbouillon übrig gelassen. Bei

der Kälte draußen wird Ihnen eine heiße Suppe jetzt bestimmt guttun.«
Gräfin Dorothea lächelte. Eleonora atmete erleichtert auf. Die politische Lage mochte kritisch sein, das arme Preußen immer fester in die Zange genommen werden, ihren Humor ließ sich Gräfin von Prewitz immer noch nicht nehmen.
Nach etlichen Dankesbezeugungen verließ Balduin Schilling endlich den Salon.
Mit einem tiefen Seufzer nahm die Gräfin wieder in ihrem Sessel Platz. »Geboren im Winter 1805. Was mag diesem Kind für eine Zukunft bevorstehen?«, sagte sie nachdenklich. »Und was steht uns allen in den nächsten Jahren bevor?« Dann wurde sie sich Eleonoras Gegenwart wieder bewusst. »Mein liebes Kind, würdest du mich bitte alleine lassen«, bat sie diese. »Ich muss nachdenken und möchte den Brief der Fürstin von Schwarzenberg nochmals in aller Ruhe studieren.«
Eleonora nickte, machte einen angedeuteten Knicks und verließ gleichfalls den Salon. Sie zog sich in die zweite Etage zurück. Als sie den vertrauten Flügel erblickte, atmete sie tief durch. Auf dem Notenständer lag noch die aufgeschlagene Partitur eines Lieds, das sie heute mit dem Maestro hatte einstudieren wollen. Es war die Vertonung eines Goethegedichts. Schilling hatte ihr vorgeschlagen, es doch auch einmal mit den »Zwölf Liedern am Klavier zu singen componirt von Carl Friedrich Zelter« zu versuchen. Diese boten nämlich die Möglichkeit, sich dabei selbst am Flügel zu begleiten. »Sie sollten sich auch ein Repertoire für einen richtigen Liederabend aneignen, um sich auch einmal so der Öffentlichkeit zu präsentieren, ehe Sie weiter von einem großen Debüt als Opernsängerin träumen«, hatte er ihr dann empfohlen.
Nachdenklich blätterte Eleonora in der Partitur. Die fünf

Wilhelm-Meister-Lieder gefielen ihr am besten. Aber nach dieser Hiobsbotschaft aus Wien fehlten ihr Konzentration und innere Ruhe, weiter an diesen Liedern zu arbeiten. Gräfin Dorothea schien von den Nachrichten von der Schlacht bei Austerlitz zutiefst schockiert zu sein. Diese Reaktion hatte sich auch auf sie übertragen. So beunruhigt hatte Eleonora ihre Gönnerin noch niemals erlebt. Das verunsicherte sie über alle Maßen.

13

Eleonora ahnte, dass ihr beschauliches Leben im Hause der Prewitzens bedroht war. Nahezu ereignislos war es die vergangenen Jahre so vor sich hin geplätschert. Gleichsam mit dem Tode Farinis schienen auch seine prophezeiten Hoffnungen auf eine großartige Zukunft seiner Schülerin als Primadonna assoluta zu Grabe getragen. Ihr neuer Musiklehrer hatte sie auf den Boden der Tatsachen zurückgeholt, indem er sie und auch Gräfin Dorothea davon überzeugte, dass ein Operndebüt mit noch nicht einmal achtzehn Jahren für Eleonora ausgeschlossen sei.

»Sie würde sich ihre Stimme ruinieren, dabei sollte diese sich in Ruhe entwickeln und ausreifen können«, erklärte er unerbittlich. »Wie Farini bin ich von der außergewöhnlichen Begabung Ihres Schützlings überzeugt, aber im Gegensatz zu meinem überschwenglichen Kollegen und geschätzten Meister Farini sehe ich Demoiselle Prohaskas künstlerische Laufbahn und ihre Perspektiven etwas nüchterner.«

Eher widerwillig, schließlich resigniert hatten sie sich den

daraufhin folgenden Empfehlungen und Anweisungen des jungen Maestros gefügt.
So bestand Eleonoras Leben bis dato aus regelmäßigem Musikunterricht oder ab und an einem kleinen Liederabend für eine Abendgesellschaft. Darüber band Schilling sie regelmäßig als Solistin bei Aufführungen von Oratorien und Messen in der Potsdamer und Berliner Kirche ein. Alles in allem leider mehr ein Rückschritt ihrer Sängerinnenlaufbahn, so kam es zumindest Eleonora mittlerweile vor. Auch so ein triumphaler Auftritt wie anlässlich der wunderschönen Sommeraufführung von *Orpheus und Eurydike* auf dem Sophienhof hatte sich nicht mehr wiederholt, denn während der nächsten Jahre hatte Gräfin Dorothea ihrem Haushalt absolute Sparsamkeit verordnet. Das Debüt und die so rasch folgenden Hochzeiten ihrer beiden Enkelinnen hatten die einst wohl gefüllte Schatulle von Gräfin Prewitz zu Kirchhagen fast bis auf den Grund geleert.
Graf Ludovic war niemals ein Kind von Traurigkeit gewesen und seit Jahrzehnten gewohnt, dass seine Gemahlin seine Spielschulden diskret ausglich. Sohn Wilhelm von Prewitz zu Kirchhagen und seine Frau Elisabeth liebten es gleichfalls, auf großem Fuße zu leben, bis Gräfin Dorothea eines Tages all dieser Verschwendung resolut Einhalt gebot.
»Und wir sind mit dieser Lebenshaltung »absolutement à la mode«, hatte sie den Protest ihrer Familie abgewürgt. »Nehmt euch nur ein Beispiel an unserem jungen Königspaar.«
Von dessen Bescheidenheit durfte Eleonora sich eines Tages schließlich selbst ein Bild machen.
In den Turbulenzen des Jahres 1802 wäre die Einladung der Königin nach Schloss Paretz fast in Vergessenheit geraten. Nach dem Debüt von Sophie und Charlotte, dem plötzlichen Tod des alten Maestro Farini, der Gräfin Dorothea tiefer ge-

troffen hatte, als sie es sich nach außen hin anmerken ließ, folgten in kurzem Abstand die Vermählungen der beiden Komtessen. Schließlich war es die Hofdame und mütterliche Freundin der jungen Königin, die Gräfin Dorothea in einem ihrer Briefe daran erinnerte. Unbeschreiblich schnell war das Jahr 1802 vorbei gewesen. So stille beschauliche Feiertage wie beim Jahreswechsel zu 1803 hatte Eleonora im Stadtpalais der Prewitzens niemals zuvor erlebt.

»Manchmal frage ich mich wirklich, warum ich mit einem solchen Aufwand die Etage für euch jungen Mädchen herrichten ließ«, sagte Gräfin Dorothea einmal zu Eleonora. »Hätte ich gewusst, wie schnell die jungen Vögelchen flügge werden und ihr Nest verlassen, hätte ich mir diese Kosten sparen können. Aber gut, umso mehr Raum hast du nun für dich«, setzte sie lächelnd hinzu. So wurde Sophies Zimmer in einen Arbeitsraum und Studierzimmer verwandelt, Charlottes Zimmer sollte in Zukunft als Gästezimmer dienen.

Am 23. Januar 1803 kam als siebtes Kind und vierte Tochter des preußischen Königspaars die kleine Prinzessin Friederike Wilhelmine Alexandrine Marie Helene in Berlin zur Welt. In dem Brief an ihre alte Freundin zählte die penible Gräfin von Voss alle Vornamen des jüngsten königlichen Sprosses vollständig auf. Mutter und Kind seien wohlauf. Königin Luise freue sich jetzt schon auf ihren Sommeraufenthalt im geliebten Schloss Paretz. Ob die Monate August oder September für ihre Freundin und deren Schützling nicht endlich Gelegenheit böten, der königlichen Bitte oder formlosen Einladung, doch einmal die Sommerresidenz zu besuchen, nachzukommen, fragte sie in einem Postskriptum vorsichtig an.

Was für eine Frage!

»Eleonora, ich kann es kaum glauben, dass wir beide diesen Brief vergessen konnten«, sagte Gräfin Dorothea kopfschüttelnd. »Du weißt wohl gar nicht zu ermessen, was für eine Auszeichnung es darstellt, dem Königspaar in diesem intimen Rahmen vorsingen zu dürfen. Wo ist der Brief überhaupt? Ich kann ihn in meiner Korrespondenz nicht mehr finden? Habe ich ihn nicht dir überlassen?« Fragend schaute sie Eleonora an.

»Ich habe ihn aufbewahrt, er liegt oben in meinem Zimmer in der Kommode«, bestätigte Eleonora und verschwieg, dass sie das königliche Schreiben vorsichtig in die Stola, die sie am Abend ihrer Premiere getragen hatte, eingewickelt hatte.

»Ich werde der Gräfin schreiben, dass wir uns in diesem Sommer gerne für ein paar Tage in Paretz einlogieren möchten«, verkündete Gräfin Dorothea und griff zu ihrer Schreibfeder.

»Direkt im Schloss?«, vergewisserte sich Eleonora atemlos.

»Wir werden sehen«, entgegnete die Gräfin geheimnisvoll.

Es war dann nicht das Schloss selbst geworden, sondern man hatte die Gräfin Dorothea mit ihrem Schützling und den beiden Zofen Emma und Paula im Haus des Gärtners einquartiert, der seinerseits samt Familie während der Sommermonate im Bauernhaus seiner Schwiegereltern in der Nähe von Utz vorübergehend Unterschlupf fand. So machten das viele Paretzer Dorfbewohner, um den Angehörigen des Berliner Hofstaats Logis zu bieten. Im Schloss selbst wohnten nur die engsten Angehörigen der Familie und natürlich Gräfin von Voss. Eleonora machte die Bekanntschaft dieser einflussreichen Hofdame zwei Tage, ehe sie dem Königspaar vorgestellt wurde. Sophie Marie Gräfin von Voss war eine ehrfurchtgebietende alte Dame, die Eleonora eine gehörige Portion Respekt einflößte. Das musste auch in ihrem Gesicht abzulesen gewesen sein.

»Sie müssen keine Angst vor mir haben«, beschwichtigte sie Eleonora. »Mir ist nur sehr daran gelegen, dass alles comme il

faut verläuft, neigt doch meine Königin selbst dazu, sich auch heute noch höchst unkonventionell zu verhalten und sehr spontan zu reagieren.«
Das Gesicht von Gräfin von Voss spiegelte bei diesen Worten weniger Kritik als eine große Zuneigung zu ihrer jungen Herrin wider.
»Was ziehe ich an?«
Für den Abend ihres Auftritts war diese Frage schnell gelöst. Nach einigem Nachdenken hatte Eleonora sie sogar selbst beantwortet.
»Ich würde so gerne noch einmal das Kleid, das Sie mir auf Sophienhof geschenkt haben, tragen. Ich habe anderweitig doch so wenig Gelegenheit dazu gehabt«, hatte sie gesagt.
»Eine hervorragende Idee. Dann soll Mademoiselle Durand nur noch einmal die Nähte kontrollieren und sich von seinem Sitz überzeugen. Es wird dir doch noch passen?« Prüfend ließ sie den Blick über die ihr gegenübersitzende Eleonora gleiten. »Du bist weiblicher geworden, nun ja, du bist erwachsen. Mit zwanzig war ich bereits das dritte Mal guter Hoffnung. Mit ihren neunundzwanzig Jahren hat Königin Luise sogar schon das siebte Kind geboren.« Obwohl Gräfin Dorothea gerade mit sich selbst zu sprechen schien, errötete Eleonora bei ihren Worten.
»Ich werde niemals heiraten«, sagte sie leise.
Gräfin Dorothea wandte sich ihr überrascht zu. »Das werden wir ja sehen«, entgegnete sie resolut. Du bist doch eine richtig gute Partie. Du weißt nur gar nicht, dass ich mittlerweile eine hübsche Summe vom Kostgeld deines Vaters für dich angespart habe, setzte sie im Geiste hinzu. Irgendwann würde sie ihren Schützling davon in Kenntnis setzen müssen. Aber heute nicht, verdrängte sie die mahnende Stimme in ihrem Inneren.

Obwohl Gräfin von Voss sie zuvor genau eingewiesen hatte, verlief Eleonoras Besuch auf Schloss Paretz erstaunlich unzeremoniell. Es war auch kein richtiger Auftritt, der von der jungen Sängerin erwartet wurde, sondern mehr ein geselliger Abend im Kreise der königlichen Familie, untermalt von einigen Liedern und Arien, die Eleonora auf Zuruf zum Besten gab.

Dennoch war Eleonora natürlich furchtbar aufgeregt, als sie Seite an Seite mit Gräfin Dorothea im schmalen Speisesaal von Schloss Paretz auf das königliche Paar zuschritt. Friedrich Wilhelm stand im Kreise der Kinder, die den Damen neugierig entgegenschauten. Königin Luise saß auf einem hochlehnigen Stuhl und hielt die vier Monate alte Alexandrine im Arm. Das Baby krähte fröhlich und brabbelte vor sich hin, zum Entzücken seines Vaters, der Frau und Kind lächelnd beobachtete. Im Verhalten des Königs war nichts von Verdrießlichkeit, die man dem preußischen Oberhaupt so häufig nachsagte, zu entdecken. Hier stand ein Familienvater im Kreise seiner Lieben, der sich offenkundig wohl fühlte und sich des Anblicks seiner wohlgeratenen Kinderschar erfreute. Und Luise?

Sie ist ja in Wirklichkeit noch viel schöner als auf den Bildern und von anderen beschrieben, dachte Eleonora atemlos, als sie in einen tiefen Hofknicks versank.

»Ach, meine Liebe, lassen Sie das doch, wir sind doch nicht im Berliner Schloss«, wehrte die junge Königin ab. Sie verlagerte die kleine Alexandrine auf ihre linke Seite und streckte die Rechte aus. Eleonora ergriff sie. Es war eine schmale, weiche Hand, die sie jetzt aber mit erstaunlicher Kraft in die Höhe zog. »Was für ein entzückendes Kleid haben Sie an. Es erinnert mich an mein eigenes Ballkleid, in dem ich damals im Jahre der Kaiserwahl in Frankfurt den Ball eröffnete. Mein Tanzpartner war der schöne Fürst Metternich.«

Täuschte sich Eleonora, oder verzog Friedrich Wilhelm gerade unwillig das Gesicht? Zumindest war sein Lächeln verschwunden. Luise hatte es umgehend bemerkt und legte ihrem Gatten spontan die kleine Alexandrine in den Arm, um sich besser ihren Gästen widmen zu können. Die jüngste preußische Prinzessin kreischte vergnügt und streckte dem entzückten Vater ein winziges Fäustchen entgegen. In Sekundenschnelle schien der eifersüchtige Stich, den der Gatte bei Erwähnung des schönen Fürsten Metternich verspürt haben musste, vergessen. Luise wandte sich nun Gräfin Dorothea zu. Einladend wies sie auf einen leerstehenden Stuhl an ihrer Seite.

»Setzen Sie sich zu mir, meine Liebe, wir haben uns ja lange nicht mehr gesehen. Sie lassen sich so selten bei Hofe blicken«, forderte sie Gräfin Dorothea auf. »Wie geht es Ihrem Gatten, schon wieder auf der Jagd im Kurland? Und Ihre beiden entzückenden Enkelinnen? Es hat sie ja weit fort von Berlin verschlagen. Ob sich Charlotte im kalten Schweden jemals heimisch fühlen wird?«

»Ich glaube, die innige Liebe zu ihrem schwedischen Gatten wird sie die kalten dunklen Winter vergessen lassen und warm halten«, entgegnete die Gräfin lächelnd und leistete der Aufforderung der jungen Königin Folge. Im Nu waren die beiden Frauen in ein angeregtes Gespräch vertieft, wirkten völlig unbefangen und vertraut miteinander.

Eleonora atmete tief durch. Verschwunden war ihre anfängliche Beklommenheit. Sie schaute sich um. Sie befanden sich in der Ecke eines großen schmalen Speisesaals, in dem einige Diener noch letzte Hand an der gedeckten Tafel anlegten. Die Türen des Saals standen weit offen, durch die der süße, schwere Duft eines späten Sommerabends einströmte. Eigentlich war es kaum anders als auf dem geliebten Sophienhof, kam es Eleonora vor.

Nur, dass hier nicht Gräfin Dorothea Regie führte, sondern selbst einmal Gast war. Ein hochwillkommener Gast. Das schien sie sogar sehr zu genießen, wie das helle Auflachen, mit dem sie gerade eine Bemerkung der Königin quittierte, bewies. Eleonora beobachtete die Königin verstohlen.
In Wirklichkeit war sie tatsächlich schöner als alle Bilder, die sie bislang gesehen, und Beschreibungen, die sie über sie gehört und gelesen hatte. Trotz der vielen Schwangerschaften hatte sie sich ihre mädchenhafte Figur bewahrt. Königin Luise war ungewöhnlich groß, fast so groß wie sie selbst. Das wiederum war für Eleonora ungewohnt, einer Frau einmal Auge in Auge gegenüberzustehen. Und was für Augen! Sie strahlten eine solche Wärme und Herzlichkeit aus, genauso wie das unwiderstehliche Lächeln, das ihre Worte meist begleitete. Liebreiz, schoss Eleonora durch den Kopf, das war das richtige Wort, das auf Königin Luise zutraf. Das Herz der jungen Potsdamerin flog ihrer schönen Königin zu. Plötzlich spürte sie, wie etwas an ihrem Rock zupfte. Irritiert schaute sie hinab und blickte in fast die gleichen blauen Augen, die sie eben so bewundert hatte. Jetzt erkannte sie sie im Gesicht von Prinzessin Charlotte wieder. Diese Augen konnte sie nur von ihrer Mutter geerbt haben.
»Was wirst du uns denn nach dem Essen vorsingen?«, erkundigte sich das kleine Mädchen ohne jegliches Zeremoniell und schaute neugierig zu Eleonora empor. Diesem Pausbackgesicht war gleichfalls nicht zu widerstehen.
»Was möchtest du denn hören?«, fragte Eleonora lächelnd zurück.
»Och, ich weiß nicht, vielleicht ›Der Kuckuck und der Esel‹, das finde ich so lustig. Kennst du das?«, entgegnete Charlotte und steckte nachdenklich den Finger in den Mund.
»Nein, leider nicht«, bedauerte Eleonora.

»Soll ich es dir vorsingen?« Die kleine Prinzessin holte tief Luft.
»Mais, Votre Altesse, Charlotte, ich muss doch sehr bitten!«, meldete sich eine tiefe Stimme aus dem Hintergrund.
»Ach, liebe Gräfin von Voss, lassen Sie doch das Kind«, wandte sich Königin Luise sofort begütigend an ihre alte Hofdame. Diese seufzte nur und verstummte. Königin Luise erhob sich und bat an die Tafel. Auch das Essen auf Schloss Paretz erinnerte Eleonora an die Mahlzeiten von Schloss Sophienhof, nämlich reichlich, aber nicht zu üppig.
Es war eine kleine, feine Tischgesellschaft, die sich an diesem Abend im Speisesaal von Schloss Paretz vereinte. Eleonora hatte man Kapellmeister Himmel als Tischherrn zugedacht. Er selbst stellte sich ihr vor.
»Ich freue mich sehr, nun endlich persönlich Ihre Bekanntschaft zu machen, denn ich habe schon viel von Ihnen gehört. Eine ganz besondere Freude wird es mir sein, Sie nachher auf dem Klavier begleiten zu dürfen.«
Es tat Eleonora gut zu erfahren, dass man sie in Musikerkreisen doch noch nicht vergessen hatte. Nach dem Abendessen erging sich die Hofgesellschaft noch in einer kleinen Promenade draußen im Park, ehe in das Schreibzimmer der Königin gebeten wurde, wo ein altes Hammerklavier stand.
Es war eine so intime familiäre Atmosphäre, dass Eleonora völlig unbefangen auftrat. Sie hatte mit Balduin Schilling ein kleines Programm zusammengestellt. Es lehnte sich vorwiegend dem Vorbild der »Weberschen« an. So erinnerte man sich in Musikerkreisen der beiden Schwestern aus Mannheim, die in Mozarts Leben eine wichtige Rolle spielten, Konstanze, die Ehefrau, und Aloysia, die begnadete Sängerin, zeitweilige Geliebte und Schwägerin zugleich. Nach dem viel zu frühen Tod ihres »Wolfers« sah sich die junge Witwe gezwungen, mit

ihrer Schwester auf Tournee zu gehen. Die beiden jungen Frauen hatten dabei einige gesangliche Preziosen zum Besten gegeben, die nun Eleonora vortragen wollte.
Kapellmeister Himmel schaute sehr skeptisch, als Eleonora ihm die Noten aus *La Clemenza di Tito* und *Idomeneo* vorlegte. Etwas zögerlich begann er ein paar Läufe auf dem an der Wand stehenden Hammerklavier zu spielen und verzog schmerzlich das Gesicht.
»Jaja, ich weiß, es muss unbedingt neu gestimmt werden«, meldete sich Königin Luises helle Stimme aus dem Hintergrund. »Ich verspreche Ihnen, bei Ihrem nächsten Besuch wird es frisch gestimmt sein.«
Wer war mit diesem Versprechen gemeint? Eleonora hatte nicht viel Zeit, darüber nachzudenken, denn Friedrich Heinrich Himmel begann schon mit dem Auftakt ihrer ersten Arie. Fast automatisch setzte Eleonora ein. Etwa eine Stunde sang sie so Arie auf Lied, als Reminiszenz an ihren alten Meister eine kleine Canzone von Farini, gefolgt von einem besinnlichen Kirchenlied. Es war nur ein kleines, aber umso illusteres Publikum, das Eleonoras Darbietung genoss, absolut konzentriert, zum Teil mit großer Kennerschaft.
Inzwischen war es dunkel geworden. Auf Zehenspitzen schlichen sich zwei Diener herein, um diskret die an den Wänden hängenden Kerzenleuchter zu entzünden. Einer pirschte sich an die beiden Musizierenden heran und stellte vorsichtig einen sechsarmigen Leuchter auf das Klavier. Himmel nickte dankend und spielte weiter.
Eleonora beschloss ihren Vortrag mit einem schlichten Abendlied von Paul Gerhard. »Nun ruhen alle Wälder« passte vielleicht noch nicht so ganz in die Jahreszeit, aber in die Stimmung dieser Abendstunde. Der letzte Ton verklang. Kapellmeister Himmel nahm die Hände von der Tastatur und

legte sie in den Schoß. Eleonora neigte den Kopf und verharrte ehrerbietig in dieser Stellung. Sekundenlang herrschte absolute Stille, ehe Beifall geklatscht wurde. Kein frenetisches Händeklatschen, sondern ein diskretes Applaudieren. Eleonora hob den Kopf und schaute in die überschaubare Runde ihrer vornehmen Zuschauer. Da kam Königin Luise auf sie zugeeilt. Ehe sie sichs versah, fühlte sie sich umarmt, von zarten, aber dennoch kräftigen Armen umfangen und an sich gezogen.

»Ma chère Demoiselle Prohaska, Sie haben mir mit Ihrem Liedvortrag eine große Freude bereitet, ich bin zutiefst berührt«, rief die junge Königin. Sie küsste Eleonora links und rechts auf die Wangen. Sie schien wirklich sehr angetan. Zum ersten Mal nahm Eleonora bewusst die süddeutsche Sprachmelodie wahr. In Momenten der emotionalen Berührung klang bei Königin Luise das liebenswerte Darmstädter Hessisch immer noch durch.

Über die Schulter der Königin hinweg bemerkte Eleonora das Gesicht der Gräfin von Voss, die dieses Intermezzo mit einem Ausdruck tiefster Missbilligung beobachtete. Das war wohl wieder einer dieser spontanen Auftritte ihrer geliebten Königin, der ihr, weil überhaupt nicht comme il faut, fast körperliches Unbehagen bereitete. Gleichzeitig beobachtete Eleonora aber auch, wie Gräfin Dorothea begütigend ihre schmale Hand auf den Arm ihrer Freundin legte, sich zu ihr neigte und ihr etwas zuflüsterte. Gräfin Sophie Marie von Voss lauschte. Schließlich glitt ein erst zögerliches, aber dann umso entspannteres Lächeln über ihr Gesicht. Zu gerne hätte Eleonora jetzt erfahren, was Gräfin Dorothea da geflüstert hatte. Wie vertraut die beiden miteinander wirkten. Nun ja, sie verband eine mittlerweile über vierzig Jahre währende Freundschaft.

»Kommen Sie, Demoiselle Prohaska, Sie müssen sich jetzt stärken«, forderte Königin Luise sie auf. »Sie sind doch bestimmt völlig erschöpft und durstig nach diesem Auftritt. Wie wäre es mit einem Gläschen Champagner?«

»Um Himmels willen doch jetzt nichts Kaltes für die Stimme«, meldete sich Kapellmeister Himmel entsetzt aus dem Hintergrund.

»Er hat recht«, bestätigte Eleonora bedauernd.

»Kamillentee oder heiße Milch mit Honig«, schlug der Kapellmeister vor.

»Ich bin doch nicht krank«, protestierte Eleonora.

»Dann erst einen Kamillentee für die Stimme und anschließend ein Gläschen Champagner zur Belohnung«, beschied Königin Luise und gab einem der neben der hohen Tür harrenden Diener ein Zeichen. Eleonora wurde auf ein kleines Sofa bugsiert und war im Nu von den Angehörigen der preußischen Familie umringt. Auf Geheiß ihrer Mutter beugten sich die beiden kleinen Prinzen sogar zu einem Handkuss über Eleonoras Rechte, was diese mit einer Mischung von Entzücken und Scham erfüllte. Und plötzlich zupfte es wieder leicht an ihrem langen Rock. Sie wandte sich um und schaute zum zweiten Mal in das Pausbackgesicht von Prinzessin Charlotte.

»Du hast nicht ›Der Kuckuck und der Esel‹ gesungen«, sagte Charlotte vorwurfsvoll.

»Ich kenne das Lied doch gar nicht«, verteidigte sich Eleonora lächelnd.

»Dann musst du es eben lernen. Soll ich es dir beibringen?« Charlotte machte Anstalten, sich in Positur zu stellen und draufloszuschmettern.

Hilflos schaute Eleonora um sich. Das wäre jetzt bestimmt nicht comme il faut, wenn die kleine Prinzessin einfach so

und unangekündigt lossang. Es war die Oberhofmeisterin Gräfin von Voss, die Eleonora aus ihrem Dilemma befreite.
»Mes enfants, il est temps pour vous, il faut se retirer«, rief sie und klatschte diskret in die Hände. Wie aus dem Nichts tauchten eine Zofe und zwei junge Diener auf, die die protestierenden Kinder sanft, aber doch unnachgiebig zur Tür hinausschoben.
Im Rahmen blieb Charlotte stehen und drehte sich halb herum. »Du kommst doch morgen wieder?«, rief sie über die Schulter zurück.
Alle wussten, wen sie meinte, und schauten Eleonora schweigend an. Manche lächelten, andere schauten verdutzt. Eleonora wurde dunkelrot.
»Votre Altesse«, mahnte die Oberhofmeisterin mit tiefer Stimme.
Königin Luise schien amüsiert. »Mademoiselle Prohaska logiert im Gärtnerhaus, da kannst du sie morgen doch besuchen, und nun geh zu Bett«, befahl sie ihrer kleinen Tochter.
»Gut, dann komme ich dich dort besuchen und singe dir ›Der Kuckuck und der Esel‹ vor.« Endlich schien die kleine Prinzessin befriedigt und folgte ihren Geschwistern. Leise wurde die Tür hinter dem königlich preußischen Nachwuchs ins Schloss gezogen. Nur Alexandrine zappelte noch in den Armen ihrer Mutter.
Gräfin von Voss seufzte abgrundtief. »Sie kommt ganz nach Ihnen, Majestät«, sagte sie. Es klang bekümmert.
»Wäre das so schlimm?«, fragte Königin Luise lächelnd und schaute mit kokett geneigtem Kopf in die Runde.
»Ganz im Gegenteil, meine Liebe«, meldete sich der König zu Wort.
Alexandrine begann zu krähen. Sofort beugte sich ihr Vater

über sie und kitzelte sie sanft mit dem Zeigefinger. »Und wenn du nach deiner Mutter kommst, wäre das noch schöner für mich«, sagte er.

Eleonora beobachtete ihn verstohlen und fragte sich zum wiederholten Male, warum Friedrich Wilhelm immer als so eine humorlos knöchern trockene Persönlichkeit beschrieben wurde. Sie erlebte ihn als zwar zurückhaltenden Mann, aber äußerst liebevollen Vater. Sein Verhalten wirkte eher etwas unbeholfen als hochmütig arrogant. Vielleicht war er einfach nur schüchtern?

Es war noch vor Mitternacht, als sich Eleonora und Gräfin Dorothea, von einem Diener durch den Park zum Gärtnerhaus geleitet, zur Nachtruhe zurückzogen.

»Diesen Tag darfst du niemals vergessen, du wirst ihn bis an dein Lebensende in deinem Gedächtnis bewahren«, beschwor Dorothea Eleonora und gab ihr einen Kuss auf die Stirn. »Ich bin so stolz auf dich, mein Kind. Dass du dich künstlerisch behaupten kannst, habe ich ja schon längst gewusst. Aber heute Abend habe ich mich überzeugen können, dass du dich souverän und gelassen in den höchsten Kreisen zu bewegen verstehst. Die Oberhofmeisterin ist überaus angetan von dir. Und von Prinzessin Charlotte ganz zu schweigen.« Sie lachte entzückt und zog die Tür ihres kleinen Schlafzimmers hinter sich zu.

Eleonora ertappte sich dabei, wie sie leise die Melodienfolge von »Der Kuckuck und der Esel« auf dem Flügel des Neuen Salons im Prewitzschen Stadtpalais klimperte. Es bereitete ihr fast körperlichen Schmerz, aus den wunderschönen Erinnerungen an die sorgenfreie Sommeridylle auf Schloss Paretz in die Gegenwart zurückkehren zu müssen. Nein, diese eine Woche im September des Jahres 1803 würde sie niemals vergessen. Ob die kleine Charlotte noch ab und zu an sie dachte oder »Demoiselle Prohaska« schon längst vergessen hatte?

Die kleine Prinzessin war tatsächlich am nächsten Vormittag vor dem Gärtnerhaus aufgetaucht und hatte nach Eleonora verlangt, um mit ihr spazieren zu gehen. Was als Bitte geäußert war, stellte sich für Eleonora dennoch fast als Befehl dar. Aber als sie mit Charlotte über das liebevoll gestaltete Parkgelände schlenderte, verlor sich ihre Befangenheit sehr schnell. In einem Pavillon machten die beiden Rast. Ein dienstbarer Geist hatte dort schon einen Korb mit frischem Obst und einer Karaffe Limonade bereitgestellt. Und dann kam Eleonora nicht drum herum, sich »Der Kuckuck und der Esel« vorsingen zu lassen und dieses Lied selbst zu lernen. Als sie mit Charlotte um die Wette »kuckuck« sang und »iahte«, hatte sie vollkommen vergessen, dass das kleine blonde Mädchen an ihrer Seite eine preußische Prinzessin war.

Von unüberwindbaren gesellschaftlichen Schranken zwischen den beiden begeisterten Sängerinnen konnte in diesem Moment keine Rede sein.

So war es eben auf Schloss Paretz, auf dem Königin und König zu gerne für ein paar Tage ihre repräsentativen Pflichten vergaßen und einfach nur ein junges, sich liebendes Ehepaar waren, das sich am Anblick seiner gedeihenden Kinderschar erfreute. Es war ein stilles, kleines Glück, das ihnen leider stets nur für wenige Wochen im Spätsommer vergönnt war. Nicht ohne Grund hatten die Dorfbewohner der königlichen Sommerresidenz den Namen »Schloss still im Land« verliehen.

Im vergangenen Sommer war man länger als sonst draußen geblieben, um am 15. Oktober noch den zehnten Geburtstag des Kronprinzen zu feiern. So hatte es die Gräfin von Voss ihrer Freundin brieflich mitgeteilt und sich entschuldigt, einer Einladung von Gräfin von Prewitz daher leider nicht Folge leisten zu können. Eleonora lächelte bei der Erinnerung, wie der damals achtjährige Kronprinz Wilhelm ihr einen formvollendeten Handkuss gegeben hatte. Das Erntefest sei in diesem Jahr besonders ausgelassen gefeiert worden, hatte Gräfin von Voss noch geschrieben. Es war Tradition geworden, dass sich Königin und König unter die tanzende Dorfbevölkerung mischten. Die leidenschaftliche Tanzfreude von Luise war legendär, aber hier schien sogar Friedrich Wilhelm Spaß daran zu haben, seine grazile Gemahlin im Kreis zu schwenken. Und nicht nur er. Die Stimmung war so ansteckend gewesen, dass General von Köckritz kurzerhand die widerstrebende Gräfin Sophie Marie von Voss auf die Tanzfläche gezogen hatte, um mit ihr vergnügt loszuwalzen. »So kam ich nicht umhin, bei diesem bal champêtre mitzuwirken«, schrieb die Oberhofmeisterin ihrer alten Freundin und schien weniger pikiert als angetan.

Ob es diese fröhliche Ausgelassenheit in Paretz jemals wieder geben würde? Was hatte Gräfin Dorothea vorhin mit ihrer unheilvollen Ankündigung nur gemeint?

Nachdenklich schaute Eleonora auf ihre Hände, die auf der Tastatur des Flügels ruhten. War ihr beschauliches Dasein, an das sie sich mittlerweile gewöhnt hatte, tatsächlich bedroht? Sollte ihr Auftritt auf Schloss Paretz bereits den letzten Höhepunkt ihrer hoffnungsvollen, aber noch gar nicht richtig begonnenen Künstlerlaufbahn bedeuten? Eine unerklärliche Angst stieg in Eleonora auf. Sie fühlte sich und ihre Existenz in nicht erklärbarer Weise bedroht. Sie schaute um sich. Alles war wie immer, die dichten Vorhänge des Musiksalons zugezogen, auf dem Flügel stand der sechsarmige Kerzenleuchter, im Kachelofen prasselte das wärmende Feuer. Dennoch war es Eleonora plötzlich kalt. Es war eine innere Kälte, die sie zittern und erbeben ließ. Gleich würde sie sogar noch anfangen, mit den Zähnen zu klappern. Aber dann, ganz allmählich, jedoch unaufhaltsam begann ein anderes Gefühl sich ihrer zu bemächtigen, ein bislang unbekanntes Gefühl. So etwas hatte sie noch niemals zuvor verspürt. Eleonora nahm die Hände von den Tasten und legte sie in den Schoß. Mit geneigtem Kopf lauschte sie in sich hinein. Minutenlang verharrte sie in dieser Stellung. Erst nach geraumer Zeit war sie in der Lage, auch richtig zu erfassen, was in der Tiefe ihres Wesens zu keimen begann. Sie hob den Kopf und atmete tief durch. Sie hatte erkannt: Es war Wut, eine flammende, heiße Wut, die immer unbezwingbarer in ihrem Inneren tobte – Auflehnung und der leidenschaftliche Wunsch nach Gegenwehr und Befreiung. Wer trug die Schuld an dieser Bedrückung, an der Angst, an der Verunsicherung, die seit Wochen nicht nur in Berlin, sondern in ganz Preußen die Menschen belasteten. Angst vor Krieg, vor Hunger, Tod und Not. Dieser emotionale Aufruhr war inzwischen auch direkt bis zu Eleonora durchgedrungen. Sie vermeinte einen messerscharfen Schnitt in ihrem Inneren zu verspüren, einen durchdringenden Schmerz. Es gab einen Verursacher für all diese Ungemach. »Napoleon«, sagte Eleonora mit fester Stimme. »Ich hasse dich!« Und sie verstand nun Gräfin Dorotheas fassungslose Reaktion.

14

Gräfin Dorothea war nach der verheerenden Niederlage von Austerlitz zutiefst erschüttert. Tagelang verließ sie nicht ihr Zimmer, was Eleonora von ihr überhaupt nicht kannte. Wie könnte es ihr nur gelingen, sie aufzuheitern? Vergeblich zermarterte sie sich mit dieser Frage den Kopf. Aber dann gab es doch eine ganz große freudige Überraschung. Unerwartet und unabhängig voneinander kündigten Charlotte und Sophie ihren Besuch in der alten Heimat an.

Sophie war inzwischen dreifache Mutter geworden, hatte nach dem kleinen Herzog einem Zwillingspaar das Leben geschenkt, während Charlotte im fernen Schweden eine kleine Tochter geboren hatte. Nach ihrer verehrten Großmutter war sie auf den Namen Dorothea getauft worden, eine Tatsache, die die Urgroßmutter mit Stolz und Rührung erfüllte.

Sie las Charlottes Bericht von der Taufe »unserer kleinen schwedischen Prinzessin« Eleonora sogar laut vor. Gräfin Dorothea hatte es sich in den letzten Monaten angewöhnt, »le petit déjeuner« nicht mehr im dazu bestimmten Frühstückszimmer einzunehmen. Immer häufiger ließ sie es sich stattdessen von Emma oder Paula auf einem großen Tablett noch im Bett servieren. Gerne bat sie Eleonora hinzu, um sich von dieser Gesellschaft leisten zu lassen. Wenn sie sich nach deren neuesten musikalischen Fortschritten erkundigt hatte, verwickelte sie sie in hitzige Debatten.

Gräfin Dorothea war bestens über die politischen Entwicklungen Europas unterrichtet, las nicht nur deutsche, sondern auch französische und englische Zeitungen, dazu die neuesten

Bucherscheinungen. Dabei rückte immer mehr die Person des selbsternannten französischen Kaisers in den Fokus ihrer Betrachtungen und Ausführungen. »Er hat die Französische Revolution verraten«, warf sie ihm vor. Es entbehrte nicht einer gewissen Absurdität, dass eine Dame des hohen, ungebrochen seit Jahrhunderten herrschenden preußischen Adels Napoleon, diesem korsischen Aufsteiger, gerade diesen Vorwurf machte. Schlummerte in ihr etwa ein revolutionärer Freigeist? Schon häufiger war in Eleonora dieser Verdacht aufgekeimt. »Freiheit, Gleichheit, Brüderlichkeit!« Auch sie selbst hätte sich am Klang dieser ideellen Maxime berauschen können. Aber was war davon umgesetzt worden?

Wie pervertiert die ursprünglichen Ideen schließlich in die blutige Jakobinerherrschaft mündeten, hatte sich Eleonora oft genug von Mademoiselle Durand während der vielen Anprobestunden im provisorischen Atelier des Stadtpalais anhören müssen. Auf Bitten der beiden Komtessen erzählte diese nur zu gerne von ihren Erlebnissen in Paris. Zum eigenen Schutz als Dienstmagd verkleidet, hatte sie sich den marodierenden, sich durch die engen Pariser Gassen schiebenden Menschenmassen angeschlossen und war unfreiwillig Zeugin etlicher Hinrichtungen geworden, ehe sie sich zur Flucht über den Rhein entschloss. Eleonoras Vater hingegen hatte den umgekehrten Weg eingeschlagen, um als einfacher Feldwebel in der preußischen Armee seine Pflicht zu tun und sein Teil dazu beizutragen, dem Wüten der Jakobiner Einhalt zu gebieten.

Mittlerweile hatte sich das Blatt gewendet. Französische Soldaten tummelten sich in ganz Europa. Ihre Armeen und deren Verbündete stießen immer weiter gen Osten vor. Ein Ende des napoleonischen Herrschaftsanspruchs und des damit einhergehenden Vormarschs seiner Armee waren kaum absehbar.

Dazu dieser Zwang Preußens zur absoluten Neutralität. Königin Luise und der einflussreiche Graf Hardenberg hätten den preußischen König lieber heute als morgen überzeugt, diese Zurückhaltung endlich aufzugeben. Ganz zu schweigen vom temperamentvollen Prinzen Louis Ferdinand, der aus seiner Meinung niemals ein Hehl machte und sie in den literarischen Salons von Berlin mit unüberhörbarer Vernehmlichkeit verkündete. Fast jeden Tag konnte sich Gräfin Dorothea darob echauffieren, dass ihr König, Abkömmling des alten Geschlechts der Hohenzollern und Nachfahre von Friedrich des Großen, nicht den Mut hatte, Napoleon doch einmal die Stirn zu bieten.

»Und dann besitzt dieser kleine Korse auch noch die Unverschämtheit, sich offen zu seiner Bewunderung für den größten König unseres Preußens zu bekennen.«

»Bitte, bitte, Gräfin, bitte regen Sie sich nicht noch mehr auf. Sie wissen doch, es ist nicht gut für Ihr Herz und die Galle!«, versuchte Eleonora sie dann stets zu beruhigen. Es war kaum mehr zu übersehen, dass sich der Gesundheitszustand von Gräfin Dorothea unaufhaltsam verschlechterte. So musste der sommerliche Aufenthalt auf Sophienhof dieses Mal weniger aus Kostengründen als wegen ihrer Angegriffenheit ausfallen. Im Notfall war es in Berlin wesentlich einfacher, einen Arzt herbeizurufen, als in der abgelegenen Gegend der Sommerresidenz. Zudem traute Gräfin Dorothea nur den allerwenigsten Angehörigen der Medizinerzunft. Nur weil Gräfin von Voss insistierte, hatte sie tatsächlich auch einmal Dr. Hufeland, den Leibarzt der königlichen Familie, konsultiert.

»Ich gefalle ihm nicht, hat er behauptet«, erzählte Gräfin Dorothea danach in einer Mischung aus Entrüstung und Amüsement. »Als wollte ich in meinem Alter ihm noch gefallen. Er könnte mein Sohn sein.«

»Mais, belle-mère, Sie wissen doch bestimmt, wie er es gemeint hat. Sie sollten wirklich ein bisschen mehr Rücksicht auf Ihr Alter nehmen«, hatte sich ihre Schwiegertochter Elisabeth zu Wort gemeldet und war mit einem verächtlichen Lächeln abgestraft worden.

»Ma chère belle-fille, mit Ihnen nehme ich es allemal noch auf. Ich habe keine Probleme, alleine in eine Kutsche zu steigen, während Sie mindestens drei Diener für Ein- und Ausstieg benötigen, die Ihnen dabei behilflich sein müssen. Und so kurzatmig wie Sie bin ich trotz meiner Betagtheit noch lange nicht.«

Erstaunt schaute Eleonora Gräfin Dorothea an. Sie war es zwar seit Jahr und Tag gewohnt, dass diese ihre Schwiegertochter zu gerne ein bisschen triezte, aber so hart, ja, geradezu taktlos war sie sie noch niemals angegangen.

Daher reagierte Gräfin Elisabeth nicht nur beleidigt, sondern mit einem fassungslosen Tränenausbruch, der sie aus dem Salon trieb.

»Verehrte Frau Maman, das war taktlos und rücksichtslos zugleich«, rügte nun Graf Wilhelm das erste Mal seine Mutter. »Das hat meine Frau nicht verdient.« Seine ungewohnte Auflehnung trieb ihm Schweißperlen auf die Stirn. Er war puterrot, als er sich nun gleichfalls erhob und vor seiner Mutter verneigte. »Ich bitte mich zu entschuldigen«, sagte er und verließ den Raum.

Schweigend starrte Gräfin Dorothea auf die hinter ihm ins Schloss gefallene Tür. Sie nagte an ihrer Unterlippe und ähnelte in diesem Moment mehr einem ratlosen jungen Mädchen als einer ehrwürdigen Gräfin über siebzig. Eleonora glaubte sogar so etwas wie Beschämung in ihren Gesichtszügen zu entdecken. Noch niemals hatte sie sie so gesehen. Hatte sie auch jemals von Graf Wilhelm erlebt, dass er offen gegen seine Mutter rebellierte und für seine Frau vorbehaltlos in die Bresche sprang? Es gab so vieles, was anders war als die Jahre zuvor. So auch die Tatsache, dass Gräfin Dorothea sich in aller Form bei ihrer Schwiegertochter entschuldigte. Schriftlich!

Und Eleonora musste diese Entschuldigung schreiben.

»Meine Finger können die Feder nicht mehr richtig halten und meine Schrift in durchgehender Linie führen«, beschwerte sich Gräfin Dorothea. »Schau dir meine Hände an.« Sie hielt Eleonora ihre zitternden Hände entgegen. Wie schon einmal, damals, als sie ihr den großen Flügel überlassen hatte, erschrak Eleonora beim Anblick dieser Hände. Die vier Finger der Rechten hatten sich mittlerweile fast krallenartig verbogen. »Ich kann sie kaum mehr öffnen und schließen. Paula muss mir schon jeden Morgen beim Überstreifen meiner Handschuhe helfen«, klagte sie. Auch ein ungewohnter Ton. Klagen kannte man von ihr eigentlich gar nicht.

Aber Gräfin Dorothea litt. Sie litt in zweifacher Hinsicht. Sowohl die rapide Verschlechterung ihres gesundheitlichen Zustands als auch die Entwicklung der politischen Großwetterlage belasteten sie schwer. Hinzu kam heute dieser unbeherrschte Fauxpas gegenüber Gräfin Elisabeth. So eine Entgleisung hätte sie sich früher niemals erlaubt.

»Meine liebe Schwiegertochter, ich möchte dich um Verzeihung bitten«, diktierte sie Eleonora in die Feder. »Ich wollte dich nicht kränken oder gar verletzen mit meiner ausfallenden Bemerkung. Hab Nachsicht mit mir, einer alten Dame, der ihre Gesundheit und der Zustand ihres geliebten Preußens so sehr zu schaffen machen. Ein verletzter Hund beißt um sich, eine alte Schwiegermutter leistet sich taktlose Ausrutscher, die ich dich mit diesem Brief herzlich bitte mir nachzusehen. Ich entschuldige mich in aller Form. Bitte verzeih mir!«

Nahezu flehend hatte Gräfin Dorothea beim Diktat dieses Satzes geklungen. Bei den letzten Worten brach ihr sogar die Stimme weg. Eleonora erschrak erneut. Sie erhob sich von dem Sekretär, an dem sie zum Schreiben des Billetts Platz genommen hatte, und trat besorgt auf die in ihrem Sessel lehnende Gräfin zu.

»Ist Ihnen nicht gut? Was kann ich für Sie tun? Soll Babette Ihnen eine kräftigende Hühnersuppe kochen?«, erkundigte sie sich alarmiert.

»Ich danke dir, das wird jedoch nicht nötig sein, mein Kind. Klingel besser nach dem Mädchen und lass meiner Schwiegertochter das Schreiben überbringen«, erwiderte Gräfin Dorothea matt. »Mir ist nicht mehr zu helfen. Ich kann nur noch dahinsiechen und sterben wie mein geliebtes Preußen.«

»Erlaucht, so dürfen Sie nicht sprechen!« Ihr Ausruf glich einem Entsetzensschrei. Unbewusst hatte Eleonora sogar die förmliche Anrede benutzt, die sich Gräfin Dorothea schon am Tag ihrer Ankunft im Hause Prewitz zu Kirchhagen ausdrücklich verbeten hatte.

»Warum auf einmal so förmlich, mein Kind?«, erkundigte sich die Gräfin trocken. »Noch hat mein letztes Stündchen nicht geschlagen.« Von unten warf sie Eleonora einen verschmitzten Blick zu. »Oh, ich hatte vergessen, dass wir beide den gleichen Zug zur Melodramatik haben«, fuhr sie mit getragener Stimme fort. »Weh mir! Weh uns beiden!« Mit schwacher Hand strich sie sich über die Stirn, schloss die Augen und lehnte den Kopf zurück. Eleonora bemerkte jedoch, dass es um ihre Mundwinkel spöttisch zuckte. Erleichtert atmete sie auf. Der Sinn für Ironie und Spott war ihrer Gönnerin trotz der zunehmend prekären Lage doch noch nicht abhandengekommen. Nun öffnete sie die Augen und schaute Eleonora fragend an. »Wie war ich?«, erkundigte sie sich maliziös.

»Erlaucht haben einen leichten Hang zur Melodramatik und neigen zum Outrieren«, erwiderte Eleonora keck.

»Touché«, applaudierte die Gräfin. »Obwohl die Meisterin der Outrage nach wie vor meine Schwiegertochter ist. Wo bleibt nur Emma?«, wunderte sie sich dann. »Hast du nicht nach ihr geklingelt?«

»Ich werde den Brief selbst zu Gräfin Elisabeth bringen«, verkündete Eleonora entschlossen.

»Tu das, mein Kind, tu das!«, willigte Gräfin Dorothea ein und entließ sie mit huldvoll matter Geste. Die perfekte Verkörperung einer erschöpften, sich langweilenden Dame des »Ancien Régime«.

Vor Erleichterung beschwingt, flog Eleonora fast über die Treppen der Flure, über Gänge und durch lange Zimmerfluchten bis hinüber in den anderen Flügel des Stadtpalais, um Gräfin Elisabeth persönlich das Billett ihrer Schwiegermutter zu überbringen. Leise trällerte sie vor sich hin. Die Akustik im zweiten Treppenhaus des Seitenflügels war so gut. Am oberen Ende der Treppe tauchte unerwartet Anton auf und kam ihr entgegen. Er war in voller Kutschermontur und trug einen schweren Koffer.

»Was machst du denn hier?«, rief er mit der Vertrautheit längst vergangener Kinderjahre erstaunt.

»Ich will Gräfin Elisabeth einen Brief von Gräfin Dorothea bringen«, erklärte Eleonora und zeigte ihm den schmalen Briefumschlag.

»Da kommst du zu spät«, versetzte Anton und wuchtete den Koffer ein paar Stufen tiefer.

»Warum das denn?«, fragte Eleonora überrascht.
»Graf und Gräfin sind vor einer halben Stunde abgereist«, erklärte Anton ächzend.
»Davon war vorhin bei Tisch noch gar keine Rede«, sagte Eleonora verwundert. Solch spontane Entschlüsse und Handlungen waren dem phlegmatischen Ehepaar eher fremd.
»Konnte auch gar nicht, denn sie haben die Nachricht erst vor knapp zwei Stunden erhalten«, schnaufte Anton.
»Welche Nachricht?«, erkundigte sich Eleonora alarmiert. Anton druckste herum. Dann setzte er den Koffer ab. »Ich sollte es eigentlich niemandem sagen. Erst heute Abend wollte Jean die Nachricht überbringen, dass Graf Wilhelm überraschend einberufen wurde.«
»Und warum soll das niemand erfahren?«
»Das ist ja nur die Hälfte der Nachricht«, entgegnete Anton.
»Und wie lautet die zweite Hälfte?«
Anton schaute Eleonora an. »Du musst mir ganz fest versprechen, mich nicht zu verraten, kein Sterbenswörtchen zur alten Gräfin«, verlangte er.
»Ich verspreche es dir, aber nun sag schon!« Eleonoras Herz begann plötzlich zu pochen, schneller und schneller. Schon wieder Angst, die in ihr aufstieg, eine neue, ihr unbekannte Furcht.
»Es geht um Alexander, er ist bei der Schlacht von Austerlitz verwundet worden, schwer verwundet, und liegt in einem Lazarett bei Wien«, sagte Anton heiser. Jetzt hatte die Furcht einen Namen. Es war eine unbeschreibliche Angst um Alexander.
»Wie schwer ist er verwundet, wann ist es geschehen, warum erfahren wir erst jetzt davon?«, stieß Eleonora hervor. Der Brief an seine Mutter glitt ihr aus den Händen. Ihr wurde schwach. Sie lehnte sich gegen die kalte Wand des Treppen-

hauses. Mit entsetzt geweiteten Augen schaute sie Anton an. Er war ein richtiger Mann geworden, stellte sie verwundert fest. Die Livree eines Prewitzschen Kutschers stand ihm gut.
»Er hat sich tatsächlich den Truppen von General Kutusow angeschlossen und ist nach seiner Verwundung auch in ein russisches Lazarett gekommen«, erzählte Anton. Er bückte sich, um den zu Boden gefallenen Brief aufzuheben und in das Revers seiner Livree zu schieben.
»Was willst du damit?«, fuhr Eleonora ihn an.
»Ich kann ihn morgen der Gräfin geben«, erklärte er. »Ich fahre ihr doch nach. Ich breche nur später auf, weil mir Jean noch einen Koffer für Alexander gepackt hat. Gräfin Elisabeth ist mit Christian sofort in der Berline losgefahren, um so schnell wie möglich nach Wien zu kommen.«
»Und Graf Wilhelm?«
»Den wird man unterwegs in Küstrin bei seinem Regiment absetzen«, erklärte Anton.
»Warum soll Gräfin Dorothea von alldem nichts erfahren?«
»Von alldem ist so nicht richtig«, entgegnete Anton. »Nur nichts von Alexanders Verletzung. Es war Jean, der das so anordnete. Du kannst dir doch selbst denken, warum man gegenüber der alten Gräfin Schweigen bewahren muss.«
Anton starrte Eleonora an, sie starrte zurück. Fast eine Minute standen sie einander Auge in Auge gegenüber. Dann senkte Eleonora den Kopf. Sie biss sich auf die Lippe und nickte schweigend. Eine Träne kullerte ihr über die Wange.
»Ich weiß, warum«, brachte sie heraus. »Aber kannst du mir wenigstens sagen, wie schwer Alexander verletzt ist?«
»Ein Steckschuss in der Hüfte, ein Streifschuss am Oberarm, mehr weiß man auch nicht«, antwortete Anton und hob den schweren Koffer wieder an. »Ich muss jetzt gehen, und denk dran, was du mir versprochen hast, kein Wort zu der alten

Gräfin«, rief er ihr zu und lief mit erstaunlicher Behendigkeit die steinerne Treppe Richtung Eingangshalle hinunter.

Mit schleppenden Schritten suchte Eleonora den Weg zurück, den sie noch vor wenigen Minuten leichten Fußes und fröhlich trällernd entlanggehüpft war. Sie wollte eigentlich jetzt nur noch eines, so schnell wie möglich alleine sein und nur nicht der Gräfin unter die Augen treten. Doch plötzlich stand Jean vor ihr. Ohne sich um Etikette und Form zu kümmern, packte er sie am Arm und zog sie mit sich.
»Aber Jean, ich bitte Sie, was machen Sie da?«, protestierte Eleonora schwach.
»Du kommst jetzt einfach mit mir mit, hinunter zu uns in die Küche. Babette wartet schon auf dich«, sagte Jean resolut. »Keine Widerrede!«, erstickte er jeden weiteren Protest seitens Eleonoras.
Es tat so gut, wieder einmal die vertraute Räumlichkeit der Küche zu betreten. Erst jetzt fiel Eleonora auf, wie lange sie nicht mehr hier unten gewesen war. Babette saß an dem blankgescheuerten Holztisch, adrett wie eh und je mit weißer Schürze und gefalteter Haube. Ein Topf dampfender Kartoffeln stand vor ihr, in einer Schüssel daneben die bereits gepellten. Beim Anblick der verstörten Eleonora stieß sie einen überraschten Schrei aus und sprang auf. Mit zwei Schritten war sie bei ihr und schloss sie in die Arme.
»Also weißt du es schon«, sagte sie leise. Eleonora nickte. Aber dann war es um ihre Beherrschung geschehen. Sie brach in haltloses Schluchzen aus. Es war, als hätte sich eine innere Schleuse geöffnet. Sie wusste nicht, wann sie das letzte Mal so geweint, nein, ob sie jemals so heftig geweint hatte. Begütigend strich Babette ihr über den Rücken. »Komm, komm, mein Kind, beruhig dich, beruhig dich. Jetzt setz dich doch

erst einmal hin. Komm hier an den Tisch und trink eine schöne heiße Schokolade.«

Babette nötigte die schluchzende Eleonora auf eine Küchenbank direkt am Tisch. Erst jetzt bemerkte sie Emma und Paula, die mit erschrockenen, weit aufgerissenen Augen Eleonoras Zusammenbruch verfolgten. Darüber hatten sie gänzlich ihre Arbeit vergessen.

»Nun gafft nicht so neugierig, sondern macht euch an eure Arbeit!«, fuhr Babette die beiden Zofen an. Schuldbewusst senkten diese ihre Köpfe und fuhren fort, das Tafelsilber zu polieren.

Eleonora schluckte und fuhr sich mit einer ihr von Babette entgegengehaltenen Serviette über das Gesicht. Und schon stand ein großer Becher heiße Schokolade vor ihr. Vorsichtig nahm sie einen Schluck. Heiß und süß, ganz wie früher. Sie lächelte unter Tränen.

»Schmeckts dir?«, erkundigte sich Babette gespannt. »Die habe ich extra für unsere Sophie gekauft.«

Sophie! Charlotte! Wie hatte sie die beiden nur vergessen können? Planten sie nicht, den gesamten Sommer in der alten Heimat zu verbringen? In knapp zwei Wochen wollten sie kommen. Sie hatte es völlig vergessen. Wussten die Schwestern überhaupt von der Verletzung ihres Bruders? Alexander! Es durchfuhr sie wie ein Messerstich. Erneut schossen ihr die Tränen in die Augen.

Babette strich ihr mit ihrer abgearbeiteten Hand über das Haar. »Ich weiß, es tut dir weh, aber trotzdem: Kein Wort zu Gräfin Dorothea!«, befahl sie mit liebevoller Strenge.

Eleonora nickte.

»Nichts, aber auch gar nichts darfst du dir anmerken lassen, dass du von seiner Verwundung weißt.«

Eleonora nickte erneut.

»Kein Mensch auf dieser Welt könnte unsere Gräfin Dorothea davon abhalten, sich sofort auf die Reise zu ihrem geliebten Enkel zu machen«, fuhr Babette fort.
»Und das wäre ihr Tod«, bestätigte Jean düster.
So konnte nur von ihm die Idee von der absoluten Geheimhaltung gegenüber der Gräfin stammen. Eine Reise in das ferne Wien wäre für sie in ihrem geschwächten Zustand lebensbedrohlich gewesen. Wahrscheinlich hatten Alexanders Eltern vor ihrer Abreise beide nur noch ja und amen zu dieser Entscheidung genickt und alles Übrige dem Personal überlassen. Der Haushalt würde auch in den nächsten Tagen weiterlaufen wie geschmiert. Seitens ihrer Bediensteten würde Gräfin Dorothea nicht eine Silbe erfahren. Die einzige Gefahrenquelle stellte Eleonora dar. Deren emotionale Erschütterung war unübersehbar. Mit ihren feinen Antennen würde die Gräfin sofort spüren, dass ihr Schützling zutiefst verstört war, und wissen wollen, welche Gründe dem zugrunde lagen.
»Kein Wort zur Gräfin!«, wiederholte Babette und drückte Eleonora eine kalte Kompresse auf die verquollenen Augen. »Und dass du geweint hast, darf sie auch nicht sehen.«
»Sie wartet auf mich, sie will doch bestimmt wissen, wie ihre Schwiegertochter auf ihre Entschuldigung reagiert hat«, wandte Eleonora ein, presste aber gehorsam die kalte Kompresse auf Augen und Nase.
In diesem Moment klingelte es. Alle Anwesenden fuhren zusammen.
»Der Fünfuhrtee!«, sagte Babette erschrocken. Wie eine Antwort hämmerte es dumpf aus dem Speiseaufzug.
Jean eilte zu ihm und riss dessen Tür auf.
»Wo bleibt mein five o'clock tea?«, hörte Eleonora es gedämpft von oben herabklingen. Es war unverkennbar die Stimme der Gräfin.

Nun steckte Jean den Kopf in den Schacht. »Paula ist schon auf dem Weg zu Ihnen«, rief er nach oben.
In Windeseile hatte Babette schon das übliche Tablett mit Teekanne, Sahne, Kandiszucker und ein paar englischen Keksen zurechtgestellt. Genauso schnell hatte Paula es hochgenommen und war durch die von Jean bereits aufgehaltene Küchentür enteilt.
»Ich bringe es ihr lieber selbst, als es in den Aufzug zu stellen«, sagte sie hastig. Es erfolgte so blitzschnell, dass die Gräfin gar nicht bemerken konnte, dass Jean bei seiner Antwort ein bisschen gemogelt hatte.
Eleonora vernahm ein dumpfes Klappen aus dem Schacht.
»Jetzt hat sie oben die Tür wieder zugemacht«, sagte Emma kichernd.
»Kann man eigentlich ganze Gespräche durch den Aufzug mithören?«, wollte Eleonora wissen.
»Bislang waren wir alle viel zu diskret, um es überhaupt auszuprobieren«, erklärte Babette würdevoll. »Und von der gräflichen Familie käme wahrscheinlich niemand auf die Idee, so etwas zu tun.«
»Es kann passieren, wenn alle Türen und Klappen versehentlich offen bleiben«, mischte sich Emma ein.
»Woher weißt du das denn?«, fuhr Babette sofort hoch.
»Irgendwann mal bei einem Großreinemachen im vergangenen Frühjahr. Du warst es sogar, die verlangt hat, dass wir alle Klappen öffnen, damit der Schacht einmal so richtig durchgelüftet wird«, verteidigte sich Emma. »Du wolltest ja, dass wir ihn schrubben, hast sogar überlegt, den Schornsteinfeger zu holen, weil wir nicht überall rankamen.«
»Hast ja recht, hast ja recht«, lenkte Babette ein.
»Na ja, da haben wir beim Putzen eben mithören können, wie sich die Grafen gestritten haben«, erzählte Emma.

»Wer denn?«, fuhr Babette schon wieder gereizt hoch.
»Na, Graf Wilhelm und Gräfin Elisabeth mit der alten Gräfin. Sie stritten sich wegen Eleonora.«
Schweigen.
»Ach herrjemine!« Emma schlug sich mit der Hand auf den Mund und schaute schuldbewusst zwischen Babette und Eleonora hin und her. »Das ist mir jetzt so rausgerutscht, das hätte ich lieber nicht sagen sollen«, meinte sie beschämt.
»Es ging um mich, worum genau ging es denn?«, wollte Eleonora wissen. Sie war Gesprächsthema gewesen? Wegen ihr sollte man sich gestritten haben? Für sie war dergleichen unvorstellbar. Sie bemerkte, wie Babette und Emma miteinander Blicke tauschten, und sah den warnenden Gesichtsausdruck der Köchin. »Wer hat was über mich gesagt?«
»Ich weiß es nicht, ich kann mich nicht mehr so recht erinnern. Ich habe es eigentlich auch gar nicht so richtig verstanden«, wich Emma aus. Eleonora wusste, dass sie nicht die Wahrheit sprach, denn sie konnte ihr nicht in die Augen schauen. Aber um nichts in der Welt hätte sie nur noch einen Satz mehr aus ihr herausbekommen. Babette war für sie eine absolute Autorität. Sie hatte ihr soeben Stillschweigen geboten, mit einem ganz unauffälligen, aber unmissverständlichen Kopfschütteln.
»Ich kann mir gar nicht vorstellen, warum man sich wegen mir streiten kann«, erklärte Eleonora.
Babette und Emma zuckten mit den Schultern und schwiegen. Alle drei wussten, dass dies nicht der Wahrheit entsprach, denn alle drei wussten, dass Gräfin Elisabeth nach so vielen Jahren Eleonoras Anwesenheit nach wie vor ein Dorn im Auge war.
Gerade heute wurde es Eleonora besonders bewusst. Nur solange Gräfin Dorothea schützend ihre Hand über sie hielt,

konnte sie sich ihres Bleibens im Prewitzschen Haushalt sicher sein. Aber diese Hand war mittlerweile schwach geworden. Sie wurde immer schwächer.
Sie erhob sich von der Küchenbank, auf der sie immer noch saß. Erst jetzt bemerkte sie die Kompresse, die sie die ganze Zeit in ihren Händen geknetet hatte. Ein feuchtwarmes Bündel war daraus geworden. Sie legte es auf den Tisch.
»Ich glaube, ich gehe jetzt auf mein Zimmer«, sagte sie.
»Lass dich mal anschauen«, befahl Babette resolut und unterzog sie einer kritischen Musterung. »Schon viel besser«, stellte sie befriedigt fest. »Beim Abendessen wird dir nichts mehr anzusehen sein.«
Eleonora nickte schweigend und begab sich zur Küchentür.
»Kein Wort zur Gräfin, was ihren Enkel anbelangt«, schärfte Babette ihr nochmals ein. »Na ja, sie wird erst einmal damit zu tun haben, dass ihr Sohn und ihre Schwiegertochter so unerwartet abgereist sind.«
»Sehr bedauern wird sie es wohl kaum«, sagte Emma kichernd.
Damit sollte sie recht behalten.

15

Was die plötzliche Abreise des Ehepaars anbelangte, hatte Jean bei der Mitteilung aber noch zu einer Notlüge greifen müssen. So behauptete er, dass Gräfin Elisabeth ihren Gatten bis zu seinem Regiment nach Küstrin begleiten wollte und anschließend weiterreiste, um ihre Schwester auf deren Gut in Schlesien zu besuchen. Geschickt verstand er es dann, das

Gespräch auf den bevorstehenden Besuch der beiden Komtessen zu lenken. Nach einer kleinen Bekundung des Erstaunens ob des ungewohnten Verhaltens ihres Sohnes und ihrer Schwiegertochter konzentrierte sich Gräfin Dorotheas ganze Aufmerksamkeit auf die Planung der nächsten Wochen.

»Ich werde einen Hausball geben, und du wirst endlich einmal wieder in der Öffentlichkeit singen«, verkündete sie. »Ob du es in der Kürze der Zeit mit Schilling zu einer kleinen Inszenierung bringen könntest?«

»Was für eine Inszenierung?«, fragte Eleonora überrascht.

»Na, ein kleines Kammerspiel mit musikalischer Untermalung und ein paar hübschen Arien?«, erwiderte Gräfin Dorothea und legte schelmisch den Kopf auf die Seite.

Zwei Wochen später trafen die Komtessen mit großer Entourage ein, die eine Karawane aus dem Norden, die andere aus dem Süden. Das Personal des Stadtpalais war glücklich, endlich wieder bis an seine Grenzen gefordert zu werden. Babette lief zu Hochform auf, Madame Hortense kujonierte das Heer der Zofen nach bewährter Herzenslust, und Jean ließ die neuen Lakaien nicht aus den Augen. Eleonora hingegen übte mit Balduin Schilling für die verlangte kleine musikalische Aufführung. Auf drei Proben wöchentlich bestand der junge Maestro, selbstverständlich in den Räumlichkeiten der Oper zu absolvieren.

Eleonora war sogar froh, auf diese Weise ganze Nachmittage dem häuslichen Trubel entrinnen zu können. Sie musste sich ab und an von der Überschwenglichkeit ihrer beiden Freundinnen erholen. Allein die Begrüßung! War das eine Freude gewesen! Umarmungen, Ausrufe der Bewunderung, des Entzückens, des Bedauerns, sich so lange nicht gesehen zu haben. Die beiden jungen Frauen bestanden darauf, in ihre alten Zimmer zu ziehen.

»Wie in alten Zeiten!«, rief Sophie. Ihr machte es nichts aus, dass ihr Zimmer nun voller Regale und einem großen Schreibtisch stand. »Hauptsache, ich habe ein Bett und kann endlich mal allein schlafen.« Herzog von Lichtenfels schaute ein bisschen schief, aber seine junge Frau warf ihm einen Handkuss zu. Auch der schwedische Graf schien wenig begeistert bei dem Gedanken daran, mit seinem Schwager in einen Nebenflügel des Stadtpalais verbannt zu werden.

»Das kann ja heiter werden«, sagte er, als er erfuhr, dass im selben Gang die Kindermädchen mit dem gesamten herzoglichen und gräflichen Nachwuchs logieren würden.

Natürlich hatte Eleonora auch diesen angemessen bewundert, einige Tage mit den Kleinkindern gespielt und sie in den Armen gewiegt. Aber dann genügte es ihr auch. Erleichtert entfernte sie sich nachmittags für die Proben aus dem Trubel des Prewitzschen Stadtpalais. Direkt vor dem Opernhaus lief ihr eines Tages Kapellmeister Himmel über den Weg.

»Ach, Demoiselle Prohaska, eine Freude, Sie wiederzutreffen«, begrüßte er die überraschte Eleonora. »Ich habe Ihren vortrefflichen Gesangsvortrag auf Schloss Paretz niemals vergessen und schon mit Zelter über Sie gesprochen. Wann glauben Sie denn so weit zu sein, nun endlich richtig auf der Bühne zu debütieren?«

Überrumpelt starrte Eleonora den preußischen Kapellmeister an.

»Ich werde einmal mit Zelter und Schilling reden, ich denke, dass wir Ihr Debüt für den nächsten Herbst ernsthaft ins Auge fassen sollten. Eigentlich ist das doch wieder die erste richtige Herausforderung seit Ihrem triumphalen Erfolg als Eurydike«, setzte er lächelnd hinzu. »Wie lange ist das mittlerweile her?«

»Fast vier Jahre«, erwiderte Eleonora leise und senkte den Kopf.
»Dann wird es wirklich Zeit, dass Sie auf die Bühne kommen. Ich lasse von mir hören und empfehle mich.« Schon war er um die nächste Hausecke gebogen. Verdutzt starrte Eleonora der nach vorne gebeugten Gestalt hinterher. Das hatte ja wirklich verheißungsvoll geklungen.
Die »kleine Inszenierung« hatten Eleonora und Schilling gemeinsam erarbeitet, indem sie sich um einige bekannte Arien und Lieder eine romantische Rahmenhandlung hatten einfallen lassen.
»Es ist ein kleines Schäferspiel, noch fast Rokoko, es müsste der Gräfin daher besonders gefallen«, sagte Schilling nach einer der letzten Proben. »Schluss für heute«, verkündete er dann und klappte den Deckel des Flügels im Probenraum hinunter. Er knetete und massierte seine Hände, ehe er sie in den Schoß legte und sie einer eingehenden Betrachtung unterzog.
Eleonora hatte sich inzwischen ihren Schal umgebunden und war in ihren Mantel geschlüpft. »Ich wünsche Ihnen noch einen schönen Abend, meine Empfehlung an Ihre Frau Gemahlin und auch Ihren kleinen Schilling«, verabschiedete sie sich.
»Haben Sie eigentlich Lampenfieber, Eleonora?«, erkundigte sich Schilling unverhofft und schaute sie aufmerksam an.
Sie zuckte mit den Schultern. »Eigentlich noch nicht so richtig, es scheint mir noch so weit weg zu sein«, meinte sie.
»Es sind gerade noch zwei Wochen«, gab Schilling zu bedenken. »Wir müssen noch eifrig üben.«
»Zwei Wochen sind eine lange Zeit«, erwiderte Eleonora leichthin.
»Daran merkt man, wie jung Sie noch sind, Eleonora«, sagte

er lachend. »Einem jungen Menschen kommt die Zeit immer viel länger vor, während sie im fortgeschrittenen Alter zu rasen scheint.«

»Wollen Sie damit sagen, dass Sie sich schon alt fühlen?«, fragte Eleonora überrascht.

Schilling lachte nun voll heraus. »Nun ja, mit Mitte dreißig bin ich schon ein älterer Herr«, kokettierte er.

»Aber ich bitte Sie«, protestierte Eleonora wie erwünscht.

Schilling winkte ab und stand auf. Er stellte sich auf die Zehenspitzen, wippte auf und ab, schlenkerte mit den Armen, reckte und streckte sich. Und dann gähnte er, laut und unverhohlen. Perplex starrte Eleonora ihn an.

»Oh, verzeihen Sie«, sagte der Maestro erschrocken und legte ertappt die Hand vor den Mund. »Aber der kleine Schilling pflegt leider seit Monaten die Nacht zum Tag zu machen. Ich bin chronisch unausgeschlafen«, erzählte er und schlüpfte in seinen Mantel. Er schien es plötzlich eilig zu haben. »Ich muss hinüber zur Liedertafel, Zelter hat mich gebeten, einige Proben für ihn zu übernehmen. Wir können also noch ein Stück gemeinsam gehen.«

So geschah es. Nebeneinander schlenderten sie durch die Straßen Berlins, bis er an der Ecke Jägerstraße stehen blieb.

»Hier trennen sich für heute unsere Wege«, sagte Schilling. »Meine Empfehlung an Ihre Erlaucht. Ach ja, da fällt mir ein, bitte richten Sie ihr doch aus, dass der von ihr eingeladene Überraschungsgast eine Zusage gegeben hat und mit hoher Wahrscheinlichkeit ihrer Einladung Folge leisten wird.«

Genau in dieser Formulierung richtete Eleonora diese Nachricht auch aus. Gräfin Dorothea vernahm sie aufmerksam, ja, mit einer gewissen Genugtuung und nickte zufrieden.

»Dürfte ich fragen, um wen es sich bei diesem Überraschungsgast handelt?«, konnte sich Eleonora nicht verkneifen zu fragen. Wider eigenes und besseres Wissen keimte eine winzige Hoffnung in ihr auf. Umso unbeteiligter bemühte sie sich nach außen zu wirken, obwohl es in ihrem Inneren erheblich zu rumoren begann.

»Nein, nein, es ist nicht Alexander«, erstickte Gräfin Dorothea ihre abwegigen Erwartungen. Konnte sie Gedanken lesen? Sie fixierte ihren Schützling mit scharfem Blick.

»Du hast ihn immer noch nicht vergessen«, stellte sie fest.

Eleonora blieb stumm.

Gräfin Dorothea seufzte. »Seit Monaten habe ich nichts mehr von ihm gehört. Was mag aus ihm geworden sein? Ich befürchte das Schlimmste. Das Letzte, was wir von ihm erfuhren, ist, dass er sich der Armee von General Kutusow angeschlossen hat. Ob er tatsächlich in der Schlacht von Austerlitz zu Tode kam? Diese Ungewissheit macht mich krank.« Bekümmert starrte sie vor sich hin. Genauso bekümmert schaute Eleonora auf ihren gesenkten Kopf. Das einstmals silbrig schimmernde Haar der Gräfin war mittlerweile schlohweiß geworden. »Dass ich mir als Großmutter Sorgen um das ungewisse Schicksal meines verschollenen Enkels mache, ist überaus natürlich«, sagte sie. »Aber dass du ihn nach fast fünf Jahren einfach nicht vergessen kannst, bereitet mir zusätzlich Kummer.«

Eleonora schwieg. Was hätte sie auch entgegnen können?

Die Gräfin wusste nicht, dass sie nach fast fünf Jahren immer noch alle paar Wochen die Schublade ihrer Kommode aufzog und die darin liegende Stola herausnahm. Minutenlang drückte sie jedes Mal ihr Gesicht in das weiche Gewebe und sog tief den schwach verbliebenen Geruch nach Juchten und Sandelholz in sich hinein. In Sekundenschnelle wurden ihr damit alle Bilder, Gerüche und Gefühle jenes unvergessenen Sommerabends wieder gegenwärtig.

Das absolute Gebot des Schweigens ob des Verbleibs ihres Enkels gegenüber der Gräfin galt verschärft nach Ankunft der Verwandtschaft. Es war erstaunlich, wie konsequent sich sogar die sonst so redseligen Enkelinnen daran hielten. Einige Tage nach ihrem Eintreffen hatte Eleonora auf diskreten Anstoß von Jean es für richtig gehalten, den Komtessen den wahren Grund für die Abwesenheit ihrer Eltern zu verraten. Deren Ehemänner wurden gleichfalls eingeweiht und hatten Schweigen gelobt. Die Phalanx der Geheimnisträger, die Gräfin Dorothea mittlerweile umgab, war kaum mehr überschaubar. Aber es geschah doch alles zu ihrem eigenen Schutz. Allein, wie lange war dergleichen noch durchzuhalten? Die größte Gefahrenquelle stellte die bevorstehende Abendgesellschaft dar.

»Nur in einem kleinen Kreis wollen wir wieder einmal zusammenkommen«, hatte Gräfin Dorothea angeordnet. Was in diesem Falle bedeutete, dass es sich um eine Gesellschaft von »nur« achtzig geladenen Gästen handelte. Zählte man die Angehörigen der Familie Prewitz hinzu, kam man gut und gerne auf hundert Personen, die beköstigt und unterhalten werden sollten.

Und von diesen vielen Menschen durfte sich nicht ein Einziger verplappern?

Ein Ding der Unmöglichkeit, dachte Eleonora, als sie einmal nachmittags der Gräfin in ihrem Salon Gesellschaft leistete.

»Was Alexander wohl dazu sagen würde, dass seine Karoline inzwischen verheiratet ist«, riss Gräfin Dorothea sie unerwartet aus ihren Grübeleien. Überrascht schaute sie hoch. »Hast du davon nichts gewusst?«, tat sie ihrerseits erstaunt.

»Woher soll ich davon gewusst haben?«, entgegnete Eleonora steif.

»Aber ich habe dir den Brief doch vorgelesen. Caroline von Humboldt hat sich lang und breit darüber ausgelassen.« Auch die Gattin des preußischen Gesandten im Vatikan, der Gelehrte Wilhelm von Humboldt, gehörte zu den vielen Brieffreundinnen der Gräfin und hielt sie schon seit geraumer Zeit über die Ereignisse der Gesellschaft von Rom auf dem Laufenden. »Ich habe dir doch erzählt, dass Karoline sich unsterblich in einen hohen katholischen Geistlichen verliebt hat und er sich in sie«, behauptete Gräfin Dorothea. »Vom Papst persönlich hat er sich von seinem priesterlichen Gelübde Dispens erteilen lassen, um Karoline von der Marwitz heiraten zu können.«

»Kein Wort haben Sie mir davon erzählt.«

»Es handelte sich sogar um einen der Privatsekretäre des Papstes«, fuhr Gräfin Dorothea begeistert fort. »Wie groß muss seine Liebe zu Karoline sein, dass es ihm gelang, den Papst so weit zu bringen, ihn aus dem Priesterstand und der damit verbundenen Verpflichtung zum Zölibat zu entlassen, damit er eine preußische Protestantin heiraten kann. Eine Protestantin!«, setzte sie hinzu.

Irrte sich Eleonora, oder schwang da nun wirklich ein klitzekleiner Unterton von Schadenfreude mit? Gräfin Dorothea liebte solche Geschichten.

»Sie haben dann ganz schnell im bescheidensten Rahmen geheiratet. In einer kleinen Dorfkirche nahe den sizilianischen Gütern des Visconte. Er stammt nämlich aus Sizilien. Der Mann von Karoline ist ein feuriger Sizilianer wie unser verstorbener Farini. Gott hab ihn selig!«

Gräfin Dorothea seufzte und versank in wehmütige Erinnerungen. Eleonora schwieg und wartete, denn sie ahnte, dass ihre Geschichte noch nicht zu Ende war.

»Inzwischen hat Karoline einem gesunden Jungen das Leben

geschenkt«, kehrte die Gräfin wieder in die Gegenwart zurück. »Ein strammes Kerlchen von fast neun Pfund Gewicht, hat mir Caroline von Humboldt geschrieben. Erstaunlich für ein Siebenmonatskind«, setzte sie genüsslich hinzu. Gespannt lauerte sie auf Eleonoras Reaktion. Aber die tat ihr nicht den Gefallen. Sie zeigte sich nicht überrascht, geschweige denn pikiert. »Contessa und Conte Alberobello di Puglia sind überaus glücklich miteinander und sehr stolz auf ihren kleinen Cesario Manfredo. Aber das habe ich dir doch alles schon einmal vorgelesen.«

»Nicht ein Wort«, widersprach Eleonora. »Alles, was Sie mir soeben erzählt haben, ist mir vollkommen neu.«

»Na so was, dann muss ich das irgendwie vergessen haben«, tat Gräfin Dorothea leichthin ab.

Wurde sie allmählich vergesslich? Der verstohlene Seitenblick, den sie ihr dabei zuwarf, ließ Eleonora misstrauisch werden. Nein, die Gräfin hatte gar nichts vergessen, denn sie besaß ein hervorragendes Gedächtnis, das noch in keiner Weise getrübt war. Eleonora war soeben nur wieder einmal Zeugin eines der brillanten Kabinettstückchen Prewitzscher Verstellungskunst geworden. Aber warum hatte sie ihr auf diese Art und Weise diese Neuigkeit vermittelt, anstatt sie ihr einfach aus dem Brief von Caroline von Humboldt vorzulesen? Das sollte das Geheimnis der Gräfin bleiben.

16

Eleonora wollte sich schon längst in den Salon der Gräfin begeben haben, aber die Schneiderin war immer noch nicht fertig damit, an ihr herumzuzupfen. So hatte sie an diesem Abend außergewöhnlich viel Zeit für die Toilette benötigt. Mademoiselle Durand und deren Assistentin waren ihr beim Ankleiden behilflich gewesen, während die Komtessen von ihren eigenen Zofen bedient wurden. Eleonora trug Smaragdgrün mit einem ganz leichten Stich ins Türkise. Der weiche glänzende Stoff umschmeichelte ihre schlanke Figur. »Comme une vague«, sagte Mademoiselle Durand begeistert und glättete vorsichtig die kleine, knapp bis zum Boden reichende Schleppe. »Es ist, als ob eine Welle Sie küssen würde. Die Weber von Lyon haben die Farben der Côte d'Azur in diesen Stoff eingewoben.«

»Ach, Nora, du wirst die schönste Frau des Abends sein«, rief Paula, die ihr die Haare frisierte, begeistert aus. Spontan hatte sie die vertraute Anrede ihrer gemeinsamen Kinderjahre benutzt. Gut, dass Madame Hortense nicht anwesend war, um diesen Fauxpas zu rügen. Die war gerade damit beschäftigt, im Verein mit Babette das erst am frühen Morgen eingetroffene Mietpersonal einzuweisen, mit anderen Worten, wie üblich heftig zu triezen.

Mademoiselle Durand machte sich gerade am Rückenausschnitt zu schaffen, nestelte ein bisschen hier, nestelte ein bisschen da, als unten vom Hof das laute schnelle Klappern von Pferdehufen erklang.

Neugierig lief Paula zum Fenster und lugte hinunter.

»Wer ist es? Ist es Graf Ludovic?«, erkundigte sich Eleonora eingedenk der vielen ähnlich geräuschvollen Ankünfte des Grafen. Seit Wochen hatte man auch von ihm nichts mehr gehört, wusste nicht, bei welcher der beiden preußischen Armeen er weilte.

»Nein, es ist nicht unser Graf«, erwiderte Paula und hob sich auf die Zehenspitzen, um besser hinunter in den Hof zu spähen. »Ein gutaussehender Herr, aber ich kenne ihn nicht. Er trägt die Uniform eines preußischen Generals«, berichtete sie. »Sie sitzt wie angegossen.«

»Ein preußischer General bei uns zu Gast?«, wunderte sich Eleonora.

»Wie jung er aussieht! Wie groß er ist! Jetzt ist er von seinem Pferd gesprungen und läuft direkt auf den Haupteingang zu«, fuhr Paula mit ihrer Berichterstattung fort. »Meine Güte, sieht der gut aus.«

»Es gibt nur einen gutaussehenden jungen preußischen General«, sagte Mademoiselle Durand bedeutungsvoll und zupfte ein allerletztes Mal an der kunstvollen Verschnürung am Rücken von Eleonora. Die hielt es jetzt nicht mehr im Raum.

»Die Gräfin erwartet mich in ihrem Salon, wir wollten gemeinsam zum Speisesaal gehen«, sagte sie und entzog sich entschlossen den zupfenden, glättenden, den Sitz ihres Kleides immer noch einmal kontrollierenden Händen der Schneiderin.

»Allez-y, Demoiselle Pro'aska«, gab diese nach und richtete sich auf. Lächelnd ließ sie nochmals den Blick über Eleonoras hochgewachsene Gestalt wandern. »Sie werden heute die schönste Frau des Abends sein«, prophezeite auch sie.

So schnell es ihr die Schleppe ihres Kleides erlaubte, eilte Eleonora in den Salon der Gräfin. Sie wurde bereits erwartet.

»Wenn ich mich nicht täusche, muss unser Ehrengast bereits

angekommen sein«, empfing sie Eleonora. »Und wie ich ihn kenne, wird er es sich nicht nehmen lassen, mir vor dem offiziellen Beginn unserer Abendgesellschaft noch seine Aufwartung zu machen.«
Sie sollte recht behalten. Es dauerte keine Minute, da klopfte es bereits an die hohe Flügeltür des Salons.
»Herein«, rief Gräfin Dorothea von Prewitz zu Kirchhagen. Die beiden an diesem Abend vor ihrer Tür postierten Diener konnten die Flügel kaum rasch genug aufreißen für die Rasanz, mit der jetzt der Besucher in den Salon stürmte. Es musste der Reiter sein, dessen Ankunft Paula gerade vom Fenster aus beobachtet hatte. Ein hochgewachsener Mann in einer preußischen Generalsuniform mit einem ausdrucksvollen Gesicht, das Eleonora irgendwie bekannt vorkam. Hatte sie ihn schon irgendwo einmal gesehen?
Mit großen ausgreifenden Schritten ging er auf Gräfin Dorothea zu, die sich bei seinem Anblick von ihrem Sessel erhoben hatte. Direkt vor ihr blieb er stehen, riss sich den Zweispitz vom Kopf und verneigte sich mit der Rechten auf der Brust und ehrerbietig gesenktem Kopf.
»Prinz Louis Ferdinand«, begrüßte ihn die Gräfin freundlich. »Es ist mir eine große Freude, Sie heute Abend in meinem Hause begrüßen zu dürfen.« Sie streckte ihre Hand aus, er beugte sich darüber, um einen formvollendeten Handkuss auf deren Rücken zu hauchen.
»Es ist mir eine große Ehre«, erwiderte der preußische Prinz. »Und geradezu eine Auszeichnung, dass Sie mir die Rolle eines Ehrengastes zugewiesen haben.«
»Ehre, wem Ehre gebührt, mein lieber Prinz«, entgegnete Gräfin Dorothea und entzog ihm ihre Hand.
Der Prinz richtete sich aus seiner Verbeugung auf und nahm eine kerzengerade Stellung ein.

Paula hat recht gehabt, die Uniform sitzt wirklich wie angegossen, dachte Eleonora. Was für ein attraktiver Mann. Jetzt wusste sie auch, warum er ihr so bekannt vorkam. Es war die Familienähnlichkeit der Hohenzollern. Er glich seinem Vetter, dem König, und sah doch wiederum ganz anders aus. Friedrich Wilhelm war auch ein gutaussehender Mann, aber seine Gesichtszüge waren weicher, drückten manchmal gar Unentschlossenheit aus, während sich das Antlitz von Louis Ferdinand sofort und unwiderruflich in das Gedächtnis seiner Zeitgenossen eingrub. Ein markantes Gesicht, mit einer ausgeprägten Nase, einem sinnlichen Mund, großen, tiefliegenden Augen unter dunklen Augenbrauen. Ein schöner Mann, stellte Eleonora fest. Der schönste Mann, den ich jemals gesehen habe, gestand sie sich ein. Damit erging es ihr wie so vielen anderen Frauen jener Zeit, denen allein der Anblick dieses preußischen Prinzen fast die Sprache verschlug, denen es unmöglich war, sich seiner Anziehungskraft zu entziehen.

Prinz Louis Ferdinand verschränkte die Hände auf dem Rücken, wippte elastisch auf den Fersen und ließ neugierig den Blick durch den Raum schweifen.

»Wo ist Ihr schöner Flügel, Madame?«, erkundigte er sich überrascht.

»Er steht schon seit Jahren im Neuen Musiksalon, dem Übungszimmer meiner Eleonora«, erklärte Gräfin Dorothea. »Dass Sie sich an meinen Flügel noch erinnern«, wunderte sie sich. »Daran können Sie jedoch ermessen, wie lange Sie mir nicht mehr die Ehre Ihres Besuchs erwiesen haben.«

»Was ich zutiefst bedaure, Erlaucht«, erwiderte Louis Ferdinand galant und verbeugte sich erneut. Beim Aufrichten blieb sein Blick an Eleonora hängen, die bislang stumm neben der Gräfin gestanden hatte.

»Darf ich vorstellen, Eure Hoheit, das ist Demoiselle Prohaska, die jetzige Nutzerin meines Flügels, eine hoffnungsvolle junge Sängerin unmittelbar vor ihrem großen öffentlichen Debüt, Schülerin unseres unvergessenen Farini und des geschätzten jungen Maestro Balduin Schilling«, stellte Gräfin Dorothea Eleonora förmlich vor. Ihr schien sehr daran gelegen, beim Prinzen Eindruck für ihren Schützling zu machen. Umso eingeschüchterter streckte Eleonora nun ihre Hand aus. Der Prinz ergriff sie und küsste sie mit der gleichen Ehrerbietigkeit, wie er sie zuvor der alten Gräfin erwiesen hatte. Ihr, Eleonora Prohaska, der Tochter eines Potsdamer Feldwebels. Schon lange nicht mehr war Eleonora sich ihrer eigentlichen Herkunft so schmerzlich und andererseits mit Stolz bewusst geworden.

»Es ist mir eine Ehre, Demoiselle Prohaska, ich habe schon von Ihnen gehört«, sagte der Prinz. »Mehrfach sogar«, setzte er lächelnd hinzu.

»Mehrfach?«, vergewisserte sich Eleonora perplex.

»Mindestens dreifach«, bestätigte Louis Ferdinand.

Nun schien auch Gräfin Dorothea überrascht. »Verraten Sie uns mehr?«, bat sie.

»Zum einen hat mir meine Lieblingsnichte Charlotte von Demoiselle Prohaska vorgeschwärmt«, leistete der Prinz ihrer Aufforderung bereitwillig Folge. »Kein anderer Mensch habe so schön mit ihr ›Der Kuckuck und der Esel‹ gesungen wie diese Demoiselle. Erst neulich hat sie sich bei mir beschwert, dass ich nicht richtig iahen kann.«

Eleonora lächelte beschämt und entzückt zugleich. Also hatte die kleine Charlotte sie noch nicht vergessen.

»Ach ja, damals, dieser wunderschöne Sommer in Paretz«, seufzte Gräfin Dorothea versonnen.

»Den auch mein Freund Friedrich Heinrich Himmel nicht

vergessen hat«, fuhr Louis Ferdinand fort. »Er hat mit großer Begeisterung von Ihrem gesanglichen Können geschwärmt und will alles tun, um Demoiselle Prohaska bei Ihrem Operndebüt zu unterstützen und zu fördern.« Er verneigte sich in Eleonoras Richtung.

»Sie schulden uns noch einen weiteren Freund«, erinnerte ihn Gräfin Dorothea.

»Sehr wohl, Erlaucht, sehr wohl. Der weitere Freund ist Ihnen übrigens wohlbekannt, denn es handelt sich um Ihren eigenen Enkel, meinen lieben Freund Alexander. Erst vor wenigen Tagen hat er mir noch von jener Sommeraufführung auf Sophienhof erzählt. Was für eine bezaubernde Eurydike Sie gewesen seien, Mademoiselle Eleonora. Niemals würde er diese Aufführung vergessen können«, erzählte er unbefangen.

»Vor wenigen Tagen?«, wiederholte Gräfin Dorothea. »Wieso vor wenigen Tagen?« Sie war kreidebleich geworden. Eleonoras Herz begann wild zu schlagen. Dennoch ergriff sie instinktiv den Arm der Gräfin, um ihr Halt zu bieten. Vorsichtig geleitete sie sie zu ihrem Sessel, in den diese sich entkräftet niederließ.

»Ja, vor wenigen Tagen. Ich habe Ihren Enkel an seinem Krankenlager besucht«, fuhr Louis Ferdinand ahnungslos fort. »Seine Mutter kümmert sich wirklich rührend um ihn. Wenn sie und ihre Freundin, die Fürstin Schwarzenberg, nicht gewesen wären, wäre Alexander nicht mit dem Leben davongekommen. Aber so lässt er Sie herzlich grüßen und Ihnen von mir ausrichten, dass er sich schon auf seine Heimkehr freue. Wenn er weiterhin so gute Fortschritte macht, wird er in gut einem Monat schon reisefähig sein.«

»Alexander ist verletzt?«, hauchte Gräfin Dorothea tonlos.

Erst jetzt bemerkte der Prinz ihre Verstörung. »Haben Sie nichts davon gewusst?«, fragte er erstaunt.

»Nein!« Die Antwort kam wie ein Peitschenhieb.
Verwundert schaute Louis Ferdinand sie an. Eleonora biss sich auf die Unterlippe und senkte den Kopf. Ratlos ließ er seine Blicke zwischen den beiden Frauen hin- und herwandern.
»Sie haben wirklich nichts von der Verwundung ihres Enkels gewusst, Erlaucht?«, vergewisserte er sich.
»Die letzte Nachricht von ihm war das Gerücht, dass er sich der Armee von General Kutusow angeschlossen habe«, entgegnete Gräfin Dorothea, immer noch tonlos. Mit beiden Händen umklammerte sie die Lehne ihres Sessels, so fest, dass deren Knöchel spitz hervortraten.
»Es ist kein Gerücht, sondern entspricht der Wahrheit, genauso, wie es traurige Tatsache ist, dass er einen Steckschuss in der Hüfte und einen Streifschuss am Oberarm erlitten hat und zunächst in ein russisches Lazarett kam, wo er einige Wochen verblieb, weil er so lange bewusstlos war und man seine Identität nicht feststellen konnte«, erzählte Louis Ferdinand.
»Alexander spricht kein Russisch, in der Tat«, sagte Gräfin Dorothea mit belegter Stimme.
»Dafür beherrschen umso mehr russische Generäle die deutsche Sprache, wenn sie nicht gar selbst Deutsche sind«, erwiderte Louis Ferdinand verbindlich. Sekundenschnell hatte er die Brisanz der Situation wahrgenommen.
»Warum wusste meine Schwiegertochter, und warum ich nicht?« Gräfin Dorothea schien fassungslos. »Wer hat noch von seiner Verletzung gewusst?« Sie richtete ihren Blick in die Ferne und versank in dumpfes Schweigen. Eleonora hob den Kopf und sah Louis Ferdinand zum ersten Mal richtig ins Gesicht. Fragend schaute er sie an, nickte unauffällig in Richtung der erstarrten Gräfin, schaute dann zurück, mit hochgezo-

genen Augenbrauen, so lange und eindringlich, bis Eleonora nickte und damit die stumme Frage von Louis Ferdinand beantwortete. Dieser atmete tief durch. Entschlossen trat er auf die in sich zusammengesunkene Gräfin zu.

»Erlaucht, ich hatte wirklich keine Ahnung, dass man in Ihrem Hause die betrübliche Nachricht vor Ihnen geheim gehalten hat«, sagte er ruhig.

»Bislang ist noch niemals vor mir etwas geheim gehalten worden«, entgegnete die Gräfin heiser. »Niemals hätte ich gedacht, eines Tages Opfer eines solchen Komplotts werden zu müssen.«

»Mais non, mais non, votre Altesse. So dürfen Sie nicht denken, das ist kein finsterer Komplott, den man gegen Sie geschmiedet hat. Nennen Sie es lieber eine kleine Kabale, eine kleine Kabale aus Liebe.« Er lachte voller Stolz ob seiner kleinen gelungenen Anspielung auf das Schillersche Drama. Die Gräfin erwachte aus ihrer Erstarrung.

»Wie meinen Sie das, Euer Hoheit?«, erkundigte sie sich.

»Ich denke, man wollte Sie schonen«, vermutete Louis Ferdinand.

»Wer wollte mich schonen?«

Sie richtete sich auf, straffte die Schultern und löste die verkrampften Hände von den Armlehnen ihres Sessels. Dabei fasste sie Eleonora ins Auge. Am liebsten wäre diese im Erdboden versunken oder hätte sich klein genug gemacht, um im nächsten Mauseloch zu verschwinden.

»Hast du Bescheid gewusst?« Wieder knallte diese Frage wie ein Peitschenhieb durch den Raum.

Eleonora schwieg.

»Eleonora!«, sagte Gräfin Dorothea mit erhobener Stimme.

Diese nickte stumm.

»Und wer noch?«

Eleonora schwieg.
»Eleonora, ich will auf der Stelle wissen, wer noch an diesem Komplott beteiligt war«, sagte die Gräfin.
»Erlaucht, ich bitte Sie, das war doch kein Komplott, sondern das Schweigen ob der Verwundung Ihre Enkels und meines geschätzten Freundes Alexander hat nur einen Grund«, beschwor sie Louis Ferdinand.
»Und der wäre«, erkundigte sich die Gräfin schneidend.
Louis Ferdinand hob zu einer Antwort an, wurde jedoch von dem lauten Gong, der durch das ganze Haus ertönte, unterbrochen.
Es klopfte an die Tür, sie öffnete sich vorsichtig. Durch den Spalt wurde der würdig ergraute Schopf des alten Jean sichtbar. Mit dem sicheren Instinkt seiner jahrzehntelangen Erfahrung als dienstbarer Geist schien er die brenzlige Situation zu wittern. Blitzschnell gingen seine Augen zwischen den drei Anwesenden hin und her, ehe er sich ehrerbietig verneigte.
»Es wäre an der Zeit, sich zur Tafel zu begeben«, sagte er.
Die Gräfin erhob sich und reichte Louis Ferdinand ihren Arm.
»Ich lasse zu Tisch bitten. Königliche Hoheit, wären Sie so freundlich, mich in den Speisesaal zu geleiten und mir die Ehre zu erweisen, für heute Abend mein Tischherr zu sein.«
»Aber mit dem größten Vergnügen«, erwiderte Louis Ferdinand und reichte ihr seinen Arm.
Gräfin und Prinz schritten an der verwirrten Eleonora vorbei. Gräfin Dorothea würdigte sie keines Blicks, der Prinz lächelte ihr heiter zu. Eleonora starrte ihnen hinterher. Was für ein gegensätzliches Paar, die alte, mittlerweile ziemlich gebrechliche, aber immer noch wunderschöne Gräfin Dorothea und dieser vor Energie und Kraft strotzende preußische Prinz in der Blüte seiner Jahre. Alles in allem ein höchst be-

eindruckendes Paar. Jean hielt die Tür des Salons immer noch geöffnet und schaute Eleonora fragend an.
»Was ist passiert?«
»Sie hat von Alexanders Verletzung erfahren, ausgerechnet vom Prinzen«, hauchte Eleonora.
»Ach du meine Güte!«, flüsterte Jean bestürzt und schlug entsetzt die Hand vor den Mund. Sekundenschnell hatte er sich aber wieder gefangen. Auffordernd nickte er nun Eleonora zu, den Herrschaften zu folgen. Diese seufzte. Ihr graute vor dem bevorstehenden Abend, vor dem Essen an der langen Tafel und noch mehr vor ihrem bevorstehenden Auftritt.

Umso überraschter war sie, Gräfin Dorothea bei Tisch in aufgeräumter, bester Laune zu erleben. Lag es an der Gesellschaft des charmanten Preußenprinzen? Oder lag es an ihr selbst, an der ihr eigenen preußischen Disziplin, die ihr vorgab, sich bei jeder innerlichen Verstörung oder Verwirrung niemals etwas nach außen hin anmerken zu lassen? War es das gar köstliche Menü? Die Gräfin war leiblichen Genüssen keineswegs abgeneigt. Oder war es die Vorfreude auf die bevorstehende »kleine Inszenierung«, die sie die Unerhörtheit ihrer Entdeckung vergessen ließ? Wahrscheinlich wirkten all diese Umstände zusammen, um Gräfin Dorothea diesen Abend doch genießen zu lassen. Als Eleonora sie so fröhlich lachen und entspannt plaudern sah, fiel auch endlich von ihr die Spannung ab. Um alsbald einem schrecklichen Lampenfieber zu weichen.
»Ich glaube, ich bringe keinen Ton heraus«, jammerte sie, als sie in dem kleinen, zur Künstlergarderobe umfunktionierten Nebenraum des Gartensaals saß. Sie fröstelte und rieb die Hände aneinander. »Ich friere, ich habe eiskalte Hände und Füße.«
»Das gehört dazu«, sagte Balduin Schilling lachend.

»Haben Sie denn gar kein Mitleid mit mir?«
»Nein, überhaupt nicht, denn das ist nun die Strafe für Ihre bisherige Unbekümmertheit und Nonchalance.«
»Wie soll ich das verstehen?«
»Das erkläre ich Ihnen nach Ihrem Auftritt«, wich dieser aus. Die Tür sprang auf. Hereingestürzt kamen die beiden Komtessen, mittlerweile Herzogin und Gräfin, und fielen fast über Eleonora her, um sie rechts und links abzuküssen.
»Aber meine Damen, meine Damen, ich muss doch sehr bitten«, protestierte Balduin Schilling verzweifelt, während die überrumpelte Eleonora lachend versuchte sich der stürmischen Umarmungen zu erwehren.
»Aber wir müssen Eleonora doch alles Gute zu ihrem bevorstehenden Auftritt wünschen«, verteidigte die mittlerweile noch pummliger gewordene Sophie ihre Attacke.
»Wo heute Abend doch ein echter Prinz von Preußen anwesend sein wird«, ergänzte Charlotte.
Lächelnd schaute Eleonora von einer Freundin zur anderen. Jetzt erst wurde ihr bewusst, wie sehr sie die beiden in den vergangenen Jahren vermisst hatte. Mit ihrem Auszug hatten auch das Lachen und die unbeschwerte Fröhlichkeit das Prewitzsche Stadtpalais verlassen.
»Wie fühlst du dich dabei, heute Abend vor einem richtigen Prinzen singen zu dürfen?«, wollte Charlotte wissen.
»Ich habe bereits vor einem echten Königspaar gesungen und mit einer echten preußischen Prinzessin im Park von Paretz zusammen gesungen«, erwiderte Eleonora trocken. Verblüfft starrten die Schwestern sie an.
»Daran haben wir überhaupt nicht mehr gedacht«, gestand Sophie ein.
»Aber Prinz Louis Ferdinand soll ein ganz besonderer Musikkenner sein«, unterbrach sie Charlotte.

»Das ist er auch, das ist er auch«, pflichtete Schilling ihr hastig bei. »Und deshalb benötigt unsere Künstlerin vor ihrem Auftritt wirklich noch ein wenig Ruhe und Konzentration. Ich muss Sie deshalb höflichst bitten, die Garderobe zu verlassen.«

Die beiden bezeugten Einsicht. Beim Hinausgehen zwinkerte Charlotte der Freundin noch einmal zu, während Sophie ihr eine Kusshand zuwarf. Lächelnd schaute Eleonora ihren beiden Gefährtinnen hinterher. Auch wenn sie inzwischen verheiratet und Mutter geworden waren, hatten sie sich nicht verändert. Genauso wenig wie ihre Lieblingsfarben, denn wie immer trug Charlotte ihr geliebtes Bleu, während ihre Schwester Sophie sich wie bei ihrem Debüt für eine Robe in Rosé entschieden hatte.

Das kleine Kammerorchester spielte brillant. Balduin Schilling dirigierte mit der üblichen Hingabe und mit Einfühlungsvermögen, überraschte jedoch mit einer schauspielerischen Leistung, die ihm niemand zugetraut hätte, indem er perfekt den Liebhaber der »kleinen Inszenierung« mimte. Mit großer Geste überreichte er jedes Mal, wenn der in die Rolle des Schäfers schlüpfen musste, dem ersten Geiger den Dirigentenstab, ehe er sich seiner Geliebten zuwandte. Eleonora war eine entzückende Schäferin. So ergingen die beiden sich in etlichen Tändeleien, Missverständnissen hier, einem dummen Streit da, ehe sie endlich zueinanderfanden und Eleonora ihre große Liebe in einer ergreifenden Arie bekundete.

Sekundenlang blieb es still, nachdem sie verstummt war. Aber dann prasselte der Beifall los. Bravorufe waren zu hören, vereinzelt sogar verstohlene Versuche von Fußgetrampel, das jedoch nach einem ungehaltenen Blick der Gräfin sofort verstummte. Doch das Klatschen schien kein Ende nehmen zu wollen. Immer wieder und wieder musste sich Eleonora verbeugen. Sie gab eine Zugabe und eine zweite Zugabe, dann noch eine und noch eine.

»Ich kann nicht mehr, meine Stimme«, flüsterte sie Balduin Schilling, der sich immer wieder strahlend aufs Neue neben seiner Lieblingsschülerin verneigte, ermattet zu. Er nickte und hob die Hand. Das Publikum hielt inne.

»Meine Damen und Herren, Sie sind heute Abend Zeuge einer großartigen künstlerischen Leistung geworden«, sagte er.

»Bravooooo!«, kam es kräftig aus der ersten Reihe zurück. Eleonora spähte von der kleinen improvisierten Bühne des Prewitzschen Gartensaals hinunter. Das konnte nur Prinz Louis Ferdinand gewesen sein. Jetzt entdeckte sie auch die neben ihm sitzende Gräfin Dorothea, die sich gerade mit einem Spitzentüchlein diskret die Augen abtupfte. So war es Eleonora gelungen, ihre Gönnerin zu Tränen zu rühren. Ob damit gleichzeitig das Verzeihen ob ihres Schweigens bezüglich Alexander einherging, schoss es dieser durch den Kopf. Sie kam gar nicht dazu, diesen Gedanken weiterzuspinnen, denn plötzlich stand Louis Ferdinand vor ihr. Mit zwei, drei langen Schritten war er auf die kleine Bühne, die ja eigentlich nur ein großes Podest war, gesprungen und riss nun Eleonora an sich. Er küsste sie links und rechts auf die Wangen, schob sie wieder von sich und drehte sie zum Publikum.

»Wertes Publikum, verehrte Freunde, liebe Gäste und meine liebste Gräfin Dorothea. Ich möchte uns alle beglückwünschen zu der Entdeckung dieser herausragenden jungen Sängerin, der künftigen Primadonna assoluta unseres geliebten Preußens«, verkündete er mit weittragender Stimme. Ein normales Theaterpublikum hätte an dieser Stelle zu toben begonnen, aber auch die illustre Gesellschaft im Stadtpalais der Prewitzens ließ sich von dem Temperament des Preußenprinzen mitreißen. Frenetische Beifallsrufe ertönten. Eleono-

ra konnte unter ihnen die hellen Stimmen von Charlotte und Sophie ausmachen. Und das tiefe Brummen? Kam das von dem bayerischen Herzog oder dem schwedischen Grafen?
Mit einem Satz sprang Louis Ferdinand zu dem im Hintergrund der Bühne stehenden Hammerflügel, ein Instrument, das der bedeutendste Klavierbauer Berlins zu diesem Anlass im Prewitzschen Stadtpalais mit Freuden zur Verfügung gestellt hatte. Er nahm auf dem davorstehenden zweisitzigen Klavierschemel Platz, griff temperamentvoll in die Tasten und ließ einen perlenden Lauf ertönen. Das Publikum wartete gespannt. Eleonora stand nun alleine auf der Bühne, denn Balduin Schilling hatte sich schon längst diskret in den Hintergrund verzogen. Mit einem energischen Wink holte der Prinz den Kapellmeister wieder zu sich heran. Beflissen beugte dieser sich zu ihm hinunter, damit er besser verstehen konnte. Louis Ferdinand flüsterte ihm etwas ins Ohr. Balduin Schilling lauschte und schüttelte skeptisch den Kopf. Umso energischer nickte der Prinz. Schilling zuckte mit den Schultern. Er wandte sich dem ersten Geiger des kleinen Kammerorchesters zu. Nun flüsterte er diesem etwas ins Ohr. Es musste etwas gewesen sein, was dessen Gesicht aufleuchten ließ. Strahlend nickte er erst Schilling und dann dem Prinzen zu.
Atemlos verfolgte das Publikum dieses stumme Intermezzo. Nun legte Louis Ferdinand den Kopf in den Nacken. Gerade wollte er die Augen schließen, um sich zu konzentrieren, als er die immer noch unschlüssig am vorderen Bühnenrand stehende Eleonora bemerkte. Er nahm die Hände wieder von den Tasten und winkte sie zu sich heran.
Es war weniger eine Einladung als ein Befehl, als er nun auf den freien Platz an seiner Seite klopfte und ihr so gebot, sich neben ihn zu setzen. Mit klopfendem Herzen gehorchte Eleonora. Und das Publikum hielt den Atem weiterhin an.

»Jetzt hören Sie ganz genau zu, Leonora!«, befahl er ihr. Niemals hätte Eleonora geglaubt, einer preußischen Hoheit noch einmal so nahe zu kommen. Ganz genau konnte sie nun vernehmen, wie der Prinz tief Atem holte, beobachtete, wie er mit bebenden Nüstern erneut den Kopf in den Nacken legte, die Augen schloss und sich sekundenlang konzentrierte. Er öffnete sie wieder und nickte dem geduldig vor dem Orchester wartenden Balduin Schilling zu. Dieser hob den Dirigentenstab, und das kleine Kammerorchester setzte ein. Über drei Minuten zog sich das Vorspiel hin, aber in Sekundenschnelle war Eleonora von dieser Musik gefangen. Noch größer war ihre Faszination, als endlich der Klaviereinsatz kam. Atemlos beobachtete sie, wie leicht und dennoch kraftvoll die Hände des königlichen Prinzen über die Tastatur des Flügels glitten. Mal tanzten seine Finger, im nächsten Moment schlugen sie fest zu, um unmittelbar darauf wieder schmetterlingszart das Elfenbein der weißen oder das Ebenholz der schwarzen Tasten zu berühren. Es war eine völlig andere Musik, die nun den Raum füllte, die so gar nichts mit den ziselierten Rokokoweisen oder den verspielten Melodien Mozarts, von denen Schilling und sie auch einige Beispiele in ihrem Schäferspielchen untergebracht hatten, gemein hatte. Es war eine kraftvolle, eine leidenschaftliche, eine mitreißende, eine manchmal bedrohliche, dann im nächsten Moment wieder traurige Musik, die auf eine seltsame, fast unheimliche Weise zu dem jungen Preußenprinzen passte. Hatte Eleonora jemals solch eine Musik vernommen? Tonfolgen, die tiefe Emotionen hervorriefen, in manchen Sequenzen drohten zum Weinen zu bringen, vor Leidenschaft innerlich erbeben ließen, um unmittelbar darauf verborgen liegende, unheimliche Ängste zu schüren?

Es war erstaunlich, was das kleine Orchester leistete. Es lief

zu ungeahnter Hochform auf. Wo kamen denn plötzlich die Bläser her? Eleonora hatte sie zuvor noch gar nicht wahrgenommen. Wann waren sie unbemerkt aus der kleinen Kulisse getreten? Wer hatte dafür gesorgt?
Eleonora vergaß, weiter darüber nachzudenken, weil die Musik sie erneut ergriff. Blitzartig kam ihr die Erkenntnis: Diese unvergleichliche Musik konnte nur von Beethoven stammen, dem einzigen zeitgenössischen Komponisten deutscher Herkunft, der beim alten Farini Gnade vor Ohren gefunden hatte. Ihre Vermutung war richtig. Genauso ihre spontane Eingebung, wie gut Musik und die Person des Prinzen zueinander passten.
»Sie hörten einen Auszug des dritten Klavierkonzerts von Ludwig van Beethoven«, sagte Louis Ferdinand, nachdem er geendet hatte und der Beifall endlich verklungen war. Verstohlen musterte Eleonora ihn von der Seite. Schweißperlen standen auf seiner Stirn. Er atmete heftig und schien erschöpft zu sein. Neuer Beifall hub an, den Schilling mit dem Klopfen seines Dirigentenstabs auf einen Notenständer unterbrach.
»Was uns Seine Königliche Hoheit an dieser Stelle aus Bescheidenheit verschwieg, ist die Tatsache, dass der Komponist dieses Werk ihm persönlich widmete«, sagte er lächelnd. Neuer Beifall, der nicht enden wollte. Aber als Louis Ferdinand die Hand hob, verstummte er in Sekundenschnelle.
»Dann möchte ich Ihnen auch nicht verschweigen, dass mir Ludwig van Beethoven das schönste Kompliment meines Lebens gemacht hat«, hub er an und ließ eine kleine Spannungspause entstehen. Das Publikum wartete still. »Der Prinz spiele gar nicht königlich oder prinzlich, sondern wie ein tüchtiger Klavierspieler«, zitierte Louis Ferdinand den berühmten Wiener Komponisten. Die Gäste lachten, Eleonora lachte mit ihnen. »Mein Können als tüchtiger Klavierspieler

möchte ich ein weiteres Mal unter Beweis stellen«, fuhr er fort und griff wieder in die Tasten. »Und du, Leonora, gerade du, hör genau zu!« Ganz formlos hatte er sie geduzt und dabei noch nicht einmal ihren Namen vollständig ausgesprochen. Diesmal spielte er ohne Orchesterbegleitung, was den musikalischen Genuss nicht beeinträchtigte. Eleonora wurde erneut fortgetragen, weit, weit weg in ein fernes Land der Phantasie, der Vergangenheit, der Leidenschaft und des Schmerzes, der Liebe und der Lust, der Angst und der Bedrohung und endlich der Befreiung. Die harmonischen Akkorde zum Schluss wirkten wie eine Erlösung. Erleichtert atmete sie auf, als der Prinz geendet hatte. Sekundenlang verharrte er still, unbeweglich in sich ruhend. Dann aber sprang er auf und zog sie einfach mit sich an den Rand der kleinen Bühne. Das geschah alles so schnell, dass die Gäste noch gar nicht zum Klatschen gekommen waren. Jetzt aber warteten sie gespannt, was da noch kommen möge.
»Meine Damen und Herren, liebe Freunde, verehrte Gräfin Dorothea, Erlaucht von Prewitz zu Kirchhagen, Sie hörten soeben als Klavierauszug einen Teil der sogenannten ›Leonorenouvertüre‹, Opus 72 a, die Ludwig van Beethoven seiner Oper *Fidelio* vorangestellt hat. Ich hatte die große Ehre, einmal mit dem Meister persönlich über sein Werk reden zu dürfen. Für dieses Drama um Liebe, Gefangenschaft und Befreiung könnte ich mir keine bessere Darstellerin und Sängerin vorstellen als Eleonora Prohaska, die uns von ihrem Können heute so hinreißend überzeugt hat. Es lebe unsere Sängerin, es lebe Ludwig van Beethoven, es lebe die Liebe, die Freiheit und unser geliebtes Preußen, das endlich seine Ketten sprengen muss.«
Nach diesen Worten herrschte beklommene Stille im Saal. Plötzliche Befangenheit machte sich unter den Sitzenden

breit. War es gänzlich ausgeschlossen, dass sich unter den Anwesenden nicht doch ein napoleonischer Spitzel befand? Die eben noch der Bühne zugewandten Gesichter senkten sich betreten. Drohte ein Eklat?

Prinz Louis Ferdinand war berühmt für seine Skandale, hatte sogar zeitweise Hausverbot bei seinem königlichen Cousin gehabt, weil er dessen junger Schwägerin zu unverblümt seine Avancen machte. Und dann diese Liaison mit Pauline Wiesel und die drei illegitimen Kinder von drei anderen Geliebten.

»Bravo!«, rief Gräfin Dorothea. »Es lebe unser geliebtes, hoffentlich bald befreites Preußen.« Der Prinz strahlte und warf ihr von der Bühne aus eine Kusshand zu. Erst jetzt traute sich das restliche Publikum, dem königlichen Künstler den redlich verdienten Beifall zu zollen.

»Wir haben gefallen, Leonora«, flüsterte ihr Louis Ferdinand ins Ohr.

»Sie haben gefallen, Königliche Hoheit«, flüsterte Eleonora lächelnd zurück.

»O nein, meine Liebe, es war eigentlich Ihr Abend«, widersprach Louis Ferdinand überzeugt. »Was wir jetzt hören, ist der Ausdruck des sehnlichen Wunsches nach Freiheit.«

Jetzt setzten auch noch Hochrufe ein. Hochrufe auf den Prinzen, Hochrufe auf Eleonora oder Leonore? Das vermochte die auf der Bühne stehende junge Sängerin im allgemeinen Aufruhr gar nicht richtig auszumachen.

Schließlich erhob sich Gräfin Dorothea. Mit einem kurzen gebieterischen Wink bot sie dem tobenden Lärm Einhalt.

»Liebe Freunde, ich denke, nunmehr haben wir den beteiligten Künstlern dieses Abends genügend Beifall und Anerkennung gezollt und benötigen alle ein bisschen Stärkung und Erfrischung. Ich darf Sie daher nochmals in den Speisesaal bitten.«

Die dienstbaren Geister des Hauses Prewitz mussten einmal wieder gezaubert haben. Die lange Tafel mit den vielen Stühlen war verschwunden, stattdessen war im Speisesaal des Prewitzschen Stadtpalais ein farbenprächtiges Büfett aufgebaut, das unter seinen Köstlichkeiten fast zusammenzubrechen drohte. Die Flügeltür zum benachbarten Saal stand offen. Aus einer seiner Ecken erklangen beschwingte Weisen. Wie schnell waren die Musiker des Orchesters dort hingekommen?
Gräfin Dorothea stand in der Mitte des Raums. Auf ihre beiden Enkelinnen gestützt, beobachtete sie aufmerksam das Geschehen, ehe sie sich zu ihrer geliebten Récamiere, die man zu ihrer Bequemlichkeit vor dem Kamin zurechtgerückt hatte, führen ließ. Elegant nahm sie Platz, drapierte die Falten ihres Kleides malerisch um sich herum und klatschte in die Hände.
Im Nu war das Geraune, Gläserklirren und Scharren der Füße auf dem Parkett verstummt.
»Lasst es euch gutgehen, liebe Freunde«, forderte sie die Anwesenden auf. »Wenn ihr euch gestärkt habt, habe ich euch ein bisschen Zerstreuung zu bieten. Die Jugend hat die Möglichkeit, sich nebenan noch beim Tanze zu vergnügen. Die Herren der Schöpfung mögen vielleicht in unserem Kaminzimmer ein kleines Spielchen wagen oder im Rauchsalon eine Zigarre genießen. Den anwesenden Damen bin ich geneigt, ihnen mein Ohr zu leihen. Sie dürfen mir gerne von ihren entzückenden Enkelkindern erzählen oder mich au courant bringen, was den neuesten Klatsch und Tratsch zwischen Paris, Berlin, Wien und St. Petersburg anbelangt.«
Mit vergnügt funkelnden Augen blickte Dorothea in die Runde. Ihre Zuhörer lachten zwischen Amüsement und Gezwungenheit.

»Sie ist wirklich die Alte geblieben«, flüsterte ein dicklicher Herr, den Eleonora als einen von den Dönhoffs in Erinnerung hatte.

»Von Altersmilde kann bei unserer lieben Dorothea wirklich nicht die Rede sein«, bestätigte eine Dame spitz, die eine von den Lehmitzens sein musste.

»Ravissamente«, flüsterte ihr eine Männerstimme ins Ohr. »Ihre Gönnerin ist einfach unwiderstehlich.« Eleonora drehte sich um und schaute Louis Ferdinand genau in die Augen. Er verbeugte sich. »Würde mir Leonore die Ehre eines Tanzes gewähren?«, fragte er galant. Erschrocken sah Eleonora erst zu ihm und dann durch den Saal. Sie entdeckte Gräfin Dorothea, die sie beide gerade beobachtete und ihr nun aufmunternd zunickte.

»Ich heiße nicht Leonore«, sagte sie, ließ sich aber widerstandslos von Louis Ferdinand auf die Tanzfläche führen. Sie erblickte Sophie, die von ihrem Mann temperamentvoll im Kreise geschwenkt wurde. Die junge Herzogin von Lichtenfels strahlte über das ganze Gesicht. Ihre Wangen waren vor Freude gerötet, ihre Augen funkelten. Sie sah kein Jahr älter aus als damals am Abend ihres gesellschaftlichen Debüts bei Hofe. Etwas würdevoller führten sich Charlotte und ihr Ehemann auf. Der schlaksige schwedische Graf verfügte nicht über das Temperament und die Musikalität seines bayerischen Schwagers. Ein wenig ungelenk schob er seine Frau über das Parkett. Irrte sich Eleonora? Sie schaute nochmals genauer hin. Nein, es war kein Irrtum. Der Graf sprach nicht mit seiner Gattin, sondern zählte gewissenhaft die Takte des schwungvollen Walzers mit.

»Eins, zwei, drei, eins, zwei drei«, vernahm nun Eleonora die Stimme ihres eigenen Tanzpartners und fühlte sich plötzlich mitgerissen. Als begnadeter Musiker war Louis Ferdinand

auch ein glänzender Tänzer. Zum ersten Mal in ihrem Leben machte Eleonora die Erfahrung, dass Tanzen Spaß machte, und konnte die Leidenschaft von Königin Luise für das »Walzen« endlich verstehen. Stundenlang hätte sie sich noch so im Kreise drehen können, Musik und Bewegung hingegeben.
Fast eine halbe Stunde spielte das Orchester ohne Unterlass, ehe es sich eine verdiente Pause gönnte. Atemlos löste sich Eleonora aus den Armen des Prinzen. Fast keuchend stand sie vor ihm, dem keinerlei Anstrengung anzumerken war.
»Sie tanzen genauso gut, wie Sie singen, Leonora«, lobte er sie.
»Ich heiße Eleonora«, sagte Eleonora steif.
»Für mich sind Sie eine Leonore, denn auch Sie haben sich befreit.«
»Das verstehe ich nicht.«
»Ich kann mir keine bessere Darstellerin für die Hauptperson der Oper *Fidelio* vorstellen als Sie«, fuhr Louis Ferdinand fort. »Wenn Beethoven Sie sehen würde, würde er mir sofort beipflichten. Leider kann er Sie nicht mehr hören.« Bedauern, ja abgrundtiefes Mitleid schwang in seiner Stimme mit. Schlagartig hatten sich seine Augen verdunkelt, wurden fast schwarz. Dieser Mann schien blitzartigen Stimmungswechseln unterworfen zu sein. Nachdenklich brütete er vor sich hin. Aber da hellte sich seine soeben noch tief verdüsterte Miene schon wieder auf. Er schien sich der Gegenwart Eleonoras wieder bewusst geworden.
»Das mit meiner Befreiung, das würde mich schon interessieren. Könnten Sie mir das ein wenig besser erklären«, bat Eleonora ihn.
»Denken Sie doch an Ihre Vorgeschichte, an Ihre Herkunft.«
»Sie wissen so viel über mich, das ist mir schon fast ein bisschen unheimlich«, entgegnete Eleonora.

»Das muss Ihnen nicht unheimlich sein, Sie sollten sich geschmeichelt fühlen, Leonora, Verzeihung, Eleonora.« Er lächelte ironisch, als er Protest in ihren Augen aufblitzen sah. »Bedeutet es nicht eine ungeheure Befreiung für die Tochter eines Potsdamer Feldwebels, die jahrelang in einem Potsdamer Waisenhaus darben musste, nun in höchsten gesellschaftlichen Kreisen verkehren zu können?«

Eleonora nickte wortlos.

»Ein Aufstieg über Schranken hinweg, der eigentlich überhaupt nicht vorstellbar scheint.«

»Ich habe Gräfin von Prewitz ungeheuer viel zu verdanken, unaussprechlich viel«, sagte Eleonora leise.

»Nicht nur ihr, sondern auch sich selbst und Ihrer großen Begabung«, widersprach Louis Ferdinand. »Ihre Musikalität hat Sie davor bewahrt, als geschundenes Dienstmädchen, arme Wäscherin, unglückliche Ehefrau oder Witwe eines Soldaten Ihr Dasein zu fristen. Ihr Ehrgeiz, Ihr Fleiß, Ihre Einsatzfreudigkeit und Ihre Disziplin haben Sie vor diesem drohenden Schicksal bewahrt, einen vorgezeichneten Lebensweg in andere Bahnen gelenkt. Damit haben Sie sich Ihre persönliche Freiheit erkämpft. Aber mit Ihrem Wissen, Ihren persönlichen Erfahrungen, diesen Verletzungen aus der tiefsten Kindheit sind Sie für die Rolle der Leonore geradezu prädestiniert.«

»Es erstaunt mich wirklich, wie viel Sie über mich wissen. Über mich, die Tochter eines einfachen Potsdamer Feldwebels«, wiederholte Eleonora überwältigt seine Worte.

»Meine Quellen sind eben ergiebig«, erwiderte Louis Ferdinand. »Eine ganz besonders«, setzte er hinzu und schaute sie bedeutungsvoll an.

Eleonora begriff sofort und wurde dunkelrot. Verlegen senkte sie den Kopf. Liebend gern hätte sie erfahren, was Alexander

über sie erzählt hatte. Dass er überhaupt mit Louis Ferdinand über sie gesprochen hatte, mit einem preußischen Prinzen? Eleonora erinnerte sich ganz genau, mit welcher Verehrung und Hochachtung Alexander in jenem Sommer seines Besuchs auf Sophienhof stets von diesem geredet hatte.
»Aha, ich habe mich also nicht geirrt«, stellte nun ebendieser verehrte Prinz, der sie bis vor wenigen Minuten noch über die Tanzfläche geschwenkt hatte, bedeutungsvoll fest.
Eleonora schwieg. Lieber hätte sie sich die Zunge abgebissen, als sich nun zu erkundigen, was die beiden über sie gesprochen hatten.
»Eleonora, schauen Sie mich an!«, befahl Louis Ferdinand in einem überraschend scharfen Ton. Eleonora gehorchte. »Sich von falschen Gefühlen und Illusionen zu trennen kann auch ein Akt der Befreiung sein, Eleonora«, sagte er und schaute sie eindringlich an.
»Freiheit ist mir sehr wichtig.« Wo war ihre Stimme geblieben? Eleonora räusperte sich.
Louis Ferdinand atmete tief durch und straffte die Schultern. »Freiheit bedeutet mir alles, in jeder Hinsicht«, behauptete er. »Und ganz besonders in persönlicher.« Er fixierte sie und schwieg.
»Ich weiß nicht, worauf Sie hinauswollen.« Eleonora war verwirrt.
»Das wissen Sie ganz genau«, widersprach er und sah sie noch fester an. »Sie können weder sich noch mir etwas vormachen.«
Ein strenger Zug machte sich um seinen sinnlichen Mund bemerkbar, als er sie konzentriert und unerbittlich anschaute. Jetzt stand ein preußischer General vor ihr. Sekundenlang blieben seine Augen an ihren Lippen hängen, schien in ihm ein Gedanke aufzukeimen, den er jedoch sofort wieder ver-

warf. Aber ein charmantes Lächeln ließ seine eben noch so strengen, geistesabwesenden Züge aufleuchten. Da war er wieder, Prinz Louis Ferdinand, Charmeur und Liebling der Frauen.

»Sie müssen mir etwas versprechen, Eleonora«, bat er.

»Was denn, Königliche Hoheit?«, erkundigte sich Eleonora atemlos.

»Werden Sie eine Leonore und niemals ein braves Lorchen!«

Er verbeugte sich vor ihr, nahm ihre Hand, küsste sie zum Abschied und sah ihr noch einmal in die Augen, bezwingend und fordernd zugleich. Eleonora konnte gar nicht so schnell schauen, wie er in der Menge der Anwesenden untergetaucht und schließlich endgültig verschwunden war.

»Nora, Nora, du scheinst heute Abend ja eine richtige Eroberung gemacht zu haben«, neckte sie Sophie noch in derselben Nacht. Es hatte noch einige Stunden gedauert, bis sich die letzten Gäste endlich aus dem Prewitzschen Stadtpalais verabschiedeten. Wie in alten Zeiten hatten die Schwestern die Ereignisse des vorangegangenen Abends vor dem Zubettgehen nochmals vor dem geistigen Auge Revue passieren lassen. Und wie in alten Zeiten waren sie darüber in Streit geraten, lieferten sich eine hitzige Auseinandersetzung, untermalt von Eleonoras sanfter Begleitung am Flügel.

Schließlich waren die Schwestern in ein befreites Gelächter ausgebrochen, waren sich um den Hals gefallen und hatten Eleonora umarmt, ehe sie sich endgültig zu Bett begaben.

»Bei dem Gedanken daran, dass wir uns in wenigen Tagen schon wieder trennen müssen, wird mir ganz weh ums Herz«, seufzte Sophie wehmütig und drehte sich nochmals auf der Türschwelle ihres alten Zimmers um.

»Ach, Sophielein, wir sehen uns doch nächstes Jahr bestimmt

wieder. Du weißt doch, dass Großmutter ganz fest versprochen hat, den nächsten Sommer wieder auf Sophienhof zu verbringen und uns alle einzuladen. Dann wird alles so wie früher«, versprach ihr und sich selbst ihre Schwester Charlotte.

Das für den Morgen nach dem Fest von allen ängstlich erwartete Donnerwetter war überraschenderweise ausgeblieben. Lag es am Prinzen Louis Ferdinand?

TEIL III

17

Noch niemals in ihrem Leben war Eleonora so schnell und so lange gerannt. Und dann noch barfuß. Das bemerkte sie aber erst, als ihre Füße empfindlich kalt wurden und zu schmerzen begannen. Keuchend blieb sie stehen und schaute verwirrt um sich. Wo war sie? Irgendwo am Stadtrand von Berlin, aber wo genau? Sie hatte keine Ahnung. Von einem Kirchturm in der Nähe hörte sie Glocken schlagen und zählte im Geiste mit. »Fünf Uhr«, murmelte sie. »Zeit für den five o'clock tea.« Um diese Zeit hatte Babette im Souterrain des Prewitzschen Stadtpalais immer das Tablett für Gräfin Dorothea fertig gemacht. Das Teewasser aufgekocht, es siedend in eine schon heiß ausgespülte Kanne gegossen, in der ein feines Haarsieb mit sachte duftenden Blättern des Darjeelings hing. Ein Schälchen weißen oder braunen Kandis, ein winziges Kännchen flüssige Sahne, ein Tellerchen für das Teesieb, denn die Gräfin bestand darauf, selbst zu bestimmen, wann es aus der Kanne genommen wurde. Aber länger als fünf Minuten durften die Teeblätter niemals ziehen. Früher hatte stets eine der Zofen wartend neben Babette gestanden, um das Tablett zu nehmen und eilig in den Salon der Gräfin zu tragen. Mittlerweile harrte sie jedoch jeden Nachmittag an der Klappe des Speiseaufzugs im zweiten Stock des Prewitzschen Stadtpalais, um die Sendung aus dem Souterrain dort in Empfang zu nehmen und den Tee der Gräfin zu servieren. Wenn diese nicht ausdrücklich Eleonora darum bat.

Eleonora hatte diese stillen Stunden mit ihrer Gönnerin geliebt. Was hatte sie alles im Verlauf der Jahre mit ihr beredet, diskutiert, manchmal fast mit ihr gestritten. Wie viel hatte sie von ihr gelernt, aber was hatte ihr Gräfin Dorothea umgekehrt alles anvertraut, höchst persönliche Dinge, über die sie niemals mit ihren Angehörigen gesprochen hätte. Mit ihrem Gatten und Sohn nicht, weil man dergleichen nicht mit Männern besprach, mit ihrer Schwiegertochter Elisabeth nicht, weil sie diese nun einmal nicht leiden konnte, mit ihren beiden Enkelinnen nicht, weil diese seit Jahr und Tag nicht mehr in Berlin weilten und ihr ein bisschen zu mitteilsam waren. Mit zunehmendem Alter stand Gräfin Dorothea ihren eigenen Familienangehörigen immer kritischer gegenüber. Ihre Zunge wurde spitzer und ward umso mehr gefürchtet. So blieb eigentlich nur Eleonora, ihr Schützling, ihre »Wahltochter«, wie sie sie in ihren raren Momenten einer weicheren Stimmung nannte.

Vielleicht noch der alte Jean?

Aber der war im vergangenen Jahr gestorben. Bei einem Gang über den Hof war er auf einer vereisten Stelle ausgerutscht und zu Fall gekommen. Der inzwischen offiziell zum Kutscher avancierte Anton hatte ihn gefunden und den vor Schmerz Stöhnenden zurück ins Haus getragen. Höchstpersönlich hatte Gräfin Dorothea Jeans Unterbringung in einem der großen, mittlerweile so selten genutzten Gästezimmer des Seitenflügels angeordnet und Babette zusammen mit Madame Hortense mit seiner Pflege betraut. Ja, sie hatte sogar einen Diener nach Dr. Hufeland schicken lassen, der jedoch mit der Nachricht zurückkehrte, dass dieser unabkömmlich sei. Der Arzt hatte sich um die Königin zu kümmern, die nicht über den Tod des kleinen Prinzen Ferdinand hinwegkam, den sie nur vier Monate nach seiner Geburt schon wieder verlieren musste. Nach dem Schock des Unfalls war diese traurige Nachricht ein weiterer für die Gräfin. Dem armen Jean

konnte nicht mehr geholfen werden. Drei Tage nach dem verhängnisvollen Sturz verstarb er an einer Embolie. Gräfin Dorothea ließ ihn mit allen Ehren bestatten.
Sie trauerte tief um ihren alten Diener. »Mit ihm ist das letzte Stück meiner unvergesslichen Jugend dahingegangen«, sagte sie traurig. Tagelang zog sie sich auf ihr Zimmer zurück, gewährte außer Babette und Eleonora niemandem Zutritt, lag mit zugezogenen Vorhängen in ihrem großen Himmelbett und hing ihren Erinnerungen nach.
Schließlich war es ihr Mann Ludovic, der diesem Elend ein Ende setzte. Seltsamerweise war er pünktlich zu Jeans Beerdigung von seinem Regiment oder von einer Jagd, das wusste man bei ihm niemals so genau, zurückgekehrt. Zu aller Erstaunen hatte er am Grab des alten Dieners sogar eine ergreifende Rede gehalten, bei der kaum einem der Bediensteten die Augen trocken blieben. Auch Eleonora musste mehrmals schlucken und nahm dankbar ein ihr von Madame Hortense diskret zugestecktes Spitzentüchlein entgegen. Es roch nach Lavendel. Und prompt stieg in ihr die Erinnerung an die heißen unvergesslichen Sommer auf Schloss Sophienhof empor. Wie oft hatte sie von ihrem Fenster aus Jean würdig über den Kies der Auffahrt Richtung Stallungen schreiten sehen, um dort den Kutschern etwas auszurichten oder eine Anweisung zu erteilen.
Wie liebevoll hatte er sie nach ihrer Ankunft im Prewitzschen Haushalt unter seine Fittiche genommen und sie unauffällig über all die Stolpersteine des Weges hinweg in ihr neues Leben geleitet. Er war mehr als nur ein alter Diener gewesen, er war ihr ein väterlicher Freund und Beschützer, so wie Gräfin Dorothea der Vertraute längst vergangener Jugendzeiten. Nur mit ihm hatte sie in Erinnerungen an alte Zeiten schwelgen, mit ihm über ihre bereits vor Jahrzehnten verstorbenen

Eltern sprechen können oder die Marotten eines kauzigen Onkels, dem die kecke junge Dorothea so manch übermütigen Streich spielte, der schon mehr als ein halbes Jahrhundert unter der Erde ruhte. So war es nur begreiflich, wenn sie nun tief um ihren alten Vertrauten trauerte.

»Bei allem Verständnis, meine liebe Dorothea«, sagte ihr Gatte Ludovic dennoch eines Tages zu ihr. Um in ihr Schlafzimmer zu gelangen, hatte der Graf förmlich um eine Audienz bei Frau Gemahlin bitten müssen, die sie ihm gnädig gewährte. Mit auf dem Rücken verschränkten Händen lief er unruhig in dem Raum auf und ab. Er fühlte sich sichtlich unwohl in dieser weiblichen Umgebung. Eleonora, die gerade von einer Musikstunde bei Schilling zurückgekehrt war und auf einem Stuhl neben dem Bett der Gräfin schon zum Vorlesen Platz genommen hatte, beobachtete ihn verstohlen.

Es ist ihm schon wieder zu eng in der Stadt geworden, stellte sie fest. Es zieht ihn bereits wieder in die Ferne. Eher zur Jagd als zu seinem Regiment, vermutete sie. Graf Ludovic von Prewitz zu Kirchhagen war zwar ein tüchtiger preußischer Offizier, hatte aber niemals ein Hehl daraus gemacht, die Jagd mehr als das Kriegshandwerk zu lieben. Nur dass der Krieg mittlerweile in bedrohliche Nähe gerückt war.

»Ich fürchte, dieses Jahr der Einladung des Herzogs von Kurland nicht Folge leisten zu können«, sagte Graf Ludovic jetzt auch und seufzte mitleiderregend. Gräfin Dorothea nickte nur. »Dieser freche kleine Korse ist mir lästiger als eine Laus im Pelz«, schimpfte ihr Mann lauthals. Was wohl der große Imperator zu diesen Worten sagen würde, überlegte Eleonora und blätterte geistesabwesend in dem Buch in ihren Händen. Was hatte sich Gräfin Dorothea denn heute zum

Vorlesen ausgesucht? Einen Gedichtband? Ihre Augen blieben an ein paar Zeilen hängen. »Ode an die Stadt Berlin« hieß das Gedicht.

»Ich sah sie! (mir zittern die Gebeine!)
Ich sah, bekümmertes Berlin,
Die Göttin deines Stroms vor deinem Tannenhaine
Mit ihren Schwänen ziehn.«

»Was liest du da?«, unterbrach Gräfin Dorothea ihre Lektüre. Eleonora suchte nach dem Namen des Verfassers, fand ihn aber nicht unter dem Gedicht.

»Lies einen Vers vor!«, befahl Gräfin Dorothea.

Eleonora las.

»›Mit ihren Schwänen ziehn‹«, fiel ihr die Gräfin am Ende der Strophe ins Wort und fuhr fort:

»›Borussiens gerechter Held soll siegen!
Die Götter schützen ihren Sohn.
Bald wird er im Triumph zu seinen Kindern fliegen.
Er kömmt! Ich seh ihn schon!‹«

Eleonora lauschte still der immer noch klaren Stimme der Gräfin. Auch Graf Ludovic unterbrach seinen nervösen Marsch kreuz und quer durch das Schlafgemach seiner Gattin. Mit gerunzelter Stirn und leicht gesenktem Kopf hörte er zu.

»Hast du es erkannt?«, erkundigte sich Gräfin Dorothea. Graf Ludovic schüttelte den Kopf.

»Mitten im Siebenjährigen Krieg hat er diese Ode an Berlin geschrieben, Karl Wilhelm Ramler. Kannst du dich nicht an ihn erinnern? Man nannte ihn auch den deutschen Horaz«, wandte sie sich nun erklärend an Eleonora. »Und seine Verse haben uns damals in den harten Zeiten des Siebenjährigen Krieges sehr viel Trost und Aufmunterung gespendet.«

»Warum musst du dieses Gedicht ausgerechnet heute zitie-

ren?«, fragte Graf Ludovic. Er schickte sich an, seinen Marsch wieder aufzunehmen.
»Du machst mich ganz nervös. Kannst du dich nicht einfach einmal ruhig hinsetzen? Was wolltest du eigentlich mit mir besprechen? Es scheint dir ja ziemlich dringend zu sein.« Gräfin Dorothea wurde ungeduldig.
»Ja, es ist auch dringend«, bestätigte der Graf. Ihm war offensichtlich noch unbehaglicher geworden. Er räusperte sich.
»Nur zu, keine Hemmungen, wir kennen uns schließlich schon ein Weilchen«, ermunterte ihn seine Frau.
Sekundenlang zuckte es um seine Mundwinkel, dann wurde er wieder ernst. »Ich möchte, dass du so schnell wie möglich, am besten noch Ende der Woche und nicht erst Mitte Juni, dein Domizil nach Sophienhof verlegst«, stieß er hervor.
»Warum sollte ich das tun?«
»Weil die Lage hier in Berlin immer unübersichtlicher wird, und weil ich denke, dass du da draußen in der Abgeschiedenheit der ländlichen Umgebung von Sophienhof sicherer bist«, entgegnete Graf Ludovic. Gräfin Dorothea richtete sich aus ihren weichen Kissen auf und fixierte ihn. Er erwiderte ihren Blick. Dann war sie es, die den Blick senkte.
»Du rechnest also mit dem Schlimmsten«, sagte sie leise. »Sogar mit einer feindlichen Invasion?«
»Noch viel schlimmer, nämlich mit einer Invasion unserer Verbündeten«, grollte der Graf. »Man hat mich überraschend kurzfristig einberufen. Nächste Woche muss ich nach Hannover, um dort die unwilligen Rekruten zu bändigen. Es kann nicht gut um die preußische Armee stehen, wenn die oberste Heeresleitung unverzichtbar auf die Dienste eines solch alten Mannes wie mich angewiesen ist.«
»Aber Erlaucht«, hub Eleonora pflichtschuldigst an. Nein,

nicht pflichtschuldig, sondern überzeugt, denn Graf Ludovic war wirklich mehr als nur rüstig.
Ungeduldig wehrte dieser ab. »Liebes Kind, deine Höflichkeit in Ehren, aber was wahr ist, muss wahr bleiben. Ich habe den Zenit meines Lebens längst überschritten. Es liegt nur nicht in meinem Naturell, mich faul auf die Bärenhaut zu legen«, sagte er und nahm seinen Marsch wieder auf.
»Schade, wirklich bedauerlich, dann würden diese vielen im Verlauf der Jahrzehnte angesammelten Felle ja endlich einen Zweck erfüllen«, entgegnete seine Gattin spitz.
Der Graf lachte dröhnend, trat an den Rand des Bettes und schaute auf sie hinab. »Du bist einfach unverbesserlich«, stellte er fest. Tiefe Zuneigung spiegelte sich in seinen Zügen, die Eleonora gleichfalls im Lächeln der Gräfin entdeckte.
Einladend klopfte diese nun auf die Bettkante. »Setz dich zu mir«, forderte sie ihn auf. »Lass uns gemeinsam den nächsten Sommer planen. Wirst du diesen wenigstens zum Teil auf Sophienhof verbringen? Es wäre mir eine Freude, denn wie du es ganz richtig siehst, viel Zeit verbleibt uns nicht mehr.«
Auf Zehenspitzen verließ Eleonora den Raum, um den Grafen und die Gräfin sich selbst zu überlassen.

Es schien, als ob das Alter diese beiden Menschen einander nochmals entdecken und sie auf neue Weise zueinanderfinden ließ. Niemals zuvor hatten sie miteinander korrespondiert. Fortan berichtete Graf Ludovic seiner Gattin jedoch getreulich von seinem langweiligen und dennoch anstrengenden Alltag als preußischer Kommandeur in Hannover. Als Unterpfand für seine Neutralität hatte Preußen das norddeutsche Königreich von Napoleon »geschenkt« bekommen. Wegen ihrer engen Verbindungen zu dem von Napoleon so leidenschaftlich gehassten England waren die Hannoveraner alles

andere als begeistert davon. Entsprechend gering war dann auch die Bereitschaft der jungen Männer, fortan dem preußischen König ihre Militärdienste zu erbringen. Für Graf Ludovic war es genauso quälend wie für alle anderen Anhänger der »Kriegspartei«, sich seit Jahren wie ein an die Kette gelegter Löwe fühlen zu müssen. Trotz ihrer angegriffenen Gesundheit sollte mittlerweile sogar Königin Luise ihren Mann unverhohlen aufgefordert haben, sich endlich aus Napoleons Zwangsjacke zu befreien und in Opposition zu ihm zu gehen. Wie viele andere war sie der festen Überzeugung, im Verein mit England, Russland und Österreich dem französischen Kaiser die Stirn und damit Einhalt bieten zu müssen. Allein, der König zögerte immer noch.
Graf Ludovic machte in seinen Briefen kein Hehl daraus, was er davon hielt, während Gräfin Dorothea in den Briefen ihrer alten Freundin Gräfin von Voss zwischen den Zeilen lesen musste. Auch sie schien mehr der Gruppe eines von Hardenberg und von Stein, die sich um Königin Luise sammelten, zugeneigt, aber noch wichtiger war ihr der Gesundheitszustand ihrer Herrin. Voller Freude berichtete sie, wie diese sich bei ihrer Badekur in Pyrmont erhole, Mann und Kinder jedoch schmerzlich vermisse.

18

Der Prewitzsche Haushalt hatte mittlerweile Einzug auf Sophienhof gehalten. Nach ein paar kühlen verregneten Tagen wurde es ein heißer wunderschöner Sommer. Stundenlang schlenderte Eleonora durch die Felder und Wiesen und suchte in den schwülen Mittagsstunden die Kühle der schattenspendenden Bäume eines nahe gelegenen Buchenwalds. In den frühen Morgenstunden ritt sie aus, meist alleine, manchmal auch begleitet von Anton, soweit die Pflichten als Kutscher ihm die Zeit dafür ließen. Madame Hortense war wie üblich im Stadtpalais geblieben. So dauerte es nur wenige Tage, bis Emma und Paula sich ihrer strengen Zofentrachten entledigten und in einfachen Küchenkleidern ihre Dienste verrichteten. Sie schlüpften in ihre alten Holzpantinen, und wenn diese ihnen zu schwer wurden, liefen sie barfuß. Mit dem Ablegen ihrer Dienstkleidung schienen sie auch ihre gestelzte Sprache verloren zu haben. Wie oft hörte Eleonora sie singend und lachend über Treppen und Gänge laufen, vernahm aus der Küche ihre alten wehmütigen Volksweisen, manchmal unterbrochen von einem Befehl oder Schelten von Babette.

Es war wie in alten Zeiten und dennoch ganz anders. Eine Art Lähmung schien über dem ganzen Land zu liegen, eine angstvolle, lauernde Erwartung. Eleonora fühlte sich manchmal seltsam bedrückt, dann wieder voller Zuversicht und Vorfreude, denn im kommenden Herbst sollte sie endlich als Opernsängerin debütieren. Zwei Tage vor ihrer Abreise hatten Gräfin Dorothea und Eleonora noch die Uraufführung von Friedrich Heinrich Himmels Oper *Sylphen* besucht. Als der königliche Kapellmeister in der langen Pause nach dem zweiten Akt der Gräfin von Prewitz zu Kirchhagen in ihrer Loge seine Aufwartung machte, hatte er von selbst seine Rede darauf gebracht.

»Und ich weiß auch schon, in welcher Oper Sie debütieren sollen«, sagte er. »Auf allerhöchsten Wunsch«, setzte er bedeutungsvoll hinzu.

»Auf wessen Wunsch denn?«, wollte Gräfin Dorothea wissen, die manchmal von herzerfrischender Neugierde sein konnte. Aber der Kapellmeister hatte nur den Zeigefinger auf die Lippen gelegt und geheimnisvoll gelächelt.

Drei Wochen nach Ankunft auf dem Sophienhof war Anton mit einem großen, gut verschnürten Umschlag aus Berlin zurückgekehrt. Er war an Eleonora Prohaska adressiert.

»Für mich?«, vergewisserte sich diese verwundert. Wann erhielt sie schon einmal persönliche Post? Vielleicht ein-, zweimal im Jahr rang sich ihr Vater in Potsdam ein paar Zeilen an sie ab. Mit dem Schreiben war er noch karger als mit dem Reden. »Von wem mag dieser Umschlag sein?«, fragte sie sich und drehte ihn um. Erst jetzt entdeckte sie das dicke Siegel auf der Rückseite. Sie erbrach es.

»Jetzt kannst du kaum mehr erkennen, wessen Siegel es war«, stellte Anton trocken fest.

»Das wird sich aus dem Begleitschreiben ergeben«, erwiderte Eleonora und riss das feste Packpapier auf, so heftig, dass der Inhalt des Umschlags zu Boden fiel. Ein dicker Stapel bedruckter Blätter. »So was Dummes!«, rief sie ärgerlich.

Anton kniete schon nieder, um die Papiere aufzuheben. Auffällig unauffällig hatte er nach Übergabe der Sendung in ihrer Nähe verharrt, denn auch er war nicht gegen Neugierde gefeit. Nun stand er wieder auf und drückte Eleonora den Papierstapel in die Hand. »Das sind doch nur Noten«, sagte er enttäuscht. »So was Langweiliges.«

»Noten sind doch nicht langweilig«, widersprach Eleonora heftig. Sie warf einen Blick auf die Notenblätter und stellte fest, dass sie beim Herunterfallen völlig durcheinandergeraten waren. »Die muss ich ordnen, das mache ich am besten in meinem Zimmer.«

Anton zuckte mit den Schultern, verneigte sich leicht und entschwand.

Eleonora begab sich in ihr kleines, so vertrautes Zimmer und legte den Papierstapel auf den Tisch. Es dauerte eine Weile, bis sie die Blätter wieder in die richtige Reihenfolge gebracht hatte. Die Sendung bestand aus zwei Teilen, einer Partitur für Orchester und den Noten für eine Singstimme. Und dann entdeckte sie das Deckblatt und fuhr zusammen. »*Fidelio*« las sie. »Eine Oper von Ludwig van Beethoven.« Vergeblich durchsuchte sie den Notenstapel und das Umschlagpapier nach einem Begleitschreiben. Einzig und allein das Siegel hätte ihr Aufschluss über den Absender geben können, aber sie hatte es ja erbrochen. Sie griff nach der Verpackungsschnur, an der noch ein paar rote Lackreste baumelten, und versuchte das Siegel wieder zusammenzusetzen. Es dauerte ein Weilchen, aber dann war es nicht mehr zu leugnen. »Das ist doch das Wappen des preußischen Königshauses«, stellte sie erschrocken fest. Sie schlug die Hand vor den Mund und starrte stumm auf das von ihr in mühevoller Kleinarbeit wieder zusammengesetzte Siegel.
Es gab nur ein Mitglied der königlichen Familie, das ihr diese Partitur gesendet haben konnte. Eleonora erhob sich, faltete das Papier mit den Lackresten zusammen und knickte es etliche Male um. Sie zog die Schublade ihrer Kommode auf und verstaute das kleine Päckchen auf deren Grund, genau unter das weiche Gewebe der Stola, die sie am Abend ihrer Premiere als Eurydike getragen hatte.
»Du hast heute Post bekommen?«, erkundigte sich Gräfin Dorothea am selben Abend beim gemeinsamen Essen.
Sie waren nur zu zweit. Die Anzahl der Sommergäste würde sich auch in den kommenden Wochen nur in einem sehr begrenzten Rahmen halten. Unabhängig voneinander hatten die beiden Enkelinnen ihre Ankunft auf später verschoben. Sohn Wilhelm war gleichfalls einberufen worden. Ohne den Schutz

ihres Ehemannes mochte sich Gräfin Elisabeth nicht in die Nähe ihrer Schwiegermutter begeben, sondern zog einen Besuch bei einer Schwester in Breslau vor, während Graf Ludovic in Hannover weiterhin unabkömmlich war. Aber er hatte seinen Besuch für den kommenden Juli ganz fest in Aussicht gestellt.

»Es soll ja ein richtiges Paket gewesen sein«, fuhr Gräfin Dorothea fort und rührte etwas zu beiläufig in ihrer Spargelcremesuppe.

Als zweiten Gang würde es Spargel mit neuen Kartoffeln geben. Das traditionelle Frühlingsgericht nach der Ankunft auf Sophienhof. Selbstverständlich alles aus eigenem Anbau. Eleonora hatte heute Morgen Emma und Paula beobachtet, wie sie barfuß und laut singend hinunter zum großen Gemüsegarten gelaufen waren, an dessen Ende sich auch ein Spargelbeet befand. Es war der ganze Stolz von Babette. Mit Argusaugen wachte sie darüber, dass der frische Spargel auch richtig gestochen wurde. Sie hatte die beiden Mädchen eigens gelehrt, sich vorsichtig den herauslugenden Köpfen zu nähern.

»Was war denn in dem Paket?«, wollte Gräfin Dorothea wissen und schaute konzentriert auf ihren Suppenlöffel. Mit spitzen Lippen pustete sie darauf, bis sich die Oberfläche der Suppe kräuselte.

Eleonora schwieg.

»Willst du es mir nicht verraten?«

Eleonora gab keine Antwort.

»Seit wann hast du Geheimnisse vor mir?« Nun schien die Gräfin wirklich verwundert.

»Es waren Noten«, entgegnete Eleonora knapp.

»Noten?«, wiederholte die Gräfin. »Wer schickt dir denn Noten?« Sie begann wieder in ihrem Suppenteller zu rühren. »Hat dir Schilling ein paar Noten nachgeschickt?«

Eleonora schwieg.
»Was waren es denn für Noten?« Die Gräfin konnte ganz schön hartnäckig sein. »Magst du es mir wirklich nicht verraten?«
»Es ist die Orchesterpartitur für eine Oper mit den Noten für eine Singstimme«, rang sich Eleonora ab.
»Und um welche Oper handelt es sich dabei? Soll ich raten?«, versuchte sie es nun von der anderen Seite. Eleonora blickte auf und sah ihr in die Augen. Tiefe Zuneigung las sie in den Zügen der Gräfin, aber es zuckte auch ein bisschen mokant um ihre Mundwinkel. Dieses kleine Geplänkel war so recht nach ihrem Geschmack. »Ist es die Partitur von *Fidelio?*«, riet sie.
Eleonora nickte.
»Und wer hat sie dir geschickt? Es kann doch eigentlich nur Himmel oder Schilling gewesen sein«, spekulierte sie. »Oder?«
Wortlos löffelten sie ihre Suppe aus und warteten dann, bis Paula den zweiten Gang serviert hatte.
»Der Spargel ist wirklich köstlich«, stellte Gräfin Dorothea fest. »Keiner bekommt die Sauce hollandaise so perfekt hin wie unsere Babette.«
»In der Tat, und am besten schmeckt sie hier auf Sophienhof«, pflichtete ihr Eleonora bei. »Das liegt bestimmt an unserer selbstgemachten Butter.«
»Hast du wirklich unsere gesagt?« Die Gräfin lachte hellauf.
»Verzeihung, Erlaucht, das war wirklich anmaßend von mir«, entschuldigte sich Eleonora sofort.
»Aber mein liebes Kind, das ist nicht anmaßend. Nach so vielen Jahren hier bei uns im Hause ist es doch ganz natürlich, dass du dich unter unserem Dach inzwischen heimisch und uns zugehörig fühlst.«

»Erlaucht sind zu gütig.«
»Eleonora, ich bitte dich, seit wann bist du so devot?«, schimpfte Gräfin Dorothea. »Ich weiß deine Bescheidenheit sehr wohl zu schätzen, aber Duckmäuserei ist mir verhasst. Und bitte nenne mich nicht Erlaucht. Das hast du seit Jahren nicht mehr getan, und ich wünsche es auch in Zukunft nicht. Und nun verrate mir, wer dir die Partitur geschickt hat«, wechselte sie abrupt das Thema.
»Ich weiß es nicht«, behauptete Eleonora.
»Du weißt es nicht, oder du willst es für dich behalten?«, hakte die Gräfin nach.
»Ich habe eine Vermutung, aber die möchte ich lieber für mich behalten.« Sie hob den Kopf und schaute der Gräfin genau in die Augen. Diese schien sie mit ihrem Blick durchbohren zu wollen. Aber Eleonora hielt ihm stand.
Schließlich hob die Gräfin ihre Hand und strich ihr sanft über die Wange. »Bravo, Eleonora«, sagte sie fast zärtlich. Sie griff nach der mitten über dem Tisch hängenden Seidenschnur und zog daran. Ein schepperndes Klingeln ertönte durch das ganze Gebäude. »Zeit für die frischen Erdbeeren«, sagte sie und lächelte Eleonora zu.

Eleonora behielt auch in den folgenden Tagen ihr Geheimnis für sich. Jeden Nachmittag, wenn Gräfin Dorothea sich zu ihrer Siesta zurückzog, ergriff sie einige Blätter des Notenstapels und verzog sich in den kühlen Buchenwald, um dort in aller Ruhe die Partitur zu studieren. Sie hatte sich einen kleinen Hocker aus dem Stall mitgenommen und aus Ästen, Zweigen und Blättern für sich ganz alleine einen kleinen grünen Pavillon gebaut, der ihr Schatten und Sichtschutz gewährte. Doch sie hatte es genau im Gefühl, wann es an der Zeit war, aus ihrem kleinen Rückzug zu schlüpfen, um pünktlich beim Schloss einzutreffen, wenn draußen auf der Terrasse der five o'clock tea serviert wurde.

Aber es war weit vor dieser Zeit, als eines Nachmittags ein gellender Ruf zu ihr durchdrang.

»Eleonora, Eleonora, Nora, wo bist du, Noraaaaaaa?«

Wer rief da so dringend nach ihr? War es Paula oder Emma? Eine von beiden musste es sein.

»Noraaaaaa!«

»Hier bin ich!«, rief Eleonora. Sie bog die schützenden Zweige ihres kleinen Rückzugs beiseite, um hindurchzuschlüpfen. Dann machte sie ein paar Schritte in Richtung einer kleinen Waldlichtung, von der aus ein geschwungener Trampelpfad an den Waldrand und damit an das Ende des Prewitzschen Landparks führte. Da sah sie, wie Emma mit wehenden Schürzenbändern auf sie zulief. Auch Eleonora beschleunigte ihre Schritte. Dieses seltsame Verhalten verhieß nichts Gutes. In der Mitte des Wegs trafen sie aufeinander. Keuchend blieb Emma stehen. Tränen liefen ihr über das Gesicht.

»Was ist passiert? Warum bist du so außer dir?«, rief Eleonora bestürzt.

Emma rang nach Atem. Sie war kaum in der Lage, Worte zu finden. »Die Gräfin, bitte, Nora, die Gräfin, sie hat nach dir verlangt«, keuchte sie.

Eleonora stieß sie beiseite und begann zu rennen.

Auf der Terrasse stand Anton, der ihr aufgeregt zuwinkte. »Schnell, schnell, beeil dich!«

»Wo ist sie?«, keuchte nun auch Eleonora.

»In ihrem Schlafzimmer«, sagte Anton und zog sie einfach mit sich.

Mit geschlossenen Augen, unendlich bleich und zart lag Gräfin Dorothea auf ihrem Bett. Babette beugte sich über sie, tupfte ihr den kalten Schweiß von der Stirn und versuchte die trockenen Lippen mit einem feuchten Tüchlein zu benetzen. Mit matter Geste stieß Gräfin Dorothea sie beiseite. Dann öffnete sie die Augen. Sie blickten scharf und klar, schienen sogar noch durchdringender als sonst.

»Eleonora, ich sterbe«, sagte sie. Auch ihre Stimme hatte nichts von ihrer Festigkeit verloren.

»Das dürfen Sie nicht, das werden Sie nicht«, widersprach Eleonora verzweifelt.

»Papperlapapp!« Noch in dieser Situation konnte die Gräfin energisch werden. »Setz dich zu mir und gib mir deine Hand!«

Eleonora gehorchte. Die Hand war kalt und trocken, aber ihr Druck von erstaunlicher Festigkeit.

»Hat man schon nach einem Arzt geschickt?«, fragte Eleonora und schaute Babette an.

»Keinen Arzt, ich sterbe allein ohne Zutun von diesem Quacksalber, der mich doch nur zur Ader lassen würde«, widersprach Gräfin Dorothea.

Eleonora schaute Babette an. Diese nickte ihr verstohlen zu. Man hatte also doch nach einem Arzt geschickt, der aber frühestens in drei Stunden auf Sophienhof eintreffen konnte.

»Eleonora, hör mir zu.«

Der Griff um ihre Hand wurde noch fester.

»Ja, ich höre zu.«

»Du musst mir eins versprechen«, verlangte die Gräfin.

»Ich verspreche Ihnen alles«, erwiderte Eleonora mit tränenerstickter Stimme.

»Bleibe immer du selbst, lass dich nicht verbiegen und folge dem Weg, den der liebe Gott dir vorgezeichnet hat, indem er dir diese Stimme schenkte.« Das Sprechen fiel Gräfin Dorothea zusehends schwerer. »Schade, dass ich nun doch nicht bei deinem Debüt dabei sein kann. Aber du wirst eine phantastische Leonore sein.« Ein wehmütiges Lächeln glitt über ihr Gesicht. »Ich bin jetzt schon so stolz auf dich, obwohl ich die größte Stunde deines Triumphes nicht mehr erleben darf.« Eleonora schluchzte auf.

»Versprich mir, dass du dich niemals verraten wirst«, verlangte die Gräfin. »Niemals dich, niemals die Erinnerung an deine Jugendjahre, auch nicht die an mich, nicht an unser Haus, in dem du aufgewachsen bist, und auch niemals unser Preußen.«

»Ich verspreche es, Gräfin, ich verspreche es«, gelobte Eleonora.

»Dann ist es gut«, sagte Gräfin Dorothea zufrieden. Sie schaute Eleonora eindringlich an. »Grüß mir alle meine Lieben. Es tut mir leid, dass ich diesen Sommer nicht mehr mit ihnen auf meinem geliebten Sophienhof erleben darf.«

Es waren ihre letzten Worte.

19

Als der Arzt zwei Stunden später eintraf, hatte Babette der Gräfin die Hände gefaltet und alle Spiegel verhängt. Nach altem Brauch riss sie die Fenster weit auf, damit die Seele der Verstorbenen gen Himmel entweichen konnte. Das Lied einer flötenden Amsel begleitete diesen Flug. Viel später begann noch eine Nachtigall zu schlagen. Eleonora blieb stehen, um ihrem Gesang zu lauschen. Sie war aus dem Haus geflüchtet. Ihr war eingefallen, dass sie ihre Noten im Wald vergessen hatte. Im hellen Licht des Mondscheins fiel es nicht schwer, den Weg zu ihrem Versteck zu finden. Die Blätter der Partitur waren feucht geworden. Ein leichter Abendwind hatte sie über den Waldboden verteilt. Sie klaubte sie zusammen und machte sich auf den Rückweg. Schon von weitem konnte sie die hellerleuchteten Fenster des Schlosses sehen. Die Flügeltüren der weiträumigen Terrasse standen offen. Viele fremde Menschen waren seit dem frühen Abend eingetroffen. Nach dem Arzt kam der Pastor, danach einige Nachbarn von den in der Nähe gelegenen Gütern und Domänen, die wiederum ihre Besucher mitbrachten. Die Kunde vom Tod der Gräfin hatte sich in Windeseile herumgesprochen. In der Küche versuchte die weinende Babette in aller Hast etwas zu essen für die unerwarteten Gäste herzurichten, unterstützt von den schluchzenden Küchenmädchen.

Wie sie es schaffte, wusste sie selbst nicht, aber Eleonora gelang es tatsächlich, sich unbemerkt auf ihr Zimmer zu stehlen. Sie legte den Notenstapel auf den Schreibtisch und stieß die Fensterläden auf. Der Himmel war fast schwarz. Umso heller funkelten die Sterne und strahlte der bleiche Mond.

»Übermorgen ist Vollmond«, murmelte Eleonora geistesabwesend. Sie starrte in das Dunkel der Nacht. Von unten klang das monotone Stimmengemurmel der Besucher durch die geöffneten Türen des Speisesaals zu ihr empor. Einige Zimmer weiter lag die Gräfin. Wer heute Nacht die Totenwache bei ihr hielt? Von den engsten Familienangehörigen war noch niemand auf Schloss Sophienhof anwesend.

Außer mir, durchzuckte es Eleonora. Sie schluckte. Du bist keine Verwandte, rügte sie sich selbst. Aber eine Wahlverwandte, hatte Gräfin Dorothea doch stets gesagt.

Auf Zehenspitzen schlich sie durch den langen Gang bis hinüber zum Schlafzimmer der Gräfin. Vorsichtig drückte sie die Klinke nieder. Nein, die Gräfin war nicht alleine. Babette war bei ihr. Sie hatte links und rechts auf den beiden Nachttischchen zwei große Kerzen entzündet. Liebevoll schüttelte sie

nun das Kopfkissen zurecht und strich ein paar Falten glatt. Als sie Eleonora erkannte, grüßte sie stumm. Am Fußende blieb sie stehen und verharrte in einem stillen Gebet. Dann nickte sie Eleonora zu und verließ leise das Zimmer.
Jetzt war sie alleine mit ihrer Beschützerin und konnte endlich weinen.
Die nächsten Tage verliefen so turbulent, dass Eleonora sich ihrer nur noch wie an ein buntes Kaleidoskop von Menschen, Farben, Stimmen, Gerüchen und Wortfetzen erinnern konnte.
Der Erste, der eintraf, war Graf Ludovic, dem trotz der Gefasstheit und anerzogenen Disziplin eines preußischen Offiziers beim Anblick seiner friedlich ruhenden Gemahlin helle Tränen über die Wangen liefen. Weniger gefasst zeigte sich Sohn Wilhelm und noch weniger seine Frau. Gerade Elisabeth, die seit Jahrzehnten von der Gräfin getriezt, gestichelt und aufgezogen worden war, bekundete nun das größte Herzeleid. Kummer und Trauer der beiden Enkelinnen Charlotte und Sophie waren tief und echt. Ihren eigenen Kummer vermochte Eleonora kaum zu beschreiben. So kam es, dass auch die Ankunft von Alexander von ihr mehr oder minder unbemerkt blieb. Seit Jahr und Tag hatte sie einem Wiedersehen entgegengebangt, aber als er nun so unerwartet im Prewitzschen Palais neben ihr saß, berührte es sie kaum.
Auf ausdrücklich eigenen Wunsch wurde Gräfin Dorothea im Park von Sophienhof beerdigt. Es war eine kleine stille Beerdigung im engsten Familienkreis gewesen, der jedoch fast zwei Monate später eine riesige, fast pompöse Trauerfeier im französischen Dom von Berlin Stadtmitte folgte.
»Das sind wir Prewitzens ihr einfach schuldig«, hatte Graf Ludovic dies vor sich selbst gerechtfertigt. Er bat Eleonora persönlich, während des Trauergottesdienstes zu singen.

»Das kann ich nicht«, hatte sie weinend abgewehrt.
»Und ob Sie können! Das sind Sie Ihrer Mäzenin schuldig.« Balduin Schilling wusste schon, wie Eleonora zu packen war.

Erst Jahre später sollte ihr klarwerden, dass mit dieser Trauerfeier von der Gräfin Prewitz zu Kirchhagen nicht nur der Abschied von einer hochgeachteten Persönlichkeit des preußischen Adels zelebriert wurde. Diese Feier besaß einen symbolischen Charakter, als ob das Königreich Preußen an diesem Tag seinen Untergang nicht nur ahnen, sondern schon betrauern würde. Tout Berlin hatte sich eingestellt, um Gräfin Dorothea die letzte Ehre zu erweisen. Die Plätze im Dom reichten kaum für die geladenen Trauergäste aus. Draußen vor dem Portal stauten sich die Menschenmassen, ungeladene Gäste, Angehörige aus allen Bevölkerungsschichten, wirklich trauernde Zeitgenossen, unter die sich die neugierigen Schaulustigen mischten. Eleonora selbst bekam wenig von dem Auflauf mit, da sie hinten in der Sakristei des Doms saß. Mit bibbernden Knien und eiskalten Händen repetierte sie ihre Noten. Sie fror ganz schrecklich.
»Sie haben ja ganz blaue Lippen«, stellte Kapellmeister Schilling erschrocken fest, der sich selbst die Hände rieb.
»Ich friere auch ganz fürchterlich«, gestand Eleonora kläglich. »Draußen ist es viel wärmer als hier drinnen.«
In der Tat, an diesem 20. September des Jahres 1806 zeigte sich der Herbst von seiner mildesten Seite. Draußen waren fast noch sommerliche Temperaturen, während im Innern des Doms eine empfindliche Kühle herrschte, die die Trauergäste bereits bei Eintritt dazu bewog, ihre Kleidung fester an sich zu ziehen.
Da sprang die Tür auf. Die beiden ehemaligen Komtessen

Sophie und Charlotte, bayerische Herzogin und schwedische Gräfin, stürzten trotz Kummer und Trauer mit dem üblichen jugendlichen Ungestüm in den Raum.
»Aber meine Damen, meine Damen. Ich muss doch sehr bitten«, mahnte der erschrockene Schilling.
»Brrrr, ist das kalt hier«, stellte Sophie fest. Triumphierend drehte sie sich nach ihrer Schwester um. »Das war doch wirklich eine gute Idee von Babette, uns Großmamas Zobel mitzugeben, damit wir ihn Eleonora noch ganz schnell bringen konnten.« Erst jetzt bemerkte Eleonora, dass Charlotte einen Pelz über den Armen trug. Ehe sie sichs versah, war sie hinter sie getreten und hatte sie damit eingehüllt. Ein sanfter Duft nach Lavendel und Maiglöckchen stieg aus ihm empor.
»Er gehört jetzt dir«, sagte Charlotte liebevoll und trat einen Schritt zurück.
»Niemals!«, stieß Eleonora erschrocken aus.
»Doch«, widersprach Sophie. »Du bist die Einzige, die ihn überhaupt tragen kann. Großmutter wollte, dass du ihn bekommst. Bei unserem letzten Besuch hat sie schon zu uns gesagt: ›Wenn ich einmal tot bin, müsst ihr beide dafür sorgen, dass Eleonora meine Garderobe bekommt, denn sie ist die Einzige, die sie auch tragen kann.‹« Ein anzügliches Lächeln glitt über Charlottes Züge, als sie ihre Blicke über die mollige Figur ihrer Schwester wandern ließ. Sophie verzog das Gesicht. »Du hast ja auch noch keine drei Kinder zur Welt gebracht«, verteidigte sie ihre weiblichen Rundungen.
Wenig pietätvoll das Ganze, aber wie in alten Zeiten, dachte Eleonora und kuschelte sich dankbar in den Zobel der Gräfin. Wie oft hatte sie selbst ihn ihr bereitgehalten, ihr dabei geholfen, hineinzuschlüpfen, und für den rechten Sitz des hohen Kragens gesorgt.
Draußen begannen die Glocken des Doms zu läuten.

»Meine Damen«, drängelte Kapellmeister Schilling verzweifelt. »Die Künstlerin muss sich konzentrieren und sammeln.«
»Wir gehen ja schon«, verabschiedeten sich Charlotte und Sophie und warfen ihrer alten Freundin noch eine Kusshand zu.
Der wärmende Pelzmantel bedeutete eine Rettung für Eleonora. Sie hörte auf zu frieren und mit den Zähnen zu klappern. Nun konnte sie sich freisingen und sich konzentriert auf das Requiem, das Schilling eigens zu Ehren der Gräfin komponiert hatte, vorbereiten.
Hatte Eleonora schon vor vier Jahren anlässlich der Hochzeit von Charlotte beseelt gesungen, übertraf sie sich an diesem frühen Abend ein weiteres Mal. Sie gab alles, legte ihre Gefühle, ihre Liebe, ihre Trauer und Verzweiflung, schließlich aber auch Hoffnung, sogar wieder Zuversicht in ihren Gesang.
Atemlose Stille herrschte im Dom, nachdem sie geendet hatte. Kein Mensch wagte sich zu rühren. Auch Eleonora stand regungslos mit geneigtem Kopf, ehe sie endlich nach Minuten in den Hintergrund zurücktrat. Jetzt, da die innere Anspannung nachließ, begann sie wieder zu frieren. Zu ihrem Entsetzen stellte sie fest, dass sogar ihre Zähne zu klappern begannen. Verstohlen rieb sie sich die Hände warm. Da fühlte sie, wie ihr von hinten ein weicher Pelzmantel um die Schultern gelegt wurde. Instinktiv zog sie ihn über der Brust zusammen und warf einen verstohlenen Blick zur Seite. Eine der jungen Choristinnen hatte Erbarmen mit ihr gehabt und den wertvollen Zobel einfach von der Kirchenbank genommen, um ihn Eleonora umzulegen. Jetzt trat sie wieder in die Reihe der Sängerinnen zurück und blickte unbeteiligt geradeaus.
Mittlerweile hatte Domprediger Sack die Kanzel erklommen und verharrte still an seinem Platz. Als das letzte Hüsteln verstummt war, hub er an.

»Schleiermacher wäre mir ja lieber gewesen«, raunte ihr Schilling hinter der vorgehaltenen Hand zu. »Aber den hat er ja höchstpersönlich nach Stolp verbannt.«
Auch das war einmal Thema bei einem ihrer nachmittäglichen Plauderstündchen gewesen. Ernst Schleiermacher, Philosoph und evangelischer Pfarrer, hatte zur Missbilligung seiner Vorgesetzten seine Liebe zu der Frau eines Kollegen zu offen gezeigt und war zur Strafe in die tiefe pommersche Provinz versetzt worden.
»Sie ist sogar eine Namensvetterin von dir«, hatte Gräfin Dorothea erzählt, die sich an derlei Skandälchen so gerne ergötzte. »Angeblich soll sich Eleonora Grunow sogar mit Scheidungsabsichten tragen. Sie wäre ja nicht die Erste. Sich scheiden zu lassen scheint bei den jungen Frauen mittlerweile à la mode zu sein.«
Wahrscheinlich wäre auch Gräfin Dorothea nicht so sehr glücklich mit dem Prediger ihres Trauergottesdienstes gewesen. Soweit Eleonora sich erinnerte, hielt sie nicht sonderlich viel von Friedrich Sack, während sie aus ihrer Sympathie für den kleinen Ernst Schleiermacher niemals ein Hehl gemacht hatte.
»Obwohl ich ja schon finde, dass unsere gute Henriette sich etwas mehr zurückhalten könnte, wo er doch eine ganz andere liebt.« Damit war die schöne stattliche Henriette Herz gemeint, von der man sich erzählte, dass sie zwar alles tat, um dem unglücklichen Liebespaar zu helfen, aber insgeheim den lieben »Schleier« für sich selbst und immer an ihrer Seite gehabt hätte.
Waren das noch Zeiten gewesen, als man sich bei der Teestunde über derlei ergehen konnte. Eleonora schlug den Kragen des Zobels hoch und zog ihn noch ein bisschen fester um ihre Schultern. Dieser Duft!

Es war derselbe Pelz wie damals, als Gräfin Dorothea sie so stürmisch in die Arme gerissen hatte, nachdem sie sie zum ersten Mal hatte singen hören. Wie lange lag das mittlerweile zurück? Und heute hatte sie unwiderruflich zum letzten Mal für ihre mütterliche Freundin, der sie so viel zu verdanken hatte, gesungen.

20

Nach der Trauerfeier waren einige ausgewählte Gäste noch von der Familie in das Stadtpalais zu einem kleinen Diner eingeladen. Hier begegnete Eleonora Alexander wieder. War es ein guter oder ein böswilliger Geist gewesen, der ihn ihr sogar zum Tischherrn bestimmt hatte?
Alexander war älter geworden. War es der Krieg, die schwere Verletzung oder die Trauer ob des Verlustes seiner geliebten Großmutter, die ihm zwei tiefe Kerben um die Mundwinkel gruben? Der einst so sinnliche Schwung seiner Lippen war verschwunden. Alexander war ein richtiger Mann geworden, stattlich, beeindruckend. Nur mehr wenig hatte er gemein mit dem unbekümmerten jungen Burschen, der sich vor sechs Jahren an ihrer Seite so sehnsuchtsvoll nach seiner Eurydike verzehrt hatte. Jetzt saß ihr ehemaliger Orpheus neben ihr und löffelte stumm seine Suppe in sich hinein. Gerade mal, dass er sich bei ihrem Anblick einen kurzen Gruß abrang. Wusste er überhaupt, wer da neben ihm saß? Eher nein, stellte Eleonora gekränkt fest. Die erste halbe Stunde ignorierte Alexander ihre Gegenwart sogar vollständig, ließ sie links liegen, widmete dafür seiner Nachbarin zur Rechten umso

mehr Aufmerksamkeit. Nun ja, es war ja auch die Erzherzogin von Kurland, sogar eine Namensvetterin der Gräfin Dorothea, die von weit her angereist war, um ihrer Freundin die letzte Ehre zu erweisen. Dieser alten Dame von hohem Adel gebührte natürlich mehr Aufmerksamkeit als ihr, der jungen Eleonora, der nur die jahrelange Protektion der Gräfin Zugang in diese illustren Kreise verschafft hatte. Eleonora spürte, wie Unsicherheit und ein längst vergessen geglaubtes altes Unbehagen in ihr aufstiegen. Es war der weiche Teppich des Wohlwollens, der Zuneigung, ja, der Liebe der Gräfin gewesen, der diesen ätzenden, zerstörerischen Gefühlen im Inneren Eleonoras stets ihre Schärfe zu nehmen vermochte. Aber nun war sie tot.

»Und was wird nun aus dir?«, riss Alexander sie unvermittelt aus ihren Gedanken. Er hatte seine Konversation mit der Herzogin beendet und sich nun überraschend ihr zugewandt. Mit gerunzelten Brauen schaute er sie an. »Wie sehen denn deine weiteren Zukunftspläne aus, Eleonora? Jetzt, da meine Großmutter nicht mehr ist?«

»Ich werde im Herbst mein Debüt an der Berliner Oper geben«, erklärte Eleonora. Warum fühlte sie sich auf einmal so beklommen?

»Mit welcher Oper?«, wollte Alexander wissen.

»Das möchte ich nicht sagen, das bringt Unglück«, erwiderte Eleonora leise.

»Ob du es mir sagst oder nicht, ich fürchte, es wird in diesem Herbst kein Operndebüt geben, liebe Eleonora«, sagte Alexander und schaute sie fast mitleidig an. »Weder für dich noch für alle anderen Freunde des Gesangs, der Musik und sonstigen schönen Künste«, setzte er düster hinzu.

»Aber warum denn nicht? Glauben Sie, ich kann meinen Weg nicht alleine fortsetzen? Ihrer Großmutter habe ich viel

zu verdanken. So hat sie mich auch gelehrt, an mich selbst zu glauben. Das verleiht mir Stärke und Kraft.« Mit blitzenden Augen schaute sie ihn an.
»Mein liebes Kind, weißt du denn nicht, was sich gerade hier im Lande tut? Hast du denn gar keine Ahnung? Das hätte ich aber nicht von dir erwartet.« Er klang fast enttäuscht.
»Die letzten Wochen und Tage war ich anderweitig beschäftigt.« Eleonora spürte, wie eine verhaltene Wut in ihr hochstieg.
Alexanders Züge entspannten sich hingegen. »Ach, Eleonora, entschuldige bitte, über dem Kummer ob des Todes meiner Großmutter habe ich völlig vergessen, was sie dir bedeutete. Dabei wusste ich ganz genau, wie nahe ihr euch standet.«
Ihre plötzliche Wut erlosch. Nur mit äußerster Selbstbeherrschung gelang es Eleonora, das in ihr aufsteigende Schluchzen zu unterdrücken. Stumm starrte sie auf ihren Teller. Die Suppe war inzwischen kalt geworden, aber sie hatte keinen Appetit. Und das schon seit Tagen.
»Du bist dünn geworden, viel zu dünn, seit wir uns das letzte Mal gesehen haben«, stellte Alexander nun auch noch zu allem Überfluss fest. Irritiert schaute sie ihn an. »Entschuldige, das war jetzt nicht sehr galant. Es ist der Kummer und die Trauer um den Verlust deiner mütterlichen Freundin, nicht wahr, Eleonora?«
Sie nickte stumm.
»Aber nicht nur du hast sie geliebt, sondern sie dich auch. So sehr, dass sie sogar ihren eigenen Enkel in Acht und Bann tat«, setzte er hinzu.
»Ich weiß wirklich nicht, wovon Sie reden, Erlaucht«, stieß sie hervor.
»Ach, Nora, carissima Norina, lass bitte diese förmliche An-

rede. Vor sechs Jahren haben wir sogar du zueinander gesagt«, wehrte Alexander ab.

»Das ist lange her, inzwischen ist viel geschehen.«

»Sehr viel, viel zu viel und leider nicht nur Angenehmes, ganz im Gegenteil, und es wird auch nicht besser werden«, bestätigte Alexander, von dunklen Ahnungen übermannt.

»Sie sehen für die Zukunft sehr schwarz.«

»Nicht schwarz, sondern nur realistisch«, behauptete Alexander. Plötzlich richtete er sich gerade auf und atmete tief durch. »Wenden wir uns angenehmeren Dingen zu, zum Beispiel dir, Eleonora.« Von einer Sekunde auf die andere schien er ein anderer Mann. »Du hast heute wunderschön gesungen, schöner und besser als bei der Hochzeit meiner Schwester. Mit viel mehr Herzblut.«

»Es war ja auch viel mehr dabei«, gestand Eleonora.

»Es gibt viele Sängerinnen, die gut singen können, aber keine ist wie du«, behauptete Alexander.

»Wie meinen Erlaucht das?«

»Bitte, Eleonora, lass diese Anrede, dabei komme ich mir wirklich ein bisschen albern vor«, wehrte er fast ärgerlich ab. Spontan legte er ihr seine Hand auf den Unterarm. Seine Berührung durchfuhr sie wie ein Blitzschlag. Er schien ihr Erschrecken zu spüren und verstärkte den Druck seiner Hand.

»Das Problem vieler, wenn nicht gar der meisten Sängerinnen ist leider, dass ihre schöne Stimme zu ihrer äußeren Erscheinung in einem eklatanten Missverhältnis steht.«

Eleonora runzelte die Stirn. Es dauerte ein Weilchen, bis sie diesen Satz richtig verstanden hatte. Alexander beobachtete sie lächelnd.

»Ich scheine deutlicher werden zu müssen, aber ich tue es gerne. Ich will damit sagen: Deine Stimme ist wunderschön, und du bist genauso schön. Du bist seit unserer letzten Begegnung

sogar noch schöner geworden. Du bist etwas ganz Besonderes, Eleonora. Meine Großmutter hat es schon vor Jahren erkannt. Mittlerweile habe ich sogar Verständnis dafür, dass sie mich noch bei Nacht und Nebel nach unserer gemeinsamen Opernpremiere von Schloss Sophienhof fortschickte.«
»Warum hat sie es getan?«
»Um dich vor mir zu schützen«, entgegnete Alexander. »Du warst blutjung, unerfahren, verletzlich und ich ein dummer, junger, rücksichtsloser Heißsporn.«
»Und jetzt?«
»Du bist eine schöne, junge, erwachsene Frau geworden, Eleonora. Aus dem Rohdiamanten beginnt sich ein glänzender Juwel herauszukristallisieren. Ich fürchte nur ...« Alexander unterbrach sich und verfiel in dumpfes Schweigen.
»Was fürchten Sie?«, fragte Eleonora aufgebracht. Der vertraute, charmante Alexander war wieder dem unzugänglichen, fast schroffen Soldaten gewichen. Am liebsten hätte sie ihm einen Stoß in die Rippen versetzt. »Könnten Sie Ihren Satz beenden? Sie glauben also doch nicht an meine berufliche Zukunft?«
Ein plötzlicher Tumult wurde draußen vor den Türen des Speisesaals vernehmbar. Ungestüm wurden sie aufgerissen. Der junge Kutscher Anton stürzte herein. Auf dem Fuße folgten ihm zwei Diener. Vergeblich versuchten sie Anton festzuhalten und nach draußen zu zerren. Graf Ludovic hatte sich derweil erhoben. Mit einem Wink bedeutete er den beiden, von Anton abzulassen.
»Was gibt es, Anton, hast du Neuigkeiten für uns?«, fragte er ruhig.
»Der König hat Napoleon ein Ultimatum gesetzt«, keuchte dieser. »Er fordert den umgehenden Abzug all seiner Truppen aus Süddeutschland.«

Ein hoher Aufschrei wurde ausgestoßen. Von wem war der gekommen?
»Das wird Napoleon als eine ungeheuerliche Provokation betrachten«, hörte Eleonora eine scharfe Frauenstimme sagen.
»Die er mit Genuss akzeptieren und Genugtuung verlangen wird«, erwiderte eine fremde Männerstimme.
Jetzt setzte der Tumult erst richtig ein. Alle redeten, riefen, sprachen, schrien durcheinander. Manch männlicher Gast sprang auf, lief einfach zur Tür und verließ ohne Gruß den Raum. Einige Damen begannen zu schluchzen. Eine drohte in Ohnmacht zu fallen und wurde fürsorglich in einen Nebenraum geführt.
Mit hellwachen Augen schaute Alexander um sich, beobachtete die Menschen, versuchte die Stimmung zu erfassen. Ihm gleich tat Eleonora. Angst stieg in ihr empor, als sie ihren Blick über die aufgeregte Gästeschar im Speisesaal der Familie Prewitz zu Kirchhagen wandern ließ. Solch einen Aufruhr hätte Gräfin Dorothea niemals geduldet. Der Gedanke ließ Eleonora den Schmerz ihres Verlustes mit umso heftigerer Deutlichkeit bewusst werden.
Neben ihr hatte sich Alexander erhoben. Verwirrt schaute sie zu ihm empor, als er sich nun förmlich vor ihr verneigte.
»Ich muss Berlin auf der Stelle verlassen. Ich muss so schnell wie möglich zu meinen Soldaten. Das kann kein gutes Ende nehmen. Leb wohl, Eleonora.« Er nahm ihre Hand und zog sie an seine Lippen. »Leb wohl und bring dich in Sicherheit. Such dir eine andere Bleibe. Kannst du zurück zu deinem Vater?«
»Warum sollte ich?«, begehrte sie auf.
»Da wärst du sicherer, in jeder Hinsicht«, fügte er warnend hinzu.
»Erlaucht belieben es sich heute wiederholt in dunklen An-

deutungen zu ergehen«, sagte Eleonora patzig. »Warum sind Sie nicht offen und ehrlich zu mir? Geben Sie doch zu, dass Sie genauso wie Ihre Mutter der Auffassung sind, dass mir niemals ein Platz in Ihrem Hause gebührte. Jetzt, da Gräfin Dorothea nicht mehr ihre schützende Hand über mich halten kann, soll ich also gehen und …?« Eleonora brach ab. Enttäuschung und Empörung ließen sie nach Atem ringen.

Alexander lachte auf, aber es war kein fröhliches Lachen. »Du wirst noch einmal an meine Worte denken. Meine Empfehlung erfolgte nur zu deinem Besten. Große Ereignisse werfen ihre Schatten voraus. Auch du wirst den Mühlen der Geschichte nicht entgehen, meine liebe Eleonora.« Als wollte er sein Pathos mildern, küsste er ihre Hand. »Leb wohl, Eleonora. Du wärst eine wunderbare Leonore geworden, aber es hat nicht sollen sein.« Ein letzter kurzer Blick in ihre Augen, der jedoch keinerlei Gefühle verriet, dann war er gegangen, hatte sich allen anderen den Prewitzschen Speisesaal so hastig verlassenden Männern angeschlossen. Übrig blieben schließlich nur noch die Angehörigen der Prewitzens selbst.

Sophie weinte, weil sie Angst um ihr kleines bayerisches Herzogtum hatte.

»Bislang hatten wir uns recht gut mit den Franzosen arrangiert, aber jetzt …?« Vergeblich versuchte der bayerische Gatte ihr Trost zu spenden.

»Müssen wir jetzt sofort nach Schweden zurück, oder können wir in Berlin bleiben? Am liebsten führe ich ja nach Sophienhof«, klagte eine aufgelöste Charlotte und schaute zu ihrem schwedischen Grafen empor, der hoch aufgerichtet hinter ihrem Stuhl stand und schweigend auf sie hinunterschaute.

»Ich wünschte, ich wäre bei meiner Schwester in Breslau«, jammerte Gräfin Elisabeth.

»Das kannst du bald sein, wir werden wieder ein Stück gemeinsam fahren können«, sagte ihr Gatte Wilhelm und nahm einen tiefen Schluck aus dem vor ihm stehenden Weinglas. »Ich schlage vor, dass wir im Verlauf dieser Woche noch aufbrechen.«

Graf Ludovic sah sich nach seinem Burschen um. Dieser eilte herbei und überreichte ihm Zweispitz und Umhang.

»Meine Lieben, es tut mir leid, aber ich muss so schnell wie möglich aufbrechen«, sagte er hastig und rückte den Zweispitz auf seinem massigen Schädel zurecht. »Meine Hannoveraner Soldaten benötigen eine strenge Hand. Sie brauchen mich einfach«, setzte er begütigend hinzu.

»Und wann fahren wir? Oder bleiben wir in Berlin?« Wie als kleine Mädchen hatten Charlotte und Sophie unisono gesprochen.

Ihre beiden Ehemänner schauten sich ratlos an.

Immer deutlicher zeichnete sich in den nächsten Tagen ab, dass sich der Prewitzsche Haushalt in einem unaufhaltsamen Prozess der Auflösung befand. Verhängnisvoll schien diese Entwicklung mit dem Niedergang Preußens verknüpft zu sein.

Als Erste ging Babette.

Eine Woche nach der großen Trauerfeier verkündete sie, die Familie Prewitz zu Kirchhagen verlassen zu müssen. Nein, sie sei nicht den verlockenden Angeboten des Grafen zu Hardenberg oder eines der anderen großen Häuser erlegen, die seit Jahren zwar diskret, aber dennoch unnachgiebig versucht hatten die alte Köchin dem Prewitzschen Hause abzuwerben, sondern sie wolle nach Cottbus zu ihrer Schwester ziehen. »Ich bin nicht mehr die Jüngste, genauso wenig wie meine Schwester. Mein Schwager ist kürzlich gestorben, ihre

Kinder sind aus dem Haus. Da hat sie genug Platz für ihre alte Schwester«, erzählte sie.
Ungerührt akzeptierten Gräfin Elisabeth und Graf Wilhelm diese Kündigung. Offiziell hatte Graf Ludovic Sohn und Schwiegertochter mit der Weiterführung des Prewitzschen Haushalts betraut, da ihn seine Aufgabe in Hannover zu sehr in die Verantwortung nahm, als dass er regelmäßig nach Berlin oder gar zum Sophienhof hätte kommen können.
Als Nächste kündigte Madame Hortense ihre Stellung auf. »Meine Dienste sind hier nicht mehr erforderlich. Ich habe ein Angebot aus Potsdam erhalten, als Gesellschafterin für die Witwe eines Manufakturisten«, erzählte sie. In dieser angesehenen Hugenottenfamilie war Madame Hortense nicht mehr gezwungen, sich Tag für Tag mit der von ihr auch noch nach Jahrzehnten so verhassten deutschen Sprache zu befassen, sondern konnte rund um die Uhr französisch parlieren. So zumindest ließ sie bei ihrem kurzen Abschied durchklingen. Nun ja, in diesem Haus hatte es nur einen Menschen gegeben, den Madame Hortense vorbehaltlos akzeptiert hatte. Der Rest der Familie Prewitz zu Kirchhagen war nach ihrem Dafürhalten eine ungehobelte Masse, an dem Hopfen und Malz verloren war. Diese märkischen Bauern waren einfach nicht zu zivilisieren. An Graf Ludovic hatte sich Madame Hortense von Beginn an vergeblich die Zähne ausgebissen. Der wiederum hatte sich auch nur von einem einzigen Menschen etwas sagen und gar von ihm erziehen lassen. Darin hatten er und Madame Hortense dann wiederum doch etwas gemein.
Danach gingen Emma und Paula. Paula hatte sich verliebt, ausgerechnet in einen Witwer mit drei Kindern, dazu noch ein Invalide. Wo die Liebe hinfällt. Emma wollte zurück nach Neu-Prewitz, wo sie auf dem Vorwerk dem Vater beim

Fischen helfen sollte, denn der war alt und gebrechlich geworden, und seine Söhne waren alle eingezogen.
Von Tag zu Tag schrumpfte der Prewitzsche Haushalt ein bisschen mehr zusammen. Dennoch schienen weder Graf Wilhelm noch gar Gräfin Elisabeth den Anforderungen einer geordneten Haushaltsführung gewachsen. Es kam so weit, dass sogar Eleonora zu Arbeiten herangezogen werden musste, die ansonsten Aufgabe der Zofen gewesen wären. Eleonora machte es nichts aus. Sie hatte nichts zu tun. Ihre Musikstunden fanden nicht mehr statt. Sie glaubte, weil auch Balduin Schilling eingezogen worden war, bis sie eines Besseren belehrt wurde.
Ihr war mittlerweile auch die Aufgabe zugewiesen worden, den five o'clock tea in der Küche zuzubereiten und ihn anschließend oben im Salon Gräfin Elisabeth zu servieren. Es tat Eleonora in der Seele weh, mit welcher Selbstverständlichkeit diese nur wenige Tage nach der Trauerfeier Einzug in den Räumlichkeiten ihrer Schwiegermutter hielt. Sie versuchte ihre Gewohnheiten und Gebräuche beizubehalten, aber auch wenn sie die Rituale fast perfekt nachinszenierte, fehlte etwas, und zwar zum einen der Stil, zum anderen die Herzenswärme, die Gräfin Dorothea ausstrahlte, das aufrichtige Interesse, das diese jedem ihrer Mitmenschen verstand entgegenzubringen. Egal, ob sie einem kleinen weinenden Küchenmädchen Trost spendete, einen Schusterjungen, der ihr auf der Straße einen frechen Satz zurief, streng rügte oder Königin Luise zuhörte, die mit ihr ein wenig nett klatschen wollte.
Im Gegensatz dazu blieb bei Gräfin Elisabeth dergleichen sinnloses Zeremoniell und hohle Farce. So machte es sich Eleonora bald zur Gewohnheit, sich nach dem Eingießen des Tees ganz schnell wieder zu verabschieden. Anstatt sich auf

ihr Zimmer zurückzuziehen, huschte sie gerne in die große Küche, weil es dort nach wie vor schön warm war. Das Zepter dort führte inzwischen Katharina, eine mittelalte mürrische Frau, die Gräfin Elisabeth auf dem Gut ihrer Schwester angeworben hatte. Sie war tüchtig, aber überhaupt nicht mit Babette zu vergleichen. Eleonoras Stellung im Hause hatte diese niemals so recht durchschaut und bezeugte ihr gegenüber respektvolle Distanz. So stellte sie ihr auch an diesem Nachmittag schweigend einen kleinen Imbiss hin, ehe sie mit einer gemurmelten Entschuldigung in einen Nebenraum verschwand. Kein Mensch wusste, was sie zu diesen stundenlangen Aufenthalten in den verschiedenen Vorratsräumen des Prewitzschen Stadtpalais bewog.

»Vielleicht zählt sie die Erbsen und Bohnen«, hatte Anton einmal grinsend vermutet. Er war der einzige Vertraute, der Eleonora geblieben war. Aber ihre Hoffnung, mit dem alten Gefährten aus Kindertagen an diesem Nachmittag ein entspanntes Plauderstündchen am blankgescheuerten Küchentisch zu halten, war vergebens.

Schweigend nippte sie an ihrem heißen Tee. Über den Rand der Tasse hinweg fiel ihr Blick auf den Speiseaufzug. Sie musste vorhin vergessen haben, dessen Klappe zu schließen, und so erhob sie sich, um dies nachzuholen. Sie hatte den Riegel der Klappe schon in der Hand, als sie laut und deutlich ihren Namen hörte. Es klang ein bisschen blechern, aber doch deutlich vernehmbar. »Eleonora Prohaska! Wie lange willst du diese unerträgliche Person noch in unserem Haus dulden?« Mitten in der Bewegung hielt Eleonora inne und lauschte. Das war eindeutig Gräfin Elisabeth, unverkennbar an ihrem jammernden, jederzeit ins Hysterische umkippenden Ton. »Ich kann den Anblick dieser Schmarotzerin nicht länger ertragen.« Die Tonhöhe stieg. Darauf tiefes Gebrummel einer männlichen Stimme. »Seit Jahren habe ich stillschweigend die Anwesenheit dieses Bastards hingenommen«, sprach Gräfin Elisabeth weiter.

Bastard? Eleonora zuckte zusammen. Wer hätte jemals gewagt, sie als Bastard zu bezeichnen? Sie war die Tochter eines grundsoliden Potsdamer Feldwebels. Dieser Auffassung schien auch Graf Wilhelm zu sein.

»Tochter ... preußischer Soldat ... ehrenhafter Mann ...«, konnte Eleonora seinem Gebrummel entnehmen. Er schien ein ganzes Stück weiter entfernt vom Aufzugsschacht zu stehen, im Gegensatz zu seiner Gattin. Als diese nun fortfuhr, hatte Eleonora das Gefühl, sie würde ihr jeden Moment aus dem Schacht entgegenfallen.

»Ich werde es nicht dulden, dass sie sich weiter in unserem Haus so breitmacht. Hast du gesehen, was sie Alexander für schöne Augen gemacht hat, ausgerechnet nach der Trauerfeier unserer geliebten Dorothea!« Gräfin Elisabeth versuchte einen dramatischen Schluchzer hervorzubringen. Durch den Schacht klang es mehr wie ein Schluckauf. Dennoch wurde Eleonora bei dieser Behauptung bereits übel.

Graf Wilhelm schwieg, aber Eleonora wusste genau, wie er jetzt aussah. Mit einer Mischung aus Erstaunen und Verblüffung starrte er seine Frau an, um dann beschämt den Kopf sinken zu lassen, weil ihm als Mann zum wiederholten Male ein ganz wichtiges Geschehen völlig entgangen war.

»Gut, dass wir ihr die Musikstunden schon vor Wochen gestrichen haben«, fuhr Gräfin Elisabeth schrill fort. »Nein, nein, es ist mir egal, dass Schilling das zutiefst bedauert. Ich will auch nicht, dass er sie honorarfrei unterrichtet. Sie soll überhaupt nicht mehr unterrichtet werden.« Die Stimme überschlug sich fast. »Und sie wird auch meinen Sohn nicht heiraten, niemals! Das werde ich nicht dulden. Mein Sohn

Alexander von Prewitz zu Kirchhagen und diese dahergelaufene Eleonora Prohaska, Tochter einer Hure, die es mit jedem trieb.«

Jetzt wurde Eleonora wirklich schlecht, so übel, dass sie fürchtete, sich jeden Moment übergeben zu müssen. Ihre Knie zitterten. Sie ließ sich auf ihren Stuhl fallen. Mit bebenden Händen griff sie nach ihrer Tasse. Ein Schluck heißer Tee würde ihr jetzt vielleicht helfen.

»Ich dulde diese Person nicht mehr länger unter meinem Dach!«, kreischte es jetzt aus dem Aufzugsschacht.

Eleonora sprang wieder auf, lief zum Aufzug und knallte beide Klappen zu. Nicht eine Sekunde länger konnte sie dieses Gekreische der Gräfin mehr ertragen. Das beschwichtigende Gebrummel ihres Mannes konnte auch nichts mehr ausrichten. Gleich würde sie hyperventilieren und dann in Ohnmacht fallen. Nur, dass es nun niemanden mehr im Hause gab, der auf ein Klingeln herbeigeeilt wäre, ein stets parat stehendes Riechfläschchen der Gräfin unter die Nase gehalten und das viel zu enge Korsett aufgelöst hätte. Auch Eleonora hatte ihr etliche Male diese Dienste erwiesen. Aber jetzt hatte sie nur noch einen Wunsch: weg, weg, weg!

So schnell wie möglich weg von hier, weit fort von dieser Frau, die sie so maßlos verletzt und gekränkt hatte, fort von den Erinnerungen an die vergangenen sorglosen Jahre, für die es keine Wiederkehr gab, die ihr mit diesem Ausbruch für immer zerstört waren. Fort von der Trauer und dem Schmerz ob des Verlustes eines Menschen, dem sie so viel zu verdanken hatte.

Sie musste fliehen.

Nein!!!

21

Eleonoras Verletztheit und Qual verwandelten sich plötzlich in Empörung und schließlich in helle, flammende Wut. Nein, sie dachte gar nicht daran, dieses Haus sang- und klanglos zu verlassen. Sie wollte Gräfin Elisabeth die Meinung sagen, endlich, ein einziges Mal, aber dafür unmissverständlich. Das Geschrei von oben war verstummt. Kein Ton war mehr durch den Aufzugsschacht zu vernehmen. Wahrscheinlich war Gräfin Elisabeth tatsächlich in Ohnmacht gefallen. Jetzt begann die Klingel zu scheppern, aber weit und breit war kein Dienstbote in Sicht, der eilfertig nach oben eilte, um nach den Wünschen der Herrschaften zu fragen.
Eleonora griff nach dem Riechfläschchen, das noch aus Babettes Zeiten zwischen den Tellern des Wandregals parat stand, und machte sich auf den Weg in die Beletage. Ganz bewusst ließ sie sich Zeit, um sich so wieder zu beruhigen. Ohne anzuklopfen, betrat sie Gräfin Dorotheas ehemaligen Salon. Als sie Gräfin Elisabeth auf deren Récamiere entdeckte, stieg schon wieder die helle Wut in ihr empor. Was maßte diese sich eigentlich an?
Die Gräfin schien wirklich einer Ohnmacht nahe. Graf Wilhelm hatte ihr gerade die Füße hochgebettet und machte sich an ihrem Mieder zu schaffen. Seine dicken Finger hatten sich alsbald rettungslos in den zahlreichen Bändern der Verschnürung verheddert. Seine Gattin lag mit geschlossenen Augen auf der Récamiere und atmete heftig. Wenn sie weiter so hyperventilierte, verlor sie jeden Moment das Bewusstsein.

»Ach, Eleonora, gut, dass du kommst. Kannst du mir vielleicht behilflich sein?«, rief ihr der Graf erleichtert entgegen.
»Gerne, Herr Graf.« Eleonora trat näher und hielt Gräfin Elisabeth das Riechfläschchen unter die Nase. »Halten Sie beide Hände vor Mund und Nase, und atmen Sie Ihre eigene Atemluft ein!«, befahl ihr Eleonora. In so einem Ton hatte sie noch niemals gesprochen. Na und? Dr. Hufeland hatte Gräfin Dorothea einmal diesen Trick verraten, als diese sich über die häufigen Ohnmachten ihrer Schwiegertochter beklagte.
Gräfin Elisabeth gehorchte automatisch. Ihre flachen Atemzüge wurden weniger, dabei tiefer und regelmäßiger.
»Danke, Eleonora«, sagte sie schwach und lehnte sich aufatmend wieder zurück.
»Ich will Ihren Dank nicht!«
Erstaunt riss Gräfin Elisabeth die Augen auf. Graf Wilhelm schaute sie verdutzt an.
»Aber, aber, Eleonora, was ist denn los mit dir?«, stammelte er.
»Es ist nicht meine Art, fremde Gespräche zu belauschen, aber natürlich habe ich unwillkürlich zugehört, als mein Name fiel.«
»Welches Gespräch?«, tat Gräfin Elisabeth ahnungslos. Graf Wilhelm schaute peinlich berührt.
»Ich war gerade unten, im Souterrain. In der Küche standen die Klappen des Speiseaufzugs offen. So bin ich gegen meinen Willen Zeugin der Unterhaltung geworden, die Sie soeben geführt haben«, erklärte Eleonora.
Gräfin Elisabeth hob trotzig das Kinn. Der Graf schaute ertappt.
»Ich habe zwar schon immer gewusst, dass Sie etwas gegen meine Anwesenheit in der Familie Prewitz haben, aber ich wusste nicht, wie sehr Sie mich verachten«, wandte sie sich

an Gräfin Elisabeth. »Wider Willen von Ihnen geduldet zu werden, war mir unter dem Schutz Ihrer Schwiegermutter jahrelang erträglich. Aber nun zu wissen, wie Sie wirklich über mich denken, schließt für mich in Zukunft ein weiteres Verbleiben in diesem Hause aus. Sie haben nicht nur meinen Musikstunden ein jähes Ende gesetzt, Sie haben mir noch nicht einmal mitgeteilt, dass Balduin Schilling bereit gewesen wäre, mich honorarfrei weiterhin zu unterrichten. Sie wollen mir mein Leben zerstören. Nein, Sie haben es mir bereits zerstört, denn unter diesen Bedingungen kann ich hier nicht länger bleiben.«

Eleonora spürte, wie ihr die Tränen in die Augen stiegen, und wandte sich zum Gehen.

»Das ist eine Unverschämtheit!«, fuhr Gräfin Elisabeth hoch. »Bitte sag doch etwas. Kannst du dieser Canaille nicht den Mund stopfen?«

Der Graf stammelte hilflos etwas Unverständliches.

Eleonora drehte sich noch einmal um. »Ihre Worte entlarven Sie, Erlaucht. Für das, was Sie mir angetan haben, verachte sich Sie, Frau Gräfin«, sagte sie kalt.

Gräfin Elisabeth kreischte auf.

»Was berechtigt Sie, meine Karriere als Sängerin zu zerstören? Ihr hoher Stand? Ist Ihre adlige Herkunft Ihr persönlicher Verdienst? Ich habe mir mit meinem Gesang sogar Bewunderung und Anerkennung des preußischen Königs erobern können. Wer bewundert aber Sie? Solange ich lebe, werde ich Sie verachten, Erlaucht.«

Hocherhobenen Hauptes verließ Eleonora den ehemaligen Salon ihrer Gönnerin. Hinter der geschlossenen Tür war das Gekreische von Gräfin Elisabeth immer noch deutlich vernehmbar.

Eleonora musste fort, so schnell wie möglich, ehe sie selbst die Haltung verlor. Sie nahm sich noch nicht einmal die Zeit, ein bisschen Reisegepäck, einen winzigen Koffer oder eine Tasche mitzunehmen. Sie rannte hinunter zur Eingangshalle, riss, ohne genau hinzuschauen, ein Kleidungsstück von einem der Bügel des schweren Garderobenschranks im Windfang, zerrte mit aller Kraft die Eingangstür des Palais auf und stolperte die Treppe hinunter. Dann rannte sie einfach los.

Eleonora kam erst wieder zu sich, als sie sich atemlos keuchend auf einer niedrigen Mauer sitzend vorfand. Unheimliche Schatten huschten an ihr vorbei. Wilde Tiere? Beklemmende Furcht stieg in ihr empor. Sie hatte keine Ahnung, wo sie sich befand. Genauso wenig, wie sie wusste, wie lange sie gerannt war. Wie konnte sie sich hier zurechtfinden? Weit und breit kein Licht, das ihr bei der Orientierung hätte helfen können. Noch nicht einmal der Mond schien in dieser Nacht. Nur ab und zu gelang es einem Stern, sich durch die dichte Wolkendecke hindurchzukämpfen, sekundenlang aufzublinken, ehe sich diese wieder schloss. Es roch nach überreifem Obst und nassem Laub. Ein wenig erinnerte sie der Geruch sogar an ihre letzten Spaziergänge im Tiergarten.
Niemals hätte Gräfin Dorothea ihr dieses stundenlange Promenieren ohne Begleitung im Berliner Tiergarten erlaubt. Ihrem Sohn und dessen Frau war das gleichgültig. So wie sie ihnen insgesamt egal war, nahm Eleonora fälschlicherweise nach dem Tode ihrer mütterlichen Freundin an. Welch ein törichter Irrtum dies war, hatte sie erst durch dieses versehentlich gehörte Gespräch zwischen Gräfin Elisabeth und Graf Wilhelm erfahren müssen. Es war weniger ein Gespräch als ein schriller Monolog, der Eleonora schonungslos die Augen öffnete. Sie hatte nicht geahnt, wie sehr Gräfin Do-

rotheas Schwiegertochter sie wirklich hasste. Ein Jahrzehnt lang musste diese ihren Groll, ihre Abneigung, wenn nicht gar Abscheu in sich verschlossen haben, ehe all diese Gefühle schließlich eruptiv zum Ausbruch kamen. Niemals zuvor hatte Eleonoras Mutter im Hause Prewitz Erwähnung gefunden. Eleonora selbst dachte nicht gerne an sie zurück, hatte die Erinnerung an sie fast verdrängt. Man hatte sie schlicht totgeschwiegen, während ihr Vater immer wieder einmal von Gräfin Dorothea erwähnt wurde, sie ihn sogar ein- bis zweimal im Jahr offiziell in das Stadtpalais einlud.

Wie lange hatte sie ihren Vater eigentlich nicht mehr gesehen? Eleonora begann zu grübeln. Ihr letzter Besuch bei ihm in Potsdam lag nun schon über ein Jahr zurück, gestand sie sich beschämt ein. Noch wenige Tage vor ihrem Tod hatte Gräfin Dorothea sie erinnert.

»Meine liebe Eleonora, wenn wir zurück in Berlin sind, ist es an der Zeit, dass du deinen Vater endlich einmal wieder in Potsdam besuchst.« Sie hatte ihr sogar versprochen, ihr einen ganzen Tag Anton als Begleiter zur Verfügung zu stellen, der sie in einer kleinen Kalesche hinausfahren und auch wieder zurückbringen würde. »Das ist mir lieber, als wenn du mit der Postkutsche fährst, denn unser Anton ist ein verlässlicher Beschützer.«

Solch einen Beschützer hätte Eleonora jetzt gut gebrauchen können.

Noch immer wusste sie nicht, wo sie sich befand. Sie versuchte sich zu erinnern, in welche Richtung sie gerannt war, als sie aus dem Prewitzschen Stadtpalais gestürzt war. Aus alter Gewohnheit hatte sie wohl ihre Schritte in Richtung Tiergarten gelenkt. Sie musste ihn in seiner ganzen Länge einmal durchquert und ihn schließlich hinter sich gelassen haben. Irgendwo hörte sie Wasser glucksen. Kam es von einem der künstlich angelegten Teiche? Oder war es schon die Spree? Sie schaute um sich. In diesem Moment riss die Wolkendecke erneut für ein paar Sekunden auf. Diesmal kam sogar ein bleicher Mond zum Vorschein. Sein Licht spiegelte sich auf einer Wasseroberfläche wider, die sich wie ein dunkles Band direkt hinter ihr schlängelte. Das konnte nur die Spree sein. Mit aller Kraft versuchte Eleonora sich zu konzentrieren, um herauszufinden, wo sie sich jetzt befand. Sie musste irgendwo am Rande von Wilmersdorf sitzen.

In den vergangenen Jahren war es Mode geworden, hier, also direkt vor den Toren Berlins, Land aufzukaufen, um sich darauf einen Landsitz zu errichten, wo man die Sommermonate verbrachte. Eleonora versuchte sich zu erinnern, welcher von Gräfin Dorotheas Freunden und Bekannten zu diesem Kreis gehörte. Vielleicht konnte sie ja bei einem der Landhäuser anklopfen und um Hilfe bitten.

Sie erhob sich von der Mauer, auf der sie die ganze Zeit gekauert hatte, schlüpfte wieder in ihre Ballerinas, die sie immer noch in der Hand hielt, und setzte ihren Weg fort. Bei ihrer Flucht hatte sie sich noch nicht einmal die Zeit genommen, ein festeres Schuhwerk anzuziehen. Das musste sie jetzt bitter büßen. Nicht nur, dass ihre Füße eiskalt waren, erst jetzt bemerkte sie, wie zerschunden sie waren. Sie hatte sich Blasen gelaufen und sich neben einigen Abschürfungen eine tiefe Schnittwunde zugezogen. Dann war das wohl Blut, was ihr da gerade so warm über ihren Knöchel lief. Mit zusammengebissenen Zähnen humpelte sie weiter. Nach über zehn Jahren erwies sich die harte Schule des Potsdamer Waisenhauses jetzt immer noch als ein Vorteil. Als kleines Mädchen hatte sie bereits körperlichen Schmerz kennenlernen müssen und eiskalte Nächte unter der feuchten Muffigkeit schwerer Decken ohne weiteren gesundheitlichen Schaden ertragen. Der

Luxus der vergangenen Jahre hatte sie nicht verweichlicht, denn sonst hätte sie diese Nacht nicht überstanden.
Sie war zäh und widerstandsfähig. So zwang sie sich trotz des pochenden Schmerzes in ihrem rechten Fuß stur weiterzulaufen. Sie ging geradeaus, in der Hoffnung, irgendwann doch noch auf ein Zeichen der menschlichen Zivilisation zu stoßen. Und um diese Hoffnung nicht zu verlieren, begann sie zu beten.
Irgendwann konnte sie jedoch nicht mehr. Kraftlos ließ sie sich zu Boden sinken. Der Boden war weich und feucht. Es roch immer noch nach Laub, nasser Erde und modrigem Wasser. Eleonora tastete mit den Händen um sich herum. Ihre Finger erkannten eine rauhe Borke, die zum dicken Stamm eines riesigen Baums gehörte. Sie lehnte sich daran, schloss erschöpft die Augen und zog Gräfin Dorotheas Zobel ganz fest um sich. Wie gut, dass es genau dieser Mantel gewesen war, den sie bei ihrer überstürzten Flucht in der Eingangshalle vom Bügel gerissen hatte. Sie barg ihre kalten Hände in den Tiefen seiner Taschen. Ihre Rechte ertastete ein Stück Papier. Sie brauchte nicht zu raten, es war das Deckblatt von dem Requiem, das sie zu Gräfin Dorotheas Trauerfeier im französischen Dom gesungen hatte. Nach der Aufführung hatte sie es sich von dem Komponisten, ihrem Lehrer Balduin Schilling, noch signieren lassen. In der Aufregung der folgenden Wochen und Monate musste sie es vergessen haben. Jetzt war es feucht und zerknüllt, wahrscheinlich auch Schillings geschwungene Unterschrift mit dem Datum inzwischen zerflossen und unleserlich geworden. Eleonora konnte sich nicht mehr gerade halten, ihr Kopf fiel zur Seite auf ihre Schulter, als sie entkräftet einschlief. Zum Weinen war sie viel zu erschöpft.
Im Morgengrauen kam sie wieder zu sich, weil sie erbärmlich

fror und von ihrem eigenen Zähneklappern wach geworden war. Mit steifen Gliedern erhob sie sich schwerfällig, versuchte ein wenig auf der Stelle zu hüpfen, schlug wie ein Kutscher beide Arme um sich und rieb sich die Hände. Sie fühlte sich hundeelend. Am liebsten hätte sie geweint. Aber sie beherrschte sich. Heulen brachte sie nicht weiter. Stattdessen schleppte sie sich mühselig vorwärts. Aufatmend entdeckte sie einen unbefestigten Feldweg, der an den Rand eines kleinen Dorfs zu führen schien. Stand da in der Ferne nicht sogar ein Haus? Mit zusammengekniffenen Augen ließ sie den Blick über die Horizontlinie wandern. War das nicht ein Dach, aus dessen Schornstein sich eine kleine Rauchwolke kringelte? Vielleicht bot sich dort Hilfe? Eleonora machte sich auf den Weg. Sie erschrak fast zu Tode, als plötzlich ein riesiger zotteliger Hund vor ihr stand und sie mit gefletschten Zähnen anknurrte.

»Ich tue dir nichts«, sagte Eleonora mit klappernden Zähnen. Der Hund knurrte weiter, wich nicht beiseite, machte aber auch keine Anstalten, sie anzufallen.

Hinter sich hörte Eleonora nun auch Schafe blöken, und ehe sie sichs versah, war sie von einer riesigen Herde weißer und brauner Schafe umgeben. Die Lautstärke ihres Geblökes war wohl eine Bekundung ihres Missfallens. Nun begann auch der Hund zu bellen. Was für ein unerträglicher Lärm. Es war zu viel für Eleonora; Schlafmangel, Kälte, Hunger und nun auch noch ein fast unerträglicher Durst, dazu jetzt der Schreck, all dem waren ihre Nerven nicht mehr gewachsen.

»Hört auf, hört auf, bitte hört auf, ich kann es einfach nicht ertragen!«, schrie sie verzweifelt und schlug die Hände vors Gesicht. Sie wollte es eigentlich nicht, aber sie konnte das aus der Tiefe ihres Körpers aufsteigende Schluchzen nicht mehr bändigen.

Ein scharfer Pfiff ertönte. Schlagartig hörte der Hund auf zu bellen. Stattdessen begann er die Schafe voranzutreiben. Er kreiste die Herde ein, ein kurzer Kläffer hier, ein unnachgiebiger Schubs da, ein angedeuteter Biss in ein Hinterteil dort, und schon machte sich die Herde mit lautem Geblöke auf den Weg. Durch den Schlitz ihrer vorgehaltenen Finger verfolgte Eleonora diesen erstaunlich geordneten Abzug. Unerwartet stand der Schäfer vor ihr, ein alter Mann mit einem riesigen, tief in die Stirn gezogenen Hut und einem dicken Lodenumhang.

»Was haben wir denn da für einen seltsamen Vogel?«, sagte er. Es klang eher gelassen als neugierig und überhaupt nicht bedrohlich. So nahm auch Eleonora die Hände vom Gesicht und fingerte in den Taschen ihres Pelzmantels, aber ihre Suche war vergeblich.

»Hier«, sagte der Schäfer und reichte ihr ein riesiges rotkariertes Schnupftuch.

Eleonora nahm es, tupfte sich die Tränen ab und schneuzte herzhaft hinein. Sie legte es wieder zusammen und wollte es ihm zurückgeben.

»Behalt es, sieht ganz so aus, als könntest du es gebrauchen«, wehrte er ab.

Automatisch schob Eleonora das Tuch in die Tasche ihres Mantels. Es knisterte leise nach Papier. Das Notenblatt von Balduin Schillings Requiem. Sie spürte, wie es schon wieder heiß in ihr aufstieg.

»Wer bist du?«, fragte der Schäfer und beäugte sie unter dem Rand seiner Hutkrempe. »Wie heißt du?«

»Christine«, antwortete Eleonora. Sie wusste nicht, was sie so spontan bewogen hatte, ihren zweiten Vornamen zu nennen.

»Christine«, wiederholte der Schäfer gedehnt. »Und wo kommst du her? Scheinst ja ein feines Mamsellchen zu sein, wenn ich mir so dein Schuhwerk und den feinen Pelz betrachte.«

Eleonora schwieg, konnte aber das Klappern ihrer Zähne nicht unterdrücken.

»Scheinst ja einige Geheimnisse zu haben«, stellte er fest. »Hast du etwas ausgefressen?«

Eleonora schüttelte den Kopf und biss die Zähne fest aufeinander. Wenn doch deren Geklappere endlich aufhören würde.

»Na, wie eine Schwerverbrecherin siehst du mir nicht aus, aber danach, dass du jetzt erst einmal etwas zu essen und zu trinken brauchst. Komm mit!« Er drehte sich einfach um und marschierte los. Ein Freund großer Worte schien er nicht zu sein.

Seinen Hund dirigierte er per Pfiff und dieser seine Schafe wiederum mit Bellen und sanften Knuffen. Auf ihrem Marsch kamen sie an einem Pferch vorbei, in das der Hund die Herde getrieben hatte. Der Schäfer schloss nur noch das Gatter und pfiff. Mit einem hohen Satz flog der Hund über den hölzernen Zaun und blieb schwanzwedelnd vor seinem Herrn stehen. Einmal kurz gekrault, und weiter ging es.

»Wo sind wir eigentlich?«, erkundigte Eleonora sich vorsichtig.

»In den Wilmersdorfer Auen kurz vor Schmargendorf«, entgegnete der Schäfer und setzte unverdrossen seinen Weg fort. »Kommst also nicht von einem der neuen Landsitze? Na ja, die Herrschaften sind für den Winter mittlerweile alle schon wieder zurück nach Berlin gezogen.«

Er mochte alt sein, legte aber eine flotte Gangart an den Tag. Eleonora, ermattet, wie sie war, konnte ihm kaum folgen. Nach etwa einer halben Stunde erreichten sie den Dorfrand. Der Schäfer blieb stehen.

»Wo willst du eigentlich hin? Soll ich dich besser zum Pfarrhaus bringen?«, schlug er vor.
»Nein, bitte nicht!«
»Na, dann komm erst einmal mit zu uns«, lenkte er friedfertig ein. »Da wird dir meine Grete ein kräftiges Frühstück machen. Aber erst einmal wird sie die Hände über dem Kopf zusammenschlagen.«
Er hatte nicht zu viel versprochen.
»Jesus, Maria und Josef, wen hast du mir denn da mitgebracht?«, rief die alte Frau, nachdem der Schäfer die entkräftete Eleonora über die Schwelle der kleinen Hütte am Dorfrand fast hatte schieben müssen. Drinnen war es warm, sauber und heimelig. Ein bunter Herbststrauß mit Blätterzweigen von Ahorn und Kastanien stand in einer alten Emaillekanne auf einem blankgescheuerten Tisch, an dem zwei Stühle standen.
»Das ist die Christine, der Harras hat sie draußen gefunden und gleich in die Herde eingetrieben«, erzählte der Schäfer. Sein Hund, der selbstverständlich mit ins Haus gefolgt war, spitzte die Ohren und baute sich schwanzwedelnd vor ihm auf.
»Ach, Simon, nun sag schon, wie es wirklich war«, meinte seine Frau lachend und stellte dem Hund einen Napf mit Futter neben den Herd, auf dem ein riesiger Topf stand.
»Dann gib doch unserem Findelkind erst mal einen großen Teller Suppe, Grete, und was Heißes zu trinken.«
»Und etwas Trockenes zum Anziehen«, erwiderte Grete. Sie zog Eleonora mit sich in den Nebenraum. Es war eine einfache Schlafkammer, in der nur ein Ehebett und ein schlichter Bauernschrank standen, den Grete nun öffnete. »Zieh dich aus und trockne dich erst einmal richtig ab«, befahl sie der schlotternden Eleonora. »Hier sind ein paar Sachen von mir.

Sie werden dir zwar nicht passen, aber es muss gehen. Ich werde deine Kleider über dem Ofen trocknen.«
Eleonora streifte Gräfin Dorotheas Zobel ab und legte ihn vorsichtig auf das Ehebett. Grete ließ ihren Blick über sie wandern.
»Eine feine Demoiselle bist du, eine hübsche noch dazu. Wo kommst du her? Was hat dich bei Nacht und Nebel hierher zu uns aufs Land verschlagen?«, wollte nun auch sie wissen.
Und wieder schwieg Eleonora beharrlich. Sie schwieg auch die nächsten Tage, ließ sich keine Silbe über ihre Herkunft entlocken. Aber Grete und Simon akzeptierten ihr Schweigen.
»Sie wird eben ihre Gründe haben, und wie eine Verbrecherin sieht sie nicht aus«, stellte Grete lapidar fest. »Oder hast du den Pelz deiner Herrin gestohlen?« Sie fasste Eleonora scharf ins Auge.
»Nein!« Es war ein Aufschrei.
»Sondern?«, beharrte Grete.
»Er ist ein Geschenk, ein Erbstück, eine Erinnerung«, stieß Eleonora hervor.
Grete gab sich zufrieden. Vorerst.
Drei Tage lang fütterte das alte Ehepaar sie durch. Ja, Simon räumte sogar für zwei Nächte seine Seite im ehelichen Bett und zog auf die Küchenbank, damit Eleonora sich ausschlafen konnte. Aber dann begann Grete unruhig zu werden.
»Wir können dich hier nicht auf Dauer miternähren, dazu haben wir selbst zu wenig«, begann sie zu murren. »Die Zeiten sind schlecht und werden immer schlechter. Der Simon bekommt von den umliegenden Bauern immer weniger Schafe zum Hüten anvertraut. Die reichen Berliner kaufen mehr und mehr Land auf, so dass es weniger Weiden und damit auch

weniger Schafe gibt. Es reicht kaum mehr für uns selbst zum Leben, da können wir nicht noch ein drittes Maul stopfen.«

»Das sollen Sie auch gar nicht, ich werde alles tun, um Ihnen Ihre Hilfe zu vergelten«, versprach Eleonora.

»Und wie soll dir das gelingen?«, erkundigte sich Grete. Etwas Lauerndes schlich sich in ihren Blick. »Hast doch selbst nichts auf der Naht.«

Eleonora schluckte und schwieg. Was hätte sie auch entgegensetzen sollen? Grete hatte ja recht. Nicht einen Heller trug sie bei sich, als sie aus dem Prewitzschen Stadtpalais geflüchtet war. Erst jetzt wurde ihr bewusst, wie wenig sie sich in den vergangenen Jahren um Geld und sonstige finanzielle Angelegenheiten hatte kümmern müssen. Es war stets alles vorhanden gewesen. Essen und Trinken erhielt sie im Hause, genauso wie selbstverständlich für Kleider und Schuhwerk gesorgt worden war. Auch über das Honorar für Schilling oder früher Farini hatte sich Eleonora niemals Gedanken gemacht. Verständlich für ein Kind, aber nicht mehr für eine junge Frau. Beschämt stellte sie fest, wie unbekümmert sie die vergangenen Jahre in den Tag hineingelebt hatte. Nur ihr Ziel stand fest: Sie würde eines Tages eine große Sängerin werden. Und dann auch ihr eigenes Geld verdienen. Bis zu diesem Zeitpunkt vertraute sie auf Gräfin Dorothea. Umso schlimmer nun das bittere Erwachen.

»Wenn du länger bei uns wohnen bleiben willst, musst du uns Kostgeld zahlen«, holte Grete sie in die harte Wirklichkeit dieses Tages zurück.

Eleonora nickte automatisch. Hinter ihrer Stirn arbeitete es. Blitzschnell erkannte sie: Ein Zurück in das Prewitzsche Stadtpalais oder gar auf den geliebten Sophienhof würde es nie mehr geben. Sie musste sich eine Arbeit suchen.

»Was kannst du überhaupt? Kannst du spinnen, weben,

kannst du putzen? Bist du überhaupt in der Lage, ordentlich einen Haushalt zu führen?«, prasselten unbarmherzig Gretes Fragen auf sie nieder.
»Grete, nun lass sie doch«, mischte sich Simon ein.
»Sie kann auf Dauer nicht bei uns bleiben«, fuhr ihn seine Frau an. »Wir können uns keinen Schmarotzer leisten.«
Eleonora zuckte zusammen. Sie warf den Kopf in den Nacken. »Ich kann singen!«, verkündete sie stolz.
»Singen?«, wiederholte Grete verständnislos. »Das kann doch jeder. Damit kann man kein Geld verdienen. Du musst dir eine Stellung suchen. Ich werde mit der Frau vom Pfarrer und dem Lehrer reden. Oder du verkaufst erst einmal deinen Pelzmantel«, schlug sie vor.
»Nein, niemals!«, schrie Eleonora. »Ich werde in Stellung gehen.«
»Ich kann dich zur Frau Pfarrer oder zum Lehrer bringen und dich ihnen vorstellen«, bot Grete besänftigt an.
»Nein, ich suche mir meine Stellung alleine«, widersprach Eleonora fest.
Drei Tage später nahm Eleonora Abschied von dem alten Schäferehepaar. Simon schien richtig traurig zu sein, Grete hingegen mehr erleichtert, den ungebetenen Gast endlich loszuwerden. Als brave Christin und eigentlich herzensguter Mensch hatte sie deshalb prompt ein schlechtes Gewissen, das sie wiederum beruhigte, indem sie Eleonora einen gut gefüllten Reisekorb mitgab. Ja, aus den Fetzen von Eleonoras auf der Flucht zerrissenen Kleidern und ein paar eigenen Stoffresten nähte sie ihr sogar noch ein schlichtes Kleid und eine Schürze. Außerdem bürstete sie Gräfin Dorotheas Zobel gründlich aus und besserte die Nähte des Innenfutters nach.
»Ein gutes Stück, du solltest ihn verkaufen. Er würde dir einen schönen Batzen Geld bringen«, empfahl sie noch mal.

»Niemals!«
Grete zuckte mit den Schultern und fädelte schweigend einen neuen Faden ein.
Leicht fiel Eleonora der Abschied von den beiden Alten nicht. Sie waren zwar etwas widerstrebende, dennoch hilfsbereite Gastgeber gewesen. Aufrichtige Menschen, die sie waren, hatte sich Eleonora bei ihnen geborgen gefühlt.

22

Eine knappe Woche später hatte Eleonora ihre erste Stellung als Köchin.
Sicherheitshalber nahm sie zuvor äußerlich einige notwendige Veränderungen an sich vor. Ihr langes blondes Haar verschwand unter einer gefältelten Haube. Mit Bedacht erarbeitete sie sich eine andere Sprechweise, lauschte sich den örtlichen Dialekt ab. Mit ihrem geschulten Ohr gelang es ihr sehr schnell, ihn sich innerhalb weniger Wochen anzueignen. Noch gewürzt mit einigen deftigen Redensarten, die sie bei Kutschern und Stallburschen aufschnappte, nahm ihr jedermann die junge resolute Köchin aus der Mark Brandenburg ab. Derlei gewappnet, zog Eleonora zwischen ihrem einundzwanzigsten bis fünfundzwanzigsten Lebensjahr von Haus zu Haus. Niemals erhielt sie jedoch eine Kündigung. Mehrere brenzlige Situationen musste sie durchstehen. So befand sie sich gerade in ihrem ersten Vorstellungsgespräch mit einem wohlhabenden Apothekerehepaar in Neuruppin, als plötzlich ein Dienstmädchen, ohne anzuklopfen, in das Kontor der Geschäftsräume polterte. Keuchend und nach Atem ringend

blieb es mitten im Raum stehen. Unwillig runzelte die Frau des Apothekers die Stirn.
»Also, Josefa, ich muss doch sehr bitten!«, sagte sie entrüstet.
»Verzeihung, Gnädigste, aber eben kam eine Kutsche aus Berlin mit einer schlechten Nachricht«, stieß Josefa hervor.
»Und welche«, wollte der Apotheker wissen.
»Prinz Louis Ferdinand ist vorgestern Nacht bei einem Gefecht mit den Franzosen in Saalfeld gefallen!«
Eleonora entfuhr ein leiser Schrei. Der Apotheker wurde aschfahl. Seine Frau war gleichfalls bestürzt, dennoch war ihr die Reaktion des vor ihr stehenden Mädchens nicht entgangen.
»Der Tod des Prinzen scheint Ihnen wirklich nahezugehen«, sagte sie fast wohlwollend. »Dennoch eine übertriebene Reaktion für ein Mädchen Ihrer Herkunft, meine Liebe.«
»Das ist das Ende!«, flüsterte Eleonora, unbewusst die Prophezeiung von Gräfin Dorothea nach der Niederlage von Austerlitz wiederholend.
Die Apothekerin betrachtete sie prüfend. »Sie haben ja Tränen in den Augen«, stellte sie überrascht fest. »Sie tun ja geradezu so, als hätten Sie den Prinzen persönlich gekannt.«
Eleonora schluckte.
»Nach dem Heldentod dieses Prinzen ist das Ende Preußens nicht mehr fern«, verkündete der Apotheker mit düsterem Pathos.
»Sie können morgen Ihre Stellung hier im Hause antreten, Christine. Ich weiß Ihre Loyalität zum preußischen Königshaus sehr zu schätzen«, sagte seine Frau.
Im Lauf der nächsten Monate lernte das Apothekerehepaar auch noch Eleonoras Kochkünste zu schätzen. Nachträglich zahlten sich so ihre häufigen Besuche in Babettes Reich aus. Wie oft hatte sie der Köchin bei der Zubereitung zahlreicher

Speisen zugeschaut, neugierige Fragen gestellt, sich etwas erklären lassen oder tatkräftig geholfen.
Charlotte und Sophie hatten sich kurz vor ihrer Heirat für einige Wochen nochmals unter Babettes Obhut begeben müssen. Sie brachte ihnen zunächst das Einmaleins der deftigen Brandenburger Küche bei und weihte sie zum krönenden Abschluss in die Feinheiten der französischen Küche ein. Der Einfachheit halber hatte Eleonora dabei gleich mitgemacht und im Gegensatz zu den beiden Komtessen sogar richtig Spaß daran gewonnen. Das kam jetzt der großen Familie des Apothekers Pistor in Neuruppin zugute. Es hätte für Eleonora eine Lebensstellung werden können.
Eigentlich hatte Eleonora dem Apotheker nur seinen gewohnten Mokka bringen wollen, den er am späten Nachmittag zu sich zu nehmen pflegte, wenn er sich für eine halbe Stunde aus dem Laden in seine Bibliothek zurückzog. Nur in den seltensten Fällen wich Apotheker Pistor von dieser festen Gewohnheit ab. Es musste mindestens der Herr Pfarrer oder der Arzt sein oder gar eine Durchlaucht oder Erlaucht von den benachbarten Gütern, die ihn dazu bewegen konnten, auf seine geliebte Pause zu verzichten. An diesem Nachmittag war er jedoch mit seinem besten Freund und Hausarzt der Familie in einen heftigen Disput geraten, so heftig, dass er die Zeit darüber vergaß, die Eleonora umso besser zu nutzen verstand. Schon häufiger hatte sie ihren Blick sehnsüchtig verstohlen über die hohen Bücherregale der wohlsortierten Privatbibliothek wandern lassen. Es war schon erstaunlich, was ihr Dienstherr hier in der tiefsten Provinz zwischen Brandenburg und Mecklenburg zusammengetragen hatte. Regelmäßig trafen dicke Bücherpakete aus Berlin, Leipzig, Frankfurt oder gar Wien und Paris ein. Apotheker Pistor legte großen Wert darauf, politisch und literarisch immer à jour zu sein, und

hütete Neuerscheinungen, aber auch Antiquarisches wie seinen Augapfel. Wie gerne hätte sie sich eines der Bücher einmal ausgeliehen, wagte aber niemals, darum zu bitten.
Als sie nun jedoch das Mokkageschirr auf dem Schreibtisch zurechtrückte, fiel ihr Blick auf einige lose Blätter, die gerade Pistors Lektüre darstellten, denn es lag noch seine Lesebrille darauf. Es mussten Mitschriften einer Vorlesung sein. Eleonora erinnerte sich, was sie bei diversen Herrenabenden im Rauchzimmer an vereinzelten Gesprächsfetzen aufgeschnappt hatte, wenn sie den Honoratioren von Neuruppin noch einen kleinen Imbiss zu später Stunde servierte oder die nächste Flasche Rotspon dekantierte. Der einst gegenüber der Revolution des westlichen Nachbarn aufgeschlossene und den Franzosen so wohlgesinnte Philosoph Johann Gottlieb Fichte war schon häufiger Gesprächsthema gewesen. Über den Inhalt seiner Vorlesungen sprach mittlerweile nicht nur tout Berlin, sondern ganz Preußen und auch die umliegenden Länder. Inzwischen kursierten sogar die Mitschriften seiner Vorlesungen in politisch interessierten Kreisen. Angeblich sollten sie ja demnächst in Buchform veröffentlicht werden. Aber bislang war nur ein loses Manuskript auf dem Schreibtisch des Neuruppiner Apothekers gelandet.
Eleonora schob die Mokkatasse beiseite und begann zu lesen: »Der Glaube des edeln Menschen an die ewige Fortdauer seiner Wirksamkeit auch auf dieser Erde gründet sich demnach auf die Hoffnung der ewigen Fortdauer des Volkes, aus dem er selber sich entwickelt hat, und der Eigenthümlichkeit desselben, nach jenem verborgenen Gesetze; ohne Einmischung und Verderbung durch irgend ein Fremdes und in das Ganze dieser Gesetzgebung nicht Gehöriges.«
Eleonora hielt inne und dachte nach. Damit meinte Fichte wohl nicht nur die Besetzung Preußens. Nur wenige Wochen

nach dem tragischen Tod des Prinzen Louis Ferdinand, genau zehn Tage nach der verheerenden Niederlage von Jena und Auerstedt war Napoleon mit seinen Truppen in Berlin eingezogen. In panischer Hast hatten zuvor König Friedrich Wilhelm und Königin Luise das Land verlassen und waren über Küstrin nach Memel geflüchtet. Mit ihnen waren Aristokraten, Beamte und Militärs gezogen, voller Angst die einen, gegen ihren Willen die anderen, wie beispielsweise der Leibarzt Hufeland, der fast gezwungen werden musste, in der persönlichen Kutsche der Königin den Weg gen Osten anzutreten. Bis nach Neuruppin war auch der verzweifelte Appell des verbleibenden Gouverneurs von Berlin gedrungen: »Der König hat eine Bataille verloren. Jetzt ist Ruhe die erste Bürgerpflicht. Ich fordere die Einwohner Berlins dazu auf. Der König und seine Brüder leben.« So hatte Graf von der Schulenburg die Häuserwände in der gesamten preußischen Hauptstadt am 17. Oktober 1806 beschriften lassen. Zehn Tage später war Napoleon im Triumphzug durch das Brandenburger Tor geritten. Zehntausende von Menschen hatten die Straßen gesäumt. Es waren nicht nur vereinzelte Vive-l'empereur-Rufe gewesen, die an diesem Tag durch die Straßen Berlins erschallten. Dass die verbliebenen Berliner ihre französischen Besatzer feierten, kam der Wahrheit wesentlich näher. Zunächst waren sie etwas verblüfft gewesen über den Anblick der ersten einmarschierenden Truppen, die vorwiegend aus kleinen, unrasierten, zotteligen, dabei umso fröhlicheren Soldaten bestanden, die sich undiszipliniert in wilden Haufen durch die Straßen schoben. Keine Spur von Gleichschritt und Disziplin. Was die Zuschauer am meisten verblüffte, war das keck auf den Felltornistern der Soldaten aufgesteckte Essbesteck. Das sollte die siegreiche Armee des französischen Kaisers sein, die Preußen so tödlich geschlagen

hatte? Gar manchem erschien dieser Anblick noch vernichtender als die vorausgegangene militärische Niederlage.
Das änderte sich schlagartig, als die eigentlichen Truppen Napoleons Einzug hielten. Sie biwakierten auf dem Gendarmenmarkt und im Lustgarten, entfachten ein Feuer neben dem anderen und feierten ihren Sieg über Preußen. Diese Freude teilten sie sogar gerne mit den Besiegten. Sie verkauften ihre mitgebrachte Beute. Branntwein und Bier flossen in Strömen. Es herrschte mehr ein Karnevalstreiben und die Stimmung eines fröhlichen Volksfestes als die Niedergeschlagenheit, die dem Untergang von Preußen angemessen gewesen wäre. Auf Napoleons Befehl hin wurde nur wenige Tage nach seinem triumphalen Durchzug die Quadriga auf dem Brandenburger Tor abgebaut. In ihre Einzelteile zerlegt und in zwölf Kisten verpackt, verfrachtete man sie als wertvolle Kriegsbeute nach Paris. Erfolgte ein Aufschrei der Empörung?
Was als ein Akt der tiefen Demütigung inszeniert war, nahmen die Berliner mit Nonchalance. Kritischer standen sie ihrem eigenen König gegenüber. »Unser Dämel ist in Memel«, kommentierten sie lakonisch Flucht und Aufenthaltsort ihres preußischen Oberhaupts. Natürlich wanderte dieser Spruch hinaus in die Provinz, bis in das ferne Neuruppin. Als Eleonora diesen Satz das erste Mal zu Gehör bekam, schnitt es ihr ins Herz. Das war nicht nur respektlos, sondern unzutreffend. Aber wer von den Menschen auf der Straße kannte den König denn schon persönlich? Wahrscheinlich war Eleonora in Neuruppin weit und breit der einzige Mensch, der dem König jemals persönlich begegnet war. Zu gerne hätte sie die kichernde Dienstmagd gerügt oder die lärmende Herrengesellschaft im Rauchzimmer des Apothekers eines Besseren belehrt. Der König mochte ruhig, eher zurückhaltend sein, ein Mensch, der nicht gerne Entscheidungen fällte,

aber ein Dämel war er nicht. Allein, Eleonora musste ihr besseres Wissen und diese lange zurückliegende Begegnung für sich behalten, wie sie so vieles in den Jahren ihrer Wanderschaft als Hausbedienstete für sich behalten musste. Nur ganz selten unterliefen ihr dabei Fehler. Aber wenn ihr einer passierte, geschah es mit verheerender Folge. So war es ein nicht wiedergutzumachender Fauxpas, sich in der Lektüre der Fichteschen Reden an die Nation zu verlieren. Sie war so vertieft, dass sie dass Herannahen der beiden Herren überhaupt nicht mitbekam.

»›Sein Glaube und sein Streben, Unvergängliches zu pflanzen, sein Begriff, in welchem er sein eigenes Leben als ein ewiges Leben erfasst‹«, las sie halblaut mit. Es war keine einfache Sprache, die der gute Johann Gottlieb Fichte seinen Hörern und Lesern zumutete. Angestrengt dachte Eleonora nach, was er genau gemeint haben mochte. Offenkundig empfand er die französische Besatzungszeit etwas anders als die Mehrheit seiner Zeitgenossen. Nicht, dass die gesamte preußische Bevölkerung mit fliegenden Fahnen zu dem Regime Napoleons übergelaufen wäre. Aber so manche hübsche Preußin vermochte den Avancen eines schmucken französischen Offiziers auf Dauer nicht zu widerstehen. Napoleon hatte von seinen Soldaten ausdrücklich gutes Benehmen verlangt. Plünderungen waren verpönt. Grundsätzlich war diesen schon deshalb Vorschub geleistet, weil die französische Armee sich vorwiegend selbst verproviantierte und Requirierungen während der Feldzüge so gut wie möglich vermied. Bald wurden die Franzosen ob ihrer guten Manieren und ihres freundlichen Umgangstons sogar gelobt. Manch einfacher Soldat fand in der preußischen Hauptstadt oder auch auf dem Land nach seiner zunächst unwillig hingenommenen Einquartierung schließlich Platz am Familientisch, an dem

man sich teilnahmsvoll seine Klagen über die Unbill und Qualen des Soldatenlebens und vergangener Schlachten anhörte. Mit ein paar französischen Brocken versuchte man die jungen Männer über ihr Heimweh hinwegzutrösten. Die wenigsten der einfachen Soldaten waren freiwillig in den Krieg gezogen und sehnten sein Ende genauso herbei wie ihre unfreiwilligen Gastgeber. Die höheren Offiziere fanden Zutritt in den wenigen in Berlin noch existierenden Salons. Sogar manche Dame des Hochadels ließ sich nicht ungern von einem hohen Offizier der französischen Armee hofieren. Diese Entwicklung in der preußischen Hauptstadt wiederum war Thema des Kaffeekränzchens bei Frau Apotheker gewesen. Frau Konsistorialrat hatte die Kunde davon direkt von ihrer letzten Reise aus Berlin mitgebracht.
Eleonora widerstrebte dergleichen. Als Liebedienerei und rückgratlosen Opportunismus hätte ihre verstorbene Gönnerin ein solches Verhalten sicherlich bezeichnet, was schlichtweg reinen Pragmatismus darstellte. Was wohl Gräfin Dorothea zu diesen Zeiten gesagt hätte? Wie prophetisch waren doch ihre Worte nach der Niederlage von Austerlitz gewesen. Es hätte ihr bestimmt in der Seele weh getan, erfahren zu müssen, wie das preußische Königspaar bei Nacht und Nebel, Kälte und Frost über die kurische Nehrung hatte flüchten müssen, mit dem gesamten Hofstaat, den Kindern und immer in Begleitung der getreuen Gräfin von Voss. Die Korrespondenz zwischen ihr und Gräfin Dorothea war jahrelang eine gute Informationsquelle gewesen, um zu erfahren, wie es bei Hofe zuging. Mit dem Tod ihrer Gönnerin war dieser Quell versiegt. Ob in diesen unruhigen Zeiten Gräfin von Voss überhaupt noch die Muße fand, so regelmäßig zur Feder zu greifen.
Nach der anstrengenden Leseprobe der Fichteschen Ausfüh-

rungen boten die sie überkommenden Erinnerungen willkommene Abwechslung. So bemerkte Eleonora gar nicht, dass sie sich auf den Schreibtischstuhl des Apothekers hatte sinken lassen. Ihr Blick fiel wieder auf die Vorlesungsmanuskripte. Sie beugte sich tiefer darüber, um sie besser studieren zu können. »›… ist das Band, welches zunächst seine Nation, und vermittelst ihrer das ganze Menschengeschlecht innigst mit ihm selber verknüpft‹«, las sie nochmals laut vor. Sie runzelte die Stirn. Was war damit gemeint? Sie erfasste diese Worte nicht. Mit beiden Händen umgriff sie die Armlehnen des Schreibtischstuhls, schloss die Augen und lehnte den Kopf in den Nacken, um konzentrierter nachzudenken. Sie hörte nicht, wie sich jetzt die Tür öffnete, und bemerkte auch nicht, wie zwei ältere Herren bei ihrem Anblick verblüfft auf der Schwelle stehen blieben und sie wortlos anstarrten. Schließlich räusperte sich der eine. Es war der Arzt von Neuruppin und bester Freund des Hausherrn.
»Welch ein entzückender Anblick«, raunte er Apotheker Pistor zu.
Eleonora hatte gar nicht bemerkt, dass sich ihre Köchinnenhaube nach hinten verschoben hatte und damit ihre stets mühsam zu bändigende Lockenpracht zutage trat.
»Was lesen wir denn da Schönes?«, fragte der Arzt nun laut und trat neugierig auf den Schreibtisch zu.
»Christine!«, rief Apotheker Pistor mit scharfer Stimme. »Was fällt Ihnen ein!«
Ertappt sprang Eleonora auf. »Bitte verzeihen Sie, ich bitte vielmals um Entschuldigung, es tut mir so leid, es ist mir überaus peinlich«, sprudelte sie hervor. Sie trat beiseite, strich sich hastig mit beiden Händen die Schürze glatt und steckte ihre Haube wieder fest.
Der Arzt hatte sich bereits über die Unterlagen gebeugt und

sie kurz überflogen. »Fichtes *Reden an die deutsche Nation*«, sagte er. »Das haben Sie soeben gelesen?«

Eleonora nickte.

»Und auch verstanden?«, vergewisserte er sich.

»Nun ja, einige Passagen musste ich schon mehrmals lesen. Fichte stellt wirklich einige Ansprüche an das Abstraktionsvermögen seiner Leserschaft«, entgegnete Eleonora ehrlich und höflich zugleich, dabei vollkommen ihren augenblicklichen Status vergessend. Sie wähnte sich bei einer der nachmittäglichen Teegesellschaften in Gräfin Dorotheas Salon.

»Christine!« In den Ausruf des Apothekers mischten sich Verblüffung und Ärger zugleich. »Wie kommen Sie dazu, sich an meinen Schreibtischunterlagen zu schaffen zu machen? Das ist eine Unverschämtheit, also ich weiß nicht ...« Nun schien er wirklich unmittelbar vor einer Explosion zu stehen. Im selben Moment brach sein Freund in schallendes Gelächter aus. Verblüfft starrten Eleonora und der Apotheker ihn an.

»Entschuldige, mein Lieber, entschuldige, aber es ist einfach zu komisch, es ist einfach zu komisch.« Er schien sich kaum mehr beruhigen zu können.

»Was ist komisch?«, erkundigte sich sein Freund verärgert.

»Eine Köchin, die Fichte liest und ihn versteht beziehungsweise genauso wenig versteht wie du und ich«, prustete Dr. Semling. Er zog ein Taschentuch aus seiner Hosentasche und wischte sich die Lachtränen von den Wangen. »Hast du mich nicht in deine Bibliothek gebeten, um mir die neuesten Mitschriften deines verehrten Fichte zu zeigen, weil du manchen seiner Ausführungen nicht mehr folgen kannst und mich um eine Exegese meinerseits bitten wolltest?«

Apotheker Pistor nickte überrumpelt.

»Und dann bringt es deine Köchin auf den Punkt, hahaha,

eine Bedienstete, die Fichte liest und ihn durchschaut. Hast du gewusst, dass du so eine gebildete Köchin hast, mein lieber Erich?«, erkundigte sich Dr. Semling nun belustigt.
Apotheker Pistor schüttelte wieder den Kopf und ging erneut auf Eleonora los. »Was haben Sie eigentlich in meiner Bibliothek verloren? Es ist eine Unverschämtheit, sich an meinem Schreibtisch zu schaffen zu machen und sich dann noch auf meinem persönlichen Schreibtischstuhl niederzulassen.« Seine Stimme überschlug sich fast vor Empörung.
»Ich habe mich nicht an Ihrem Schreibtisch zu schaffen gemacht, sondern Ihnen lediglich wie jeden Nachmittag um diese Zeit Ihren Mokka bereitgestellt«, entgegnete Eleonora ruhig.
Der Apotheker wollte schon wieder hochfahren, aber sein Freund legte begütigend die Hand auf seinen Arm.
»Lass sie doch erst einmal ausreden«, verlangte er und nickte Eleonora aufmunternd zu.
»Dabei fiel mein Blick zufällig auf diese auf dem Schreibtisch liegenden Manuskriptseiten«, fuhr Eleonora hastig fort. »Ich überflog ein paar Zeilen und bin sofort hängengeblieben. Ich habe selbst nicht gemerkt, wie ich Zeit und Raum vergaß. Es muss an der Lektüre liegen. Ich bitte vielmals um Verzeihung.«
Apotheker Pistor schwieg. Sein Freund klopfte ihm ermutigend auf die Schulter. Dabei sah er Eleonora lächelnd an. Von Apotheker Pistor kam ein unwilliges Brummeln.
»Er hat Ihre Entschuldigung angenommen, Christine«, sagte Dr. Semling zu ihr, dann wandte er sich wieder Pistor zu. »Letztendlich solltest du wirklich stolz sein, eine so gebildete Hausangestellte zu haben. Und eine begnadete Köchin zugleich, wie ich aus eigener Erfahrung hinzufügen möchte.« Nachdenklich ließ er seinen Blick über Eleonora wandern.

»Seltsam, dass ich erst heute feststelle, was für eine schöne Frau Sie sind, Fräulein Christine. Viel zu schade, um sich in so einer alten, verräucherten Küche zu verstecken. Warum hast du uns diese Schönheit eigentlich so lange vorenthalten?«, fragte er vorwurfsvoll seinen Freund.

»Eine Köchin ist eine Köchin, bleibt eine Köchin«, murmelte Apotheker Pistor unwirsch und begann seine Unterlagen zu ordnen. Aber Dr. Semling wollte Eleonora nicht aus den Augen lassen. Immer schärfer umfasste sie sein forschender Blick.

»Irgendwie kommen Sie mir bekannt vor, Fräulein Christine«, sagte er nachdenklich. »Ich bin mir sicher, dass ich Sie schon irgendwo einmal gesehen habe. Ich weiß nicht, wann und wo das gewesen sein kann, aber eines bin ich mir ganz sicher, Sie trugen keine Dienstbotentracht. Sind wir uns nicht schon einmal begegnet, Fräulein Christine?«

Mit zitternden Fingern nestelte Eleonora an ihrer Schürze und machte hastig einen Knicks. »Das ist unmöglich, da muss eine Verwechslung vorliegen, Herr Doktor«, krächzte sie. »Ich bitte nun mich zu entschuldigen.«

»Christine!«, rief Apotheker Pistor sie barsch zurück. »Nehmen Sie den Mokka mit, der ist ja mittlerweile eiskalt geworden.«

Mit fliegenden Händen stellte Eleonora das Mokkageschirr auf das Serviertablett. Die scharfen Augen des Arztes schienen ihr bis auf den Grund ihrer Seele zu schauen. Ahnte er etwas? Was wusste er? Sie knickste erneut und wich seinem Blick aus. Aber als sie das Tablett in der Küche auf dem Tisch abstellte, war ihr Entschluss bereits gefasst. Sie musste so schnell wie möglich dieses Haus verlassen.

Apotheker Pistor akzeptierte ihre Kündigung sofort.

»Es ehrt Sie, dass Sie so schnell die Konsequenz aus Ihrem

ungebührlichen Verhalten ziehen«, sagte er. »Insofern bin ich auch bereit, Ihnen eine Referenz zu geben.«
Die Empfehlung eines angesehenen Apothekers aus Neuruppin war in der Tat ihrer neuen Stellungsuche förderlich. Die Frau des Apothekers hatte ihr sogar noch einen Wochenlohn mehr, als ihr zustand, ausgezahlt. Zunächst hatte sie sogar gegen Eleonoras Kündigung protestieren wollen. Aber auf einen abwehrenden Wink ihres Gatten hin verstummte sie sofort, wie es sich für eine gehorsame Ehefrau geziemte. Das Extrageld steckte sie Eleonora auch hinter seinem Rücken zu. Dieser kleine Obolus erlaubte es ihr, nicht nur mit der Eilkutsche nach Berlin zu fahren, sondern Quartier in einer kleinen Pension zu nehmen. Ein paar Marktbesuche, die Ohren aufgesperrt und die Gespräche der einkaufenden Dienstmädchen und Zofen belauscht, dabei stets gut getarnt in der Aufmachung einer märkischen Landfrau, einen Fischhändler hier, eine Hökerin da, eine Gemüsefrau dort ein bisschen ausgeforscht, und im Nu war Eleonora auf dem Laufenden, wusste, wer wo eine tüchtige Köchin suchte. Zeitweilig überlegte sie, ob sie es zur Abwechslung einmal als Vorleserin, als Gesellschafterin oder gar Lehrerin versuchen sollte. Das hatte nichts Ehrenrühriges. Die Zeiten hatten sich geändert. Etliche Frauen waren in diesen Jahren gezwungen, ihren Lebensunterhalt selbst zu verdienen. Andere wollten es sogar ganz bewusst. So wie die kleine Henriette Mendelssohn, kluge Tochter des großen Philosophen der Aufklärung, die schon seit Jahren in Paris lebte und dort erfolgreich ein Mädchenpensionat betrieb und Anlaufstelle nicht nur für deutsche Durchreisende war. Bis zu ihrer Verbannung durch Napoleon höchstselbst war sogar die berühmte Madame de Staël bei der kleinen »Jette« ein und aus gegangen.
Und die große »Jette« Henriette Herz, gerühmt, Schönheit,

Charme und Klugheit in einer Person zu verkörpern, berühmteste Salonière ihrer Zeit, war nach dem Tod ihres Mannes nicht nur gezwungen, ihren Lebensstandard erheblich einzuschränken und ihren Salon aufzugeben, sondern musste auch ihr eigenes Geld verdienen. Sie lebte mittlerweile als Privatlehrerin auf Rügen. Es war ein Freundschaftsdienst der Charlotte von Klathen gewesen, die berühmte Henriette Herz als Erzieherin für ihre Kinder anzuheuern. Deren Berliner Salon war einst das große Vorbild ihres selbst begründeten literarischen Kreises in Putbus.

Einige Tage überlegte Eleonora, wo und wie sie sich erneut verdingen konnte. Ihre kleine Reserve schmolz bedrohlich zusammen. Ehe sie ohne einen Heller auf der Straße saß, musste sie sich entschieden haben. So schlecht die Zeiten auch waren, so schrecklich das Klagen über den Niedergang Preußens, ob der Unersättlichkeit, den Hunger und den Durst der französischen Einquartierungen und ob des allgemeinen Verfalls von Sitten, Moral und des Geldwerts, bestand immer noch, wenn nicht gar eine gesteigerte Nachfrage an Dienstboten, Dienstmädchen, Küchenmamsellen, Köchinnen, Gesellschafterinnen und Gouvernanten.

Trotz ihrer bescheidenen Dienstbotenkleidung, dem Strickumhang und dem sorgfältig unter der Haube versteckten Haarschopf mied Eleonora bei ihrer Suche tunlichst, sich in die Nähe des Prewitzschen Palais zu wagen. Die Erinnerung an seine Bewohner schmerzte sie zu sehr.

Charlotte, Sophie, Mademoiselle Durand, die gestrenge Madame Hortense – was aus all ihnen geworden war? Wie lange war Maestro Farini jetzt bereits tot? Ob Babette noch lebte? Wohin hatte es wohl den alten Grafen Ludovic verschlagen? Und die anderen Prewitzens, Gräfin Elisabeth und Graf Wilhelm? Angeblich waren sie im Tross des königlichen Gefolges

gleichfalls nach Ostpreußen geflüchtet. So viel war auf dem Markt durch vorsichtiges Aushorchen zu erfahren gewesen. Beim Gedanken an Gräfin Elisabeth stieg in Eleonora wie stets eine Mischung aus Abscheu und Ekel hoch.
Stand das Stadtpalais der Prewitzens nun leer?

23

Eleonora konnte sich kaum mehr erinnern, wann sie das letzte Mal ein richtig schönes Kleid getragen hatte. So eitel und putzsüchtig wie die Komtessen war sie niemals gewesen, aber Wert auf ein gepflegtes Äußeres hatte auch sie gelegt und legte sie immer noch. Wenn sie erst einmal wieder Gelegenheit hätte, Gräfin Dorotheas Zobel zu tragen, würde kein Mensch sie mehr für eine Köchin oder Dienstmädchen halten. Bei dem Gedanken an diesen Schatz fasste sie einen spontanen Entschluss. Sie würde ihrem Vater endlich einmal wieder einen Besuch abstatten. Denn dort in einem schlichten Kleiderschrank hing mittlerweile Gräfin Dorotheas Pelz, wohlverpackt in einem Leinensack, mit Kampfer und Lavendel gegen Mottenbefall und anderes Ungeziefer geschützt.
Eleonoras Vater begrüßte seine Tochter so mürrisch wie üblich. Ihm lagen nun einmal keine großartigen Gefühlsausbrüche, aber hinter seiner brummigen Fassade versteckte sich ein weicher Kern. Eleonora wusste es nicht, sie fühlte es. War es nicht ein Zeichen von Liebe gewesen, seine Kinder nach der Rückkehr aus dem ersten Koalitionskrieg sofort aus dem Potsdamer Waisenhaus zu holen, obwohl er kaum wusste, wie er sie ernähren konnte? Eleonora konnte sich genau

erinnern, wie erschüttert er gewesen war, als er vom Tod der kleinen Friederike erfahren musste. Nur sieben Jahre alt war ihre jüngere Schwester geworden. Nur noch schemenhaft konnte sie sich an sie erinnern. Genauso wenig wie an ihren Bruder. Lediglich das Gefühl eines unerschütterlichen Zusammenhalts war ihr noch gegenwärtig. Gemeinsam hatten sie unter den Schikanen und Repressalien, dem Hunger, der Not und der Kälte in dem Waisenhaus gelitten. Das hatte sie umso fester zusammengeschweißt. Was wohl aus Johannes geworden war? Eleonora hatte ihn gänzlich aus den Augen verloren.

Ihr Vater sprach nicht über ihn, schwieg ihn einfach tot. Eleonora vermutete, dass ihr Bruder im Streit das Haus verlassen hatte und zu den Soldaten gegangen war. Vielleicht lebte er inzwischen gar nicht mehr. Wie alt wäre er mittlerweile? Eleonora rechnete nach und erschrak. Wenn Johannes noch am Leben war, ging er mittlerweile auf die dreißig zu. Sie selbst war ja auch schon dreiundzwanzig. Eine alte Jungfer war sie mittlerweile. Ihre beiden Freundinnen waren schon lange Mütter geworden. Ach, Charlotte und Sophie!

Wie stolz die beiden Schwestern bei ihrem letzten Besuch auf ihre Kinder gewesen waren. Der stämmige kleine bayerische Herzog und das genauso pausbäckige Zwillingspärchen kamen ganz nach ihrem Vater, während die zierliche Tochter von Charlotte mit ihrer blonden Zartheit schon fast etwas Ätherisches hatte. »Meine kleine Elfe« hatte Gräfin Dorothea sie zärtlich genannt und vergeblich versucht zu verbergen, dass die kleine Dorothea der Liebling unter ihren Urenkeln war. Vier Kinder waren es beim letzten Besuch der Komtessen in Berlin gewesen. Wie viele mittlerweile dazugekommen waren?

Wohin mochte es die beiden Familien in diesen wirren Zeiten

überhaupt verschlagen haben? Hatten Charlotte und Sophie jemals von ihrer Flucht erfahren? Hatten sie gar nach ihr gesucht? Oder Graf Ludovic? Hatte er sich nicht gewundert, Eleonora bei seiner Rückkehr aus Hannover nicht mehr im Haushalt der Prewitzens vorzufinden? Er war ihr doch stets in einer Art widerwilligen Zuneigung zugetan gewesen.

Oder Balduin Schilling?

Genug! Eleonora untersagte sich jegliche weitere Spekulationen und Grübeleien. All das lag nun schon Jahre zurück, hatte mit ihr nichts mehr zu tun, gehörte zu einem anderen Leben. Sie war schon lange nicht mehr Eleonora Prohaska, Protegé der hochangesehenen Gräfin von Prewitz zu Kirchhagen und junge Sängerin mit Aussicht auf eine große berufliche Zukunft, sondern Christine, ehemalige Köchin eines Apothekers aus Neuruppin und nunmehr auf Stellungsuche.

Ihr Vater fragte nicht nach den Gründen, warum sie ihre Stelle dort aufgegeben hatte. Eleonoras Versuch, ihn zu Rate zu ziehen, ob sie nicht einmal etwas anderes versuchen sollte, schlug fehl. »Das musst du selbst wissen, da kann ich dir nicht bei raten. Damit kenne ich mich nicht aus.«

Die Schwerfälligkeit des eigenen Vaters machte ihr bewusst, wie sehr sie sich danach sehnte, wieder einmal in diesem leichten Prewitzschen Ton eine gehobene Konversation zu machen oder sich mit irgendjemandem in einem hitzigen Disput zu ergehen, eben so, wie es im Hause der Prewitzens üblich gewesen war und sie es im Lauf der Jahre selbst gelernt hatte. Noch einmal die schwesterlichen Kabbeleien von Charlotte und Sophie hören zu dürfen. Wie oft hatte Eleonora sich beherrschen müssen, sich nicht beim Servieren bei Apothekers spontan in die Tischdebatte der anwesenden Honoratioren einzumischen. Nahezu körperliche Pein bereitete es ihr, wenn jemand etwas offenkundig Falsches behauptete, sie diese Behauptung hätte sofort widerlegen können, aber es sich verkneifen musste. Nicht nur einmal hatte sie sich auf die Zunge gebissen oder in letzter Sekunde eine Bemerkung verschluckt. Es wäre zu verräterisch gewesen. Schließlich hatte sie sich aber doch versehentlich verraten, indem sie sich bei einer Lektüre ertappen ließ, »bei der meine eigene Frau niemals auf den Gedanken gekommen wäre, überhaupt darin zu blättern«, hatte Apotheker Pistor gesagt. Wäre es nach ihm gegangen, hätte er seine Köchin für ihre Anmaßung sogar empfindlich bestraft. Nur dank der Fürsprache des Hausarztes Dr. Semling war Eleonora glimpflich davongekommen. Voller Dankbarkeit dachte Eleonora an ihn zurück. Dr. Semling war ihr überaus wohlgesinnt gewesen, aber er bedeutete auch Gefahr für sie. Sein scharfer, nachdenklicher Blick war der Grund, warum sie so schnell Neuruppin verlassen hatte, hatte verlassen müssen.

Ihre nächste Stelle verschlug Eleonora nach Frankfurt/Oder. Dem dortigen Pfarrer war die Frau plötzlich gestorben. Er benötigte eine tüchtige Haushälterin, die darüber hinaus auch die mit dem Tode der Pfarrfrau verwaisten Verpflichtungen übernahm. Der Küster der Gemeinde war in den Krieg gezogen und in einer der vielen Schlachten der vergangenen Jahre gefallen. Als der Pfarrer ihr beim Einstellungsgespräch offenbarte, dass sie daher auch die Aufgaben eines Küsters übernehmen müsse, hatte Eleonora nur gleichmütig genickt. Fast reibungslos fügte sie sich in den verwaisten Haushalt ein. Der Witwer trauerte tief um seine geliebte Frau. Über vierzig Jahre waren sie miteinander verheiratet gewesen. Die Ehe war kinderlos geblieben, umso fester waren die beiden miteinander verwachsen und inniger ihre Bindung gewesen.

Eleonora bekam unter dem Dach des Pfarrhauses eine kleine Kammer zugewiesen und blieb bei der Arbeit weitestgehend

sich selbst überlassen. Als sie gefragt hatte, ob er ihr irgendwelche Anweisungen zu erteilen oder besondere Wünsche bezüglich der künftigen Haushaltsführung zu äußern hätte, hatte Pfarrer Behlow nur mit den Schultern gezuckt.
»Davon habe ich keine Ahnung, das hat doch alles immer meine Frau gemacht«, sagte er hilflos.
Dank Babettes und Madame Hortenses unerbittlicher Schulung und den mittlerweile in Neuruppin gewonnenen Erfahrungen gelang es Eleonora sehr schnell, den Pfarrhaushalt in den Griff zu kriegen. Sie kochte, buk, bügelte, hielt Öfen und Herde im Haus am Brennen, hackte Holz für den Kamin, versorgte Hühner und Gänse und kümmerte sich um den Gemüsegarten. Der Pfarrer ließ ihr freie Hand, redete ihr niemals rein, sondern bedankte sich jedes Mal höflich, wenn sie ihm das Essen brachte. Nach ein paar Wochen bat er sie sogar, gemeinsam mit ihm zu essen.
»Ich bin es einfach nicht gewohnt, so allein bei Tisch zu sitzen.«
Eleonora leistete dieser Aufforderung nur beklommen Folge, faltete aber brav die Hände zum Tischgebet, senkte den Kopf und murmelte die vertrauten Zeilen mit. Es dauerte nicht lange, bis sie ihre Befangenheit verlor. Zwar hatte der Pfarrer sie um ihre Gesellschaft gebeten, schien aber bei Tisch stets sofort ihre Anwesenheit zu vergessen. Meist brütete er dumpf vor sich hin, schreckte dann ab und zu aus seinen Gedanken auf und stellte ihr ein paar Fragen. Aber ehe Eleonora sie beantworten konnte, war er schon wieder in seine Grübeleien versunken. Nach dem Essen zog er sich in sein Studierzimmer zurück, um seine nächste Sonntagspredigt vorzubereiten oder sich in philosophischen Studien zu ergehen. Auch er besaß eine beeindruckende Bibliothek, der sich Eleonora jedoch hütete zu nahe zu kommen. So blieb sie die meiste

Zeit sich selbst überlassen. Nur in einem war Pfarrer Behlow unerbittlich. Jeden Sonntag, jeden Feiertag und jeden Mittwoch, an dem er zu einem Vespergottesdienst lud, musste Eleonora ihrem Küsterinnendienst gewissenhaft nachkommen. Auf dem Altar hatte stets ein frisch gepflückter Blumenstrauß zu stehen, die Anzeigetafeln rechts und links des Altarraums hatten die korrekten Liednummern anzuzeigen, der Stapel der Gesangbücher musste akkurat an Ort und Stelle im Eingangsbereich liegen, die Bibel korrekt auf der Seite der Stelle aufgeschlagen sein, über die er an diesem Tag predigte. Gab es ein Abendmahl, hatte sie den Wein in eine silberne Karaffe zu füllen und die Oblaten auf einem silbernen Teller bereitzulegen. Die Noten für den Kantor musste sie in der Sakristei heraussuchen und ihm oben auf der Empore auf dem Notenständer der Orgel hinlegen. Es war nur eine kleine bescheidene Orgel, nicht zu vergleichen mit den imponierend kostbaren Meisterstücken der Orgelbauerkunst in Berlin oder Potsdam, aber sie tat ihre Dienste. Es gab auch einen Kirchenchor, der jedoch fast nur noch aus Frauen bestand, weil die Männer alle eingezogen waren. Zu guter Letzt erwischte es dann auch noch den Kantor. Damit stand der Chor ohne Leiter und die Gemeinde ohne Organisten dar.

»Das geht doch überhaupt nicht. Einen Gottesdienst ohne Kirchenchor kann ich mir ja gerade noch so denken, aber ohne Orgelbegleitung? Ein Ding der Unmöglichkeit!«, regte sich Pfarrer Behlow auf. Zum ersten Mal schien er aus seiner Lethargie erwacht. Haare raufend marschierte er in seinem Studierzimmer auf und ab. Vor dem lebensgroßen Porträt seiner Frau über dem Kamin blieb er stehen. »Sag mir, was ich machen soll, Anna?«, flehte er. Anna lächelte nur und schwieg.

Eleonora beobachtete ihn verstohlen. Er hatte soeben nach ihr geklingelt, aber was er von ihr wollte, ahnte sie nicht.
»Kannst du nicht die Orgel bedienen?«, erkundigte sich Pfarrer Behlow. »Ich habe dich ein paarmal in der Küche singen hören. Du scheinst eine recht hübsche Stimme zu haben. Ein paar Akkorde beherrsche ich auch, die könnte ich dir bis Sonntag beibringen.«
»Eine Orgel bedient man nicht, die spielt man«, entgegnete Eleonora.
»O, là, là, was war denn das? Die Mamsell erlaubt sich, mich zu belehren?«
Eleonora biss sich auf die Lippe. Sie hätte sich ohrfeigen können. Stets war sie auf der Hut, passte auf, dass ihr keine Fehler unterliefen, dass sie sich nicht versehentlich verriet, und dann? Schon fast bekannt kam es ihr nun vor, als dieses Mal der Pfarrer sie einer nachdenklichen Musterung unterzog.
»Du kannst also Orgel spielen«, stellte er ruhig fest.
»Nein, Orgel nicht«, erwiderte Eleonora der Wahrheit gemäß.
»Ein anderes Instrument, vielleicht Klavier?«, hakte der Pfarrer nach. Er hatte nichts mehr mit dem alten, trauernden Witwer gemein, der seit Wochen geistesabwesend seine Suppe in sich hineinschlürfte, um sich anschließend in sein Studierzimmer zu schleppen. Hellwach blitzten seine blauen Augen hinter der runden Brille hervor, als er auf ihre Antwort wartete. Aber Eleonora schwieg.
»Christine, warum antwortest du nicht? Spielst du nun Klavier oder nicht?« Wie streng er plötzlich klang. Sein Ton war jetzt genauso unerbittlich wie bei seinen Sonntagspredigten, wenn er oben von der Kanzel seine geharnischten Predigten auf die gesenkten Köpfe seiner Schäfchen niederprasseln ließ.
»Ein bisschen«, gab Eleonora widerwillig zu.

»Dann komm mit!«, befahl er ihr. Er nahm sie einfach beim Arm und zog sie durch das ganze Pfarrhaus, zur Tür hinaus, quer über den Kirchhof hinüber zu der an dessen Ende stehenden Kirche, hinein ins Kirchenschiff und die Treppe hoch zur Empore. Er drückte sie auf die vor der Orgel stehende Bank und zog ein paar Register. »Spiel!«, befahl er. Mit zitternden Händen griff Eleonora in die Tasten und erschrak beim Klang der gewaltigen Akkorde, die so unverhofft durch das Kirchenschiff schallten. »Vergiss deine Füße nicht!«

»Ich habe noch niemals Orgel gespielt, ich weiß gar nicht, wie man sie setzen muss«, wehrte sich Eleonora.

Mit einer Behendigkeit, die sie ihm niemals zugetraut hätte, nahm Pfarrer Behlow neben ihr Platz. Mit beiden Füßen und voller Kraft begann er die hölzernen Pedalen der Orgel zu treten.

»Los, spiel ›Großer Gott, wir loben dich‹!«

Er sagte es nicht, er brüllte es, anders hätte er auch nicht zu ihr durchdringen können. Ein paarmal griff Eleonora daneben, aber dann hatten ihre Finger die passenden Akkorde und schließlich auch die richtige Melodie gefunden. Unerwartet hub Pfarrer Behlow nun auch noch zu singen an. Er hatte einen mächtigen, aber ausgesprochen wohltönenden Bass. Und er sang voller Inbrunst alle Strophen des Chorals, dabei unablässig die Pedale tretend.

»Sing auch!«, befahl er ihr während einer kurzen Atempause. Eleonora räusperte sich. Wie lange hatte sie nicht mehr gesungen? Der Pfarrer stieß sie in die Seite. »Nun sing schon!«

Sie räusperte sich noch einmal und hub zaghaft an. Es dauerte eine ganze Weile, bis sie sich freigesungen hatte. Ihr Gesang war nicht zu vergleichen mit dem der vergangenen Jahre, als sie noch regelmäßig Unterricht gehabt hatte. Sie hatte den Eindruck, dass ihre Stimme etwas tiefer geworden war. Oder lag es daran, dass sie völlig außer Übung war? Aber nach einer Viertelstunde, nachdem sie ihre Befangenheit verloren hatte, hatte ihr Gesang wieder etwas von dem Gefühl und dem Wohlklang früherer Jahre. Sie merkte gar nicht, wie lange sie sang. Der Pfarrer blätterte weiter, schlug das nächste Notenblatt auf und nickte ihr befehlend zu. Mal sang er mit, mal lauschte er kopfnickend.

Eleonora vergaß Zeit und Raum. Diese Lieder waren ihr alle so vertraut, waren es doch die alten Kirchenlieder, die man ihr schon im Potsdamer Waisenhaus beigebracht hatte. Aber auch Schilling hatte darauf bestanden, dass sie diese alte Musik in ihrem Repertoire behielt.

Repertoire? Was für ein Wort! Völlig ungewohnt. Seit Jahren hatte sie es nicht mehr benutzt, hatte vergessen, dass sie einmal dabei gewesen war, sich mit Hilfe von Balduin Schilling ein maßgeschneidertes Repertoire zu erarbeiten. Nein, sie hatte es nicht vergessen, sie hatte es verdrängt. So lag auch in ihrem Inneren ganz tief versenkt und verkapselt die Erinnerung daran, wie sie bereits die Partitur von *Fidelio* gelesen und sich auf die Rolle der Leonore vorbereitet hatte. Damals, im Buchenwald von Schloss Sophienhof. Wer hatte ihr die Noten geschickt? Mit aller Macht unterdrückte Eleonora den Gedanken an den Absender des Päckchens, das so unverhofft während ihres letzten Sommers auf Sophienhof eingetroffen war.

Und wer hatte ihr prophezeit, dass es in dem folgenden Herbst keine Premieren am Gendarmenmarkt in Berlin geben würde, dass sie also auch den Gedanken an ihr offizielles Operndebüt vergessen sollte?

Alexander!

Der Gedanke an ihn durchfuhr sie wie ein Messerschnitt. Die Erinnerung überkam sie so unverhofft, dass sie am ganzen

Körper zu zittern begann. Sie schlug die Hände vors Gesicht und versuchte sich wieder zu sammeln.

»Christine!«

Eleonora reagierte nicht.

»Christine, was ist denn plötzlich los mit dir? Warum singst du nicht mehr?« Sie spürte, wie ihr die Hände vom Gesicht gezogen wurden. Ein Paar hellblaue Augen unter buschig weißen Brauen schaute sie besorgt an. »Christine, was ist mit dir?«, fragte Pfarrer Behlow.

Erst jetzt wurde Eleonora bewusst, dass er sie meinte. Mit Mühe kehrte sie in die Gegenwart zurück. Sie atmete tief durch, richtete den Rücken gerade und straffte die Schultern.

»Du hast wunderschön gesungen«, sagte er. »Ich hatte bereits geahnt, dass du eine schöne Stimme hast, denn ich habe dich schon ein paarmal in der Küche leise singen hören. Aber all meine Ahnungen hast du soeben weit übertroffen. Wo hast du das gelernt?«

Forschend schaute er sie an. Eleonora schluckte und schwieg.

»Das war nicht die Stimme einer Haushälterin, die sich an ein paar alten Kirchenliedern erfreut«, fuhr Pfarrer Behlow fort. »Was ich da soeben vernommen habe, war eine geschulte Stimme.« Er erhob sich. »Komm, wir gehen hinüber ins Pfarrhaus, da ist es wärmer«, forderte er sie auf. »Du machst uns eine schöne heiße Schokolade oder vielleicht sogar besser für dich eine heiße Milch mit Honig.«

Heiße Milch mit Honig! Wie oft war ihr früher dieses Getränk serviert, manchmal sogar regelrecht aufgezwungen worden, von Babette oder gar von Gräfin Dorothea höchstpersönlich. Eleonora lächelte versonnen.

»Christine!«, rief Pfarrer Behlow sie in die Gegenwart zurück. So wie auf dem Hinweg packte er sie auch jetzt einfach am Arm, zog sie mit sich die Empore hinab ins Kirchen-

schiff, hinaus durch das Portal, das hinter ihnen donnernd ins Schloss fiel, quer über den Kirchhof Richtung Pfarrhaus.
»Mein liebes Kind, auch wenn es dir scheinen mag, dass ich dir in der vergangenen Zeit wenig Beachtung geschenkt habe, ist dem nicht so«, sagte er, als sie durch die Gräberreihen schritten. »Bei all meinem Kummer und meiner Trauer um meine geliebte verstorbene Frau habe ich trotzdem nicht meine scharfe Beobachtungsgabe verloren.«
Das klang nicht gut in Eleonoras Ohren. Aber es kam noch schlimmer.
Im Haus angekommen, bat Pfarrer Behlow sie nicht nur um eine Tasse Tee und ein paar Kekse, sondern sagte: »Bring auch gleich eine Tasse für dich und ein bisschen Zeit für mich mit.«
Es war liebenswert gemeint, das sah Eleonora an seinen Augen, die sie so gütig anschauten. Aber für sie bedeutete dieses plötzlich erwachte oder erst jetzt offen bekundete Interesse ihres Dienstherrn Gefahr und Bedrohung.
»Christine, von der ersten Minute deines Erscheinens warst du mit einer Aura von Geheimnis umgeben«, hub Pfarrer Behlow an und ließ seinen Löffel in der Tasse klirren. »Ja, ich war vor Kummer und Trauer fast krank, durfte darüber aber trotzdem nicht meine seelsorgerischen Pflichten vernachlässigen. Ich spürte deine innere Not. So gab ich dir diese Stelle und ließ dich in Ruhe.« Er schwieg nachdenklich. »Aber das kann ich nun nicht mehr«, sagte er nach geraumer Weile. Er hob den Blick von seiner Tasse und schaute Eleonora eindringlich an. »Was ist dein Geheimnis, Christine?«
»Ich habe kein Geheimnis«, behauptete Eleonora steif.
Mit einer Handbewegung fegte er ihren Satz beiseite. »Statt darauf hinzuweisen, wie es meine Pflicht als Pfarrer wäre, dass du mit dieser Behauptung gegen die Zehn Gebote verstoßen hast, biete ich dir lieber mein Ohr«, sagte er. Spontan

legte er ihr seine Hand auf den Arm. Stumm schaute Eleonora auf sie hinunter. Es war eine große, sehr gepflegte Hand mit vielen Adern und Falten, die Hand eines alten Mannes.
»Willst du dich mir nicht anvertrauen?«, insistierte er.
Eleonora schwieg.
»Vielleicht nicht jetzt, aber vielleicht morgen? Magst du noch einmal eine Nacht darüber schlafen?«, schlug er vor.
Eleonora zuckte mit den Schultern. Aber dann erkannte sie, welchen Vorteil sie daraus ziehen konnte. »Morgen vielleicht«, presste sie hervor.
Pfarrer Behlow nickte. »Gut, dann reden wir morgen weiter«, sagte er zufrieden und lehnte sich aufatmend auf seinem Stuhl zurück. »Ich freue mich schon auf das Abendessen. Was hast du dir denn heute wieder Leckeres für mich einfallen lassen«, wechselte er geschickt das Thema.
Eleonora gab sich an diesem Abend besonders viel Mühe mit dem Essen für ihren Dienstherrn. Sie schlug das Omelett besonders schaumig, lief extra nochmals in den Garten, um ein Sträußchen frischen Kerbel zu schneiden, dessen Blättchen sie dekorativ über das goldgelbe Omelett zupfte. Den Spinat verfeinerte sie mit noch einem weiteren Klecks Butter, und das Kalbsschnitzelchen war ein Gedicht.
»Weißt du, Christine«, sagte Pfarrer Behlow beim Essen und tupfte sich die Mundwinkel mit seiner Serviette ab, »alleine die Küche, mit der du mich nun seit fast einem Jahr verwöhnst, ist schon Beleg für meine These. Diese Kochkunst lernt man nicht in einer einfachen Bauernkate.«
Eleonora, die bis soeben noch ganz entspannt ihre leichte Konversation genossen hatte, versteinerte.
»Schon gut, schon gut, ich fange nicht schon wieder an«, beschwichtigte er sie. »Wie wäre es mit einer kleinen Schachpartie? Du spielst doch Schach?«

Dankbar nahm Eleonora diesen Vorschlag an. Erst beim Spülen und Abtrocknen ging ihr später in der Küche auf, dass sie in eine Falle getappt war. Denn auch das Schachspiel erlernte man nicht in einer Bauern- oder einfachen Fischerkate.
Als sich Eleonora kurz vor Mitternacht in die kleine Dachkammer begab, stand ihr Entschluss fest. Sie musste dieses Haus und den gütigen Pfarrer Behlow verlassen.
Noch in derselben Nacht stahl sie sich aus dem alten Pfarrhaus in Frankfurt und nahm ihre Wanderschaft erneut auf.

24

Auch diesmal musste sich Eleonora zunächst keine finanziellen Sorgen machen, denn Pfarrer Behlow hatte ihre Dienste regelmäßig und pünktlich bezahlt. Kost und Logis waren frei gewesen, so dass sie sich ihren Lohn fast gänzlich beiseitelegen konnte. Wie gut sie daran getan hatte, wurde ihr klar, als sie in der Postkutsche saß.
Ja, es ging wieder einmal nach Berlin zurück. Von dort aus war es am günstigsten für eine junge Frau, eine neue Stelle zu finden.
Wieder hatte sie sich in die kleine Pension am Rande des Zentrums einquartiert, wieder mied sie es tunlichst, dem Prewitzschen Stadtpalais zu nahe zu kommen, streifte aber über die verschiedenen Berliner Märkte, um sich verstohlen umzuhören. Einmal wagte sie es sogar bis hinaus nach Potsdam, wo es ebenfalls einige Märkte gab. Auf den Gedanken, diesmal auch ihren Vater aufzusuchen, kam sie gar nicht. Seltsamerweise schienen ihre Dienste kaum mehr gefragt zu sein. Er-

schöpft und entmutigt saß sie nach diesem Tag vergeblichen Suchens auf einer Bank vor dem Park von Schloss Sanssouci. Im Geiste zählte sie ihre finanziellen Reserven nach und stellte erschrocken fest, dass sie mittlerweile fast zur Gänze zusammengeschmolzen waren. Wenn sich nicht innerhalb der nächsten Woche irgendwie, irgendwo eine neue Stelle auftat, stand sie ohne einen Heller und Pfennig da. Was dann? Beim Vater unterschlüpfen? Der konnte sie nicht durchfüttern. Sich prostituieren?

Eleonora wusste sehr wohl, was es mit diesen schrill lachenden, stark geschminkten jungen Mädchen und Frauen auf sich hatte, die, kokett ihre Täschchen schwenkend, in den Seitenstraßen des Gendarmenmarkts auf und ab stöckelten. Oft genug hatte sie eine von ihnen, am Arm eines französischen Soldaten oder eines anderen Passanten eingehängt, in einer der vielen kleinen Pensionen oder Absteigen verschwinden sehen. Unbarmherzig hatte das wahre Leben die vergangenen Jahre Eleonora seine Lektionen gelehrt. Sie war längst nicht mehr das naive, großäugige junge Mädchen, das von der großen Opernkarriere träumte, wohlbehütet, gut abgefedert von den harten Stößen des wirklichen Alltags durch die Generosität der wohlgesinnten Gräfin Dorothea. Beim Gedanken an sie wurde ihr wie immer das Herz schwer. Ihr Tod hatte eine Lücke hinterlassen, die niemals wieder zu füllen war.

Eleonora bemerkte das Herannahen des Spaziergängers zunächst überhaupt nicht. Sie nahm den jungen Mann erst wahr, als er neben ihr Platz nahm und das Buch, das er bei sich getragen hatte, zu Boden fiel. Sie schreckte hoch. Das Buch rutschte ein ganzes Stück über den Kies und lag nicht mehr in seiner Reichweite. Gleichmütig beobachtete Eleonora, wie der junge Mann sich bückte, um es aufzuheben. Sie sah, wie seine Hände mehrfach ins Leere griffen und tastend über den Kies fuhren. Sie konnte es einfach nicht länger ertragen, stand auf, lief die zwei Schritte bis zu dem auf der Erde liegenden Buch und hob es auf.

»Verzeihen Sie, darf ich Ihnen behilflich sein, hier ist Ihr Buch«, sagte sie und drückte es dem jungen Mann in die Hand. Der nahm es entgegen und wandte ihr sein Gesicht zu. Es war ein junges Gesicht. Das Gesicht eines Kindes?

»Haben Sie vielen Dank. Dann habe ich mich also doch nicht getäuscht, dass auf dieser Bank schon jemand saß«, bedankte er sich mit überraschend tiefer Stimme. »Sie haben sich jedoch so ruhig verhalten, dass ich schon glaubte, mich geirrt zu haben.« Er lächelte ihr zu.

Es war das Lächeln eines Kindes. Aber hatte ein Kind einen solch dunklen Bart? Der junge Mann schaute sie an und schaute sie doch nicht an, denn seine Augen irrten merkwürdig ziellos an ihr vorbei, blieben nicht an ihrem Gesicht haften, suchten nicht ihren Blick, sondern schweiften in die Ferne, um sich im nächsten Moment zu schließen. Der junge Mann war blind, stellte Eleonora erschrocken fest.

»Sie müssen nicht erschrecken«, sagte er. »Ich bin von Geburt an blind und weiß gar nicht, wie es ist zu sehen.«

Eleonora erschrak noch mehr. Konnte er Gedanken lesen? Verstohlen beobachtete sie ihn von der Seite. Erst jetzt bemerkte sie den dünnen Stock, den er bei sich trug. Als er auf sie zugeschritten war, hatte er ihn nicht gebraucht.

»Ich bin in der unmittelbaren Umgebung von Sanssouci aufgewachsen«, erklärte er prompt. »Ich kenne hier jeden Weg, jeden Pfad, jede Bank, jedes Beet, jeden Teich und Brunnen. Meinen Stock gebrauche ich nur in einer mir fremden Umgebung.« Er wandte ihr wieder sein Gesicht zu und lächelte. Dieses Lächeln war herzerweichend.

Aber wenn er blind war, warum trug er ein Buch mit sich herum?
»Leider hat mich mein Vorleser heute im Stich gelassen«, fuhr der junge Mann fort. »Wir waren eigentlich wie üblich hier verabredet, aber er zog es vor, zu einer politischen Versammlung zu gehen. Na ja, diese jungen Studenten sind eben Heißsporne, reden sich lieber die Köpfe heiß, als so einem Langweiler wie mir etwas vorzulesen.« Er lächelte nachsichtig, schob das Buch beiseite, legte den Kopf in den Nacken und hob sein Gesicht der Sonne entgegen.
Was für ein feines Profil er hat, stellte Eleonora fest. Jetzt erst bemerkte sie, dass er so jung nicht mehr sein konnte. Er hatte schon ein paar Falten im Gesicht. An seiner Schläfe entdeckte sie sogar einige feine Silberfäden, die sich durch das dichte Lockengeflecht zogen.
»Ich bin sechsunddreißig!«, sagte er fast ein wenig schadenfroh, als würde er sich bereits auf Eleonoras erneutes Erschrecken freuen.
»Ich will Ihnen zuvorkommen, ja, Sie dürfen mir etwas vorlesen«, fügte er hinzu.
»Woher wissen Sie, dass ich Ihnen das gerade vorschlagen wollte«, stieß Eleonora hervor.
»Wenn man nicht sehen kann, muss man ein anderes, ein ganz besonders feines Gespür für seine Mitmenschen entwickeln«, erklärte er. »Das hat viel mit Feingefühl, aber auch mit Übung und Gewohnheit zu tun. Mögen Sie mir denn vorlesen?«
Eleonora nickte. »Ja, gerne«, fügte sie rasch hinzu.
Er überreichte ihr das Buch. Erst jetzt entzifferte sie seinen Titel: *Correspondance de Frédéric avec Voltaire.* Das hinuntergefallene Buch enthielt also die Korrespondenz zwischen Friedrich dem Großen und dem berühmten französischen Philosophen Voltaire. Wie oft hatte sie Gräfin Dorothea aus

diesen Briefen vorlesen müssen. Anfangs von ihr noch in der Aussprache korrigiert, aber schließlich so flüssig, dass sie sogar Gnade vor den Ohren der überkritischen Madame Hortense fand.
»Können Sie mir das überhaupt vorlesen?«, vergewisserte er sich.
Eleonora würdigte ihn erst gar keiner Antwort, sondern holte tief Luft und begann zu lesen. Der Fremde hörte genau zu. Nach wenigen Sätzen verlor sein neugieriges Gesicht seinen angespannt lauernden Ausdruck. Er schloss sogar die Augen, legte den Kopf wieder in den Nacken und gab sich ganz dem Genuss des Zuhörens hin.
Eleonora wusste nicht, wie lange sie gelesen hatte. Irgendwann war ihr der Mund trocken geworden. Sie räusperte sich. Ob sie schon heiser wurde? Diese tiefe Furcht vor Heiserkeit hatte sie bis heute beibehalten, obwohl sie doch schon lange nicht mehr sang.
Der Fremde schwieg lange, als sie geendet hatte. »Sie lesen sehr schön«, sagte er dann.
Eleonora nickte nur und blätterte die Seiten durch.
»Haben Sie denn auch verstanden, was Sie mir da vorgelesen haben?«
»Ja, das habe ich.«
»Könnten Sie mir vielleicht sogar einen Absatz ins Deutsche übersetzen?«, bat er.
Eleonora nickte wieder und begann erneut im Buch zu blättern. Sie suchte eine Stelle, die ihr zusagte. Schließlich hatte sie eine gefunden. Sie überflog den Absatz, dachte nach, sortierte im Geiste Worte und Sätze. »Ohne Sie in einen unwürdigen Weihrauch zu hüllen, kann ich Ihnen versichern, dass ich in Ihren Werken Schönheiten sonder Zahl entdecke«, übersetzte sie dann ruhig.

»Das war aus dem allerersten Brief, den Friedrich als junger Kronprinz an den verehrten Voltaire schrieb«, unterbrach sie der Fremde.
»Richtig«, bestätigte Eleonora lächelnd und blätterte weiter.
»Sie haben eine sehr schöne Stimme«, stellte er fest. »Ihre französische Aussprache ist geradezu perfekt«, setzte er hinzu.
»Das habe ich Madame Hortense zu verdanken«, entfuhr es Eleonora spontan.
»Wer ist Madame Hortense?«, erkundigte sich der Fremde prompt.
Verflixt, schon wieder war sie drauf und dran gewesen, sich zu verraten.
»Die französische Gesellschafterin einer meiner letzten Dienstherrinnen«, log sie rasch.
»Sie waren schon häufiger in Stellung? Als was haben Sie denn gearbeitet?«, erkundigte er sich nun.
»Als Küchenmädchen, als Haushälterin, als Köchin, als Wäscherin«, zählte Eleonora rasch auf.
»Und als Vorleserin?«, unterbrach er sie. Eleonora hielt in ihrer Aufzählung inne und sah ihn erstaunt an. »Wie heißen Sie überhaupt?«, wollte er nun wissen.
»E… Christine«, verbesserte sie sich rasch.
»Verzeihung, dass ich mich noch nicht vorgestellt habe, mein Name ist Karl Friedrich Hedebrink«, stellte er sich nun vor. »Ich bin auf der Suche nach einem neuen Vorleser oder einer Vorleserin, denn mein Student ist mittlerweile mit seinen Studien so gut wie fertig und wird als frischgebackener Assessor nach Stralsund gehen. Möchten Sie seine Nachfolgerin werden?«
»Ja«, sagte Eleonora kurz und bündig. Ihre rasche Zusage war aus der Not geboren. Sie hätte sich keine drei Tage län-

ger finanziell über Wasser halten können. So hatte sie sich bei dieser spontanen Entscheidung keinerlei Gedanken darüber gemacht, ob im Hause ihres neuen Dienstherrn ihr Inkognito bewahrt werden konnte oder ob Hedebrink mit seinem feinen Instinkt sofort das sie umgebende Geheimnis erahnte.

»Darf ich Sie denn zu einer Tasse Tee einladen«, schlug er vor. »Dann können wir die weiteren Modalitäten miteinander bereden. Ich bin übrigens Junggeselle. Würden Sie dennoch mit mir unter einem Dach leben?«

»Mein letzter Dienstherr war ein Witwer«, entgegnete Eleonora trocken. Hedebrink lachte.

»Können Sie sich vorstellen, auch außerhalb Berlins zu leben, draußen in Hohenschönhausen?«, erkundigte er sich.

»Ja«, antwortete Eleonora schlicht.

»Gut, dann lassen Sie uns aufbrechen«, sagte ihr künftiger Dienstherr und erhob sich. Galant reichte er ihr den Arm.

»Lassen Sie uns Richtung Glienicke gehen und dort einkehren. Gegen Abend werde ich dort von meinem Kutscher erwartet, der mich nach Hause bringen soll. Sie können dann ja gleich mit hinausfahren.«

Schon bei diesem ersten gemeinsamen Tee sprach Hedebrink sie direkt an.

»Sie haben ein Geheimnis, Christine«, sagte er. »Ich bin mir sicher, dass dieser Name auch nicht Ihr richtiger Name ist. Aber Sie werden Ihre Gründe dafür haben, sich so zu nennen. Ich werde niemals versuchen Sie auszufragen, sondern Ihnen Ihr Geheimnis lassen. Ich habe Ihre Stimme gehört, und Stimmen können nicht lügen. Sie sind eine aufrichtige ehrliche Frau, wenn nicht gar eine Dame von Stand.«

Eleonora starrte ihn entgeistert an.

»Das war heute das erste und letzte Mal, dass ich Sie diesbezüglich angesprochen habe, Christine«, schloss er das heikle Thema ab und schenkte ihr sein reines Kinderlächeln.

Auch in diese Stellung fand sich Eleonora schnell ein. Karl Friedrich Hedebrink hatte trotz seiner Behinderung Jura studiert und besaß eine kleine Anwaltskanzlei. Von Haus aus recht wohlhabend, war er nicht gezwungen, damit seinen Lebensunterhalt zu verdienen, sondern betrieb die Juristerei mehr oder minder aus Liebhaberei, befasste sich ausschließlich mit Fällen, die ihn fachlich interessierten, die für ihn eine juristische Herausforderung darstellten. Daher setzte sich seine Mandantschaft aus einem bunten Gemisch zusammen. Von einem armen Dienstmädchen, das ungerechterweise von seiner Herrschaft des Diebstahls bezichtigt wurde, verlangte er gar kein Honorar, während er wiederum einen wohlhabenden Tuchhändler, der seine Elle manipuliert haben sollte, gnadenlos schröpfte. Nach Nachweis dieser seiner Unschuld natürlich.

Da Eleonora ihrem neuen Dienstherrn von Beginn an als gebildete Frau begegnet war, musste sie sich diesmal auch nicht vor seiner Bibliothek hüten. Im Gegenteil, schließlich war sie ja als Vorleserin engagiert worden. Aber darauf beschränkte sich ihre Arbeit keineswegs. So nach und nach wuchs sie in die Rolle einer Privatsekretärin und Gesellschafterin hinein. Ja, wenn sein Bürovorsteher krankheitshalber nicht in der Kanzlei erschien, diktierte Hedebrink ihr sogar seine Schriftsätze und ließ sich Fachartikel aus seinen Zeitschriften vorlesen. Ohne es zu bemerken, arbeitete sich Eleonora so in ein völlig neues Wissensgebiet ein.

Hedebrink verwickelte sie auch gerne in politische Dispute. Nach seiner Vorlesestunde überließ er ihr bereitwillig die aktuellen Zeitungen und Magazine zur eigenen Lektüre und wollte hinterher mit ihr über das Gelesene reden. Er forderte sie heraus, ermunterte sie, eine eigene Meinung zu entwickeln, und mokierte sich dezent über ihre ungebrochene Verehrung des preußischen Königshauses. Zu gerne wies er sie darauf, dass man sich in allerhöchsten königlichen Kreisen politisch uneins war.

»Welcher Partei gehören Sie denn an, meine Liebe. Wie finden Sie es überhaupt, dass man Ihre geliebte Königin zu einem Treffen mit Napoleon gezwungen hat?«, versuchte er sie zu provozieren.

»Ich bin der festen Überzeugung, dass man sie nicht gezwungen hat, sondern dass es ihr eigener Wunsch war, obwohl es sie bestimmt große Überwindung gekostet haben muss«, entgegnete Eleonora. Sie bewunderte die Königin dafür, dass diese die Anregung des geschätzten Fürsten Hardenberg aufgegriffen und sich auf dieses Treffen eingelassen hatte, denn der französische Kaiser hatte sie schon seit Jahren als Kriegstreiberin und hasserfüllte Amazone verleumdet. Sogar ihre Schönheit machte er ihr zum Vorwurf, denn die sei »für die Völker Preußens ebenso verhängnisvoll wie Helena den Trojanern«.

Während der bereits jetzt als historisch geltenden Begegnung in Tilsit hatte er Luise dennoch die einer Königin gebührende Höflichkeit bezeugt, sich jedoch geweigert, mit ihr über die politische Lage zu reden. Aber Luise blieb von charmanter Hartnäckigkeit. Auch als er ihr ein Kompliment für ihr schönes Kleid machte, lenkte sie das Gespräch geschickt wieder auf das eigentliche Thema zurück, um dem Kaiser einige Zugeständnisse abzuringen. Ihn ließ der Liebreiz der Königin nicht unberührt. Auf ein unverbindliches »Wir wollen sehen« hatte er sich schon eingelassen. Wer weiß, was Luise noch alles für ihr geliebtes Preußen hätte erreichen können, wäre nicht überraschend ihr Mann hinzugetreten. Der perfekte

Zeitpunkt. Für den französischen Kaiser, nicht für Friedrich Wilhelm und sein Königreich. »Er erschien zur rechten Zeit. Eine Viertelstunde später, und ich hätte der Königin alles versprochen«, vertraute Napoleon noch am selben Abend Zar Alexander an.

Inzwischen war das Königspaar wieder nach Berlin zurückgekehrt, aber noch immer erging man sich in wilden Spekulationen, was hätte geschehen können, wäre der unglückliche König nicht so unbeholfen in diese hochbrisante Unterredung geplatzt. Wäre der von Napoleon diktierte Vertrag von Tilsit für Preußen eventuell nicht so vernichtend ausgefallen? Nur der Loyalität des russischen Zaren gegenüber seinem preußischen Verbündeten habe Friedrich Wilhelm zu verdanken, dass er ihn nicht endgültig in die Knie zwang und sein Königreich vernichtete, behauptete der kleine Korse. Die schlimmste aller Demütigungen für den Hohenzollern war, als Napoleon ihn hochfahrend beschied, mit ihm überhaupt nicht, sondern ausschließlich mit Zar Alexander verhandeln zu wollen. War es ein Wunder, dass Luise krank an Leib und Seele aus ihrem Exil im kalten Osten in die Heimat zurückkehrte?

Eleonora litt mit ihrer Königin. Nicht im Traum dachte sie jedoch daran, Karl Friedrich Hedebrink gegenüber jemals zu erwähnen, dass sie dem Königspaar einmal persönlich begegnet war. Aber in allen Debatten kam doch immer wieder unterschwellig ihre Verehrung für die beliebte Königin zum Ausdruck. Im gleichen Maße wuchs ihre Abneigung gegen Napoleon, die sich allmählich zu einem brennenden Hass steigerte.

Der französische Kaiser hatte das Land nun auch schon lange genug gequält und gedemütigt. Obwohl offiziell ihr Abzug längst beschlossen war, schien sich die französische Besatzung immer breiter zu machen. Die Soldaten, anfangs für ihre Zurückhaltung und Höflichkeit gerühmt, wurden mehr anstatt weniger und immer unverschämter. So manche Anzüglichkeit musste Eleonora sich sogar in Hohenschönhausen, weit entfernt von Berlin Mitte, noch anhören. Wenn sie diese überhörte, folgten Beschimpfungen der übelsten Art. Die meisten Frauen reagierten gar nicht darauf, weil sie die Sprache nicht verstanden. Im Gegensatz zu Eleonora, die sich am liebsten die Ohren zugehalten hätte, wenn sich solch ein Schwall von Unflätigkeiten über sie ergoss. Mehr als einmal kam sie fast weinend von ihren Besorgungen zurück, erreichte völlig aufgelöst das rettende Gartentor des Hedebrinkschen Hauses.

»Ich könnte ihn verwünschen!«, stieß sie atemlos hervor. »Was er uns alles angetan hat.«

»Ach, Christine, da hilft kein Verwünschen, da hilft nur abwarten«, versuchte Hedebrink sie zu beschwichtigen.

»Ich kann es kaum länger ertragen«, begehrte Eleonora auf. »Die Armut der Menschen, der Hochmut der französischen Offiziere, die Unverschämtheiten ihrer Soldaten und die ständigen Demütigungen des französischen Kaisers.«

»Seine Hybris wird ihn eines Tages zu Fall bringen«, prophezeite Hedebrink.

»Glauben Sie das wirklich?«

Hedebrink nickte voller Zuversicht. »Und jetzt setzen Sie sich zu mir und lesen mir etwas vor. Um Ihr aufgebrachtes Gemüt zu schonen, werde ich heute ausnahmsweise auf den *Moniteur* verzichten«, sagte er. »Wie wäre es mit etwas Erbaulichem? Vielleicht sogar etwas von unserem großen Meister Goethe. Wissen Sie eigentlich, was Napoleon über ihn gesagt hat?« Eleonora kannte es schon, diesen gespannten Gesichtsausdruck, den lauernd seitlich geneigten Kopf.

»Voilà un homme«, sagte sie widerwillig, vermochte aber ihrerseits, sich am Anblick des geradezu seligen Lächelns, das auf diese Antwort über seine Züge glitt, zu erfreuen. Es schien ihm jedes Mal ein kleiner Triumph zu sein, wenn er ihr Wissen auf die Probe stellte und sie seine Erwartungen nicht enttäuschte.

Er war schon ein besonderer Charakter, dieser blinde Rechtsanwalt, hochintelligent, überaus gebildet, schlagfertig, stets ironisch, ein wenig sarkastisch, ja, manchmal gar zynisch. Aber war das nicht nur eine Schutzschicht, die er sich zugelegt hatte, um dahinter eine sensible Seele zu verbergen?

Kein Mensch hätte sie einfühlsamer und verständnisvoller trösten können, als sie von dem Tod der jungen Königin Luise erfuhr. Die Nachricht davon erschütterte Eleonora bis in die Tiefen ihres Wesens. Mit dem Tod ihrer Königin war für sie endgültig die Verbindung zu ihrem ehemaligen Leben gekappt. Luise war für sie Symbol für eine andere Existenz gewesen, ein Idol, ein leuchtendes Beispiel, nicht nur aus der Ferne idealisiert, sondern durch die persönliche Begegnung zu einem Menschen aus Fleisch und Blut geworden. Neben der Verehrung hatte Eleonora sich über die Jahre hinweg stets eine ehrliche, menschliche Zuneigung für Luise bewahrt.

»Ihre tiefe Trauer berührt mich wirklich sehr«, sagte Hedebrink zu ihr. »Mir kommt es fast so vor, als würden Sie nicht um Ihr Oberhaupt, sondern um eine persönliche Freundin oder gar ein Familienmitglied trauern.«

Eleonora schluckte, aber lieber hätte sie sich die Zunge abgebissen, als ihm zu gestehen, dass er so verkehrt nicht lag.

Nur vierunddreißig Jahre war die junge Königin geworden. Sie starb in Hohenzieritz im Kreise ihrer Lieben. Sie hatte sich so auf den Besuch bei der geliebten Familie in Neustrelitz gefreut und ahnte nicht, dass es ihre letzte Reise sein würde.

Nicht nur der König war untröstlich. Als ihr Leichnam im heißen Juli nach Berlin überführt wurde, säumten in Mecklenburg und Preußen weinende Menschen die Straßenränder, um ihrer geliebten Königin die letzte Ehre zu erweisen. Sie wurde im Berliner Stadtschloss aufgebahrt. Berliner, Preußen, Deutsche, Österreicher, Russen, ja, auch Franzosen kamen zu Tausenden, um von ihr Abschied zu nehmen. Am 30. Juli 1810 sollte sie offiziell im Berliner Dom beigesetzt werden. Eleonora bat Hedebrink darum, ihrer Königin die letzte Ehre erweisen zu dürfen.

»Es ist mir ein tiefes Bedürfnis, und ich bitte Sie darum, mich für zwei Tage nach Berlin reisen zu lassen.«

Hedebrink schwieg, nachdem sie diese Bitte geäußert hatte. Nachdenklich lauschte er in sich hinein und ließ sich quälend lange mit seiner Antwort Zeit. Endlich richtete er sich auf und wandte ihr sein Gesicht zu.

»Fahren Sie, Christine, fahren Sie nur. Es fällt mir zwar schwer, auch nur für zwei Tage auf Ihre geschätzten Dienste zu verzichten, aber niemals würde ich mich diesem Herzensanliegen verschließen.«

Eleonora atmete tief durch. Als Hedebrink ihr nun wieder dieses Kinderlächeln schenkte, lächelte sie zurück. Wenn er es auch nicht sah, würde er dennoch wissen, wie sehr sie sich über diese Erlaubnis freute.

25

Wie es Eleonora an diesem 30. Juli gelang, unter den Tausenden von Menschen noch einen Platz im Berliner Dom zu ergattern, war ihr selbst ein Rätsel. Noch am Vorabend war sie von Hohenschönhausen aus aufgebrochen. Im Morgengrauen hatte sie sich mit der Menschenmenge durch die Straßen und Gassen der preußischen Hauptstadt schieben lassen. Und irgendeine Welle muss sie bis in das Innere des Doms getragen haben. Dicht an dicht stand sie zwischen schluchzenden Frauen, verängstigt weinenden Kindern, Männern, die vergeblich um ihre Fassung rangen, ihre Kiefer aufeinanderpressten, sich immer wieder räusperten und verstohlen mit einem Taschentuch die aufsteigenden Tränen abtupften. Als der König mit tiefen Rändern unter den Augen, sehr blass, aber in aufrechter Haltung den Dom betrat, ging ein Raunen durch die Menge. Beim Anblick der verstörten Prinzessinnen und Prinzen, die ihrem Vater folgten, brachen einige Frauen in lautes Wehklagen aus. Eleonora biss die Zähne fest zusammen. Sie wollte nicht in der Öffentlichkeit weinen. Sie wusste, wenn sie jetzt die Beherrschung verlor, würde innerlich ein Damm brechen und sie nicht mehr aufhören können. Wie eine Erlösung wirkte nun der Einsatz der Orgel, ein lang vermisster, aber immer noch vertrauter Klang. Predigt und Trauerrede des Dompredigers rauschten an ihrem Ohr vorbei. Sie erwachte erst wieder aus ihrer Lethargie, als die Trauergemeinde zum Schlusschoral einsetzte. Eleonora sang mit. Laut und voller Inbrunst. Der Gesang schien ihren Schmerz zu lindern. Es war wie eine Befreiung. Und ihre Stimme?

Woher hatte sie plötzlich diese Kraft, diesen Ausdruck? Eleonora konnte es sich selbst nicht erklären. Seit Jahren hatte sie keinen Unterricht mehr gehabt. Wann hatte sie das letzte Mal aus vollem Herzen gesungen? Mit Pfarrer Behlow auf der Empore seiner Kirche in Frankfurt an der Oder. Aber hatte sie nicht schon einmal auch hier auf dieser Empore gestanden? Sie hatte die Erinnerung daran so tief in ihrem Inneren vergraben, dass diese zunächst nur schemenhaft wieder zu ihrem Bewusstsein gelangte. Wann war das gewesen? Auch dies ein trauriger Anlass, nämlich der Abschied von ihrer geliebten Gräfin Dorothea. Eleonora sang. Jede Strophe des langen Chorals sang sie mit, sie kannte alle seine Strophen noch auswendig. Sie bemerkte gar nicht, dass die um sie stehenden Menschen sie zunächst überrascht von der Seite musterten, verstohlen zu ihr auf Abstand gingen, immer leiser und leiser sangen und schließlich gänzlich verstummten. Sie bekam auch nicht mit, wie sie nun schrittweise zurücktraten, irgendjemand sie sanft bei den Schultern nahm und nach vorne in die erste Reihe schob. Schließlich hatten die ihr am nächsten stehenden Trauergäste sogar einen Halbkreis um sie gebildet und hörten ihr andächtig zu. Die übrigen Gottesdienstbesucher bemerkten von diesem Zwischenspiel zunächst nichts, sondern sangen unverdrossen weiter. Eleonora hatte in ihrem unmittelbaren Umkreis einen eigenen Auftritt. Sie bemerkte es selbst nicht, bemerkte auch nicht, dass sie die Augen geschlossen hielt und den Kopf in den Nacken gelegt hatte, als wollte sie direkt zum Himmel emporsingen. Erst als die Musik endete, kam sie wieder zu sich. Sie öffnete die Augen und schaute verwirrt umher. Ein Halbkreis wildfremder Menschen stand um sie herum und schien immer noch dem verhallten Klang ihrer Stimme nachzulauschen. Erst ganz allmählich schlossen sie wieder zu ihr auf. Eleonora senkte den

Kopf und ließ sich widerstandslos zurück in eine der hinteren Reihen schieben. Sie war froh, so schnell wieder in der Anonymität verschwinden zu können, denn sie hatte vorne in den ersten Reihen der Kirchenbänke einige Trauergäste entdeckt, die ihr nicht unbekannt waren. Es waren Angehörige des hohen preußischen Adels, die im Prewitzschen Stadtpalais ein und aus gegangen waren. Dazu die Mitglieder der königlichen Familie. Etliche hatten sich erstaunt herumgedreht, um zu sehen, woher dieser wunderbare Gesang kam. Zu ihrem Erschrecken hatte sie auch das erstaunte Gesicht der Prinzessin Charlotte entdeckt und gesehen, wie es hinter deren gerunzelter Stirn arbeitete. Sie bemerkte die Blicke der umstehenden Menschen, die sie heimlich streiften. Eleonora senkte den Kopf. Sie hatte heute keine Möglichkeit, sich unter einer gefältelten Dienstmädchenhaube zu verstecken. Das wäre auch ihrer Königin nicht würdig gewesen. Stattdessen trug sie ein schlichtes Kostüm, das sie sich für Reisen und Vorstellungsgespräche zugelegt hatte. Mit einem schwarzen Spitzenschleier hatte sie den dazugehörigen Hut dem traurigen Anlass entsprechend dekoriert. Hastig zog sie sich das zarte Gewebe schützend vor das Gesicht. Aber Eleonora wusste selbst, dass sie heute nicht wie ein Stubenmädchen oder eine Kochmamsell aussah.

»Sie sind mittlerweile mehr als nur meine Vorleserin, Sie sind meine Privatsekretärin, meine unentbehrliche rechte Hand«, hatte Hedebrink erst vor ein paar Tagen zu ihr gesagt. »Ich hoffe, dass Sie mir noch möglichst lange erhalten bleiben«, fügte er in einer Art düsterer Vorahnung hinzu. Eleonora wurde es etwas mulmig bei diesen Worten, und deshalb hatte sie ihr Unbehagen einfach weggelacht.

Der Trauergottesdienst war beendet. Die Gemeinde wartete respektvoll, bis sich die königliche Familie zurückgezogen

hatte. Ihr folgten die Angehörigen des hohen Adels. Eleonora entdeckte so manches Gesicht, das ihr auch nach Jahren noch bekannt vorkam. Die alte Gräfin von Voss musste gestützt werden, da sie unter der Last ihrer Trauer zusammenzubrechen drohte. Die Herzogin von Kurland wirkte kühl und unnahbar wie eh und je. Alle von Lehndorffs, von Dönhoffs, von Marwitzens, von Zitzewitz' und Zedwitz' und von Finckensteins waren erschienen, die Männer in Uniform, die Damen in schlichten dunklen Kostümen, auch sie beim Verlassen des Doms hastig ihre Gesichter hinter Tüll und Spitzenschleier verbergend.
In gemessenem Abstand folgten ihnen ihre Untertanen. Eleonora ließ sich von der Menge treiben. Sie hatte kein Ziel. Sie wusste nicht, wie sie den Rest des Tages verbringen sollte. Es stand für sie lediglich fest, dass sie am Abend eine der letzten Kutschen nach Hohenschönhausen nehmen würde. Das Dröhnen der gewaltigen Glocken des Berliner Doms war verhallt. Die Menschen verteilten sich in der Stadt, die Ansammlungen lösten sich allmählich auf. Die meisten kehrten in ihre Paläste, ihre Häuser und bescheidenen Hütten zurück. Einige begannen über die Boulevards zu flanieren. Sie unterhielten sich im gedämpften Ton, machten an einem der zahlreichen Verkaufsstände halt, um eine Erfrischung zu sich zu nehmen, oder besuchten eines der an den Boulevards oder in den Seitenstraßen gelegenen Lokale. Das war Eleonora verwehrt. Niemals hätte sie es heute gewagt, alleine in ein Restaurant zu gehen. Das war nun einmal nicht comme il faut. Auch wenn Charlotte und Sophie vor etlichen Jahren bei einem der Konditoren der Berliner Innenstadt ihre geliebte heiße Schokolade genossen hatten, war immer eine Anstandsdame dabei gewesen. Wie oft hatten sie sich über die Leichenbittermiene von Madame Hortense mokiert, die verbissen in ihrem schwarzen

Kaffee herumrührte, während die Mädchen die Köstlichkeit der süßen Schokolade genossen.
Charlotte, Sophie! Wie lange hatte Eleonora nicht mehr an die Freundinnen ihrer Jugend gedacht. In strenger Selbstzucht hatte sie es sich in den vergangenen Jahren geradezu antrainiert, nicht mehr an ihre verlorene Vergangenheit zu denken. Aber an diesem Tag erlaubte sie es sich. Ausnahmsweise! Traurig und versonnen zugleich ließ sie sich durch die Straßen treiben, lenkte unbewusst ihre Schritte Richtung Tiergarten. Wie war sie damals eigentlich genau gelaufen, welchen Weg hatte sie bei ihrer überstürzten Flucht aus dem Stadtpalais der Prewitzens genommen? Eleonora versuchte es noch einmal nachzuvollziehen. Wie war es ihr gelungen, im Dunkel der Nacht bis an das äußerste Ende des Parks an den Rand von Wilmersdorf zu gelangen? Um dort von dem Schäfer Simon als ein Häufchen Elend aufgesammelt zu werden. Simon und seine mürrische und dabei doch herzensgute Grete. Ob die beiden noch lebten?
Eleonora bekam nicht mit, als man nach ihr rief.
»Eleonora!«, rief es zum dritten Mal. War sie überhaupt gemeint? Wie lange hatte man sie nicht mehr mit ihrem wahren Namen angesprochen und gar laut nach ihr gerufen. Erstaunt drehte sie sich um. Beim Anblick der hohen schmalen Gestalt, die mit raschen Schritten auf sie zueilte, erschrak sie zutiefst.
»Eleonora, da bist du ja. Habe ich dich also doch noch gefunden«, sagte Alexander und blieb vor ihr stehen.
»Alexander«, erwiderte sie tonlos.
»Mein Gott, was freue ich mich, dich wiederzusehen. Ich habe dich in der Kirche singen hören. Ich habe deine Stimme sofort erkannt. Aber ich habe dich in der Menschenmenge nicht entdecken können. Beim Hinausgehen habe ich versucht dich zu finden, aber du warst schon fort. Hin und her

bin ich gelaufen, habe Hinz und Kunz nach der unbekannten Sängerin gefragt. Niemand wusste deinen Namen.« Er hielt inne, um Atem zu schöpfen.

»Kaum einer kennt heute meinen Namen, meinen richtigen Namen, Eleonora Prohaska«, sagte sie leise.

»Dabei sollte man ihn eigentlich in ganz Europa kennen«, entgegnete Alexander genauso leise.

»Erinnern Sie sich an Ihre Prophezeiung? Sie haben recht behalten, es hat kein Debüt für mich gegeben.«

»Wie ist es dir dann in den letzten Jahren ergangen? Was hast du gemacht? Warum hast du damals so fluchtartig unser Haus verlassen?«, bestürmte sie Alexander, ohne auf ihre Frage einzugehen.

»Das sind zu viele Fragen auf einmal.«

»Wir werden uns die Zeit nehmen, sie ausführlich zu beantworten«, erwiderte Alexander, hakte sie unter und zog sie einfach mit sich.

Auf einer der Bänke des Tiergartens ließen sie sich nieder. Wie ein Wasserfall brach es aus Alexander heraus. So erfuhr Eleonora die Geschichte seines militärischen Werdegangs, erlebte im Geiste die Schlachten von Jena und Auerstedt mit, fror mit ihm, als er von seinem Aufenthalt in Königsberg berichtete, wohin man ihn zeitweise während des königlichen Exils geschickt hatte, litt mit ihm, als er von seinen Verwundungen erzählte, und ließ ihn nicht aus den Augen. Wie alt war er mittlerweile? Er musste Mitte dreißig sein, rechnete Eleonora nach. Sie war ja auch schon fünfundzwanzig, eine alte Jungfer.

»Du bist noch schöner geworden, Eleonora«, sagte Alexander. Behutsam zog er ihr den kleinen Spitzenschleier vom Gesicht, um sie besser betrachten zu können. »Du trauerst tief um unsere Königin«, stellte er zärtlich fest. »Aber sogar der Kummer steht dir gut.«

»Ich habe sie doch auch persönlich gekannt. Diese sorglosen Tage auf Paretz werde ich bis an mein Lebensende nicht vergessen«, erwiderte Eleonora. »Sie war so liebreizend und nett zu mir. Und dann Prinzessin Charlotte, mit der ich im Park gesungen habe.«

»Der Kuckuck und der Esel«, sang Alexander leise.

»Woher wissen Sie das?«, fragte Eleonora ertappt.

»Sogar die Wände königlicher Schlösser können Ohren haben«, behauptete Alexander. »Aber in diesem Falle war es die Gräfin von Voss, die mir davon in Königsberg erzählte. Königin Luise verzehrte sich vor Heimweh nach Berlin und ihrem geliebten Paretz. Auch dich hatte sie in guter Erinnerung behalten.«

»Wirklich?«, vergewisserte sie sich und unterdrückte ein Schluchzen.

Es begann zu dämmern, aber es war immer noch warm. Vom Turm einer in der Ferne stehenden Kirche begann die Uhr zu schlagen.

Eleonora zählte im Geiste mit. »Halb acht!«, rief sie erschrocken aus. »Ich muss mich beeilen. Um acht Uhr fährt meine Kutsche nach Hohenschönhausen.«

»Was machst du in Hohenschönhausen?«, wollte Alexander wissen.

»Ich bin in Stellung«, erwiderte Eleonora würdevoll.

»Du bist was?«

»Ich habe dort bei einem Rechtsanwalt eine Stelle als Vorleserin, inzwischen sogar Privatsekretärin«, klärte sie ihn auf und wandte sich zum Gehen.

»Eleonora, warte, du kannst mich hier doch nicht einfach so sitzenlassen. Wir haben noch lange nicht über alles gesprochen«, rief Alexander und kam ihr hinterhergelaufen.

»Ich habe die ganze Zeit nur von mir geredet und dich kaum

zu Wort kommen lassen. Was ist mit dir, wie ist es dir in den vergangenen Jahren ergangen? Was machen deine Pläne? Die Zeiten sind nicht besser geworden, aber bei aller Sparsamkeit, zu der Preußen in diesen Kriegen gezwungen wurde, beginnt sich doch wieder das kulturelle Leben zu regen. Du hast doch nicht aufgehört zu singen? Du kannst gar nicht aufgehört haben, so, wie du heute im Dom geklungen hast.«

Abrupt blieb Eleonora stehen. »Ich habe seit Jahren nicht mehr gesungen und werde auch nie mehr singen«, verkündete sie, konnte aber nicht verhindern, dass ihr die Tränen in die Augen stiegen.

»Nein!«, protestierte Alexander leidenschaftlich. »Du darfst nicht aufhören!«

»Ich habe bereits aufgehört, schon vor Jahren aufgehört.« Eleonora lief tränenblind weiter. Er rannte ihr hinterher, griff sie beim Arm und hielt sie einfach fest. Eleonora drehte sich langsam zu ihm um.

»Du wirst nicht aufhören!«, widersprach er. »Mir zuliebe«, setzte er leise hinzu. Sanft zog er sie an sich.

Eleonora stockte der Atem, aber sie ließ es geschehen. Auch als er vorsichtig den Spitzenschleier, den sie sich wieder über das Gesicht gezogen hatte, anhob, ließ sie ihn gewähren. Aber sie zitterte genauso wie die damals siebzehnjährige Eleonora im Park von Sophienhof. Als sein Mund sich ihren Lippen näherte, leistete sie keinen Widerstand. Und als er sie küsste, war es, als wäre die Zeit stehengeblieben. Es war genauso überwältigend, wenn nicht überwältigender als damals vor neun Jahren. Seine Hände lagen auf ihren Hüften und zogen sie noch näher an sich. Und Eleonora hob sich auf die Zehenspitzen, um Alexander mit beiden Armen zu umfangen.

Als sie sich atemlos voneinander lösten, herrschte tiefe Dämmerung. Erneut begann eine Kirchturmuhr zu schlagen, und wieder zählte Eleonora im Geiste mit.

»Neun Uhr vorbei, da ist die letzte Kutsche nach Hohenschönhausen schon längst weg!«, rief sie erschrocken aus. »Was mache ich nun?«

»Das Einfachste von der Welt«, entgegnete Alexander lächelnd. »Du kommst mit mir nach Hause.«

»Nach Hause?«

»Ja, nach Hause«, bestätigte er. »Es ist ja nicht so weit, du müsstest dich doch eigentlich erinnern.«

»Du meinst?«, vergewisserte sich Eleonora atemlos und stockte.

»Ganz richtig, wir gehen jetzt nach Hause, nach Hause zum Stadtpalais der Familie Prewitz zu Kirchhagen, keine halbe Stunde Fußweg von hier entfernt. Das müsstest du doch schaffen. Du warst doch stets gut zu Fuß.« Er hakte sie unter und wollte sie mit sich ziehen. Hastig entzog Eleonora ihm den Arm und blieb stehen.

»Das kann ich nicht, da will ich nicht mehr hin.«

»Aber warum denn nicht?«, fragte Alexander erstaunt. »Hast du Angst um deinen guten Ruf?«

Eleonora presste die Lippen zusammen und schwieg gekränkt.

»Verzeihung, ich wollte dich nicht verletzen«, entschuldigte er sich sofort. »Aber du kennst doch die örtlichen Gegebenheiten. Wir werden zwar unter einem Dach schlafen, doch weit voneinander entfernt. Du in deinem alten Zimmer und ich im Gästetrakt, den ich mir inzwischen als mein eigenes Domizil ausgebaut habe.«

»Ich kann es trotzdem nicht«, weigerte sich Eleonora.

»Es gibt auch noch genügend Personal im Haus, das sich um dich und mich kümmern und mit Argusaugen darüber wachen wird, dass ich deiner Tür nicht zu nahe komme«, spöttelte Alexander. »Wir haben doch oft genug unter einem Dach geschlafen.«

»Das waren ganz andere Zeiten«, entgegnete Eleonora gepresst.

»Da muss ich dir leider recht geben«, pflichtete ihr Alexander unvermutet ernst bei. »Es waren völlig andere Zeiten, die wir nicht zurückholen können. Es ist viel geschehen in den letzten Jahren, und genau darüber möchte ich mich noch weiter mit dir unterhalten. Wo willst du denn sonst hingehen und die Nacht verbringen, wenn du nicht mit mir kommen kannst?«

Eleonora schwieg betreten.

»Eleonora, komm, gib deinem Herzen einen Stoß. Du warst der Liebling meiner Großmutter. Sie würde mich verfluchen, wenn ich dich bei Nacht und Nebel, gerade in dieser Nacht, hier im Tiergarten deinem Schicksal überließe. Willst du auf einer der Parkbänke übernachten oder dich auf eine Wiese legen? Das ist viel gefährlicher, als meine Einladung zu akzeptieren.«

»Einladung?«, wiederholte Eleonora zögernd.

»Wir haben das ganze Palais für uns, denn meine Eltern sind nicht da«, fuhr Alexander fort. »Das gesamte Personal steht allein nur uns zur Verfügung und wird sich freuen, sich um uns zu kümmern und uns verwöhnen zu dürfen.«

Damit hatte er Eleonoras Widerstand doch zum Schmelzen gebracht.

»Gut, ich komme mit«, sagte sie und nahm seinen dargebotenen Arm.

26

Es hatte so etwas Leichtes, etwas Selbstverständliches, neben Alexander durch die laue Sommernacht zu schreiten. Zwar lag Berlin immer noch in tiefer Trauer um seine geliebte Königin, aber hier und da war neben dem gedämpften Flüstern der Passanten auch schon einmal ein fröhliches Lachen zu hören, schwoll eine Unterhaltung zu normaler Lautstärke an. Alexander legte einen flotten Schritt vor. Eleonora gelang es aber sehr schnell, sich seiner Länge und dem Tempo anzupassen. Seite an Seite liefen sie über die knirschenden Kieswege, bis sie das hellerleuchtete Zentrum der Stadt erreichten. Eleonoras Absätze klackerten laut über das Pflaster des Bürgersteigs. Sie hob sich auf die Zehenspitzen, um das in ihren Ohren aufdringliche Geräusch zu vermeiden. Sie musste ihre Schuhe unbedingt wieder einmal neu besohlen lassen, aber sogar das Leder für einfache Schuhsohlen war mittlerweile ein kaum bezahlbarer Luxusartikel geworden. Auf Zehenspitzen brachte sie kaum mehr ein Trippeln zustande und wurde merklich langsamer.

»Was ist, kannst du nicht mehr?«, fragte Alexander.

»O doch«, sagte Eleonora, ließ sich wieder auf die ganzen Fußsohlen zurücksinken und schritt weiter aus wie zuvor.

Alexander drückte ihren Arm und lachte ihr zu. Wie oft war Eleonora schon auf ihre Körpergröße angesprochen worden, aber Alexander überragte sie immer noch ein gutes Stück.

»Es macht Spaß, mit dir durch die Gegend zu laufen«, sagte er. »Mit dir kommt man voran. Mit einer Frau im Gleichschritt zu gehen ist für mich eine ganz neue Erfahrung. Wärst du ein Mann geworden, wärst du bei der Infanterie gelandet.« Er lachte.

»In den vergangenen Jahren habe ich mir so manches Mal gewünscht, ein Mann zu sein«, gestand Eleonora.

»Aber warum das denn?« Abrupt blieb Alexander stehen. »Dazu bist du doch viel zu schön.«

»Ein schöner Mann wäre vielleicht noch besser«, sagte Eleonora.

»Wie kommst du darauf, ein Mann sein zu wollen?« Alexander war nicht nur irritiert, sondern fast ärgerlich.

»Männer haben es leichter in dieser Welt«, behauptete Eleonora. »Sie können für das Leben lernen, werden nicht im stillen Kämmerlein eingesperrt und müssen auf den einen warten, der sie heiratet. Sie dürfen studieren, sie dürfen reisen, sie können sich unbefangen in der Öffentlichkeit bewegen, müssen keine Angst vor Belästigungen haben, können alleine Lokale, Restaurants, Theater und andere Vorstellungen besuchen.«

»Aber das tun Frauen doch auch«, meinte Alexander.

»Doch nur in Begleitung. Eine Frau, die sich alleine in der Öffentlichkeit bewegt, wenn sie nicht gerade auf dem Markt einkauft oder in die Kirche geht, hat immer etwas Anrüchiges«, sagte Eleonora. Alexander runzelte die Stirn und schwieg.

Es waren nur noch wenige Minuten, bis sie vor der Haustür des Prewitzschen Stadtpalais stehen würden. Beim Gedanken daran, dass sie bald vor ihrem ehemaligen Zuhause stehen würde, wurde Eleonora beklommen zumute.

»Dafür müssen Frauen aber auch nicht in den Krieg ziehen, müssen sich nicht den Gefahren von Verletzung oder gar Tod aussetzen, müssen sich nicht mit Kälte und Hitze, Hunger

und Elend plagen«, sagte Alexander, der immer noch über Eleonoras Klage grübelte.
»Wenn es mir erlaubt wäre, würde ich auch in den Krieg ziehen«, behauptete sie kühn.
»Warum, Eleonora, warum? Genügt es dir nicht, dass wir Männer das Land verteidigen, versuchen die Ehre Preußens wiederherzustellen?«
»Nein, es genügt mir nicht, es muss noch viel mehr passieren«, forderte Eleonora.
Inzwischen waren sie in die Straße, in der das Prewitzsche Stadtpalais stand, eingebogen. Im Licht der jetzt spärlicheren Straßenbeleuchtung erkannte Eleonora seine Silhouette sofort wieder. Ihr Herz begann zu klopfen. Seite an Seite schritten sie die wenigen Stufen bis zum Eingangsportal hinauf.
»Du bist ja eine Kämpferin, Eleonora«, sagte Alexander.
»Überrascht dich das, oder stört dich das? Du weißt doch, dass ich nicht mit einem silbernen Löffel im Mund geboren wurde.« Ihr Ton war schärfer als beabsichtigt. Das lag wohl an der Aufregung, nach all den Jahren das Stadtpalais wieder zu betreten, von dem sie sich eigentlich geschworen hatte, niemals je wieder einen Fuß über dessen Schwelle zu setzen.
Lautlos öffnete sich die schwere Eingangstür. Irgendein dienstbarer Geist schien die Ankunft des jungen Grafen erwartet zu haben. Die Livree war Eleonora vertraut, aber fremd der junge Mann, der in ihr steckte und sich jetzt respektvoll vor Alexander verneigte.
»Erlaucht, zu Ihren Diensten.«
»Guten Abend, Richard. Ich habe mich verspätet, umso größer daher mein Appetit«, erwiderte Alexander. »Wie Sie sehen, habe ich auch einen Gast mitgebracht. Also sorgen Sie dafür, dass im Gartensaal ein zweites Gedeck aufgelegt wird,

und sagen Sie den Zofen Bescheid, dass oben das Zimmer neben dem neuen Musiksalon für unseren Gast fertig gemacht wird.«

Der Diener richtete sich auf. »Sehr wohl, Erlaucht«, sagte er gemessen und warf Eleonora von der Seite einen verstohlenen Blick zu.

»Was sage ich da, einen Gast«, verbesserte sich Alexander lächelnd. »Die ursprüngliche Bewohnerin ist zurückgekehrt. Willkommen in deinem alten Zuhause, Eleonora.« Er verbeugte sich, nahm ihre Hand und hauchte ihr einen Kuss darauf. Das hatte er noch niemals getan.

Der Haushalt lief reibungslos und vollkommen wie eh und je, nachdem Alexander offiziell das Palais übernommen hatte. Seine Großmutter hatte es ihm unter Ausschluss der üblichen Erbfolge testamentarisch direkt vererbt. Seinen Eltern stand daher nur noch ein lebenslanges Wohnrecht in der zweiten Etage zu.

»Ich musste meiner Mutter gegenüber ganz schön energisch werden, denn sie hatte es sich in den Gemächern meiner Großmutter schon recht gemütlich gemacht«, berichtete er beim mitternächtlichen Souper. Eleonora erzählte ihm nicht, dass sie seine Mutter das letzte Mal langgestreckt und kreischend auf der Récamiere seiner Großmutter gesehen hatte. Lieber ließ sie es sich schmecken.

In der Küche musste wieder ein Künstler oder eine Künstlerin das Zepter übernommen haben, denn das Menü war ein Gedicht. Das Forellenfilet war zart, nur ganz mild geräuchert, die Meerrettichsahne süß und scharf zugleich, dazu frisch gebackenes Baguette mit leicht gesalzener Butter. Es folgte ein Omelett mit frischen Pfifferlingen, das sie selbst nicht besser hinbekommen hätte.

»Die ersten frischen Pfifferlinge dieses Jahres«, erklärte Alex-

ander, als er ihren entzückten Blick bemerkte. »Heute Morgen mit der Kutsche aus Neu-Prewitz eingetroffen.«
Neu-Prewitz! Schloss Sophienhof! Eleonoras Herz wurde weit und schwer zugleich.
»Mit Anton?«, erkundigte sie sich hastig, um sich nicht von ihren Emotionen überwältigen zu lassen.
Alexanders eben noch lächelndes Gesicht wurde schlagartig ernst.
»Anton wurde eingezogen und ist in Auerstedt gefallen«, sagte er traurig.
»Wie schrecklich! Er war doch noch so jung.« Eleonora war entsetzt.
»Darauf nimmt der Krieg keine Rücksicht, ob jung oder alt, er frisst sie alle auf. Ich kann nur von Glück reden, dass ich bisher einigermaßen glimpflich davongekommen bin und mir meine frühere Verletzung alle weiteren Einsätze an der Front ersparte.« Alexander klang verbittert, sein Lächeln hatte sich verflüchtigt.
»Wenn ich ein Mann wäre, würde ich immer nur an vorderster Front kämpfen«, entfuhr es Eleonora. Alexander schrak aus seiner Grübelei hoch. Sekundenlang schien er fast desorientiert und gar nicht mehr zu wissen, wo er war, wer sie war. »Alexander«, rief sie leise. Sein Anblick war ihr plötzlich unheimlich. Er fuhr sich mit der Hand über Stirn und Augen, und schon war es wieder da, das unwiderstehliche Lächeln des jungen Grafen von Prewitz zu Kirchhagen, das Eleonora bereits als Siebzehnjährige weiche Knie verursacht hatte. »Nur an vorderster Front, etwas anderes käme für mich überhaupt nicht in Frage«, wiederholte sie umso kühner, um von ihrer Nervosität abzulenken.
»Du bist wirklich eine richtige Kämpferin, Eleonora. Nein, es überrascht mich nicht und stört mich schon gar nicht«, nahm

er den Gesprächsfaden von vorher wieder auf. »Es gefällt mir sogar. Du bist so ganz anders als die anderen Frauen, die mir bislang begegnet sind und mein Leben begleiteten.«
Jetzt wäre eigentlich die Gelegenheit gewesen, die Frage zu stellen, die Eleonora schon seit Stunden im Geiste beschäftigte, ja, geradezu quälte.
»Es müssten ja inzwischen so einige gewesen sein«, sagte sie stattdessen spitz.
Alexander lachte. »Aber bislang ist es noch keiner gelungen, mich an die Kette zu legen«, erwiderte er gut gelaunt.
»Würdest du dich denn überhaupt an die Kette legen lassen?«, erkundigte sich Eleonora mit gespielter Beiläufigkeit. Gott sei Dank bekam er nicht mit, wie sie unter dem Tisch ihre Damastserviette zerknautschte.
»Wenn die Richtige käme, warum nicht? Die mir zugedachte Karoline hat sich ja anderweitig entschieden.«
»Ist sie immer noch glücklich mit ihrem sizilianischen Conte?«, erkundigte sich Eleonora vorsichtig. Mit welchem Genuss hatte ihr Gräfin Dorothea damals deren hochdramatische Liebesgeschichte erzählt.
»Ob glücklich oder nicht, sie ist lebenslänglich an ihn gebunden.« Das Schicksal seiner Jugendfreundin schien Alexander nicht sonderlich zu interessieren. Er knabberte genüsslich an einer Erdbeere. »Nimm dir, die sind heute auch frisch vom Sophienhof eingetroffen«, forderte er sie auf und reichte ihr eine gläserne Schale mit tiefroten Früchten. »Du musst einmal daran riechen.«
Eleonora beugte den Kopf über die Erdbeeren. Ganz tief sog sie den Duft der frischen Früchte in sich auf. Was für ein Geruch! Sie fühlte sich in die glücklichsten Jahre ihrer Kindheit und frühen Jugend zurückversetzt – Sophie, Charlotte, Babette, der alte Jean und der brummige Christian, die zwei

kichernden Zofen, die sich nach wenigen Tagen Sophienhof wieder in die beiden robusten Landmädchen Emma und Paula verwandelten und zurück in ihre Holzpantinen schlüpften.

»Karoline hat mir sogar mal einen Heiratsantrag gemacht, den ich aber abgelehnt habe. Das wird sie mir niemals verzeihen.« Alexander hatte es sich inzwischen gemütlich gemacht. Den Uniformrock, den er anlässlich der Beerdigung getragen hatte, hatte er längst abgelegt und trug nun eine Weste aus dunkelblauer Seide über einem weißen Hemd, dessen Kragen er auch schon gelockert hatte. Lässig lehnte er auf seinem Stuhl zurück, begann jetzt auch damit zu kippeln und betrachtete sie nachdenklich.

»Wenn das deine Großmutter sehen würde«, rügte Eleonora ihn.

»Was denn?«, fragte er zurück. Aber dann besann er sich und nahm wieder eine korrekte Sitzhaltung ein. »Ist das jetzt richtig?«

»Comme il faut«, bestätigte Eleonora ihn und nickte.

»Warum bist du eigentlich nicht verheiratet, Eleonora?«

Sie zuckte zusammen. »Mich nimmt doch keiner mehr, ich bin mittlerweile fünfundzwanzig, eine alte Jungfer«, behauptete sie.

»Papperlapapp«, widersprach Alexander im Ton seiner Großmutter. »Eine so schöne Frau wie du. Dir müssten die Männer doch in Scharen zu Füßen liegen.«

»Wenn sie es tatsächlich täten, sollten sie sich auch mal irgendwie bemerkbar machen«, entgegnete sie trocken.

»Vielleicht willst du sie einfach nicht sehen«, sagte Alexander gedehnt. »Oder sie sind dir nicht gut genug. Vielleicht war einfach noch nicht der Richtige dabei.«

»Nicht wahrscheinlich, sondern ganz bestimmt«, ging Eleonora auf seine Plänkelei ein. Aber die Serviette unter ihrem Tisch war mittlerweile schweißnass.

»Hast du schon viele Männer geküsst, Eleonora?«

Eleonora erstarrte. »Nein, noch keinen …«

»Noch keinen?«, wiederholte Alexander perplex.

»Dich«, flüsterte sie.

»Und ich bin niemand? Bin ich wirklich niemand für dich, Eleonora?«

Alexander hatte sich erhoben und kam um den Tisch herum auf sie zu. Eleonora schaute ihm entgegen. Sie war wie gelähmt. Als er sie nun von ihrem Stuhl zu sich emporzog, kam sie sich vor wie eine gelenklose Gummipuppe. Jeglicher Widerstand war in ihr erloschen.

»Du hast noch keinen geküsst?«

»Du hast mich nicht zu Ende reden lassen. Ich wollte sagen …« Die Stimme brach ihr weg.

»Was wolltest du sagen?«, fragte er leise und strich ihr zärtlich über die Haare.

»Ich wollte sagen, ich habe noch keinen geküsst außer dir.« Sie musste schlucken. Welch eine Überwindung hatte sie dieser Satz gekostet.

»Das wollte ich hören«, sagte Alexander. »Genau diesen Satz wollte ich hören, hatte ihn mir erhofft, hatte ihn erwartet.«

Dann küsste er sie auf den Mund, auf die Stirn, auf die Wangen, nahm ihre Hände und küsste sie, drehte sie um und küsste die pulsierende Stelle am Handgelenk. Aber Eleonora schämte sich ihrer Hände, denen die Arbeit der vergangenen Jahre anzusehen war, und wollte sie ihm entziehen.

»Nein, nein, Eleonora, nicht, lass es, ich liebe deine langen, schmalen Hände. Die Spuren deiner Arbeit kannst du mit Stolz und Würde zeigen«, widersprach er leidenschaftlich und küsste sie erneut.

»Sie sind aber nicht so weich und zart wie früher und wie die der feinen Damen, deren Hände du sonst küsst«, flüsterte Eleonora.

»Sie sind aber das Zeichen deiner Unabhängigkeit, deines Stolzes, deines Freiheitsdrangs, du darfst dich ihrer nicht schämen.«

»Ich tue es aber«, erwiderte Eleonora trotzig und versuchte ihre Hände hinter dem Rücken zu verstecken. Mit zärtlicher Geste zog er sie wieder hervor. Er nahm ihre Hände in seine und betrachtete sie eingehend. Er drehte sie hin und her, strich mit dem Daumen über den Handrücken, ließ seine Finger spielerisch über die Handteller tanzen, so zart, als ob sich ein Schwarm Schmetterlinge auf ihnen niedergelassen hätte. »Bitte lass das!«, sagte sie mit schwacher Stimme.

»Wirklich?«, fragte er und zeichnete mit dem Zeigefinger die Konturen ihrer Wangen nach, ehe er zärtlich auf ihre Nasenspitze tippte. »Willst du wirklich, dass ich aufhöre?« Es klang spielerisch, aber Eleonora fühlte die Spannung in seiner Stimme. Er ließ von ihr ab. »Dann höre ich eben auf.« Er tat so, als wollte er wieder auf seinem Stuhl Platz nehmen.

»Nein!«, schrie Eleonora auf. Es war ein leidenschaftliches Aufbegehren. »Du sollst nicht aufhören, bitte, bitte, hör nicht auf!«

»Was soll ich denn tun?«, fragte Alexander und trat wieder auf sie zu.

»Mich küssen!«, brach es aus ihr heraus. Ungestüm warf sie sich in seine Arme. Alexander gelang es in letzter Sekunde, sie aufzufangen. Und endlich küsste er sie.

»Ach, Eleonora, wenn du wüsstest, wie oft ich an dich denken musste«, flüsterte er leidenschaftlich. »Ich habe meine Großmutter dafür gehasst, dass sie mich damals so unbarmherzig noch in der Nacht unseres gemeinsamen Auftritts mit Schimpf und Schande von unserem Sommersitz gejagt hat.«

»Mit Schimpf und Schande?«, wiederholte Eleonora erstaunt.

»Sie war empört über mich, warf mir vor, nur mit dir gespielt zu haben. Einen Filou hat sie mich genannt, der ein unschuldiges Mädchen lediglich aus einer Augenblickslaune verführen wollte, um es dann fallen zu lassen«, fuhr er fort.

»Und hättest du es getan?«

Alexander erstarrte. Wie ein Stock stand er plötzlich vor ihr.

»Ich will ehrlich sein, ich weiß es nicht. Meine Großmutter kannte mich wohl besser als ich mich selbst. Sie hat sogar recht daran getan, sich damals zwischen dich und mich zu stellen. Wie eine antike Rächerin stand sie an meinem Bett, mit wallenden Haaren, im weißen Gewand. Ich hatte richtig Angst vor ihr. So hatte ich sie niemals zuvor gesehen.«

»Ich auch nicht. Comme il faut war das nicht«, gestand Eleonora und musste plötzlich kichern. Waren es ihre überreizten Nerven oder einfach die Vorstellung, wie die würdige alte Gräfin Dorothea ihrem geliebten Enkel eine nächtliche Szene als zürnender Racheengel gemacht hatte?

»Es war bühnenreif«, sagte Alexander mit einem versonnenen Lächeln.

»Ich hätte es zu gerne miterlebt«, sagte Eleonora genauso versonnen. »Und ich habe so gelitten nach deiner Abfahrt, ohne Abschied, ohne eine Zeile, niemals hast du mir geschrieben«, setzte sie ihre Reise in die Vergangenheit fort.

»Fast ein Jahr lang habe ich dir jeden Monat geschrieben«, widersprach Alexander. »Dann habe ich aufgegeben, weil ich keine Antwort von dir bekam.«

»Ich habe niemals einen Brief von dir erhalten, es hat mir fast das Herz gebrochen.«

»Großmutter hat die Briefe abgefangen.«
»Woher weißt du das«, fragte sie erschrocken.
»Weil ich sie gefunden habe. Sie hat sie alle aufgehoben, sorgfältig in einem Kästchen aufbewahrt, obenauf noch ein Brief von ihr, an dich persönlich adressiert.«
»Wo? Wo sind diese Briefe, wo ist das Kästchen, wo ist der Brief an mich? Kann ich sie sehen, kann ich sie lesen?« Eleonora sprang auf. »Ich will sie haben, sie gehören mir!«, rief sie.
»Dann müsstest du sie dir holen«, erwiderte Alexander.
Sie lief zur Tür. »Sind sie oben in ihrem Salon, in der einen Kommode oder in dem Schreibtisch, wo sie ihre gesamte Korrespondenz aufbewahrte?« Sie hatte schon die Türklinke in der Hand.
»Da liegst du leider falsch mit deinen Vermutungen«, sagte Alexander trocken. Er hatte wieder auf seinem Stuhl Platz genommen und beobachtete sie interessiert. »Die Briefe sind nicht hier in Berlin. Sie sind in einem Geheimfach der Bibliothek von Schloss Sophienhof.« Er griff nach der Flasche Champagner, die geöffnet in einem Eiskübel lag, und schenkte sich sein Glas nach.
»Sie sind auf dem Sophienhof?«, wiederholte Eleonora tonlos. Erschöpft ließ sie sich wieder auf ihren Stuhl fallen.
»Du kannst sie dir doch dort holen«, schlug Alexander lässig vor und nippte an seinem Glas. »Wollen wir nicht gemeinsam eine kleine Landpartie nach Sophienhof machen?«
»Eine Landpartie nach Sophienhof?«, sagte Eleonora entgeistert.
»Warum nicht?«
»Wie soll das gehen? Spätestens morgen muss ich zurück nach Hohenschönhausen. Hedebrink wartet auf mich.«
»Hohenschönhausen liegt auf dem Weg. Dann fahren wir bei

ihm vorbei, und du kannst ihm sogar persönlich kündigen«, entgegnete Alexander.

»Kündigen?« Eleonora schrie es fast. »Er braucht mich doch! Und ich brauche ihn.«

»Was heißt das, du brauchst ihn!« Alexander war aufgesprungen. Mit funkelnden Augen stand er vor ihr. »Wieso brauchst du ihn?«

»Ich brauche das Geld, das ich bei ihm verdiene, und er benötigt mich als seine Vorleserin und Gesellschafterin«, erklärte Eleonora.

»Du wirst es nicht mehr nötig haben zu arbeiten. Wir werden schon eine Nachfolgerin für ihn finden. Und jetzt gehen wir ins Bett«, setzte er unverhofft und unmissverständlich hinzu.

Eleonora erschrak.

»Keine Angst, du brauchst wirklich keine Angst zu haben«, beruhigte er sie sofort. »Ich werde mich ganz comme il faut in meinen Junggesellenflügel zurückziehen, und du wirst heute Nacht in deinem alten Zimmer schlafen.«

Er griff nach einer silbernen Klingel, die auf der Mitte des Tisches stand, und läutete. Ein paar Minuten später stand Richard vor ihm und verneigte sich gemessen.

»Zu Diensten, Erlaucht.«

»Ist das Zimmer für Mademoiselle Prohaska inzwischen fertig? Sie ist von den Aufregungen des Tages erschöpft und möchte sich zurückziehen.«

»Es ist alles vorbereitet«, erwiderte Richard noch ein bisschen gemessener. Mit einer würdevollen Halbdrehung wandte er sich nun Eleonora zu. »Haben Mademoiselle Prohaska noch irgendwelche Wünsche für die Nacht? Vielleicht eine heiße Milch mit Honig?«

»Wie kommen Sie denn ausgerechnet darauf?«, ächzte Eleonora.

»Katharina lässt es aus der Küche fragen«, erklärte Richard noch gemessener.
Katharina? Babettes Nachfolgerin, und sie wusste um diese alte Gewohnheit, dieses Ritual aus längst vergangenen Kindertagen?
Eleonora stiegen Tränen in die Augen.
»Ich nehme gerne einen großen Becher mit ganz viel Honig«, sagte sie erstickt und drehte sich ganz schnell um.

27

Weißt du, was du mir bislang immer noch nicht verraten hast«, sagte Alexander am nächsten Morgen beim Frühstück. Einander gegenüberzusitzen hatte für Eleonora, genauso wie am Vorabend neben ihm durch die Stadt zu laufen, etwas Selbstverständliches. Tief und fest, so gut wie seit Jahren nicht mehr, hatte sie die vergangene Nacht geschlafen. Lag es vielleicht an der heißen Milch mit Honig, die sie nach ihrer Abendtoilette auf ihrem Nachttisch vorgefunden hatte. Ihr ehemaliges Zimmer hatte sie fast unverändert vorgefunden. Ja, im Schrank hingen tatsächlich noch einige ihrer Kleider. Gut verhüllt unter einem Leinensack entdeckte sie das beige Sommerkleid, das sie beim Sommerball auf dem Sophienhof und während ihres Aufenthalts in Paretz getragen hatte. Ob es ihr wohl noch passen würde? Als sie mit beiden Händen über die weiche Mousseline strich, stiegen ihr Tränen in die Augen.
Nur der große Flügel stand nicht mehr an seinem Platz. Ihn hatte man wieder zurück an seinen ursprünglichen Standort

im Musiksalon der Gräfin gestellt. Sekundenlang hatte Eleonora das Gefühl, jeden Moment würde sich die Tür öffnen und Gräfin Dorothea über die Schwelle schreiten, um mit gewohnt anmutiger Eleganz am Frühstückstisch Platz zu nehmen und an der seidenen Schnur über dem Tisch zu ziehen.

»Warum hast du bei Nacht und Nebel damals das Haus verlassen?«, unterbrach Alexander ihre Reminiszenzen.

Eleonora zuckte zusammen.

»Kannst du es mir nicht sagen?«, wollte er wissen.

Sie drehte den Kopf beiseite und schaute aus dem Fenster. Es war ein klarer Julimorgen. Noch war es angenehm frisch, aber gegen Mittag würde die Hitze wieder so unerträglich werden, dass die gesamte Stadt wie gelähmt dalag und jegliches Leben in ihren Straßen erlosch. Umso erstaunlicher, wie viele Menschen sich am Vortag dennoch auf die Beine gemacht hatten, um sich von Königin Luise zu verabschieden. Wie viel ruhiger und stiller hingegen war es heute auf den Straßen, als müsste sich die Stadt erst wieder von den Turbulenzen der letzten Wochen erholen.

»Oder willst du es mir nicht sagen?«, riss Alexander sie erneut aus ihren Gedanken.

Eleonora löste den Blick von den über den blauen Himmel ziehenden Schäfchenwolken und ließ ihn zurück zu Alexander wandern. »Ich möchte es dir eigentlich nicht sagen«, erwiderte sie zögernd.

»Es hat also etwas mit meiner Mutter zu tun.« Es war keine Frage, es war eine Feststellung.

Eleonora zuckte zusammen.

»Ach, Eleonora, es war doch die ganzen Jahre nicht zu übersehen, dass meine Mutter sich niemals so richtig mit deiner Anwesenheit in unserem Hause hat abfinden können. Lieber heute als morgen wäre sie dich wieder losgeworden«, sagte

Alexander. »Sie hatte jedoch keine Chance, sich gegen den Willen ihrer Schwiegermutter durchzusetzen. Die schlimmste aller Kränkungen war dann, dass auch noch ihre Töchter dich nicht nur selbstverständlich in unsere Familie aufnahmen, sondern auch noch eine tiefe Zuneigung zu dir entwickelten.«
»Woher weißt du das alles? Du warst doch kaum mehr zu Hause«, wunderte sich Eleonora.
»Aber meine Mutter hat mir regelmäßig geschrieben, und kaum ein Brief, der nicht irgendwelche Spitzen oder Seitenhiebe gegen dich enthielt«, offenbarte er überraschend.
»Ich hatte keine Ahnung, dass sie mich so hasste«, sagte Eleonora leise.
»Sie ist eine schwache Frau, die jahrelang unter der Ironie ihrer Schwiegermutter zu leiden hatte. Eigentlich war sie von den Prewitzens nie richtig anerkannt.«
»Und deshalb wollte sie sich an mir schadlos halten.«
Alexander nickte. »Sie gehört zu den Naturen, die eine ebenbürtige Auseinandersetzung scheuen und sich stattdessen vermeintlich Schwächere suchen, um sich selbst stärker fühlen zu können.«
»Vermeintlich Schwächere? Was meinst du damit?« Eleonora hob den Kopf und schaute Alexander in die Augen. Er erwiderte ihren Blick.
»Meine Mutter ist nicht nur eine schwache, sondern leider auch keine sehr kluge Frau. Sonst hätte sie längst gemerkt, dass du nicht schwächer, sondern viel stärker bist, als sie jemals sein könnte. Alles, was sie dir vorzuwerfen hatte, war deine Herkunft.«
»Die ich niemals verleugnen würde«, sagte Eleonora trotzig.
»Das darfst du auch nicht, du hast auch keinen Grund dazu, Eleonora«, erwiderte Alexander ruhig und legte ihr die Hand auf den Arm. »Du bist die Tochter eines gestandenen preu-

ßischen Soldaten. Ich hatte ja sogar das Vergnügen, deinen Vater einmal kennenzulernen. Er ist ein ehrenwerter Mann, der sehr stolz auf seine schöne Tochter ist.«

»Mein Vater stolz auf mich?«, wiederholte Eleonora verblüfft. »Davon hat er mich aber niemals etwas merken lassen.«

Alexander lachte. »Er ist eben ein echter Preuße. So wie du eine echte Preußin bist. Von Stolz und natürlichem Adel. Im Gegensatz zu meiner Mutter«, setzte er hinzu.

»Aber deine Mutter kommt doch aus einer uralten Adelsfamilie«, wandte Eleonora ein.

»Auch die Abstammung von allerhöchstem Adel ist kein Garant für eine vornehme Gesinnung«, behauptete Alexander. »Meine Mutter hatte falschen Dünkel. Der ließ sie glauben, etwas Besseres zu sein. Wer aber so denkt, entlarvt sich selbst.«

Alexander denkt ja genauso wie ich, stellte Eleonora überrascht fest.

»Deine Mutter hat mich gekränkt, mehr möchte ich dazu nicht sagen. Aber in meinem ganzen Leben, noch nicht einmal im Potsdamer Waisenhaus, habe ich mich so verletzt gefühlt wie von deiner Mutter«, gestand sie. »Man hat uns im Waisenhaus streng behandelt, körperlich gezüchtigt, aber nicht gekränkt oder beleidigt. Nachdem ich zufällig, ja, fast gegen meinen Willen erfahren musste, wie deine Mutter tatsächlich über mich denkt, gab es für mich in diesem Hause kein Halten mehr. Und eigentlich wollte ich auch niemals mehr hierher zurück«, setzte sie leise hinzu.

»Meine Eltern werden nicht so schnell hierher zurückkehren«, entgegnete Alexander ruhig. »Ich habe ihnen unmissverständlich klargemacht, dass ich der alleinige und rechtmäßige Besitzer des Stadtpalais und von Schloss Sophienhof bin. Sie sind mir als Gäste zwar willkommen, aber nur nach

Anmeldung oder auf meine Einladung. Eigentlich hat sich meine Mutter hier in Berlin niemals so richtig heimisch gefühlt.«

»Wo sind denn deine Eltern jetzt?«, erkundigte sich Eleonora.

»In Breslau. Sie leben auf dem Gut meiner Tante. Das Letzte, was ich von ihnen weiß, ist, dass sie sich wegen ihres angeschlagenen Gesundheitszustands in einem der Bäder am Fuße des Riesengebirges niederlassen werden. Hierher nach Berlin zieht es sie überhaupt nicht mehr«, endete Alexander. Eleonora atmete tief durch. Alexander lächelte, als er ihre Erleichterung bemerkte. »Ich möchte das, was dir meine Mutter angetan hat, versuchen wiedergutzumachen.«

»Das kannst du nicht, denn du würdest dich niemals so abfällig äußern, weder über mich noch über meine Mutter, an die ich mich kaum mehr erinnere und auch gar nicht erinnern möchte. Es sind keine angenehmen, geschweige denn schöne Erinnerungen, die ich an sie habe«, schloss sie bitter.

»Da haben wir ja etwas gemeinsam«, stellte Alexander fest.

»Und das wäre?«

»Beide halten wir nicht allzu viel von unseren Müttern«, sagte er und erhob sich.

»Ich habe meine so gut wie gar nicht gekannt«, behauptete Eleonora.

»Und ich meine zu gut«, entgegnete Alexander und lachte. Es war kein fröhliches Lachen.

»Du sollst Vater und Mutter lieben und ehren«, erinnerte ihn Eleonora.

»Ehre kann ich ihr erweisen, aber sie zu lieben, kann ich mich nicht zwingen«, sagte er kurz. »Hast du deine Mutter geliebt?«

»Ich weiß es nicht, ich glaube nicht.«

»Siehst du, aber dennoch hast du ihr Respekt erwiesen, indem

du es nicht ertragen hast, als meine Mutter sich abfällig über sie äußerte. Du bist sehr stolz, Eleonora.«
Sie warf den Kopf in den Nacken. »Ja, das bin ich«, bestätigte sie voller Überzeugung.
Alexander nahm ihre Hand und küsste sie. »Sie erinnern mich ein bisschen an Preußen«, sagte er.
»Wer?«, erkundigte sich Eleonora verwirrt.
»Deine Hände.«
»Das verstehe ich nicht.«
»Für mich stellen sie so etwas wie ein Symbol unseres Landes dar, arm, geschunden, aber von unzerstörbarer Schönheit und Kraft«, erklärte er.
Ein warmes Gefühl stieg in Eleonoras Innerem bei diesen Worten empor. Alexander küsste sie.
Erst das Klappern von Pferdehufen und metallische Rollen von Kutschenrädern durch das Fenster brachte sie wieder zu sich. Es waren ihr immer noch vertraute Geräusche.
»Möchtest du dich noch ein bisschen frisch machen, ehe wir fahren? Die Zofen müssten dein Gepäck mittlerweile schon gerichtet haben«, sagte er.
»Was meinst du damit, mein Gepäck gerichtet haben?«, fragte Eleonora perplex. »Ich habe doch gar keins.«
»Na, die Mädchen werden dir schon eine kleine Sommergarderobe zusammengestellt haben.« Eleonora konnte ihn nur stumm anstarren. »Willst du deine Briefe nicht vom Sophienhof holen? Wir fahren hinaus«, fuhr er gut gelaunt fort. »Wir fahren nach Neu-Prewitz, zum Schloss Sophienhof. Du hast zwar gesagt, was dir meine Mutter angetan hat, kann ich nicht wiedergutmachen, aber was dir meine Großmutter angetan hat, das kann ich wiedergutmachen.«
»Gräfin Dorothea hat mir niemals etwas angetan«, widersprach Eleonora leidenschaftlich.

»Auch nicht, indem sie dir meine Briefe vorenthielt?«, erkundigte sich Alexander.
Eleonora schwieg betroffen. Sie dachte nach. »Sie wollte mir bestimmt niemals weh tun«, sagte sie schließlich leise. »Sie kann nur der festen Überzeugung gewesen sein, dass mir die Lektüre deiner Briefe mehr weh getan hätte, als sie mir vorzuenthalten.«
Alexander atmete tief durch. Er trat auf sie zu und schloss sie in die Arme.
»Mein kluges Mädchen, meine kluge Eleonora. Auch wenn ich den Schreiber dieser Briefe damit demontiere, aber du hast recht mit dieser Vermutung. Davon kannst du dir auf Sophienhof selbst einen Eindruck verschaffen.«
»Und was ist mit Hedebrink?«, fragte Eleonora. Ihr schlechtes Gewissen war kaum mehr zu ertragen.
»Wir fahren auf dem Hinweg bei ihm vorbei, und du wirst ihm alles erklären«, entgegnete Alexander kurz.

Das Wiedersehen mit Hedebrink und die Kündigung erwiesen sich als wesentlich unkomplizierter, als Eleonora sich hätte vorstellen können.
»Gerne lasse ich Sie nicht ziehen, denn Sie waren mir eine gute Gesellschafterin, Christine«, sagte Hedebrink. Er wirkte gelassen, aber seine Hände sprachen eine andere Sprache. Nervös fuhren sie über die Tischdecke hin und her und hielten an einem kleinen Faden fest, um ihn zu zwirbeln. In der nächsten Sekunde hatte er ihn ungeduldig herausgerissen.
»Wenn Sie gestatten, höre ich mich mal nach jemandem für Sie um. Es ließe sich bestimmt ein Student oder eine Offizierswitwe finden …«, sagte Alexander höflich.
»Oh, machen Sie sich da keine Sorgen, mein Bekanntenkreis ist groß genug«, wehrte Hedebrink ungeduldig ab. »Es

ist mir doch eine kleine Genugtuung, dass meine Ahnung mich nicht trog, Christine«, wandte er sich wieder an Eleonora. »Sie haben Ihr Geheimnis zwar wahren, aber nicht Ihre Herkunft leugnen können. Sie sind tatsächlich eine Dame von Stand.«

»Ich bin die Tochter eines Potsdamer Feldwebels«, korrigierte ihn Eleonora.

»Die Tochter eines verdienten preußischen Soldaten, eine junge Sängerin, auf der einstmals große Hoffnungen ruhten, die wir versuchen wollen wiederzubeleben«, fiel Alexander ihr ins Wort. »Wieso sagen Sie eigentlich immer Christine?«, erkundigte er sich unmittelbar darauf.

»Ich habe die ganzen Jahre, als ich in Stellung war, stets meinen zweiten Vornamen benutzt«, erklärte Eleonora hastig.

»Das wirst du in Zukunft bleibenlassen!« Es klang wie ein Befehl. Unangenehm überrascht starrte Eleonora Alexander an. Hedebrink schwieg.

»Würden Sie mir zum Abschied noch einmal fünf Minuten mit meiner ehemaligen Vorleserin gönnen«, bat er schließlich Alexander, so das unbehagliche Schweigen unterbrechend. Er drehte sich zu ihm hin und schenkte ihm dieses ganz besondere Lächeln, das Alexander völlig entwaffnete. Eher verdutzt trat er den Rückzug an.

»Ich warte draußen in der Kutsche auf dich, Eleonora«, sagte er und verbeugte sich. »Meine Empfehlung, Dr. Hedebrink.« Mit geneigtem Kopf wartete dieser, bis er die Tür ins Schloss fallen hörte. »Sie lieben ihn!«, sagte er zu Eleonora. »Und das seit langer Zeit.«

»Woher wollen Sie das wissen?«

»Ach, Christine, nein, Eleonora«, seufzte Hedebrink. »Sie müssten doch inzwischen wissen, dass wir Blinden viel mehr sehen als ihr Sehenden. Ich spüre einfach Ihre tiefe Liebe, die

Sie diesem Mann entgegenbringen. Aber ich weiß nicht …« Er unterbrach sich und schwieg.
»Was wissen Sie nicht?«, erkundigte sich Eleonora, von plötzlichem Unbehagen erfüllt.
»Schon gut, schon gut«, wehrte er hastig ab.
»Was wollten Sie sagen, was wissen Sie nicht?«, insistierte Eleonora.
»Lassen Sie es gut sein, Christine, ich werde Sie weiterhin so nennen«, wich er ihr aus. »Ich wünsche Ihnen alles, alles Gute für Ihre Zukunft, dass sie genauso verläuft, wie sie sich gerade abzuzeichnen scheint, dass Sie eines Tages doch wieder auf der Bühne stehen und sich der unerschütterlichen Zuneigung des Grafen von Prewitz für immer erfreuen mögen.«
Eleonora klang das alles plötzlich ein bisschen zu dick aufgetragen. »Meinen Sie das wirklich ernst?«
»Ich wünsche es Ihnen von ganzem Herzen«, erwiderte Hedebrink diplomatisch. »Bitte lassen Sie mich jetzt alleine!« Er stützte den Kopf in seine Rechte und tat so, als hätte er ihre Gegenwart bereits vergessen.
»Ein seltsamer, aber beeindruckender Mann«, sagte Alexander in der Kutsche.
»Ein sehr kluger Mann, von dem ich viel gelernt habe«, korrigierte Eleonora ihn.
»Ach, Eleonora, du scheinst genauso wissbegierig geblieben zu sein wie damals als junges Mädchen«, entgegnete er lachend und zog sie an sich.
»Und du scheinst viel mehr über mich zu wissen, als ich ahnte«, stellte sie überrascht fest.
»Ich bin stets bestens auf dem Laufenden gehalten worden«, erklärte er. »Kein Brief meiner Großmutter, in dem sie mich nicht über deine Fortschritte unterrichtete, kein Brief meiner Mutter, in dem sie sich nicht über deine Anwesenheit beklag-

te, ja, besonders über deine Wissbegierde, dass meine Großmutter diese sogar noch förderte, dazu deine großartige Begabung, die zu großen Hoffnungen Anlass bot.«
»Vorbei! Das ist alles vorbei«, unterbrach Eleonora ihn hastig.
»Wir werden sehen«, erwiderte Alexander und zog sie noch fester an sich.

Zu Eleonoras großer Enttäuschung war von den alten Bediensteten auf Schloss Sophienhof niemand mehr übrig geblieben. Aber auch das neue Personal war gut geschult, verzog beim Anblick von Eleonora keine Miene, sondern nahm ihren Besuch als eine Selbstverständlichkeit hin. Sie wurde als Demoiselle Prohaska vorgestellt. In welchem Verhältnis sie zu dem jungen Grafen stand, wurde nicht angesprochen. Aber ihrer beider Benehmen sprach Bände.
Eleonora und Alexander benahmen sich in diesen Sommertagen wie ein frisch verliebtes junges Paar. Alexander machte aus seinen Gefühlen ihr gegenüber kein Hehl. Mit seinem Temperament und seiner Herzlichkeit gelang es ihm, Eleonora aus ihrer Reserve zu locken. Nach und nach verlor sie ihre Zurückhaltung, legte ihre Spröde ab und verwandelte sich in eine bis über beide Ohren verliebte junge Frau. Hand in Hand zogen sie durch die Wälder und Wiesen, lagen im hohen Gras, kitzelten sich mit langen Halmen und schauten versonnen den ziehenden Wolken nach. Im Buchenwald zeigte Eleonora ihm ihren Rückzug, wo sie die Partitur der Leonore einstudiert und von dem Tod der Gräfin erfahren hatte. Bei der Erinnerung daran brach sie in Tränen aus. Alexander küsste sie ihr von den Wangen.
Frühmorgens ritten sie aus, nahmen gemeinsam anschließend ein kräftigendes Frühstück ein, ehe sich ihre Wege für ein paar

Stunden trennten. Bis zur Mittagszeit zog sich Alexander mit seinem Verwalter in dessen Diensträume zurück, um die laufenden Angelegenheiten von Schloss Sophienhof zu besprechen, zu planen und zu regeln. Eleonora verbrachte diese Stunden entweder auf ihrem Zimmer oder in der Bibliothek, wo sie sich ausgiebig dem Studium der neueren Literatur widmete. Oder sie las in den Briefen von Alexander. Als Erstes hatte sie jedoch den an sie gerichteten Brief der Gräfin gelesen.

»Mein liebes Kind, meine geliebte Eleonora«, stand in ihrer großzügigen Handschrift auf lavendelblauem Briefpapier. »Ich weiß nicht, wann und ob Du jemals diese Zeilen zu lesen bekommst, aber eines bin ich mir gewiss, es wird nach meinem Tode sein. Vielleicht sogar etliche Jahre danach, und Du bist längst nicht mehr das unbedarfte junge Mädchen, das ich vor meinem Enkel zu schützen habe. Eleonora, seit Wochen sehe ich Deinen Kummer, der Dich immer schmaler und blasser werden lässt. Es bricht mir fast das Herz. Aber ich muss Dich vor meinem Enkel schützen. Ich liebe Alexander mehr, als ich meinen Sohn jemals geliebt habe. Dennoch kann ich meine Augen nicht vor seinem Charakter verschließen. Mein Enkel ist ein starker, aber nicht immer guter Mensch. Es steht noch offen, in welcher Richtung er sich einmal entwickeln wird. Das wird das Schicksal erweisen. In diesem Sommer wurde er von einer Zuneigung zu Dir erfasst, von deren Tiefe und Aufrichtigkeit ich nicht überzeugt bin. Mich dünkt es mehr wie eine kurzlebige Laune, sich dem Reiz Deiner Schönheit und Unschuld nicht verschließen zu wollen. Du bist mir aber zu schade für eine momentane Laune, meine Eleonora. Dir steht noch Großes bevor. Mein Enkel würde Dir in Deiner künstlerischen Entwicklung nur hinderlich sein.

Man behauptet zwar immer, dass Liebe keine Grenzen kennt

und alle Schranken überwindet. Dafür muss eine Liebe tief und stark sein. Ich bezweifle jedoch, dass Alexander diese Stärke und Tiefe hat. Er ist ein junger Heißsporn.
Und, das will ich Dir auch nicht verhehlen, ich bin keine Anhängerin dieser romantischen Auffassung von der Überwindung aller Schranken und Grenzen. Gleich und Gleich gesellt sich gern. Du weißt selbst, dass Alexander eigentlich schon seit Jahren mit Karoline von der Marwitz so gut wie verlobt war. Nun hat sie sich für einen anderen entschieden. Aber in aller Offenheit und mit wohlmeinender Ehrlichkeit: Sollte Alexander jemals heiraten, wird es immer nur eine Frau seines Standes sein.«
Wie scharfe Messer schnitten Eleonora diese letzten unerbittlichen Zeilen tief ins Herz.
»Ich weiß nicht, wie viele Jahre nach meinem Tod und Deiner romantischen, aussichtslosen Sommerliebe Du meinen Brief lesen wirst. Aber ich bitte Dich, meine liebste Eleonora, schau der Wahrheit ins Gesicht. Um Deiner selbst willen. Mein Enkel Alexander ist kein Mann für Dich! Und heiraten würde er Dich niemals!«
Erschöpft ließ Eleonora den Brief sinken. Ihre Hände zitterten.
Warum soll er kein Mann für mich sein?, rebellierte es in ihr.
»Eleonora, kommst du?«, hörte sie Alexander von draußen rufen. »Ich habe uns in der Küche einen Korb mit Wildpastete, Salat, Obst und Kuchen vorbereiten lassen. Wir wollten doch hinaus zum See reiten.«
Eleonora faltete den Brief zusammen.
»Eleonora!«, rief es erneut von draußen.
Sie steckte den Brief zurück in den Umschlag und legte ihn auf den Stapel der an sie gerichteten Briefe, die sie niemals erhalten hatte.

»Eleonora, wo bist du denn?« Jetzt klang er schon ein bisschen ungeduldig.
Sie packte den Briefstapel zurück in das Ebenholzkästchen, in dem er jahrelang verwahrt gewesen war. Dann stellte sie dieses in das Geheimfach in der Wand zurück und rückte die davorstehenden Bücher wieder an ihre richtige Stelle.
»Eleonora!« Jetzt klang er schon richtig ärgerlich.
Sie verließ die Bibliothek, machte sorgfältig die Tür hinter sich zu. Dann schritt sie hinüber in den großen Gartensaal und durchquerte den Raum, bis sie vor dessen hohen Flügeltüren stand. Sie öffnete sie und betrat die weiträumige Terrasse.
»Da bist du ja endlich! Wo warst du denn die ganze Zeit?«, empfing sie Alexander. Hinter ihm stand sein Rappe, der ungeduldig mit den Hufen scharrte und nun an seiner Schulter zu knabbern begann. »Lass das, Camelot«, wehrte er das Pferd ungeduldig ab. Camelot wieherte genauso ungeduldig.
»Was hast du denn vor?«, erkundigte sich Eleonora freundlich.
»Das habe ich doch schon eben laut durch die Gegend gebrüllt«, entgegnete Alexander.
»Würdest du es für mich wiederholen, ich habe es nicht verstanden«, behauptete Eleonora und schritt auf ihn zu. Alexander schwang sich in den Sattel. Mit zusammengekniffenen Augen beobachtete er ihr Herannahen. Eleonora ließ sich Zeit.
»Er ist kein Mann für dich, er ist kein Mann für dich«, hämmerten die soeben gelesenen Zeilen hinter ihrer Stirn. Warum nicht, ich liebe ihn doch, schrie es in ihrem Inneren. Mit gespitzten Ohren beobachtete nun auch Camelot die auf ihn zuschreitende junge Frau. Als sie vor Ross und Reiter stehen blieb, wieherte er leise. Sie strich ihm über Nüstern und Blesse.

»Warum hast du kein Pferd für mich satteln lassen?«, erkundigte sich Eleonora beiläufig.
»Darum«, erwiderte Alexander. Er beugte sich zu ihr hinab und zog sie mit unwiderstehlicher Kraft zu sich hoch in den Sattel. Eleonora war so überrumpelt, dass sie vergaß, sich zu wehren. Erst als Camelot bereits galoppierte, versuchte sie zu protestieren. »Hör auf zu zappeln, sonst fällst du noch runter«, ermahnte Alexander sie und umfing sie fest um die Taille. Eleonora gab jeglichen Widerstand auf. Sie lehnte sich an Alexanders Brust zurück, spürte den kräftigen Schlag seines Herzens und wurde plötzlich ganz ruhig.
Wie lange war es her, dass sie mit glühenden Wangen diese Märchen gelesen hatte, in denen ein Prinz eine schöne Prinzessin zu Pferde entführt. Schon damals hatte sie genau gewusst, dass diese Geschichten Märchen waren und mit dem wahren Leben nichts zu tun hatten.
Aber als sie an diesem Abend mit Alexander auf dem Bootssteg des Neu-Prewitzer Sees saß und sie sich an Pastete, Salat und frischen Pflaumenkuchen gütlich taten, kam ihr alles doch wie ein Märchen vor. Keine Woche war es her, dass sie noch in Hedebrinks winziger Kanzlei aus trockenen Folianten und Gesetzestexten vorgelesen hatte. Und jetzt saß sie hier Arm in Arm mit dem Märchenprinzen ihrer vergangenen Jugendtage an einem dunklen See und beobachtete den Aufgang des Mondes. Es war ein tieforangefarbener, riesiger Lampion, der träge über den Wipfeln des Buchenwalds aufstieg.
»Vollmond«, sagte Eleonora andächtig. »Da werde ich heute Nacht wieder nicht richtig schlafen können.«
»Du sollst heute Nacht auch gar nicht schlafen«, sagte Alexander und schenkte ihr ein Glas Champagner ein.
Es begann schon zu dämmern, als Eleonora und Alexander

sich zurück zum Schloss begaben. Sie hatten geredet, geschwiegen, sich geküsst, sich gestreichelt, sich Zärtlichkeiten zugeflüstert und wieder geschwiegen. Arm in Arm kehrten sie zurück, Alexander seinen Rappen am schleifenden Zügel hinter sich führend. Vor der Terrasse blieb er stehen und küsste sie.

»Geh du schon hinein, du wirst doch müde sein. Ich bringe nur noch schnell Camelot in den Stall.«

Eleonora war kaum mehr in der Lage, die Augen aufzuhalten, als sie sich zu Bett begab. Sie wollte gerade unter die leichte Daunendecke schlüpfen, als sie ein sachtes Klopfen an ihrer Tür hörte.

»Herein«, rief sie leise und empfing Alexander mit weit ausgestreckten Armen.

Eleonora war kein junges Mädchen mehr. So wusste sie längst, was sich hinter geschlossenen Schlafzimmertüren zwischen Mann und Frau abspielte. Darüber waren ihr die widersprüchlichsten Aussagen zu Ohren gekommen. Von lästiger Pflichterfüllung sprachen die einen, das Gesicht angewidert verzogen. Vom höchsten der Gefühle, die schönste Sache auf der ganzen Welt, schwärmten die anderen. Welch ein Skandal der Roman *Lucinde,* in dem der junge Schlegel offen und ungeschminkt die Freuden der körperlichen Liebe beschrieb. Er pries sogar den Rollentausch. Parbleu, erregten sich die alten Damen und Herren und verschlangen das verpönte Buch mit glühenden Wangen.

Alexander war ein rücksichtsvoller, gleichzeitig leidenschaftlicher Liebhaber. Diskret und einfühlsam half er Eleonora über ihre Hemmungen hinweg, streichelte sie beruhigend und im nächsten Augenblick voller Verlangen. Dieses Wechselspiel zwischen heiß und kalt entfachte in Eleonora eine Leidenschaft, die ihr selbst zunächst befremdlich war, die sie dann aber umso lustvoller auslebte. Als sie sich endlich mit Alexander körperlich vereinte, bedeutete dies Höhepunkt und Erlösung für sie beide.

Es war schon heller Tag, als sie eng aneinandergeschmiegt einschliefen. Als Eleonora wieder erwachte, bemerkte sie das geliebte Gesicht direkt über sich. Den Kopf auf die Hand des gebeugten Arms gestützt, beobachtete Alexander lächelnd ihr Erwachen.

»Du bist für die Liebe geboren, Eleonora«, sagte er und küsste sie.

Die nächsten Tage verliefen wie ein Rausch. Je länger Eleonora mit Alexander zusammen war, desto größer ihr Hunger auf ihn. Niemals hätte sie gedacht, sich nach der körperlichen Nähe eines Menschen so verzehren zu können. Ja, sie hatte ihn schon als Siebzehnjährige geliebt. Aber was war das damals für ein Gefühl gewesen? Scheue Anbetung, eine romantische, unerfüllte Liebe aus der Ferne. Doch nun? Sie war eine erwachsene Frau von fünfundzwanzig Jahren. Eine reife Frau, deren Sinnlichkeit Alexander verstanden hatte zu erwecken, deren verlangende Lust er zu stillen vermochte.

Eleonora war eine gelehrige Schülerin. So dauerte es nur wenige Tage, bis sie herausgefunden hatte, wie sie Alexander reizen konnte, seine Lust erweckte, sie steigerte, sie bis zur Ekstase hochpeitschen konnte, bis sie schließlich in wildem Verlangen übereinander herfielen. Sie waren verrückt nacheinander.

In der Abgeschiedenheit von Sophienhof konnten sie ihre Lust und Liebe ungehemmt ausleben. Das Personal nahm ihre Verliebtheit mit einer Mischung aus amüsierter Gelassenheit und gerührtem Wohlwollen auf. Niemals war etwas Anzügliches, Respektloses in ihren Blicken zu entdecken. Man hatte seine Freude an dem schönen Paar und tat alles, um ihm seinen Aufenthalt so angenehm wie möglich zu gestalten.

Eleonora und Alexander änderten nach dieser ersten Nacht nicht viel an ihrem Tagesrhythmus. Sie frühstückten gemeinsam, sie widmete sich ihren Studien in der Bibliothek, er der Kameralistik eines preußischen Latifundiums. Nach dem Mittagessen zogen sie sich zu einer Siesta, die keine Siesta war, zurück und nahmen danach gemeinsam den five o'clock tea ein.

Eleonora schimmerten Tränen in den Augen, als sie zum ersten Mal nach so langer Zeit den Tee aus dem silbernen Geschirr in eine feine Porzellantasse goss. Alexander beobachtete sie.

»Du trauerst immer noch um meine Großmutter«, stellte er fest.

»Sie war die wichtigste Frau in meinem Leben«, bestätigte Eleonora.

»Was würde sie wohl jetzt sagen, wenn sie uns beide hier so sitzen sehen könnte?«, sagte er nachdenklich. Seine Frage erschreckte sie. »Hast du eigentlich den Brief von ihr an dich mittlerweile gelesen?«

Eleonora nickte.

»Und was stand darin?«, wollte er neugierig wissen.

»Hast du niemals etwas vom Briefgeheimnis gehört?«, versuchte Eleonora ihn leichthin abzutun. »Du weißt doch, wie sehr deine Großmutter auf Diskretion und Wahrung der Privatsphäre pochte.«

Alexander kniff die Augen zusammen und beobachtete sie scharf. »Mir kannst du es trotzdem sagen, wir haben doch keine Geheimnisse voreinander«, behauptete er.

»Doch!«, widersprach Eleonora heftig.

Seine Augen verengten sich zu zwei schmalen Schlitzen.

»Wirklich?«, fragte er gedehnt. »Oder steht etwas für mich nicht sehr Schmeichelhaftes in dem Brief?«
»Tatsachen sind selten schmeichelhaft«, entfuhr es Eleonora.
»Und welche Tatsache möchtest du mir vorenthalten? Was hat meine Großmutter denn über mich geschrieben?«
»Dass du nicht der richtige Mann für mich bist«, antwortete Eleonora.
Alexander warf den Kopf in den Nacken und lachte aus vollem Hals. »Das hat sie schon damals zu mir gesagt«, erwiderte er. »Damals mochte sie sogar recht gehabt haben. Ich war ein junger, unreifer Spund. Ja, vielleicht hätte ich dich damals wirklich verletzt, wenn wir uns nähergekommen wären, denn du warst so jung und unerfahren. Aber heute? Wir sind doch zwei erwachsene Menschen.«
»Ihr letzter Satz war, dass du mich niemals heiraten würdest. Eigentlich hättest du seit Jahren schon verheiratet sein können, hätte sich deine Verlobte nicht so unsterblich in einen sizilianischen Conte verliebt«, setzte sie ein wenig maliziös hinzu.
Alexander lachte noch lauter, aber es klang gezwungen. »Karoline, die gute Karoline, ja, ich hätte sie wahrscheinlich tatsächlich geheiratet, aber so …« Er sprang auf und begann unruhig herumzulaufen. Mit wenigen Schritten hatte er den kleinen Salon durchquert, hin und her. Eleonora beobachtete ihn. Plötzlich blieb er vor ihr stehen. »Es mag sein, dass ich vielleicht nicht der richtige Mann für dich bin, aber du bist die richtige Frau für mich, Eleonora«, sagte er rauh. Eine unerträgliche Spannung stand plötzlich zwischen ihnen, schob sich zwischen sie wie eine unüberwindbare Mauer. Eleonora sprang gleichfalls auf.
»Wie kannst du nur so etwas behaupten?«, rief sie aufgebracht. »Seit fast zehn Jahren habe ich mich vor Sehnsucht

und Liebe nach dir verzehrt. Schließlich habe ich meine Gefühle ganz tief und fest in mir verschlossen, ließ keinen anderen Menschen an mich heran. Ich war innerlich tot, drauf und dran, eine alte verbitterte Jungfer zu werden. Plötzlich tauchtest du unerwartet auf und hast mich aus meinem Gefängnis befreit. Und da willst du behaupten, du seist nicht der richtige Mann für mich?«

Mit flammender Empörung schaute sie ihn an. Alexander lachte erlöst und zog sie in seine Arme.

»Du bist wirklich eine Kämpferin, Eleonora«, sagte er zärtlich. »Haben wir eigentlich jemals über Heirat und Ehe gesprochen?«

»Kämpferinnen brauchen weder Ehe noch Ehemann«, behauptete Eleonora mit kühnem Stolz. Sie umfasste seinen Kopf mit beiden Händen und zog ihn zu sich hinab, um ihn zu küssen. Dann schob sie ihn in ihr Schlafzimmer. Er leistete keinen Widerstand. Es machte ihr Spaß, nein, es bereitete ihr mittlerweile größtes Vergnügen und Lust, von sich aus initiativ zu werden und ihn zu verführen. Und er ließ sich mit Wonne verführen.

Anstatt sich wie üblich mit seinem Verwalter zurückzuziehen, forderte Alexander Eleonora am nächsten Morgen auf, mitzukommen.

»Wohin denn?«

»Komm einfach mit.«

Verblüfft folgte sie ihm. Alexander durchquerte die Eingangshalle von Schloss Sophienhof, öffnete die Tür des Herrensalons, öffnete die Tür des dahinter liegenden Spielzimmers, durchquerte diesen Raum und blieb an dessen Stirnseite vor einer geschlossenen Tür stehen.

»Und jetzt kommen wir in das Allerheiligste meines Groß-

vaters«, verkündete Alexander geheimnisvoll. »Sein Jagdzimmer.« Er drückte die Klinke nieder und stieß die Tür auf. Überwältigt blieb Eleonora auf der Schwelle stehen. Graf Ludovics ganz persönliches Refugium. In diesem Raum bewahrte er seine Trophäen auf. Sie starrte verblüfft einen mächtigen Elchkopf über dem Kamin an, als Alexander sie mit sich zog. »Komm!«, rief er ungeduldig. Eleonora wäre fast über einen Bärenkopf, der noch an einem riesigen Fell hing, gestolpert. Mit gefletschten Zähnen stierte das Tier sie wütend an. Erschrocken schrie sie auf. »Aus den Karpaten«, erklärte er. »Und mindestens schon seit zwanzig Jahren mausetot.«
»Hier bin ich noch nie gewesen.«
»Hier haben Frauen ja eigentlich auch Zutrittsverbot. Aber du hast mir doch neulich in Berlin erklärt, dass du gerne ein Mann wärst. Da würde mein Großvater bestimmt eine Ausnahme machen.« Alexander lachte. Er öffnete die Tür eines riesigen Wandschranks.
»Oh«, machte Eleonora nur.
»Seine Waffenkammer«, erklärte er stolz. Viel verstand Eleonora nicht von Schusswaffen, aber das Arsenal von Graf Ludovic war beeindruckend. Nebeneinander hingen Dutzende von Gewehren, eines glänzender als das andere. Prüfend ließ Alexander seine Augen über die Reihen der Waffen wandern. Schließlich entschied er sich für ein leichtes Gewehr. »Das müsste gehen, für den Anfang reicht es«, sagte er, nahm die Flinte aus dem Schrank, machte ihn wieder zu und schulterte sie. »Komm!«, forderte er Eleonora auf. Noch verblüffter als zuvor folgte sie ihm zurück über das Bärenfell aus dem Jagdzimmer durch das Spielzimmer und den Herrensalon in die große Halle von Schloss Sophienhof. Dort blieb er stehen und unterzog sie einer Musterung. »Hast du jemals Hosen getragen?«

»Wie bitte?« Eleonora schnappte nach Luft.
Er ließ seine Augen von ihren Hüften über ihre Lenden bis hinunter zu ihren Knöcheln wandern. »Es könnte gehen«, murmelte er vor sich hin und begann sich seiner eigenen Hose zu entledigen.
»Also Alexander, je t'en pries«, quietschte Eleonora entsetzt. »Du kannst dich doch nicht hier mitten in der Halle ausziehen.«
»Ist doch keiner da, und du kannst das auch.« Er warf ihr seine Hose zu.
Zum ersten Mal sah Eleonora im hellen Tageslicht, welch wohlgeformte Beine und was für schmale Hüften er hatte. Heißes Begehren stieg in ihr empor. Verlangend schaute sie ihn an.
»Jetzt nicht, später«, sagte Alexander, der ihren Blick sofort bemerkte, lachend. »Probier einmal meine Hose an.«
»Doch nicht hier!«
»Dann eben da«, erwiderte er und schob sie in den kleinen Garderobenraum neben der Eingangshalle. »Ich hole mir schnell eine Ersatzhose und warte hinter dem Stall am Schießstand auf dich.«
Allmählich dämmerte Eleonora, was er vorhatte, und begann Spaß an dem Gedanken zu gewinnen. Hastig streifte sie sich ihren weiten Rock ab und schlüpfte in Alexanders Hose. Überrascht stellte sie fest, dass sie hineinpasste. Vielleicht ein bisschen weit an der Taille, aber dafür konnte sie ja seinen Ledergürtel enger schnallen und ihre weite Bluse in den Bund stopfen. Die Länge korrigierte sie, indem sie die Hosenbeine unten einmal umschlug. Und welche Schuhe? Ihre Stiefeletten mit dem kleinen Absatz passten fast perfekt. Beim Hinausgehen griff sie noch nach einem alten Jagdhut von Graf Ludovic, der vergessen an einem Haken hing. Ver-

wegen drückte sie ihn sich in die Stirn und machte sich auf den Weg hinüber zu den Stallungen.

»Wo willst du denn hin?«, empfing sie ein Stallbursche und stellte sich ihr in den Weg.

Eleonora lachte hellauf.

»Demoiselle Prohaska?«, schnaufte er entsetzt. »Verzeihung, ich habe Sie nicht erkannt.« Bereitwillig machte er ihr Platz, so dass sie ihren Weg hinter den Pferdestall fortsetzen konnte. Verblüfft starrte auch Alexander sie an, als sie sich unternehmungslustig vor ihm aufbaute.

»Hübscher Bengel!«, sagte er grinsend. »Der Alte Fritz und erst recht sein Bruder Heinrich hätten ihre wahre Freude an dir gehabt. Und jetzt zu den Waffen, Kamerad!«

Alexander war ein guter Lehrer und Eleonora eine gelehrige Schülerin. Im Nu hatte sie erfasst, wie ein Gewehr zu spannen, anzulegen und unter der Schulter zu fixieren war.

Einige Probeschüsse durfte sie einfach hoch in die Luft ballern, um ein Gefühl für Schuss und Rückstoß zu bekommen. Schon gleich danach ließ er sie das erste Ziel anvisieren. Am Ende einer unbenutzten Pferdekoppel hatte er am Stamm einer alten Eiche eine große Scheibe angebracht.

»Das Ziel immer über die Kimme anvisieren. Nur mit einem Auge.«

Eleonora tat, wie ihr geheißen.

»Ganz tief atmen und konzentrieren.«

Eleonora atmete tief durch, sammelte sich. Erst als sie das Gefühl hatte, ganz still zu stehen, und das Ziel direkt über der Kimme im Auge hatte, drückte sie ab. Sie traf die etwa achtzig Meter weit entfernte Scheibe fast in der Mitte.

Sprachlos starrte Alexander sie an. »Noch einmal!«

Eleonora wiederholte konzentriert den gesamten Ablauf, den sie soeben erlernt hatte. Wieder traf sie die Scheibe.

Alexander schüttelte den Kopf. »Noch mal!«
Eleonora schoss. Dieses Mal traf sie nur den Stamm der alten Eiche.
Alexander atmete auf. »Ich dachte schon«, hub er an.
»Was dachtest du?«
»Ich dachte, das geht nicht mit rechten Dingen zu«, fuhr er fort. »Ich habe ja schon etliche meiner Rekruten in die Anfangsgründe des Schießens eingeweiht. Deshalb ging ich davon aus, dass du die ersten Male noch nicht einmal den Baumstamm triffst. Das erste Mal war ja dann wohl ein Zufall, typisches Anfängerglück.«
Eleonora kniff das linke Auge zusammen, visierte die Scheibe über der Kimme und schoss. Diesmal traf sie genau in die Mitte der Scheibe.
»Hast du jemals zuvor ein Gewehr in der Hand gehabt? Hast du jemals zuvor einen Schuss abgegeben?«, fragte Alexander zweifelnd.
»Jamais«, Eleonora schüttelte den Kopf und schoss lächelnd noch einmal, »das wäre doch für eine Frau meiner Erziehung überhaupt nicht comme il faut.« Es machte ihr Spaß, nicht nur zu schießen, sondern Alexander noch mehr aus der Fassung zu bringen. Es gelang ihr, denn auch diesmal traf sie die Scheibe.
Sie schulterte das Gewehr, machte kehrt und marschierte los.
»Wohin willst du denn?«, rief ihr Alexander hinterher.
»Ein bisschen mehr Distanz zwischen Ziel und Schützen bringen«, rief Eleonora großspurig zurück. Kopfschüttelnd folgte er ihr. Nach etwa fünfzig Metern blieb Eleonora stehen und drehte sich wieder zum Ziel um. Mit zusammengekniffenen Augen schätzte sie die neue Entfernung ab. Sie kniete nieder und legte an.
»Was machst du da? Bist du verrückt geworden?«, schrie

Alexander. Er wollte ihr das Gewehr entreißen. Sie wehrte sich.

»Lass mich!«

Verblüfft ließ er sie gewähren. Eleonora schoss, diesmal aus dem Kniestand. Auch aus der neuen Entfernung traf sie die Schießscheibe, im unteren Drittel.

»Nicht in der Mitte!«, triumphierte Alexander.

»Das war von mir beabsichtigt«, behauptete Eleonora gelassen. Sie spannte noch einmal und legte an. »Wo soll ich jetzt treffen?«

»Die linke Hälfte am Außenrand.«

Eleonora schoss und traf, wie ihr geheißen.

Alexander verlor die Fassung. Er ließ sich zu Boden fallen und schlug die Hände vors Gesicht. Es sah aus, als würde er sich jeden Moment auf der Erde wälzen.

»Das gibt es nicht, das gibt es doch gar nicht. So etwas habe ich noch niemals erlebt. Kommt dieses Frauenzimmer daher, hat noch niemals ein Gewehr in der Hand gehabt und schießt wie ein oller Soldat.« Mit beiden Fäusten trommelte er auf den Boden. »Das gibt es doch gar nicht, das gibt es nicht, das kann ich niemandem erzählen«, schrie er.

Eleonora stieß ihn mit der Fußspitze an. »Warum kann Er das niemandem erzählen?«, schnarrte sie im arroganten Kasinoton.

»Weil ein Frauenzimmer die preußische Armee mit ihren angeborenen Schießkünsten bis auf die Knochen blamieren würde.«

»Kannst du denn nicht so gut schießen?« Jetzt war Eleonora wirklich neugierig.

»Nein!« Alexanders Ton war schneidend. Er hatte sich aufgesetzt und schaute zu ihr empor. Er war plötzlich blass geworden.

»Ich habe dich immer für einen blendenden Schützen gehalten.«
»Ich war in der Tat einmal ein blendender Schütze. Bis zur Schlacht von Austerlitz.« Seine Stimme war rauh und fremd. Er senkte den Kopf.
»Oh«, machte Eleonora betroffen. Sie glitt an seine Seite und schloss ihn in die Arme. Erschrocken bemerkte sie, dass er weinte. Sie küsste ihm die Tränen von den Wangen.
Alexander schluchzte einmal trocken auf, aber dann schloss er die Augen und legte lächelnd den Kopf in den Nacken. »Soldat Prohaska, Sie sollten Ihr Gewehr sichern, ehe Sie sich anschicken, einen preußischen Oberst auf einer Pferdekoppel zu verführen«, rügte er seinen jüngsten Schützen.

Zehn Tage lebten sie auf Schloss Sophienhof, abgeschnitten von Zeit und Raum. Sie wussten nicht, was sich draußen in der Welt tat, es interessierte sie auch nicht. Es gab nur zwei Menschen auf diesem Erdenrund, Eleonora und Alexander, umhuscht von dienstbaren Geistern, deren größter Ehrgeiz darin bestand, keinen Wunsch unerfüllt zu lassen und dabei möglichst unsichtbar zu wirken und zu bleiben.
»Manchmal komme ich mir wirklich vor wie im Paradies«, sagte Alexander eines Morgens und knabberte genüsslich an einer riesigen Traube, die heute Morgen überraschend auf dem silbernen Frühstückstablett gelegen hatte.
»Fehlt nur die böse Schlange, die Eva vom Baum der Versuchung zu kosten verführt«, erwiderte Eleonora lachend.
»Lieber nicht, denn ich möchte nicht aus diesem Paradies vertrieben werden«, entgegnete Alexander und fütterte sie mit einer frischen Traube. »Versuch einmal, ob sie dir schmecken. Der Gärtnermeister hat seinen ganzen Ehrgeiz hineingesteckt, hinter dem Haus an dem kleinen Hügel ein paar Weinstöcke anzupflanzen.«

Eleonora kostete und verzog den Mund. »Sind die sauer«, sagte sie und schüttelte sich.

Alexander lachte. »Der Gärtner ist besessen von der Idee, aus unseren wenigen Weinreben genügend Ertrag für einen Hauswein herauszuholen.«

»Da muss er die Trauben aber noch eine ganze Weile reifen lassen, es ist doch noch längst nicht Zeit für die Weinlese«, meinte Eleonora. »Es ist doch erst August.«

»Den Wievielten haben wir eigentlich«, überlegte nun Alexander laut und schaute suchend um sich, aber nirgendwo war im Gartensaal ein Kalendarium zu entdecken. »Ich habe in den vergangenen Tagen tatsächlich mein Zeitgefühl verloren. So etwas dürfte einem alten Soldaten wie mir eigentlich niemals passieren.«

»Ich habe vor drei Tagen zum letzten Mal Tagebuch geschrieben, da zeigte mein Kalenderblatt den 15. August«, sagte Eleonora. »Demnach müsste heute der 18. sein.«

»Bis zum 4. August fanden in ganz Preußen keine Konzerte und Schauspiele statt. Aber die offiziell anberaumte Trauerzeit dauert noch bis Mitte September«, meinte Alexander nachdenklich.

»Dann sind wir ja schon fast drei Wochen auf dem Sophienhof«, stellte Eleonora überrascht fest.

»Ja, die Tage sind nur so dahingeflogen, aber spätestens Ende September muss ich wieder in Berlin sein«, entgegnete Alexander.

Zu gerne hätte Eleonora erfahren, was ihn nach Berlin zog, aber sie hütete sich zu fragen. Schon häufiger hatte sie bemerkt, dass Alexander Fragen nicht mochte. So gerne er von sich aus erzählte, sich bei guter Laune stundenlang in Anekdoten und lustigen Geschichten aus seiner Militärzeit ergehen konnte, so ungern mochte er es, wenn er direkt gefragt wurde. Eine Frage zur falschen Zeit am falschen Ort, und er klappte zu wie eine Auster. Er war kein einfacher Mann, der junge Graf Alexander von Prewitz zu Kirchhagen. Ob sie ihn in den vergangenen Wochen ihrer leidenschaftlichen Romanze aber richtig durchschaut hatte, bezweifelte sie immer noch. Ihre Zuneigung und jugendliche Anbetung aus der Ferne war mittlerweile einer tiefen, glühenden Liebe zu einem Mann aus Fleisch und Blut gewichen. Dennoch war sie sich seiner Gefühle niemals sicher. So offen und herzlich er auch sein konnte, sosehr er ihr manchmal vorkam wie ein Bruder, der sie wie eine Schwester gar zu gerne nach Herzenslust neckte, sie aufzog oder ihr kleine Streiche spielte, so leidenschaftlich und voller Begehren er sich ihr gegenüber in den heißen Sommernächten zeigte, blieb in ihrem Inneren ein nagendes Gefühl. So gab es immer wieder Momente, ja Stunden des Rückzugs, in denen er sie brüsk abwies und ihr eine fast beleidigende Kälte zeigte. Wenn er aus seinen finsteren Grübeleien hochschreckte und sie sekundenlang verwirrt anschaute, hatte Eleonora den Eindruck, dass er gar nicht wusste, wo er und wer sie eigentlich war.

Sosehr sie den ihr zugewandten, liebevollen Alexander, der sie umwarb, mit Komplimenten überschüttete, ihr seine ungeteilte Aufmerksamkeit widmete, als wäre sie der einzige und für ihn wichtigste Mensch auf dieser Welt, liebte, so sehr lernte sie den anderen Alexander zu fürchten.

Wie hatte es Gräfin Dorothea in ihrem Brief geschrieben: »Es steht noch offen, in welcher Richtung er sich einmal entwickeln wird. Das wird das Schicksal erweisen.«

Ob sie mit der jetzigen Entwicklung zufrieden gewesen wäre? Was hätte sie zu der Selbstverständlichkeit gesagt, mit der sie, Eleonora, und Alexander wochenlang ganz offen als Liebespaar auf Sophienhof zusammenlebten. Comme il faut war das auf keinen Fall.

Und wie sollte es in der Zukunft mit ihnen weitergehen? Erst jetzt wurde ihr bewusst, in welche Abhängigkeit sie sich mit dieser spontanen Reise nach Sophienhof begeben hatte. Ob es die richtige Entscheidung gewesen war, so Hals über Kopf bei Hedebrink ihre Stellung aufzugeben? Im Nachhinein überkamen Eleonora Zweifel.

»Du wirst es nicht mehr nötig haben zu arbeiten?« Was genau hatte Alexander damit überhaupt gemeint? Diese Tage auf Sophienhof betrachtete Eleonora als eine Einladung, die zu akzeptieren sie vermochte. Aber was kam danach? In Berlin hatte er Andeutungen gemacht, ihr den Weg zurück zur Bühne zu ebnen. Aber während der Wochen auf Sophienhof kam er nie mehr darauf zu sprechen. Je länger Eleonora darüber nachdachte, desto unsicherer und auch bedrückter wurde sie.

Schweigend saßen sie sich eines Morgens beim Frühstück gegenüber. Alexander war mal wieder in seine Grübelei versunken. Eleonora machte sich Sorgen um ihre ungewisse Zukunft. Umso deutlicher waren daher die raschen Hufschläge eines herangaloppierenden Pferdes zu hören. Direkt vor dem Haus kamen sie zum Stillstand. Durch das geöffnete Fenster war das Schnauben und Wiehern eines Pferdes zu vernehmen und unmittelbar darauf das hastige Knallen von Stiefelabsätzen auf dem Pflaster des Schlosshofs.

Alexander runzelte unwillig die Stirn. »Das kann nichts Gutes bedeuten«, sagte er. Er erhob sich, ging zur Terrassentür und riss sie auf. »Sie können sich den Gang durch das Eingangsportal ersparen«, rief er durch die geöffnete Tür. »Kommen Sie gleich hierher zu mir.«

Der fremde Reiter hielt in seinem Lauf inne, stutzte kurz und leistete der Aufforderung Folge. Keuchend kam er vor Alexander zum Stehen und überreichte ihm einen großen versiegelten Umschlag. Dieser riss ihn auf, entnahm ihm ein Schreiben und überflog es.

Eleonora wartete, das Herz klopfte ihr bis zum Hals.

Alexander wurde blass. Er ließ den Briefbogen sinken. »Graf Ludovic ist gestorben«, sagte er.

»Dein Großvater?«, rief Eleonora bestürzt.

»Das ist aber noch nicht alles«, setzte Alexander tonlos hinzu. »Man hat mich zu seinem Nachfolger und damit zum General ernannt. Ich soll umgehend nach Hannover kommen.«

»Ich dachte, du hättest den Militärdienst quittiert?«, rutschte es Eleonora heraus.

»Wie bitte, was sagtest du?« Alexander schaute sie wieder mit diesem seltsamen Blick an.

»Ich dachte, du hättest den Militärdienst quittiert«, wiederholte sie leise.

»Ich? Das Militär verlassen? Niemals! Wie kommst du auf eine solch absurde Idee?« Entrüstet sah er sie an. »Ich habe mich lediglich für einige Monate suspendieren lassen, um endlich meine Angelegenheiten in Berlin und hier auf Sophienhof zu ordnen, denn es war wirklich an der Zeit. Seit dem Tod meiner Großmutter hatte ich das ziemlich schleifenlassen. Na ja, auch kein Wunder in diesen turbulenten Zeiten. Aber wenn mich meine dienstliche Pflicht ruft, stehe ich selbstverständlich auf der Stelle zur Verfügung.« Er faltete den Brief zusammen und steckte ihn in die Innentasche seines sommerlichen Jacketts, das er die ganzen Tage getragen hatte. »Jetzt heißt es wieder zurück in den Uniformrock schlüpfen«, sagte er. Begeistert klang es nicht. »Ich werde mir in Berlin eine Generalsuniform schneidern lassen müssen.«

»Wir haben auch in Hannover hervorragende Uniformschneider«, wagte der Kurier einzuwenden. Erst jetzt wurde sich Alexander seiner Gegenwart wieder bewusst.

»Lassen Sie Ihr Pferd füttern und tränken«, befahl er. »Dann besorgen Sie sich in der Küche selbst etwas zu essen und zu trinken. Wenn Ross und Reiter sich genügend erholt haben, geben Sie mir umgehend Bescheid.«

»Zu Befehl, Herr General!«, rief der Kurier und stand stramm.

Alexander lächelte dünn. »In spätestens vier Stunden werden Sie wieder aufbrechen, um meine Antwort nach Hannover zu bringen.«

»Sehr wohl, Herr General«, schrie der Kurier und salutierte.

Alexander kehrte zu Eleonora an die Frühstückstafel zurück. Sie wartete, bis er ihr gegenüber Platz genommen hatte.

»Mein herzliches Beileid«, sagte sie leise.

»Wie bitte, was?« Alexander schrak zusammen und fuhr sich verwirrt über die Stirn. »Entschuldige, ja, natürlich, mein Großvater ist gestorben«, erwiderte er.

»Ich habe ihn nicht nur geschätzt, sondern auch wirklich gemocht«, sagte Eleonora noch leiser. »Wie ist er denn gestorben?«

»Ganz friedlich in seinem Sessel. Er muss während seines mittäglichen Schlummers einfach so eingeschlafen sein«, erzählte Alexander. »So schreibt es sein Adjutant von Haugwitz. Als sein Bursche ihm wie üblich seine Tasse Mokka zum Aufwachen bringen wollte, war er tot.«

»Trifft es dich sehr?«, erkundigte sich Eleonora vorsichtig.

»Ich habe ihn auch gerne gehabt, aber sonderlich nahe stand er mir nicht«, entgegnete er schulterzuckend. »Er war doch nie zu Hause. Ich glaube, er hat die wilde Jagd mehr geliebt als die Familie.«

»Deine Großmutter hat er sehr verehrt«, widersprach Eleonora.

»Das stimmt, nicht nur verehrt, sondern fast ein bisschen gefürchtet.« Er lachte leise.

»Weniger gefürchtet als geachtet und respektiert«, berichtigte Eleonora.
»Was umgekehrt weniger der Fall war«, ergänzte Alexander und lachte wieder. Es war ein zärtlich liebevolles Lachen. Erstaunt schaute Eleonora ihn an. Es war eigentlich nicht der richtige Zeitpunkt zum Lachen. »Verzeihung, meine Liebe, aber ich versuche mir gerade vorzustellen, wie meine Großmutter ihren Herrn Gemahl dort oben im Himmel empfangen wird.«
»Und wie stellst du dir das vor?«, fragte Eleonora gespannt.
»Mit der ihr eigenen Ironie wird sie sich über ihn lustig machen und ihn damit aufziehen, dass er nicht auf dem Felde der Ehre gestorben ist, sondern sein Leben sehr friedlich und überaus zivil in einem Lehnsessel aushauchte.«
»Und noch nicht einmal bei einem Jagdunfall das Leben verlor«, fiel Eleonora ihm kichernd ins Wort. Erschrocken schlug sie sofort die Hand vor den Mund. »Entschuldige, das war jetzt wirklich pietätlos.«
»Ach, Eleonora, meiner Großmutter hätte deine pietätlose Bemerkung sogar gefallen, und auch mein Großvater hasste nichts mehr als Verlogenheit. Deshalb werde ich mich hüten, anlässlich seines Todes falsche Trauer zu bekunden. Ich bedaure zwar zutiefst, dass er gestorben ist, aber ich werde dennoch alles tun, um ihm ein würdiger Nachfolger zu werden.«
»Ich glaube, das würde allen beiden auch am besten gefallen.«
»Man merkt, wie gut du sie gekannt hast, Eleonora«, sagte Alexander und erhob sich. »Wir werden heute gegen Abend aufbrechen«, fügte er hinzu. »Ich bitte dich, pünktlich um sechs Uhr fertig zu sein. Wir nehmen die Berline, die zwar nicht am schnellsten ist, aber den meisten Komfort bietet, wenn wir schon bis in die tiefe Nacht durchfahren müssen.«
»Wohin fahren wir denn?«, fragte Eleonora bang.

»Nach Berlin natürlich«, erwiderte Alexander erstaunt ob ihrer Frage. »Ich werde da noch ein, zwei Tage brauchen, um meine Angelegenheiten zu regeln und mir eine neue Uniform schneidern zu lassen, ehe ich weiter nach Hannover fahre.«
Und was ist mit mir, schrie es in Eleonora, aber sie brachte keinen Ton heraus.

TEIL IV

28

Zurück im Stadtpalais, schien Alexander ihre Gegenwart als genauso selbstverständlich zu betrachten wie die Wochen zuvor auf Sophienhof. Er empfing sogar einige Besucher, denen er im ehemaligen Salon seiner Großmutter offiziell von ihr den Tee servieren ließ.

»Eleonora ist wieder da«, war die einzige Äußerung, mit der er ihre Anwesenheit kommentierte. Niemand schien überrascht, niemand wagte einen anzüglichen Seitenblick, sondern man akzeptierte ihre Anwesenheit mit natürlicher Gelassenheit. Die Einzige, die sich Gedanken machte, war Eleonora selbst. Aber dennoch fügte sie sich wieder reibungslos in den Ablauf dieses Haushalts ein.

Schließlich kam der gefürchtete Tag von Alexanders Abreise. Mit einem heftigen Gewitter hatte sich der Sommer verabschiedet. Es schien ein früher Herbst zu werden. Eleonora und Alexander hatten am Abend zuvor noch einmal zusammen gespeist. Zur Feier des Tages hatte er eine uralte Flasche Rotwein spendiert. Höchstpersönlich dekantierte er sie, nahm einen Probeschluck, ehe er Eleonora einschenkte.

»Ein Italiener«, erklärte Alexander und prostete ihr lächelnd zu. »Wenn ich mich nicht irre, hat ihn sogar Farini einmal von einer Italienreise für meinen Großvater mitgebracht.«

»Ach, Farini«, seufzte Eleonora. »Lang, lang ist es her.«

»Aber unvergessen«, sagte Alexander. »Lass uns anstoßen und trinken in memoriam unserer lieben Verstorbenen.« Ausnahmsweise erlaubte er sich an diesem Abend ein bisschen

Sentimentalität. So bat er sie später noch, für ihn zu singen. Ja, er versuchte tatsächlich sie auf dem Flügel zu begleiten. Es dauerte eine ganze Weile, bis sie zueinanderfanden. Zum Schluss sangen sie sogar ein Duett aus *Orpheus und Eurydike*. Es klang längst nicht so gut wie einst bei der Sommerpremiere. Aber es klingt wahrhaftiger, dachte Eleonora, denn nun sind wir wirklich ein Paar.

Wenn Alexanders Stimme auch nicht sehr voluminös war, konnte er doch überzeugend die Trauer und den Schmerz, den er über den Verlust seiner Geliebten empfand, in sie hineinlegen. Und Eleonora? Sie fühlte, dass ihre Stimme an Klang und Reife gewonnen hatte. Aber wie viel Übung ihr fehlte! Sie war traurig und bestürzt über ihre eigenen Patzer. Bemerkte Alexander sie gar nicht? Nein, an eine Bühnenkarriere war wirklich nicht mehr zu denken. Unwillkürlich stiegen ihr Tränen in die Augen.

»Aber, Eleonora, ich ziehe doch nicht in die Schlacht, sondern begebe mich lediglich zu meinen Soldaten in Hannover«, tröstete Alexander sie bestürzt.

Sie korrigierte seinen Irrtum nicht. Sollte er ruhig glauben, dass die bevorstehende Trennung ihr so zu schaffen machte. Diese schmerzte sie sehr wohl, aber noch viel mehr belastete sie die Ungewissheit ihrer eigenen Situation, ihrer Stellung im Hause und ihrer Zukunft. Aber erst nach einer leidenschaftlichen Umarmung, nachdem sie sich schwer atmend voneinander gelöst hatten, wagte sie endlich, ihn darauf ganz vorsichtig anzusprechen.

»Du reist morgen ab«, sagte Eleonora leise.

»Aber doch nicht für immer und ewig. Mindestens einmal im Monat gedenke ich doch nach Berlin zu kommen«, entgegnete er leichthin.

»Und was wird mit mir?«, fragte Eleonora leise.

»Du bleibst natürlich hier«, erwiderte Alexander, als wäre es das Selbstverständlichste auf der Welt.

»Als was denn?«, fragte Eleonora verzweifelt. »Wer bin ich überhaupt? Was bedeute ich dir? Wie soll es mit uns weitergehen?« Zum ersten Mal wagte sie, diese Fragen so offen zu stellen. Sie erhielt keine Antworten, denn Alexander war schon eingeschlafen. Oder stellte er sich nur schlafend, weil er ihr nicht antworten wollte? Wie bereits häufiger stieg das kleine, schon leider vertraute Unbehagen in ihr empor. In dieser Nacht ließ es sich gewaltsam unterdrücken. Auch noch am nächsten Morgen, als sie sich von ihm verabschiedete, gelang es ihr, dieses Missbehagen beiseitezuschieben.

»Leb wohl, Eleonora, wir sehen uns in spätestens einem Monat wieder«, verabschiedete Alexander sich ziemlich unverbindlich von ihr. Kein Kuss, keine Umarmung zum Schluss. Überhaupt war er, seit sie in Berlin weilten, wesentlich zurückhaltender ihr gegenüber geworden, bezeugte längst nicht mehr den Überschwang und die Herzlichkeit jener Tage vom Sophienhof. Das mochte daran liegen, dass er jetzt ein hoher General war und es ihm nicht geziemte, Gefühle in der Öffentlichkeit zu zeigen.

Nach einem enttäuschend nüchternen Abschied begab sich Eleonora auf ihr ehemaliges Zimmer. Auf ihrem Kopfkissen entdeckte sie die Partitur von *Fidelio.* Sie zuckte zusammen. Wer mochte die Noten ausgerechnet heute dahin gelegt haben? War es ein böser Scherz? Wollte man sie verletzen? Wer hatte ein Interesse daran? Vom jetzigen Personal hatte niemand sie noch persönlich bei den Prewitzens erlebt. Oder vielleicht doch? Katharina, die mürrische Köchin? Sie war doch unmittelbar nach dem Tod ihrer Schwiegermutter von Gräfin Elisabeth ins Haus geholt worden? Versuchte diese, kaum dass ihr Sohn das Haus verlassen hatte, Eleonora erneut den Aufenthalt im Stadtpalais der Prewitzens unerträglich zu machen? Aber die Gräfin war doch in Breslau oder weilte zu einem Kuraufenthalt im Riesengebirge. Vermochte sie aus dieser Ferne die Dienerschaft im Stadtpalais zu lenken? Eleonora presste beide Hände an ihre Schläfen und schüttelte verzweifelt den Kopf.

Ganz ruhig, befahl sie sich. Vorsichtig trat sie näher und entdeckte einen Briefumschlag auf der Partitur. Er war an sie adressiert. Sie erkannte die Schrift. Aus der Lektüre der ihr vorenthaltenen Briefe waren ihr Alexanders Schriftzüge mehr als nur vertraut. Sie riss den Umschlag auf, zog den Briefbogen heraus und entfaltete ihn.

»Meine liebste Eleonora, erinnerst Du Dich, wer Dir einst diese Noten hat zukommen lassen?« Eleonora nickte unwillkürlich. Wie hätte sie jemals diese Begegnung mit Louis Ferdinand vergessen können? Mittlerweile wusste sie auch, wie eng der preußische Prinz und Alexander miteinander befreundet gewesen waren, wie tief diesen sein tragischer und so sinnloser Tod getroffen hatte. »Ich habe diese Partitur in der Bibliothek vom Sophienhof gefunden und möchte sie Dir hiermit zurückgeben, denn schließlich gehört sie Dir, war das Geschenk eines preußischen Prinzen, meines geliebten Freundes Prinz Louis Ferdinand.

Ach, Eleonora, ich fahre ungern, denn es schmerzt mich schon, mich so plötzlich von Dir trennen zu müssen. Glaube nicht, ich hätte die bange Frage in Deinen Augen nicht gesehen. Ich kann Dir darauf aber keine Antwort geben.

Dennoch freue ich mich auf ein Wiedersehen, ein hoffentlich baldiges.

Alexander.«

Eleonora drehte und wendete den Brief hin und her. Sie suchte vergeblich. Es war keine versteckte Liebeserklärung zu entdecken, nirgendwo ein kleines Zeichen, ein Geheimzeichen, nichts. Noch nicht einmal mit »Dein Alexander« hat er unterzeichnet, stellte sie mit aufsteigender Wut fest. Sie ließ sich auf das Bett fallen und begann in der Partitur zu blättern. Sie entdeckte sogar noch einige schriftliche Vermerke von eigener Hand, die sie während ihres letzten Sommers auf Schloss Sophienhof eingefügt hatte. Und hier, war das nicht die Schrift von Balduin Schilling? Natürlich!

Um sie nach Gräfin Dorotheas Tod von ihrer tiefen Trauer abzulenken, hatte er ihr fast befohlen, sich intensiv mit der Rolle der Leonore zu beschäftigen. Noch einmal hatte er sie am Flügel des Übungsraums in der Berliner Oper begleitet, ehe er sich von ihr verabschiedete, um in den Krieg zu ziehen. Wie so viele andere war er für immer aus ihrem Leben verschwunden.

Bitterlich hatte Eleonora an dem Abend geweint, als Alexander ihr von dem plötzlichen Tod seiner kleinen Nichte im fernen Schweden erzählte. Ihre verzweifelte Mutter hatte darob den Verstand verloren. Ihr Mann wusste sich schließlich keine andere Wahl mehr, als die unablässig schreiende und um sich schlagende Charlotte in ein weit abgelegenes Kloster des schwedischen Birgittenordens zu geben. »Und die Nonnen sollen sich wirklich rührend um sie kümmern«, hatte Alexander betont, als er Eleonoras entsetzten Blick sah.

Und Sophie? Deren anfänglich so heiteres Familienglück war mittlerweile zerbrochen. Ihr fröhlicher bayerischer Herzog war nicht nur Speis und Trank, sondern auch fremden Frauen zugetan, allzu sehr zugetan. Nachdem Sophie von seiner Mätresse erfahren hatte, rächte sie sich, indem sie ihren Mann mit seinem besten Freund betrog. »Und ein Kind von ihm bekam«, erzählte Alexander empört. »Das geht nun wirklich zu weit. Gut, dass meine Großmutter diesen Skandal nicht mehr erleben musste. Hier in Berlin kann sich meine Schwester nie mehr blicken lassen.« Sein zechfreudiger Schwager hatte sich längst vollkommen dem Trunk ergeben und war kaum mehr ansprechbar, während Sophie mit ihren Kindern ein kärgliches Dasein auf einer unwirtlichen fränkischen Burg fristete.

So waren auch Charlotte und Sophie für immer aus ihrem Leben verschwunden. Wen besaß Eleonora überhaupt auf dieser Welt? Ihren Vater in Potsdam? Ihren Bruder, der das Haus im Streit verlassen hatte, den sie seit Jahren nicht mehr gesehen hatte, den sie auf der Straße wahrscheinlich kaum wiedererkennen würde?

Voller Erschrecken erkannte Eleonora, dass es weit und breit niemanden gab, der ihr wirklich nahestand.

Außer Alexander?

Aber liebte er sie mit der gleichen Kraft und Tiefe wie sie ihn? Nicht ein einziges Mal hatte er ihr gesagt, dass er sie liebe. Umgekehrt hatte sie es auch nicht getan. Mehrmals hatte ihr dieser Satz aber auf den Lippen gelegen, hätte sie ihn jubelnd ausrufen oder zärtlich flüstern mögen. Stattdessen biss sie sich ganz fest auf die Unterlippe und schwieg.

Grübelnd starrte Eleonora auf die Tapete ihres Zimmers. Es war noch dieselbe wie früher. Sekundenlang vermeinte sie die hellen Entzückensrufe der beiden Komtessen zu vernehmen, als sie mit jugendlicher Begeisterung ihre renovierten Zimmer in Besitz nahmen. Mit welchem Bedacht Gräfin Dorothea die Farben für die jungen Mädchen ausgewählt hatte, das tiefe Blau für Charlotte, das weiche Rosé für die kindliche Sophie und das vornehme Smaragdgrün für Eleonora. »Du hast zwar graue Augen, Eleonora, aber wenn du Grün trägst, werden auch sie grün.« Verwirrt schaute sie um sich. Für einen Moment war ihr vorgekommen, als hätte Gräfin Dorothea tatsächlich zu ihr gesprochen.

Die Tage nach Alexanders Abreise versuchte Eleonora weiterhin so zu tun und zu leben, als wäre ihre Anwesenheit im Prewitzschen Stadtpalais eine Selbstverständlichkeit. Man ließ es ihr gegenüber an Respekt und Ehrerbietung nicht mangeln. Trotz alledem, ganz leise und sachte schlich sich eine Veränderung in das Verhalten der Dienerschaft ein. Die Zofe knickste nicht mehr ganz so ehrerbietig und musterte sie sogar richtig frech. Auf ihr Klingeln hin dauerte es viel länger als bei Alexander, dass jemand von den Dienern auftauchte. Die Handtücher wurden nicht mehr so häufig getauscht. Eleonora musste sogar darum bitten, dass ihre Bettwäsche gewechselt wurde. Als sie einmal ganz spontan die Küche betrat, um sich selbst ihren Tee zuzubereiten, unterbrach man bei ihrem Anblick abrupt das Gespräch, musterte sie mit einem kurzen scheelen Blick und schwieg. Wortlos beobachtete man, wie sie sich ihren Tee aufbrühte. Niemand kam ihr zu Hilfe, als sie mit dem vollen Tablett die Küche verlassen wollte, sondern sie musste die Türklinke selbst mit dem Ellbogen hinunterdrücken. Das war das erste und letzte Mal, dass sie versucht hatte an alte Gewohnheiten anzuknüpfen.
Es dauerte nicht lange, und Eleonora begann sich zu langweilen, furchtbar zu langweilen. In den vergangenen Jahren hatte sie stets hart gearbeitet und war abends erschöpft ins Bett gefallen. Auch zuvor, als sie im Haushalt der Prewitzens lebte, hatte sie ein ausgefülltes Leben geführt, Musikstunden, gemeinsames Essen, Konversation mit der Gräfin, Lektüre, Debatten bei Tisch, Ausfahrten und Ausritte, Scharaden und Theater- und Musikabende. All das gab es nun schon lange nicht mehr. Das Prewitzsche Stadtpalais wurde zwar instand gehalten, es wurde gehegt, gepflegt, gesäubert, regelmäßig geputzt und gelüftet, aber den guten Geist des Hauses konnte

man mit derlei Geschäftigkeit nicht zurückholen. Mit dem Tod von Gräfin Dorothea hatte dieses Gebäude seine Seele verloren. Es besaß keine Atmosphäre mehr. In den Tagen von Alexanders Gegenwart, in ihrer kopflosen Verliebtheit war das Eleonora zunächst gar nicht so aufgefallen. Umso stärker empfand sie nunmehr den Verlust seines einstigen Flairs.

Eleonora hatte nichts zu tun, wusste nicht, wie sie ihre Tage ausfüllen sollte, eine zuvor nie gemachte Erfahrung. Die Langeweile machte sie schlaflos. Bis zum Morgengrauen wälzte sie sich in ihrem Bett herum, schlummerte immer nur minutenlang ein, bis sie sich gegen acht Uhr doch zum Aufstehen zwang. Sie hätte ja auch liegen bleiben können, aber nein, das vermochte sie nicht. Lieber erhob sie sich unausgeschlafen und ging eine Runde im Tiergarten spazieren. Wenn sie gegen Mittag nach Hause kam, war der Tisch stets für eine Person gedeckt, wurde ihr ein schmackhaftes Essen serviert, das sie fast unberührt zurückgehen ließ. Längst gab es keine Babette mehr, die sie dafür liebevoll schalt und sie mit Grießbrei traktierte. Noch ein Mensch, der aus ihrem Leben verschwunden war. Für immer!

Eleonora lernte in diesen Wochen, wie quälend das Warten sein konnte. Jeden Tag lauerte sie auf Post von Alexander. Sie schrieb ihm jeden Tag, aber er antwortete kaum. Ein kurzes Billett hatte er sich abgerungen.

»Bin gut in meiner neuen beruflichen Heimat angekommen. Meine Offiziere und ich werden uns aneinander gewöhnen müssen, erst recht der gemeine Soldat. Alles weiter mündlich. Alexander.«

Las sich so der Brief an eine Frau, die man noch wenige Tage zuvor in den Armen gehalten und ihr leidenschaftliche Zärtlichkeiten ins Ohr geflüstert hatte? Vergeblich drehte und wendete Eleonora auch diesmal das Blatt auf der Suche nach einer verborgenen Liebeserklärung, einem geheimen Zeichen. Nichts!

Nach drei Wochen Langeweile und Schlaflosigkeit hielt Eleonora es nicht mehr aus. Sie packte ihr kleines Köfferchen mit dem Notwendigsten und verließ unter den erstaunten Blicken der frechsten Zofe das Haus.

»Aber Demoiselle Prohaska, wohin gehen Sie?«, rief sie ihr hinterher.

»Weg«, entgegnete Eleonora.

»Wohin denn?«

»Ich wüsste nicht, dass dich das etwas anginge«, erwiderte sie hochnäsig.

»Aber Demoiselle Prohaska, was sollen wir dem Grafen bei seiner Rückkehr denn sagen, wohin Sie gegangen sind?« Richtig verzweifelt klang die Zofe jetzt.

»Gar nichts sollt ihr ihm sagen, er wird mich schon finden, wenn er mich finden will.« Hocherhobenen Hauptes schritt sie davon. Es war das zweite Mal, dass Eleonora das Prewitzsche Stadtpalais verließ. Aber diesmal geschah es nicht heimlich, bei Nacht und Nebel, als überstürzte Reaktion auf eine maßlose Kränkung, sondern diesmal war es ihre freie Entscheidung gewesen zu gehen. Dabei hätte sie ungestört und unbehelligt ein luxuriöses Leben führen können. Alexander hatte die Generosität seiner Großmutter geerbt. Offenkundig hatten auch die vergangenen Kriege und harten Zeiten dem Wohlstand der Prewitzens nichts anhaben können.

Wie eine Made im Speck, dachte Eleonora angewidert. Das ist unangemessen. Das gebührt einer Eleonora Prohaska nicht, der Tochter eines preußischen Soldaten.

Karl Friedrich Hedebrink schien wenig überrascht, als sie vor

ihm stand und ein wenig verlegen fragte, ob er ihre Dienste noch oder wieder benötigen könne.
»Mehr denn je«, antwortete er nur. Weiter sagte er nichts. Er fragte nicht, sondern lächelte sie nur an. Aber diesmal war es ein wissendes Lächeln, das Eleonora zutiefst beschämte. Als wäre sie niemals weg gewesen, schlüpfte sie zurück in ihre alte Rolle. Nicht ganz, denn Hedebrink hatte inzwischen eine tüchtige Haushälterin, so dass Eleonora die schweren Arbeiten wie Holz hacken, Wäsche waschen und die Schmutzarbeiten in der Küche nunmehr erspart blieben. Gegen ihren Protest.
»Wir können Ihren zarten Händen doch nicht diese Arbeit zumuten«, wehrte er wiederum ab. Schon bei der Begrüßung hatte er ihre weichen, gepflegten Hände bemerkt. »Nur eine Dame von hohem Stand hat eine solch zarte Haut«, stellte er fest, als er tastend über ihren Handrücken fuhr. Eleonora freute sich über sein Kompliment. In der Tat, ihre Hände hatten sie einige Zeit und viel Pflege gekostet. Das Ergebnis hatte sie dafür belohnt. So beschränkte sich Eleonoras Rolle fortan auf die der Gesellschafterin, der Vorleserin und der Sekretärin, der der blinde Anwalt seine juristischen Schriftsätze diktierte.
»Dieses wird einer meiner letzten Fälle sein«, sagte er eines Abends.
»Warum das denn?«, wunderte sich Eleonora.
»Ich werde meine Kanzlei schließen«, verkündete er.
»Aber Sie lieben doch Ihren Beruf«, protestierte Eleonora.
»Ich werde mir einen Lebenstraum erfüllen. Ich fahre nach Italien.«
Eleonora konnte gar nicht anders, als sein strahlendes Lächeln zu erwidern. »Schon sehr bald?«
»Im nächsten Frühjahr. Sie können mich ja begleiten«, schlug Hedebrink vor.

»Bitte machen Sie sich nicht lustig über mich«, wehrte Eleonora ab.
»Ich mache mich keineswegs lustig über Sie, Christine«, sagte Hedebrink. »Sie wären für mich die ideale Begleiterin. Sie sind klug, Sie sind gebildet, eine hervorragende Vorleserin, eine gute Sekretärin und groß und stark dazu. Was könnte es auf Reisen für mich Besseres geben, als mich unter Ihren Schutz zu begeben?« Hedebrink lächelte, bittend und ironisch zugleich. »Wären Sie bereit, mich zu begleiten?« Er hob den Kopf und drehte ihn ihr angespannt lauschend zu.
Eleonora schwieg.
Hedebrink sank in sich zusammen. »Ich hätte mir meine Frage ersparen können«, sagte er resigniert. »Wahrscheinlich kann ich die Tage schon an einer Hand abzählen, bis Ihr Graf wieder auf meiner Schwelle steht, um Sie mir nochmals zu entführen.«
»Er ist nicht mein Graf«, erwiderte Eleonora scharf.
Hedebrink seufzte. »Ich tue es überhaupt nicht gerne, aber ich muss Ihnen leider, leider recht geben, Christine.«
Er klang sehr traurig bei diesen Worten. Und in Eleonora stieg wieder einmal jenes undefinierbare Unbehagen empor.
Fast ein Vierteljahr benötigte Alexander, um Eleonora wiederzufinden. Umso wütender stand er im tiefen Winter tatsächlich vor Hedebrinks Haustür und läutete Sturm.
»Dass ich einfach nicht früher darauf gekommen bin, dich hier zu suchen«, sagte er statt einer Begrüßung. »Du packst jetzt deine Sachen und kommst sofort mit nach Hause.«
»Nach Hause?«, wiederholte Eleonora verständnislos. »Ich habe kein eigenes Zuhause. Und wenn, dann ist es hier.«
Alexander packte sie an beiden Oberarmen und schüttelte sie. »Das hier ist nicht dein Zuhause«, sagte er mit zusammengebissenen Zähnen.

»Herr Graf von Prewitz, ich muss doch sehr bitten, wo bleibt denn hier die Contenance?«, war jetzt die Stimme von Hedebrink aus dem Hintergrund zu vernehmen.
Ertappt ließ Alexander von Eleonora ab. Er riss seinen Zweispitz vom Kopf und machte eine Verneigung. »Bitte verzeihen Sie, Herr Doktor, aber ich ließ mich in der Tat von meiner Erregung hinreißen«, entschuldigte er sich höflich.
Hedebrink machte eine einladende Handbewegung. »Wollen Sie nicht hereinkommen?«, forderte er ihn freundlich auf. »Christine macht uns eine Tasse Tee, und wir unterhalten uns ein bisschen. Ich bin immer neugierig, was sich da draußen in der großen weiten Welt tut, und einen echten General hatte ich noch nie bei mir zu Gast.«
Alexander war entwaffnet. Innerhalb von Sekunden war seine Wut erloschen. Willig folgte er dem blinden Anwalt in dessen bescheidenes Wohnzimmer, rückte diesem zuvorkommend seinen Lehnsessel zurecht und nahm ihm gegenüber auf einem Stuhl Platz. Amüsiert beobachtete Eleonora, welche Mühe er hatte, seine langen Beine unterzubringen. Graf Alexander von Prewitz war für dergleichen Räumlichkeiten einfach nicht geschaffen. Neben dem zierlichen Anwalt kam er ihr geradezu wie ein Riese vor.
»Wollen Sie mir meine Christine ein weiteres Mal entführen?«, ging Hedebrink sofort in die Offensive.
Eleonora huschte in die Küche. Das Weitere sollten die beiden Herren unter sich ausmachen. Aber wie würde sie sich entscheiden? In dem Moment, als sie den Wasserkessel für den Tee aufsetzte, wusste sie es noch nicht. Aber als sie Alexander die erste Tasse Tee einschenkte, er sie dabei beobachtete, dann die Hand auf ihren Unterarm legte und bittend zu ihr aufschaute, war es schon wieder um sie geschehen.

»Danke«, sagte Alexander leise. Bitte, flehten seine Augen. Eleonora holte tief Luft und schluckte. Hedebrink, der hoch aufgerichtet das winzige Intermezzo belauscht hatte, lehnte sich resigniert in seinem Lehnsessel zurück.
»Gehen Sie, Christine, und kommen Sie niemals wieder zurück, Eleonora!« Er klang traurig und wütend zugleich. »Wäre ich ein gesunder Mann, würde ich Sie zum Duell herausfordern, sollten Sie sie jemals unglücklich machen. Aber ich bin ja gar nicht satisfaktionsfähig. So oder so nicht.«
Eleonora hielt die Luft an. So eine gewagte Drohung gegenüber dem Grafen von Prewitz, wenn nicht gar unverzeihliche Anmaßung. Jedoch drohte Hedebrink die Stimme wegzubrechen.
»Für mich wären Sie satisfaktionsfähig«, entgegnete Alexander ruhig. »So oder so. Aber Sie würden auch niemals Grund haben, mich zum Duell zu fordern.«
Eleonora bemerkte, wie sich Hedebrinks Züge zu einem strahlenden Lächeln erhellten. Auch ihr war auf einmal unglaublich leicht ums Herz. War das nicht ein Versprechen, das Alexander soeben gegeben hatte?

Vergessen waren in diesem Moment all die Vorbehalte und Zweifel, die Eleonora seit Monaten gequält hatten. Strikt weigerte sie sich jedoch, in das Prewitzsche Stadtpalais zurückzukehren.
»Es ist mir zu groß, es ist mir zu kalt, es ist mir zu tot, ich fühle mich dort einfach nicht mehr wohl«, wehrte sie sich mit Vehemenz gegen diesen Vorschlag.
»Aber was sollen wir denn dann machen?«, rief Alexander in gespielter Verzweiflung. »Du kennst doch meine Räumlichkeiten noch überhaupt nicht. Du hast diesen Seitentrakt nach seiner Renovierung noch nie betreten.«

»Das will ich auch gar nicht, auch da wäre ich nur ein Gast auf Zeit«, lehnte sie ab.
»Aber ein sehr willkommener Gast«, schmeichelte Alexander.
»Ich will auch kein willkommener Gast sein, ich will gar kein Gast mehr sein«, brach es aus Eleonora heraus. »Ich will endlich ein eigenes Heim haben, wissen, wohin ich gehöre, nicht immer nur vorübergehend eine Bleibe haben.«
»Aber die Jahre bei uns im Hause waren doch keine vorübergehende Bleibe?« Alexander schien fast gekränkt.
»Diese Zeit meine ich auch gar nicht.« Eleonora schüttelte heftig den Kopf. »Das waren die bisher schönsten Jahre meines Lebens. Unter der Obhut deiner Großmutter fühlte ich mich behütet und beschützt, glaubte wirklich, nichts und niemand würde mir jemals etwas anhaben können. Aber nach ihrem Tod …« Sie brach ab und schwieg.
»Ich weiß, dass du sehr schwere Jahre hinter dir hast, Eleonora. Ich empfinde allergrößte Hochachtung dafür, wie tapfer du dich durchgeschlagen hast. Du warst dir für keine Arbeit zu schade und hast dir dennoch Stolz und Anmut bewahrt. Dafür bewundere ich dich uneingeschränkt, und nicht nur ich«, setzte er hinzu.
Eleonora hob den Kopf und schaute ihn erstaunt an. »Wer denn noch?«
»Ja hast du denn nicht gemerkt, wie Hedebrink dich anbetet!«
»Anbetet?«, wiederholte sie erstaunt. »Er weiß mich zu würdigen, er schätzt meine Arbeit.«
»Ach, Eleonora, manchmal bist du unglaublich naiv. Das finde ich so faszinierend an dir, den einen Moment verkörperst du die streitbare Amazone, in der nächsten Minute könnte man glauben, mit einem zwölfjährigen Mädchen zu sprechen.«

»Ich bin mehr als doppelt so alt«, erinnerte ihn Eleonora.
Alexander stöhnte in gespielter Verzweiflung. »Musst du mich denn darauf stoßen? Das erinnert mich immer daran, dass ich noch viel älter bin. Zehn Jahre älter als du. Du bist jetzt so alt wie ich damals, als ich dich auf dem Sophienhof zum ersten Mal küsste.«
»Und mir mit deinem Verschwinden fast das Herz brach«, sagte Eleonora.
»Es geschah nicht freiwillig, wie oft muss ich dir das noch sagen.«
»Bis an das Ende aller Tage«, forderte Eleonora. Wenn er ihr schon keine Liebeserklärung machen konnte, sollte er wenigstens das bestätigen.
Die ersten Nächte nach Eleonoras Rückkehr aus Hohenschönhausen übernachteten sie im Hotel St. Petersburg. In getrennten Zimmern natürlich. Eleonora versuchte sich ständig einzureden, dass in diesem feinen Hotel niemand Anstoß an ihrer Gegenwart nahm. Alexanders Auftreten, sein Selbstbewusstsein, seine gesellschaftliche Sicherheit umgaben sie wie ein schützender Panzer. Wer sich so selbstverständlich wie sie in diesen Tagen im unmittelbaren Umfeld eines Angehörigen des hohen preußischen Adels und Generals bewegte, von diesem mit Hochachtung und Zuvorkommenheit behandelt wurde, dem wurde fast automatisch die Angehörigkeit zu den feinsten Berliner Kreisen zugebilligt.
Zumindest en face. Eleonora misstraute jedoch der zur Schau getragenen Zuvorkommenheit, der Selbstverständlichkeit und Gelassenheit, manchmal sogar schon Devotheit, mit der man ihr entgegentrat.
Alexander behandelte sie in dieser Zeit nicht nur wie seinesgleichen, sondern wie eine angebetete Prinzessin, der er jeden auch noch so absurden Wunsch zu erfüllen trachtete. Beschei-

den, wie Eleonora nun einmal war, dachte sie gar nicht daran, seine Großzügigkeit auszunutzen. Nur in einer Sache blieb sie unnachgiebig.

»Ich will einfach nicht in das Palais zurück. Ich wünsche mir für dich und mich so etwas wie einen ganz persönlichen Rückzug, eine Bleibe, ein kleines Heim, das nur dir und mir gehört«, sagte sie, als sie sich am zweiten Abend im Speisesaal gegenübersaßen. Sie schaute um sich. »Ich mag diese Blicke nicht, ich mag nicht, wie wir beobachtet werden, ich mag nicht, wie hinter unserem Rücken getuschelt wird.«

»Kein Mensch beachtet uns, kein Mensch würde es wagen, hinter meinem Rücken zu reden. Wenn dich jemand anschaut, dann sind es nur bewundernde Blicke, die deiner Schönheit gelten«, behauptete hingegen Alexander.

»Schmeichler!«, entgegnete Eleonora nachsichtig.

»Auf Dauer können wir hier nicht im Hotel bleiben«, sagte Alexander nun. »Meine Großmutter würde sich im Grabe herumdrehen angesichts der Tatsache, dass das Stadtpalais bewirtschaftet wird und ich hier wochenlang im Hotel logiere.«

»Ich will aber nicht in das Stadtpalais zurück«, wiederholte Eleonora störrisch. »Es ist für mich mittlerweile mit zu viel schlechten Erinnerungen verbunden. Andererseits fehlt deine Großmutter wiederum an allen Ecken und Enden.«

»Ich kann schon verstehen, dass du aus ihrem Schatten herauswillst«, erwiderte Alexander nachdenklich. »Hast du auch manchmal das Gefühl, dass sie dich, wo immer du dich auch im Stadtpalais oder auf Sophienhof bewegst, beobachtet?«

»Ich dachte, es geht nur mir so«, wunderte sich Eleonora.

»Im Seitenflügel war sie aber kaum«, sagte Alexander bedeutungsvoll. »Bislang hast du ihn auch nicht ein einziges Mal betreten.«

»Du hast mich auch niemals darum gebeten«, versetzte Eleonora.
»Darf ich dich denn jetzt offiziell einladen?«
»Ich werde drüber nachdenken«, entgegnete Eleonora würdevoll. »Ich sehe selbst ein, dass wir nicht auf Dauer hier im Hotel bleiben können.«
»Ich glaube, ich habe eine Idee«, sagte Alexander nachdenklich.
»Und welche?«, erkundigte sich Eleonora.
»Lass dich überraschen!«
Kein weiteres Wort war aus ihm in den folgenden Tagen herauszubringen. Aber eine Woche später lenkte er ihre Schritte nach einem Nachmittagsbummel Unter den Linden nicht wie gewohnt in Richtung Hotel zurück, sondern schob sie sanft, doch unnachgiebig in Richtung des Stadtpalais.
»Du weißt doch, dass ich da nicht mehr hinwill«, sperrte sich Eleonora.
»Lass dich doch einfach überraschen«, bat er und zog sie mit sich.
Und es wurde eine Überraschung. Anstatt wie gewohnt bis zum Eingangsportal des Prewitzschen Palais zu gehen, ließ Alexander es links liegen und ging noch ein ganzes Stück weiter, ehe er rechts abbog. Die Seitenstraße führte zum Eingang des Seitenflügels. Erstaunt betrachtete Eleonora dessen frisch verputzte Fassade. Erst jetzt fiel ihr auf, dass sie sich niemals zuvor die Mühe gemacht hatte, diesen Seitenflügel einer genaueren Betrachtung zu unterziehen. Er war ja fast genauso prunkvoll wie das eigentliche Hauptgebäude. Seine wahren Ausmaße hatte sie zuvor niemals bewusst wahrgenommen. Zentrum des Prewitzschen Familienlebens war eben immer das Hauptgebäude gewesen. Jetzt betraten sie einen Torweg, an dessen Seite sich eine große Tür befand.

Alexander zog einen beeindruckenden eisernen Schlüssel hervor und schloss auf. Mit einem lauten Quietschen gab die Tür nach.
»Komm mit«, sagte er. Eleonora folgte ihm neugierig. Hinter der ersten Tür lag ein kleiner runder Flur, von dem eine breite Treppe hoch in den ersten Stock führte. »Komm schon!«, forderte er sie erneut auf.
Im ersten Stock gab es eine weiße Flügeltür, die er öffnete. Eleonora stieß einen Überraschungsschrei aus. Vor ihr lag eine helle Zimmerflucht, die durch vier hintereinanderliegende Räume führte. Alles war frisch tapeziert. Helle Vorhänge, die farblich wunderbar zu den leuchtenden Tapeten passten, schmückten die hohen Fensterrahmen. Nur Möbel gab es keine.
»Was ist das?«, wandte sich Eleonora Alexander zu.
»Dein neues Reich, dein Rückzug, den du dir so sehnlichst gewünscht hast«, sagte er. »Meine Wohnung liegt gleich gegenüber auf der anderen Seite des Flurs. Wir können uns also jederzeit besuchen, bewahren aber mit diesen getrennten Wohnungen den Schein der Wohlanständigkeit.«
»Mittlerweile dürften es doch schon die Spatzen von Berlins Dächern pfeifen, dass der junge Graf von Prewitz eine Liaison mit einer gewissen Demoiselle Prohaska hat«, entgegnete Eleonora trocken. »Hast du davon noch nichts mitbekommen?«
Ihr ironischer Ton sollte darüber hinwegtäuschen, wie schwer ihr diese Worte fielen. Den Begriff Liaison überhaupt in den Zusammenhang mit ihrer eigenen Person zu setzen, war ihr fast unmöglich. Sie hielt den Atem an und wartete gespannt auf Alexanders Reaktion.
»Gefällt es dir?«, fragte er jedoch und strahlte sie an.
Dieses Lächeln ließ Eleonora einmal mehr vergessen, dass

sie seine Reaktion eigentlich enttäuschte. Wie so viele Male zuvor hatte er die ihr existenziell wichtige Frage nicht beantwortet.

»Ich habe die Räume ganz bewusst leer gelassen, damit du sie dir nach deinem ganz eigenen Geschmack einrichten kannst«, fuhr er gut gelaunt fort.

»Und womit?«, erkundigte sich Eleonora ein bisschen gereizt. »Ich habe kein Geld. Das letzte Geld von Hedebrink habe ich bei der Schneiderin gelassen, damit du dich nicht mit mir in der Oper blamieren musst.«

Wochen und Monate hatte es Alexander gekostet, Eleonora zu einem gemeinsamen Besuch der Oper zu überreden. Eigentlich fühlte sie sich nicht in der Lage, auf diese Weise mit ihren alten, unwiderruflich zerstörten Hoffnungen auf eine eigene Laufbahn als Sängerin konfrontiert zu werden. Aber nun hatten sie sich endlich auf einen Besuch einigen können.

»Hinten im Hof bei den Ställen gibt es einen riesigen Lagerraum, in dem sich einiges an ausrangierten Möbeln angesammelt hat«, erzählte Alexander. »Da wirst du bestimmt ein paar schöne Stücke finden, die in diese Räume passen werden. Ich habe dem Kutscher und den Stallburschen schon Bescheid gegeben, dass sie dir beim Transport behiflich sind. Was die sonstige Dekoration, Möbelstoffe, Decken und Bezüge anbelangt, habe ich dir ein Konto bei Lamotte eingerichtet.«

Eleonora stockte der Atem. Diese hugenottische Textilmanufaktur gehörte zu den gefragtesten, aber auch teuersten Innenausstattern Berlins.

»Ich glaube, du wirst die nächsten Wochen gut beschäftigt sein und mir nicht noch einmal auf der Flucht vor Langeweile zu deinem Dr. Hedebrink entfliehen«, sagte Alexander lachend. Es war jedoch ein etwas gezwungenes Lachen.

»Er ist nicht mein Dr. Hedebrink«, entgegnete Eleonora verärgert. Erschrocken wurde ihr bewusst, dass sie die gleichen Worte benutzte wie an dem Tag, als sie sich für immer von ihm verabschiedete, nur, dass sie sich damals auf Alexander bezogen hatten. »Bist du eifersüchtig?«, fragte sie.
»Ich und eifersüchtig?«, erwiderte Alexander erneut lachend. »Was für eine absurde Frage!«
Die nächste Nacht verbrachten Eleonora und Alexander nicht im Hotel, sondern in seiner Wohnung. Schließlich war es wieder einmal an der Zeit, Abschied voneinander zu nehmen, denn er musste zurück nach Hannover zu seiner Truppe.

29

Voller Elan und Begeisterung stürzte sich Eleonora in den nächsten Wochen in die Einrichtung ihres neuen Domizils. Im Verlauf der vergangenen Jahre hatte sie sich immer wieder neuen Aufgaben stellen müssen und sich ihnen auch gewachsen gezeigt. Aber die Einrichtung einer neuen Wohnung hatte bislang nicht dazugehört. Von besonderem Reiz dabei war, dass ihr freie Hand gelassen wurde. Sie konnte ihren persönlichen Rückzug nach ganz eigenen Wünschen und Vorstellungen gestalten.
Das Erste, was sie sich in dem Lagerraum neben den Prewitzschen Stallungen aussuchte, waren Bett, Stühle und ein Schreibtisch. Eleonora war überrascht und bestürzt zugleich, so manches vertraute Möbelstück dort eingelagert vorzufinden. So sicherte sie sich ganz schnell die alte Récamiere von

Gräfin Dorothea. Mit einem neuen hellen Überzug würde sie das Schmuckstück ihres eigenen Salons werden. Eine Kücheneinrichtung interessierte sie weniger, nachdem ihr Alexander verraten hatte, dass auch im Seitenflügel eine voll eingerichtete und sofort nutzbare Küche im Souterrain direkt unter dem Flur lag. Sie war durch einen Gang mit der Hauptküche des Palais verbunden. So erhielt sie nun auch eine Erklärung für das stets geheimnisvoll gebliebene Verschwinden der Köchin Katharina. Zu ihrem Erstaunen sah sie diese nämlich häufiger über den Innenhof des Seitentrakts huschen. Des Rätsels Lösung offenbarte sich, als Kutscher Oskar ihr den Schreibtisch in den ersten Stock wuchtete.

»Die Köchin Katharina ist meine Frau, wir sind schon seit fünfzehn Jahren verheiratet«, erzählte er freimütig. »Einige Jahre lebten wir getrennt. Ich war in Breslau geblieben, aber nach dem Tod der beiden Kutscher Christian und Anton hat mich der junge Graf auf die Empfehlung meiner Frau nach Berlin geholt. Wir wohnen in der Kutscherwohnung über den Ställen.«

Nach und nach füllten sich die Räume von Eleonoras neuer Bleibe. Stunden um Stunden verbrachte sie in den Ausstellungsräumen von Lamotte, ließ sich beraten, fällte eigene Entscheidungen und sah jeder neuen Lieferung mit Neugierde und Spannung entgegen. Sie war so beschäftigt, dass sie gar nicht bemerkte, dass sie manchmal tagelang keinen anderen Menschen sah.

An dem gesellschaftlichen Leben Berlins nahm sie ganz bewusst nicht teil. Um etwas Bewegung zu haben, nahm sie ihre Gewohnheit der langen Spaziergänge im Tiergarten wieder auf. Ab und zu wagte sie auch einen Bummel durch das Berliner Zentrum, aber dann stets mit großem Hut und einem schützenden Schleier vor dem Gesicht. Sie wollte inkognito bleiben. So getarnt, wagte sie es auch, sich ab und an in einem Café niederzulassen und eine heiße Schokolade oder einen Tee zu bestellen. Aufmerksam las sie die ausliegenden Zeitungen, aber noch lieber belauschte sie die Gespräche an den Nebentischen, die sich manchmal bis zu erhitzten Debatten oder gar einem offenen Streit steigern konnten. So manch bewundernder oder neugieriger Blick streifte die hochgewachsene Gestalt der jungen Frau, die da so alleine an ihrem Tisch saß. Eleonora bemerkte, aber ignorierte diese Reaktionen. Ganz bewusst umgab sie sich mit einer Aura der Unnahbarkeit, so dass niemand es gewagt hätte, sie einmal anzusprechen.

Es brodelte in Berlin, aber nicht nur in Berlin, sondern in ganz Preußen und allen anderen umliegenden Ländern und Staaten, auch in den von Napoleon willkürlich errichteten neuen Königtümern, die er nach persönlichem Gutdünken mit Angehörigen seiner eigenen Familie als Staatsoberhäupter bestückt hatte. Über seinen Bruder Jérôme, König Lustig von Westfalen, kursierten schon seit Jahren die wildesten Gerüchte, ganz zu schweigen von seinen lebenslustigen Schwestern, deren Moral leichtfertig zu nennen noch untertrieben war. Auch in Berlin blühte der Klatsch wie eh und je. Nichts fürchtete Eleonora mehr, als durch ihre Beziehung zu Alexander von Prewitz selbst zum Thema zu werden. Natürlich war ihr nicht entgangen, wie man bei ihrem Eintritt in die Ladenräume der Textilmanufaktur Lamotte verstohlen die Köpfe zusammensteckte. »Maîtresse en titre« hatte sie sogar einmal flüstern hören und war zusammengezuckt. Das hämische Lachen darauf hatte ihr sogar körperlichen Schmerz bereitet. Was manche Dame von Stand gar als Ehrentitel betrachtet hätte, empfand sie als Makel. Inständig hoffte sie, dass Alexander sich ihr gegenüber eines Tages doch einmal richtig erklären und seine ganz große Liebe gestehen würde. Und je länger sie alleine war, nicht mit anderen Menschen zusammenkam, desto mehr steigerte sie sich in diese Hoffnung hinein.

Wie lange währte ihre Beziehung nun schon? Eleonora rechnete nach und erschrak. Über ein Jahr war es her, dass sie sich nach der Trauerfeier von Königin Luise wiedergesehen hatten. Seither hatten sich ihre Wege nicht mehr getrennt. Die Flucht zu Hedebrink war nur ein vergeblicher Versuch gewesen, sich von Alexander zu lösen. Aber Alexander hatte sie zurückgeholt. Sie gehörten doch zusammen. So, wie Alexander sich bei seinem nächsten Besuch benahm, konnten für sie keinerlei Zweifel mehr bestehen. Er war hingerissen von ihrer fertig eingerichteten Wohnung.

»Du bist ja eine richtige Künstlerin, Eleonora«, sagte er bewundernd. »Wie geschickt du all diese Möbel ausgesucht und in den Räumen verteilt hast. So kommen sie erst wieder richtig zur Geltung. Ich hatte gar keine Ahnung, welche Schätze sich in dieser Rumpelkammer verbargen.«

Er strich über die frisch gepolsterte Récamiere. Eleonora hatte für sie einen exotischen Stoff mit Pfauenmuster ausgesucht und mit einfarbigen Kissen dessen Intensität gemildert. Das einstige Lieblingsstück von Gräfin Dorothea stand in der Ecke des mittleren Salons. Über ihm wölbte sich eine weit ausladende Palme. Mit Oskars Hilfe war es Eleonora gelungen, sie dem Gärtnermeister und Wächter der Prewitzschen Orangerie abzuschwatzen.

»Du hast wirklich Geschmack, Eleonora«, lobte Alexander.

»Den hat mich deine Großmutter gelehrt«, erwiderte sie.

Als Alexander das riesige Himmelbett in ihrem Schlafzimmer entdeckte, warf er sich in voller Montur darauf und streckte die Arme nach ihr aus.

»Komm her!«, bat er mit rauher Stimme. Eleonora ließ sich an seine Seite sinken und schmiegte sich an ihn.
Diesmal dauerte Alexanders Aufenthalt in Berlin nur eine knappe Woche. Die meiste Zeit verbrachten sie davon in Eleonoras Wohnung. Seine eigene betrat er nur kurz, um sich seiner Uniform zu entledigen und in einen bequemeren Anzug zu schlüpfen.
Ganze Tage verbrachten sie im Bett. Das Essen ließen sie sich entweder von unten aus der Küche oder aus dem Hotel St. Petersburg kommen.
»Ich kann uns doch auch einmal etwas zubereiten«, schlug Eleonora vor. »Ich habe wirklich Lust, einmal wieder selbst zu kochen und vorher dafür einzukaufen.«
Schließlich kamen sie auf eine ganz verwegene Idee. Sie verkleideten sich als Diener und Köchin, um unbehelligt auf dem Markt einzukaufen. Alexander staunte, wie selbstbewusst sich Eleonora gegenüber den gewieften Marktleuten verhielt, die Waren genau prüfte, den Preis herunterhandelte und sich keineswegs über das Ohr hauen ließ. Kein Mensch ahnte, dass der lange schlaksige Kerl neben dieser jungen resoluten Frau, der so interessiert den im saftigen Berlinerisch geführten Verhandlungen lauschte, ein hoher General, nämlich der junge Graf von Prewitz zu Kirchhagen war. Alexander hatte einen Riesenspaß daran. Beflissen redete er Eleonora mit »Mamsell« an, trug ihr den schweren Korb und befolgte jede ihrer Anweisungen. Auch Eleonora hatte großes Vergnügen an dieser Maskerade. Sie setzten das Spiel in der Küche fort. Er musste die Kartoffeln schälen, während sie den Braten parierte.
»Wusstest du eigentlich, dass mein Freund Louis Ferdinand ein hervorragender Koch war?«, sagte er plötzlich zu ihr.
Eleonora schüttelte den Kopf und rieb das Fleisch mit Salz und Pfeffer ein.

»Seine Spezialität waren Eierpfannkuchen«, erzählte Alexander.
»Eierpfannkuchen?« Eleonora lachte auf. »Das glaube ich nicht.«
»Vor einer Schlacht hat er sie in der Küche einer Bauersfrau zubereitet und seine Offiziere damit bewirtet. Sie haben ausgezeichnet geschmeckt.« Er verstummte. Eleonora ahnte, dass er dabei gewesen war und sich nun in traurigen Erinnerungen an seinen geliebten Freund erging. Sie hütete sich, ihn dabei zu stören.
Sie aßen an diesem Abend in der Küche, an einem blankgescheuerten Tisch, tranken Wasser und Bier aus einfachen Krügen. Eleonora hatte das Gefühl, noch nie so gut gegessen zu haben.
»Wir sitzen hier wie ein altes Dienerehepaar«, sagte Alexander und lachte. »Eigentlich müssten wir jetzt nur noch ein bisschen über unsere Herrschaften oben in der Beletage klatschen.«
»Nun, wir könnten ja über das junge Paar herziehen, das da über unseren Köpfen in Sünde zusammenlebt.« Eleonora wollte ihn provozieren, aber Alexander tat so, als hätte er nicht gehört. Minutenlang starrte er in seinen Bierkrug und schwieg. Endlich hob er den Kopf und schaute sie an.
»Sie leben nicht in Sünde zusammen, sie leben in Liebe zusammen«, sagte er und sah ihr in die Augen.
In dieser Nacht glaubte ihm Eleonora.

Seit Wochen wartete Eleonora auf eine Nachricht von Alexander. Drei Monate lag sein letzter Besuch nun schon zurück. Nicht eine Zeile hatte sie in dieser Zeit von ihm erhalten. War er wirklich zu beschäftigt, wie er immer behauptete, oder mochte er ihr nicht mehr schreiben?

Im Gegensatz zu ihr. Sie schrieb ihm jeden Tag, wirklich jeden Tag, aber schickte nicht alle Briefe ab. Einmal in der Woche überflog sie das Geschriebene und wählte die ihr am wichtigsten erscheinenden Nachrichten aus, um sie in einen Umschlag zu stecken. Aber immer nur ins Leere zu schreiben empfand sie auf Dauer als sinnlos, gar kränkend.

Sie saß an ihrem Schreibtisch und kaute am Stiel ihrer Schreibfeder. Die Wohnung war nun fertig eingerichtet, sie hatte keine Aufgabe mehr. Sollte sie vielleicht doch mal wieder in ihren alten Noten blättern. Oder sich gar um einen Musiklehrer kümmern?

Nein! Sie schüttelte den Kopf. Dieses Kapitel war für sie ein für alle Mal abgeschlossen. Noch viel zu genau erinnerte sie sich an den Weinkrampf, den sie nach dem Besuch der Oper vor wenigen Wochen gehabt hatte. Alexander hatte sie kaum beruhigen können, war drauf und dran gewesen, einen Arzt zu rufen, ehe sie sich von alleine wieder gefasst hatte. Danach aber hatte sogar er eingesehen, dass das Thema Musik zwischen ihnen für die Zukunft tabu bleiben sollte.

Aber nun quälten sie doch wieder Zweifel. Bei einem ihrer letzten Besuche im gräflichen Möbelasservat hatte sie Dorotheas alten Flügel entdeckt.

»Wieso steht der denn jetzt hier im Lager?«, hatte sie Oskar bestürzt gefragt.

»Auf Anordnung des jungen Grafen«, hatte dieser schulterzuckend erwidert. Das bestürzte Eleonora fast noch mehr. Warum hatte Alexander ihr gegenüber davon nicht eine Silbe erwähnt? Sie beschloss, nochmals hinüber zu dem Lager zu gehen. Vielleicht gab es ja eine Möglichkeit, das Instrument in ihre Wohnung zu bringen. Ohne Alexander deshalb zu benachrichtigen und zu fragen?

Sie hatte es ja bereits getan, vor zwei Wochen in einem ihrer Briefe. Auch darauf hatte sie keine Antwort erhalten. Eleonora erhob sich. Ihr wurde leicht schwindlig. Sie fuhr sich mit der Hand über die Stirn. Das passierte ihr häufiger in der letzten Zeit. Lag es daran, dass sie zu unregelmäßig aß? Sie hatte keinen richtigen Appetit mehr, verspürte schon beim Gedanken an manche Speisen einen Ekel. Das entsprach überhaupt nicht ihrem Naturell. Eleonora lief die breite Treppe hinunter in den Vorflur, öffnete die Tür zum Torweg und schlug den Weg über den Hof ein. Plötzlich wurde ihr schwarz vor Augen.

In ihrem Schlafzimmer kam sie wieder zu sich. Zwei besorgte Gesichter beugten sich über sie.

»Oskar«, murmelte Eleonora schwach und fuhr sich über die Augen.

»Na, Sie machen vielleicht Sachen, Demoiselle Prohaska«, sagte Oskar gutmütig und wandte sich an seine neben ihm stehende Frau. »Da hat uns die Demoiselle aber einen schönen Schrecken eingejagt, was, Katharina?«

»Katharina?«, wiederholte Eleonora erstaunt. Noch niemals hatte die Köchin ihre Wohnung betreten. Mit einer energischen Geste bedeutete diese ihrem Mann, das Schlafzimmer zu verlassen. »Was ist denn passiert? Wie komme ich hierher, wie kommen Sie hierher?«

»Wir haben Sie ohnmächtig auf dem Hof gefunden«, erklärte Katharina kurz. »Mit vereinten Kräften haben wir Sie hierher nach oben gebracht.«

»Ich war ohnmächtig? Ich bin noch nie ohnmächtig gewesen«, sagte Eleonora.

»Das ist doch nichts Ungewöhnliches in Ihrem Zustand«, erwiderte Katharina.

»In welchem Zustand?«, fragte Eleonora erstaunt. Katharina

schaute sie an. Es war ein harter, erbarmungsloser Blick, vor dem Eleonora die Augen niederschlug.

»Wann ist es denn so weit?«, erkundigte sich Katharina schroff.

Nun hatte Eleonora begriffen. Fassungslos ließ sie sich zurück in ihr Kissen sinken. »Ich weiß es nicht«, schluchzte sie. Katharina unternahm nichts, um sie zu beruhigen oder gar zu trösten. Stattdessen trat sie den Rückzug an. »Dummes Ding«, sagte sie verächtlich und ließ die Tür hinter sich ins Schloss fallen.

Noch am selben Abend schrieb Eleonora an Alexander. Sie schrieb ihm von der Schwangerschaft, schrieb, dass sie sich nach dem ersten Schrecken nun auf das Kind freue. Sie fragte, ob er sich einen Sohn oder eine Tochter wünsche, was ihm denn lieber sei. Sie stellte all die Fragen, die eine junge werdende Mutter dem Vater ihres Kindes zu stellen pflegte. Nur eine Frage stellte sie ihm nicht, nämlich, ob er sie nun heiraten würde. Sie hielt sie für überflüssig.

Am nächsten Tag schickte sie den Brief fort.

Nur vier Tage später war Alexanders Antwort eingetroffen. Mit zitternden Händen riss Eleonora den Umschlag auf, voller Vorfreude auf die liebevollen Zeilen des Geliebten. Was sie zu lesen bekam, verschlug ihr jedoch den Atem.

»Meine liebe Eleonora, Deine Zeilen haben mich mehr verärgert als bestürzt. Wie kommst Du darauf, ich könne mir jemals ein Kind von Dir wünschen. Keinen weiteren Gedanken bin ich bereit, an diesen Bastard zu verschwenden. Ich bin noch nicht einmal von meiner Vaterschaft überzeugt. Du warst viel alleine in den letzten Monaten, Eleonora. Ich weiß von Deinen Ausflügen, Deinen Spaziergängen im Tiergarten und Besuchen diverser Lokalitäten im Zentrum der Stadt. Oft genug habe ich bemerkt, mit welch verzehrenden Blicken Du angesehen wurdest. Kann ich mir sicher sein, dass Du nicht einen Deiner Verehrer mittlerweile erhört hast?«

Eleonora stieß einen Schrei aus. Sie schüttelte den Kopf und las fassungslos weiter.

»Unter diesen Umständen möchte ich Dich bitten, die Wohnung im Seitenflügel umgehend zu verlassen. Bei meiner Rückkehr nach Berlin, die ich Ende des nächsten Monats ins Auge gefasst habe, wünsche ich Dich nicht mehr dort anzutreffen. Schon allein, um nicht meine künftige Frau zu kompromittieren.

Ich will Dich nie mehr wiedersehen!

Alexander von Prewitz zu Kirchhagen«

Eleonora glitt der Brief aus den Händen. Das Blatt flatterte zu Boden. Sie ließ sich auf einen Stuhl sinken. Es war einer der Stühle, die sie aus dem Prewitzschen Möbellager gerettet, eigenhändig wieder aufgearbeitet und die Sitzfläche neu bezogen hatte.

»Ich bewundere dich für deine Geschicklichkeit, Eleonora«, hatte Alexander das Ergebnis gelobt. »Manchmal glaube ich wirklich, du kannst alles, ein wahrer Tausendsassa.« Wie gerne sonnte sie sich in seinem Lob. Und nun?

War der Verfasser dieser unbarmherzigen Zeilen wirklich derselbe Mann, der sie seit einem Jahr umworben, geliebt, verwöhnt und umschmeichelt hatte?

»Alexander«, schluchzte Eleonora und schlug die Hände vors Gesicht.

Es klopfte an die Tür. Sie beschloss, es zu überhören. Sie wollte jetzt niemanden sehen, war nicht in der Lage, mit irgendjemandem zu sprechen. Aber es klopfte erneut.

Eleonora presste beide Hände auf die Ohren und schüttelte den Kopf. »Nein, nein, nein!«, schluchzte sie. Der Besucher draußen blieb hartnäckig und gab nicht auf. Er klopfte erneut. Dann öffnete sich die Tür einen Spalt. Vorsichtig schob sich der massige Schädel von Oskar hindurch. Er sah bekümmert und verlegen zugleich aus.

»Was willst du?«, fuhr Eleonora ihn heftiger als beabsichtigt an.

Oskar schloss die Tür hinter sich und trat vorsichtig näher.

»Siehst du denn nicht, dass ich alleine sein will. Was willst du von mir?«

»Ich komme auf Anordnung des Herrn Grafen«, sagte Oskar.

»Von Alexander?« Hoffnung keimte in Eleonora auf. Sie tupfte sich mit ihrem zerknüllten Taschentuch die Tränen vom Gesicht und schneuzte sich kräftig. »Hast du mir etwas von dem Herrn Grafen auszurichten?«

»Ja, das habe ich«, bestätigte Oskar. Er trat von einem Bein auf das andere und drehte seine Kutschermütze in den Händen. Seine Lage war ihm sichtlich unangenehm.

»Und was?« Gespannt sah Eleonora zu ihm hoch.

»Ich bin gekommen, um Ihr Gepäck zu holen«, sagte Oskar.

»Welches Gepäck?«, fragte sie erstaunt.

»Der Graf hat gebeten, Ihnen auszurichten, Sie mögen die Wohnung so schnell wie möglich räumen. Ich habe die Order, dafür zu sorgen, dass Sie das Palais bis heute Abend verlassen haben.« Es war ihm anzusehen, wie er sich jedes Wort abringen musste. »Ich habe weiterhin den Auftrag, Sie mit der Kutsche an einen Ort Ihrer Wahl zu bringen und Sie dort abzusetzen.«

»Wie bitte?« Sie starrte ihn an. »Und wo soll ich mich von dir hinbringen lassen?«

Oskar zog hilflos die Schultern hoch und schwieg.

»Warum hat er es nur so eilig, mich loszuwerden?«, flüsterte Eleonora.

»Wegen der neuen Gnädigsten«, entfuhr es Oskar.
»Welche neue Gnädigste?«, fragte Eleonora.
»Ach, Demoiselle, dass ausgerechnet ich der Überbringer dieser Botschaft sein muss«, jammerte Oskar und fuhr sich hilflos über seinen grauen Schädel.
»Nun sag schon, rede, sag mir alles!«, befahl ihm Eleonora. »Ich habe das Gefühl, mir ist in den letzten Wochen einiges entgangen oder bewusst vorenthalten worden. Weißt du am Ende, warum der Graf sich so lange nicht mehr in Berlin hat blicken lassen.«
Oskar biss sich auf die Lippe und schwieg.
»War er verreist?«
Oskar nickte.
»Wohin war er verreist?«
»Nach Wien.«
»Nach Wien? Was hat er denn in Wien gemacht?«, wunderte sich Eleonora.
»Geheiratet«, flüsterte Oskar. Er schien am liebsten im Boden versinken zu wollen.
»Geheiratet?«, schrie Eleonora. »Wen hat er geheiratet?«
Oskar räusperte sich.
»Wen hat er geheiratet?«, wiederholte sie schneidend. »Sag es mir, wen hat der junge Graf geheiratet?«
»Karoline von der Marwitz«, antwortete Oskar mit rauher Stimme.
»Karoline von der Marwitz? Aber die ist doch verheiratet, mit einem sizilianischen Conte.«
»Der Conte ist vor einem halben Jahr gestorben, ganz plötzlich an einem Hirnschlag«, erzählte Oskar.
»Seit wann hat der junge Graf davon gewusst, wann hat er davon erfahren?«, schrie Eleonora ihn an.
»Ich weiß es nicht, ich weiß es wirklich nicht, Demoiselle Pro-

haska. Sie wissen, was die Dienstboten gerne klatschen und tratschen, aber in diesem Fall wussten wir von nichts. Erst mit der heutigen Depesche haben wir erfahren, dass er vor zwei Monaten in Wien geheiratet hat und sich nun mit seiner neuen Frau auf dem Rückweg nach Deutschland befindet.«

»Warum hat er mir nichts davon geschrieben?« Eleonora sprach mehr zu sich selbst als zu Oskar, der sie nur kummervoll anstarrte und schwieg. »Und nun sollst du dafür sorgen, dass ich weder ihm noch seiner Frau unter die Augen trete.« Sie spürte, wie ihre Enttäuschung und Verzweiflung einem anderen Gefühl zu weichen begannen. Wut stieg in ihr auf. Wut und Zorn, heiliger Zorn, der ihr plötzlich eine ungeahnte Kraft verlieh. Sie stand auf.

»Was wollen Sie denn jetzt machen, Demoiselle Prohaska?«, fragte Oskar beklommen.

»So schnell wie möglich dieses Haus und auch Berlin verlassen«, entgegnete Eleonora würdevoll und zornig zugleich. »Bitte fahr in drei Stunden mit der Kutsche vor, bis dahin werde ich so weit sein.«

»Geht in Ordnung, Demoiselle«, erwiderte Oskar und verneigte sich. Er schien erleichtert, dass Eleonora ihm keine große Szene machte. »Wenn ich mir eine Bemerkung gestatten darf, es tut mir unglaublich leid, aber ich muss mich den Anordnungen des Grafen fügen.« Sein mitfühlender Blick war kaum zu ertragen.

»Ist schon gut, Oskar, ist schon gut, du kannst am wenigsten dafür«, beschwichtigte Eleonora ihn. Dankbar zog er sich zurück. Kaum hatte er die Tür hinter sich zugezogen, brach die Verzweiflung erneut über Eleonora ein. Am liebsten hätte sie sich auf das Bett geworfen und hemmungslos geweint. Aber nein! Die Zeit lief. Drei Stunden blieben ihr bis zum Aufbruch.

30

Auch diesmal verließ Eleonora nur mit wenig Gepäck das Prewitzsche Haus. Sie hatte dabei seltsamerweise nicht das Gefühl, ihre eigene Wohnung zu verlassen. So viel Liebe und Zeit, wie sie für die Einrichtung dieser Räumlichkeiten aufgewandt hatte, wie viel Glück, Leidenschaft, auch Fröhlichkeit und Unbekümmertheit sie zwischen diesen Wänden hatte erleben dürfen, hatte sie diese Wohnung trotzdem niemals als ihre eigene betrachtet. Diese Räume waren niemals zu dem Rückzug und dem Zuhause geworden, von dem sie träumte. Sie hatte kein Zuhause. Sie gehörte zu niemandem. Sie war frei, vogelfrei und ungebunden.

Eleonora stand vor dem mannshohen Spiegel des Schlafzimmers, um ihren Hut zu richten und die Schleife unter dem Kinn festzubinden. Aufmerksam betrachtete sie ihr Spiegelbild. Die Augen waren vom Weinen immer noch etwas verquollen, die Nase rot. Nichtsdestotrotz war es eine schöne, junge Frau, die ihr da entgegenschaute, groß, schlank, von einer natürlichen Eleganz, noch unterstrichen durch das schlichte, aber edle Reisekostüm, das sie für die Fahrt angezogen hatte. Sie schaute sich in die Augen.

»Du bist frei, Eleonora«, sagte sie zu sich selbst. »Du verlässt dieses Haus hocherhobenen Hauptes, denn du hast keinen Grund, dich heimlich davonzuschleichen.«

Wie hatte Louis Ferdinand zu ihr gesagt: »Werden Sie eine Leonore und niemals ein braves Lorchen.«

Niemals!

Sie war Eleonora Prohaska, Tochter eines preußischen Feldwebels. Sie hatte einen Grafen geliebt, aber dieser hatte sich ihrer Liebe nicht als würdig erwiesen. Das Schicksal würde seinen wahren Charakter eines Tages offenbaren, hatte Gräfin Dorothea sogar noch nach ihrem Tode gewarnt. Alexander hatte ihr mit diesem abscheulichen Brief heute sein wahres Gesicht gezeigt. Es war kein schönes Gesicht. Sie wollte es nie mehr wiedersehen.

Eleonora nickte sich ermutigend zu und schritt zur Wohnungstür. Sie hatte die Klinke schon in der Hand, als ihr noch etwas einfiel. Sie ging zurück zum Wandschrank und öffnete dessen Tür. Suchend ließ sie die Hände über die darin hängenden Mäntel und Jacken gleiten.

»Da bist du ja«, sagte sie und nahm Gräfin Dorotheas Zobel vom Bügel. »Auf deine Dienste will ich auch weiterhin nicht verzichten.«

»Wo soll es denn hingehen?«, erkundigte sich Oskar, der schon mit der Kutsche vorgefahren war.

»Bitte fahr mich nach Hohenschönhausen«, sagte Eleonora und kletterte behende hoch, um an seiner Seite auf dem Kutschbock Platz zu nehmen.

Einen Moment schaute Oskar sie verdutzt an, dann nickte er nur und schnalzte mit der Zunge. Ratternd fuhr die Kutsche los. Sie waren schon eine ganze Weile gefahren, als Eleonora den runden Korb zu ihren Füßen entdeckte.

»Was ist denn da drin?«, erkundigte sie sich.

»Reiseproviant für die Demoiselle«, verriet Oskar lächelnd.

»Wer hat mir denn noch einen Proviantkorb zubereitet?«, fragte sich Eleonora überrascht.

»Meine Frau«, sagte Oskar stolz.

»Katharina?« Jetzt war sie aber perplex.

»Ja, Katharina, rauhe Schale, weicher Kern!«

»Bitte richte ihr meinen Dank aus«, bat ihn Eleonora gerührt.

In Hohenschönhausen musste Eleonora die nächste bittere Enttäuschung erleben, denn sie traf Hedebrink nicht an. Das Haus war verlassen, die Läden zugezogen, der Garten vernachlässigt. Seit Monaten schien sich kein Mensch mehr um das Anwesen gekümmert zu haben. Es dauerte eine Weile, bis Eleonora auf einen Menschen traf. Schließlich war es eine alte Nachbarin, die ihr verriet, dass Hedebrink schon vor Monaten abgereist war.

»Er hat nun endlich seinen lebenslangen Traum wahr gemacht und ist nach Italien gefahren«, erzählte die Nachbarin. »Das war das Beste für ihn, um seinen Liebeskummer zu heilen.«

»Liebeskummer?«, wiederholte Eleonora verblüfft.

»Jaja, der arme Kerl, war doch so verliebt in seine schöne Gesellschafterin. Er hätte sie bestimmt geheiratet, wenn die ihm nicht einen jungen Grafen vorgezogen hätte. Na ja, was so ein richtiger Graf ist.« Die Nachbarin war sehr redselig. Aber nun fasste sie Eleonora ins Auge. »Sagen Sie mal, Sie kommen mir irgendwie bekannt vor. Sind Sie nicht am Ende gar diese Christine?« Neugierig ließ sie ihren Blick über die Gestalt der fremden Besucherin wandern.

»Nein, nein, da irren Sie sich, das bin ich nicht«, wehrte Eleonora hastig ab und trat den Rückzug an. Oskar hatte am Rande der Straße auf sie gewartet.

»Und nun?«, erkundigte er sich.

»Keine Ahnung!«, sagte Eleonora entmutigt und ließ den Kopf hängen. »Wieso stehst du eigentlich noch hier? Müsstest du nicht schon längst wieder nach Berlin zurückgefahren sein?«

»Das bringe ich nicht übers Herz.« Er seufzte. »Ich kann Sie doch hier nicht einfach so stehenlassen. Kann ich Sie woanders hinbringen?«

»Nimm mich wieder mit zurück nach Berlin!«, befahl Eleonora. »Ich werde wohl wieder auf Stellungsuche gehen müssen.«
Es war schon dunkle Nacht, als sie in Berlin eintrafen.
»Halt an!«, rief Eleonora, als Oskar gewohnheitsmäßig in die Straße einbiegen wollte, in der das Prewitzsche Stadtpalais stand.
Oskar gehorchte verdutzt. Eleonora nahm ihren kleinen Koffer und stieg vom Kutschbock hinunter.
»Aber wo wollen Sie denn hin, Demoiselle?«, fragte er fast verzweifelt.
»Keine zehn Pferde würden mich jetzt nur noch in die Nähe des Palais bringen«, sagte Eleonora entschieden.
»Aber es ist doch schon späte Nacht, wo wollen Sie jetzt noch Unterkunft finden?«
»Das lass mal meine Sorge sein«, antwortete Eleonora und setzte sich in Bewegung. Oskar starrte ihr hinterher.
»Moment, Moment, Demoiselle Prohaska, Sie haben etwas vergessen.«
Erstaunt drehte sich Eleonora herum. Oskar beugte sich ihr entgegen und überreichte ihr den Proviantkorb.
»Sie können ihn die nächsten Tage bestimmt gut gebrauchen«, sagte er. »Er wird Ihnen gute Dienste leisten.«
Eleonora nahm ihm den Korb ab und wunderte sich, wie schwer er war.
»Adieu, Demoiselle Prohaska. Ich muss leider fahren, aber ich wünsche Ihnen wirklich alles, alles Gute!« Oskar fiel der Abschied sichtlich schwer. Doch dann schnalzte er mit der Zunge, und die Kutsche mit dem Prewitzschen Wappen setzte sich in Bewegung.
Eleonora fand in dieser Nacht Unterkunft in einer dieser billigen Herbergen, in denen Reisende mit wenig Geld eine

Bleibe suchten. Es war ein Gasthof, dessen Wirt im oberen Stockwerk einige Gästezimmer eingerichtet hatte. Hier wurden keine Fragen gestellt, keine neugierigen Blicke auf sie gerichtet, sondern lediglich Vorauszahlung verlangt. Eleonora zog sich sofort auf ihr Zimmer zurück. Es war winzig, aber erstaunlich sauber. Erschöpft ließ sie sich auf das schmale Bett fallen und starrte an die Decke. Da spürte sie es. Es war zuerst ein ganz leichtes Flimmern, kaum wahrnehmbar. Es kam ihr vor wie das Schlagen von Schmetterlingsflügeln. Aber dann begriff sie. Mit einem staunenden Lächeln legte sie beide Hände auf den Bauch. Zum ersten Mal spürte sie, wie sich ihr Kind bewegte.

Noch in dieser Nacht fasste sie ihren Entschluss. Sie würde zu ihrem Vater nach Potsdam gehen. Es gab für sie keine andere Möglichkeit. Sie hatte sonst niemanden auf dieser Welt.

TEIL V

31

Zum ersten Mal seit Monaten erwachte Eleonora an diesem Morgen nicht mit dem Gefühl der tiefen Niedergeschlagenheit und Erschöpfung. Zum ersten Mal seit Wochen hatte sie fast sechs Stunden an einem Stück durchgeschlafen, denn Friederike hatte nicht geschrien.
Langsam und sehr vorsichtig erhob sie sich. Nicht, dass ihr erneut schwindlig wurde. Zu häufig war sie in den vergangenen Wochen umgefallen, einfach in sich zusammengesunken. Etliche Male hatte ihr Vater oder die Nachbarin Marie sie ohnmächtig auf den hölzernen Dielen liegend vorgefunden und mühselig zurück in das Bett gebracht.
»Du sollst doch liegen bleiben, du bist noch viel zu geschwächt, du musst dich erst einmal richtig erholen!« Wie oft hatte Marie so liebevoll mit ihr geschimpft, während ihr Vater stumm mit dem Kopf dazu nickte.
»Ich muss so schnell wie möglich wieder auf die Beine kommen«, erwiderte Eleonora meist trotzig. »Ich kann Vater nicht länger auf der Tasche liegen. Ich muss mir eine neue Stellung suchen. Vielleicht schreiben Pistors oder die Humboldts mir ja eine Empfehlung.«
»Du liegst mir nicht auf der Tasche, Eleonora«, erwiderte ihr Vater dann stets. »Meine Invalidenrente ist zwar kaum ausreichend, aber die Nachfrage für Trompetenunterricht ist in den letzten Jahren erfreulich angestiegen. Niemals zuvor habe ich so viele Schüler gehabt. Ich werde euch schon satt bekommen, dich und deine kleine Tochter.«
Nun war Friederike Ulrika schon drei Monate alt und schrie

nicht mehr ununterbrochen wie in den ersten Lebenswochen, sondern schlief endlich auch mal ein paar Stunden durch. Geradezu verblüffend machten sich bei Eleonora die Folgen dessen bemerkbar. Innerhalb weniger Tage schien die alte Energie in sie zurückzukehren. Vorbei war es mit Melancholie und Traurigkeit. Nein, sie wollte nicht resignieren. Sie konnte es nicht, sie durfte nicht, denn sie hatte eine Aufgabe zu erfüllen. »Ich werde dir beides sein, mein Kind«, hatte sie ihrer winzigen Tochter unmittelbar nach der schweren Geburt versprochen. »Mutter und Vater zugleich.« Danach war sie erschöpft eingeschlafen. Dass Marie ihr den frisch geborenen und gewaschenen Säugling vorsichtig an die Brust legte, bekam sie gar nicht mehr mit.

Am 15. Dezember 1812 hatte Friederike Ulrika das Licht der Welt erblickt. In der kleinen Schlafkammer, die der alte Prohaska für seine Tochter geräumt hatte, nachdem diese zutiefst verletzt und verstört aus Berlin zurückkehrte und bei ihrem Vater Unterschlupf suchte. Er stellte keine Fragen. Wozu? Ihre Schwangerschaft war nicht zu übersehen. Über den Vater des Kindes erfuhr man von Eleonora kein Wort. Genauso wenig wie über die Enttäuschungen und Verletzungen, die ihr widerfahren waren. Prohaska hatte seine Vermutungen. Er ahnte vieles, mutmaßte Richtiges, aber er schwieg beharrlich. So wie Vater und Tochter eigentlich immer geschwiegen hatten. Über den Brückenschlag der Sprache zueinanderzufinden blieb ihnen verwehrt. Liebe und Zuneigung vermochte der alte Soldat nur in Taten, nicht mit Worten zu bezeugen.

Als er jedoch wenige Tage vor der Niederkunft eine selbstgezimmerte Wiege in die Schlafkammer stellte, verlor Eleonora die Fassung. Seit ihrer Flucht unter das Dach der bescheidenen väterlichen Kate riss sie sich eisern zusammen, bemühte sich um einen regelmäßigen Tagesablauf, setzte alles daran, so etwas wie einen normalen Alltag zu leben. Aber der Anblick der Wiege mit dem herzförmigen Kopfteil und den liebevoll gemalten Blümchen darauf war zu viel für sie.

»Diese Arbeit hättest du dir nicht machen müssen, Vater«, schluchzte Eleonora. »Die ersten Wochen kann das Kind doch bei mir im Bett schlafen. Für später hat mir Marie bereits das alte Kinderbett von Emil versprochen.«

»Ich habe es gerne getan«, entgegnete ihr Vater kurz angebunden und schlüpfte in seinen abgeschabten Gehrock, ehe er das Haus verließ. Eigentlich war es eine alte Uniformjacke, von der er die Militärabzeichen abgerissen hatte, ehe er sie Marie zum Umschneidern gab. Seit Jahrzehnten trug er diese Jacke nun schon. Sie war mit ihm verwachsen, und nicht zuletzt ihre Abgeschabtheit hatte ihm den Namen der »olle Prohaska« eingetragen. Mit ihr schlurfte er durch Potsdams Straßen, wenn er sich zum Unterricht in die Häuser und Villen seiner Musikschüler begab. In ihr saß er jeden Sonntagvormittag im Gottesdienst und schlug den abgewetzten Kragen hoch, wenn es ihn fröstelte.

Hätte ihm Marie das alte Kleidungsstück nicht regelmäßig weggenommen, um es zu waschen und zu plätten, hätte er sich wahrscheinlich wochenlang nicht davon getrennt.

»Das haben wir als Soldaten nicht anders getan«, protestierte er immer, wenn Marie ihm das verschlissene Teil vom Leibe riss.

»Du bist aber nun mal kein Soldat mehr, sondern schon seit Jahren Invalide. Du musst auf deine Erscheinung achten und kannst nicht mit einer stinkenden, schmutzigen Jacke in den Häusern deiner Musikschüler aufkreuzen«, schimpfte Marie. »Abgewetzt darf sie sein, aber nicht schmutzig. Schließlich gehörte sie ja einmal zu deinem Ehrenkleid der Uniform.«

Damit hatte die resolute Marie Prohaska an seinem empfindlichsten Nerv getroffen, seinem Patriotismus. Zwar stets murrend, aber widerspruchslos überließ er ihr fortan die geliebte Jacke zur regelmäßigen Reinigung.

Was wäre nur aus ihm ohne Marie und Heinrich geworden? Die beiden waren nicht nur Nachbarn, sie waren Freunde und standen ihm näher, als ihm seine Familie jemals gestanden hatte. Als unentbehrlich erwies sich Marie dann auch bei der Entbindung der kleinen Friederike Ulrika.

Seit ihrer Rückkehr in das väterliche Haus hatte sich Eleonora hartnäckig geweigert, einen Arzt zu konsultieren oder auch nur einmal die Hebamme des Dorfs aufzusuchen.

»Es ist nicht die erste Geburt, die ich erlebe. Bei meinen Herrschaften war ich oft genug dabei, wenn eine Gnädige niederkam. In die Anfangsgründe der Anatomie hat mich schon Gräfin Dorothea auf dem Sophienhof eingeweiht. Ich habe keine Angst, es wird schon gutgehen. Eine Geburt ist etwas ganz Natürliches und vollzieht sich von alleine«, behauptete sie voller Zuversicht und mit vorgegebener Stärke.

Insgeheim hatte Eleonora Angst, ganz schreckliche Angst. Niemals wäre sie jedoch bereit gewesen, diese nach außen zu zeigen, vermochte sie doch kaum sie sich selbst gegenüber einzugestehen.

»Was bist du nur für ein Dickkopp«, schimpfte ihr Vater immer wieder mit ihr.

»Das kann ich nur von dir haben, Vater«, erwiderte Eleonora stets.

Über der Rauchwolke seines Pfeifentabaks schauten sie sich dann in die Augen und lächelten verhalten. Es war eine Art stillschweigendes Einverständnis, das Vater und Tochter in den letzten Wochen des Jahres 1812 immer fester miteinander verband. Alles andere als erfreut, dass seine seit Jahren abwesende Tochter so unerwartet und überraschend, dafür schwanger, bei ihm Zuflucht suchte, begann sich Prohaska im Lauf der Zeit ganz allmählich und sehr vorsichtig auf sein Enkelkind zu freuen. Mittlerweile war er regelrecht vernarrt in die kleine Friederike.

Auf Zehenspitzen näherte sich Eleonora der hölzernen Wiege. Kein Laut war bislang aus den Kissen zu ihr gedrungen. Vorsichtig lüpfte sie den leichten Mousselinevorhang, der das Kind vor Sonne und lästigen Fliegen schützte. Dieser Betthimmel war ein Geschenk von Marie und Heinrich gewesen. »Eine Prinzessin braucht auch einen schützenden Schleier«, hatte Heinrich gebrummelt, als er das selbstgeschmiedete Gestell am Kopf der Wiege anbrachte.

Friederike Ulrika schlief tief und fest, das Köpfchen auf die Seite gedreht, beide Ärmchen entspannt nach oben gestreckt. Eleonora steckte den Zeigefinger in die rosige rechte Faust. Sekundenschnell schlossen sich deren winzige Finger darum. Ein erstaunlich fester Griff. »Du wirst dir nichts so schnell aus den Händen nehmen lassen«, flüsterte Eleonora und lächelte. Ein Gefühl wohliger Wärme durchströmte sie. Bislang hatte sie nicht viel für ihre kleine Tochter empfunden. Selbstverständlich fühlte sie sich verantwortlich. Wenn sich der Vater nicht zu seinem Kind bekannte, musste sie eben alleine für Rieke da sein.

Rieke? Es war das erste Mal, dass Eleonora sie so nannte. Aber klang es nicht viel liebevoller und zärtlicher als das lange, sperrige, schwierig auszusprechende Friederike Ulrika? Ganz bewusst hatte sie sich aber für diese beiden Vornamen entschieden. Ihre Tochter war nach der Schwester von Friedrich dem Großen und nach der jüngeren Schwester der schönen, tugendhaften Königin Luise getauft worden.

»Gute Wahl, auch wenn Friederike etwas leichtlebig ist«, lautete der brummelige Kommentar ihres Vaters.
Gerade darum. Es war auch eine Reminiszenz gegenüber der unvergessenen Gräfin Dorothea. Aus ihrem Faible für die skandalumwitterte Schwester der tugendhaften Luise hatte diese niemals ein Hehl gemacht. »Sie ist charmant, sie ist klug und überaus schön und vor allen Dingen echt.« Als die Gerüchte einer Affäre zwischen ihr und Prinz Louis Ferdinand bis zum Sophienhof drangen, lachte sie nur. »Da haben sich die beiden Richtigen gefunden. Endlich einmal ein Hohenzoller, der nicht ennuyant ist. Also, wenn ich jünger wäre …«
Es war der Schrei ihrer Tochter Friederike, der Eleonora in die Gegenwart zurückholte. Sie zuckte zusammen und fuhr sich mit dem Handrücken über die Augen. Weit, weit weg war sie soeben mit ihren Gedanken gewesen. Wie lange lag es zurück, dass sich Alexander und sie zufällig wieder über den Weg gelaufen waren? Daran wollte sie nicht mehr denken.
Sie saß in der Schlafkammer auf dem Hocker vor der Kommode, die ihr auch als Wickeltisch diente. Ihr Vater hatte ihr einen kleinen runden Spiegel darüber angebracht.
»Nicht ganz so feudal wie bei Grafens, aber ich weiß doch, wie gerne ihr Frauenzimmer in den Spiegel schaut«, hatte er verlegen gesagt.
Eleonora betrachtete ihr eigenes Spiegelbild. Wie schmal sie geworden war, fast schon hager.
»Du musst essen, essen, du musst jetzt für zwei essen«, predigte ihr Marie jeden Tag. »Deine Rieke hat einen gesegneten Appetit. Wenn es so weitergeht, saugt sie dir noch das ganze Leben aus dem Leib. Willst du es nicht langsam mit ein bisschen Haferschleim versuchen?«
»Ach, Marie, solange ich stillen kann, werde ich mein Kind stillen«, erwiderte Eleonora. »Es gibt nichts Besseres und

Gesünderes als Muttermilch. Das hat Gräfin Dorothea auch immer gesagt.«

»Ach, du und deine geliebte Gräfin Dorothea«, zog Marie Eleonora immer auf, wenn diese von ihrer einstigen Gönnerin schwärmte.

»Ich habe ihr viel zu verdanken«, erwiderte Eleonora dann ernst. Das entsprach nun einmal den Tatsachen. Ohne die Fertigkeiten und Kenntnisse, die diese ihr im Lauf der Jahre vermittelte und ermöglichte, hätte sich Eleonora niemals so gut im großen Berlin und seiner Umgebung durchschlagen und über Wasser halten können. »Um in dieser schäbigen Kate zu landen«, murrte sie und schlug sich im gleichen Moment beschämt auf den Mund. Diese Bemerkung war ihr einfach so entschlüpft. Sie wollte nicht undankbar sein. Aber die Ungewissheit ihrer Zukunft machte ihr zu schaffen. Ihre schönsten Hoffnungen waren von Alexander erbarmungslos zerstört worden. Damit hatte sie sich abzufinden, so schwer es ihr auch immer noch fiel. Es gab kein Zurück mehr, nur noch ein Vorwärts.

Eleonora musterte sich erneut im Spiegel. Ein Paar riesengroße graue Augen dominierten in einem schmalen Gesicht. Zu schmal war es in den letzten Wochen geworden. Auch die dunklen Ränder, die von Schlaflosigkeit zeugten, zeichneten sich immer noch viel zu deutlich ab. Blass war sie. Ihre Haut hatte den feinen Alabasterschimmer verloren. Ihre dichten blonden Haare glänzten auch nicht mehr wie einst. Sie hatte sie hinten am Kopf in einen losen Knoten zusammengebunden. Sie hob ihn an. Die feine Linie ihres Nackens war nicht verlorengegangen. Alexander hatte sie besonders geliebt.

»Schwanenhals«, hatte er immer zärtlich gesagt, wenn er mit dem Zeigefinger die Beuge ihres Halses nachzog. Noch bei der Erinnerung daran überlief Eleonora ein leichter Schauer. Im nächsten Moment ergriffen sie Wut und Zorn. Nie mehr würde sie sich von einem Menschen so demütigen lassen wie vom Vater ihres Kindes. Sie hob den Haarknoten noch ein bisschen höher, zupfte ein paar lockige Strähnen an den Schläfen hervor und wandte das Gesicht von links nach rechts. Ihr Profil hatte sich nicht verändert, keine Spur eines gefürchteten Doppelkinns, das so viele junge Mütter nach einer Schwangerschaft beibehielten. Sie streifte sich den Träger ihres Baumwollnachthemds von der Schulter. Sie war immer noch rund, genauso wie ihre Brüste, die niemals zuvor so fest und prall gewesen waren. Das lag am Stillen. Sie hob den Kopf, strich sich mit der Hand vom Kinn über den Hals bis hinunter zum Ansatz ihres Busens. Die Frau, die ihr da aus dem Spiegel entgegenschaute, war ihr fremd. Sie war schön, aber das war kein junges unschuldiges Mädchen mehr. Ihr gegenüber saß eine Frau, eine junge, schöne Frau, aber dennoch zu dünn. Wirkte sie nicht schon leicht verhärmt? Vielleicht hatte Marie ja doch recht, dass sie mehr essen und ein bisschen mehr an die frische Luft gehen sollte?

Eleonora nahm sich vor, nach dem Frühstück mit ihrer Kleinen einen ausgedehnten Spaziergang zu machen. Ihr Vater hatte schon am frühen Morgen das Haus verlassen. Sie erwartete ihn nicht vor dem Abend zurück. Sie beschloss, sich endlich wieder auf ihre fast vergessenen Kochkünste zu besinnen. Erbsen und Möhrchen aß Vater für sein Leben gern. Vielleicht sollte sie versuchen ihrer kleinen Rieke ein bisschen frisch gepressten Möhrensaft einzuflößen. Beim Gedanken an das erstaunte Gesicht und das zu erwartende protestierende Spucken der Kleinen musste Eleonora unwillkürlich lachen.

Mit einem Riesenkrach flog in diesem Moment die Tür der

kleinen Schlafkammer auf. Eleonora sah, wie ihre Tochter in der Wiege vor Schreck zusammenfuhr, aber weiterschlummerte.
Im Türrahmen stand ein Soldat, der wild um sich blickte. Ein Franzose! Eleonora erkannte ihn sofort an seiner Uniform. Der Fremde stand wie angenagelt. Aber sein Blick gefiel ihr nicht. Nein, der ganze Mann gefiel ihr nicht. Er war unrasiert, lange filzige Haare fielen ihm fast bis auf die Schultern. Seine Uniform war dreckig, Culotte und Gamaschen zerschlissen, der einst so schmissige Zweispitz kaum mehr wiederzuerkennen. Der Bicorne war zu einem Klumpen Filz zusammengeschrumpft, den der Soldat tief in die Stirn gedrückt hatte. Für die längst schon üblich gewordenen langen Hosen und den feschen Tschako der napoleonischen Armeen hatte der Sold dieses Soldaten nicht gereicht. Wie hatte es diesen armen Kerl ausgerechnet hierher verschlagen? Eleonora verspürte im ersten Moment mehr Mitleid als Furcht vor dieser abgerissenen Erscheinung.
»Faim, soif, pain et de l'eau«, stieß der Soldat hervor. Es war eine Mischung aus Lallen und Brüllen, aber nun doch furchterregend. Eleonora fühlte, wie ihr eine eiskalte Gänsehaut über den Rücken kroch.
»Vous désirez, Monsieur?«, fragte sie kühl. Sie musste sich zusammenreißen, um diese Geistesgegenwart zu bewahren.
Die Anrede in seiner Muttersprache schien den Soldaten zu irritieren, aber nur sekundenlang. Dann stürzte er sich auf sie. Eleonora hatte keine Gelegenheit, ihm auszuweichen. Mit einem Sprung warf er sich auf sie, riss sie zu Boden und kniete auf ihr nieder. Er riss ihr die Hände vom Gesicht und drückte beide Arme auf den Boden. Eleonora wehrte sich mit Händen und Füßen, strampelte, versuchte ihn mit angezogenen Beinen von sich zu stoßen. Aber er war stärker als sie,

hielt mit eisernen Fäusten ihre abwehrenden Hände umklammert, beugte sich über sie und versuchte sie zu küssen. Er stank nach Fusel und Tabak. Allein von dem Gestank wurde ihr übel.

Nun hielt er mit der Linken ihre beiden Handgelenke fest und riss ihr mit der Rechten das leichte Nachthemd vom Leib. Nackt und bloß, völlig ungeschützt lag Eleonora unter ihm. Er machte sich an seiner Hose zu schaffen, versuchte sie hinunterzuziehen.

Bisher hatte Eleonora keinen Ton von sich gegeben, nur verbissen gekämpft, gefaucht und gekratzt wie eine wilde Katze. Aber jetzt, als die Bedrohung so unvermeidbar auf sie zukam, stieß sie einen gellenden Schrei aus, hoch und durchdringend, markerschütternd.

Friederike Ulrika schreckte aus dem Tiefschlaf auf. Eleonora schrie erneut. Die Kleine begann zu weinen. Es war nicht das übliche Weinen oder Schreien, wenn sie Hunger hatte, es war Angst, eine tiefe, elementare Angst. Sie spürte die Gefahr für Leib und Leben und schrie.

Unwillkürlich ließ der Soldat von Eleonora ab. Sie nutzte die Gelegenheit, um sich ihm zu entwinden. Er versuchte sie an den Knöcheln festzuhalten, aber sie konnte ausweichen. Er wollte ihr hinterherhechten, aber seine Hose hinderte ihn daran.

»Un bébé«, keuchte er.

»Mon bébé«, bestätigte Eleonora und griff nach dem Schürhaken, der an dem kleinen Kanonenofen hing, den ihr Vater ihr in die Schlafstube gestellt hatte. Daneben stand ein Weidenkorb, der stets mit Feuerholz gefüllt war. Sie riss den größten Klotz aus dem Stapel und zielte auf den Kopf des immer noch auf dem Boden kauernden Mannes. »Du Schweinehund, mach, dass du wegkommst! Hau ab, wenn dir dein

Leben lieb ist, sonst bringe ich dich eigenhändig um«, zischte sie. Auch wenn sie deutsch sprach, hatte der Soldat sie genau verstanden.

»Un bébé, un bébé«, jammerte er. Er kam auf die Füße, knüpfte die Hose zu und torkelte durch die Stube. Jetzt taumelte er auf Eleonora zu, versuchte nach ihrer Hand zu greifen und sie zu küssen. »Madame, Madame, j'ai tellement honte, j'ai tellement honte, pardonnez-moi, je vous en pries«, winselte er demütig.

Eleonora wusste nicht, was schlimmer zu ertragen war, die grobe körperliche Gewalt und Lebensgefahr, die ihr vor wenigen Minuten noch gedroht hatten, oder jetzt das jämmerliche Gewimmere dieses schmutzigen Kerls. Sie verspürte nur Ekel und Widerwillen.

»Pousse toi!«, sagte sie kalt.

Der Soldat gehorchte sofort. Mit einer demütigen Verbeugung zog er die Tür hinter sich ins Schloss.

Die ganze Zeit hatte Friederike gellend geschrien. Nun, da die Gefahr gebannt war, konnte sich Eleonora endlich um ihre kleine Tochter kümmern.

»Mein Riekekind, Mama kommt doch schon. Bitte nicht mehr weinen, ich bin doch da. Brauchst doch keine Angst zu haben. Der tut uns nichts, der kommt nicht mehr zurück.«

Woher sie diese Gewissheit hatte? Sie wusste es.

Als ihr Vater an diesem Abend von seinem Musikunterricht nach Hause kehrte, erwartete ihn ein leckeres Abendessen mit Gemüse und neuen Kartoffeln aus Maries Garten. Kein Wort verlor Eleonora über die unheimliche Begegnung und die nur knapp entgangene Vergewaltigung am Vormittag. Auch gegenüber ihrer Freundin und Vertrauten Marie hatte sie geschwiegen.

In der darauffolgenden Nacht fand Eleonora keinen Schlaf. Gegen Mitternacht meldete sich ihre Tochter. Es war ihre Zeit. Eigentlich hatten sie beide inzwischen einen ganz guten Rhythmus gefunden. Nach dem mitternächtlichen Stillen hatte Rieke die letzten Nächte immer bis morgens um sechs Uhr durchgeschlafen. Eleonora hoffte, dass es auch diese Nacht der Fall sein würde. Aber als sie ihre Tochter an die Brust nahm, kam keine Milch mehr. Der Schock vom Vormittag hatte den Milchfluss unterbrochen. Vergeblich und verzweifelt legte Eleonora das Kind abwechselnd an der rechten, dann an der linken Brust an. Die Kleine saugte und saugte und begann schließlich laut zu schreien. Die Muttermilch war versiegt. Für immer.
In Panik legte Eleonora das Kind zurück in seine Wiege und rannte in die Küche. Im Herd brannte noch Glut. Sie setzte einen Topf Wasser auf. Wie gut, dass die umsichtige Marie schon vor Wochen Fläschchen und Sauger in den Küchenschrank gestellt hatte und eine Tüte Haferflocken gleich dazu. »Mit Milch aufkochen, dann durch ein Sieb seihen und mit Wasser verdünnen. Ein Löffel Honig dazu, und du wirst sehen, deine Prinzessin wird es trinken.«
Maries Stimme klang ihr im Ohr, während sie hektisch hin und her wirtschaftete. Gut, dass ihr Vater mittlerweile so schwerhörig war und von dem mitternächtlichen Spektakel nichts mitbekam. Das zumindest verkündeten die lauten Schnarchtöne hinter der Wohnstubentür, wo er auf dem Sofa nächtigte.
Mit fliegenden Händen hatte Eleonora ihrer kleinen Tochter das erste Fläschchen ihres Lebens zubereitet.
»Lieber Gott, mach, dass sie es trinkt, lass sie es trinken, sie muss es trinken, sie soll satt werden«, flehte sie zum Himmel, als sie die Flasche aufgoss. Sie prüfte die Wärme mit der

Wange, wie Marie ihr beigebracht hatte, und eilte zurück in die winzige Kammer, wo Rieke immer noch schrie. Sie hob das brüllende Kind aus der Wiege, setzte sich auf ihr Bett und kuschelte es in die Beuge ihres linken Arms. Mit der rechten Hand schob sie ihm ganz, ganz vorsichtig den Schnuller der Milchflasche in den Mund. In der ersten Sekunde schien das Baby perplex, spuckte den ungewohnten Gegenstand aus, aber dann siegten der Saugreflex und der Hunger. Nach wenigen Sekunden verkündete ein leises schmatzendes Glucksen, dass Rieke die Flasche akzeptiert hatte.

Eleonora atmete erleichtert auf. Aber dann kamen die Tränen. Sie begann zu weinen und konnte nicht mehr aufhören. Der Morgen begann schon zu grauen, als ihre Tränen endlich versiegten. Sie wusste nicht, wie lange sie geweint hatte. Irgendwann hatte sie ihre kleine Tochter in die Wiege gelegt, wo diese friedlich weiterschlummerte. Eleonora war jetzt völlig erschöpft, aber auch auf eine seltsame Weise erleichtert.

Sie schneuzte sich die Nase und tupfte sich die Wangen trocken. Da bemerkte sie, dass sie immer noch auf der Kante ihres schmalen Bettes kauerte. Sie ließ sich erschöpft beiseitefallen, streckte sich aus, zog die Bettdecke über die Ohren und schloss die Augen. Nach einer Weile schlug sie sie wieder auf. Sie konnte keinen Schlaf finden. Dazu war sie immer noch zu aufgewühlt. Und die Bilder, die vor ihrem inneren Auge aufstiegen, wenn sie sich zurücklehnte, wollte sie nicht sehen. Sie schmerzten immer noch zu sehr.

Eleonora erhob sich und zog das graugestreifte Hauskleid an, das sie nachlässig über den Stuhl gehängt hatte. Sie schlüpfte in die einfachen Pantinen, die sie im Haus trug, und begab sich in die Küche. Ob ihr Vater noch etwas von dem guten Kaffee, den ihm die alte Zedlitz immer zu Weihnachten schenkte, übrig gelassen hatte? Eine frisch aufgebrühte Tasse

Kaffee würde ihr jetzt guttun. Ihr Blick fiel auf das Kräuterbündel, das ihr Marie gestern noch mitgegeben hatte. »Extra für dich gesammelt, meine Spezialmischung, die den Milchfluss anregt«, hatte sie gesagt. Eleonora schluchzte auf. Beinahe wäre sie erneut in Tränen ausgebrochen.
»Wenn ich nicht mehr stillen kann, darf ich wenigstens wieder richtigen Kaffee trinken«, versuchte sie sich selbst zu trösten. Marie hatte ihr den Türkentrank nämlich schon vor Riekes Geburt strikt untersagt. Aber auch der Gedanke daran machte Eleonora nicht fröhlicher. Sie zog die kleine Lade der hölzernen Kaffeemühle, die oben auf dem Küchenschrank stand, vorsichtig auf. Glück gehabt, ihr Vater hatte noch einen Rest gemahlenen Kaffee übrig gelassen. Sie schüttete ihn in den großen Emaillebecher, der griffbereit in dem kleinen Regal über dem Küchenherd stand, und goss das Kaffeepulver mit kochendem Wasser auf. Sie stellte den Becher auf den hölzernen Küchentisch und griff nach dem davorstehenden Stuhl, um sich darauf niederzulassen. Verheißungsvoll stieg der Duft des frisch aufgebrühten Bohnenkaffees in ihre Nase. Es würde noch ein bisschen dauern, bis sich der Kaffeesatz auf dem Grund des Bechers abgesetzt hatte. Eleonora sog den Geruch tief in sich hinein. Es tat ihr gut. Sie rückte den Stuhl noch ein bisschen näher an den Tisch heran und griff nach dem darauf liegenden, mit fetten Lettern bedruckten Stück Papier, das sie jetzt erst entdeckte. Ein Flugblatt? Ihr Vater musste es gestern aus Potsdam mitgebracht haben.
Eleonoras Blick fiel auf die erste Zeile. »An mein Volk!« Erst beiläufig, dann mit wachsendem Interesse und schließlich unter Hochspannung las sie den Aufruf des Königs von Preußen. Sie war überrascht. Niemals hätte sie geglaubt, dass der als so dröge geltende Friedrich Wilhelm III. solch leidenschaftliche und überzeugende Worte finden würde. Er

verkündete die Notwendigkeit vom Beginn eines neuen Krieges. Er rechtfertigte sich dafür, sich jahrelang auf die Seite des französischen Imperators geschlagen zu haben.
»Durch die Erfüllung eingegangener Verbindlichkeiten hoffte Ich Meinem Volk Erleichterung zu bereiten und den französischen Kaiser endlich zu überzeugen, dass es sein eigener Vorteil sey, Preußen seine Unabhängigkeit zu lassen. Aber Meine reinsten Absichten wurden durch Uebermuth und Treulosigkeit vereitelt, und nur zu deutlich sahen wir, dass des Kaisers Verträge mehr noch wie seine Kriege uns langsam verderben werden.«
Eleonora stockte der Atem, als sie weiterlas.
»Jetzt ist der Augenblick gekommen, wo alle Täuschung über unsern Zustand aufhört. Brandenburger, Preußen, Schlesier, Pommern und Litthauer! Ihr wißt, was Ihr seit fast sieben Jahren erduldet habt. Ihr wißt, was Euer trauriges Loos ist, wenn wir den beginnenden Kampf nicht ehrenvoll enden.«
Der Aufruf war am 17. März 1813 vom preußischen König in Breslau erlassen worden.
Eleonora unterbrach ihre Lektüre und lehnte sich nachdenklich zurück. Blitzartig kehrte die Erinnerung an den französischen Soldaten von diesem Morgen zurück. Übelkeit stieg in ihr auf. Einen ganz persönlichen Kampf hatte sie schon ehrenvoll beendet, indem sie den Eindringling in die Flucht schlug. Es genügte ihr nicht. Sie hatte sich verteidigt, aber damit auch ihre Heimat, ihr geliebtes Preußen? Konnte sie als Frau überhaupt für ihr Land kämpfen, so wie es Alexander von Jugend auf getan hatte.
Alexander! Eleonora zuckte zusammen. Nein, sie wollte nicht an ihn denken, nicht daran, wie er sie verhöhnt und verraten hatte. Sie zwang sich, jeglichen weiteren Gedanken an den Vater ihres Kindes abzuschalten. Erneut vertiefte sie sich

in die Lektüre des königlichen Aufrufs. Es war der leidenschaftliche Appell für einen bewaffneten Aufstand gegen den ungeliebten Franzosenkaiser. Ein Ruf zu den Waffen.

»Es ist der letzte, entscheidende Kampf, den wir bestehen, für unsere Existenz, unsere Unabhängigkeit, unseren Wohlstand. Keinen anderen Ausweg gibt es, als einen ehrenvollen Frieden oder einen ruhmvollen Untergang.«

Untergang? Preußen sollte nicht untergehen! Und wenn sie helfen konnte, das zu verhindern, wollte Eleonora ihr Teil dazu beitragen. Doch sie war eine Frau. Nur eine Frau?

Und Mutter? Aber war sie überhaupt noch eine richtige Mutter? Konnte sie es ihrer kleinen Rieke noch sein? Die Muttermilch war versiegt. Ihre Brüste hatten seit heute Morgen schon sichtbar von ihrer prallen Festigkeit verloren. Ihre Tochter war auf sie nicht mehr angewiesen.

»Du kannst stolz darauf sein, die Tochter eines einfachen preußischen Feldwebels zu sein?«, klangen ihr Alexanders Worte im Ohr. Doch schon wenige Wochen später kam für sie das bittere Erwachen. »Ich will Dich nie mehr wiedersehen!«, stand in seinem letzten Brief. Ihr gemeinsames Kind hatte er sogar als Bastard bezeichnet. Angewidert schüttelte Eleonora den Kopf. Nur nicht an Alexander denken!

Sie sprang von ihrem Stuhl. Wütend riss sie die Schublade auf, die sich im Küchentisch befand, und begann hektisch darin zu kramen. Da war sie, die alte Schere, die ihr Vater noch aus der Militärzeit besaß und sich genauso wenig von ihr trennte wie von seiner alten Uniformjacke. Immer wieder schliff er ihre Blätter nach, um so besser die Zeitungsabschnitte ausschneiden zu können, die er sammelte.

Wie in Trance begab sich Eleonora in ihre Schlafkammer, wo Rieke immer noch tief und fest schlummerte. Es war inzwischen hell geworden. Sie zog die dünnen Vorhänge am

Fenster beiseite und trat an den runden Spiegel über der Kommode. Ein bleiches, hohläugiges Gesicht schaute ihr entgegen. Sie griff nach dem Zopf in ihrem Nacken und hob ihn hoch. Mit einem scharfen Schnapp hatte sie ihn abgeschnitten. Achtlos ließ sie ihn zu Boden fallen. Er lag da wie ein kleines, lebloses Pelztier. Jetzt begann sie richtig zu schneiden, schnipp, schnapp, schnipp, schnapp. Unbarmherzig leistete die alte Schere ihre scharfen Dienste, Strähne für Strähne fiel zu Boden. Achtlos trat Eleonora darauf herum. Dabei war sie doch immer so stolz auf ihre goldblonde Haarpracht gewesen, um die Sophie und Charlotte sie beneidet hatten.

Egal! Eleonora schnitt weiter und weiter. Sie geriet in einen kleinen Rausch und konnte gar nicht mehr aufhören.

Sie kam erst wieder zu sich, als nur noch ein paar kurze Stoppeln auf ihrem Kopf übrig geblieben waren, an die die Schere nicht mehr herankam. Erst jetzt schaute sie wieder bewusst in den Spiegel. Ein schmalgesichtiger, blasser Jüngling schaute ihr entgegen, große Augen, feine Züge, aber unbestreitbar ein Mann.

»Guten Morgen, August Renz«, sagte Eleonora zu ihm. »Es wird Zeit zum Aufbruch, die preußische Armee wartet auf dich.«

32

*I*n der Nacht darauf stahl sich Eleonora aus dem Haus. Es kostete sie viel Kraft, den ganzen Tag gelassen zu bleiben und am Abend so zu tun, als wäre es wie jeder andere. Ihr Vater

hatte zunächst etwas erstaunt geguckt, als sie Rieke die Flasche gab.
»Meine Milch ist versiegt«, sagte Eleonora nur kurz.
Brummelnd wandte er sich ab. Es wäre ihm unangenehm gewesen, dieses Thema zu vertiefen. Das war Frauensache. Genauso wenig kommentierte er, dass Eleonora plötzlich ein Kopftuch trug. Es war ein einfaches Leinentuch, das sie sich fest um den Schädel gewunden hatte. Darunter wirkte ihr Gesicht noch schmaler und die Augen noch größer. Wenn sie sich so schöner fand.
Während ihr Vater zum Musikunterricht in Potsdam weilte, hatte Eleonora seinen Kleiderschrank durchstöbert. Eine dunkle Hose, eine Weste und ein Hemd hatte sie gefunden, alles noch ganz passabel. Sie probierte die Sachen an. Sie waren viel zu groß. Gut, dass ihr Vater nicht vor dem späten Nachmittag zurückkehrte und sie daher genügend Zeit hatte, die Hose zu kürzen und enger zu machen. Weste und Hemd ließ sie so, wie sie waren.
Rieke lag derweil in ihrer Wiege und gluckste leise. Eleonora gab ihr dreimal ein neues Fläschchen, damit sie am Abend umso besser schlafen würde.
»Ich bin ja so glücklich, dass du so gut trinkst«, sagte sie und küsste ihre Tochter auf die rosige Wange. »Ach, Rieke, es fällt mir so schwer zu gehen, aber ich muss gehen. Eines Tages kehre ich zurück. Dann werde ich dir eine richtig gute Mutter sein. Das kann ich aber erst, wenn ich die Schmach, die mir angetan wurde, gerächt habe.« Ihre Tochter verzog das Gesicht zu einem zahnlosen Lächeln. »Rieke, du hast mich das erste Mal angelächelt!« Eleonora riss die Kleine aus der Wiege und drückte sie an sich. Tränen liefen ihr die Wangen hinab. »Wenn du wüsstest, wie schwer mir der Abschied fällt. Aber ich kann nicht bleiben.« Das Schluchzen, das bei diesen Wor-

ten in ihr aufstieg, kam von ganz unten. Sie wiegte ihre Tochter in ihren Armen, bis diese eingeschlummert war. Vorsichtig legte sie sie in die Wiege zurück.
Eleonora ging in die Küche. Sie benötigte Proviant. Der Bestand der Vorratskammer im Hause Prohaska war bescheiden, kein Vergleich zu dem, was sich in den Regalen der Prewitzschen Küche an kulinarischen Schätzen türmte. Auch bei Pistors oder Pfarrer Behlow war die Speisekammer stets wohl gefüllt. Etwas bescheidener sah es hingegen bei dem Junggesellen Hedebrink aus, aber auch da war es immer noch mehr gewesen als das, was Eleonora nun für ihre bevorstehende Reise ins Ungewisse einpacken konnte. Sie fand einen Korb verrunzelter Winteräpfel, die sie eigentlich schon zu Mus hatte verarbeiten wollen. Gut, dass Marie vorgestern drei Laib Brot aus dem Backhaus vorbeigebracht hatte. Eleonora schnitt einen von ihnen in der Mitte durch und wickelte beide Hälften in ein kariertes Geschirrtuch. Da lag ja auch noch eine Dauerwurst. Kurzerhand packte sie diese ebenfalls ein und dazu noch einen kleinen Steinguttopf mit Schmalz. Mehr durfte es nicht werden. Und zu trinken? Sie musste doch unterwegs auch etwas zu trinken haben. Unschlüssig ließ sie ihren Blick über das kärglich bestückte Regal der winzigen Kammer neben der kleinen Küche wandern. Da stand ein Krug mit Milch, daneben eine Schüssel mit saurer Milch, die noch fest werden sollte. Beides war nicht für eine Wanderschaft geeignet. Vielleicht reichte ja auch nur ein Emaillebecher, mit dem sie sich unterwegs das Wasser aus klaren Bächen schöpfen konnte. Aber hatte ihr Vater nicht noch irgendwo eine alte Feldflasche stehen? Eleonora entdeckte sie tatsächlich im hintersten Winkel des alten Küchenschranks. Sie nahm sie und ging hinaus zur Wasserpumpe vor dem Haus, um zu prüfen, ob sie noch wasserdicht war. Die große

Wasserkanne für das Trinkwasser nahm sie gleich mit, um sie aufzufüllen. Gut, dass Marie ihr gleich drei Glasfläschchen mitgebracht hatte. So konnte sie für Rieke einen kleinen Vorrat kochen.

Sie schluchzte auf bei dem Gedanken daran, wie diese heute Nacht aufwachen und vergeblich vor Hunger schreien würde. Mit seiner Schwerhörigkeit würde ihr Vater das Weinen seiner Enkelin doch gar nicht hören. Konnte er ihr überhaupt die Flasche geben?

»Du solltest wirklich mehr essen«, rügte Prohaska beim Abendessen. Eleonora nickte stumm, aber sie bekam keinen Bissen hinunter. Ihr Vater hatte keine Ahnung, dass unter ihrem Bett bereits ein fertig geschnürtes Reisebündel lag. Aus dem Nebenzimmer meldete sich Rieke.

»Sie hat Hunger«, sagte er. Er erhob sich, ging in das Schlafzimmer, kehrte mit dem schreienden Baby zurück, setzte sich wieder auf den Stuhl und wiegte seine Enkelin im Arm. Kurz entschlossen drückte ihm Eleonora das frisch zubereitete Fläschchen in die Hand.

»Was soll ich denn damit?« Ihr Vater war richtig entsetzt.

»Ihr zu trinken geben.«

Er stellte sich ein bisschen ungeschickt an, aber nur wenige Minuten später hielt er die Flasche richtig. Mit einem seligen Lächeln beobachtete er seine trinkende Enkelin.

»Kannst du sie heute Nacht ausnahmsweise einmal zu dir nehmen?«, fragte Eleonora.

»Warum?«

»Ich möchte einmal eine Nacht durchschlafen. Schau, ich habe hier schon zwei weitere Flaschen vorbereitet, um heute Nacht nicht am Herd stehen zu müssen. Sie sind also schon fertig. Ich halte sie im Wasserbad warm. Du musst sie ihr nur noch geben, wenn sie danach verlangt. Die eine um Mitternacht und dann wohl erst wieder gegen sechs Uhr in der Frühe.« Sie hielt inne. Ihr Vater sollte nicht merken, wie wichtig ihr das war und dass sie immer aufgeregter wurde.

Überrascht schaute er zu ihr empor. Er, ein Mann, sollte sich um einen Säugling kümmern, eine ganze Nacht lang, dessen Schlaf bewachen, ihm die Flasche geben? Das war doch Frauensache.

»Bitte, Vater.«

Eleonora hatte ihren Vater noch nie um etwas gebeten. Er überlegte. Es dauerte eine Weile. Sie beobachtete ihn gespannt.

»Nun gut, ich werde sie diese Nacht zu mir nehmen und füttern. Ist ja verständlich, wenn du mal wieder an einem Stück durchschlafen möchtest. Dieser kleine Racker hat dich die letzten Wochen ganz schön auf Trab gehalten.«

Erleichtert atmete Eleonora auf. »Danke, Vater!«

»Ist schon gut, Eleonora«, erwiderte er. »Ist ja keine Schande, sich um seine Enkelin zu kümmern. Ist ja auch nur für eine Nacht.«

Eleonora wandte sich ab. Wenn du wüsstest, dachte sie.

33

Eleonora hinterließ keinen Brief, keine Erklärung für ihren Vater. Nur zwei Zeilen kritzelte sie an den Rand des königlichen Aufrufs an seine Untertanen.

»Bitte kümmere Dich um Rieke, Deine Enkelin. Wenn Du Fragen hast, wende Dich an Marie. Sie wird Dir weiterhelfen.
Eleonora«

Nachdem sie sich vergewissert hatte, dass ihr Vater und Rieke fest eingeschlafen waren, wechselte sie ihre Garderobe in der winzigen Schlafkammer. Sie schlüpfte in Vaters alte Hose, Hemd und Weste. Viel zu wenig. Sie zog eine Strickjacke darüber. Auch damit würde sie in einer kalten Märznacht immer noch frieren. Gut, dass sie wenigstens hohe Winterstiefel mit auf ihre Wanderschaft nehmen konnte. Marie hatte sie ihr geschenkt.

»Versuch sie mal, unser Emil ist aus ihnen rausgewachsen. Der hat ja nach seiner Konfirmation so einen Sprung gemacht. Sie sind viel zu schade zum Wegwerfen und können dir vielleicht noch gute Dienste tun.«

Das konnten sie in der Tat, denn mit einem Paar dicker Wollsocken lief es sich in ihnen sogar richtig gut. Eleonora hatte die schwarzen Stiefel heute noch mal richtig gut eingefettet und poliert. Sie war froh, dass sie schon eingelaufen waren. Nichtsdestotrotz, obenherum war sie auch mit Strickjacke immer noch viel zu dünn angezogen. Da fiel ihr etwas ein. Sie öffnete den Kleiderschrank. Wehmütig strich sie über ihre bescheidene Garderobe. Diese Sachen konnte sie alle nicht mehr tragen. Bis auf eine Ausnahme. Sie streifte den schützenden Leinensack von Gräfin Dorotheas Zobel und nahm ihn vom Bügel.

»Beinahe hätte ich dich vergessen.«

Eleonora wusste nicht, wie sie die nächsten kalten Nächte ohne diesen dicken Mantel überstanden hätte.

In den ersten Tagen kam sie nicht sehr weit. Es dauerte, bis sie ihren Marschrhythmus gefunden hatte. Vielleicht war sie auch nicht ganz so schnell, weil sie zunächst gar nicht wusste, wohin sie überhaupt marschieren wollte. Sie hatte eigentlich gar kein Ziel, ging einfach drauflos. Sie wollte zu den Soldaten, wusste aber nicht, wie man das eigentlich anstellte.

Als Frau hatte sie sich darüber niemals Gedanken machen müssen. Aber sie war doch gar keine Frau mehr. Sie war jetzt August Renz.

Eleonora war so mit sich selbst beschäftigt, dass sie zunächst gar nicht mitbekam, dass sie nicht alleine auf der Landstraße war. So selten wie möglich legte sie Rast ein. »Eine kurze Rast trägt nur wenig zur Erholung bei. Je häufiger man rastet, desto größer der Wunsch nach Ruhepausen, desto geringer der Wille, weiterzumarschieren.« Eine alte Soldatenweisheit, die Eleonora aus den Erzählungen ihres Vaters kannte und von deren Richtigkeit sie sich jetzt überzeugen konnte. Also machte sie höchstens alle fünf bis sechs Stunden eine kleine Pause. Sie mied menschliche Ansiedlungen, so gut es ging. Für die Nacht suchte sie sich meist eine abgelegene Scheune. Zum Abendessen säbelte sie sich eine dicke Scheibe von ihrem Brot, biss herzhaft von der Dauerwurst und trank kaltes Wasser, das sie frisch aus einem der vielen gluckernden Bäche schöpfte. Um diese Jahreszeit führten sie reichlich Schmelzwasser mit sich, umso erfrischender der Trunk. Am Morgen begnügte sie sich mit einer Schmalzstulle und einem weiteren Schluck Wasser, ehe sie Vaters Feldflasche wieder auffüllte. Es half alles nichts, nach drei Tagen war ihr Proviant aufgebraucht. Ob sie wollte oder nicht, sie musste irgendwo einkehren, sich einen Bäcker und Schlachter suchen, um ihren Vorrat neu aufzufüllen. Prüfend fuhr sie über ihren Gürtel. Die lederne Geldkatze war noch an ihrem richtigen Platz. Eleonora hatte ihr ganzes Erspartes eingesteckt, sogar den Golddukaten, den ihr Vater seiner Enkelin zur Taufe geschenkt hatte. Es stach ihr ins Herz. Friederike! Nur nicht an sie denken!

»Na, Kamerad, auch nach Breslau unterwegs?«

Sie fuhr herum. Vor ihr stand ein junger Bursche, vielleicht so alt wie sie, vielleicht etwas älter, vielleicht auch jünger.

»Bin dir schon seit fast einer Stunde auf den Fersen. Legst einen flotten Schritt vor, bist ja kaum einzuholen. Willst wohl auch zu den Lützowern?«
Eleonora nickte. Besser jetzt nichts Falsches sagen.
»Dann können wir doch zusammen gehen«, schlug er vor. »Zu zweit ist es doch kurzweiliger, als so alleine zu marschieren. Gestatten, Ernst Bellermann, Studiosus der Medizin aus Berlin«, stellte er sich vor. »Und wer bist du?«
Eleonora räusperte sich. »August Renz aus Potsdam«, sagte sie mit tiefer dunkler Stimme.
»Na, dann hast du ja schon ein ganzes Stück mehr Weg hinter dir als ich. Wie lange marschierst du denn schon?«
Eleonora dachte nach. »Es müssen mindestens vier Tage sein. Mein Proviant ist nämlich zu Ende. Ich habe Hunger und Durst. So ein richtiger Schoppen täte mir jetzt gut«, fügte sie burschikos hinzu.
»Dann lass uns gemeinsam einkehren. In Cottbus weiß ich einen guten Gasthof«, sagte Bellermann.
Eleonora zuckte zusammen. Cottbus? Das war ihr zu gefährlich. Sie wusste zwar nicht, ob Babette überhaupt noch am Leben war, aber wie der böse Zufall so manchmal spielen konnte ... Lieber kein Risiko eingehen.
»Ich wollte heute eigentlich noch über die Neiße«, behauptete sie großspurig.
Bellermann zuckte mit den Schultern. »Scheinst ja wirklich gut zu Fuß zu sein. Von mir aus auch heute noch über die Neiße. Dann willst du also tatsächlich auch nach Breslau?«
Eleonora nickte nur, ohne zu wissen, was es mit dieser Frage für eine Bewandtnis hatte. Das erfuhr sie von Bellermann. Sie war die vergangenen Monate mit so vielen anderen Dingen beschäftigt gewesen, dass sie politisch überhaupt nicht mehr

auf dem Laufenden war. Innerhalb von drei Tagen hatte Bellermann ihre Wissenslücken gestopft.
»Ich bin Mitglied des Geheimen Deutschen Bundes«, erzählte er ihr voller Stolz gleich am ersten Abend.
Sie hatten es tatsächlich über die Neiße bis nach Sommerfeld geschafft.
»Schon seit fast zwei Jahren habe ich draußen in der Hasenheide meine körperlichen Übungen gemacht. Ich kann sogar schwimmen.« Er unterbrach sich und schaute Eleonora an. »Kannst du schwimmen?«
»Nein!« Das Hundegeplansche mit den Komtessen im See von Neu-Prewitz hätte man kaum als Schwimmen bezeichnen können. Und als sie dann älter wurden, war diese unbefangene Herumtoberei mit Anton und den anderen Fischerkindern nicht mehr comme il faut gewesen und damit untersagt worden.
»Und Turnen?«
»Turnen?«, wiederholte Eleonora.
»Körperliche Ertüchtigung ist wichtig für einen Soldaten, nicht nur für einen Soldaten, sondern für jeden deutschen Mann«, behauptete Bellermann und warf sich in die Brust. Dann schob er den Ärmel seines Hemds nach oben und ließ seine Muskeln spielen. »Schau mal, fass mal an! Na los!«, forderte er sie auf, als er sah, wie sie zögerte. Widerwillig umfasste Eleonora mit der Hand seinen Oberarm. »Drücken!« Sie drückte.
»Ganz schön fest«, sagte sie.
Bellermann strahlte. »Alles von den Körperübungen bei Turnvater Jahn draußen in der Hasenheide vor den Toren Berlins. Vor zwei Jahren war ich noch genauso blass und spiddelig wie du, kannte nur meine Bücher und die dunkle Studierstube, aber dann ... Lass mal fühlen!« Und schon hatte

er seine Rechte auf Eleonoras Oberarm gelegt und drückte zu. »Da ist ja gar nichts, nur Knochen.«
Er drückte noch heftiger. Es tat richtig weh. Eleonora verkniff sich dennoch ihren Aufschrei.
»Lass das!«, fuhr sie ihn stattdessen an. »Nimm sofort deine Hand da weg!«
Bellermann gehorchte verdutzt. »Ist ja schon gut, schon gut. Bist ja noch ein junger Kerl. Auch ein Studiosus?«
»Nein, ein Schneider«, entgegnete Eleonora knapp.
»Schneider kann unsere Freischar auch gut gebrauchen«, sagte Bellermann gutmütig. Überhaupt war er ein gutmütiger Kerl, dem nicht an Streit gelegen war. Lieber erzählte er Eleonora noch mehr von seinen Freiübungen und von Friedrich Ludwig Jahn und Friedrich Friesen.
»Die beiden sind schon seit dem 29. Januar in Breslau auf dem Sammelplatz und werben Freiwillige an, um gegen den bevorstehenden Ansturm der Franzosen gewappnet zu sein.«
Eleonora hörte genau zu. Von sich selbst gab sie kaum etwas preis, aber sog die Informationen von Bellermann wie ein Schwamm in sich auf.
Es hatte sich einiges getan in den vergangenen Monaten. Das, was Eleonora in ihrer persönlichen Empörung und Auflehnung bewogen hatte, von heute auf morgen das väterliche Haus zu verlassen, getrieben von einem diffusen Bedürfnis nach Rache, stellte sich nun als eine kollektive Bewegung dar, die ganze Scharen von Studenten, Handwerkern und Akademikern zu den Waffen trieb.
»Seit 1810 haben Jahn und Friesen Minister Scharnhorst zur Sammlung einer Freischar gedrängt, aber der König hat das immer wieder abgelehnt. Dabei waren schon seit Monaten Tausende von Freiwilligen bereit, sich gegen Napoleon zu erheben.«

»Sie wünschen bitte?« Eine dralle Bedienung kam an den Tisch und unterbrach Bellermanns Redefluss.

»Zwei Krüge Bier und etwas Gutes zu essen. Was haben Sie denn anzubieten?«, sagte Bellermann und versenkte seinen Blick in das tiefe Dekolleté der Bedienung.

»Wie wäre es mit Schweinebraten, Rotkohl und Klößen«, schlug sie vor und lächelte Eleonora zu.

»Dann bringen Sie uns das«, sagte diese und schaute an der Bedienung vorbei.

Bellermann stieß ihr an das Schienbein. »Sieh an, sieh an, unser Schneiderlein. Mensch, Renz, hast du gesehen, die macht dir schöne Augen.«

»Keine Zeit für Weiber!«, behauptete Eleonora burschikos. »Prost!« Sie hob den Steinkrug und prostete ihrem Begleiter zu. »Auf unseren König und Preußen!«

Das ließ sich Bellermann nicht zweimal sagen. Von ihm erfuhr sie im Verlauf dieses Abends endlich Genaueres über Lützows Truppe, über die sie bislang nur gerüchteweise gehört hatte.

»Eigentlich heißt es ja Königlich Preußisches Freikorps und gehört regulär zum Preußischen Heer, aber man nennt sie nur noch die Lützower, und denen will ich mich anschließen.«

»Ich auch!«

Endlich hatte Eleonora ein Ziel.

Die Freiwilligen Ernst Bellermann und August Renz wurden drei Tage später in das Königlich Preußische Heer aufgenommen. Auf den ersten Blick wirkte es, als würde auf dem Sammelplatz in Breslau das totale Chaos herrschen. Nach einer Weile jedoch bemerkte Eleonora, dass es eine Art höhere Ordnung gab, die die ankommenden Ströme der aus allen

deutschen Ländern herbeieilenden Freiwilligen in bestimmte Bahnen lenkte.
Eleonora reihte sich in die Warteschlange vor dem Zelt ein, wo die Neuankömmlinge registriert wurden.
»Kommst zu den Jägern«, sagte ein Feldwebel knapp. Er musterte sie von oben bis unten. »Nicht viel an dir dran«, stellte er fest.
»Dafür umso mehr im Koppe«, versetzte Eleonora und spie auf den Boden.
»Was biste von Beruf?«
»Schneider!«
»Kannst du die Trommel schlagen, wir brauchen einen Trommler?«
»Natürlich kann ich das«, behauptete Eleonora und spie zur Bestätigung ein zweites Mal auf den Boden, dem Feldwebel knapp vor die Füße. Nachdenklich schaute dieser auf den dunklen Fleck im Sand.
»Kannst du genauso gut schießen wie spucken?«, erkundigte er sich.
»Noch besser!«, sagte Eleonora und warf sich in die Brust.
»Kommst trotzdem erst einmal in die Kleiderkammer.« Eleonora war enttäuscht. Er schien es ihr anzusehen. »Nur bis wir losziehen, dann darfst du natürlich Seite an Seite mit den Kameraden marschieren«, tröstete er sie väterlich. »Jetzt besorgst du dir erst einmal eine richtige Uniform. Mit Weste und Strickjacke in den Krieg ziehen wollen. Und dann noch dieser komische Pelz. Wo kommen wir denn da hin? Wenn das der Major sehen würde!«

34

Mit angezogenen Beinen saß Eleonora auf der Wiese und starrte auf das leere Stück Papier auf ihren Knien. Heute, hatte sie sich ganz fest vorgenommen, wollte sie endlich ihrem Vater schreiben. Stunden um Stunden war sie seit dem Morgengrauen mit ihren Kameraden des Jägerbataillons am Rande der Lüneburger Heide entlangmarschiert und nun froh, sich endlich zu einem Biwak niederlassen zu können. An das Tragen der schwarzen Uniform hatte sie sich inzwischen gewöhnt. Ja, sie genoss sogar die neue Freiheit, die die ungewohnten Beinkleider ihrer Bewegung verliehen. Niemals hätte sie mit einem langen Rock so bequem auf der Erde hocken und schon gar nicht ihre Beine anziehen können. Sie legte den Tornister auf ihre Knie. Auf dieser Unterlage konnte sie besser schreiben. Fast ein halbes Jahr war es her, dass sie die bescheidene Kate ihres Vaters am Rande Potsdams verlassen hatte. Nicht die erste Flucht ihres Lebens, aber die schmerzlichste. Sie spürte, wie es heiß in ihr hochstieg.

Friederike! Ihre kleine Tochter war jetzt fast ein Dreivierteljahr alt. Wie es ihr erging? Ob sich ihr Vater richtig um sie kümmerte? Wie einst sie selbst musste nun auch Friederike ohne Mutter aufwachsen. Aber Eleonora war sich gewiss, dass ihr Vater es der Kleinen an nichts fehlen ließ. Und dann war da auch noch die Nachbarin Marie, die bei Friederikes Geburt dabei und von der ersten Sekunde an von dem kleinen Wesen hingerissen war.

»Sie sieht aus wie eine Prinzessin! Vielleicht ist sie ja sogar eine Prinzessin, nicht wahr, Eleonora?«

Diese ignorierte stets den fragend wissenden Seitenblick, den ihr Marie zuwarf. Niemals würde irgendjemand von der wahren Herkunft ihrer kleinen Tochter erfahren. Sie sollte als Enkelin eines Potsdamer Feldwebels aufwachsen und erzogen werden. Und niemals in ein Waisenhaus gegeben werden. Die Sehnsucht nach ihrer Tochter schnitt ihr ins Herz. Mit Gewalt unterdrückte sie jeglichen weiteren Gedanken an sie. Sie hatte keine andere Wahl gehabt. Sie hatte gehen müssen, getrieben von dem Hass auf die französische Besatzung, der schon seit Jahren in ihrem Inneren gärte. Ein unstillbares Bedürfnis nach Rache und Vergeltung hatte sich hinzugesellt, seit dieser Soldat über sie hergefallen war.

Der hohe Schrei aus Friederikes Wiege hatte den verwahrlosten und betrunkenen Franzosen erschreckt, ihn hochfahren lassen und ihn in ein winselndes Häufchen Demut verwandelt. Vielleicht war er selbst ein Familienvater, hatte Frau und Kinder, die im fernen Frankreich seit Jahren vergeblich auf ihn warteten? Er musste einer dieser versprengten französischen Soldaten gewesen sein, die nach dem verheerenden Desaster des Russlandfeldzugs zu Tausenden orientierungslos durch den Osten Europas irrten. Die hungernden, frierenden, teilweise schwerverletzten Männer waren nur noch von einem Wunsch beseelt – so schnell wie möglich nach Hause zu kommen. Napoleon selbst hatte schon am 5. Dezember 1812 der zerstörten »Grande Armée« mitleidlos den Rücken gekehrt. Er rettete seine Haut und kehrte nach Paris zurück. Anstatt zur Vernunft zu kommen und von dem Wahn abzulassen, das riesige Russland besiegen zu müssen, begann er erneut landesweit Soldaten auszuheben. Angeblich stand ihm bereits wieder eine Armee von fünfunddreißigtausend frisch rekrutierten Männern zur Verfügung. Dennoch war der Mythos des unbesiegbaren Kaisers aller Franzosen unwiderruflich zerstört. Nun trat der bislang sich nur im Verborgenen regende Widerstand in den besetzten Ländern öffentlich zutage. Im Königreich Preußen erfolgte bereits am 3. Februar 1812 die Gründung von Freiwilligenkorps. Es hatte jedoch aller Überredungskünste eines Gerhard von Scharnhorst und Major von Lützow erfordert, dem preußischen König dafür die Genehmigung abzuringen. Friedrich Wilhelm tat sich immer noch schwer mit dem Seitenwechsel Preußens. Für ihn war Tauroggen mehr ein Schock als ein Befreiungsschlag gewesen. Die Eigenmächtigkeit, im Dezember 1812 die Konvention von Tauroggen ohne seine Zustimmung zu unterzeichnen, hatte er Generalleutnant von York bis heute nicht verziehen. Die Bewunderung, die man von York für diesen mutigen Schritt allenthalben zollte, war für ihn nur schwer nachvollziehbar. Damit stand Friedrich Wilhelm jedoch nicht alleine, denn auch etliche fürstliche Mitglieder des Rheinbunds verhielten sich nach den militärischen Niederlagen der Franzosen weiterhin neutral. Sie bekundeten dem französischen Kaiser ihre nach wie vor bestehende unerschütterliche Loyalität.

Von all diesen Hintergründen hatte Eleonora bei ihrer überstürzten Flucht aus dem Vaterhaus noch nichts geahnt. Davon erfuhr sie erst während ihrer wochenlangen Odyssee durch das östliche Preußen, bis sie schließlich mit all den anderen jungen Männern, meist Handwerker oder Studenten, am militärischen Sammelplatz von Breslau eingetroffen war. Für die hochgewachsene Eleonora war es unproblematisch, sofort als Freiwilliger aufgenommen zu werden. Die verräterische Wölbung ihres Busens verbarg sie unter einem festen Verband. Nachdem der Milchfluss versiegt war, schienen ihre Brüste sogar kleiner als zuvor. Mit dem weiten weißen Hemd darüber war nicht mehr die Andeutung einer weiblichen

Rundung erkennbar. Sich dem Heer der Freiwilligen anzuschließen, bedeutete für sie wie für alle anderen auch, sich selbst eine Uniform beschaffen zu müssen. Schweren Herzens trennte sich Eleonora für immer von dem Pelzmantel der Gräfin Dorothea. Das wertvolle Erbstück hatte ihr jahrelang und gerade in jüngster Zeit so gute Dienste geleistet. Schon bei der Rekrutierung war er dem Feldwebel aufgefallen. Im Freikorps war der Zobel gefährlich für sie geworden, verriet sein Schnitt immer noch zu große Eleganz, weibliche Eleganz, die mittlerweile gar nicht mehr zu ihrer äußeren Erscheinung passte. Sie hatte sich inzwischen an ihre kurzen Haare gewöhnt. Nur selten ertappte sie sich noch dabei, dass ihre Hand irritiert über die kurzen Stoppeln auf ihrem Schädel fuhr, fast suchend im Nacken ruhte, um dort den nicht mehr vorhandenen Knoten festzustecken.

August Renz nannte sie sich. Warum? Sie wusste es selbst nicht. Der Name war ihr in jener Nacht einfach so in den Kopf geschossen. Sie hatte ihn beibehalten. August Renz schien ihr der passende Name für einen jungen Schneiderburschen.

Die Angehörigen dieser Handwerkszunft zeichneten sich nicht durch Kraft und Stärke, sondern durch Geschicklichkeit und Beweglichkeit aus. Das waren genau die Eigenschaften, die man beim Lützowschen Jägerbataillon auch an dem flinken Burschen Renz sehr schnell zu schätzen lernte. Zunächst hatten die Kameraden sich ja über seine hohe Stimme lustig gemacht, aber mit einigen saftigen Flüchen und Redensarten aus der untersten Schublade hatte der junge Schneider den Spöttern rasch das Maul gestopft. Sogar dass er den Tabak verschmähte und bei Trinkgelagen nicht mithielt, sah man ihm nach. Dass er sich beim Biwakieren abseits vom Schlaflager der anderen hielt, betrachtete man als eine kleine

Marotte. August Renz duldete nachts nur den fünfzehnjährigen Arnold in seiner Nähe. Der wiederum betrachtete den jungen Schneider als so etwas wie einen älteren, ihm Schutz gewährenden Bruder.

Eleonora knabberte an ihrem Bleistift und schob ihn hinter das rechte Ohr. Nachdenklich ließ sie ihren Blick über die wellige Landschaft wandern. Hinter einer der Anhöhen am Rande der Horizontlinie sollten sich die Franzosen verbergen.

Wie gerne hätte Eleonora selbst einen großen Bruder an ihrer Seite gehabt. Aber Johannes blieb verschollen. Aus ihrem Vater war über seinen Verbleib niemals etwas herauszubekommen gewesen. Das Einzige, was sie über ihren älteren Bruder jemals hatte in Erfahrung bringen können, war, dass er zu den Soldaten gegangen war. Umso genauer erinnerte sie sich immer noch an das Zusammengehörigkeitsgefühl, das sie in den harten Jahren des Potsdamer Waisenhauses aneinandergeschmiedet hatte. Johannes hätte bestimmt Verständnis für ihre Entscheidung gehabt. Plötzlich kam ihr eine Idee.

Wenn es ihr so schwerfiel, an den Vater zu schreiben, war es vielleicht leichter, so zu tun, als schriebe sie an ihren älteren Bruder. Entschlossen richtete sie sich auf. Sie griff nach dem Bleistift hinter dem Ohr, leckte die Mine an und begann zu schreiben.

»Lieber Bruder!

Nun habe ich Dir etwas ganz Neues zu erzählen, worüber Du mir aber vorher versprechen musst, nicht böse zu sein. Erstaune nicht, aber schelte auch nicht. Ich bin seit vier Wochen schon Soldat. Du weißt, dass der Entschluss schon seit Anfang des Krieges meine Brust beherrschte. Ich war im Inneren meiner Seele überzeugt, keine schlechte oder leichtsinnige Tat zu begehen, denn sieh nur Spanien und Tirol, wie da die Weiber und Mädchen handelten. Ich verkaufte also den Zobel meiner geliebten Gräfin Dorothea.« Sie überlegte kurz und strich dann die sechs letzten Worte. Für derlei Sentimentalitäten hätte ein Mann kein Verständnis. »... mein Zeug«, verbesserte sie, »um mir erst eine anständige Manneskleidung zu kaufen, bis ich Montierung erhielt. Dann kaufte ich mir eine Büchse für acht Taler, Hirschfänger und Tschako, zusammen für drei und einen halben Taler. Nun ging ich unter die Schwarzen Jäger.«

Eleonora hielt inne. War das eine Arbeit gewesen, die für den Pelzmantel erstandene Manneskleidung auch schwarz zu färben. Aber Schwarz war nun einmal die einzige Farbe, die alle anderen überdeckte. Nur mit dem Einfärben der Kleidung war es gelungen, dem bunt zusammengewürfelten Heer der Freiwilligen zumindest ansatzweise den Eindruck eines einheitlichen Erscheinungsbildes zu verleihen.

Schon nach wenigen Monaten waren die Schwarzen Jäger weit über die Stätten ihres Wirkens hinaus ein Begriff geworden. Der Dichter Theodor Körner verewigte ihre Heldentaten in einem feurigen Gedicht über »Lützows verwegene Jagd«. Er selbst hatte seine sichere Stellung als geschätzter Poet des Wiener Hoftheaters verlassen, um sich ebenjener Truppe anzuschließen. Eleonora hielt sich einiges darauf zugute, diesem verwegenen Haufen anzugehören.

Von ihren Kameraden hatte bislang nicht einer nur den Hauch einer Ahnung, dass sich hinter der Maskerade des jungen Schneiders mit der hohen Stimme und der frechen Klappe eine wagemutige junge Frau versteckte.

»Meiner Klugheit kannst Du zutrauen, dass ich unerkannt bleibe«, setzte Eleonora ihren Brief fort. »Ich habe aus Vorsicht meinen Namen geändert. Wenn Du mir schreibst, so unterzeichne mit meinem angenommenen Namen, denn Du weißt, Briefe haben so mancherlei Schicksale. Wir exerzieren, tiraillieren und schießen recht fleißig, woran ich sehr viel Vergnügen habe. Ich treffe auf hundertfünfzig Schritt die Scheibe.«

Eleonora unterbrach das Schreiben erneut. Darauf war sie besonders stolz. Sie hatte selbst nicht geahnt, was für ein guter Schütze in ihr steckte. Das hatte sie erst vor zwei Jahren während ihres letzten Sommers auf Sophienhof erfahren. Im Nachhinein erfüllte es sie mit triumphierender Befriedigung, dass Alexander gar nicht versucht hatte sich mit ihr zu messen. Es war das erste Mal seit Friederikes Geburt, dass sich nicht Wut und Empörung in ihr regten, sondern sie fast versöhnlich an den Vater ihres Kindes denken konnte.

Eleonora machte das Schießen Spaß. Die Konzentration, die Anspannung, das Anvisieren der Zielscheibe, das tiefe Durchatmen und dann: Schuss!

Bislang hatte sie noch nicht auf einen Menschen schießen müssen. Die unmittelbare Berührung mit dem Feind war ihr erspart geblieben. Ihr Vorgesetzter, der junge Leutnant Dr. Förster, unterrichtete seine Leute immer genau über dessen Bewegungen. Schon mehrere Male hatte Eleonora es blau oder rot zwischen den Baumstämmen des gerade noch in Sichtweite erkennbaren Walds aufblitzen sehen. Jedes Mal hatte sich ihr Pulsschlag beschleunigt. Aber zu einem direkten Angriff war es bis heute nicht gekommen. Wie ihre Kameraden sehnte sie daher mittlerweile eine kriegerische Auseinandersetzung herbei.

»Wozu das ganze Marschieren, Exerzieren, Biwakieren, tagelang in Drecklöchern lungern und lauern? Ich will endlich kämpfen!« Diesem Stoßseufzer, den heute Morgen Ernst Bellermann beim Aufstehen verlauten ließ, hätte sich Eleonora

sofort anschließen können. Ihr Wanderkamerad war in derselben Einheit gelandet wie sie.
Seit Wochen hatte es südlich der Elbe zwischen Dannenberg, Quickborn und Damatz immer wieder Gefechte gegeben. Eine große entscheidende Schlacht blieb jedoch aus. Aber nun lag etwas in der Luft. Am linken Elbufer lauerte bereits General Pécheux, Kommandeur des XII. französischen Armeecorps in Hamburg, um die aus Husaren-, Kosaken- und Jägereinheiten bestehenden Freikorps aufzureiben. Marschall Davout, an der Seite Napoleons während der Schlachten von Auerstedt und Eggmühl durch Siege verwöhnt, wollte über Münster, Bremen, Hamburg und Hannover den Nachschub aus Frankreich sichern. Aber ein auf der anderen Seite der Elbe mit seinen Truppen lagernder Generalfeldmarschallleutnant der russischen Armee durchkreuzte seine Pläne, indem er französische Kuriere abfing und so von dem Vorhaben Davouts erfuhr.
»Heute Morgen haben wir erfahren, dass General von Wallmoden bei Nacht und Nebel mit dreizehntausendfünfhundert Soldaten die Elbe überschritten hat«, setzte Eleonora ihren Brief fort. »Stell Dir vor, es ist nur ein einziger Mann dabei zu Schaden gekommen. Pioniere haben eine Schiffsbrücke über den breiten Fluss gebaut. Sie hat Infanterie, Kavallerie und Artillerie mit ihren Tausenden von Pferden und schwerem Gerät standgehalten. Es kann nicht mehr lange dauern, bis sie hier eintreffen. In mir ist ein Ahnen. Es wird eine große Schlacht.
Lebe recht wohl, mein Bruder! Ehrenvoll oder nie siehst Du mich wieder.
Deine Eleonora, genannt August Renz, freiwilliger Jäger bei dem Lützowschen Freikorps.«
Eleonora setzte einen besonders dicken Punkt unter ihren

Abschiedsgruß. Sie las ihren Brief noch einmal durch. An wen sollte sie ihn adressieren?
Einen Umschlag hatte sie auch nicht, geschweige denn ein Siegel. Der Kurier der Feldpost wurde erst in ein paar Tagen wieder erwartet. Kurz entschlossen faltete sie das Blatt zusammen und kritzelte hastig den Namen ihres Vaters auf das zusammengekniffene Papier. Im Augenblick wusste sie nicht, ob und wie sie diesen Brief jemals versenden würde. Sie steckte ihn in den Ausschnitt ihres weißen Hemds. Sekundenlang berührten ihre Finger das breite Band, mit dem sie ihre Brust hochgeschnürt hatte. Hastig zog sie ihre Hand wieder zurück.
Plötzlich stand Arnold vor ihr. Direkt neben ihr ließ er sich ins Gras plumpsen. Ein lauter Ratsch reißenden Stoffs war zu hören.
»Jetzt warten, warten und warten sie, aber dieser Pécheux lässt sich mit seinen Truppen einfach nicht blicken«, beklagte er sich.
»Dann heißt es eben weiter warten«, entgegnete Eleonora gelassen.
Arnold wälzte sich auf den Bauch und wollte sich auf die Ellbogen stützen. Ein neuer langer Ratsch. »Oh«, machte er erstaunt. Er drehte sich wieder um und richtete sich auf. Betroffen starrte er auf die Hosennaht zwischen seinen Beinen. Ein langer Riss zog sich von hinten bis nach vorne hoch zum Hosenlatz. »Ojemine, meine einzige Hose«, sagte er betroffen. »Was mache ich nun?«
»Wie wäre es mit nähen?«, schlug Eleonora freundlich vor. Sie griff nach ihrer Uniformjacke, in der sie stets Nadel und Faden bereithielt, und begann in einer der vielen Taschen zu kramen. Sie kannte die Fadenscheinigkeit der Kleidung all ihrer Kameraden. Bis zu ihrem Abzug vom Breslauer Sam-

melplatz hatte sie wochenlang in einem zur Kleiderkammer umfunktionierten Zelt gehockt. So manchen Knopf hatte sie in den vergangenen Wochen angenäht, manchen Stoffflicken aufgesetzt oder andere Schäden mit flinker Hand behoben.
»Hier!«, sagte sie und streckte Anton eine schwarze Garnrolle und eine Nadel entgegen.
»Aber ich kann doch gar nicht nähen!«, wehrte dieser entsetzt ab.
Eleonora lachte. »Hose runter!«, befahl sie.
Mit offenem Mund starrte Arnold sie an.
»Sonst kann ich sie dir nicht nähen. Oder soll ich dir mit der Nadel in deinen dicken Hintern stechen?« Eleonora hatte schon einen langen Faden von der Garnrolle abgewickelt, dessen Ende angeleckt und suchte damit das Nadelöhr. Mit ihren scharfen Augen fand sie es auf Anhieb.
»Aber, aber, ich kann doch hier nicht …«, stammelte Arnold.
»Du kannst sehr wohl, oder willst du dich lieber mit deiner gerissenen Hose zum Gespött der anderen machen«, versetzte sie. Sie griff nach ihrer hinter sich liegenden Uniformjacke und warf sie dem Jungen zu. »Da, häng sie dir um, bis ich deine Hose genäht habe. Dauert ja nicht lange.«
Fast andächtig schaute Anton Eleonora bei ihrer Arbeit zu.
»Wie gut du das kannst«, schmeichelte er ihr.
»Gelernt ist gelernt.«
»Was für schöne Hände du hast, so lange Finger, und so gepflegt wie eine Frau«, fuhr Arnold fort.
»Hm«, machte Eleonora und begann etwas hastiger zu sticheln. Nach einer Viertelstunde war die Naht genäht. Dankbar schlüpfte Arnold wieder in seine Hose zurück.
Seitlich auf den Ellbogen gestützt, beobachtete Eleonora ihn.
»Sie sitzt wirklich ein bisschen sehr knapp«, sagte sie und grub dabei unauffällig ihre Finger in den sandigen Boden. So

wurden ihre Hände richtig schmutzig, und die Trauerränder unter den Fingernägeln würde sie heute Abend nicht entfernen. Auch wenn es ihr schwerfiel.

Der pummelige Arnold zog nochmals die Hose hoch und schnallte den Gürtel fest. »Ich habe keine andere mehr bekommen«, sagte er kläglich. »Nicht jeder hat ja so ein Glück wie du. Deine Uniform sitzt wie maßgeschneidert. Weit und breit bist du hier der feschste Soldat. Hast du nicht bemerkt, wie sich die Mädchen gestern in Dahlenburg auf dem Markt nach dir umgedreht haben?«

»Nun ja, ich habe mir meine Uniform eben gut umschneidern können und angepasst. Gelernt ist gelernt«, wiederholte Eleonora und lachte ein bisschen gezwungen. Insgeheim beschloss sie, ihrer am Vortag gerade so sorgfältig ausgebürsteten Uniform ein zünftiges Schlammbad zu verpassen.

»›So ein schöner Trommler‹«, hat die eine gesagt«, fuhr Arnold fort. »›In den könnte ich mich glatt verlieben.‹« Hast du eigentlich ein Liebchen, August? Musstest du zu Hause ein weinendes Mädchen zurücklassen?«

»Hm.« Eleonora wurde rot. Verlegen räusperte sie sich. »Und du?«, lenkte sie rasch ab. »Von wem musstest du dich denn verabschieden?«

»Ich bin heimlich abgehauen«, gestand Arnold. »Meine Mutter hätte mich doch niemals in den Krieg ziehen lassen.«

»Wäre ich deine Mutter, hätte ich dir wahrscheinlich sogar den Hintern versohlt, wenn du mir mit so einer Idee gekommen wärst«, entfuhr es Eleonora unwillkürlich.

Erstaunt sah Arnold sie an. »Aber du bist doch gar keine Frau«, sagte er verdutzt. »Woher willst du dann wissen, wie eine Frau denkt?«

»Zu einem guten Soldaten gehört es eben, sich in die Rolle und Denkweise anderer Menschen zu versetzen, auch wenn

es Angehörige des anderen Geschlechts sind«, entgegnete Eleonora hastig. »Was meinst du, wie oft unsere Generäle und die anderen Offiziere versuchen sich in die Lage unserer Gegner zu versetzen. So können sie am besten deren Absichten voraussehen und entsprechend planen und reagieren.«
»Dann hat von Wallmoden aber heute nicht richtig vorhergesehen«, erwiderte Arnold vorwitzig. »Weit und breit waren heute keine Franzmänner zu entdecken.«
»Warte es ab«, empfahl Eleonora. Sie erhob sich und schlüpfte in ihre Uniformjacke. Dann setzte sie sich in Richtung des improvisierten Exerzierplatzes in Bewegung.
»Wohin gehst du?«, rief Arnold ihr hinterher und heftete sich ihr an die Fersen. »Warte doch, du hast deine Trommel vergessen.«
Ertappt blieb Eleonora stehen.
»Wirst du mit der auch ins Feld ziehen? Die Kosaken erzählen, dass fünf- bis sechstausend Franzosen im Anmarsch auf Dahlenburg sind.« Arnolds kindliches Pausbackgesicht glühte vor Aufregung.
»Ins Feld ziehe ich natürlich mit Gewehr und Hirschfänger«, erwiderte Eleonora.
»Ach, August, ich wünschte, es ginge jetzt endlich mal so richtig los«, sagte Arnold und versuchte sich dessen ausgreifendem Schritt anzupassen. »Ich kann es kaum erwarten, aber trotzdem …« Er unterbrach sich und blieb stehen.
»Was und trotzdem?«, erkundigte sich Eleonora.
»Ich habe Angst. Ganz fürchterliche Angst«, gestand er. »Du nicht?«
Eleonora antwortete nicht. Natürlich hatte sie auch Angst, aber das konnte sie doch nicht gegenüber dem fünfzehnjährigen Arnold zugeben.

35

Eleonora schlief unruhig in dieser Nacht vom 15. auf den 16. September. Wie üblich hatte sie sich mit Arnold ein bisschen abseits der übrigen Kameraden niedergelegt. Leutnant Förster duldete dies. Er war jedem, der darob eine spöttische Bemerkung machte, grob über den Mund gefahren. Inzwischen verlor keiner der anderen Jäger noch eine Silbe über die Absonderung der beiden. Genauso wenig wie über die Tatsache, dass man August Renz niemals beim Waschen oder Verrichtung der Toilette sah, gar, dass er sich einmal rasierte. Dennoch machte dieser junge Bursche stets einen gepflegten Eindruck.

»Wie aus dem Ei gepellt«, lobte Leutnant Förster ihn häufig. »Ihr anderen solltet euch ein Beispiel an unserem Schneider Renz nehmen.«

August Renz schien so etwas nicht gerne zu hören. Er wollte nicht aus der Masse der anderen hervorstechen. Nur wenn Eleonora sich unauffällig verhielt, konnte August Renz auf Dauer seine Maske bewahren.

Am Morgen des 16. September spielte sich nach dem Wecken die übliche Routine ab. Pécheux hatte sich immer noch nicht gezeigt. Von Wallmoden vermutete inzwischen, dass er ihn ans andere Elbufer hatte locken wollen. Für den Oberkommandierenden der Nordarmee gab es daher nur ein Ziel: Auf keinen Fall durfte es dem auf dem Vormarsch befindlichen Davout gelingen, die Verbindung zur Festung Magdeburg wiederherzustellen und damit eine geschlossene Linie gegen die Verbündeten zu bilden. Um das zu ver-

hindern, bedurfte es eines schnellen Sieges. Noch an diesem Tag!
Um zwölf Uhr mittags erteilte von Wallmoden den Angriffsbefehl an seine Kommandeure. Demnach sollte der im Göhrder Wald und vermutlich auch in Oldendorf stehende Feind von zwei Kolonnen angegriffen werden. Neben anderen Infanterieeinheiten entschied sich von Wallmoden auch für die Lützower Jäger, den Anfang zu machen.
»Wir haben den Auftrag, das im Göhrder Wald entdeckte Vorpostenbataillon der Franzosen von dort zu vertreiben und durch dieses Waldgebiet hindurchzustoßen«, rief Leutnant Förster seiner Einheit zu.
»Endlich geht es los«, flüsterte Arnold seinem ihn um zwei Köpfe überragenden Freund zu.
»Pscht, jetzt hör doch richtig zu!«, ermahnte Eleonora ihn. Sie war unausgeschlafen, aber verspürte keinerlei Müdigkeit.
»Wir sind die Avantgarde, meine Herrschaften!«, rief Leutnant Förster begeistert. »Das bedeutet Ehre und Pflicht zugleich. Ich erwarte von euch allen, dass ihr euch dieser Ehre gewachsen zeigt und eure Pflicht erfüllt.«
Niemals zuvor hatte Leutnant Förster so ernst und gleichfalls leidenschaftlich zu ihnen gesprochen. Eleonora hob den Kopf und schaute ihn an. Ihre Blicke trafen sich sekundenlang. Er nickte ihr aufmunternd zu.
»In einer Viertelstunde ist Abmarsch.«
»Endlich«, seufzte Arnold.
Es war ein heißer, fast noch hochsommerlicher Tag. Eleonora war übel. Sie hatte Durst. Sie griff zu der an ihrem Gürtel baumelnden Feldflasche, setzte sie an, nahm einen tiefen Schluck, wischte sich mit der Hand über die schweißbedeckte Stirn und ließ ihren Blick schweifen.
Unterhalb des zu erobernden Waldes lag eine große freie

Fläche. Hochgewachsenes gelbes Gras wiegte sich im Septemberwind. Welch ein Gegensatz zwischen der scheinbar so friedlichen Landschaft und der unmittelbaren Bedrohung, die spürbar in der Luft lag. Von den feindlichen Franzosen war weit und breit nichts zu entdecken. Mit schussbereiten Gewehren schlichen die preußischen Soldaten vorwärts, Eleonora mitten unter ihnen. Langsam, aber stetig kamen sie voran, hatten schon fast den Waldrand erreicht, da krachte ein Schuss. Französische Befehle. Dem ersten Schuss folgte eine ganze Salve. Die nicht sehr treffsicheren Vorderlader der Franzosen verletzten zunächst niemanden.
Der Befehl zum Sturmangriff drang wie aus weiter Ferne an Eleonoras Ohr. Aber als links und rechts neben ihr die Kameraden mit lautem Hurrageschrei losstürmten, schloss sie sich ihnen an. Es war wie ein Sog. Sie konnte gar nicht anders. Als eine der Ersten hatte sie den Waldrand erreicht. Sie verbarg sich hinter einem Baumstamm.
Da waren sie! Zum ersten Mal sah Eleonora den Feind in voller Lebensgröße – blaue Uniformjacken mit engen weißen Hosen und schwarzen Gamaschen. Die rotberänderten Tschakos verrieten: Die Lützower Jäger kämpften gegen die französische Linieninfanterie. Und die verstand sich immer noch auf das Kämpfen. Am nördlichen Waldrand hielten die Franzosen einen Grenzgraben besetzt. Mit einem Bajonettangriff versuchten die Jäger sie auszuheben – Nahkampf, Gemetzel, Verwundete, Geschrei und Tote. Eleonora bekam alles nur wie durch einen dicken Schleier mit. Sie war wie betäubt. Aber als achtzig reitende französische Jäger ihren bedrängten Kameraden zu Hilfe kamen, schnürte ihr die Angst fast den Hals zu.
Und Arnold?
Er war ihr bislang nicht von der Seite gewichen. Sein Helden-

mut hatte ihn verlassen. Zitternd ließ er sich plötzlich fallen, schmiss sein Gewehr von sich und schlug die Hände vors Gesicht. »Mama«, schluchzte er.

Eleonora stieß ihm mit dem Fuß in die Seite. »Jetzt reiß dich zusammen!«, fauchte sie. »Steh auf und geh wieder richtig in Deckung.«

In diesem Moment gab Major Lützow seinen schon ungeduldig auf ihren Einsatz wartenden Reitenden Jägern das Angriffssignal. Mit offenem Mund beobachtete Arnold, wie diese unter Führung ihres Majors die berittenen Franzosen angriffen. Das Schlachtenglück schien zunächst den Lützowern gewogen. Die Franzosen wichen zurück. Aber dann wiesen deren Offiziere die Soldaten an, ihre berüchtigten Karrees zu bilden. Die Salven aus den dichten Reihen der Franzosen verstärkten sich. Hinzukommendes Kartätschenfeuer zwang die Lützower Kavallerie zum Rückzug. Der Major selbst wurde schwer verwundet.

Hatte Eleonora gehofft, dass damit die Schlacht dieses Tages geschlagen sei, sah sie sich getäuscht. Die Jäger sannen auf Rache, wollten Revanche für die Kavallerie.

Immer wieder bildete die französische Infanterie neue Karrees, aus denen sie dichte Salven auf den Feind feuerten und so auch einen erneut versuchten Angriff der preußischen Kavallerie zum Erliegen brachten. Stürzte ein Reiter zu Boden, löste sich ein Franzose aus der geschlossenen Front, um mit dem Bajonett auf ihn einzustechen, und wurde prompt von einem preußischen Reiter niedergeritten und erschossen.

Mit zitternden Knien stand Eleonora immer noch hinter ihrem Baum und beobachtete das grausame Geschehen. Die Luft war von Pulverdampf, Geschrei und Gestöhne erfüllt. Dieser süßliche Geruch musste von Blut stammen. Die Sicht war behindert. Dennoch konnte Eleonora wahrnehmen, wie die Toten und Verwundeten rings um sie herum immer mehr wurden. Vorsichtig löste sie sich von ihrem Baum. Sie wollte hinauf zur Steimker Höhe, wo ihre Jäger versuchten sich für einen letzten Sturmangriff zu formieren. Sie holte tief Luft und lief den Hang in gebückter Haltung nach oben. Keuchend erreichte sie eine Gruppe der Lützower Jäger. Sie verschnaufte und schaute sich um. Verwundete wurden notdürftig versorgt. Unter ihnen entdeckte sie Leutnant Förster.

»Herr Leutnant, Herr Leutnant, was ist Ihnen passiert?« Erschrocken trat Eleonora näher. Ihr Vorgesetzter saß auf einer Trommel. Es war die Trommel eines französischen Tambours, der nur wenige Meter entfernt lag. Er war tot.

»Eine Musketenkugel«, sagte Leutnant Förster mit einem schiefen Lächeln. »Aus ziemlich weiter Entfernung. Zumindest hatte sie nicht genügend Kraft, mir die Schulter richtig durchzuschlagen. Autsch!«, schrie er.

»Verzeihung, Herr Leutnant«, entschuldigte sich der Sanitäter, der sich die ganze Zeit an dessen Schulter zu schaffen gemacht hatte. »Aber jetzt habe ich sie erwischt. Die Kugel ist draußen. Ich werde Sie ganz schnell verbinden.«

»Dann beeilen Sie sich, Müller«, befahl ihm Leutnant Förster. Der Feldscher nickte nur. Aber mit geschickten Händen hatte er die Wunde in Windeseile versorgt.

»Das wäre es!«

»Danke, Müller.« Leutnant Förster erhob sich und griff nach der Trommel und dem danebenliegenden Stock. Er versuchte sie zu schlagen. Mit schmerzverzerrtem Gesicht gab er auf. »Das geht wohl gar nicht.«

»Geben Sie mir die Trommel«, bat Eleonora. Sie schulterte ihr Gewehr nach hinten und riss Leutnant Förster die Trommel fast aus der Hand. Überrumpelt überließ er ihr den Stock gleich dazu. Den zweiten hatte sie bereits dem toten Tambour aus der leblosen Hand gezogen. Eleonora schlug einen heftigen Wirbel. Erstaunte Gesichter wandten sich ihr zu. Es waren unbekannte Gesichter, nicht die der Kameraden ihrer Einheit.

»Woher kannst du so gut die Trommel schlagen?«, fragte einer der fremden Jäger.

»Ein Potsdamer Soldatenkind muss sich auf alles verstehen«, sagte Eleonora. »Auch auf das Trommeln während einer Schlacht.«

»Wir greifen erneut an«, rief Leutnant Förster. »Wir marschieren los.«

Eleonora trommelte einen rasenden Wirbel und begann zu laufen, hinweg über lila blühendes Heidekraut der Hügelkuppe entgegen. Einige Jäger schlossen sich ihr an.

»Los, folgt mir!«, rief sie. Es wurden mehr.

Trotz seiner Verwundung blieb Leutnant Förster an ihrer Seite. Hinter ihm keuchte der Feldscher.

»Nicht so schnell, ich komme gar nicht mehr mit«, hörte Eleonora es aus der Ferne rufen. Das musste der kleine Arnold sein.

Sie war nicht zu sehen, sie war nicht zu hören. Sie erwischte Eleonora mitten im Lauf, eine Kartätschenkugel. Sie traf den tapferen Trommler August Renz in den Oberschenkel.

Eleonora strauchelte. Die Trommel fiel zu Boden. Die Stöcke entglitten ihren Händen. Haltsuchend griff sie im Fallen um sich. Sie erwischte einen Zipfel der Uniformjacke ihres Vorgesetzten. »Herr Leutnant«, rief sie verzweifelt, stürzte zu Boden und verlor das Bewusstsein.

»Müller, Müller, sofort hierher, es hat unseren Renz erwischt!«, schrie Leutnant Förster.

Schon war der Feldscher da und kniete neben Eleonora nieder. »Eine tiefe Wunde im Oberschenkel, fast in der Leiste«, stellte er fest. »Ich muss sie sofort abbinden. Ich habe aber kein Verbandsmaterial mehr.« Suchend schaute er sich um. Sein Blick fiel auf Eleonoras weißes Hemd unter der verschobenen Uniformjacke. Er riss es ihr vom Leibe und erstarrte. »Das ist ja eine Frau! Herr Leutnant, das ist eine Frau. Unser August Renz ist eine Frau!« Müller war außer sich. Schon hatte sich eine Gruppe verdutzter Jäger um den bewusstlosen Renz mit dem verzweifelten Feldscher gebildet.

»Versorgen Sie umgehend den Jäger Renz!«, befahl Leutnant Förster. Müller nickte, riss das Leinenhemd in lange Streifen und band, so gut es ging, die tiefe Wunde an Eleonoras Oberschenkel ab.

Leutnant Förster beobachtete ihn. »Beeilen Sie sich!« Er nahm seine Uniformjacke, die er wegen seiner eigenen Verwundung nur lose um die Schultern gehängt hatte, und deckte die bewusstlose Eleonora sorgfältig zu. Über dem Schwarz der Litewka wirkte ihr Gesicht umso bleicher.

Erst jetzt bemerkte Leutnant Förster den Brief, der Eleonora aus dem Hemd gefallen war. Er hob ihn auf und begann die Beschriftung zu entziffern.

»Prohaska, er ist an einen Prohaska in Potsdam adressiert. Wir werden ihn ausfindig machen müssen«, sprach er zu sich selbst. Er richtete sich auf und schaute in die Runde der sich betreten um die Verletzte gescharten Jäger. »Wir treten für heute den Rückzug an«, befahl er. »Wir müssen unseren August Renz in Sicherheit bringen.«

36

Seit Tagen lag Eleonora im Schlafzimmer der Schusterwitwe Lübbert. Leutnant Förster hatte angeordnet, die schwerverletzte junge Frau nicht in ein Lazarett zu bringen, sondern in weibliche Obhut zu geben. Ihm war die Witwe Lübbert in Dannenberg empfohlen worden. Er hatte sogar zuvor die Kammer inspiziert und befohlen, das Bettzeug umgehend auszutauschen und mit frischer Bettwäsche zu versehen. Ein bisschen pikiert hatte Witwe Lübbert gehorcht. Da Leutnant Förster selbst verletzt war, war seine Rückkehr an die direkte Front in den nächsten Tagen ausgeschlossen. Widerwillig überließ er das Kommando Ernst Bellermann, der sich in den vergangenen Wochen durch mutigen Einsatz, aber auch durch seine historischen sowie strategischen Kenntnisse ausgezeichnet hatte. Leutnant Försters Verletzung war nicht so schwer, dass er ins Lazarett musste.

»Ich werde doch einem schwerer verletzten Soldaten nicht die Liege wegnehmen. Ich nehme mir ein Zimmer in einem Gasthof und lasse mich von Müller pflegen«, sagte er. Der Feldscher hatte keine Einwände, auf diese Weise dem direkten Schlachtengetümmel zu entkommen. Der Gasthof lag nicht weit von dem Haus der Schusterwitwe. So machte es sich Leutnant Förster zur Angewohnheit, nach einem ausgedehnten Frühstück seinem Trommler August Renz einen Besuch abzustatten. Er nannte Eleonora immer noch so, denn bislang konnte ihre wahre Identität nicht geklärt werden. Den einzigen Anhalt, den man bisher hatte, war der Brief an einen Ludwig Prohaska in Potsdam.

Eleonora hatte große Schmerzen. Man tat zwar alles, um sie ihr zu lindern, aber Feldscher Müller war mittlerweile am Ende seiner Weisheit. Ratlos stand er an ihrem Bett.

»Ich habe alles getan, um ihr Bein zu retten, aber ich fürchte, sie wird um eine Amputation nicht herumkommen«, sagte er zu dem neben ihm stehenden Leutnant Förster. »Es wäre ein Jammer, so eine schöne junge Frau«, setzte er mitleidig hinzu.

»Vielleicht sollten wir mal einen Feldarzt zu Rate ziehen«, überlegte Leutnant Förster.

»Die haben genug in den Lazaretten zu tun. Da wird kaum einer hier hinten nach Dannenberg kommen, um sich um einen einfachen Jäger zu kümmern.«

»Es ist kein einfacher Jäger, es ist unser Trommler August Renz! Wir können ihn doch nicht so leiden lassen.« Leutnant Förster war richtig zornig geworden.

Eleonora bewegte sich und stöhnte leise. Die Tür öffnete sich behutsam. Witwe Lübbert trat ein.

»Meine Herren, ich darf Sie bitten, den Raum zu verlassen, ich möchte unsere Patientin waschen.«

Leutnant und Feldscher verließen den Raum.

Eleonora bewegte sich erneut und stöhnte. Witwe Lübbert trat an das Bett und fühlte ihr die Stirn. Sie schüttelte bedenklich den Kopf.

»Wenn jetzt noch das Wundfieber einsetzt, gibt es keine Rettung mehr«, sprach sie zu sich.

Eleonora öffnete die Augen. »Ich will nicht sterben«, flüsterte sie.

»Das musst du auch nicht«, beruhigte sie Witwe Lübbert. »Ich werde jetzt erst einmal deine Wunde neu verbinden und dich dann waschen. Ich habe dir auch ein frisches Nachthemd mitgebracht.«

»Nein, Sie dürfen mich nicht waschen«, protestierte Eleonora und zog ihr Hemd fest an die Brust.
»Ach, Kind, wenn du wüsstest, wie oft ich dich in den vergangenen Tagen gewaschen habe.«
Erst jetzt schien Eleonora so richtig zu sich zu kommen. Verwirrt schaute sie um sich. »Wo bin ich? Was mache ich hier? Was ist passiert?«
»Du bist vor einer Woche bei einem Gefecht an der Steimker Höhe draußen in der Göhrde verwundet worden«, erklärte die Witwe Lübbert. Sie setzte sich auf die Bettkante und schlug die Decke zurück. »Nun lass mal schauen.«
»Nein!« So schwach sie war, gelang es Eleonora doch, ihr die Decke zu entreißen und sie bis unter das Kinn zu ziehen.
»Kind, wir wissen alle, dass du ein Mädchen bist«, sagte Witwe Lübbert nachsichtig. Mit Riesenaugen starrte Eleonora die Witwe an. Die nutzte die Gelegenheit und zog ihr die Decke wieder weg. Eleonora war verstört. Widerstandslos duldete sie, dass die Witwe ihr das Nachthemd hochschob und den Verband löste. Sie gab sich viel Mühe, vorsichtig zu sein, aber dennoch tat es weh. Jede Berührung, war sie noch so sanft, verursachte Eleonora unerträgliche Schmerzen. Sie stöhnte. Nun lag die Wunde endlich offen. Witwe Lübbert beugte sich über sie und schüttelte den Kopf. »Das sieht gar nicht gut aus«, murmelte sie.
»Was sieht nicht gut aus? Nun sagen Sie mir doch endlich, was passiert ist.«
»Du bist von einer Kartätschenkugel im Oberschenkel erwischt worden. Wir haben zwar alles getan, um das Geschoss zu entfernen, aber …« Sie verstummte.
»Was aber?«
»Ich fürchte, der Feldscher hat nicht alles rausschneiden können. Deine Wunde beginnt zu eitern. Es könnte sein …«

»Nicht amputieren, auf keinen Fall amputieren, ich will mein Bein behalten. Ich brauche es noch.«
Woher nahm Eleonora nur die Kraft, jetzt noch so laut zu schreien. Aber es war zu viel gewesen. Sie verlor das Bewusstsein.
Über Nacht trat der gefürchtete Wundbrand ein. Eleonora schrie, weinte, bat um Hilfe, flehte im nächsten Moment darum, ihrem Leben ein Ende zu setzen, und unmittelbar darauf: »Ich will nicht sterben, ich darf nicht sterben, ich werde noch gebraucht.«
Stundenlang flüsterte sie es vor sich hin, immer dann, wenn sie bei Bewusstsein war. Wenn sie es verlor, tauchte sie in andere Welten und Zeiten ab. Wie ein buntes Kaleidoskop zog ihr Leben an ihr vorüber. Einmal vermeinte sie sich wieder im Potsdamer Waisenhaus zu befinden, auf der verwanzten Strohmatte unter einer feuchten Filzdecke.
»Mir ist so kalt!«, klagte sie. Eleonora hatte tatsächlich Schüttelfrost.
Witwe Lübbert holte ihr eine Wärmflasche, legte noch ein zweites Federbett über sie und versuchte ihr ein paar Löffelchen frische Hühnerbrühe einzuflößen.
»Babette«, flüsterte Eleonora. »Gut, dass du endlich da bist.«
Witwe Lübbert ließ sie in ihrem Glauben.
»Wo ist meine Trommel?«, fuhr sie nach kurzem unruhigem Schlummer hoch. »Ich muss zum Angriff trommeln. Wo ist Leutnant Förster? Er ist doch verletzt?«
»Ich bin hier, Renz«, sagte Leutnant Förster, der gerade wieder zu einem Krankenbesuch eingetroffen war. »Willst du deine Trommel haben?« Eleonora nickte. »Ich bringe sie dir morgen mit«, versprach er. »Kann ich sonst noch was für dich tun?«
Aber Eleonora war schon wieder in ihren Dämmer gesunken.
»Friederike, Riekekind«, flüsterte sie noch.

Er beugte sich über sie. »Wer ist Friederike?«
»Meine Tochter«, hauchte Eleonora.
»Deine Tochter? Du hast eine Tochter, du bist Mutter?«
Eleonora nickte mit geschlossenen Augen.
»Aber natürlich, Majestät, sehr gerne singe ich für Sie noch ein Lied. Was möchten Sie denn gerne hören?«, flüsterte sie plötzlich und lächelte. Sekundenlang schien ihre ganze Schönheit aufzuleuchten und erlosch genauso schnell wieder.
Leutnant Förster schüttelte den Kopf und blickte ratlos auf die blasse Eleonora hinab. Er hatte Tränen in den Augen. Auf Zehenspitzen verließ er den Raum.
Eleonora setzte ihre Reise in die Vergangenheit fort. Alle geliebten Gesichter tauchten vor ihr auf. Sie war wieder auf dem Sophienhof, im nächsten Moment saß sie mit dem alten Farini am Flügel und hörte zu, wie er ihre künstlerische Laufbahn in den glühendsten Farben ausmalte. Sie lehnte an Gräfin Dorotheas Knie und vermeinte ihre leichte Hand auf ihrem Scheitel zu spüren. Sie lachte mit Sophie und Charlotte und erbebte unter dem ersten Kuss von Alexander.
»Alexander«, seufzte sie.
»Nein, ich bin es, Arnold.« Dem Jungen liefen die Tränen über die Wangen. Neben ihm stand Ernst Bellermann. Dieser hatte darauf bestanden, seinem Kameraden einen Besuch abzustatten, und kurzerhand hatte er Arnold gleich mitgenommen. Er hätte es besser nicht tun sollen, denn der sank nun direkt vor der Bettkante zusammen, schlug die Hände vors Gesicht und heulte wie ein kleines Kind. »Du darfst nicht sterben, August, du bist doch mein Freund, mein bester Freund.«
»Bitte reiß dich zusammen, Arnold. So benimmt sich kein Lützower Jäger, und schon gar nicht im Angesicht des Todes.«

»Er stirbt also wirklich?«, schrie Arnold verzweifelt.
Entschlossen schob Bellermann ihn hinaus. »Ich werde ihn selbst untersuchen«, sagte er.
»Du bist doch kein Arzt«, protestierte Arnold.
»Ich stand kurz vor dem Examen, bin aber lieber ins Feld gezogen, anstatt mein Studium noch schnell zu beenden«, entgegnete Bellermann ruhig und machte die Tür hinter Arnold zu.
So vorsichtig, wie er konnte, untersuchte er die bewusstlose Eleonora. Nachdem er die Wunde ausgiebig betrachtet und versucht hatte mit ein bisschen Gaze abzutupfen, legte er den Verband wieder an und erhob sich. Resigniert schüttelte er den Kopf.
»Wer bist du wirklich, August Renz?«
»Eleonora Prohaska«, flüsterte Eleonora kaum hörbar.
Bellermann hatte sie dennoch verstanden. So schnell und leise er konnte, ging er hinaus. Es gelang ihm gerade noch, Arnold festzuhalten. »Du gehst da nicht mehr hinein!«, verbot er ihm barsch.
»Warum denn nicht?«, schrie Arnold heulend. »Er ist doch mein Freund.«
»Es ist nicht dein Freund, da drinnen liegt eine junge Frau, die bald sterben muss. Aber ich weiß nun endlich, wie sie heißt. Wir gehen jetzt zu Leutnant Förster.«
Eleonora war schon wieder auf Reisen. Noch einmal durchlebte sie ihre schweren Kinderjahre, noch einmal die unbeschwerte Zeit in der Familie von Prewitz, sprach mit Balduin Schilling über sein Requiem, sang noch einmal mit Prinzessin Charlotte im Park von Schloss Paretz, hörte Pfarrer Behlow von der Kanzel donnern oder lachte mit Hedebrink über eine Anekdote, die sie ihm aus einer Zeitung vorlas. Noch einmal vermeinte sie in Alexanders Armen zu liegen, im nächsten

Moment die tiefe Enttäuschung zu spüren, die er ihr bereitet hatte. Sie sah ihren Vater, der sich liebevoll über seine winzige Enkelin beugte, und war beruhigt. Ihre Tochter war bei ihm gut aufgehoben.

Sie vermeinte die Blasen an ihren Füßen zu spüren, die sie sich während der wochenlangen Fußmärsche von Breslau in die norddeutsche Göhrde zugezogen hatte. Tagelang hatten sie in einem Lager vor Dahlenburg campiert und sich fürchterlich gelangweilt, bis Major von Lützow auf die Idee kam, für die Bewohner der Stadt und seine Soldaten ein großes gemeinsames Sommerfest auszurichten. Der fesche August Renz war ein begehrter Tänzer gewesen. Auf dem Marktplatz vor der Kirche hatte er einige Mädchen wild im Tanz herumgewirbelt. Anfangs hatte Eleonora noch Schwierigkeiten gehabt, den Walzer nun rechtsherum tanzen zu müssen. Aber dann hatte sie die kreischenden Mädchen genauso begeistert über die Tanzfläche geschwenkt wie einst Prinz Louis Ferdinand sie im Ballsaal des Prewitzschen Stadtpalais.

Was hatte er damals zu ihr gesagt? Sie versuchte sich an seine Worte zu erinnern.

Leider hatte sie niemals die Leonore auf der Bühne verkörpern können.

»Aber ein braves Lorchen bin ich auch nicht geworden.«

Mit einem zufriedenen Lächeln schlief Eleonora ein.

Drei Tage später, am 5. Oktober 1813, erlag Eleonora Prohaska, genannt August Renz, ihren schweren Verletzungen im Hause der Witwe Lübbert zu Dannenberg und wurde am 7. Oktober beigesetzt. In der Zeitung stand:

»Heute Morgen um 9 Uhr wurde die Leiche der in der Schlacht an der Göhrde verwundeten Eleonora Prohaska zur Erde bestattet, welche als Jäger im Lützowschen Korps unerkannt ihren Arm der heiligen Sache des Vaterlands geweiht hatte. Gleich einer Jeanne d'Arc hatte sie mutvoll gekämpft den Kampf für König und Vaterland. Trauernd folgten dem Sarge, der von ihren Waffenbrüdern getragen wurde, das hannoveranische und russisch-deutsche Jägerkorps. Eine dreimalige Gewehrsalve rief der vom Sturm des Krieges geknickten Lilie den letzten Gruß nach in das Grab.«

Epilog

Friederike Ulrika saß vor dem Haus und genoss die wärmende Frühlingssonne. Lange genug war sie in der kleinen Stube eingepfercht gewesen. Das Wetter war in den vergangenen Wochen einfach zu schlecht gewesen, um das Haus zu verlassen. Nach einem warmen, vielversprechenden März hatte ein ungestümer April eingesetzt. Einem strahlenden Sonnenaufgang am frühen Morgen konnte nur wenige Stunden später ein fürchterliches Gewitter folgen mit Sturm und Hagel. Ein paar Tage lang verschwand die Frühlingslandschaft sogar wieder unter einer weißen Schneedecke. Rieke hätte fast geweint, als sie sah, wie die ersten Tulpenblüten in Großvaters Garten die Köpfe hängen ließen, weil sie im eisigen Nachtfrost erfroren waren.

Aber heute?

»Ich glaube, wir haben es geschafft«, hatte der Großvater beim Frühstück gesagt. »Jetzt hält der Frühling endlich richtig Einzug. Wir werden also doch eine grüne und keine weiße Ostern feiern.«

»Ich wünschte, ich wäre meinen blöden Verband endlich los. Mein Bein muss doch endlich geheilt sein.«

»Das entscheidet Marie«, hatte der Großvater bestimmt. »Die wird morgen wieder vorbeischauen und feststellen, ob du den Verband abnehmen kannst. Musst dich eben noch ein bisschen gedulden.«

»Gedulden, gedulden, immer soll ich mich gedulden«, hatte Rieke gemurrt. »Seit Wochen soll ich mich gedulden, muss immer in der Stube sitzen, anstatt draußen zu spielen.«

»Ja, das Stillsitzen, das fällt dir wirklich schwer, mein kleiner Kobold«, hatte der Großvater zärtlich gesagt. »Aber weißt du was, ich werde dir heute einen Stuhl und einen Hocker hinausstellen. Da kannst du dein Gesicht ein bisschen in die Sonne halten und frische Luft schnappen. Das wird dir guttun.«
So hielt Rieke nun schon seit einer guten Stunde ihr Gesichtchen in die Sonne und genoss es mit vollen Zügen. Endlich wieder Wärme, Licht und die Strahlen der lange vermissten Sonne auf der Haut kribbeln fühlen. Sie fanden kaum einmal ihren Weg durch die winzigen Fenster in das Innere des Hauses.
Rieke dachte nach. Sie hatte viel nachzudenken. Großvater hatte ihr im Verlauf der vergangenen Wochen die Geschichte ihrer Mutter erzählt. Zum Schluss hatte er ihr sogar den Brief, den diese am Tage vor ihrer Verwundung geschrieben hatte, ganz langsam vorgelesen.
»Ich weiß nicht, warum sie ihn an ihren Bruder anstatt an mich schreiben wollte«, hatte Großvater traurig gesagt. »Dabei war ihr Bruder doch schon seit drei Jahren tot.«
Es war das erste Mal, dass Rieke ihn hatte weinen sehen. Großvater war also nicht so groß und stark, wie sie immer geglaubt hatte. Diese Erkenntnis ließ sie gleich ein bisschen mitweinen. Aber heute Morgen war er gut gelaunt gewesen. Summend hatte er ihr den Stuhl vor das Haus gestellt, den Schemel gleich dazu, und sie sorgfältig in eine Decke gewickelt.
»Wenn du etwas brauchst, dann ruf nach mir«, hatte er gesagt und ihr noch einen Becher Milch auf den Schemel gestellt. »Pass auf, dass du ihn nicht gleich mit deinem Fuß hinunterstößt.«
Rieke mummelte sich ganz fest in ihre Decke. Aus dem Innern des Hauses hörte sie vereinzelte Trompetentöne, dann

das dröhnende Lachen ihres Großvaters. Seine gute Laune hatte ihn tatsächlich immer noch nicht verlassen, obwohl die kläglichen Töne, die sein neuer Schüler Karl seiner Trompete entlockte, eher zum Weinen waren. Normalerweise ließ Großvater nach so einem verpatzten Spiel ein Donnerwetter los. Aber das schöne Frühlingswetter hatte ihn heute sehr milde gestimmt.
Rieke fuhr hoch, als sie ein unbekanntes Pferdewiehern vernahm. Verwirrt wischte sie sich mit der Hand über die Augen. Sie musste eingeschlafen sein. Ein dunkler Schatten fiel ihr über das Gesicht. Sie erkannte nur die Silhouette eines Mannes und hinter ihm die eines riesigen Pferdes.
»Wer sind Sie, was wollen Sie?«, fragte sie erschrocken.
»Aber Friederike Ulrika, erkennst du mich nicht wieder?«, hörte sie eine fremde Männerstimme. Nein, es war keine fremde Stimme. Sie kannte diese Stimme, sie würde sie niemals vergessen. »Ich bin es, dein barmherziger Samariter«, sagte der lange Schatten.
Rieke legte die Hand über die Augen. »Graf von Prewitz zu Kirchhagen?«, sagte sie gedehnt. »Sie stehen so in der Sonne, ich kann Sie gar nicht richtig erkennen.«
»O Verzeihung. Ist es so besser?«, entschuldigte sich der Graf und sprang beiseite. Das Pferd scharrte mit den Vorderhufen und wieherte leise.
»Wieso haben Sie Ihr Pferd mitgebracht?«, erkundigte sich Rieke neugierig.
»Das ist Sultan, der Missetäter. Er möchte sich bei dir entschuldigen«, erklärte Graf Alexander.
»Haha, ein Pferd! Wie kann sich ein Pferd bei mir entschuldigen, und wofür soll es sich bei mir entschuldigen?«, sagte Rieke lachend.
»Natürlich kann sich ein Pferd entschuldigen«, widersprach

Graf Alexander empört. »Sultan will sich entschuldigen, weil er dich so erschreckt hat, dass du gestolpert bist und dich am Knöchel verletzt hast. Nicht wahr, Sultan, das tut dir sehr leid.« Er strich dem Hengst über die Blesse. Der nickte mit seinem riesigen Kopf, scharrte mit den Vorderhufen und wieherte leise. »Siehst du, hast du gehört, wie er sich entschuldigen kann«, triumphierte er. »Nimmst du diese Entschuldigung und nimmst du meine Entschuldigung auch an?« Mit einem seltsamen Ausdruck schaute Graf Alexander auf Rieke hinab. Die überlegte.

»Hm«, machte sie nachdenklich.

»Also?« Er wurde fast ungeduldig.

»Ich nehme die Entschuldigung von Ihnen beiden an. Muss ich jetzt auch wiehern?« Rieke kicherte. In diesem Moment begann am Dorfrand ein Kuckuck zu schlagen. Sekundenlang lauschte sie. »Ein Kuckuck«, sagte sie andächtig und zählte die Rufe mit. »Der Kuckuck und der Esel, die hatten einen Streit«, hub sie leise an zu singen.

Graf Alexander beobachtete sie grübelnd. Dann drehte er sich um und band sein Pferd am Gartenzaun fest. Er kehrte zurück und quetschte sich auf den Schemel, auf dem Riekes bandagierter Fuß lag.

»Passen Sie auf den Becher auf«, warnte sie ihn.

»Wie geht es denn deinem Knöchel?«, erkundigte er sich.

»Marie hat sich um mich gekümmert. Sie meint, dass morgen der Verband wohl abkommen könnte«, erzählte Rieke unbefangen.

»Wo ist deine Mutter?«, unterbrach Graf Alexander sie brüsk.

Rieke schluckte. »Sie ist tot«, sagte sie und senkte den Kopf. Seit sie die Geschichte ihrer Mutter kannte, hatte sie ziemlich nahe am Wasser gebaut.

»Weißt du, wer deine Mutter war?«

Rieke hob den Kopf wieder hoch und schaute Graf Alexander ins Gesicht. »Meine Mutter war Eleonora Prohaska«, sagte sie stolz.
Graf Alexander nickte und schwieg.
Neugierig schaute Rieke zu ihm empor. »Warum sagst du, Verzeihung, warum sagen Sie jetzt gar nichts mehr?«, wollte sie wissen. Sie erhielt keine Antwort.
In diesem Moment wurde die Tür des kleinen Hauses aufgerissen, und Prohaska tauchte im Rahmen auf.
»Herr Graf, schon einmal hatte ich Sie gebeten, dieses Grundstück zu verlassen«, donnerte er. Erschrocken stellte Rieke fest, dass ihr Großvater schon wieder so aschfahl war wie bei der ersten Begegnung. »Graf Alexander von Prewitz zu Kirchhagen, lassen Sie uns in Ruhe!«, brüllte er. Beschwichtigend hob dieser beide Hände.
»Großvater!«, rief Rieke verängstigt. Sie versuchte sich von ihrem Stuhl zu erheben.
»Du bleibst liegen!«, befahl ihr dieser.
Beide Männer rannten los, um sie vom Aufstehen abzuhalten. Direkt vor ihr kamen sie zum Stehen. Kaum zwei Meter trennte sie noch. Sie schauten sich in die Augen.
»Was wollen Sie schon wieder?«, fuhr Prohaska den Grafen an.
»Ich wollte Sie und Ihre Enkelin einladen«, erwiderte Graf Alexander ruhig. Er schaute auf Rieke hinunter. »Hättest du denn Lust, mich einmal auf meinem Schloss zu besuchen?«
Sprachlos schaute Rieke zu ihm empor. »Meine Frau würde dich gerne kennenlernen«, fuhr er fort.
»Aber warum denn?«, wunderte sich Rieke.
»Ihre Frau?« Prohaska schnappte nach Luft.
»Ja, meine Frau Karoline, geborene von der Marwitz, würde sich sehr freuen, Ihre Bekanntschaft zu erneuern und die

Ihrer Enkelin zu machen. Und auch unser Sohn Manfredo wäre bestimmt angetan von einer kleinen Spielgefährtin.«
»Warum denn?«, wollte Rieke wissen.
Graf Alexander neigte sich zu ihr hinab. »Ach weißt du, ich habe der Gräfin von unserer seltsamen Begegnung erzählt. Es hat ihr gefallen, wie tapfer du warst und nicht ein bisschen geweint hast. Sie hat sich immer so eine kleine Tochter wie dich gewünscht.«
»Warum erzählen Sie Ihrer Frau von mir?«, wunderte sich Rieke.
Graf Alexander wiegte den Kopf. »Das hat vielerlei Gründe«, sagte er geheimnisvoll.
»Herr Graf, ich möchte Sie ersuchen ...«, hub Prohaska erneut an.
»Bitte echauffieren Sie sich nicht schon wieder«, fiel Graf Alexander ihm ins Wort. »Ach, übrigens, ich habe Ihnen auch etwas mitgebracht.« Er drehte sich um und ging zu seinem Pferd. Aus einer Satteltasche entnahm er eine kleine Schatulle und kehrte zurück. »Das ist für Sie«, sagte er und überreichte sie Prohaska mit einer Verbeugung. Überrumpelt nahm Prohaska sie entgegen. »Schauen Sie hinein!«, forderte Graf Alexander ihn auf.
Wortlos hob Prohaska den Deckel. Beim Anblick des Inhalts wurde er kreidebleich. Brüsk wollte er die Schatulle wieder zurückgeben. »Ich nehme keine Geschenke an!«, erklärte er rauh. »Und Geldgeschenke schon gar nicht.«
»Es ist kein Geschenk«, versetzte Graf Alexander gelassen. »Es ist Ihr Geld.«
»Wieso mein Geld?«
»Es ist das Kostgeld, das Sie jahrelang für Ihre Tochter an Gräfin Dorothea gezahlt haben. Sie hatte es jedoch zurückgelegt, niemals einen Heller davon in Anspruch genommen,

um so Eleonora eines Tages eine kleine Aussteuer mitgeben zu können.«

»Gräfin Dorothea, Großvater, meint er die Gräfin Dorothea, von der du mir erzählt hast?«, fiel ihm Rieke ins Wort.

Prohaska nickte stumm.

»Sie haben Rieke von meiner Großmutter erzählt?«, vergewisserte sich Graf Alexander.

Prohaska nickte nur wieder.

»Haben Sie auch …?«

Prohaska schüttelte den Kopf. Seine Miene war wie versteinert. Er brachte keinen Ton heraus, aber in ihm arbeitete es. Plötzlich machte er kehrt und marschierte in sein Haus zurück, erhobenen Hauptes, mit durchgedrücktem Rücken.

»Großvater, warum gehst du jetzt einfach weg?«, rief Rieke ihm nach.

Prohaska drehte sich nicht um, denn Rieke hätte sofort gemerkt, dass er weinte, und sie sollte seine Tränen nicht sehen. Verblüfft starrte diese ihm hinterher.

»Warum geht er einfach weg? Warum hat er dieses Kästchen erst abgelehnt und nun doch mitgenommen?« Mit gerunzelter Stirn schaute Rieke zu Graf Alexander empor.

Dieser antwortete nicht. Wie gebannt schaute er auf die hinter Prohaska ins Schloss gefallene Tür. Nur Sekunden später flog sie wieder auf. Ein völlig verwirrter Junge stolperte über die Türschwelle.

»Mach, dass du aus dem Haus kommst, du unbegabter Bengel!«, war aus dem Innern Prohaskas wütende Stimme zu hören. Ohne sich um Rieke und Graf Alexander zu kümmern, suchte der verängstigte neue Schüler das Weite.

»Was ist nur plötzlich in Großvater gefahren?«, wunderte sich Rieke. »Vorhin hatte er noch so gute Laune, und jetzt auf

einmal ...« Verständnislos schaute sie dem kopflos davonrennenden Jungen hinterher.
Graf Alexander hingegen behielt die offen gebliebene Tür im Auge. Man konnte Prohaskas schwere Schritte hören. Ruhelos schien er zwischen den kleinen Räumen hin und her zu wandern. War da nicht gerade ein Fluch zu hören? Und jetzt? Das klang ja wie ein unterdrücktes Schluchzen.
»Großvater weint«, stellte Rieke verängstigt fest. In ihrem Gesichtchen begann es verdächtig zu zucken.
Beruhigend strich Graf Alexander ihr über den Schopf.
»Er soll aber nicht weinen«, begehrte sie auf.
»Vielleicht muss er einfach weinen«, versuchte er Rieke zu beschwichtigen.
»Dann muss ich ihn trösten«, verkündete Rieke entschlossen und machte Anstalten, sich zu erheben.
»Du bleibst schön sitzen, du musst dein Bein noch schonen.« Graf Alexander zog sich den Schemel heran und nahm an ihrer Seite Platz. Beschützend legte er den Arm um ihre Schultern. »Ich passe jetzt auf dich auf.«
»Das sagt sonst immer nur Großvater zu mir«, stellte Rieke erstaunt fest.
»Dann ist es wirklich Zeit, dass das noch jemand zu dir sagt«, erwiderte Graf Alexander.
Beide hatten nicht bemerkt, dass Prohaska inzwischen auf der Türschwelle stand und diesen letzten Satz vernommen hatte. Stocksteif hielt er sich aufrecht, die Schatulle unter den Arm geklemmt. Nur mühselig schien er sich aus seiner Erstarrung lösen zu können. Mit schweren Schritten kam er auf sie zu. Gespannt schauten sie ihm entgegen. Vor Rieke blieb er stehen, räusperte sich, wollte etwas sagen, brachte aber keinen Ton heraus. Stumm legte er ihr die kleine Schatulle auf den Schoß. Mit unbeholfener Geste strich er

ihr über den Kopf, drehte sich abrupt um und marschierte davon.

»Großvater!«, rief Rieke, doch der schüttelte nur den Kopf und setzte unbeirrt seinen Gang fort. Sekunden später war er um die Hausecke verschwunden. »Warum geht er denn schon wieder weg?«, fragte sie verzweifelt. Sie war den Tränen nahe. Graf Alexander rückte seinen Schemel noch ein Stück näher an sie heran. »Dein Großvater ist ein sehr kluger Mann. Er wollte uns Zeit für uns alleine lassen. Denn weißt du, Friederike Ulrika, ich muss dir jetzt eine Geschichte erzählen.« Erneut legte er ihr den Arm um die Schultern. Spontan kuschelte sie sich in dessen Beuge.

»Magst du sie mir erzählen, bis Großvater wiederkommt?«, bat sie. »Hoffentlich ist sie nicht so traurig wie die von meiner Mutter.«

»Nicht ganz so traurig. Aber ob sie ein glückliches Ende nehmen wird, entscheidest ganz alleine du«, sagte Graf Alexander von Prewitz zu Kirchhagen.

»Dann fang einmal an zu erzählen«, forderte ihn seine Tochter auf.